山田社日檢題庫小組

超高命中率

絕對合格

日檢 單字、閱讀

捷進日檢

GOAL

START

N2

新制對應！

單字 QR 免費下載 QR Code線上音檔

單字 MP3 隨書附贈 學習不漏接

吉松由美, 田中陽子, 西村惠子, 大山和佳子, 山田社日檢題庫小組　合著

山田社
日檢書

U0080466

前言

為因應學習方式的改變，研發「數位耳朵」學習，
只要掃描書本上的QR Code，
就能完全掌握「捷進」的「單字」，
只要有收機訊號，可隨時隨地在任何地方學習了。

「增訂版 新制對應 絕對合格！日檢單字N2」

根據2010年開始，
新制日檢的考試內容，
書中又增加了300多個字。

　　史上最強的新日檢N2單字集《增訂版 新制對應 絕對合格！日檢單字N2》，是根據日本國際交流基金（JAPAN FOUNDATION）舊制考試基準及新發表的「新日本語能力試驗相關概要」，加以編寫彙整而成的。除此之外，並精心分析從2010年開始的最新日檢考試內容，增加了過去未收錄的N2程度常用單字，接近300字，也據此調整了單字的程度，可說是內容最紮實N2單字書。無論是累積應考實力，或是考前迅速總複習，都是您最完整的學習方案。

　　新制日檢注重考生「活用」日語的能力，換句話說，新制日檢預期考上「N2」的人，將擁有的能力是：

▶（聽）聽懂日劇、綜藝節目等，演員對話內容。電台及公共場所的廣播。

▶（說）在工作、考試等面試的場合，能在面試官前，完整表達出自己的學經歷、想法與抱負。能討論時事，並分析利弊。在不同的社交場合 能進行不同的對話。

▶（讀）能夠閱讀貼近現實生活中，具知識性或一般性的文章，如報紙及最新流行雜誌報導等，能理解文章實際和抽象的含意，懂得從中擷取有用的訊息。

▶（寫）能夠寫簡單的書信及 E-mail，發出訊息、陳述意見、報告事件、描述情境。

　　除此之外，本書根據最新日檢考試內容，更添增過去未收錄的生活常用必考單字項目，內容最紮實。無論是累積應考實力，或是考前迅速總複習，都是您最完整的學習方案。

　　書中還搭配東京腔的精緻朗讀光碟，並附上三回跟新制考試形式完全一樣的單字全真模擬考題。讓您短時間內就能掌握考試方向及重點，節省下數十倍自行摸索的時間。可說是您應考的秘密武器！特色有：

1. **單字王**——字義完全不漏接：根據新制規格，精選出N2命中率最高的單字。每個單字所包含的詞性、意義、解釋、類‧對義詞、中譯、用法等等，讓您精確瞭解單字各層面的字義，活用的領域更加廣泛。

2. **速攻王**——掌握單字最準確：配合新制公布的考試範圍，精選出N2的必考單字，依照「詞義」分門別類化成各篇章，幫助您同類單字一次記下來，頭腦清晰再也不混淆。中譯解釋的部份，去除冷門字義，並依照常用的解釋依序編寫而成。讓您在最短時間內，迅速掌握出題的方向。

3. **得分王**——新制對應最完整：新制單字考題中的「替換類義詞」題型，是測驗考生在發現自己「詞不達意」時，是否具備「換句話說」的能力，以及對字義的瞭解度。此題型除了須明白考題的字義外，更需要知道其他替換的語彙及說法。為此，書中精闢點出該單字的類義詞，對應新制內容最紮實。

4. **例句王**——活用單字很貼切：背過單字的人一定都知道，單字學會了，要知道怎麼用，才是真正符合「活用」的精神。至於要怎麼活用呢？書中每個單字下面帶出一個例句，例句精選該單字常接續的詞彙、常使用的場合、常見的表現、常配合的文法（盡可能選N2文法）等等。從例句來記單字，加深了對單字的理解，對根據上下文選擇適切語彙的題型，更是大有幫助，同時也紮實了文法及聽說讀寫的超強實力。

5. **測驗王**——全真新制模試密集訓練：三回跟新制考試形式完全一樣的全真模擬考題，將按照不同的題型，告訴您不同的解題訣竅，讓您在演練之後，不僅能即時得知學習效果，並充份掌握考試方向與精神，以提升考試臨場反應。就像上過合格保證班一樣，成為新制日檢測驗王！

6. **聽力王**——應考力全面提升：強調「活用」概念的新制日檢考試，把聽力的分數提高了。為此，書中還附贈光碟，幫助您熟悉日語語調及正常速度。建議大家充分利用生活中一切零碎的時間，反覆多聽，在密集的刺激下，把單字、文法、生活例句聽熟，同時為聽力打下了堅實的基礎。

　　《增訂版 新制對應 絕對合格！日檢單字N2》本著利用「喝咖啡時間」，也能「倍增單字量」「通過新日檢」的意旨，附贈日語朗讀光碟，讓您不論是站在公車站牌前發呆，一個人喝咖啡，或等親朋好友，都能隨時隨地聽MP3，無時無刻增進日語單字能力，也就是走到哪，學到哪！怎麼考，怎麼過！

目錄

詞性	呈現	定義	例（日文／中譯）
名詞	名	表示人事物、地點等名稱的詞。有活用。	門（もん）／大門
形容詞	形	詞尾是い。說明客觀事物的性質、狀態或主觀感情、感覺的詞。有活用。	細い（ほそ）／細小的
形容動詞	形動	詞尾是だ。具有形容詞和動詞的雙重性質。有活用。	静かだ（しず）／安静的
動詞	動	表示人或事物的存在、動作、行為和作用的詞。	言う（い）／說
自動詞	自	表示的動作不直接涉及其他事物。只說明主語本身的動作、作用或狀態。	花が咲く（はな・さ）／花開。
他動詞	他	表示的動作直接涉及其他事物。從動作的主體出發。	母が窓を開ける（はは・まど・あ）／母親打開窗戶。
五段活用	五	詞尾在ウ段或詞尾由「ア段＋る」組成的動詞。活用詞尾在「ア、イ、ウ、エ、オ」這五段上變化。	持つ（も）／拿
上一段活用	上一	「イ段＋る」或詞尾由「イ段＋る」組成的動詞。活用詞尾在イ段上變化。	見る（み）／看 起きる（お）／起床
下一段活用	下一	「エ段＋る」或詞尾由「エ段＋る」組成的動詞。活用詞尾在エ段上變化。	寝る（ね）／睡覺 見せる（み）／讓…看
變格活用	變	動詞的不規則變化。一般指カ行「来る」、サ行「する」兩種。	来る（く）／到來 する／做
カ行變格活用	カ・カ變	只有「来る」。活用時只在カ行上變化。	来る（く）／到來
サ行變格活用	サ・サ變	只有「する」。活用時只在サ行上變化。	する／做
連體詞	連體	限定或修飾體言的詞。沒活用，無法當主詞。	どの／哪個
副詞	副	修飾用言的狀態和程度的詞。沒活用，無法當主詞。	余り（あま）／不太…

副助詞	副助	接在體言或部分副詞、用言等之後，增添各種意義的助詞。	～も ／也…
終助詞	終助	接在句尾，表示說話者的感嘆、疑問、希望、主張等語氣。	か ／嗎
接續助詞	接助	連接兩項陳述內容，表示前後兩項存在某種句法關係的詞。	ながら ／邊…邊…
接續詞	接續	在段落、句子或詞彙之間，起承先啟後的作用。沒活用，無法當主詞。	しかし ／然而
接頭詞	接頭	詞的構成要素，不能單獨使用，只能接在其他詞的前面。	御<ruby>御<rt>お</rt></ruby>～ ／貴（表尊敬及美化）
接尾詞	接尾	詞的構成要素，不能單獨使用，只能接在其他詞的後面。	～枚<ruby>枚<rt>まい</rt></ruby> ／…張（平面物品數量）
造語成份（新創詞語）	造語	構成復合詞的詞彙。	一昨年<ruby>一昨年<rt>いっさくねん</rt></ruby> ／前年
漢語造語成份（和製漢語）	漢造	日本自創的詞彙，或跟中文意義有別的漢語詞彙。	風呂<ruby>風呂<rt>ふ ろ</rt></ruby> ／澡盆
連語	連語	由兩個以上的詞彙連在一起所構成，意思可以直接從字面上看出來。	赤い傘<ruby>赤<rt>あか</rt></ruby><ruby>傘<rt>かさ</rt></ruby> ／紅色雨傘 足を洗う<ruby>足<rt>あし</rt></ruby><ruby>洗<rt>あら</rt></ruby> ／洗腳
慣用語	慣	由兩個以上的詞彙因習慣用法而構成，意思無法直接從字面上看出來。常用來比喻。	足を洗う<ruby>足<rt>あし</rt></ruby><ruby>洗<rt>あら</rt></ruby> ／脫離黑社會
感嘆詞	感	用於表達各種感情的詞。沒活用，無法當主詞。	ああ ／啊（表驚訝等）
寒暄語	寒暄	一般生活上常用的應對短句、問候語。	お願いします<ruby>願<rt>ねが</rt></ruby> ／麻煩…

其他略語

呈現	詞性	呈現	詞性
反	反義詞	比	比較
類	類義詞	補	補充說明
近	文法部分的相近文法補充	敬	敬語

詞性	語幹	語尾		活用變化舉例 變化	
形容詞	やさし (容易)	い		現在肯定	やさし + い 語幹　　形容詞詞尾
			です		やさしい + です 基本形　　敬體
		く	ない（です）	現在否定	やさし く ― +ない（です） （い→く）　否定　敬體
			ありません		― +ありません 否定
		かっ	た（です）	過去肯定	やさし かっ + た（です） （い→かっ）過去　敬體
		く	ありませんでした	過去否定	やさし くありません + でした 否定　　　　　過去
形容動詞	きれい (美麗)	だ		現在肯定	きれい + だ 語幹　　形容動詞詞尾
		で	す		きれい + です 基本形　「だ」的敬體
		で	はありません	現在否定	きれい で +は+ありません （だ→で）　　否定
		で	した	過去肯定	きれい でし た （だ→でし）過去
		で	はありませんでした	過去否定	きれい ではありません + でした 否定　　　　　過去
動詞	か (書寫)	く		基本形	か + く 語幹
		き	ます	現在肯定	か き +ます （く→き）
		き	ません	現在否定	か き +ません （く→き）　否定
		き	ました	過去肯定	か き +ました （く→き）　過去
		き	ませんでした	過去否定	かきません + でした 否定　　　過去

動詞基本形		
相對於「動詞ます形」，動詞基本形說法比較隨便，一般用在關係跟自己比較親近的人之間。因為辭典上的單字用的都是基本形，所以又叫辭書形。 基本形怎麼來的呢？請看下面的表格。		

五段動詞	拿掉動詞「ます形」的「ます」之後，最後將「イ段」音節轉為「ウ段」音節。	かきます→かき→かく ka-ki-ma-su → ka-ki → ka-ku
一段動詞	拿掉動詞「ます形」的「ます」之後，直接加上「る」。	たべます→たべ→たべる ta-be-ma-su → ta-be → ta-be-ru
不規則動詞		します→する shi-ma-su → su-ru きます→くる ki-ma-su → ku-ru

自動詞與他動詞比較與舉例		
自動詞	動詞沒有目的語 形式：「…が…ます」 沒有人為的意圖而發生的動作	火　が　消えました。（火熄了） 主語　助詞　沒有人為意圖的動作 ↑ 由於「熄了」，不是人為的，是風吹的自然因素，所以用自動詞「消えました」（熄了）。
他動詞	有動作的涉及對象 形式：「…を…ます」 抱著某個目的有意圖地作某一動作	私は　火　を　消しました。（我把火弄熄了） 主語　目的語　有意圖地做某動作 ↑ 火是因為人為的動作而被熄了，所以用他動詞「消しました」（弄熄了）。

日語單字自學

單字

高階版

Step
4

あ T1	0001 □	**あ（っ）**	感 （吃驚、感嘆、非常危急時的發聲）啊！呀！唉呀
	0002 □	**あいじょう**【愛情】	名 愛，愛情 類 情愛
	0003 □	**あいする**【愛する】	他サ 愛，愛慕；喜愛，有愛情，疼愛，愛護；喜好 反 憎む 類 可愛がる
	0004 □	**あいにく**【生憎】	副・形動 不巧，偏偏 反 都合良く 類 折悪しく（おりあしく）
	0005 □	**あう**【遭う】	自五 遭遇，碰上
	0006 □	**あいまい**【曖昧】	形動 含糊，不明確，曖昧，模稜兩可；可疑，不正經 反 明確 類 はっきりしない
	0007 □	**アウト**【out】	名 外，外邊；出界；出局 反 セーフ
	0008 □	**あおぐ**【扇ぐ】	自・他五 （用扇子）扇（風）；煽動
	0009 □	**あおじろい**【青白い】	形 （臉色）蒼白的；青白色的 類 青い
	0010 □	**あかり**【明かり】	名 燈，燈火；光，光亮；消除嫌疑的證據，證明清白的證據 類 灯
	0011 □	**あがる**【上がる】	自五・他五・接尾 上，登，進入；上漲；提高；加薪；吃，喝，吸（煙）；表示完了 反 下がる 類 上昇（じょうしょう）
	0012 □	**あかるい**【明るい】	形 明亮的，光明的；開朗的，快活的；精通，熟悉 反 暗い 類 明々
	0013 □	**あき**【空き】	名 空隙，空白；閒暇；空額 類 スペース

0001
あっ、びっくりした。
▶ 唉呀！嚇我一跳。

0002
愛情も、場合によっては迷惑になりかねない。
▶ 即使是愛情，也會有讓人感到困擾的時候。

0003
愛する人に手紙を書いた。
▶ 我寫了封信給我所愛的人。

0004
あいにく、今日は都合が悪いです。
▶ 真不湊巧，今天不大方便。

0005
事故に遭う。
▶ 碰上事故。

0006
物事を曖昧にするべきではない。
▶ 事情不該交代得含糊不清。

あ

0007
アウトになんか、なるものか。
▶ 我怎麼會被三振出局呢？

0008
暑いので、うちわであおいでいる。
▶ 因為很熱，所以拿圓扇搧風。

0009
彼はうちの中にばかりいるから、顔色が青白いわけだ。
▶ 他老是窩在家裡，臉色當然蒼白啦！

0010
明かりがついていると思ったら、息子が先に帰っていた。
▶ 我還在想燈怎麼是開著的，原來是兒子先回到家了。

0011
矢印にそって、2階に上がってください。
▶ 請順著箭頭上二樓。

0012
年齢を問わず、明るい人が好きです。
▶ 年紀大小都沒關係，只要個性開朗我都喜歡。

0013
時間に空きがあるときに限って、誰も誘ってくれない。
▶ 偏偏有空時，就是沒人來約我。

0014 □	あきらか 【明らか】	形動 顯然，清楚，明確；明亮 類 鮮やか（あざやか）
0015 □	あきらめる 【諦める】	他下一 死心，放棄；想開 類 思い切る
0016 □	あきれる 【呆れる】	自下一 吃驚，愕然，嚇呆，發愣 類 呆然（ぼうぜん）
0017 □	あく 【開く】	自五 開，打開；(店舖)開始營業 反 閉まる 類 開く（ひらく）
0018 □	アクセント 【accent】	名 重音；重點，強調之點；語調；(服裝或圖案設計上)突出點，著眼點 類 発音
0019 □	あくび 【欠伸】	名・自サ 哈欠
0020 □	あくま 【悪魔】	名 惡魔，魔鬼 反 神 類 魔物（まもの）
0021 □	あくまで（も） 【飽くまで（も）】	副 徹底，到底 類 どこまでも
0022 □	あくる 【明くる】	連體 次，翌，明，第二 類 次
0023 □	あけがた 【明け方】	名 黎明，拂曉 反 夕 類 朝
0024 □	あげる 【上げる】	他下一・自下一 舉起，抬起，揚起，懸掛；(從船上)卸貨；增加；升遷；送入；表示做完；表示自謙 反 下げる 類 高める
0025 □ T2	あこがれる 【憧れる】	自下一 嚮往，憧憬，愛慕；眷戀 類 慕う（したう）
0026 □	あしあと 【足跡】	名 腳印；(逃走的)蹤跡；事蹟，業績 類 跡

0014
統計に基づいて、問題点を明らかにする。
▶ 根據統計的結果，來瞭解問題點所在。

0015
彼は、諦めたかのように下を向いた。
▶ 他有如死心般地，低下了頭。

0016
あきれて物が言えない。
▶ 我嚇到話都說不出來了。

0017
店が10時に開くとしても、まだ2時間もある。
▶ 就算商店十點開始營業，也還有兩個小時呢。

0018
アクセントからして、彼女は大阪人のようだ。
▶ 聽口音，她應該是大阪人。

0019
仕事の最中なのに、あくびばかり出て困る。
▶ 工作中卻一直打哈欠，真是傷腦筋。

あ

0020
あの人は、悪魔のような許しがたい男です。
▶ 那個男人，像魔鬼一樣不可原諒。

0021
私はあくまで彼に賛成します。
▶ 我挺他到底。

0022
一晩考えた計画をもとに、私たちは明くる日、出発しました。
▶ 按照整晚想出來的計畫，我們明早就出發。

0023
明け方で、まだよく寝ていたところを、電話で起こされた。
▶ 黎明時分，還在睡夢中，就被電話聲吵醒。

0024
分からない人は、手を上げてください。
▶ 有不懂的人，麻煩請舉手。

0025
田舎でののんびりした生活に憧れています。
▶ 很嚮往鄉下悠閒自在的生活。

0026
家の中は、泥棒の足跡だらけだった。
▶ 家裡都是小偷的腳印。

0027 ☐	あしもと 【足元】	⒜ 腳下；腳步；身旁，附近
0028 ☐	あじわう 【味わう】	⒯ 品嚐；體驗，玩味，鑑賞 ⒰ 楽しむ
0029 ☐	あしをはこぶ 【足を運ぶ】	⒞ 去，前往拜訪 ⒰ 徒労（とろう）
0030 ☐	あせ 【汗】	⒜ 汗
0031 ☐	あそこ	⒞ 那裡；那種程度；那種地步 ⒰ あちら
0032 ☐	あたたかい 【暖かい】	⒡ 溫暖，暖和；熱情，熱心；和睦；充裕，手頭寬裕 ⒭ 寒い ⒰ 温暖
0033 ☐	あたり 【当（た）り】	⒜ 命中，打中；感覺，觸感；味道；猜中；中獎；待人態度；如願，成功；(接尾)每，平均 ⒭ はずれ ⒰ 的中（てきちゅう）
0034 ☐	あちこち	⒞ 這兒那兒，到處 ⒰ ところどころ
0035 ☐	あちらこちら	⒞ 到處，四處；相反，顛倒 ⒰ あちこち
0036 ☐	あつい 【熱い】	⒡ 熱的，燙的；熱情的，熱烈的 ⒭ 冷たい ⒰ ホット
0037 ☐	あつかう 【扱う】	⒯ 操作，使用；對待，待遇；調停，仲裁 ⒰ 取り扱う（とりあつかう）
0038 ☐	あつかましい 【厚かましい】	⒡ 厚臉皮的，無恥 ⒰ 図々しい（ずうずうしい）
0039 ☐	あっしゅく 【圧縮】	(名・他サ) 壓縮；(把文章等)縮短 ⒰ 縮める

0027
足元に注意するとともに、頭上にも気をつけてください。
▶ 請注意腳下的路，同時也要注意頭上。

0028
私が味わったかぎりでは、あの店の料理はどれもおいしいです。
▶ 就我嚐過的來看，那家店所有菜都很好吃。

0029
何度も足を運ぶ。
▶ 多次前往拜訪。

0030
テニスにしろ、サッカーにしろ、汗をかくスポーツは爽快だ。
▶ 不論是網球或足球都好，只要是會流汗的運動，都令人神清氣爽。

0031
あそこの喫茶店で待っていてください。
▶ 請到那裡的咖啡廳等一下。

0032
暖かくて、まるで春が来たかのようだ。
▶ 天氣暖和，好像春天來到似的。

0033
福引で当たりを出す。
▶ 抽獎抽中了。

0034
どこにあるかわからないので、あちこち探すよりほかない。
▶ 因為不知道在哪裡，所以只得到處找。

0035
君に会いたくて、あちらこちらどれだけ探したことか。
▶ 為了想見你一面，我可是四處找得很辛苦呢！

0036
選手たちの心には、熱いものがある。
▶ 選手的內心深處，總有顆熾熱的心。

0037
この商品を扱うに際しては、十分気をつけてください。
▶ 使用這個商品時，請特別小心。

0038
あまり厚かましいことを言うべきではない。
▶ 不該說些丟人現眼的話。

0039
こんなに大きなものを小さく圧縮するのは、無理というものだ。
▶ 要把那麼龐大的東西壓縮成那麼小，那根本就不可能。

あ

0040 □	あてはまる 【当てはまる】	(自五) 適用，適合，合適，恰當 類 適する（てきする）
0041 □	あてはめる 【当てはめる】	(他下一) 適用；應用 類 適用
T3 0042 □	あと 【後】	(名)(地點、位置)後面，後方；(時間上)以後；(距現在)以前；(次序)之後，其後；以後的事；結果，後果；其餘，此外；子孫，後人 反 前 類 後ろ
0043 □	あと 【跡】	(名) 印，痕跡；遺跡；跡象；行蹤下落；家業；後任，後繼者 類 遺跡
0044 □	あばれる 【暴れる】	(自下一) 胡鬧；放蕩，横衝直撞 類 乱暴
0045 □	あびる 【浴びる】	(他上一) 洗，浴；曬，照；遭受，蒙受 類 受ける
0046 □	あぶる 【炙る・焙る】	(他五) 烤；烘乾；取暖 類 焙じる（ほうじる）
0047 □	あふれる 【溢れる】	(自下一) 溢出，漾出，充滿 類 零れる（こぼれる）
0048 □	あまい 【甘い】	(形) 甜的；淡的；寬鬆，好說話；鈍，鬆動；藐視；天真的；樂觀的；淺薄的；愚蠢的 反 辛い 類 甘ったるい
0049 □	あまど 【雨戸】	(名)(為防風防雨而罩在窗外的)木板套窗，滑窗 類 戸
0050 □	あまやかす 【甘やかす】	(他五) 嬌生慣養，縱容放任；嬌養，嬌寵
0051 □	あまる 【余る】	(自五) 剩餘；超過，過分，承擔不了 反 足りない 類 有り余る（ありあまる）
0052 □	あみもの 【編み物】	(名) 編織；編織品 類 手芸（しゅげい）

0040
条件に当てはまる。
▶ 合乎條件。

0041
その方法はすべての場合に当てはめることはできない。
▶ 那個方法並不適用於所有情況。

0042
後から行く。
▶ 我隨後就去。

0043
山の中で、熊の足跡を見つけた。
▶ 在山裡發現了熊的腳印。

0044
彼は酒を飲むと、周りのこともかまわずに暴れる。
▶ 他只要一喝酒，就會不顧周遭一切地胡鬧一番。

0045
シャワーを浴びるついでに、頭も洗った。
▶ 在沖澡的同時，也順便洗了頭。

あ

0046
魚をあぶる。
▶ 烤魚。

0047
道に人が溢れているので、通り抜けようがない。
▶ 道路擠滿了人，沒辦法通過。

0048
そんな甘い考えは、採用しかねます。
▶ 你那天真的提案，我很難採用的。

0049
力をこめて、雨戸を閉めた。
▶ 用力將滑窗關起來。

0050
子どもを甘やかすなといっても、どうしたらいいかわからない。
▶ 雖說不要寵小孩，但也不知道該如何是好。

0051
時間が余りぎみだったので、喫茶店に行った。
▶ 看來還有時間，所以去了咖啡廳。

0052
おばあちゃんが編み物をしているところへ、孫がやってきた。
▶ 老奶奶在打毛線的時候，小孫子來了。

0053 ☐	あむ 【編む】	他五 編，織；編輯，編纂 類 織る
0054 ☐	あめ 【飴】	名 糖，麥芽糖 類 キャンデー
0055 ☐	あやうい 【危うい】	形 危險的；令人擔憂，靠不住 類 危ない
0056 ☐	あやしい 【怪しい】	形 奇怪的，可疑的；靠不住的，難以置信；奇異，特別；笨拙；關係曖昧的 類 疑わしい（うたがわしい）
0057 ☐	あやまり 【誤り】	名 錯誤 類 違い
0058 ☐	あやまる 【誤る】	自五・他五 錯誤，弄錯；耽誤
0059 ☐	あら	感 (女)(出乎意料或驚訝時發出的聲音)唉呀！唉唷
0060 ☐	あらい 【荒い】	形 凶猛的；粗野的，粗暴的；濫用 類 荒っぽい（あらっぽい）
0061 ☐	あらい 【粗い】	形 大；粗糙
0062 ☐	あらし 【嵐】	名 風暴，暴風雨
0063 ☐	あらすじ 【粗筋】	名 概略，梗概，概要 類 概容（がいよう）
0064 ☐	あらた 【新た】	形動 重新；新的，新鮮的 反 古い　類 新しい
0065 ☐	あらためて 【改めて】	副 重新；再 類 再び

0053
お父さんのためにセーターを編んでいる。
▶ 為了爸爸在織毛衣。

0054
子どもたちに一つずつ飴をあげました。
▶ 給了小朋友一人一顆糖果。

0055
彼の計画には、危ういものがある。
▶ 他的計畫有令人擔憂之處。

0056
外を怪しい人が歩いているよ。
▶ 有可疑的人物在外面徘徊呢。

0057
誤りを認めてこそ、立派な指導者と言える。
▶ 唯有承認自己過失，才稱得上是偉大的領導者。

0058
誤って違う薬を飲んでしまった。
▶ 不小心搞錯吃錯藥了。

あ

0059
あら、あの人が来たわよ。
▶ 唉呀！那人來了。

0060
彼は言葉が荒い反面、心は優しい。
▶ 他雖然講話粗暴，但另一面，內心卻很善良。

0061
目の粗い籠。
▶ 縫大的簍子。

0062
嵐が来ないうちに、家に帰りましょう。
▶ 趁暴風雨還沒來之前，快回家吧！

0063
彼の書いた粗筋に基づいて、脚本を書いた。
▶ 我根據他寫的故事大綱，來寫腳本。

0064
今回のセミナーは、新たな試みの一つにほかなりません。
▶ 這次的課堂討論，可說是一個全新的嘗試。

0065
改めてお知らせします。
▶ 另行通知。

0066 ☐	あらためる【改める】	他下一 改正，修正，革新；檢查 類 改正
0067 ☐	あらゆる【有らゆる】	連體 一切，所有 類 ある限り
0068 ☐	あらわれ【現れ・表れ】	名 (為「あらわれる」的名詞形)表現；現象；結果
0069 ☐	ありがたい【有り難い】	形 難得，少有；值得感謝，感激，值得慶幸 類 謝する（しゃする）
0070 ☐ T4	（どうも）ありがとう	感 謝謝 類 お世話様
0071 ☐	ある【或る】	連體 (動詞「あり」的連體形轉變，表示不明確、不肯定)某，有
0072 ☐	ある【有る・在る】	自五 有；持有，具有；舉行，發生；有過；在 反 無い　類 存する
0073 ☐	あるいは【或いは】	接・副 或者，或是，也許；有的，有時 類 又は（または）
0074 ☐	あれこれ	名 這個那個，種種 類 いろいろ
0075 ☐	あれ（っ）	感 (驚訝、恐怖、出乎意料等場合發出的聲音）呀！唉呀？
0076 ☐	あれる【荒れる】	自下一 天氣變壞；(皮膚)變粗糙；荒廢，荒蕪；暴戾，胡鬧；秩序混亂 類 波立つ（なみだつ）
0077 ☐	あわ【泡】	名 泡，沫，水花 類 泡（あぶく）
0078 ☐	あわただしい【慌ただしい】	形 匆匆忙忙的，慌慌張張的 類 落ち着かない

0066
酒で失敗して以来、私は行動を改めることにした。
▶ 自從飲酒誤事以後，我就決定檢討改進自己的行為。

0067
資料を分析するのみならず、あらゆる角度から検討すべきだ。
▶ 不單只是分析資料，也必須從各個角度去探討才行。

0068
上司の言葉が厳しかったにしろ、それはあなたへの期待の表れなのです。
▶ 就算上司講話嚴厲了些，那也是一種對你有所期待的表現。

0069
手伝ってくれるとは、なんとありがたいことか。
▶ 你願意幫忙，是多麼令我感激啊！

0070
私たちにかわって、彼に「ありがとう」と伝えてください。
▶ 請替我們向他說聲謝謝。

0071
ある意味ではそれは正しい。
▶ 就某意義而言，那是對的。

あ

0072
あなたのうちに、コンピューターはありますか。
▶ 你家裡有電腦嗎？

0073
ペンか、あるいは鉛筆を持ってきてください。
▶ 請帶筆或鉛筆過來。

0074
あれこれ考えたあげく、行くのをやめました。
▶ 經過種種的考慮，最後決定不去了。

0075
あれっ、今日どうしたの。
▶ 唉呀！今天怎麼了？

0076
天気が荒れるかどうかにかかわらず、出かけます。
▶ 不管天氣會不會變壞，我都要出門。

0077
泡が立つ。
▶ 起泡泡。

0078
田中さんは慌ただしく部屋を出て行った。
▶ 田中先生慌忙地走出了房間。

0079 ☐	あわれ 【哀れ】	(名・形動) 可憐，憐憫；悲哀，哀愁；情趣，風韻 (類) かわいそう
0080 ☐	あん 【案】	(名) 計畫，提案，意見；預想，意料 (類) 考え
0081 ☐	あんい 【安易】	(名・形動) 容易，輕而易舉；安逸，舒適，遊手好閒 (反) 至難（しなん）　(類) 容易
0082 ☐	あんき 【暗記】	(名・他サ) 記住，背誦，熟記 (類) 暗唱
0083 ☐	あんてい 【安定】	(名・自サ) 安定，穩定；(物體)安穩 (反) 不安定　(類) 落ち着く
0084 ☐	アンテナ 【antenna】	(名) 天線 (類) 空中線（くうちゅうせん）
0085 ☐	あんなに	(副) 那麼地，那樣地
0086 ☐	あんまり	(形動・副) 太，過於，過火 (類) それほど
0087 ☐	い 【位】	(漢造) 位；身分，地位；（對人的敬稱）位
0088 ☐	い 【胃】	(名) 胃 (類) 胃腸
0089 ☐	いいだす 【言い出す】	(他五) 開始說，說出口 (類) 発言
0090 ☐	いいつける 【言い付ける】	(他下一) 命令；告狀；說慣，常說 (類) 命令
0091 ☐	いいん 【委員】	(名) 委員 (類) 役員

い

0079
そんな哀れっぽい声を出さないでください。
▶ 請不要發出那麼可憐的聲音。

0080
その案には、賛成しかねます。
▶ 我難以贊同那份提案。

0081
安易な方法に頼るべきではない。
▶ 不應該光是靠著省事的作法。

0082
こんな長い文章は、すぐには暗記できっこないです。
▶ 那麼冗長的文章，我不可能馬上記住的。

0083
結婚したせいか、精神的に安定した。
▶ 不知道是不是結了婚的關係，精神上感到很穩定。

0084
屋根の上にアンテナが立っている。
▶ 天線矗立在屋頂上。

あ

0085
あんなに遠足を楽しみにしていたのに、雨が降ってしまった。
▶ 人家那麼期待去遠足，天公不作美卻下起雨了。

0086
あの喫茶店はあんまりきれいではない反面、コーヒーはおいしい。
▶ 那家咖啡廳裝潢不怎麼美，但咖啡卻很好喝。

0087
高い地位に就く。
▶ 坐上高位。

0088
あるものを全部食べきったら、胃が痛くなった。
▶ 吃完了所有東西以後，胃就痛了起來。

0089
余計なことを言い出したばかりに、私が全部やることになった。
▶ 都是因為我多嘴，現在所有事情都要我做了。

0090
先生に言いつけられるものなら、言いつけてみろよ。
▶ 如果你敢跟老師告狀，你就試試看啊！

0091
委員になってお忙しいところをすみませんが、お願いがあります。
▶ 真不好意思，在您當上委員的百忙之中打擾，我有一事想拜託您。

0092	いき【息】	名 呼吸，氣息；步調 類 呼吸（こきゅう）
0093	いき【意気】	名 意氣，氣概，氣勢，氣魄 類 気勢（きせい）
0094	いぎ【意義】	名 意義，意思；價值 類 意味
0095	いきいき【生き生き】	副・自サ 活潑，生氣勃勃，栩栩如生 類 活発
0096	いきおい【勢い】	名 勢，勢力；氣勢，氣焰 類 気勢
0097	いきなり T5	副 突然，冷不防，馬上就… 類 突然
0098	いきもの【生き物】	名 生物，動物；有生命力的東西，活的東西 類 生物
0099	いく【幾】	接頭 表數量不定，幾，多少，如「幾日」（幾天）；表數量、程度很大，如「幾千万」（幾千萬）
0100	いくじ【育児】	名 養育兒女
0101	いくぶん【幾分】	副・名 一點，少許，多少；(分成)幾分；(分成幾分中的)一部分 類 少し
0102	いけない	形・連語 不好，糟糕；沒希望，不行；不能喝酒，不能喝酒的人；不許，不可以 類 良くない
0103	いけばな【生け花】	名 生花，插花 類 挿し花
0104	いけん【異見】	名・他サ 不同的意見，不同的見解，異議 類 異議（いぎ）

0092
息を全部吐ききってください。
▶ 請將氣全部吐出來。

0093
試合に勝ったので、みんな意気が上がっています。
▶ 因為贏了比賽，所以大家的氣勢都提升了。

0094
自分でやらなければ、練習するという意義がなくなるというものだ。
▶ 如果不親自做，所謂的練習就毫無意義了。

0095
結婚して以来、彼女はいつも生き生きしているね。
▶ 自從結婚以後，她總是一副風采煥發的樣子呢！

0096
その話を聞いたとたんに、彼はすごい勢いで部屋を出て行った。
▶ 他聽到那番話，就氣沖沖地離開了房間。

0097
いきなり声をかけられてびっくりした。
▶ 冷不防被叫住，嚇了我一跳。

い

0098
こんなひどい環境では、生き物が生存できっこない。
▶ 在這麼糟的環境下，生物不可能活得下去。

0099
幾多の困難を切り抜ける。
▶ 克服了重重的困難。

0100
主婦は、家事の上に育児もしなければなりません。
▶ 家庭主婦不僅要做家事，還得帶孩子。

0101
体調は幾分よくなってきたにしろ、まだ出勤はできません。
▶ 就算身體好些了，但還是沒辦法去上班。

0102
病気だって？それはいけないね。
▶ 生病了！那可不得了了。

0103
智子さんといえば、生け花を習い始めたらしいですよ。
▶ 說到智子小姐，聽說她開始學插花了！

0104
異見を唱える。
▶ 唱反調。

0105 ☐	いこう 【以降】	名 以後，之後 反 以前　類 以後
0106 ☐	いさましい 【勇ましい】	形 勇敢的，振奮人心的；活潑的；(俗)有勇無謀 類 雄々しい（おおしい）
0107 ☐	いし 【意志】	名 意志，志向，心意 類 意図（いと）
0108 ☐	いじ 【維持】	名・他サ 維持，維護 類 保持
0109 ☐	いしがき 【石垣】	名 石牆
0110 ☐	いしき 【意識】	名・他サ (哲學的)意識；知覺，神智；自覺，意識到 類 知覚
0111 ☐	いじょう 【異常】	名・形動 異常，反常，不尋常 反 正常　類 格外（かくがい）
0112 ☐	いしょくじゅう 【衣食住】	名 衣食住 類 生計
0113 ☐	いずみ 【泉】	名 泉，泉水；泉源；話題 類 湧き水（わきみず）
0114 ☐	いずれ 【何れ】	代・副 哪個，哪方；反正，早晚，歸根到底； 不久，最近，改日 類 どれ
0115 ☐	いた 【板】	名 木板；薄板；舞台 類 盤
0116 ☐	いたい 【遺体】	名 遺體
0117 ☐	いだい 【偉大】	形動 偉大的，魁梧的 類 偉い

0105

5時以降は不在につき、また明日いらしてください。
▶ 五點以後大家都不在，所以請你明天再來。

0106

彼らの行動には、勇ましいものがある。
▶ 他們的行為有種振奮人心的力量。

0107

本人の意志に反して、社長に選ばれた。
▶ 與當事人的意願相反，他被選為社長。

0108

政府が助けてくれないかぎり、この組織は維持できない。
▶ 只要政府不支援，這組織就不能維持下去。

0109

石垣のある家。
▶ 有石牆的房子。

0110

患者の意識が回復しないことには、治療ができない。
▶ 只要病患不回復意識，就無法進行治療。

0111

システムはもちろん、プログラムも異常はありません。
▶ 不用說是系統，程式上也有沒任何異常。

0112

衣食住に困らなければこそ、安心して生活できる。
▶ 衣食只要不缺，就可以安心過活了。

0113

泉を中心にして、いくつかの家が建っている。
▶ 圍繞著泉水，周圍有幾棟房子在蓋。

0114

いずれやらなければならないと思いつつ、今日もできなかった。
▶ 儘管知道這事早晚都要做，但今天仍然沒有完成。

0115

板に釘を打った。
▶ 把釘子敲進木板。

0116

遺体を埋葬する。
▶ 埋葬遺體。

0117

ベートーベンは偉大な作曲家だ。
▶ 貝多芬是位偉大的作曲家。

0118 ☐	いだく 【抱く】	他五 抱；懷有，懷抱 類 抱える（かかえる）
0119 ☐	いたみ 【痛み】	名 痛，疼；悲傷，難過；損壞；(水果因碰撞而)腐爛 類 苦しみ
0120 ☐	いたむ 【痛む】	自五 疼痛；苦惱；損壞 類 傷つく（きずつく）
0121 ☐	いたる 【至る】	自五 到，來臨；達到；周到 類 まで
0122 ☐	いち 【位置】	名・自サ 位置，場所；立場，遭遇；位於 類 地点
0123 ☐	いちおう 【一応】	副 大略做了一次，暫，先，姑且 類 大体
0124 ☐	いちご	名 草莓
0125 ☐	いちじ 【一時】	造語・副 某時期，一段時間；那時；暫時；一點鐘；同時，一下子 反 常時　類 暫く（しばらく）
0126 ☐	いちだんと 【一段と】	副 更加，越發 類 一層（いっそう）
0127 ☐	いちば 【市場】	名 市場，商場 類 市
0128 ☐	いちぶ 【一部】	名 一部分，(書籍、印刷物等)一冊，一份，一套 反 全部　類 一部分
0129 ☐	いちりゅう 【一流】	名 一流，頭等；一個流派；獨特 反 二、三流　類 最高
0130 ☐	いつか 【何時か】	副 未來的不定時間，改天；過去的不定時間，以前；不知不覺 類 そのうちに

0118
彼は彼女に対して、憎しみさえ抱いている。
▶ 他對她甚至懷恨在心。

0119
あいつは冷たいやつだから、人の心の痛みなんか感じっこない。
▶ 那傢伙很冷酷，絕不可能懂得別人的痛苦。

0120
傷が痛まないこともないが、まあ大丈夫です。
▶ 傷口並不是不會痛，不過沒什麼大礙。

0121
駅から、神社に至る道を歩いた。
▶ 我走過車站到神社這一段路。

0122
机は、どの位置に置いたらいいですか。
▶ 書桌放在哪個地方好呢？

0123
一応、息子にかわって、私が謝っておきました。
▶ 我先代替我兒子去致歉。

い

0124
いちごを栽培する。
▶ 種植草莓。

0125
一時のことにしろ、友達とけんかするのはあまりよくないですね。
▶ 就算是一時，跟朋友吵架總是不太好吧！

0126
彼女が一段ときれいになったと思ったら、結婚するんだそうです。
▶ 覺得她變漂亮了，原來聽說是要結婚了。

0127
市場で、魚や果物などを売っています。
▶ 市場裡有賣魚、水果…等等。

0128
この案に反対なのは、一部の人間にほかならない。
▶ 反對這方案的，只不過是一部分的人。

0129
一流の音楽家になれるかどうかは、才能次第だ。
▶ 是否能成為一流的音樂家，全憑個人的才能。

0130
またいつかお会いしましょう。
▶ 改天再見吧！

0131 ☐	いっか 【一家】	名 一所房子；一家人；一個團體；一派 類 家族
0132 ☐	いっしゅ 【一種】	名 一種；獨特的；(說不出的)某種，稍許 類 同類（どうるい）
0133 ☐	いっしゅん 【一瞬】	名 一瞬間，一剎那 反 永遠　類 瞬間（しゅんかん）
0134 ☐	いっせいに 【一斉に】	副 一齊，一同 類 一度に
0135 ☐	いっそう 【一層】	副 更，越發 類 更に
0136 ☐	いったん 【一旦】	副 一旦，既然；暫且，姑且 類 一度
0137 ☐	いっち 【一致】	名・自サ 一致，相符 反 相違　類 合致（がっち）
0138 ☐	いってい 【一定】	名・自他サ 一定；規定，固定 反 不定　類 一様
0139 ☐	いつでも 【何時でも】	副 無論什麼時候，隨時，經常，總是 類 随時（ずいじ）
0140 ☐	いっぽう 【一方】	名・副助・接 一個方向；一個角度；一面，同時；(兩個中的)一個；只顧，愈來愈…；從另一方面說　反 相互　類 片方
0141 ☐	いつまでも 【何時までも】	副 到什麼時候也…，始終，永遠
0142 ☐	いてん 【移転】	名・自他サ 轉移位置；搬家；(權力等)轉交，轉移 類 引っ越す
0143 ☐	いでんし 【遺伝子】	名 基因

0131
田中さん一家のことだから、正月は旅行に行っているでしょう。
▶ 田中先生一家人的話，新年大概又去旅行了吧！

0132
これは、虫の一種ですか。
▶ 這是屬昆蟲類的一種嗎？

0133
花火は、一瞬だからこそ美しい。
▶ 煙火就因那一瞬間而美麗。

0134
彼らは一斉に立ち上がった。
▶ 他們一起站了起來。

0135
大会で優勝できるように、一層努力します。
▶ 為了比賽能得冠軍，我要比平時更加努力。

0136
いったんうちに帰って、着替えてからまた出かけます。
▶ 我先回家一趟，換過衣服之後再出門。

0137
意見が一致した上は、早速プロジェクトを始めましょう。
▶ 既然看法一致了，就快點進行企畫吧！

0138
一定の条件のもとで、安心して働くことができます。
▶ 在一定的條件下，就能放心地工作了。

0139
彼はいつでも勉強している。
▶ 他無論什麼時候都在看書。

0140
勉強する一方で、仕事もしている。
▶ 我一邊唸書，也一邊工作。

0141
今日のことは、いつまでも忘れません。
▶ 今日所發生的，我永生難忘。

0142
会社の移転で大変なところを、お邪魔してすみません。
▶ 在貴社遷移而繁忙之時前來打擾您，真是不好意思。

0143
遺伝子組み換え食品。
▶ 基因改造食品。

い

0144	いど 【井戸】	名 井
0145	いど 【緯度】	名 緯度 反 経度
0146	いどう 【移動】	名・自他サ 移動，轉移 反 固定　類 移る
0147	いね 【稲】	名 水稲，稲子 類 水稲（すいとう）
0148	いねむり 【居眠り】	名・自サ 打瞌睡，打盹兒 類 仮寝（かりね）
0149	いばる 【威張る】	自五 誇耀，逞威風 類 驕る（おごる）
0150	いはん 【違反】	名・自サ 違反，違犯 反 遵守　類 反する
0151	いふく 【衣服】	名 衣服 類 衣装
0152	いまに 【今に】	副 就要，即將，馬上；至今，直到現在 類 そのうちに
0153	いまにも 【今にも】	副 馬上，不久，眼看就要 類 すぐ
0154	いやがる 【嫌がる】	他五 討厭，不願意，逃避 類 嫌う
0155	いよいよ 【愈々】	副 愈發；果真；終於；即將要；緊要關頭 類 遂に
0156	いらい 【以来】	名 以來，以後；今後，將來 反 以降　類 以前

0144
井戸で水をくんでいるところへ、隣のおばさんが来た。
▶ 我在井邊打水時，隔壁的伯母就來了。

0145
緯度が高いわりに暖かいです。
▶ 雖然緯度很高，氣候卻很暖和。

0146
雨が降ってきたので、屋内に移動せざるをえませんね。
▶ 因為下起雨了，所以不得不搬到屋內去呀。

0147
太陽の光のもとで、稲が豊かに実っています。
▶ 稻子在陽光之下，結實累累。

0148
あいつのことだから、仕事中に居眠りをしているんじゃないかな。
▶ 那傢伙的話，一定又是在工昨時間打瞌睡吧！

0149
部下に威張る。
▶ 對屬下逞威風。

0150
スピード違反をした上に、駐車違反までしました。
▶ 不僅超速，甚至還違規停車。

0151
季節に応じて、衣服を選びましょう。
▶ 依季節來挑衣服吧！

0152
彼は、現在は無名にしろ、今に有名になるに違いない。
▶ 儘管他現在只是個無名小卒，但他一定很快會成名的。

0153
その子どもは、今にも泣き出しそうだった。
▶ 那個小朋友眼看就要哭了。

0154
彼女が嫌がるのもかまわず、何度もデートに誘う。
▶ 不顧她的不願，一直要約她出去。

0155
いよいよ留学に出発する日がやってきた。
▶ 出國留學的日子終於來到了。

0156
去年以来、交通事故による死者が減りました。
▶ 從去年開始，車禍死亡的人口減少了。

0157 ☐	いらい【依頼】	(名・自他サ) 委託，請求，依靠 (類) 頼み
0158 ☐	いりょう【医療】	(名) 醫療 (類) 治療
0159 ☐	いりょうひん【衣料品】	(名) 衣料；衣服
0160 ☐ T7	いる【煎る・炒る】	(他五) 炒，煎
0161 ☐	いれもの【入れ物】	(名) 容器，器皿 (類) 器
0162 ☐	いわい【祝い】	(名) 祝賀，慶祝；賀禮；慶祝活動 (類) おめでた
0163 ☐	いわば【言わば】	(副) 譬如，打個比方，說起來，打個比方說
0164 ☐	いわゆる【所謂】	(連體) 所謂，一般來說，大家所說的，常說的
0165 ☐	いんさつ【印刷】	(名・自他サ) 印刷 (類) プリント
0166 ☐	いんたい【引退】	(名・自サ) 隱退，退職 (類) 辞める
0167 ☐	いんよう【引用】	(名・自他サ) 引用
う 0168 ☐	ウィスキー【whisky】	(名) 威士忌(酒) (類) 酒
0169 ☐	ウーマン【woman】	(名) 婦女，女人 (反) マン (類) 女

0157
仕事を依頼する上は、ちゃんと報酬を払わなければなりません。
▶ 既然要委託他人做事，就得付出相對的酬勞。

0158
高い医療水準のもとで、国民は健康に生活しています。
▶ 在高醫療水準之下，國民過著健康的生活。

0159
衣料品店を営む。
▶ 經營服飾店。

0160
ごまを鍋で煎ったら、いい香りがした。
▶ 芝麻在鍋裡一炒，就香味四溢。

0161
入れ物がなかったばかりに、飲み物をもらえなかった。
▶ 就因為沒有容器了，所以沒能拿到飲料。

0162
祝いの品として、ネクタイを贈った。
▶ 我送了條領帶作為賀禮。

い

0163
このペンダントは、言わばお守りのようなものです。
▶ 這對墜飾耳環，說起來就像是我的護身符一般。

0164
いわゆる健康食品が、私はあまり好きではない。
▶ 我不大喜歡那些所謂的健康食品。

0165
原稿ができたら、すぐ印刷に回すことになっています。
▶ 稿一完成，就要馬上送去印刷。

0166
彼は、サッカー選手を引退するかしないかのうちに、タレントになった。
▶ 他才從足球選手隱退，就當起了藝人。

0167
引用による説明が、分かりやすかったです。
▶ 引用典故來做說明，讓人淺顯易懂。

0168
ウィスキーにしろ、ワインにしろ、お酒は絶対飲まないでください。
▶ 不論是威士忌，還是葡萄酒，請千萬不要喝酒。

0169
ウーマンリブがはやった時代もあった。
▶ 過去女性解放運動也曾有過全盛時代。

0170	うえき 【植木】	名 植種的樹；盆景
0171	うえる 【飢える】	自下一 飢餓，渴望 類 飢える（かつえる）
0172	うお 【魚】	名 魚 類 魚類
0173	うがい 【嗽】	名・自サ 漱口 類 漱ぐ
0174	うかぶ 【浮かぶ】	自五 漂，浮起；想起，浮現，露出；（佛）超度；出頭，擺脫困難 反 沈む（しずむ）　類 浮き上がる（うきあがる）
0175	うかべる 【浮かべる】	他下一 浮，泛；露出；想起 反 沈める（しずめる）　類 浮かす（うかす）
0176	うく 【浮く】	自五 飄浮；動搖，鬆動；高興，愉快；結餘，剩餘；輕薄 反 沈む　類 浮かぶ
0177	うけたまわる 【承る】	他五 聽取；遵從，接受；知道，知悉；傳聞 類 受け入れる
0178	うけとり 【受け取り】	名 收領；收據；計件工作(的工錢)
0179	うけとる 【受け取る】	他五 領，接收，理解，領會 反 差し出す　類 受け入れる
0180	うけもつ 【受け持つ】	他五 擔任，擔當，掌管 類 担当する
0181	うさぎ 【兎】	名 兔子
0182	うしなう 【失う】	他五 失去，喪失；改變常態；喪，亡；迷失；錯過 類 無くす

0170
植木の世話をしているところへ、友だちが遊びに来ました。
▶ 當我在修剪盆栽時，朋友就跑來拜訪。

0171
生活に困っても、飢えることはないでしょう。
▶ 就算為生活而苦，也不會挨餓吧！

0172
魚に興味をもったのをきっかけに、魚市場で働くことにした。
▶ 因為對魚有興趣，因此我就到魚市場工作了。

0173
うちの子は外から帰ってきて、うがいどころか手も洗わない。
▶ 我家孩子從外面回來，別說是漱口，就連手也不洗。

0174
そのとき、すばらしいアイデアが浮かんだ。
▶ 就在那時，靈光一現，腦中浮現了好點子。

0175
行ったこともない場所のイメージは、頭に浮かべようがない。
▶ 沒去過的地方，腦海中不可能會有印象。

0176
面白い形の雲が、空に浮いている。
▶ 天空裡飄著一朵形狀有趣的雲。

0177
担当者にかわって、私が用件を承ります。
▶ 由我來代替負責的人來承接這件事情。

0178
荷物を届けたら、受け取りをもらってください。
▶ 如果包裹送來的話，請索取收據。

0179
意味のないお金は、受け取りようがありません。
▶ 沒來由的金錢，我是不能收下的。

0180
１年生のクラスを受け持っています。
▶ 我擔任一年級的班導。

0181
動物園には、象やライオンばかりでなく、兎などもいます。
▶ 動物園裡，不單有大象和獅子，也有兔子等等的動物。

0182
事故のせいで、財産を失いました。
▶ 都是因為事故的關係，而賠光了財產。

う

0183 ☐	うすぐらい 【薄暗い】	形 微暗的，陰暗的 類 薄明かり
0184 ☐	うすめる 【薄める】	他下一 稀釋，弄淡
0185 ☐	うたがう 【疑う】	他五 懷疑，疑惑，不相信，猜測 反 信じる 類 訝る（いぶかる）
0186 ☐	うちあわせ 【打ち合わせ】	名・他サ 事先商量，碰頭 類 相談
0187 ☐	うちあわせる 【打ち合わせる】	他下一 使…相碰，(預先)商量 類 相談する
0188 ☐	うちけす 【打ち消す】	他五 否定，否認；熄滅，消除 類 取り消す
0189 ☐ T8	うちゅう 【宇宙】	名 宇宙；(哲)天地空間；天地古今
0190 ☐	うつす 【映す】	他五 映，照；放映
0191 ☐	うったえる 【訴える】	他下一 控告，控訴，申訴；求助於；使…感動，打動
0192 ☐	うなずく 【頷く】	自五 點頭同意，首肯 類 承知する
0193 ☐	うなる 【唸る】	自五 呻吟；(野獸)吼叫；發出嗚聲；吟，哼；贊同，喝彩 類 鳴く
0194 ☐	うばう 【奪う】	他五 剝奪；強烈吸引；除去 反 与える 類 奪い取る
0195 ☐	うまれ 【生まれ】	名 出生；出生地；門第，出生

0183
目に悪いから、薄暗いところで本を読むものではない。
▶ 因為對眼睛不好，所以不該在陰暗的地方看書。

0184
コーヒーをお湯で薄めたから、おいしくないわけだ。
▶ 原來這咖啡有用水稀釋過，怪不得不怎麼好喝。

0185
彼のことは、友人でさえ疑っている。
▶ 他的事情，就連朋友也都在懷疑。

0186
特別に変更がないかぎり、打ち合わせは来週の月曜に行われる。
▶ 只要沒有特別的變更，會議將在下禮拜一舉行。

0187
あ、ついでに明日のことも打ち合わせておきましょう。
▶ 啊！順便先商討一下明天的事情吧！

0188
一度言ってしまった言葉は、打ち消しようがない。
▶ 一旦說出的話，就沒辦法否認了。

0189
宇宙飛行士の話を聞いたのをきっかけにして、宇宙に興味を持った。
▶ 自從聽了太空人的故事後，就對宇宙產生了興趣。

0190
鏡に姿を映して、おかしくないかどうか見た。
▶ 我照鏡子，看看樣子奇不奇怪。

0191
彼が犯人と知った上は、警察に訴えるつもりです。
▶ 既然知道他是犯人，我就打算向警察報案。

0192
私が意見を言うと、彼は黙ってうなずいた。
▶ 我一說出意見，他就默默地點了頭。

0193
ブルドッグがウーウー唸っている。
▶ 哈巴狗嗚嗚地叫著。

0194
戦争で家族も財産もすべて奪われてしまった。
▶ 戰爭把我的家人和財產全都奪走了。

0195
戸籍上は、北海道の生まれになっています。
▶ 戶籍上，是標明北海道出生的。

う

0196	うむ 【有無】	名 有無；可否，願意與否 類 生い立ち
0197	うめ 【梅】	名 梅花，梅樹；梅子
0198	うやまう 【敬う】	他五 尊敬 反 侮る（あなどる） 類 敬する（けいする）
0199	うらがえす 【裏返す】	他五 翻過來；通敵，叛變 類 折り返す
0200	うらぎる 【裏切る】	他五 背叛，出賣，通敵；辜負，違背 類 背信する
0201	うらぐち 【裏口】	名 後門，便門；走後門 反 表口
0202	うらなう 【占う】	他五 占卜，占卦，算命 類 占卜（せんぼく）
0203	うらみ 【恨み】	名 恨，怨，怨恨 類 怨恨（えんこん）
0204	うらむ 【恨む】	他五 抱怨，恨；感到遺憾，可惜；雪恨，報仇 類 残念（ざんねん）
0205	うらやむ 【羨む】	他五 羨慕，嫉妒 類 妬む（ねたむ）
0206	うりあげ 【売り上げ】	名 (一定期間的)銷售額，營業額 類 売上高
0207	うりきれ 【売り切れ】	名 賣完
0208	うりきれる 【売り切れる】	自下一 賣完，賣光

0196
彼が行くことをためらっているところを、有無を言わせず連れてきた。
▶ 就在他猶豫是否要去時，不管三七二十一地就將他帶了過來。

0197
梅の花が、なんと美しかったことか。
▶ 梅花是多麼地美麗啊！

0198
年長者を敬うことは大切だ。
▶ 尊敬年長長輩是很重要的。

0199
靴下を裏返して洗った。
▶ 我把襪子翻過來洗。

0200
友達を信じたとたんに、裏切られた。
▶ 就在我相信朋友的那一刻，遭到了背叛。

0201
すみませんが、裏口から入ってください。
▶ 不好意思，請由後門進入。

う

0202
恋愛と仕事について占ってもらった。
▶ 我請他幫我算愛情和工作的運勢。

0203
私に恨みを持つなんて、それは誤解というものです。
▶ 說什麼跟我有深仇大怨，那可真是個天大誤會啊。

0204
仕事の報酬をめぐって、同僚に恨まれた。
▶ 因為工作的報酬一事，被同事懷恨在心。

0205
彼女はきれいでお金持ちなので、みんなが羨んでいる。
▶ 她人既漂亮又富有，大家都很羨慕她。

0206
売り上げの計算をしているところへ、社長がのぞきに来た。
▶ 在我結算營業額時，社長跑來看了一下。

0207
売り切れにならないうちに、早く買いに行かなくてはなりません。
▶ 我們得在賣光之前去買才行。

0208
コンサートのチケットはすぐに売り切れた。
▶ 演唱會的票馬上就賣完了。

0209 ☐	うれゆき 【売れ行き】	名 (商品的)銷售狀況，銷路
0210 ☐	うれる 【売れる】	自下一 商品賣出，暢銷；變得廣為人知，出名，聞名
0211 ☐	うろうろ	副・自サ 徘徊；不知所措，張慌失措 類 まごまご
0212 ☐	うわ 【上】	漢造 (位置的)上邊，上面，表面；(價值、程度)高；輕率，隨便
0213 ☐	うわる 【植わる】	自五 栽上，栽植
0214 ☐	うん 【運】	名 命運，運氣 類 運命
0215 ☐	うんが 【運河】	名 運河 類 堀（ほり）
0216 ☐	うんと	副 多，大大地；用力，使勁地 類 たくさん
0217 ☐	うんぬん 【云々】	名・他サ 云云，等等；說長道短 類 あれこれ
0218 ☐	うんぱん 【運搬】	名・他サ 搬運，運輸 類 運ぶ
0219 ☐	うんよう 【運用】	名・他サ 運用，活用 類 応用
え 0220 ☐ T9	えっ	感 (表示驚訝、懷疑)啊！怎麼？
0221 ☐	えいえん 【永遠】	名 永遠，永恆，永久 類 いつまでも

0209
その商品は売れ行きがよい。
▶ 那個產品銷路很好。

0210
この新製品がよく売れる。
▶ 這個新產品很暢銷。

0211
彼は今ごろ、渋谷あたりをうろうろしているに相違ない。
▶ 現在，他人一定是在澀谷一帶徘徊。

0212
上着を脱いで仕事をする。
▶ 脱掉上衣工作。

0213
庭にはいろいろのばらが植わっていた。
▶ 庭院種植了各種野玫瑰。

0214
宝くじが当たるとは、なんと運がいいことか。
▶ 竟然中了彩卷，運氣還真好啊！

0215
真冬の運河に飛び込むとは、無茶というものだ。
▶ 在寒冬跳入運河裡，真是件荒唐的事。

0216
うんとおしゃれをして出かけた。
▶ 她費心打扮出門去了。

0217
他人のすることについて云々したくはない。
▶ 對於他人所作的事，我不想多說什麼。

0218
荷物を指示どおりに運搬した。
▶ 行李已依指示搬運完成。

0219
目的にそって、資金を運用する。
▶ 按目的來運用資金。

0220
えっ、あれが彼のお父さん?
▶ 咦？那是他父親嗎？

0221
神のもとで、永遠の愛を誓います。
▶ 在神面前，發誓相愛至永遠。

う

0222 ☐	えいきゅう【永久】	名 永遠，永久 類 いつまでも
0223 ☐	えいぎょう【営業】	名・自他サ 營業，經商 類 商い（あきない）
0224 ☐	えいせい【衛生】	名 衛生 類 保健
0225 ☐	えいぶん【英文】	名 用英語寫的文章；「英文學」、「英文學科」的簡稱
0226 ☐	えいわ【英和】	名 英日辭典
0227 ☐	えがお【笑顔】	名 笑臉，笑容 反 泣き顔　類 笑い顔
0228 ☐	えがく【描く】	他五 畫，描繪；以…為形式，描寫；想像 類 写す
0229 ☐	えきたい【液体】	名 液體 類 液状
0230 ☐	えさ【餌】	名 飼料，飼食
0231 ☐	エチケット【etiquette】	名 禮節，禮儀，(社交)規矩 類 礼儀
0232 ☐	えのぐ【絵の具】	名 顏料 類 顔料
0233 ☐	えはがき【絵葉書】	名 圖畫明信片，照片明信片
0234 ☐	エプロン【apron】	名 圍裙 類 前掛け（まえかけ）

0222
私は、永久にここには戻ってこない。
▶ 我永遠不會再回來這裡。

0223
営業開始に際して、店長から挨拶があります。
▶ 開始營業時，店長會致詞。

0224
この店は、衛生上も問題があるね。
▶ 這家店，衛生上也有問題呀。

0225
この英文は、難しくてしようがない。
▶ 這英文，實在是難得不得了。

0226
兄の部屋には、英和辞典ばかりでなく、仏和辞典もある。
▶ 哥哥的房裡，不僅有英日辭典，也有法日辭典。

0227
売り上げを上げるには、笑顔でサービスするよりほかない。
▶ 想要提高營業額，沒有比用笑臉來服務客人更好的辦法。

0228
この絵は、心に浮かんだものを描いたにすぎません。
▶ 這幅畫只是將內心所想像的東西，畫出來的而已。

0229
気体から液体になったかと思うと、たちまち固体になった。
▶ 才剛在想它從氣體變成了液體，現在又瞬間變成了固體。

0230
野良猫たちは、餌をめぐっていつも争っている。
▶ 野貓們總是圍繞著飼料互相爭奪。

0231
エチケット違反をするものではない。
▶ 不該違反禮儀。

0232
絵の具で絵を描いています。
▶ 我用水彩作畫。

0233
絵葉書を出す。
▶ 寄照片明信片。

0234
彼女は、エプロン姿が似合います。
▶ 她很適合穿圍裙呢！

0235	えらい 【偉い】	形 偉大，卓越，了不起；(地位)高，(身分)高貴；(出乎意料)嚴重 類 偉大
0236	えん 【円】	名 (幾何)圓，圓形；(明治後日本貨幣單位)日元
0237	えんき 【延期】	名・他サ 延期 類 日延べ（ひのべ）
0238	えんぎ 【演技】	名・自サ (演員的)演技，表演；做戲
0239	えんげい 【園芸】	名 園藝
0240	えんじ 【園児】	名 幼園童
0241	えんしゅう 【円周】	名 (數)圓周
0242	えんしゅう 【演習】	名・自サ 演習，實際練習；(大學內的)課堂討論，共同研究 類 練習
0243	えんじょ 【援助】	名・他サ 援助，幫助 類 後援（こうえん）
0244	エンジン 【engine】	名 發動機，引擎 類 発動機（はつどうき）
0245	えんぜつ 【演説】	名・自サ 演說 類 講演
0246	えんそく 【遠足】	名・自サ 遠足，郊遊 類 ピクニック
0247	えんちょう 【延長】	名・自他サ 延長，延伸，擴展；全長 類 延ばす

0235
彼は学者として偉かった。
▶ 以一個學者而言他是很偉大的。

0236
点Aを中心に、円を描いてください。
▶ 請以A點為圓心，畫出一個圓來。

0237
スケジュールを発表した以上、延期するわけにはいかない。
▶ 既然已經公布了時間表，就絕不能延期。

0238
ちょうど演技の練習をしているところを、ちょっと中断してもらった。
▶ 正當在他們練習演技時，我請他們暫停了一下。

0239
趣味として、園芸をやっています。
▶ 我把從事園藝當作一種興趣。

0240
園児が多い。
▶ 有很多幼園童。

え

0241
円周率は、約3.14である。
▶ 圓周率約為3.14。

0242
計画にそって、演習が行われた。
▶ 按照計畫，進行了演習。

0243
親の援助があれば、生活できないこともない。
▶ 有父母支援的話，也不是不能過活的。

0244
スポーツカー向けのエンジンを作っています。
▶ 我們正在製造適合跑車用的引擎。

0245
首相の演説が終わったかと思ったら、外相の演説が始まった。
▶ 首相的演講才結束，外務大臣就馬上接著演講了。

0246
遠足に行くとしたら、富士山に行きたいです。
▶ 如果要去遠足，我想去富士山。

0247
試合を延長するに際して、10分休憩します。
▶ 在延長比賽時，先休息10分鐘。

お

0248	えんとつ【煙突】	名 煙囪 類 煙筒（えんとう）
0249	おい【甥】	名 姪子，外甥 反 姪　類 甥御（おいご）
0250	おいかける【追い掛ける】	他下一 追趕；緊接著 類 追う
0251	おいつく【追い付く】	自五 追上，趕上；達到；來得及 類 追い及ぶ
0252	オイル【oil】	名 油，油類；油畫，油畫顏料；石油 類 石油
0253	おう【王】	名 帝王，君王，國王；首領，大王；(象棋)王將 類 国王
0254	おう【追う】	他五 追；趕走；逼催，忙於；趨趕；追求；遵循，按照 類 追いかける
0255	おうさま【王様】	名 國王，大王 類 元首
0256	おうじ【王子】	名 王子；王族的男子 反 王女　類 プリンス
0257	おうじょ【王女】	名 公主；王族的女子 反 王子　類 プリンセス
0258	おうじる・おうずる【応じる・応ずる】	自上一 響應；答應；允應，滿足；適應 類 適合する
0259	おうせい【旺盛】	形動 旺盛
0260	おうせつ【応接】	名・自サ 接待，應接 類 持てなし（もてなし）

T10

0248
煙突から煙が出ている。
▶ 從煙囪裡冒出了煙來。

0249
甥の将来が心配でならない。
▶ 替外甥的未來擔心到不行。

0250
すぐに追いかけないことには、犯人に逃げられてしまう。
▶ 不趕快追上去的話，會被犯人逃走的。

0251
一生懸命走って、やっと追いついた。
▶ 拼命地跑，終於趕上了。

0252
最近、オイル価格は、上がる一方だ。
▶ 最近石油的價格持續上升。

0253
王も、一人の人間にすぎない。
▶ 國王也不過是普通的人罷了。

0254
刑事は犯人を追っている。
▶ 刑警正在追捕犯人。

0255
王様は、立場上意見を言うことができない。
▶ 就國王的立場上，實在無法發表意見。

0256
国王のみならず、王子まで暗殺された。
▶ 不單是國王，就連王子也被暗殺了。

0257
王女様のことだから、ピンクのドレスがよく似合うでしょう。
▶ 正因為是公主，所以一定很適合粉紅色的禮服吧。

0258
場合に応じて、いろいろなサービスがあります。
▶ 隨著場合的不同，有各種不同的服務。

0259
食欲が旺盛だ。
▶ 食慾很旺盛。

0260
会社では、掃除もすれば、来客の応接もする。
▶ 公司裡，要打掃也要接待客人。

え

0261 □	おうたい 【応対】	名・他サ 應對，接待，應酬 類 接待（せったい）
0262 □	おうだん 【横断】	名・他サ 橫斷；橫渡，橫越 類 横切る
0263 □	おうとつ 【凹凸】	名 凹凸，高低不平
0264 □	おうふく 【往復】	名・自サ 往返，來往；通行量 類 行き帰り
0265 □	おうべい 【欧米】	名 歐美 類 西洋
0266 □	おうよう 【応用】	名・他サ 應用，運用 類 活用
0267 □	おえる 【終える】	他下一・自下一 做完，完成，結束 反 始める　類 終わらせる
0268 □	おお 【大】	造語 (形狀、數量)大，多；(程度)非常，很；大體，大概 反 小
0269 □	おおいに 【大いに】	副 很，頗，大大地，非常地 類 非常に
0270 □	おおう 【覆う】	他五 覆蓋，籠罩；掩飾；籠罩，充滿；包含，蓋擴 類 被せる
0271 □	オーケストラ 【orchestra】	名 管絃樂(團)；樂池，樂隊席 類 管弦楽（団）
0272 □	おおざっぱ 【大雑把】	形動 草率，粗枝大葉；粗略，大致 類 おおまか
0273 □	おおどおり 【大通り】	名 大街，大馬路 類 街

0261
お客様の応対をしているところに、電話が鳴った。
▶ 電話在我接待客人時響了起來。

0262
警官の注意もかまわず、赤信号で道を横断した。
▶ 他不管警察的警告，照樣闖紅燈。

0263
凹凸が激しい。
▶ 非常崎嶇不平。

0264
往復5時間もかかる。
▶ 來回要花上五個小時。

0265
Ａ教授のもとに、たくさんの欧米の学生が集まっている。
▶ Ａ教授的門下，聚集著許多來自歐美的學生。

0266
基本問題に加えて、応用問題もやってください。
▶ 除了基本題之外，也請做一下應用題。

お

0267
太郎は無事任務を終えた。
▶ 太郎順利地把任務完成了。

0268
昨日大雨が降った。
▶ 昨天下了大雨。

0269
社長のことだから、大いに張り切っているだろう。
▶ 因為是社長，所以一定相當地賣命吧。

0270
車をカバーで覆いました。
▶ 用車套蓋住車子。

0271
オーケストラの演奏は、期待に反してひどかった。
▶ 管絃樂團的演奏與期待相反，非常的糟糕。

0272
大雑把に掃除しておいた。
▶ 先大略地整理過了。

0273
売り上げがよかったのを契機に、大通りに店を出した。
▶ 趁著銷售量亮眼的時候，在大馬路旁開了家店。

0274 ☐	オートメーション 【automation】	名 自動化，自動控制裝置，自動操縱法 類 自動制御装置（じどうせいぎょそうち）
0275 ☐	おおや 【大家】	名 房東；正房，上房，主房 反 店子（たなこ）　類 家主（やぬし）
0276 ☐	おおよそ 【大凡】	副 大體，大概，一般；大約，差不多 類 大方（おおかた）
0277 ☐	おか 【丘】	名 丘陵，山崗，小山 類 丘陵（きゅうりょう）
0278 ☐	おかず 【お数・お菜】	名 菜飯，菜餚 類 副食物
0279 ☐	おがむ 【拝む】	他五 叩拜；合掌作揖；懇求，央求；瞻仰，見識 類 拝する
0280 ☐	おかわり 【お代わり】	名・自サ（酒、飯等）再來一杯、一碗
0281 ☐	おき 【沖】	名 （離岸較遠的）海面，海上；湖心；（日本中部方言）寬闊的田地、原野 類 海
0282 ☐	おぎなう 【補う】	他五 補償，彌補，貼補 類 補足する
0283 ☐	おきのどくに 【お気の毒に】	連語・感 令人同情；過意不去，給人添麻煩 類 哀れ（あわれ）
0284 ☐	おくがい 【屋外】	名 戶外 反 屋内　類 戶外
0285 ☐	おくさま 【奥様】	名 尊夫人，太太 類 夫人
0286 ☐	おくりがな 【送り仮名】	名 漢字訓讀時，寫在漢字下的假名；用日語讀漢文時，在漢字右下方寫的假名 類 送り

0274
オートメーション設備を導入して以来、製造速度が速くなった。
▶ 自從引進自動控制設備後，生產的速度就快了許多。

0275
アメリカに住んでいた際は、大家さんにたいへんお世話になった。
▶ 在美國居住的那段期間，受到房東很多的照顧。

0276
おおよその事情はわかりました。
▶ 我已經瞭解大概的狀況了。

0277
町に出るには、あの丘を越えていくよりほかはない。
▶ 要離開這個城鎮，除了翻越那個山丘沒有其他辦法。

0278
今日のおかずはハンバーグです。
▶ 今天的餐點是漢堡肉。

0279
お寺に行って、仏像を拝んだ。
▶ 我到寺廟拜了佛像。

お

0280
ダイエットしているときに限って、ご飯をお代わりしたくなります。
▶ 偏偏在減肥的時候，就會想再吃一碗。

0281
船が沖へ出るにつれて、波が高くなった。
▶ 船隻越出海，浪就打得越高。

0282
ビタミン剤で栄養を補っています。
▶ 我吃維他命錠來補充營養。

0283
泥棒に入られて、お気の毒に。
▶ 被小偷闖空門，還真是令人同情。

0284
君は、もっと屋外で運動するべきだ。
▶ 你應該要多在戶外運動才是。

0285
社長のかわりに、奥様がいらっしゃいました。
▶ 社長夫人代替社長大駕光臨了。

0286
先生に習ったとおりに、送り仮名をつけた。
▶ 照著老師所教來註上假名。

0287 ☐	おくる 【贈る】	⑩五 贈送，餽贈；授與，贈給 類 与える
0288 ☐	おげんきで 【お元気で】	寒暄 請保重
0289 ☐	おこたる 【怠る】	⑩五 怠慢，懶惰；疏忽，大意 類 怠ける（なまける）
0290 ☐	おさない 【幼い】	形 幼小的，年幼的；孩子氣，幼稚的 類 幼少（ようしょう）
0291 ☐	おさめる 【収める】	他下一 接受；取得；收藏，收存；收集，集中；繳納；供應，賣給；結束 類 収穫する
0292 ☐	おさめる 【治める】	他下一 治理；鎮壓
0293 ☐	おしい 【惜しい】	形 遺憾；可惜的，捨不得；珍惜 類 もったいない
0294 ☐ T11	おしらせ 【お知らせ】	名 通知，訊息 類 通知
0295 ☐	おせん 【汚染】	名・自他サ 汚染 類 汚れる
0296 ☐	おそらく 【恐らく】	副 恐怕，或許，很可能 類 多分
0297 ☐	おそれる 【恐れる】	自下一 害怕，恐懼；擔心 類 心配する
0298 ☐	おそろしい 【恐ろしい】	形 可怕；驚人，非常，厲害 類 怖い
0299 ☐	おたがいさま 【お互い様】	名 彼此，互相

0287

大学から彼に博士号が贈られた。
▶ 大學頒給他博士學位。

0288

では、お元気で。
▶ 那麼，請您保重。

0289

努力を怠ったせいで、失敗しました。
▶ 由於怠於努力，所以失敗了。

0290

幼い子どもから見れば、私もおじさんなんだろう。
▶ 從年幼的孩童的眼中來看，我也算是個叔叔吧。

0291

プロジェクトが成功を収めたばかりか、次の計画も順調だ。
▶ 豈止是順利完成計畫，就連下一個企畫也進行得很順利。

0292

国を治める。
▶ 治國。

お

0293

普段の実力に反して、惜しくも試合に負けた。
▶ 不同於以往該有的實力，很可惜地輸掉了比賽。

0294

大事なお知らせだからこそ、わざわざ伝えに来たのです。
▶ 正因為有重要的通知事項，所以才特地前來傳達。

0295

工場が生産をやめないかぎり、川の汚染は続くでしょう。
▶ 只要工廠不停止生產，河川的汚染就會持續下去吧！

0296

おそらく彼は、今ごろ勉強の最中でしょう。
▶ 他現在恐怕在唸書吧。

0297

私は挑戦したい気持ちがある半面、失敗を恐れている。
▶ 在我想挑戰的同時，心裡也害怕會失敗。

0298

そんな恐ろしい目で見ないでください。
▶ 不要用那種駭人的眼神看我。

0299

お互い様です。
▶ 彼此彼此。

0300 ☐	おだやか 【穏やか】	形動 平穩；溫和，安詳；穩妥，穩當 類 溫和（おんわ）
0301 ☐	おちつく 【落ち着く】	自五 (心神，情緒等)穩靜；鎮靜，安祥；穩坐，穩當；(長時間)定居；有頭緒；淡雅，協調 類 安定する
0302 ☐	おでかけ 【お出掛け】	名 出門，正要出門 類 外出する
0303 ☐	おてつだいさん 【お手伝いさん】	名 傭人 類 家政婦（かせいふ）
0304 ☐	おどかす 【脅かす】	他五 威脅，逼迫；嚇唬 類 驚かす（おどろかす）
0305 ☐	おとこのひと 【男の人】	名 男人，男性 反 女の人　類 男性
0306 ☐	おとしもの 【落とし物】	名 不慎遺失的東西 類 遺失物
0307 ☐	おどりでる 【躍り出る】	自下一 躍進到，跳到
0308 ☐	おとる 【劣る】	自五 劣，不如，不及，比不上 反 優れる　類 及ばない（およばない）
0309 ☐	おどろかす 【驚かす】	他五 使吃驚，驚動；嚇唬；驚喜；使驚覺 類 びっくりさせる
0310 ☐	おに 【鬼】	名・接頭 鬼，鬼怪；窮凶惡極的人；鬼形狀的；死者的靈魂；狠毒的，冷酷無情的；大型的，突出的
0311 ☐	おのおの 【各々】	名・副 各自，各，諸位 類 それぞれ
0312 ☐	おばけ 【お化け】	名 鬼

0300
思っていたのに反して、上司の性格は穏やかだった。
▶ 與我想像的不一樣，我的上司個性很溫和。

0301
引っ越し先に落ち着いたら、手紙を書きます。
▶ 等搬完家安定以後，我就寫信給你。

0302
ちょうどお出掛けのところを、引き止めてすみません。
▶ 在您正要出門時叫住您，實在很抱歉。

0303
妻の仕事が忙しくなったのを契機に、お手伝いさんを雇いました。
▶ 自從妻子工作變忙之後，我們就雇用了佣人。

0304
急に飛び出してきて、脅かさないでください。
▶ 不要突然跳出來嚇人好不好！

0305
この映画は、男の人向けだと思います。
▶ 這部電影，我認為很適合男生看。

お

0306
落とし物を交番に届けた。
▶ 我將撿到的遺失物品，送到了派出所。

0307
トップに躍り出る。
▶ 一躍而居冠。

0308
英語力は、私のほうが劣っている。
▶ 在英語能力方面，我比較差一些。

0309
プレゼントを買っておいて驚かそう。
▶ 事先買好禮物，讓他驚喜一下！

0310
あなたは鬼のような人だ。
▶ 你真是個無血無淚的人！

0311
各々の考えにそって、行動しましょう。
▶ 依你們各自的想法行動吧！

0312
お化け屋敷に入る。
▶ 進到鬼屋。

0313 ☐	おび 【帯】	名 (和服裝飾用的)衣帶，腰帶；「帶紙」的簡稱 類 腰帶
0314 ☐	おひる 【お昼】	名 白天；中飯，午餐 類 昼
0315 ☐	おぼれる 【溺れる】	自下一 溺水，淹死；沉溺於，迷戀於
0316 ☐	おまいり 【お参り】	名・自サ 參拜神佛或祖墳 類 参拝
0317 ☐	おまえ 【お前】	代・名 你；神前，佛前 類 あなた
0318 ☐ T12	おみこし 【お神輿・お御輿】	名 神轎；(俗)腰 類 神輿（しんよ）
0319 ☐	おめでたい 【お目出度い】	形 恭喜，可賀 類 喜ばしい（よろこばしい）
0320 ☐	おもいがけない 【思い掛けない】	形 意想不到的，偶然的，意外的 類 意外に
0321 ☐	おもいこむ 【思い込む】	自五 確信不疑，深信；下決心 類 信じる
0322 ☐	おもいっきり 【思いっ切り】	副 死心；下決心；狠狠地，徹底的
0323 ☐	おもいやり 【思い遣り】	名 同情心，體貼
0324 ☐	おもたい 【重たい】	形 (份量)重的，沉的；心情沉重 類 重い
0325 ☐	おもなが 【面長】	名・形動 長臉，橢圓臉

0313
この帯は珍しいものにつき、とても高くなっています。
▶ 由於這個和式腰帶很珍貴，所以價位很高。

0314
さっきお昼を食べたかと思ったら、もう晩ご飯の時間です。
▶ 還以為才剛吃過中餐，忽然發現已經到吃晚餐的時間了。

0315
川でおぼれているところを助けてもらった。
▶ 我溺水的時候，他救了我。

0316
祖父母をはじめとする家族全員で、お墓にお参りをしました。
▶ 祖父母等一同全家人，一起去墳前參拜。

0317
おまえは、いつも病気がちだなあ。
▶ 你總是一副病懨懨的樣子啊。

0318
おみこしが近づくにしたがって、賑やかになってきた。
▶ 隨著神轎的接近，附近也就熱鬧了起來。

お

0319
このおめでたい時にあたって、一言お祝いを言いたい。
▶ 在這可喜可賀之際，我想說幾句祝福的話。

0320
あなたに会えたのが思いがけないだけに、とても嬉しかったです。
▶ 正因為和你這樣不期而遇，所以才感佩更加高興。

0321
彼女は、失敗したと思い込んだに違いありません。
▶ 她一定是認為任務失敗了。

0322
思いっきり悪口を言う。
▶ 痛罵一番。

0323
思いやりのある言葉。
▶ 富有同情心的話語。

0324
荷物は、とても重たかったとか。
▶ 聽說行李非常的重。

0325
面長の人。
▶ 臉長的人。

0326 ☐	おもに 【主に】	副 主要，重要；(轉)大部分，多半 類 主として
0327 ☐	おやこ 【親子】	名 父母和子女
0328 ☐	おやつ	名 (特指下午二到四點給兒童吃的)點心，零食 類 間食（かんしょく）
0329 ☐	およぎ 【泳ぎ】	名 游泳 類 水泳
0330 ☐	およそ 【凡そ】	名・形動・副 大概，概略；(一句話之開頭)凡是，所有；大概，大約；完全，全然 類 大体
0331 ☐	およぼす 【及ぼす】	他五 波及到，影響到，使遭到，帶來 類 与える
0332 ☐	オルガン 【organ】	名 風琴 類 風琴（ふうきん）
0333 ☐	おろす 【卸す】	他五 批發，批售，批賣 類 納品（のうひん）
0334 ☐	おわび 【お詫び】	名・自サ 道歉
0335 ☐	おわる 【終わる】	自五・他五 完畢，結束，告終；做完，完結；(接於其他動詞連用形下)……完 反 始まる 類 済む（すむ）
0336 ☐	おん 【音】	名 聲音，響聲；發音 類 音（おと）
0337 ☐	おん 【恩】	名 恩情，恩 類 恩恵（おんけい）
0338 ☐	おんけい 【恩恵】	名 恩惠，好處，恩賜

0326
大学では主に物理を学んだ。
▶ 在大學主修物理。

0327
仲のいい親子。
▶ 感情融洽的親子。

0328
子ども向きのおやつを作ってあげる。
▶ 我做適合小孩子吃的糕點給你。

0329
泳ぎが上手になるには、練習するしかありません。
▶ 泳技要變好，就只有多加練習這個方法。

0330
田中さんを中心にして、およそ50人のグループを作った。
▶ 以田中小姐為中心，組成了大約50人的團體。

0331
この事件は、精神面において彼に影響を及ぼした。
▶ 他因這個案件在精神上受到了影響。

0332
教会で、心をこめてオルガンを弾いた。
▶ 在教堂裡用真誠的心彈奏了風琴。

0333
定価の五掛けで卸す。
▶ 以定價的五折批售。

0334
お詫びを言う。
▶ 道歉。

0335
レポートを書き終わった。
▶ 報告寫完了。

0336
「新しい」という漢字は、音読みでは「しん」と読みます。
▶ 「新」這漢字的音讀讀作「SIN」。

0337
先生に恩を感じながら、最後には裏切ってしまった。
▶ 儘管受到老師的恩情，但最後還是選擇了背叛。

0338
我々は、インターネットや携帯の恩恵を受けている。
▶ 我們因為網路和手機而受惠良多。

0339 ☐	おんしつ【温室】	名 溫室，暖房
0340 ☐	おんせん【温泉】	名 溫泉 反 鉱泉（こうせん）　類 出で湯（いでゆ）
0341 ☐	おんたい【温帯】	名 溫帶
0342 ☐	おんだん【温暖】	名・形動 溫暖 反 寒冷　類 暖かい
0343 ☐	おんちゅう【御中】	名（用於寫給公司、學校、機關團體等的書信）公啟 類 様
0344 ☐	おんなのひと【女の人】	名 女人 反 男の人　類 女性
0345 ☐ T13	か【可】	名 可，可以；及格 類 よい
0346 ☐	か【蚊】	名 蚊子
0347 ☐	か【課】	名・漢造（教材的）課；課業；（公司等）科
0348 ☐	か【日】	漢造 表示日期或天數
0349 ☐	か【家】	漢造 專家
0350 ☐	か【歌】	漢造 唱歌；歌詞
0351 ☐	カー【car】	名 車，車的總稱，狹義指汽車 類 自動車

か

0339	熱帯の植物だから、温室で育てるよりほかはない。 ▶ 因為是熱帶植物，所以只能培育在溫室中。
0340	このあたりは、名所旧跡ばかりでなく、温泉もあります。 ▶ 這地帶不僅有名勝古蹟，也有溫泉。
0341	このあたりは温帯につき、非常に過ごしやすいです。 ▶ 由於這一帶是屬於溫帶，所以住起來很舒適。
0342	気候は温暖ながら、雨が多いのが欠点です。 ▶ 氣候雖溫暖但卻常下雨，真是一大缺點。
0343	山田商会御中。 ▶ 山田商會公啟。
0344	かわいげのない女の人は嫌いです。 ▶ 我討厭不可愛的女人。
0345	一般の人も、入場可です。 ▶ 一般觀眾也可進場。
0346	山の中は、蚊が多いですね。 ▶ 山中蚊子真是多啊！
0347	第三課を予習する。 ▶ 預習第三課。
0348	二日かかる。 ▶ 需要兩天。
0349	専門家。 ▶ 專家。
0350	和歌を一首詠んだ。 ▶ 朗誦了一首和歌。
0351	スポーツカーがほしくてたまらない。 ▶ 想要跑車想得不得了。

0352	カーブ 【curve】	名・自サ 彎曲；(棒球、曲棍球)曲線球 類 曲がる
0353	ガールフレンド 【girl friend】	名 女友
0354	かい 【貝】	名 貝類
0355	がい 【害】	名・漢造 為害，損害；災害；妨礙 反 利　類 害悪
0356	がい 【外】	接尾・漢造 以外，之外；外側，外面，外部；妻 方親戚；除外 反 内
0357	かいいん 【会員】	名 會員 類 メンバー
0358	かいえん 【開演】	名・自他サ 開演
0359	かいが 【絵画】	名 繪畫，畫 類 絵
0360	かいかい 【開会】	名・自他サ 開會 反 閉会（へいかい）
0361	かいがい 【海外】	名 海外，國外 類 外国
0362	かいかく 【改革】	名・他サ 改革 類 変革（へんかく）
0363	かいかん 【会館】	名 會館
0364	かいけい 【会計】	副・自サ 會計；付款，結帳 類 勘定（かんじょう）

0352
カーブを曲がるたびに、新しい景色が展開します。
▶ 每一轉個彎，眼簾便映入嶄新的景色。

0353
ガールフレンドとデートに行く。
▶ 和女友去約會。

0354
海辺で貝を拾いました。
▶ 我在海邊撿了貝殼。

0355
煙草は、健康上の害が大きいです。
▶ 香菸對健康而言，是個大傷害。

0356
そんなやり方は、問題外です。
▶ 那樣的作法，根本就是搞不清楚狀況。

0357
この図書館を利用したい人は、会員になるしかない。
▶ 想要使用這圖書館，只有成為會員這個辦法。

0358
七時に開演する。
▶ 七點開演。

0359
フランスの絵画について、研究しようと思います。
▶ 我想研究關於法國畫的種種。

0360
開会に際して、乾杯しましょう。
▶ 讓我們在開會之際，舉杯乾杯吧！

0361
彼女のことだから、海外に行っても大活躍でしょう。
▶ 如果是她的話，到國外也一定很活躍吧。

0362
大統領にかわって、私が改革を進めます。
▶ 由我代替總統進行改革。

0363
区長をはじめ、たくさんの人々が区民会館に集まった。
▶ 由區長帶頭，大批人馬聚集在區公所。

0364
会計が間違っていたばかりに、もう一度計算しなければならない。
▶ 都是因為計算錯誤，所以不得不重新計算一遍。

0365 ☐	かいごう 【会合】	名・自サ 聚會，聚餐 類 集まり
0366 ☐	がいこう 【外交】	名 外交；對外事務，外勤人員 類 ディプロマシー
0367 ☐	かいさつ 【改札】	名・自サ (車站等)的驗票 類 改札口
0368 ☐	かいさん 【解散】	名・自他サ 散開，解散，(集合等)散會 類 散会
0369 ☐	かいし 【開始】	名・自他サ 開始 反 終了　類 始め
0370 ☐	かいしゃく 【解釈】	名・他サ 解釋，理解，說明
0371 ☐	がいしゅつ 【外出】	名・自サ 出門，外出 類 出かける
0372 ☐	かいすいよく 【海水浴】	名 海水浴場
0373 ☐	かいすう 【回数】	名 次數，回數 類 度数（どすう）
0374 ☐	かいせい 【快晴】	名 晴朗，晴朗無雲 類 好晴（こうせい）
0375 ☐	かいせい 【改正】	名・他サ 修正，改正 類 訂正
0376 ☐	かいせつ 【解説】	名・他サ 解說，說明 類 説明
0377 ☐	かいぜん 【改善】	名・他サ 改善，改良，改進 反 改悪　類 改正

0365
父にかわって、地域の会合に出た。
▶ 代替父親出席了社區的聚會。

0366
外交上は、両国の関係は非常に良好である。
▶ 從外交上來看，兩國的關係相當良好。

0367
改札を出たとたんに、友達にばったり会った。
▶ 才剛出了剪票口，就碰到了朋友。

0368
グループの解散に際して、一言申し上げます。
▶ 在團體解散之際，容我說一句話。

0369
試合が開始するかしないかのうちに、1点取られてしまった。
▶ 比賽才剛開始，就被得了一分。

0370
この法律は、解釈上、二つの問題がある。
▶ 這條法律，在解釋上有兩個問題點。

0371
外出したついでに、銀行と美容院に行った。
▶ 外出時，順便去了銀行和美容院。

0372
海水浴に加えて、山登りも計画しています。
▶ 除了要去海水浴場之外，也計畫要去爬山。

0373
優勝回数が10回になったのを契機に、新しいラケットを買った。
▶ 趁著獲勝次數累積到了10次的機會，我買了新的球拍。

0374
開会式当日は快晴に恵まれた。
▶ 天公作美，開會典禮當天晴空萬里。

0375
法律の改正に際しては、十分話し合わなければならない。
▶ 於修正法條之際，需要充分的商討才行。

0376
とても分かりやすくて、専門家の解説を聞いただけのことはありました。
▶ 非常的簡單明瞭，不愧是專家的解說，真有一聽的價值啊！

0377
彼の生活は、改善し得ると思います。
▶ 我認為他的生活，可以得到改善。

0378 □	かいぞう【改造】	名・他サ 改造，改組，改建
0379 □	かいつう【開通】	名・自他サ (鐵路、電話線等)開通，通車，通話
0380 □	かいてき【快適】	形動 舒適，暢快，愉快 類 快い（こころよい）
0381 □	かいてん【回転】	名・自サ 旋轉，轉動，迴轉；轉彎，轉換(方向)；(表次數)周，圈；(資金)週轉
0382 □	かいとう【回答】	名・自サ 回答，答覆 類 返事
0383 □	かいとう【解答】	名・自サ 解答 類 答え
0384 □	がいぶ【外部】	名 外面，外部 反 内部 類 外側
0385 □	かいふく【回復】	名・自他サ 恢復，康復；挽回，收復 類 復旧（ふっきゅう）
0386 □ T14	かいほう【開放】	名・他サ 打開，敞開；開放，公開 反 束縛（そくばく）
0387 □	かいほう【解放】	名・他サ 解放，解除，擺脱
0388 □	かいよう【海洋】	名 海洋
0389 □	がいろじゅ【街路樹】	名 行道樹
0390 □	がいろん【概論】	名 概論 類 概説

0378
経営の観点からいうと、会社の組織を改造した方がいい。
▶ 就經營角度來看，最好重組一下公司的組織。

0379
道路が開通したばかりに、周辺の大気汚染がひどくなった。
▶ 都是因為道路開始通車，所以導致周遭的空氣嚴重受到污染。

0380
快適とは言いかねる、狭いアパートです。
▶ 它實在是一間稱不上舒適的狹隘公寓。

0381
遊園地で、回転木馬に乗った。
▶ 我在遊樂園坐了旋轉木馬。

0382
補償金を受け取るかどうかは、会社の回答しだいだ。
▶ 是否要接受賠償金，就要看公司的答覆了。

0383
問題の解答は、本の後ろについています。
▶ 題目的解答，附在這本書的後面。

0384
会員はもちろん、外部の人も参加できます。
▶ 會員當然不用說，非會員的人也可以參加。

0385
少し回復したからといって、薬を飲むのをやめてはいけません。
▶ 雖說身體狀況好轉些了，也不能因此不吃藥啊！

0386
大学のプールは、学生ばかりでなく、一般の人にも開放されている。
▶ 大學內的泳池，不單是學生，也開放給一般人。

0387
家事から解放されて、ゆっくりした。
▶ 擺脫掉家事後，放鬆了下來。

0388
海洋開発を中心に、討論を進めました。
▶ 以開發海洋為核心議題來進行了討論。

0389
街路樹がきれいだ。
▶ 行道樹很漂亮。

0390
資料に基づいて、経済概論の講義をした。
▶ 我就資料內容上了一堂經濟概論的課。

0391 ☐	かえす 【帰す】	他五 讓…回去，打發回家 類 帰らせる
0392 ☐	かえって 【却って】	副 反倒，相反地，反而 類 逆に（ぎゃくに）
0393 ☐	かおく 【家屋】	名 房屋，住房
0394 ☐	かおり 【香り】	名 芳香，香氣 類 匂い（におい）
0395 ☐	かかえる 【抱える】	他下一 (雙手)抱著，夾(在腋下)；擔當，負擔；雇用 類 引き受ける
0396 ☐	かかく 【価格】	名 價格 類 値段
0397 ☐	かがやく 【輝く】	自五 閃光，閃耀；洋溢；光榮，顯赫 類 きらめく
0398 ☐	かかり 【係・係り】	名 負責擔任某工作的人；關聯，牽聯 類 担当
0399 ☐	かかわる 【係わる】	自五 關係到，涉及到；有牽連，有瓜葛；拘泥 類 関連する
0400 ☐	かきね 【垣根】	名 籬笆，柵欄，圍牆 類 垣（かき）
0401 ☐	かぎり 【限り】	名 限度，極限；(接在表示時間、範圍等名詞下)只限於…，以…為限，在…範圍內 類 だけ
0402 ☐	かぎる 【限る】	自他五 限定，限制；限於；以…為限；不限，不一定，未必 類 限定する
0403 ☐	がく 【学】	名・漢造 學校；知識，學問，學識 類 学問

0391
もう遅いから、女性を一人で家に帰すわけにはいかない。
▶ 已經太晚了，不能就這樣讓女性一人單獨回家。

0392
私が手伝うと、かえって邪魔になるみたいです。
▶ 看來我反而越幫越忙的樣子。

0393
この地域には、木造家屋が多い。
▶ 在這一地帶有很多木造房屋。

0394
歩いていくにつれて、花の香りが強くなった。
▶ 隨著腳步的邁進，花香便越濃郁。

0395
彼は、多くの問題を抱えつつも、がんばって勉強を続けています。
▶ 他雖然有許多問題，但也還是奮力地繼續念書。

0396
このバッグは、価格が高い上に品質も悪いです。
▶ 這包包不僅昂貴，品質又很差。

0397
空に星が輝いています。
▶ 星星在夜空中閃閃發亮。

0398
係りの人が忙しいところを、呼び止めて質問した。
▶ 我叫住正在忙的相關職員，找他問了些問題。

0399
私は環境問題に係わっています。
▶ 我有涉及到環境問題。

0400
垣根にそって、歩いていった。
▶ 我沿著圍牆走。

0401
社長として、会社のためにできる限り努力します。
▶ 身為社長，為了公司必定盡我所能。

0402
この仕事は、二十歳以上の人に限ります。
▶ 這份工作只限定20歲以上的成人才能做。

0403
政治学に加えて、経済学も勉強しました。
▶ 除了政治學之外，也學過經濟學。

か

0404 ☐	がく 【額】	名・漢造 名額，數額；匾額，畫框 類 金額
0405 ☐	かくう 【架空】	名 空中架設；虛構的，空想的 類 虛構（きょこう）
0406 ☐	かくご 【覚悟】	名・自他サ 精神準備，決心；覺悟 類 決意
0407 ☐	かくじ 【各自】	名 每個人，各自 類 各人
0408 ☐	かくじつ 【確実】	形動 確實，準確；可靠 類 確か
0409 ☐	がくしゃ 【学者】	名 學者；科學家 類 物知り（ものしり）
0410 ☐	かくじゅう 【拡充】	名・他サ 擴充
0411 ☐	がくしゅう 【学習】	名・他サ 學習 類 勉強
0412 ☐	がくじゅつ 【学術】	名 學術 類 学問
0413 ☐	かくだい 【拡大】	名・自他サ 擴大，放大 反 縮小
0414 ☐	かくち 【各地】	名 各地
0415 ☐	かくちょう 【拡張】	名・他サ 擴大，擴張
0416 ☐	かくど 【角度】	名 (數學)角度；(觀察事物的)立場 類 視点

0404	所得額に基づいて、税金を払う。
	▶ 根據所得額度來繳納稅金。

0405	架空の話にしては、よくできているね。
	▶ 就虛構的故事來講，寫得還真不錯呀。

0406	最後までがんばると覚悟した上は、今日からしっかりやります。
	▶ 既然決心要努力撐到最後，今天開始就要好好地做。

0407	各自の興味に基づいて、テーマを決めてください。
	▶ 請依照各自的興趣，來決定主題。

0408	もう少し待ちましょう。彼が来るのは確実だもの。
	▶ 再等一下吧！因為他會來是千真萬確的事。

0409	学者の意見に基づいて、計画を決めていった。
	▶ 依學者給的意見來決定計畫。

0410	図書館の設備を拡充するにしたがって、利用者が増えた。
	▶ 隨著圖書館設備的擴充，使用者也變多了。

0411	語学の学習に際しては、復習が重要です。
	▶ 在學語言時，復習是很重要的。

0412	彼は、小説も書けば、学術論文も書く。
	▶ 他既寫小說，也寫學術論文。

0413	商売を拡大したとたんに、景気が悪くなった。
	▶ 才剛一擴大事業，景氣就惡化了。

0414	予想に反して、各地で大雨が降りました。
	▶ 與預料的相反，各地下起了大雨。

0415	家の拡張には、お金がかかってしようがないです。
	▶ 屋子要改大，得花大錢，那也是沒辦法的事。

0416	別の角度からいうと、その考えも悪くはない。
	▶ 從另外一個角度來說，那個想法其實也不壞。

0417 □	がくねん 【学年】	名 學年(度)；年級
0418 □	かくべつ 【格別】	副 特別，顯著，格外；姑且不論 類 とりわけ
0419 □	がくもん 【学問】	名・自サ 學業，學問；科學，學術；見識，知識
0420 □	かくりつ 【確率】	名 機率，概率
0421 □	がくりょく 【学力】	名 學習實力
0422 □	かげ 【陰】	名 日陰，背影處；背面；背地裡，暗中
0423 □	かげ 【影】	名 影子；倒影；蹤影，形跡 反 陽
0424 □	かけつ 【可決】	名・他サ (提案等)通過 反 否決
0425 □	かけまわる 【駆け回る】	自五 到處亂跑
0426 □	かげん 【加減】	名・他サ 加法與減法；調整，斟酌；程度，狀態；(天氣等)影響；身體狀況；偶然的因素 類 具合
0427 □	かこ 【過去】	名 過去，往昔；(佛)前生，前世 反 未来 類 昔
0428 □	かご 【籠】	名 籠子，筐，籃
0429 □	かこう 【下降】	名・自サ 下降，下沉 反 上昇 類 降下（こうか）

0417 彼は学年は同じだが、クラスが同じというわけではない。
▶ 他雖是同一年級的，但並不代表就是同一個班級。

0418 神戸のステーキは、格別においしい。
▶ 神戶的牛排，格外的美味。

0119 学問による分析が、必要です。
▶ 用學術來分析是必要的。

0420 今までの確率からして、くじに当たるのは難しそうです。
▶ 從至今的獲獎機率來看，要中彩券似乎是件困難的事情。

0421 その学生は、学力が上がった上に、性格も明るくなりました。
▶ 那學生不僅學習力提升了，就連個性也變得開朗許多了。

0422 木の陰で、お弁当を食べた。
▶ 在樹蔭下吃便當。

0423 二人の影が、仲良く並んでいる。
▶ 兩人的形影，肩並肩要好的並排著。

0424 税金問題を中心に、いくつかの案が可決した。
▶ 針對稅金問題一案，通過了一些方案。

0425 子犬が駆け回る。
▶ 小狗到處亂跑。

0426 病気と聞きましたが、お加減はいかがですか。
▶ 聽說您生病了，身體狀況還好嗎？

0427 過去のことを言うかわりに、未来のことを考えましょう。
▶ 與其述說過去的事，不如大家來想想未來的計畫吧！

0428 籠にりんごがいっぱい入っている。
▶ 籃子裡裝滿了許多蘋果。

0429 どうも学生の学力が下降ぎみです。
▶ 總覺得學生的學習能力，有下降的傾向。

か

0430 ☐	かこう 【火口】	名 (火山)噴火口；(爐灶等)爐口 類 噴火口
0431 ☐	かさい 【火災】	名 火災 類 火事
0432 ☐	かさなる 【重なる】	自五 重疊，重複；(事情、日子)趕在一起
0433 ☐	かざん 【火山】	名 火山
0434 ☐	かし 【菓子】	名 點心，糕點，糖果 類 間食
0435 ☐	かじ 【家事】	名 家事，家務；家裡(發生)的事
0436 ☐	かしこい 【賢い】	形 聰明的，周到，賢明的 類 賢明
0437 ☐	かしだし 【貸し出し】	名 (物品的)出借，出租；(金錢的)貸放，借出 反 借り入れ
0438 ☐	かしつ 【過失】	名 過錯，過失 類 過ち（あやまち）
0439 ☐	かじつ 【果実】	名 果實，水果 類 果物
0440 ☐	かしま 【貸間】	名 出租的房間
0441 ☐	かしや 【貸家】	名 出租的房子 類 貸し家（かしいえ）
0442 ☐	かしょ 【箇所】	名・接尾 (特定的)地方；(助數詞)處

| 0430 | 火口が近くなるにしたがって、暑くなってきました。 |
| | ▶ 離火山口越近，也就變得越熱。 |

| 0431 | 火災が起こったかと思ったら、あっという間に広がった。 |
| | ▶ 才剛剛發現失火了，火便瞬間蔓延開來了。 |

| 0432 | いろいろな仕事が重なって、休むどころではありません。 |
| | ▶ 同時有許多工作，哪能休息。 |

| 0433 | 経験からして、もうすぐあの火山は噴火しそうだ。 |
| | ▶ 就經驗來看，那座火山似乎就要爆發的樣子。 |

| 0434 | お菓子が焼けたのをきっかけに、お茶の時間にした。 |
| | ▶ 趁著點心剛烤好，就當作是喝茶的時間。 |

| 0435 | 出産をきっかけにして、夫が家事を手伝ってくれるようになった。 |
| | ▶ 自從我生產之後，丈夫便開始自動幫起家事了。 |

| 0436 | その子がどんなに賢いとしても、この問題は解けないだろう。 |
| | ▶ 即使那孩子再怎麼聰明，也沒辦法解開這難題吧！ |

| 0437 | この本は貸し出し中につき、来週まで読めません。 |
| | ▶ 由於這本書被借走了，所以到下週前是看不到的。 |

| 0438 | これはわが社の過失につき、全額負担します。 |
| | ▶ 由於這是敝社的過失，所以由我們全額賠償。 |

| 0439 | 秋になると、いろいろな果実が実ります。 |
| | ▶ 一到秋天，各式各樣的果實都結實纍纍。 |

| 0440 | 貸間によって、収入を得ています。 |
| | ▶ 我以出租房間取得收入。 |

| 0441 | 学生向きの貸家を探しています。 |
| | ▶ 我在找適合學生租的出租房屋。 |

| 0442 | 故障の箇所。 |
| | ▶ 故障的地方。 |

か

0443 ☐	かじょう 【過剰】	名形動 過剰，過量
0444 ☐	かじる 【齧る】	他五 咬，啃；一知半解
0445 ☐	かす 【貸す】	他五 借出，出借；出租；提出策劃 反 借りる 類 貸与（たいよ）
0446 ☐ T16	かぜい 【課税】	名・自サ 課税
0447 ☐	かせぐ 【稼ぐ】	名・他五 (為賺錢而)拼命的勞動；(靠工作、勞動)賺錢；爭取，獲得
0448 ☐	かぜぐすり 【風邪薬】	名 感冒藥
0449 ☐	カセットテープ 【cassette tape】	名 錄音帶
0450 ☐	かせん 【下線】	名 下線，字下畫的線，底線 類 アンダーライン
0451 ☐	かそく 【加速】	名・自他サ 加速 反 減速 類 速める
0452 ☐	かそくど 【加速度】	名 加速度；加速
0453 ☐	かたがた 【方々】	名・代・副 (敬)大家；您們；這個那個，種種；各處；總之 類 人々
0454 ☐	かたな 【刀】	名 刀的總稱 類 刃物（はもの）
0455 ☐	かたまり 【塊】	名・接尾 塊狀，疙瘩；集團；極端…的人

0443
私の感覚からすれば、このホテルはサービス過剰です。
▶ 從我的感覺來看，這間飯店實在是服務過度了。

0444
一口かじったものの、あまりまずいので吐き出した。
▶ 雖然咬了一口，但實在是太難吃了，所以就吐了出來。

0445
伯父にかわって、伯母がお金を貸してくれた。
▶ 嬸嬸代替叔叔，借了錢給我。

0446
課税率が高くなるにしたがって、国民の不満が高まった。
▶ 伴隨著課稅率的上揚，國民的不滿情緒也高漲了起來。

0447
生活費を稼ぐ。
▶ 賺取生活費。

0448
風邪薬を飲む。
▶ 吃感冒藥。

0449
カセットテープを聞く。
▶ 聽錄音帶。

0450
わからない言葉に、下線を引いてください。
▶ 請在不懂的字下面畫線。

0451
首相が発言したのを契機に、経済改革が加速した。
▶ 自從首相發言後，便加快了經濟改革的腳步。

0452
加速度がついて、車はどんどん速くなった。
▶ 隨著油門的加速，車子越跑越快了。

0453
集まった方々に、スピーチをしていただこうではないか。
▶ 就讓聚集此地的各位，上來講個話吧！

0454
私は、昔の刀を集めています。
▶ 我在收集古董刀。

0455
小麦粉を、塊ができないようにして水に溶きました。
▶ 為了盡量不讓麵粉結塊，加水進去調勻。

か

0456 ☐	かたまる 【固まる】	自五 (粉末、顆粒、黏液等)變硬，凝固；固定，成形；集在一起，成群；熱中，篤信(宗教等) 類 寄り集まる
0457 ☐	かたむく 【傾く】	自五 傾斜；有…的傾向；(日月)偏西；衰弱，衰微 類 傾斜（けいしゃ）
0458 ☐	かたよる 【偏る・片寄る】	自五 偏於，不公正，偏袒；失去平衡
0459 ☐	かたる 【語る】	他五 說，陳述；演唱，朗讀 類 話す
0460 ☐	かち 【価値】	名 價值
0461 ☐	がち 【勝ち】	接尾 往往，容易，動輒；大部分是 反 負け 類 勝利
0462 ☐	がっか 【学科】	名 科系 類 科目
0463 ☐	がっかい 【学会】	名 學會，學社
0464 ☐	がっかり	副・自サ 失望，灰心喪氣；筋疲力盡
0465 ☐	かっき 【活気】	名 活力，生氣；興旺 類 元気
0466 ☐	がっき 【学期】	名 學期
0467 ☐	がっき 【楽器】	名 樂器
0468 ☐	がっきゅう 【学級】	名 班級，學級 類 クラス

0456

全員の意見が固まった。
▶ 全部的人意見一致。

0457

あのビルは、少し傾いているね。
▶ 那棟大廈，有點偏一邊呢！

0458

ケーキが、箱の中で片寄ってしまった。
▶ 蛋糕偏到盒子的一邊去了。

0459

戦争についてみんなで語った。
▶ 大家一起在說戰爭的事。

0460

あのドラマは見る価値がある。
▶ 那齣連續劇有一看的價值。

0461

彼女は病気がちだが、出かけられないこともない。
▶ 她雖然多病，但並不是不能出門。

か

0462

大学に、新しい専攻学科ができたのを契機に、学生数も増加した。
▶ 自從大學增加了新的專門科系之後，學生人數也增加了許多。

0463

雑誌に論文を出す一方で、学会でも発表する予定です。
▶ 除了將論文投稿給雜誌社之外，另一方面也預定要在學會中發表。

0464

何も言わないことからして、すごくがっかりしているみたいだ。
▶ 從他不發一語的樣子看來，應該是相當地氣餒。

0465

うちの店は、表面上は活気があるが、実はもうかっていない。
▶ 我們店表面上看起來很興旺，但其實並沒賺錢。

0466

学期が始まるか始まらないかのうちに、彼は転校してしまいました。
▶ 就在學期快要開始的時候，他便轉學了。

0467

何か楽器を習うとしたら、何を習いたいですか。
▶ 如果要學樂器，你想學什麼？

0468

学級委員を中心に、話し合ってください。
▶ 請以班長為中心來討論。

0469	かつぐ 【担ぐ】	他五 扛，挑；推舉，擁戴；受騙
0470	かっこ 【括弧】	名 括號；括起來
0471	かっこく 【各国】	名 各國
0472	かつじ 【活字】	名 鉛字，活字
0473	がっしょう 【合唱】	名・他サ 合唱，一齊唱；同聲高呼 反 独唱（どくしょう）　類 コーラス
0474	かって 【勝手】	形動 任意，任性，隨便 類 わがまま
0475	かつどう 【活動】	名・自サ 活動，行動
0476	かつよう 【活用】	名・他サ 活用，利用，使用
0477	かつりょく 【活力】	名 活力，精力 類 エネルギー
0478	かてい 【仮定】	名・字サ 假定，假設 類 仮想
0479	かてい 【過程】	名 過程 類 プロセス
0480	かてい 【課程】	名 課程 類 コース
0481	かなしむ 【悲しむ】	他五 感到悲傷，痛心，可歎

T17

0469
重い荷物を担いで、駅まで行った。
▶ 背著沈重的行李，來到車站。

0470
括弧の中から、正しい答えを選んでください。
▶ 請從括號裡，選出正確答案。

0471
各国の代表が集まる。
▶ 各國代表齊聚。

0472
彼女は活字中毒で、本ばかり読んでいる。
▶ 她已經是鉛字中毒了，一天到晚都在看書。

0473
合唱の練習をしているところに、急に邪魔が入った。
▶ 在練習合唱的時候，突然有人進來打擾。

0474
誰も見ていないからといって、勝手に持っていってはだめですよ。
▶ 即使沒人在看，也不能隨便就拿走呀！

か

0475
一緒に活動するにつれて、みんな仲良くなりました。
▶ 隨著共同參與活動，大家都變成好朋友了。

0476
若い人材を活用するよりほかはない。
▶ 就只活有用年輕人材這個方法可行了。

0477
子どもが減ると、社会の活力が失われる。
▶ 如果孩童減少，那社會也就會失去活力。

0478
あなたが億万長者だと仮定してください。
▶ 請假設你是億萬富翁。

0479
過程はともかく、結果がよかったからいいじゃないですか。
▶ 不論過程如何，結果好的話，不就行了嗎？

0480
大学には、教職課程をはじめとするいろいろな課程がある。
▶ 大學裡，有教育課程以及各種不同的課程。

0481
それを聞いたら、お母さんがどんなに悲しむことか。
▶ 如果媽媽聽到這話，會多麼傷心呀！

0482 ☐	かなづかい 【仮名遣い】	名 假名的拼寫方法
0483 ☐	かならずしも 【必ずしも】	副 不一定，未必
0484 ☐	かね 【鐘】	名 鐘，吊鐘 類 釣鐘（つりがね）
0485 ☐	かねそなえる 【兼ね備える】	他下一 兩者兼備
0486 ☐	かねつ 【加熱】	名・他サ 加熱，高溫處理
0487 ☐	かねる 【兼ねる】	他下一・接尾 兼備；不能，無法
0488 ☐	カバー 【cover】	名・他サ 罩，套；補償，補充；覆蓋 類 覆い（おおい）
0489 ☐	かはんすう 【過半數】	名 過半數，半數以上
0490 ☐	かぶ 【株】	名・接尾 株，顆；(樹的)殘株；股票；(職業等上)特權；擅長；地位 類 株券
0491 ☐	かぶせる 【被せる】	他下一 蓋上；(用水)澆沖；戴上(帽子等)；推卸
0492 ☐	かま 【釜】	名 窯，爐；鍋爐
0493 ☐	かまいません 【構いません】	寒暄 沒關係，不在乎
0494 ☐	かみ 【上】	名・漢造 上邊，上方，上游，上半身；以前，過去；開始，起源於；統治者，主人；京都；上座；(從觀眾看)舞台右側 反 下（しも）

0482
仮名遣いをきちんと覚えましょう。
▶ 要確實地記住假名的用法。

0483
この方法が、必ずしもうまくいくとは限らない。
▶ 這個方法也不一定能順利進行。

0484
みんなの幸せのために、願いをこめて鐘を鳴らした。
▶ 為了大家的幸福，以虔誠之心來鳴鐘許願。

0485
知性と美貌を兼ね備える。
▶ 兼具智慧與美貌。

0486
薬品を加熱するにしたがって、色が変わってきた。
▶ 隨著溫度的提升，藥品的顏色也起了變化。

0487
彼は社長と社員を兼ねているから、忙しいわけだ。
▶ 他社長兼員工，所以當然很忙囉！

0488
枕カバーを洗濯した。
▶ 我洗了枕頭套。

0489
過半数がとれなかったばかりに、議案は否決された。
▶ 都是因為沒過半數，所以議案才會被駁回。

0490
彼はＡ社の株を買ったかと思うと、もう売ってしまった。
▶ 他剛買了Ａ公司的股票，就馬上轉手賣出去了。

0491
機械の上に布をかぶせておいた。
▶ 我在機器上面蓋了布。

0492
お釜でご飯を炊いたら、おいしかった。
▶ 我用爐子煮飯，結果還真好吃。

0493
私は構いません。
▶ 我沒關係。

0494
舞台の上手から登場します。
▶ 我從舞台的左側出場。

0495 □	かみ 【神】	名 神，神明，上帝，造物主；(死者的)靈魂 類 神様
0496 □	かみくず 【紙くず】	名 廢紙，沒用的紙
0497 □	かみさま 【神様】	名 (神的敬稱)上帝，神；(某方面的)專家，活神仙，(接在某方面技能後)…之神 類 神
0498 □	かみそり 【剃刀】	名 剃刀，刮鬍刀；頭腦敏銳(的人)
0499 □	かみなり 【雷】	名 雷；雷神；大發雷霆的人
0500 □	かもく 【科目】	名 科目，項目；(學校的)學科，課程
0501 □	かもつ 【貨物】	名 貨物；貨車
0502 □	かよう 【歌謡】	名 歌謠，歌曲 類 歌
0503 □	から 【空】	名 空的；空，假，虛 類 空っぽ
0504 □ T18	から 【殻】	名 外皮，外殼
0505 □	がら 【柄】	名・接尾 身材；花紋，花樣；性格，人品，身分；表示性格，身分，適合性 類 模様
0506	カラー 【color】	名 色，彩色；(繪畫用)顏料
0507 □	からかう	他五 逗弄，調戲

0495
世界平和を、神に祈りました。
▶ 我向神祈禱世界和平。

0496
道に紙くずを捨てないでください。
▶ 請不要在街上亂丟紙屑。

0497
日本には、猿の神様や狐の神様をはじめ、たくさんの神様がいます。
▶ 在日本，有猴神、狐狸神以及各種神明。

0498
ひげをそるために、かみそりを買った。
▶ 我為了刮鬍子，去買了把刮鬍刀。

0499
雷が鳴っているなと思ったら、やはり雨が降ってきました。
▶ 才剛打雷，這會兒果然下起雨來了。

0500
興味に応じて、科目を選択した。
▶ 依自己的興趣，來選擇課程。

か

0501
コンテナで貨物を輸送した。
▶ 我用貨櫃車來運貨。

0502
クラシックピアノも弾けば、歌謡曲も歌う。
▶ 他既會彈古典鋼琴，也會唱歌謠。

0503
通帳はもとより、財布の中もまったく空です。
▶ 別說是存摺，就連錢包裡也空空如也。

0504
卵の殻をむきました。
▶ 我剝開了蛋殼。

0505
あのスカーフは、柄が気に入っていただけに、なくしてしまって
残念です。 ▶ 正因我喜歡那條圍巾的花色，所以弄丟它才更覺得可惜。

0506
カラーコピーをとる。
▶ 彩色影印。

0507
そんなにからかわないでください。
▶ 請不要這樣開我玩笑。

0508 □	からから	(副・自サ) 乾的、硬的東西相碰的聲音
0509 □	がらがら	(名・副・自サ・形動) 手搖鈴玩具；硬物相撞聲；直爽；很空
0510 □	からっぽ 【空っぽ】	(名・形動) 空，空洞無一物 (類) 空（から）
0511 □	からて 【空手】	(名) 空手道
0512 □	かる 【刈る】	(他五) 割，剪，剃
0513 □	かれる 【枯れる】	(自上一) 枯萎，乾枯；老練，造詣精深；(身材)枯瘦
0514 □	カロリー 【calorie】	(名) (熱量單位)卡，卡路里；(食品營養價值單位)卡，大卡 (類) 熱量（ねつりょう）
0515 □	かわいがる 【可愛がる】	(他五) 喜愛，疼愛；嚴加管教，教訓 (反) いじめる
0516 □	かわいそう 【可哀相・可哀想】	(形動) 可憐 (類) 気の毒
0517 □	かわいらしい 【可愛らしい】	(形) 可愛的，討人喜歡；小巧玲瓏 (類) 愛らしい
0518 □	かわせ 【為替】	(名) 匯款，匯兌
0519 □	かわら 【瓦】	(名) 瓦
0520 □	かん 【勘】	(名) 直覺，第六感；領悟力 (類) 第六感（だいろっかん）

0508	からから音がする。 ▶ 鏗鏗作響。
0509	赤ちゃんのがらがら。 ▶ 嬰兒的手搖鈴玩具。
0510	お金が足りないどころか、財布は空っぽだよ。 ▶ 錢豈止不夠，連錢包裡也空空如也！
0511	空手の達人。 ▶ 空手道高人。
0512	両親が草を刈っているところへ、手伝いに行きました。 ▶ 當爸媽正在割草時過去幫忙。
0513	庭の木が枯れてしまった。 ▶ 庭院的樹木枯了。
0514	カロリーをとりすぎたせいで、太った。 ▶ 因為攝取過多的卡路里，才胖了起來。
0515	死んだ妹にかわって、叔母の私がこの子をかわいがります。 ▶ 由我這阿姨，代替往生的妹妹疼愛這個小孩。
0516	お母さんが病気になって、子どもたちがかわいそうでならない。 ▶ 母親生了病，孩子們真是可憐得叫人鼻酸！
0517	かわいらしいお嬢さんですね。 ▶ 真是個討人喜歡的姑娘呀！
0518	料金は、郵便為替で送ります。 ▶ 費用我會用郵局匯款匯過去。
0519	赤い瓦の家に住みたい。 ▶ 我想住紅色磚瓦的房子。
0520	答えを知っていたのではなく、勘で言ったにすぎません。 ▶ 我並不是知道答案，只是憑直覺回答而已。

か

0521 ☐	かん 【感】	名・漢造 感覺，感動；感
0522 ☐	かんかく 【間隔】	名 間隔，距離 類 隔たり（へだたり）
0523 ☐	かんかく 【感覚】	名・他サ 感覺
0524 ☐	かんき 【換気】	名・自他サ 換氣，通風，使空氣流通
0525 ☐	かんきゃく 【観客】	名 觀眾 類 見物人（けんぶつにん）
0526 ☐	かんげい 【歓迎】	名・他サ 歡迎 反 歓送
0527 ☐	かんげき 【感激】	名・自サ 感激，感動 類 感動
0528 ☐ T19	かんさい 【関西】	名 日本關西地區(以京都、大阪為中心的地帶) 反 関東
0529 ☐	かんさつ 【観察】	名・他サ 觀察
0530 ☐	かんじ 【感じ】	名 知覺，感覺；印象 類 印象
0531 ☐	がんじつ 【元日】	名 元旦
0532 ☐	かんじゃ 【患者】	名 病人，患者
0533 ☐	かんしょう 【鑑賞】	名・他サ 鑑賞，欣賞

0521
隔世の感。
▶ 恍如隔世。

0522
バスは、20分の間隔で運行しています。
▶ 公車每隔20分鐘來一班。

0523
彼は、音に対する感覚が優れている。
▶ 他的音感很棒。

0524
煙草臭いから、換気をしましょう。
▶ 煙味實在是太臭了，讓空氣流通一下吧！

0525
観客が減少ぎみなので、宣伝しなくてはなりません。
▶ 因為觀眾有減少的傾向，所以不得不做宣傳。

0526
故郷に帰った際には、とても歓迎された。
▶ 回到家鄉時，受到熱烈的歡迎。

か

0527
こんなつまらない芝居に感激するなんて、おおげさというものだ。
▶ 對這種無聊的戲劇還如此感動，真是太誇張了。

0528
関西旅行をきっかけに、歴史に興味を持ちました。
▶ 自從去關西旅行之後，就開始對歷史產生了興趣。

0529
望遠鏡による天体観察は、とてもおもしろい。
▶ 用望遠鏡來觀察星體，非常有趣。

0530
彼女は女優というより、モデルという感じですね。
▶ 與其說她是女演員，倒不如說她更像個模特兒。

0531
日本では、元日はもちろん、二日も三日も会社は休みです。
▶ 在日本，不用說是元旦，一月二號和三號，公司也都放假。

0532
研究が忙しい上に、患者も診なければならない。
▶ 除了要忙於研究之外，也必須替病人看病。

0533
音楽鑑賞をしているところを、邪魔しないでください。
▶ 我在欣賞音樂時，請不要來干擾。

0534 ☐	かんじょう 【勘定】	(名・他サ) 計算;算帳;(會計上的)帳目,戶頭, 結帳;考慮,估計 類 計算
0535 ☐	かんじょう 【感情】	名 感情,情緒 類 気持ち
0536 ☐	かんしん 【関心】	名 關心,感興趣 類 興味
0537 ☐	かんする 【関する】	(自サ) 關於,與…有關 類 関係する
0538 ☐	かんせつ 【間接】	名 間接 反 直接　類 遠まわし（とおまわし）
0539 ☐	かんそう 【乾燥】	(名・自他サ) 乾燥;枯燥無味 類 乾く
0540 ☐	かんそく 【観測】	(名・他サ) 觀察(事物),(天體,天氣等)觀測 類 観察
0541 ☐	かんたい 【寒帯】	名 寒帶
0542 ☐	がんたん 【元旦】	名 元旦
0543 ☐	かんちがい 【勘違い】	(名・自サ) 想錯,判斷錯誤,誤會 類 思い違い（おもいちがい）
0544 ☐	かんちょう 【官庁】	名 政府機關 類 役所
0545 ☐	かんづめ 【缶詰】	名 罐頭;不與外界接觸的狀態;擁擠的狀態
0546 ☐	かんでんち 【乾電池】	名 乾電池 反 湿電池

0534
そろそろお勘定をしましょうか。
▶ 差不多該結帳了吧！

0535
彼にこの話をすると、感情的になりかねない。
▶ 你一跟他談這件事，他可能會很情緒化。

0536
あいつは女性に関心があるくせに、ないふりをしている。
▶ 那傢伙明明對女性很感興趣，卻裝作一副不在乎的樣子。

0537
日本に関する研究をしていたわりに、日本についてよく知らない。
▶ 雖然之前從事日本相關的研究，但卻對日本的事物一知半解。

0538
彼女を通じて、間接的に彼の話を聞いた。
▶ 我透過她，間接打聽了一些關於他的事。

0539
空気が乾燥しているといっても、砂漠ほどではない。
▶ 雖說空氣乾燥，但也沒有沙漠那麼乾。

か

0540
毎日天体の観測をしています。
▶ 我每天都在觀察星體的變動。

0541
寒帯の森林には、どんな動物がいますか。
▶ 在寒帶的森林裡，住著什麼樣的動物呢？

0542
元旦に初詣に行く。
▶ 元旦去新年參拜。

0543
私の勘違いのせいで、あなたに迷惑をかけました。
▶ 都是因為我的誤解，才造成您的不便。

0544
政治家も政治家なら、官庁も官庁で、まったく頼りにならない。
▶ 政治家有貪污，政府機關也有缺陷，完全不可信任。

0545
缶詰にする。
▶ 關起來。

0546
乾電池の働きを中心に、ご説明します。
▶ 針對乾電池的功用，我來跟您說明。

0547 ☐	かんとう 【関東】	名 日本關東地區(以東京為中心的地帶) 類 関西
0548 ☐	かんとく 【監督】	名・他サ 監督，督促；監督者，管理人；(影劇) 導演；(體育)教練 類 取り締まる
0549 ☐	かんねん 【観念】	名・自他サ 觀念；決心；斷念，不抱希望 類 概念（がいねん）
0550 ☐	かんぱい 【乾杯】	名・自サ 乾杯
0551 ☐	かんばん 【看板】	名 招牌；牌子，幌子；(店舖)關門，停止營業 時間
0552 ☐	かんびょう 【看病】	名・他サ 看護，護理病人
0553 ☐	かんむり 【冠】	名 冠，冠冕；字頭，字蓋；有點生氣
0554 ☐	かんり 【管理】	名・他サ 管理，管轄；經營，保管 類 取り締まる（とりしまる）
0555 ☐	かんりょう 【完了】	名・自他サ 完了，完畢；(語法)完了，完成 類 終わる
0556 ☐	かんれん 【関連】	名・自サ 關聯，有關係 類 連関
0557 ☐	かんわ 【漢和】	名 漢語和日語；中日辭典的簡稱 類 和漢
0558 ☐ T20	き 【期】	名 時期；時機；季節；（預定的）時日
0559 ☐	き 【器】	名・漢造 有才能，有某種才能的人；器具，器 皿；起作用的，才幹 類 器（うつわ）

き

0547
関東に加えて、関西でも調査することになりました。
▶ 除了關東以外，關西也要開始進行調查了。

0548
日本の映画監督といえば、やっぱり黒沢明が有名ですね。
▶ 一說到日本的電影導演，還是黑澤明最有名吧！

0549
あなたは、固定観念が強すぎますね。
▶ 你的主觀意識實在太強了！

0550
彼女の誕生日を祝って乾杯した。
▶ 祝她生日快樂，大家一起乾杯！

0551
看板の字を書いてもらえますか。
▶ 可以麻煩您替我寫下招牌上的字嗎？

0552
病気が治ったのは、あなたの看病のおかげにほかなりません。
▶ 疾病能痊癒，都是託你的看護。

0553
これは、昔の王様の冠です。
▶ 這是古代國王的王冠。

0554
面倒を見るというより、管理されているような気がします。
▶ 我覺得與其說是在照顧我，倒像是被監控。

0555
工事は、長時間の作業のすえ、完了しました。
▶ 工程在長時間的施工後，終於大工告成了。

0556
教育との関連からいうと、この政策は歓迎できない。
▶ 從和教育相關的層面來看，這個政策實在是不受歡迎。

0557
図書館には、英和辞典もあれば、漢和辞典もある。
▶ 圖書館裡，既有英日辭典，也有中日辭典。

0558
入学の時期が訪れる。
▶ 又到開學期了。

0559
食器を洗う。
▶ 洗碗盤。

0560 ☐	き【機】	(名・接尾・漢造) 時機；飛機；（助數詞用法）架；機器
0561 ☐	きあつ【気圧】	(名) 氣壓；(壓力單位)大氣壓 (類) 圧力（あつりょく）
0562 ☐	ぎいん【議員】	(名) (國會，地方議會的)議員
0563 ☐	きおく【記憶】	(名・他サ) 記憶，記憶力；記性 (反) 忘却 (類) 暗記
0564 ☐	きおん【気温】	(名) 氣溫 (類) 温度
0565 ☐	きかい【器械】	(名) 機械，機器 (類) 器具
0566 ☐	ぎかい【議会】	(名) 議會，國會 (類) 議院
0567 ☐	きがえ【着替え】	(名) 換衣服；換的衣服
0568 ☐	きがえる【着替える】	(他下一) 換衣服
0569 ☐	きがする【気がする】	(慣) 好像；有心
0570 ☐	きかん【機関】	(名) (組織機構的)機關，單位；(動力裝置)機關 (類) 機構
0571 ☐	きかんしゃ【機関車】	(名) 機車，火車
0572 ☐	きぎょう【企業】	(名) 企業；籌辦事業 (類) 事業

き

0560
時機を待つ。
▶ 等待時機。

0561
気圧の変化にしたがって、苦しくなってきた。
▶ 隨著氣壓的變化，感到越來越痛苦。

0562
国会議員になるには、選挙で勝つしかない。
▶ 如果要當上國會議員，就只有贏得選舉了。

0563
最近、記憶が混乱ぎみだ。
▶ 最近有記憶錯亂的現象。

0564
気温しだいで、作物の生長はぜんぜん違う。
▶ 因氣溫的不同，農作物的成長也就完全不一樣。

0565
彼は、器械体操部で活躍している。
▶ 他活躍於健身社中。

0566
首相は議会で、政策について力をこめて説明した。
▶ 首相在國會中，使勁地解說了他的政策。

0567
着替えをしてから出かけた。
▶ 我換過衣服後就出門了。

0568
着物を着替える。
▶ 換衣服。

0569
見たことがあるような気がする。
▶ 好像有看過。

0570
政府機関では、パソコンによる統計を行っています。
▶ 政府機關都使用電腦來進行統計。

0571
珍しい機関車だったので、写真を撮った。
▶ 因為那部蒸汽火車很珍貴，所以拍了張照。

0572
大企業だけあって、立派なビルですね。
▶ 不愧是大企業，好氣派的大廈啊！

0573 ☐	ききん 【飢饉】	⑧ 飢饉，飢荒；缺乏，…荒 ⑳ 凶作（きょうさく）
0574 ☐	きぐ 【器具】	⑧ 器具，用具，器械 ⑳ 器械（きかい）
0575 ☐	きげん 【期限】	⑧ 期限
0576 ☐	きげん 【機嫌】	⑧ 心情，情緒 ⑳ 気持ち
0577 ☐	きこう 【気候】	⑧ 氣候
0578 ☐	きごう 【記号】	⑧ 符號，記號
0579 ☐	きざむ 【刻む】	⑩五 切碎；雕刻；分成段；銘記，牢記 ⑳ 彫刻する（ちょうこくする）
0580 ☐	きし 【岸】	⑧ 岸，岸邊；崖 ⑳ がけ
0581 ☐	きじ 【生地】	⑧ 本色，素質，本來面目；布料；(陶器等)毛坏
0582 ☐	ぎし 【技師】	⑧ 技師，工程師，專業技術人員 ⑳ エンジニア
0583 ☐	ぎしき 【儀式】	⑧ 儀式，典禮 ⑳ セレモニー
0584 ☐	きじゅん 【基準】	⑧ 基礎，根基；規格，準則 ⑳ 標準
0585 ☐	きしょう 【起床】	⑧・自サ 起床 ⑳ 就寝（しゅうしん）　⑳ 起きる

0573
この国では、いつでも飢饉が発生し得る。
▶ 這個國家，隨時都有可能發生飢荒。

0574
この店では、電気器具を扱っています。
▶ 這家店有出售電器用品。

0575
支払いの期限を忘れるなんて、非常識というものだ。
▶ 竟然忘記繳款的期限，真是離譜。

0576
彼の機嫌が悪いとしたら、きっと奥さんと喧嘩したんでしょう。
▶ 如果他心情不好，就一定是因為和太太吵架了。

0577
最近気候が不順なので、風邪ぎみです。
▶ 最近由於氣候不佳，有點要感冒的樣子。

0578
この記号は、どんな意味ですか。
▶ 這符號代表什麼意思？

き

0579
指輪に二人の名前を刻んだ。
▶ 在戒指上刻下了兩人的名字。

0580
向こうの岸まで泳いでいくよりほかない。
▶ 就只有游到對岸這個方法可行了。

0581
生地はもとより、デザインもとてもすてきです。
▶ 布料好自不在話下，就連設計也是一等一的。

0582
コンピュータ技師として、この会社に就職した。
▶ 我以電腦工程師的身分到這家公司上班。

0583
儀式は、１時から２時にかけて行われます。
▶ 儀式從一點舉行到兩點。

0584
この建物は、法律上は基準を満たしています。
▶ 這棟建築物符合法律上的規定。

0585
６時の列車に乗るためには、５時に起床するしかありません。
▶ 為了搭６點的列車，只好在５點起床。

0586 □	きず 【傷】	名 傷口，創傷；缺陷，瑕疵 類 創傷
0587 □	きせる 【着せる】	他下一 給穿上(衣服)；鍍上；嫁禍，加罪
0588 □	きそ 【基礎】	名 基石，基礎，根基；地基 類 基本
0589 □	きたい 【期待】	名・他サ 期待，期望，指望 類 待ち望む（まちのぞむ）
0590 □	きたい 【気体】	名 (理)氣體 反 固体
0591 □	きち 【基地】	名 基地，根據地
0592 □	きちょう 【貴重】	形動 貴重，寶貴，珍貴 類 大切
0593 □	ぎちょう 【議長】	名 會議主席，主持人；(聯合國，國會)主席
0594 □	きつい	形 嚴厲的，嚴苛的；剛強，要強；緊的，瘦小的；強烈的；累人的，費力的 類 厳しい
0595 □	きっかけ 【切っ掛け】	名 開端，動機，契機 類 機会
0596 □	きづく 【気付く】	自五 察覺，注意到，意識到；(神志昏迷後)甦醒過來 類 感づく（かんづく）
0597 □	きっさ 【喫茶】	名 喝茶，喫茶，飲茶 類 喫茶（きっちゃ）
0598 □	ぎっしり	副 (裝或擠的)滿滿的 類 ぎっちり

0586
薬のおかげで、傷はすぐ治りました。
▶ 多虧了藥物，傷口馬上就痊癒了。

0587
着物を着せてあげましょう。
▶ 我來幫你把和服穿上吧！

0588
英語の基礎は勉強したが、すぐにしゃべれるわけではない。
▶ 雖然有學過基礎英語，但也不可能馬上就能開口說的。

0589
みんな、期待するかのような目で彼を見た。
▶ 大家用期待的眼神看著他。

0590
いろいろな気体の性質を調べている。
▶ 我在調查各種氣體的性質。

0591
南極基地で働く夫に、愛をこめて手紙を書きました。
▶ 我寫了封充滿愛意的信，給在南極基地工作的丈夫。

き

0592
貴重なお時間。
▶ 寶貴的時間。

0593
彼は、衆議院の議長を務めている。
▶ 他擔任眾議院的院長。

0594
太ったら、スカートがきつくなりました。
▶ 一旦胖起來，裙子就被撐得很緊。

0595
彼女に話しかけたいときに限って、きっかけがつかめない。
▶ 偏偏就在我想找她說話時，就是找不到機會。

0596
自分の間違いに気付いたものの、なかなか謝ることができない。
▶ 雖然發現自己不對，但還是很難開口道歉。

0597
喫茶店で、ウエイトレスとして働いている。
▶ 我在咖啡廳當女服務生。

0598
本棚にぎっしり本が詰まっている。
▶ 書櫃排滿了書本。

0599 □	きにいる 【気に入る】	連語 稱心如意，喜歡，寵愛 反 気に食わない
0600 □	きにする 【気にする】	慣 介意，在乎
0601 □	きになる 【気になる】	慣 擔心，放心不下
0602 □	きにゅう 【記入】	名・他サ 填寫，寫入，記上 類 書き入れる
0603 □	きねん 【記念】	名・他サ 紀念
0604 □	きねんしゃしん 【記念写真】	名 紀念照
0605 □	きのう 【機能】	名・自サ 機能，功能，作用 類 働き
0606 □	きのせい 【気の所為】	連語 神經過敏；心理作用
0607 □	きのどく 【気の毒】	名・形動 可憐的，可悲；可惜，遺憾；過意不去，對不起 類 可哀そう
0608 □	きば 【牙】	名 犬齒，獠牙
0609 □	きばん 【基盤】	名 基礎，底座，底子；基岩 類 基本
0610 □	きふ 【寄付】	名・他サ 捐贈，捐助，捐款 類 義捐
0611 □	きぶんてんかん 【気分転換】	連語・名 轉換心情

0599
そのバッグが気に入りましたか。
▶ 您中意這皮包嗎？

0600
失敗を気にする。
▶ 對失敗耿耿於懷。

0601
外の音が気になる。
▶ 在意外面的聲音。

0602
参加される時は、ここに名前を記入してください。
▶ 要參加時，請在這裡寫下名字。

0603
記念として、この本をあげましょう。
▶ 送你這本書做紀念吧！

0604
七五三の記念写真。
▶ 七五三的紀念照。

0605
機械の機能が増えれば増えるほど、値段も高くなります。
▶ 機器的功能越多，價錢就越昂貴。

0606
気のせいかもしれない。
▶ 可能是我神經過敏吧。

0607
お気の毒ですが、今回はあきらめていただくしかありませんね。
▶ 雖然很遺憾，但這次也只好先請您放棄了。

0608
ライオンの牙。
▶ 獅子的尖牙。

0609
生活の基盤を固める。
▶ 穩固生活的基礎。

0610
彼はけちだから、たぶん寄付はするまい。
▶ 因為他很小氣，所以大概不會捐款吧！

0611
気分転換に散歩に出る。
▶ 出門散步換個心情。

き

0612	きみ 【気味】	(名・接尾) 感觸，感受，心情；有一點兒，稍稍 (類) 気持ち
0613	きみがわるい 【気味が悪い】	(形) 毛骨悚然的；令人不快的
0614	きみょう 【奇妙】	(形動) 奇怪，出奇，奇異，奇妙 (類) 不思議
0615	ぎむ 【義務】	(名) 義務 (反) 権利
0616	ぎもん 【疑問】	(名) 疑問，疑惑 (類) 疑い
0617	ぎゃく 【逆】	(名・漢造) 反，相反，倒；叛逆 (類) 反対
0618	きゃくせき 【客席】	(名) 觀賞席；宴席，來賓席 (類) 座席
0619	ぎゃくたい 【虐待】	(名・他サ) 虐待
0620	きゃくま 【客間】	(名) 客廳 (類) 客室
0621	キャプテン 【captain】	(名) 團體的首領；船長；隊長；主任 (類) 主将（しゅしょう）
0622	ギャング 【gang】	(名) 持槍強盜團體，盜伙 (類) 強盗団（ごうとうだん）
0623	キャンパス 【campus】	(名) (大學)校園，校內 (類) 校庭
0624	キャンプ 【camp】	(名・自サ) 露營，野營；兵營，軍營；登山隊基地；(棒球等)集訓 (類) 野宿（のじゅく）

0612
女性社員が気が強くて、なんだか押され気味だ。
▶ 公司的女職員太過強勢了，我們覺得被壓得死死的。

0613
気味が悪い家。
▶ 令人毛骨悚然的房子。

0614
科学では説明できない奇妙な現象。
▶ 在科學上無法說明的奇異現象。

0615
我々には、権利もあれば、義務もある。
▶ 我們既有權利，也有義務。

0616
私からすれば、あなたのやり方には疑問があります。
▶ 就我看來，我對你的做法感到有些疑惑。

0617
今度は、逆に私から質問します。
▶ 這次，反過來由我來發問。

き

0618
客席には、校長をはじめ、たくさんの先生が来てくれた。
▶ 來賓席上，來了校長以及多位老師。

0619
児童虐待は深刻な問題だ。
▶ 虐待兒童是很嚴重的問題。

0620
客間を掃除しておかなければならない。
▶ 我一定得事先打掃好客廳才行。

0621
野球チームのキャプテンをしています。
▶ 我是棒球隊的隊長。

0622
私は、ギャング映画が好きです。
▶ 我喜歡看警匪片。

0623
大学のキャンパスには、いろいろな学生がいる。
▶ 大學的校園裡，有各式各樣的學生。

0624
今息子は山にキャンプに行っているので、連絡しようがない。
▶ 現在我兒子到山上露營去了，所以沒辦法聯絡上他。

0625 ☐	きゅう 【旧】	名·漢造 陳舊;往昔,舊日;舊曆,農曆;前任者 反 新 類 古い
0626 ☐	きゅう 【級】	名·漢造 等級,階段;班級,年級;頭 類 等級（とうきゅう）
0627 ☐	きゅう 【球】	名·漢造 球;(數)球體,球形 類 ボール
0628 ☐	きゅうか 【休暇】	名 (節假日以外的)休假 類 休み
0629 ☐	きゅうぎょう 【休業】	名·自サ 停課 類 休み
0630 ☐	きゅうげき 【急激】	形動 急遽 類 激しい
0631 ☐	きゅうこう 【休校】	名·自サ 停課
0632 ☐	きゅうこう 【休講】	名·自サ 停課
0633 ☐	きゅうしゅう 【吸収】	名·他サ 吸收 類 吸い取る
0634 ☐	きゅうじょ 【救助】	名·他サ 救助,搭救,救援,救濟 類 救う
0635 ☐	きゅうしん 【休診】	名·他サ 停診
0636 ☐	きゅうせき 【旧跡】	名 古蹟
0637 ☐	きゅうそく 【休息】	名·自サ 休息 類 休み

0625 旧暦では、今日は何月何日ですか。
▶ 今天是農曆的幾月幾號？

0626 英検で1級を取った。
▶ 我考過英檢一級了。

0627 この器具は、尖端が球状になっている。
▶ 這工具的最前面是呈球狀的。

0628 休暇になるかならないかのうちに、ハワイに出かけた。
▶ 才剛放假，就跑去夏威夷了。

0629 病気になったので、しばらく休業するしかない。
▶ 因為生了病，只好先暫停營業一陣子。

0630 車の事故による死亡者は急激に増加している。
▶ 因車禍事故而死亡的人正急遽增加。

0631 地震で休校になる。
▶ 因地震而停課。

0632 授業が休講になったせいで、暇になってしまいました。
▶ 都因為停課，害我閒得沒事做。

0633 学生は、勉強していろいろなことを吸収するべきだ。
▶ 學生必須好好學習，以吸收各方面知識。

0634 みんな助かるようにという祈りをこめて、救助活動をした。
▶ 救援活動在祈求大家都能得救的心願下進行。

0635 日曜休診。
▶ 週日停診。

0636 京都の名所旧跡を訪ねる。
▶ 造訪京都的名勝古蹟。

0637 作業の合間に休息する。
▶ 在工作的空檔休息。

き

0638 ☐	きゅうそく【急速】	名・形動 迅速，快速 類 急激（きゅうげき）
0639 ☐	きゅうよ【給与】	名・他サ 供給(品)，分發，待遇；工資，津貼 類 給料、サラリー
0640 ☐	きゅうよう【休養】	名・自サ 休養 類 保養（ほよう）
0641 ☐	きよい【清い】	形 清徹的，清潔的；(內心)暢快的，問心無愧的；正派的，光明磊落；乾脆 反 汚らわしい　類 清らか
0642 ☐	きよう【器用】	名・形動 靈巧，精巧；手藝巧妙；精明 類 上手
0643 ☐ T22	きょうか【強化】	名・他サ 強化，加強 反 弱化（じゃっか）
0644 ☐	きょうかい【境界】	名 境界，疆界，邊界 類 さかい
0645 ☐	きょうぎ【競技】	名・自サ 競賽，體育比賽 類 試合
0646 ☐	ぎょうぎ【行儀】	名 禮儀，禮節，舉止 類 礼儀
0647 ☐	きょうきゅう【供給】	名・他サ 供給，供應 反 需要（じゅよう）
0648 ☐	きょうさん【共産】	名 共產；共產主義
0649 ☐	ぎょうじ【行事】	名 (按慣例舉行的)儀式，活動 類 催し物（もよおしもの）
0650 ☐	きょうじゅ【教授】	名・他サ 教授；講授，教

0638
コンピュータは急速に普及した。
▶ 電腦以驚人的速度大眾化了。

0639
会社が給与を支払わないかぎり、私たちはストライキを続けます。
▶ 只要公司不發薪資，我們就會繼續罷工。

0640
今週から来週にかけて、休養のために休みます。
▶ 從這個禮拜到下個禮拜，為了休養而請假。

0641
山道を歩いていたら、清い泉が湧き出ていた。
▶ 當我正走在山路上時，突然發現地面湧出了清澈的泉水。

0642
彼は器用で、自分で何でも直してしまう。
▶ 他的手真巧，任何東西都能自己修好。

0643
事件前に比べて、警備が強化された。
▶ 跟案件發生前比起來，警備森嚴多許多。

き

0644
仕事と趣味の境界が曖昧です。
▶ 工作和興趣的界線還真是模糊不清。

0645
運動会で、どの競技に出場しますか。
▶ 你運動會要出賽哪個項目？

0646
お兄さんに比べて、君は行儀が悪いね。
▶ 和你哥哥比起來，你真沒禮貌。

0647
この工場は、24時間休むことなく製品を供給できます。
▶ 這座工廠，可以24小時全日無休地供應產品。

0648
資本主義と共産主義について研究しています。
▶ 我正在研究資本主義和共產主義。

0649
行事の準備をしているところへ、校長が見に来た。
▶ 正當準備活動時，校長便前來觀看。

0650
教授とは、先週話したきりだ。
▶ 自從上週以來，就沒跟教授講過話了。

0651 ☐	きょうしゅく 【恐縮】	(名・自サ)(對對方的厚意感覺)惶恐(表感謝或客氣); (給對方添麻煩表示)對不起,過意不去;(感覺)不好 意思,羞愧,慚愧 (類)恐れ入る
0652 ☐	きょうどう 【共同】	(名・自サ)共同 (類)合同(ごうどう)
0653 ☐	きょうふ 【恐怖】	(名・自サ)恐怖,害怕 (類)恐れる
0654 ☐	きょうふう 【強風】	(名)強風
0655 ☐	きょうよう 【教養】	(名)教育,教養,修養;(專業以外的)知識學問
0656 ☐	きょうりょく 【強力】	(名・形動)力量大,強力,強大 (類)強力(ごうりき)
0657 ☐	ぎょうれつ 【行列】	(名・自サ)行列,隊伍,列隊;(數)矩陣 (類)列
0658 ☐	きょか 【許可】	(名・他サ)許可,批准 (類)許す
0659 ☐	ぎょぎょう 【漁業】	(名)漁業,水產業
0660 ☐	きょく 【局】	(名・接尾)房間,屋子;(官署,報社)局,室;特 指郵局,廣播電臺;局面,局勢;(事物的)結局
0661 ☐	きょく 【曲】	(名・漢造)曲調;歌曲;彎曲
0662 ☐	きょくせん 【曲線】	(名)曲線
0663 ☐	きょだい 【巨大】	(形動)巨大 (反)直線 (類)カーブ

0651
恐縮ですが、窓を開けてくださいませんか。
▶ 不好意思，能否請您打開窗戶。

0652
この仕事は、両国の共同のプロジェクトにほかならない。
▶ 這項作業，不外是兩國共同的計畫。

0653
先日、恐怖の体験をしました。
▶ 前幾天我經歷了恐怖的體驗。

0654
強風が吹く。
▶ 強風吹拂。

0655
彼は教養があって、いろいろなことを知っている。
▶ 他很有學問，知道各式各樣的事情。

0656
そのとき、強力な味方が現れました。
▶ 就在那時，強大的伙伴出現了！

0657
この店のラーメンはとてもおいしいので、行列ができかねない。
▶ 這家店的拉麵非常好吃，所以有可能要排隊。

0658
理由があるなら、外出を許可しないこともない。
▶ 如果有理由的話，並不是說不能讓你外出。

0659
その村は、漁業によって生活しています。
▶ 那村莊以漁業維生。

0660
観光局に行って、地図をもらった。
▶ 我去觀光局索取地圖。

0661
曲を演奏する。
▶ 演奏曲子。

0662
グラフを見ると、なめらかな曲線になっている。
▶ 從圖表來看，則是呈現流暢的曲線。

0663
その新しいビルは、巨大な上にとても美しいです。
▶ 那棟新大廈，既雄偉又美觀。

0664 ☐	きらう【嫌う】	他五 嫌惡，厭惡；憎惡；區別 反 好く　類 好まない
0665 ☐	きらきら	副・自サ 閃耀
0666 ☐	ぎらぎら	副・自サ 閃耀（程度比きらきら還強）
0667 ☐	きらく【気楽】	名・形動 輕鬆，安閒，無所顧慮 類 安楽（あんらく）
0668 ☐	きり【霧】	名 霧，霧氣；噴霧
0669 ☐	きりつ【規律】	名 規則，紀律，規章 類 決まり
0670 ☐	きる【切る】	接尾 (接助詞運用形)表示達到極限；表示完結 類 〜しおえる
0671 ☐	きる【斬る】	他五 砍；切
0672 ☐	きれ【切れ】	名 衣料，布頭，碎布
0673 ☐	きれい【綺麗・奇麗】	形 好看，美麗；乾淨；完全徹底；清白，純潔；正派，公正 類 美しい
0674 ☐	ぎろん【議論】	名・他サ 爭論，討論，辯論 類 論じる
0675 ☐	きをつける【気を付ける】	慣 當心，留意
0676 ☐	ぎん【銀】	名 銀，白銀；銀色 類 銀色

0664

彼を嫌ってはいるものの、口をきかないわけにはいかない。
▶ 雖說我討厭他，但也不能完全不跟他說話。

0665

星がきらきら光る。
▶ 星光閃耀。

0666

太陽がぎらぎら照りつける。
▶ 陽光照得刺眼。

0667

気楽にスポーツを楽しんでいるところに、厳しいことを言わないでください。 ▶ 請不要在我輕鬆享受運動的時候，說些嚴肅的話。

0668

山の中は、霧が深いに決まっています。
▶ 山裡一定籠罩著濃霧。

0669

言われたとおりに、規律を守ってください。
▶ 請遵守紀律，依指示進行。

き

0670

小麦粉を全部使い切ってしまいました。
▶ 太白粉全都用光了。

0671

人を斬る。
▶ 砍人。

0672

余ったきれでハンカチを作る。
▶ 用剩布做手帕。

0673

若くてきれいなうちに、写真をたくさん撮りたいです。
▶ 趁著還年輕貌美時，想多拍點照片。

0674

全員が集まりしだい、議論を始めます。
▶ 等全部人員到齊之後，就開始討論。

0675

忘れ物をしないように気を付ける。
▶ 注意有無遺忘物品。

0676

銀の食器を買おうと思います。
▶ 我打算買銀製的餐具。

0677 ☐	きんがく 【金額】	名 金額 類 値段
0678 ☐	きんぎょ 【金魚】	名 金魚
0679 ☐	きんこ 【金庫】	名 保險櫃；(國家或公共團體的)金融機關，國庫
0680 ☐ T23	きんせん 【金銭】	名 錢財，錢款；金幣 類 お金
0681 ☐	きんぞく 【金属】	名 金屬，五金 反 非金属
0682 ☐	きんだい 【近代】	名 近代，現代(日本則意指明治維新之後) 類 現代
0683 ☐	きんにく 【筋肉】	名 肌肉 類 筋（すじ）
0684 ☐	きんゆう 【金融】	名・自サ 金融，通融資金 類 経済
0685 ☐	くいき 【区域】	名 區域 類 地域（ちいき）
0686 ☐	くう 【食う】	他五 (俗)吃，(蟲)咬 類 食べる
0687 ☐	くう 【空】	名・形動・漢造 空中，空間；空虛；沒用，白費
0688 ☐	ぐうすう 【偶数】	名 偶數，雙數
0689 ☐	ぐうぜん 【偶然】	名・形動・副 偶然，偶而；(哲)偶然性 反 必然（ひつぜん） 類 思いがけない

0677
忘れないように、金額を書いておく。
▶ 為了不要忘記所以先記下金額。

0678
水槽の中にたくさん金魚がいます。
▶ 水槽裡有許多金魚。

0679
大事なものは、金庫に入れておく。
▶ 重要的東西要放到金庫。

0680
金銭の問題でトラブルになった。
▶ 因金錢問題而引起了麻煩。

0681
これはプラスチックではなく、金属製です。
▶ 這不是塑膠，它是用金屬製成的。

0682
日本の近代には、夏目漱石をはじめ、いろいろな作家がいます。
▶ 日本近代，有夏目漱石及許多作家。

き

0683
筋肉を鍛えるとすれば、まず運動をしなければなりません。
▶ 如果要鍛鍊肌肉，首先就得多運動才行。

0684
金融機関の窓口で支払ってください。
▶ 請到金融機構的窗口付帳。

0685
困ったことに、この区域では携帯電話が使えない。
▶ 傷腦筋的是，這區域手機是無法使用的。

0686
おいしいかまずいかにかかわらず、ちょっと食ってみたいです。
▶ 無論好不好吃，都想先嚐一下。

0687
努力が空に帰す。
▶ 努力落空。

0688
偶数と奇数。
▶ 偶數與奇數。

0689
彼に会いたくないと思っている日に限って、偶然出会ってしまう。
▶ 偏偏在我不想跟他見面時，就會突然遇見他。

0690 ☐	くうそう 【空想】	(名・他サ) 空想，幻想 (類) 想像
0691 ☐	くうちゅう 【空中】	(名) 空中，天空 (類) なかぞら
0692 ☐	くぎ 【釘】	(名) 釘子
0693 ☐	くぎる 【区切る】	(他四) (把文章)斷句，分段 (類) 仕切る（しきる）
0694 ☐	くさり 【鎖】	(名) 鎖鏈，鎖條；連結，聯繫；(喻)段，段落 (類) チェーン
0695 ☐	くしゃみ 【嚏】	(名) 噴嚏
0696 ☐	くじょう 【苦情】	(名) 不平，抱怨 (類) 愚痴（ぐち）
0697 ☐	くしん 【苦心】	(名・自サ) 苦心，費心 (類) 苦労
0698 ☐	くず 【屑】	(名) 碎片；廢物，廢料(人)；(挑選後剩下的)爛貨
0699 ☐	くずす 【崩す】	(他五) 拆毀，粉碎 (類) 砕く（くだく）
0700 ☐	ぐずつく 【愚図つく】	(自五) 陰天；動作遲緩拖延
0701 ☐	くずれる 【崩れる】	(自下一) 崩潰；散去；潰敗，粉碎 (類) 崩壊（ほうかい）
0702 ☐	くだ 【管】	(名) 細長的筒，管 (類) 筒（つつ）

0690
楽しいことを空想しているところに、話しかけられた。
▶ 當我正在幻想有趣的事情時，有人跟我說話。

0691
サーカスで空中ブランコを見た。
▶ 我到馬戲團看空中飛人秀。

0692
くぎを打って、板を固定する。
▶ 我用釘子把木板固定起來。

0693
単語を一つずつ区切って読みました。
▶ 我將單字逐一分開來唸。

0694
犬を鎖でつないでおいた。
▶ 用狗鍊把狗綁起來了。

0695
静かにしていなければならないときに限って、くしゃみが止まらなくなる。 ▶ 偏偏在需要保持安靜時，噴嚏就會打個不停。

0696
カラオケパーティーを始めるか始めないかのうちに、近所から苦情を言われた。 ▶ 卡拉OK派對才剛開始，鄰居就跑來抱怨了。

0697
10年にわたる苦心の末、新製品が完成した。
▶ 長達10年嘔心瀝血的努力，終於完成了新產品。

0698
工場では、板の削りくずがたくさん出る。
▶ 工廠有很多鋸木的木屑。

0699
私も以前体調を崩しただけに、あなたの辛さはよくわかります。
▶ 正因為我之前也搞壞過身體，所以特別能了解你的痛苦。

0700
天気が愚図つく。
▶ 天氣總不放晴。

0701
雨が降り続けたので、山が崩れた。
▶ 因持續下大雨而山崩了。

0702
管を通して水を送る。
▶ 水透過管子輸送。

0703 ☐	ぐたい 【具体】	㉚ 具體 ㊤ 抽象　㊣ 具象（ぐしょう）
0704 ☐	くだく 【砕く】	㊟ 打碎，弄碎 ㊣ 思い悩む（おもいなやむ）
0705 ☐	くだける 【砕ける】	㊐ 破碎，粉碎
0706 ☐	くたびれる 【草臥れる】	㊐ 疲勞，疲乏 ㊣ 疲れる
0707 ☐	くだらない 【下らない】	㊟ 無價值，無聊，不下於… ㊣ つまらない
0708 ☐	くち 【口】	㊟ 口，嘴；用嘴說話；口味；人口，人數；出入或存取物品的地方；口，放進口中或動口的次數；股，份 ㊣ 味覚
0709 ☐	くちべに 【口紅】	㉚ 口紅，脣膏 ㊣ ルージュ
0710 ☐	くつう 【苦痛】	㉚ 痛苦 ㊣ 苦しみ
0711 ☐	くっつく 【くっ付く】	㊐ 緊貼在一起，附著
0712 ☐ T24	くっつける 【くっ付ける】	㊟ 把…粘上，把…貼上，使靠近 ㊣ 接合する（せつごうする）
0713 ☐	くどい	㊥ 冗長乏味的，(味道)過於膩的 ㊣ しつこい
0714 ☐	くとうてん 【句読点】	㉚ 句號，逗點；標點符號 ㊣ 句点（くてん）
0715 ☐	くぶん 【区分】	㊟ 區分，分類 ㊣ 区分け

0703
改革を叫びつつも、具体的な案は浮かばない。
▶ 雖在那裡吶喊要改革，卻想不出具體的方案來。

0704
家事をきちんとやるとともに、子どもたちのことにも心を砕いている。
▶ 在確實做好家事的同時，也為孩子們的事情費心勞力。

0705
大きな岩が谷に落ちて砕けた。
▶ 巨大的岩石掉入山谷粉碎掉了。

0706
たとえくたびれても、走り続けます。
▶ 就算累翻了，我也會繼續跑下去。

0707
その映画はくだらないと思ったものだから、見なかった。
▶ 因為我覺得那部電影很無聊，所以就沒看。

0708
酒は辛口より甘口がよい。
▶ 甜味酒比辣味酒好。

0709
口紅を塗っているところに子どもが飛びついてきて、はみ出してしまった。 ▶ 我在塗口紅時，小孩突然撲了上來，口紅就畫歪了。

0710
薬を飲んだので、苦痛が和らぎつつあります。
▶ 因為吃了藥，所以痛苦慢慢減輕了。

0711
ジャムの瓶の蓋がくっ付いてしまって、開かない。
▶ 果醬的瓶蓋太緊了，打不開。

0712
部品を接着剤でしっかりくっ付けた。
▶ 我用黏著劑將零件牢牢地黏上。

0713
先生の話はくどいから、あまり聞きたくない。
▶ 老師的話又臭又長，根本就不想聽。

0714
作文のときは、句読点をきちんとつけるように。
▶ 寫作文時，要確實標上標點符號。

0715
地域ごとに区分した地図がほしい。
▶ 我想要一份以區域劃分的地圖。

0716 ☐	くべつ 【区別】	(名・他サ) 區別，分清 (類) 区分
0717 ☐	くぼむ 【窪む・凹む】	(自五) 凹下，塌陷
0718 ☐	くみ 【組】	(名) 套，組，隊；班，班級；(黑道)幫 (類) クラス
0719 ☐	くみあい 【組合】	(名) (同業)工會，合作社
0720 ☐	くみあわせ 【組み合わせ】	(名) 組合，配合，編配 (類) コンビネーション
0721 ☐	くみたてる 【組み立てる】	(他下一) 組織，組裝
0722 ☐	くむ 【汲む】	(他五) 打水，取水
0723 ☐	くむ 【組む】	(自五) 聯合，組織起來 (類) 取り組む
0724 ☐	くもる 【曇る】	(自五) 天氣陰，朦朧 (反) 晴れる　(類) 陰る（かげる）
0725 ☐	くやむ 【悔やむ】	(他五) 懊悔的，後悔的 (類) 後悔する
0726 ☐	くらい 【位】	(名) (數)位數；皇位，王位；官職，地位；(人或藝術作品的)品味，風格 (類) 地位
0727 ☐	くらし 【暮らし】	(名) 度日，生活；生計，家境 (類) 生活
0728 ☐	クラブ 【club】	(名) 俱樂部，夜店；(學校)課外活動，社團活動

0716
夢と現実の区別がつかなくなった。
▶ 我已分辨不出幻想與現實的區別了。

0717
目がくぼむ。
眼窩深陷。

0718
どちらの組に入りますか。
▶ 你要編到哪一組？

0719
会社も会社なら、組合も組合だ。
▶ 公司是有不對，但工會也半斤八兩。

0720
試合の組み合わせが決まりしだい、連絡してください。
▶ 賽程表一訂好，就請聯絡我。

0721
先輩の指導をぬきにして、機器を組み立てることはできない。
▶ 要是沒有前輩的指導，我就沒辦法組裝好機器。

0722
ここは水道がないので、毎日川の水を汲んでくるということだ。
▶ 這裡沒有自來水，所以每天都從河川打水回來。

0723
今度のプロジェクトは、他の企業と組んで行います。
▶ 這次的企畫，是和其他企業合作進行的。

0724
空がだんだん曇ってきた。
▶ 天色漸漸暗了下來。

0725
失敗を悔やむどころか、ますますやる気が出てきた。
▶ 失敗了不僅不懊惱，反而更有幹勁了。

0726
100の位を四捨五入してください。
▶ 請在百位的地方四捨五入。

0727
我々の暮らしは、よくなりつつある。
▶ 我們家境在逐漸改善中。

0728
どのクラブに入りますか。
▶ 你要進哪一個社團？

0729 ☐	グラフ 【graph】	名 圖表，圖解，座標圖；畫報 類 図表（ずひょう）
0730 ☐	グランド 【ground】	造語 大型，大規模；崇高；重要 類 運動場
0731 ☐	クリーニング 【cleaning】	名・他サ （洗衣店）洗滌 類 洗濯
0732 ☐	クリーム 【cream】	名 鮮奶油，奶酪；膏狀化妝品；皮鞋油；冰淇淋
0733 ☐	くるう 【狂う】	自五 發狂，發瘋，失常，不準確，有毛病；落空，錯誤；過度著迷，沉迷 類 発狂（はっきょう）
0734 ☐	くるしい 【苦しい】	形 艱苦；困難；難過；勉強
0735 ☐	くるしむ 【苦しむ】	自五 感到痛苦，感到難受
0736 ☐	くるしめる 【苦しめる】	他下一 使痛苦，欺負
0737 ☐	くるむ 【包む】	他五 包，裹 類 包む（つつむ）
0738 ☐	くれぐれも	副 反覆，周到 類 どうか
0739 ☐	くろう 【苦労】	名・形動・自サ 辛苦，辛勞 類 労苦
0740 ☐	くわえる 【加える】	他下一 加，加上 類 足す、増す
0741 ☐	くわえる 【銜える】	他一 叼，銜

0729
グラフを書く。
▶ 畫圖表。

0730
学校のグランドでサッカーをした。
▶ 我在學校的操場上踢足球。

0731
クリーニングに出したとしても、あまりきれいにならないでしょう。
▶ 就算拿去洗衣店洗，也沒辦法洗乾淨吧！

0732
私が試したかぎりでは、そのクリームを塗ると顔がつるつるになります。
▶ 就我試過的感覺，擦那個面霜後，臉就會滑滑嫩嫩的。

0733
失恋して気が狂った。
▶ 因失戀而發狂。

0734
家計が苦しい。
▶ 生活艱苦。

0735
彼は若い頃、病気で長い間苦しんだ。
▶ 他年輕時因生病而長年受苦。

0736
そんなに私のことを苦しめないでください。
▶ 請不要這樣折騰我。

0737
赤ちゃんを清潔なタオルでくるんだ。
▶ 我用乾淨的毛巾包住小嬰兒。

0738
風邪を引かないように、くれぐれも気をつけてください。
▶ 請一定要注意身體，千萬不要感冒了。

0739
苦労したといっても、大したことはないです。
▶ 雖說辛苦，但也沒什麼大不了的。

0740
だしに醤油と砂糖を加えます。
▶ 在湯汁裡加上醬油跟砂糖。

0741
楊枝をくわえる。
▶ 叼根牙籤。

0742 ☐	くわわる【加わる】	(自五) 加上，添上 (類) 増す
0743 ☐	くん【訓】	(名) (日語漢字的)訓讀(音) (反) 音　(類) 和訓（わくん）
0744 ☐	ぐん【軍】	(名) 軍隊；(軍隊編排單位)軍 (類) 兵士
0745 ☐	ぐん【郡】	(名) (地方行政區之一)郡
0746 ☐	ぐんたい【軍隊】	(名) 軍隊
0747 ☐	くんれん【訓練】	(名・他サ) 訓練 (類) 修練
け 0748 ☐	げ【下】	(名) 下等；(書籍的)下卷 (反) 上　(類) 下等
0749 ☐	けい【形・型】	(漢造) 型，模型；樣版，典型，模範；樣式；形成，形容 (類) 形状
0750 ☐ T25	けいき【景気】	(名) (事物的)活動狀態，活潑，精力旺盛；(經濟的)景氣 (類) 景況
0751 ☐	けいこ【稽古】	(名・自他サ) (學問、武藝等的)練習，學習；(演劇、電影、廣播等的)排演，排練 (類) 練習
0752 ☐	けいこう【傾向】	(名) (事物的)傾向，趨勢 (類) 成り行き（なりゆき）
0753 ☐	けいこく【警告】	(名・他サ) 警告 (類) 忠告
0754 ☐	けいじ【刑事】	(名) 刑事；刑事警察

0742
メンバーに加わったからは、一生懸命努力します。
▶ 既然加入了團隊，就會好好努力。

0743
これは、訓読みでは何と読みますか。
▶ 這單字用訓讀要怎麼唸？

0744
彼は、軍の施設で働いている。
▶ 他在軍隊的機構中服務。

0745
東京都西多摩郡に住んでいます。
▶ 我住在東京都的西多摩郡。

0746
軍隊にいたのは、たった１年にすぎない。
▶ 我在軍隊的時間，也不過一年罷了。

0747
今訓練の最中で、とても忙しいです。
▶ 因為現在是訓練中所以很忙碌。

0748
女性を殴るなんて、下の下というものだ。
▶ 竟然毆打女性，簡直比低級還更低級。

0749
飛行機の模型を作る。
▶ 製作飛機的模型。

0750
景気がよくなるにつれて、人々のやる気も出てきている。
▶ 伴隨著景氣的回復，人們的幹勁也上來了。

0751
踊りは、若いうちに稽古するのが大事です。
▶ 學舞蹈重要的是要趁年輕時打好基礎。

0752
若者は、厳しい仕事を避ける傾向がある。
▶ 最近的年輕人，有避免從事辛苦工作的傾向。

0753
ウイルスメールが来た際は、コンピューターの画面で警告されます。
▶ 收到病毒信件時，電腦的畫面上會出現警告。

0754
刑事たちは、たいへんな苦労のすえに犯人を捕まえた。
▶ 刑警們，在極端辛苦之後，終於逮捕了犯人。

0755 ☐	けいじ 【掲示】	名・他サ 牌示，佈告
0756 ☐	けいしき 【形式】	名 形式，樣式；方式 反 実質（じっしつ）　類 パターン
0757 ☐	けいぞく 【継続】	名・自他サ 繼續，繼承 類 続ける
0758 ☐	けいと 【毛糸】	名 毛線
0759 ☐	けいど 【経度】	名 (地)經度 反 緯度
0760 ☐	けいとう 【系統】	名 系統，體系 類 血統
0761 ☐	げいのう 【芸能】	名 (戲劇，電影，音樂，舞蹈等的總稱)演藝， 文藝，文娛
0762 ☐	けいば 【競馬】	名 賽馬
0763 ☐	けいび 【警備】	名・他サ 警備，戒備
0764 ☐	けいようし 【形容詞】	名 形容詞
0765 ☐	けいようどうし 【形容動詞】	名 形容動詞
0766 ☐	ケース 【case】	名 盒，箱，袋；場合，情形，事例 類 かばん
0767 ☐	げか 【外科】	名 (醫)外科 反 内科

0755
そのことを掲示したとしても、誰も掲示を見ないだろう。
▶ 就算公佈那件事，也沒有人會看佈告欄吧！

0756
上司が形式にこだわっているところに、新しい考えを提案した。
▶ 在上司拘泥於形式時，我提出了新方案。

0757
継続すればこそ、上達できるのです。
▶ 就只有持續下去才會更進步。

0758
毛糸でマフラーを編んだ。
▶ 我用毛線織了圍巾。

0759
その土地の経度はどのぐらいですか。
▶ 那塊土地的經度大約是多少？

0760
この王様は、どの家の系統ですか。
▶ 這位國王是哪個家系的？

け

0761
芸能人になりたくてたまらない。
▶ 想當藝人想得不得了。

0762
彼は競馬に熱中したばかりに、財産を全部失った。
▶ 就因為他沉溺於賽馬，所以賠光了所有財產。

0763
厳しい警備もかまわず、泥棒はビルに忍び込んだ。
▶ 儘管森嚴的警備，小偷還是偷偷地潛進了大廈。

0764
形容詞を習っているところに、形容動詞が出てきたら、分からなくなった。　▶ 在學形容詞時，突然冒出了形容動詞，就被搞混了。

0765
形容動詞について、教えてください。
▶ 請教我形容動詞。

0766
バイオリンをケースに入れて運んだ。
▶ 我把小提琴裝到琴箱裡面來搬運。

0767
この病院には、内科をはじめ、外科や耳鼻科などがあります。
▶ 這家醫院有內科以及外科、耳鼻喉科等醫療項目。

0768 ☐	けがわ 【毛皮】	名 毛皮
0769 ☐	げき 【劇】	名・接尾 劇，戲劇；引人注意的事件 類 ドラマ
0770 ☐	げきぞう 【激増】	名・自サ 激增，劇增 反 激減（げきげん）
0771 ☐	げしゃ 【下車】	名・自サ 下車 類 乗車
0772 ☐	げしゅく 【下宿】	名・自サ 租屋；住宿 類 貸間
0773 ☐ T26	げすい 【下水】	名 污水，髒水，下水；下水道的簡稱 反 上水（じょうすい）　類 污水（おすい）
0774 ☐	けずる 【削る】	他五 削，刨，刮；刪減，削去，削減 類 削ぐ（そぐ）
0775 ☐	げた 【下駄】	名 木屐
0776 ☐	けつあつ 【血圧】	名 血壓
0777 ☐	けっかん 【欠陥】	名 缺陷，致命的缺點 類 欠点
0778 ☐	げっきゅう 【月給】	名 月薪，工資 類 給料
0779 ☐	けっきょく 【結局】	名・副 結果，結局；最後，最終，終究 類 終局（しゅうきょく）
0780 ☐	けっさく 【傑作】	名 傑作 類 大作

0768
うちの妻は、毛皮がほしくてならないそうだ。
▶ 我家太太，好像很想要那件皮草大衣。

0769
その劇は、市役所において行われます。
▶ 那齣戲在市公所上演。

0770
韓国ブームだけのことはあって、韓国語を勉強する人が激増した。
▶ 不愧是吹起了哈韓風，學韓語的人暴增了許多。

0771
新宿で下車してみたものの、どこで食事をしたらいいかわからない。
▶ 我在新宿下了車，但卻不知道在哪裡用餐好。

0772
東京で下宿を探した。
▶ 我在東京找了住宿的地方。

0773
下水が詰まったので、掃除をした。
▶ 因為下水道積水，所以去清理。

0774
木の皮を削り取る。
▶ 刨去樹皮。

0775
げたをはいて、外出した。
▶ 穿木屐出門去。

0776
血圧が高い上に、心臓も悪いと医者に言われました。
▶ 醫生說我不但血壓高，就連心臟都不好。

0777
この商品は、使いにくいというより、ほとんど欠陥品です。
▶ 這個商品，與其說是難用，倒不如說是個瑕疵品。

0778
高そうなかばんじゃないか。月給が高いだけのことはあるね。
▶ 這包包看起來很貴呢！不愧是領高月薪的！

0779
結局、最後はどうなったんですか。
▶ 結果，事情最後究竟演變成怎樣了？

0780
これは、ピカソの晩年の傑作です。
▶ 這是畢卡索晚年的傑作。

け

0781 ☐	けっしん 【決心】	名・自他サ 決心，決意 類 決意
0782 ☐	けつだん 【決断】	名・自他サ 果断明確地做出決定，決斷 類 判断
0783 ☐	けってい 【決定】	名・自他サ 決定，確定 類 決まる
0784 ☐	けってん 【欠点】	名 缺點，欠缺，毛病 反 美点（びてん） 類 弱点
0785 ☐	けつろん 【結論】	名・自サ 結論 類 断定
0786 ☐	けはい 【気配】	名 跡象，苗頭，氣息 類 様子
0787 ☐	げひん 【下品】	形動 卑鄙，下流，低俗，低級 反 上品 類 卑俗（ひぞく）
0788 ☐	けむい 【煙い】	形 煙撲到臉上使人無法呼吸，嗆人
0789 ☐	けわしい 【険しい】	形 陡峭，險峻；險惡，危險；(表情等)嚴肅，可怕，粗暴 反 なだらか 類 険峻
0790 ☐	けん 【券】	名 票，証，券 類 チケット
0791 ☐	けん 【権】	名・漢造 權力；權限 類 権力
0792 ☐	げん 【現】	名・漢造 現，現在的 類 現在の
0793 ☐	けんかい 【見解】	名 見解，意見 類 考え

0781
絶対タバコは吸うまいと、決心した。
▶ 我下定決心不再抽煙。

0782
彼は決断を迫られた。
▶ 他被迫做出決定。

0783
いろいろ考えたあげく、留学することに決定しました。
▶ 再三考慮後，最後決定出國留學。

0784
彼は、欠点はあるにせよ、人柄はとてもいい。
▶ 就算他有缺點，但人品是很好的。

0785
話し合って結論を出した上で、みんなに説明します。
▶ 等結論出來後，再跟大家說明。

0786
好転の気配がみえる。
▶ 有好轉的跡象。

け

0787
そんな下品な言葉を使ってはいけません。
▶ 不准使用那種下流的話。

0788
部屋が煙い。
▶ 房間瀰漫著煙很嗆人。

0789
岩だらけの険しい山道を登った。
▶ 我攀登了到處都是岩石的陡峭山路。

0790
映画の券を買っておきながら、まだ行く暇がない。
▶ 雖然事先買了電影票，但還是沒有時間去。

0791
私は、まだ選挙権がありません。
▶ 我還沒有投票權。

0792
現市長も現市長なら、前市長も前市長だ。
▶ 不管是現任市長，還是前任市長，都太不像樣了。

0793
専門家の見解に基づいて、会議を進めた。
▶ 依專家給的意見來進行會議。

0794 ☐	げんかい 【限界】	名 界限，限度，極限 類 限り
0795 ☐	けんがく 【見学】	名・他サ 參觀
0796 ☐	けんきょ 【謙虚】	形動 謙虚 類 謙遜（けんそん）
0797 ☐	げんきん 【現金】	名 (手頭的)現款，現金；(經濟的)現款，現金 類 キャッシュ
0798 ☐	げんご 【言語】	名 言語 類 言葉
0799 ☐	げんこう 【原稿】	名 原稿
0800 ☐	げんざい 【現在】	名 現在，目前，此時 類 今
0801 ☐	げんさん 【原産】	名 原產
0802 ☐ T27	げんし 【原始】	名 原始；自然
0803 ☐	げんじつ 【現実】	名 現實，實際 反 理想　類 実際
0804 ☐	けんしゅう 【研修】	名・他サ 進修，培訓 類 就業
0805 ☐	げんじゅう 【厳重】	形動 嚴重的，嚴格的，嚴厲的 類 厳しい
0806 ☐	げんしょう 【現象】	名 現象 類 出来事

0794
記録が伸びなかったので、限界を感じないではいられなかった。
▶ 因為沒有創新紀錄，所以不得不令人感覺極限到了。

0795
6年生は出版社を見学に行った。
▶ 六年級的學生去參觀出版社。

0796
いつも謙虚な気持ちでいることが大切です。
▶ 隨時保持謙虛的態度是很重要的。

0797
今もっている現金は、これきりです。
▶ 現在手邊的現金，就只剩這些了。

0798
インドの言語状況について研究している。
▶ 我正在針對印度的語言生態進行研究。

0799
原稿ができしだい送ります。
▶ 原稿一完成就寄給您。

け

0800
現在は、保険会社で働いています。
▶ 我現在在保險公司上班。

0801
この果物は、どこの原産ですか。
▶ 這水果的原產地在哪裡？

0802
これは、原始時代の石器です。
▶ 這是原始時代的石器。

0803
現実を見るにつけて、人生の厳しさを感じる。
▶ 每當看到現實的一面，就會感受到人生嚴酷。

0804
みんなで研修に参加しようではないか。
▶ 大家就一起參加研習吧！

0805
会議は、厳重な警戒のもとで行われた。
▶ 會議在森嚴的戒備之下進行。

0806
なぜこのような現象が起きるのか、不思議でならない。
▶ 為什麼會發生這種現象，實在是不可思議。

0807	げんじょう 【現状】	名 現狀 類 現実
0808	けんせつ 【建設】	名·他サ 建設 類 建造
0809	けんそん 【謙遜】	名·形動·自サ 謙遜，謙虛 反 不遜（ふそん） 類 謙讓
0810	けんちく 【建築】	名·他サ 建築，建造 類 建造
0811	げんど 【限度】	名 限度，界限 類 限界
0812	けんとう 【見当】	名 推想，推測；大體上的方位，方向；（接尾）表示大致數量，大約，左右 類 見通し（みとおし）
0813	けんとう 【検討】	名·他サ 研討，探討；審核 類 吟味（ぎんみ）
0814	げんに 【現に】	副 做為不可忽略的事實，實際上，親眼 類 実際に
0815	げんば 【現場】	名 (事故等的)現場；(工程等的)現場，工地
0816	けんびきょう 【顕微鏡】	名 顯微鏡
0817	けんぽう 【憲法】	名 憲法 類 法律
0818	けんめい 【懸命】	形動 拼命，奮不顧身，竭盡全力 類 精一杯（せいいっぱい）
0819	けんり 【権利】	名 權利 反 義務 類 権

0807
現状から見れば、わが社にはまだまだ問題が多い。
▶ 從現狀來看，我們公司還存有很多問題。

0808
ビルの建設が進むにつれて、その形が明らかになってきた。
▶ 隨著大廈建設的進行，它的雛形就慢慢出來了。

0809
優秀なのに、いばるどころか謙遜ばかりしている。
▶ 他人很優秀，但不僅不自大，反而都很謙虛。

0810
ヨーロッパの建築について、研究しています。
▶ 我在研究有關歐洲的建築物。

0811
我慢するといっても、限度があります。
▶ 雖說要忍耐，但也是有限度的。

0812
わたしには見当もつかない。
▶ 我實在是摸不著頭緒。

け

0813
どのプロジェクトを始めるにせよ、よく検討しなければならない。
▶ 不管你要從哪個計畫下手，都得好好審核才行。

0814
現にこの目で見た。
▶ 我親眼看到了。

0815
現場のようすから見ると、作業は順調のようです。
▶ 從工地的情況來看，施工進行得很順利。

0816
顕微鏡で細菌を検査した。
▶ 我用顯微鏡觀察了細菌。

0817
両国の憲法を比較してみた。
▶ 我試著比較了兩國間憲法的差異。

0818
懸命な救出作業をする。
▶ 拼命地進行搶救工作。

0819
勉強することは、義務というより権利だと私は思います。
▶ 唸書這件事，與其說是義務，我認為它更是一種權利。

こ

0820 ☐	げんり 【原理】	名 原理；原則 類 基本法則
0821 ☐	げんりょう 【原料】	名 原料 類 材料
0822 ☐	ご 【碁】	名 圍棋
0823 ☐	こい 【恋】	名・自他サ 戀，戀愛；眷戀 類 恋愛
0824 ☐	こいしい 【恋しい】	形 思慕的，眷戀的，懷戀的 類 懐かしい
0825 ☐	こう 【校】	名 校對
0826 ☐	こう 【請う】	他五 請求，希望
0827 ☐	こういん 【工員】	名 工廠的工人，(產業)工人 類 労働者
0828 ☐	ごういん 【強引】	形動 強行，強制，強勢 類 無理矢理（むりやり）
0829 ☐	こううん 【幸運】	名・形動 幸運，僥倖 反 不運（ふうん）　類 幸せ、ラッキー
0830 ☐	こうえん 【講演】	名・自サ 演說，講演 類 演説
0831 ☐	こうか 【高価】	名・形動 高價錢 反 安価（あんか）

0820
勉強するにつれて、化学の原理がわかってきた。
▶ 隨著不斷地學習，便越來越能了解化學的原理了。

0821
原料は、アメリカから輸入しています。
▶ 原料是從美國進口的。

0822
碁を打つ。
▶ 下圍棋。

0823
二人は、出会ったとたんに恋に落ちた。
▶ 兩人相遇便墜入了愛河。

0824
故郷が恋しくてしようがない。
▶ 想念家鄉想念得不得了。

0825
校を重ねる。
▶ 多次校對。

0826
許しを請う。
▶ 請求原諒。

0827
社長も社長なら、工員も工員だ。
▶ 社長有社長的不是，員工也有員工的不對。

0828
彼にしては、ずいぶん強引なやりかたでした。
▶ 就他來講，已經算是很強勢的作法了。

0829
この事故で助かるとは、幸運というものだ。
▶ 能在這場事故裡得救，算是幸運的了。

0830
誰に講演を頼むか、私には決めかねる。
▶ 我無法作主要拜託誰來演講。

0831
宝石は、高価であればあるほど、買いたくなる。
▶ 寶石越昂貴，就越想買。

0832 ☐	こうか 【硬貨】	名 硬幣，金屬貨幣 類 コイン
0833 ☐	こうか 【校歌】	名 校歌
0834 ☐	ごうか 【豪華】	形動 奢華的，豪華的 類 贅沢（ぜいたく）
0835 ☐	こうがい 【公害】	名 (汚水、噪音等造成的)公害
0836 ☐	こうかてき 【効果的】	形動 有效的
0837 ☐	こうきあつ 【高気圧】	名 高氣壓
0838 ☐	こうきしん 【好奇心】	名 好奇心
0839 ☐	こうきゅう 【高級】	名・形動 (級別)高，高級；(等級程度)高 類 上等
0840 ☐	こうきょう 【公共】	名 公共
0841 ☐	こうくう 【航空】	名 航空；「航空公司」的簡稱
0842 ☐	こうけい 【光景】	名 景象，情況，場面，樣子 類 眺め（ながめ）
0843 ☐	こうげい 【工芸】	名 工藝
0844 ☐	ごうけい 【合計】	名・他サ 共計，合計，總計 類 総計

0832
財布の中に硬貨がたくさん入っている。
▶ 我的錢包裝了許多硬幣。

0833
校歌を歌う。
▶ 唱校歌。

0834
おばさんたちのことだから、豪華な食事をしているでしょう。
▶ 因為是阿姨她們，所以我想一定是在吃豪華料理吧！

0835
病人が増えたことから、公害のひどさがわかる。
▶ 從病人增加這一現象來看，可見公害的嚴重程度。

0836
効果的なやり方。
▶ 有效的做法。

0837
南の海上に高気圧が発生した。
▶ 南方海面上形成高氣壓。

こ

0838
好奇心が強い。
▶ 好奇心很強。

0839
お金がないときに限って、彼女が高級レストランに行きたがる。
▶ 偏偏就在沒錢的時候，女友就想去高級餐廳。

0840
公共の設備を大切にしましょう。
▶ 一起來愛惜我們的公共設施吧！

0841
航空会社に勤めたい。
▶ 我想到航空公司上班。

0842
思っていたとおりに美しい光景だった。
▶ 和我預期的一樣，景象很優美。

0843
工芸品はもとより、特産の食品も買うことができる。
▶ 工藝品自不在話下，就連特產的食品也買的到。

0844
消費税をぬきにして、合計2000円です。
▶ 扣除消費稅，一共是2000日圓。

0845 ☐	こうげき 【攻撃】	(名・他サ) 攻擊，進攻；抨擊，指責，責難；(棒球)擊球 (類) 攻める（せめる）
0846 ☐	こうけん 【貢献】	(名・自サ) 貢獻 (類) 役立つ
0847 ☐	こうこう 【孝行】	(名・自サ・形動) 孝敬，孝順 (類) 親孝行（おやこうこう）
0848 ☐	こうさ 【交差】	(名・自他サ) 交叉 (反) 平行（へいこう） (類) 交わる（まじわる）
0849 ☐	こうさい 【交際】	(名・自サ) 交際，交往，應酬 (類) 付き合い
0850 ☐	こうし 【講師】	(名) (高等院校的)講師；演講者
0851 ☐	こうしき 【公式】	(名・形動) 正式；(數)公式 (反) 非公式
0852 ☐	こうじつ 【口実】	(名) 藉口，口實 (類) 言い訳
0853 ☐	こうしゃ 【後者】	(名) 後來的人；(兩者中的)後者 (反) 前者（ぜんしゃ）
0854 ☐	こうしゃ 【校舎】	(名) 校舎
0855 ☐	こうしゅう 【公衆】	(名) 公眾，公共，一般人 (類) 大衆（たいしゅう）
0856 ☐	こうすい 【香水】	(名) 香水
0857 ☐	こうせい 【公正】	(名・形動) 公正，公允，不偏 (類) 公平

0845
政府は、野党の攻撃に遭った。
▶ 政府受到在野黨的抨擊。

0846
ちょっと手伝ったにすぎなくて、大した貢献ではありません。
▶ 這只能算是幫點小忙而已，並沒什麼大不了的貢獻。

0847
親孝行のために、田舎に帰ります。
▶ 為了盡孝道，我決定回鄉下。

0848
道が交差しているところまで歩いた。
▶ 我走到交叉路口。

0849
私が交際したかぎりでは、みんなとても親切な方たちでした。
▶ 就我和他們相處的感覺，大家都是很友善的人。

0850
講師も講師なら、学生も学生で、みんなやる気がない。
▶ 不管是講師，還是學生，都實在太不像話了，大家都沒有幹勁。

こ

0851
数学の公式を覚えなければならない。
▶ 數學的公式不背不行。

0852
仕事を口実に、飲み会を断った。
▶ 我拿工作當藉口，拒絕了喝酒的邀約。

0853
私なら、二つのうち後者を選びます。
▶ 如果是我，我會選兩者中的後者。

0854
この学校は、校舎を拡張しつつあります。
▶ 這間學校，正在擴建校區。

0855
公衆トイレはどこですか。
▶ 請問公廁在哪裡？

0856
パリというと、香水の匂いを思い出す。
▶ 說到巴黎，就會想到香水的香味。

0857
相手にも罰を与えたのは、公正というものだ。
▶ 也給對方懲罰，這才叫公正。

0858	こうせい 【構成】	(名・他サ) 構成，組成，結構 (類) 仕組み（しくみ）
0859	こうせき 【功績】	(名) 功績 (類) 手柄（てがら）
0860	こうせん 【光線】	(名) 光線 (類) 光（ひかり）
0861	こうそう 【高層】	(名) 高空，高氣層；高層
0862	こうぞう 【構造】	(名) 構造，結構 (類) 仕組み
0863	こうそく 【高速】	(名) 高速 (反) 低速（ていそく） (類) 高速度（こうそくど）
0864	こうたい 【交替】	(名・自サ) 換班，輪流，替換，輪換 (類) 交番
0865	こうち 【耕地】	(名) 耕地
0866	こうつうきかん 【交通機関】	(名) 交通機關，交通設施
0867	こうてい 【肯定】	(名・他サ) 肯定，承認 (反) 否定（ひてい）　(類) 認める（みとめる）
0868	こうてい 【校庭】	(名) 學校的庭園，操場 (類) グランド
0869	こうど 【高度】	(名・形動) (地)高度，海拔；(地平線到天體的)仰角；(事物的水平)高度，高級
0870	こうとう 【高等】	(名・形動) 高等，上等，高級 (類) 高級

0858	物語の構成を考えてから小説を書く。 ▶ 先想好故事的架構之後，再寫小說。
0859	彼の功績には、すばらしいものがある。 ▶ 他所立下的功績，有值得讚賞的地方。
0860	皮膚に光線を当てて治療する方法がある。 ▶ 有種療法是用光線來照射皮膚。
0861	高層ビルに上って、街を眺めた。 ▶ 我爬上高層大廈眺望街道。
0862	専門家の立場からいうと、この家の構造はよくない。 ▶ 從專家角度來看，這房子的結構不太好。
0863	高速道路の建設をめぐって、議論が行われています。 ▶ 圍繞著高速公路的建設一案，正進行討論。
0864	担当者が交替したばかりなものだから、まだ慣れていないんです。 ▶ 負責人才交接不久，所以還不大習慣。
0865	このへんは、一面耕地です。 ▶ 這一帶都是田地。
0866	電車やバスをはじめ、すべての交通機関が止まってしまった。 ▶ 電車和公車以及所有的交通工具，全都停了下來。
0867	上司の言うことを全部肯定すればいいというものではない。 ▶ 贊同上司所說的一切，並不是就是對的。
0868	珍しいことに、校庭で誰も遊んでいない。 ▶ 稀奇的是，沒有一個人在操場上。
0869	この植物は、高度1000メートルのあたりにわたって分布しています。 ▶ 這一類的植物，分布區域廣達約1000公尺高。
0870	高等学校への進学をめぐって、両親と話し合っている。 ▶ 我跟父母討論高中升學的事情。

こ

0871 ☐	こうどう 【行動】	名・自サ 行動，行為 類 行い（おこない）
0872 ☐	ごうとう 【強盗】	名 強盗；行搶 類 泥棒（どろぼう）
0873 ☐	ごうどう 【合同】	名・自他サ 合併，聯合；(數)全等 類 合併（がっぺい）
0874 ☐	こうば 【工場】	名 工廠，作坊 類 工場（こうじょう）
0875 ☐	こうひょう 【公表】	名・他サ 公布，發表，宣布 類 発表
0876 ☐	こうぶつ 【鉱物】	名 礦物 反 生物
0877 ☐	こうへい 【公平】	名・形動 公平，公道 反 偏頗（へんぱ）　類 公正
0878 ☐	こうほ 【候補】	名 候補，候補人；候選，候選人
0879 ☐ T29	こうむ 【公務】	名 公務，國家及行政機關的事務
0880 ☐	こうもく 【項目】	名 文章項目，財物項目；(字典的)詞條，條目
0881 ☐	こうよう 【紅葉】	名・自サ 紅葉；變成紅葉 類 もみじ
0882 ☐	ごうり 【合理】	名 合理
0883 ☐	こうりゅう 【交流】	名・自サ 交流，往來；交流電 反 直流（ちょくりゅう）

0871
いつもの行動からして、父は今頃飲み屋にいるでしょう。
▶ 就以往的行動模式來看，爸爸現在應該是在小酒店吧！

0872
昨日、強盗に入られました。
▶ 昨天被強盜闖進來行搶了。

0873
二つの学校が合同で運動会をする。
▶ 這兩所學校要聯合舉辦運動會。

0874
3年間にわたって、町の工場で働いた。
▶ 長達三年的時間，都在鎮上的工廠工作。

0875
この事実は、決して公表するまい。
▶ 這個真相，絕對不可對外公開。

0876
鉱物の成分を調べました。
▶ 我調查了這礦物的成分。

こ

0877
法のもとに、公平な裁判を受ける。
▶ 法律之前，人人接受平等的審判。

0878
相手候補は有力だが、私が勝てないわけでもない。
▶ 對方的候補雖然強，但我也能贏得了他。

0879
これは公務なので、休むことはできない。
▶ 因為這是公務，所以沒辦法請假。

0880
どの項目について言っているのですか。
▶ 你說的是哪一個項目啊？

0881
今ごろ東北は、紅葉が美しいにきまっている。
▶ 現在東北一帶的楓葉，一定很漂亮。

0882
先生の考え方は、合理的というより冷酷です。
▶ 老師的想法，與其說是合理，倒不如說是冷酷無情。

0883
国際交流が盛んなだけあって、この大学には外国人が多い。
▶ 這所大學有很多外國人，不愧是國際交流興盛的學校。

0884 □	ごうりゅう【合流】	名・自サ (河流)匯合，合流；聯合，合併
0885 □	こうりょ【考慮】	名・他サ 考慮 類 考える
0886 □	こうりょく【効力】	名 効力，効果，效應 類 効き目（ききめ）
0887 □	こえる【肥える】	自下一 肥，胖；土地肥沃；豐富；(識別力)提高，(鑑賞力)強 反 痩せる 類 豊か
0888 □	コーチ【coach】	名・他サ 教練，技術指導；教練員 類 監督
0889 □	コード【cord】	名 (電)軟線 類 電線（でんせん）
0890 □	コーラス【chorus】	名 合唱；合唱團；合唱曲 類 合唱
0891 □	ゴール【goal】	名 (體)決勝點，終點；球門；跑進決勝點，射進球門；奮鬥的目標 類 決勝点（けっしょうてん）
0892 □	こがす【焦がす】	他五 弄糊，烤焦，燒焦；(心情)焦急，焦慮；用香薰
0893 □	こきゅう【呼吸】	名・自他サ 呼吸，吐納；(合作時)步調，拍子，節奏；竅門，訣竅 類 息（いき）
0894 □	こぐ【漕ぐ】	他五 划船，搖櫓，蕩槳；蹬(自行車)，打(鞦韆) 類 漕艇（そうてい）
0895 □	ごく【極】	副 非常，最，極，至，頂 類 極上（ごくじょう）
0896 □	こくおう【国王】	名 國王，國君 類 君主

0884
今忙しいので、7時ごろに飲み会に合流します。
▶ 現在很忙，所以七點左右，我會到飲酒餐會跟你們會合。

0885
福祉という点からいうと、国民の生活をもっと考慮すべきだ。
▶ 從福利的角度來看的話，就必須再多加考慮到國民的生活。

0886
この薬は、風邪のみならず、肩こりにも効力がある。
▶ 這劑藥不僅對感冒很有效，對肩膀酸痛也有用。

0887
このあたりの土地はとても肥えている。
▶ 這附近的土地非常的肥沃。

0888
チームが負けたのは、コーチのせいだ。
▶ 球隊之所以會輸掉，都是教練的錯。

0889
テレビとビデオをコードでつないだ。
▶ 我用電線把電視和錄放影機連接上了。

0890
彼女たちのコーラスは、すばらしいに相違ない。
▶ 她們的合唱，一定很棒。

0891
ゴールまであと100メートルです。
▶ 離終點還差100公尺。

0892
料理を焦がしたものだから、部屋の中がにおいます。
▶ 因為菜燒焦了，所以房間裡會有焦味。

0893
緊張すればするほど、呼吸が速くなった。
▶ 越是緊張，呼吸就越是急促。

0894
岸にそって船を漕いだ。
▶ 沿著岸邊划船。

0895
この秘密は、ごくわずかな人しか知りません。
▶ 這機密只有極少部分的人知道。

0896
国王が亡くなられたとは、信じかねる話だ。
▶ 國王去世了，真叫人無法置信。

こ

0897	こくふく 【克服】	名・他サ 克服 類 乗り越える
0898	こくみん 【国民】	名 國民 類 人民
0899	こくもつ 【穀物】	名 五穀，糧食 類 穀類（こくるい）
0900	こくりつ 【国立】	名 國立
0901	ごくろうさま 【ご苦労様】	名・形動（表示感謝慰問)辛苦，受累，勞駕 類 ご苦労
0902	こげる 【焦げる】	自下一 烤焦，燒焦，焦，糊；曬褪色
0903	こごえる 【凍える】	自下一 凍僵 類 悴む（かじかむ）
0904	こころあたり 【心当たり】	名 想像，(估計、猜想)得到；線索，苗頭 類 見通し（みとおし）
0905	こころえる 【心得る】	他下一 懂得，領會，理解；有體驗；答應，應 允記在心上的 類 飲み込む
0906	こし 【腰】	名・接尾 腰；（衣服、裙子等的）腰身
0907	こしかけ 【腰掛け】	名 凳子；暫時棲身之處，一時落腳處 類 椅子
0908	こしかける 【腰掛ける】	自下一 坐下 類 座る
0909	ごじゅうおん 【五十音】	名 五十音

0897
病気を克服すれば、また働けないこともない。
▶ 只要征服病魔，也不是說不能繼續工作。

0898
物価の上昇につれて、国民の生活は苦しくなりました。
▶ 隨著物價的上揚，國民的生活越來越困苦。

0899
この土地では、穀物は育つまい。
▶ 這樣的土地穀類是無法生長的。

0900
中学と高校は私立ですが、大学は国立を出ています。
▶ 國中和高中雖然都是讀私立的，但我大學是畢業於國立的。

0901
厳しく仕事をさせる一方、「ご苦労様。」と言うことも忘れない。
▶ 嚴厲地要下屬做事的同時，也不忘說聲：「辛苦了」。

0902
変な匂いがしますが、何か焦げていませんか。
▶ 這裡有怪味，是不是什麼東西燒焦了？

こ

0903
北海道の冬は寒くて、凍えるほどだ
▶ 北海道的冬天冷得幾乎要凍僵了。

0904
彼の行く先について、心当たりがないわけでもない。
▶ 他現在人在哪裡，也不是說完全沒有頭緒。

0905
仕事がうまくいったのは、彼女が全て心得ていたからにほかならない。
▶ 工作之所以會順利，全都是因為她懂得要領的關係。

0906
腰が抜ける。
▶ 站不起來；嚇得腿軟。

0907
その腰掛けに座ってください。
▶ 請坐到那把凳子上。

0908
ソファーに腰掛けて話をしましょう。
▶ 讓我們坐沙發上聊天吧！

0909
五十音を覚えるにしたがって、日本語がおもしろくなった。
▶ 隨著記了五十音，日語就變得更有趣了。

0910 ☐	こしらえる 【拵える】	他下一 做，製造；捏造，虛構；化妝，打扮； 籌措，填補 類 作る
0911 T30 ☐	こす 【越す・超す】	自他五 越過，跨越，渡過；超越，勝於；過， 度過；遷居，轉移 類 過ごす
0912 ☐	こする 【擦る】	他五 擦，揉，搓；摩擦 類 掠める（かすめる）
0913 ☐	こたい 【固体】	名 固體 反 液体　類 塊（かたまり）
0914 ☐	ごちそうさま 【ご馳走様】	連語 承蒙您的款待了，謝謝
0915 ☐	こっか 【国家】	名 國家 類 国
0916 ☐	こっかい 【国会】	名 國會，議會
0917 ☐	こづかい 【小遣い】	名 零用錢 類 小遣い銭
0918 ☐	こっきょう 【国境】	名 國境，邊境，邊界 類 国境（くにざかい）
0919 ☐	コック 【cook】	名 廚師 類 料理人、シェフ
0920 ☐	こっせつ 【骨折】	名・自サ 骨折
0921 ☐	こっそり	副 悄悄地，偷偷地，暗暗地 類 こそこそ
0922 ☐	こてん 【古典】	名 古書，古籍；古典作品

0910
遠足なので、みんなでおにぎりをこしらえた。
▶ 因為遠足，所以大家一起做了飯糰。

0911
熊たちは、冬眠して寒い冬を越します。
▶ 熊靠著冬眠來過寒冬。

0912
汚れは、布で擦れば落ちます。
▶ 這污漬用布擦就會掉了。

0913
液体の温度が下がると固体になる。
▶ 當液體的溫度下降時，就會結成固體。

0914
おいしいケーキをご馳走様でした。
▶ 謝謝您招待如此美味的蛋糕。

0915
彼は、国家のためと言いながら、自分のことばかり考えている。
▶ 他嘴邊雖掛著：「這都是為了國家」，但其實都只有想到自己的利益。

0916
この件は、国会で話し合うべきだ。
▶ 這件事，應當在國會上討論才是。

0917
ちゃんと勉強したら、お小遣いをあげないこともないわよ。
▶ 只要你好好讀書，也不是不給你零用錢的。

0918
国境をめぐって、二つの国に争いが起きた。
▶ 就邊境的問題，兩國間起了爭執。

0919
彼は、すばらしいコックであるとともに、有能な経営者です。
▶ 他是位出色的廚師，同時也是位有能力的經營者。

0920
骨折ではなく、ちょっと足をひねったにすぎません。
▶ 不是骨折，只是稍微扭傷腳罷了！

0921
両親には黙って、こっそり家を出た。
▶ 沒告知父母，就偷偷從家裡溜出來。

0922
古典はもちろん、現代文学にも詳しいです。
▶ 古典文學不用說，對現代文學也透徹瞭解。

0923 □	こと【琴】	⑧ 古琴，箏
0924 □	ことづける【言付ける】	⑩下一 託帶口信，託付 ⑳ 命令する
0925 □	ことなる【異なる】	⑪五 不同，不一樣 ⑤ 同じ ⑳ 違う
0926 □	ことばづかい【言葉遣い】	⑧ 說法，措辭，表達 ⑳ 言い振り（いいぶり）
0927 □	ことわざ【諺】	⑧ 諺語，俗語，成語，常言 ⑳ 諺語（ことわざ）
0928 □	ことわる【断る】	⑩五 預先通知，事前請示；謝絕
0929 □	こな【粉】	⑧ 粉，粉末，麵粉 ⑳ 粉末
0930 □	このみ【好み】	⑧ 愛好，喜歡，願意 ⑳ 嗜好
0931 □	このむ【好む】	⑩五 愛好，喜歡，願意；挑選，希望；流行，時尚 ⑤ 嫌う ⑳ 好く
0932 □	ごぶさた【ご無沙汰】	⑧・自サ 久疏問候，久未拜訪，久不奉函
0933 □	こむぎ【小麦】	⑧ 小麥 ⑳ 小麦粉
0934 □ T31	ごめん【御免】	⑧・感 原諒；表拒絕
0935 □	こや【小屋】	⑧ 簡陋的小房，茅舍；（演劇、馬戲等的）棚子；畜舍 ⑳ 小舎

0923
彼女は、琴を弾くのが上手だ。
▶ 她古箏彈得很好。

0924
社長はいなかったので、秘書に言付けておいた。
▶ 社長不在，所以請秘書代替傳話。

0925
やり方は異なるにせよ、二人の方針は大体同じだ。
▶ 即使做法不同，不過兩人的方針是大致相同的。

0926
言葉遣いからして、とても乱暴なやつだと思う。
▶ 從說話措辭來看，我認為他是個粗暴的傢伙。

0927
このことわざの意味をめぐっては、いろいろな説があります。
▶ 就這個成語的意思，有許多不同的說法。

0928
借金を断られる。
▶ 借錢被拒絕。

0929
この粉は、小麦粉ですか。
▶ 這粉是太白粉嗎？

0930
話によると、社長は食べ物の好みがうるさいようだ。
▶ 聽說社長對吃很挑剔的樣子。

0931
わが社の製品は、50年にわたる長い間、人々に好まれてきました。
▶ 本公司產品，長達50年廣受人們的喜愛。

0932
ご無沙汰していますが、お元気ですか。
▶ 好久不見，近來如何？

0933
小麦粉とバターと砂糖だけで作ったお菓子です。
▶ 這是只用了麵粉、奶油和砂糖製成的點心。

0934
御免なさい。
▶ 對不起。

0935
彼は、山の上の小さな小屋に住んでいます。
▶ 他住在山上的小屋子裡。

0936 ☐	こらえる【堪える】	他下一 忍耐，忍受；忍住，抑制住；容忍，寬恕 類 耐える
0937 ☐	ごらく【娯楽】	名 娯樂，文娯 類 楽しみ
0938 ☐	ごらん【ご覧】	名 (敬)看，觀覽；(親切的)請看；(接動詞連用形)試試看 類 見る
0939 ☐	こる【凝る】	自五 凝固，凝集；(因血行不周、肌肉僵硬等)酸痛；狂熱，入迷；講究，精緻 反 飽きる 類 夢中する
0940 ☐	コレクション【collection】	名 蒐集，收藏；收藏品 類 収集品
0941 ☐	これら	代 這些
0942 ☐	ころがす【転がす】	他五 滾動，轉動；開動(車)，推進；轉賣；弄倒，搬倒
0943 ☐	ころがる【転がる】	自五 滾動，轉動；倒下，躺下；擺著，放著，有 類 転げる（ころげる）
0944 ☐	ころぶ【転ぶ】	自五 跌倒，倒下；滾轉；趨勢發展，事態變化 類 転倒する（てんとうする）
0945 ☐	こわがる【怖がる】	自五 害怕
0946 ☐	こん【今】	漢造 現在；今天；今年 類 現在
0947 ☐	こん【紺】	名 深藍，深青 類 青
0948 ☐	こんかい【今回】	名 這回，這次，此番 類 今度

0936 この騒音はこらえられない。
▶ 無法忍受這個噪音。

0937 庶民からすれば、映画は重要な娯楽です。
▶ 對一般老百姓來說，電影是很重要的娛樂。

0938 窓から見える景色がきれいだから、ご覧なさい。
▶ 從窗戶眺望的景色實在太美了，您也來看看吧！

0939 つりに凝っている。
▶ 熱中於釣魚。

0940 私は、切手ばかりか、コインのコレクションもしています。
▶ 不光是郵票，他也有收集錢幣。

0941 これらとともに、あちらの本も片付けましょう。
▶ 那邊的書也跟這些一起收拾乾淨吧！

0942 これは、ボールを転がすゲームです。
▶ 這是滾大球競賽。

0943 山の上から、石が転がってきた。
▶ 有石頭從山上滾了下來。

0944 道で転んで、ひざ小僧を怪我した。
▶ 在路上跌了一跤，膝蓋受了傷。

0945 お化けを怖がる。
▶ 懼怕妖怪。

0946 私が今日あるのは山田さんのお陰です。
▶ 我能有今天都是託山田先生的福。

0947 会社へは、紺のスーツを着ていきます。
▶ 我穿深藍色的西裝去上班。

0948 今回の仕事が終わりしだい、国に帰ります。
▶ 這次的工作一完成，就回國去。

こ

0949 ☐	コンクール 【concours】	⑧ 競賽會，競演會，會演 ⑨ 競技会（きょうぎかい）
0950 ☐	コンクリート 【concrete】	(名・形動) 混凝土；具體的 ⑨ 混凝土（こんくりいと）
0951 ☐	こんごう 【混合】	(名・自他サ) 混合 ⑨ 混和
0952 ☐	コンセント 【consent】	⑧ 電線插座
0953 ☐	こんだて 【献立】	⑧ 菜單 ⑨ メニュー
0954 ☐	こんなに	⑩ 這樣，如此
0955 ☐	こんなん 【困難】	(名・形動) 困難，困境；窮困 ⑨ 難儀（なんぎ）
0956 ☐	こんにち 【今日】	⑧ 今天，今日；現在，當今 ⑨ 本日
0957 ☐	こんばんは 【今晩は】	(寒暄) 晚安，你好
0958 ☐	こんやく 【婚約】	(名・自サ) 訂婚，婚約 ⑨ エンゲージ
0959 ☐	こんらん 【混乱】	(名・自サ) 混亂 ⑨ 紛乱（ふんらん）
さ 0960 ☐ T32	さ 【差】	⑧ 差別，區別，差異；差額，差數 ⑨ 違い
0961 ☐	サークル 【circle】	⑧ 伙伴，小組；周圍，範圍 ⑨ クラブ

0949
コンクールに出るからには、毎日練習しなければだめですよ。
▶ 既然要參加比賽，就得每天練習唷！

0950
コンクリートで作っただけのことはあって、頑丈な建物です。
▶ 不愧是用水泥作成的，真是堅固的建築物啊！

0951
二つの液体を混合すると危険です。
▶ 將這兩種液體混和在一起的話，很危險。

0952
コンセントがないから、カセットを聞きようがない。
▶ 沒有插座，所以無法聽錄音帶。

0953
夕飯の買い物の前に、献立を決めるものだ。
▶ 買晚餐的食材前，就應該先決定好菜單。

0954
こんなに夜遅く街をうろついてはいけない。
▶ 不可在這麼晚了還在街上閒蕩。

0955
30年代から40年代にかけて、困難な日々が続いた。
▶ 30年代到40年代這段時間，日子一直都很艱困的。

0956
このような車は、今日では見られない。
▶ 這樣子的車，現在看不到了。

0957
こんばんは、寒くなりましたね。
▶ 你好，變冷了呢。

0958
婚約したので、嬉しくてたまらない。
▶ 因為訂了婚，所以高興極了。

0959
この古代国家は、政治の混乱のすえに滅亡した。
▶ 這一古國，由於政治的混亂，結果滅亡了。

0960
二つの商品の品質には、まったく差がない。
▶ 這兩個商品的品質上，簡直沒什麼差異。

0961
合唱グループに加えて、英会話のサークルにも入りました。
▶ 除了合唱團之外，另外也參加了英語會話的小組。

こ

0962	サービス【service】	(名・自他サ) 售後服務；服務，接待，侍候；(商店)廉價出售，附帶贈品出售 (類) 奉仕（ほうし）
0963	さい【際】	(名・漢造) 時候，時機，在…的狀況下；彼此之間，交接；會晤；邊際 (類) 場合
0964	さい【再】	(漢造) 再，又一次 (類) 再び
0965	さいかい【再開】	(名・自他サ) 重新進行
0966	ざいこう【在校】	(名・自サ) 在校
0967	さいさん【再三】	(副) 屢次，再三 (類) しばしば
0968	ざいさん【財産】	(名) 財産；文化遺產 (類) 資産
0969	さいじつ【祭日】	(名) 節日；日本神社祭祀日；宮中舉行重要祭祀活動日；祭靈日
0970	さいしゅう【最終】	(名) 最後，最終，最末；(略)末班車 (反) 最初　(類) 終わり
0971	さいしゅうてき【最終的】	(形動) 最後
0972	さいそく【催促】	(名・他サ) 催促，催討 (類) 督促（とくそく）
0973	さいちゅう【最中】	(名) 動作進行中，最頂點，活動中 (類) 真っ盛り（まっさかり）
0974	さいてん【採点】	(名・他サ) 評分數

0962
サービス次第_{しだい}では、そのホテルに泊_とまってもいいですよ。
▶ 看看服務品質，好的話也可以住那個飯店。

0963
入場_{にゅうじょう}の際_{さい}には、切符_{きっぷ}を提示_{ていじ}してください。
▶ 入場時，請出示門票。

0964
試合_{しあい}を再開_{さいかい}する。
▶ 比賽再度開始。

0965
電車_{でんしゃ}が運転_{うんてん}を再開_{さいかい}する。
▶ 電車重新運駛。

0966
在校生代表_{ざいこうせいだいひょう}が祝辞_{しゅくじ}を述_のべる。
▶ 在校生代表致祝賀詞。

0967
餃子_{ぎょうざ}の材料_{ざいりょう}やら作_{つく}り方_{かた}やら、再三_{さいさん}にわたって説明_{せつめい}しました。
▶ 不論是餃子的材料還是作法，都一而再再而三反覆說明過了。

さ

0968
財産_{ざいさん}という点_{てん}からいうと、彼_{かれ}は結婚相手_{けっこんあいて}として悪_{わる}くない。
▶ 就財產這一點來看，把他當結婚對象其實也不錯。

0969
祭日_{さいじつ}にもかかわらず、会社_{かいしゃ}で仕事_{しごと}をした。
▶ 儘管是假日，還要到公司上班。

0970
最終的_{さいしゅうてき}に、私_{わたし}が全部_{ぜんぶ}やることになった。
▶ 到最後，所有的事都變成由我一人做了。

0971
最終的_{さいしゅうてき}にやめることにした。
▶ 最後決定不做。

0972
食事_{しょくじ}がなかなか来_こないから、催促_{さいそく}するしかない。
▶ 因為餐點遲遲不來，所以只好催它快來。

0973
仕事_{しごと}の最中_{さいちゅう}に、邪魔_{じゃま}をするべきではない。
▶ 他人在工作，不該去打擾。

0974
テストを採点_{さいてん}するにあたって、合格基準_{ごうかくきじゅん}を決_きめましょう。
▶ 在打考試分數之前，先決定一下及格標準吧！

0975 ☐	さいなん 【災難】	ⓐ 災難，災禍 類 災い
0976 ☐	さいのう 【才能】	ⓐ 才能，才幹 類 能力
0977 ☐	さいばん 【裁判】	(名・他サ) 裁判，評斷，判斷；(法)審判，審理
0978 ☐	さいほう 【再訪】	(名・他サ) 再訪，重遊
0979 ☐	ざいもく 【材木】	ⓐ 木材，木料 類 木材
0980 ☐	ざいりょう 【材料】	ⓐ 材料，原料；研究資料，數據 類 素材
0981 ☐	サイレン 【siren】	ⓐ 警笛，汽笛 類 警笛（けいてき）
0982 ☐	さいわい 【幸い】	(名・形動・副) 幸運，幸福；幸虧，好在；對…有 幫助，對…有利，起好影響 類 幸福
0983 ☐	サイン 【sign】	(名・自サ) 簽名，署名，簽字；記號，暗號，信 號，作記號 類 署名
0984 ☐	さかい 【境】	ⓐ 界線，疆界，交界；境界，境地；分界線， 分水嶺 類 境界
0985 ☐	さかさ 【逆さ】	ⓐ (「さかさま」的略語)逆，倒，顛倒，相反 類 反対
0986 ☐	さかさま 【逆様】	(名・形動) 逆，倒，顛倒，相反 類 逆
0987 ☐	さかのぼる 【遡る】	(自五) 溯，逆流而上；追溯，回溯 類 遡源（さくげん）

0975
今回の失敗は、失敗というより災難だ。
▶ 這次的失敗，與其說是失敗，倒不如說是災難。

0976
才能があれば成功するというものではない。
▶ 並非有才能就能成功。

0977
彼は、長い裁判のすえに無罪になった。
▶ 他經過長期的訴訟，最後被判無罪。

0978
大阪を再訪する。
▶ 重遊大阪。

0979
家を作るための材木が置いてある。
▶ 這裡放有蓋房子用的木材。

0980
簡単ではないが、材料が手に入らないわけではない。
▶ 雖說不是很容易，但也不是拿不到材料。

さ

0981
何か事件があったのね。サイレンが鳴っているもの。
▶ 有什麼事發生吧。因為響笛在響！

0982
幸いなことに、死傷者は出なかった。
▶ 慶幸的是，沒有人傷亡。

0983
そんな書類に、サインするべきではない。
▶ 不該簽下那種文件。

0984
隣町との境に、川が流れています。
▶ 有條河流過我們和鄰鎮間的交界。

0985
袋を逆さにして、中身を全部出した。
▶ 我將口袋倒翻過來，倒出裡面所有東西。

0986
絵が逆様にかかっている。
▶ 畫掛反了。

0987
歴史を遡る。
▶ 回溯歷史。

0988 □	さかば 【酒場】	⑧ 酒館，酒家，酒吧 ⑱ バー
0989 □	さからう 【逆らう】	⑭ 逆，反方向；違背，違抗，抗拒，違拗 ⑱ 抵抗する（ていこうする）
0990 □	さかり 【盛り】	⑧·接尾 最旺盛時期，全盛狀態；壯年；(動物)發情；(接動詞連用形)表正在最盛的時候 ⑱ 最盛期
0991 □	さきおととい 【一昨昨日】	⑧ 大前天，前三天 ⑱ 一昨日（いっさくじつ）
0992 □	さきほど 【先程】	⑯ 剛才，方才 ⑰ 後ほど ⑱ 先刻
0993 □	さぎょう 【作業】	⑧·自サ 工作，操作，作業，勞動 ⑱ 仕事
0994 □	さく 【裂く】	⑯ 撕開，切開；扯散；分出，擠出，勻出；破裂，分裂
0995 □	さくいん 【索引】	⑧ 索引 ⑱ 見出し
0996 □ T33	さくしゃ 【作者】	⑧ 作者
0997 □	さくせい 【作成】	⑧·他サ 寫，作，造成(表、件、計畫、文件等)；製作，擬制
0998 □	さくせい 【作製】	⑧·他サ 製造
0999 □	さくもつ 【作物】	⑧ 農作物；庄嫁 ⑱ 農作物
1000 □	さぐる 【探る】	⑯ (用手脚等)探，摸；探聽，試探，偵查；探索，探求，探訪 ⑱ 探索

0988
酒場で酒を飲むにつけ、彼女のことを思い出す。
▶ 每當在酒館喝酒，就會想起她。

0989
風に逆らって進む。
▶ 逆風前進。

0990
桜の花は、今が盛りだ。
▶ 櫻花現在正值綻放時期。

0991
さきおとといから、夫と口を聞いていない。
▶ 從大前天起，我就沒跟丈夫講過話。

0992
先程、先生から電話がありました。
▶ 剛才老師有來過電話。

0993
作業をやりかけたところなので、今は手が離せません。
▶ 因為現在工作正做到一半，所以沒有辦法離開。

0994
小さな問題が、二人の間を裂いてしまった。
▶ 為了一個問題，使得兩人之間產生了裂痕。

0995
この本の120ページから123ページにわたって、索引があります。
▶ 這本書的第120頁到123頁，附有索引。

0996
本の作者。
▶ 書的作者。

0997
彼が作成した椅子は丈夫だ。
▶ 他做的椅子很耐用。

0998
カタログを作製する。
▶ 製作型錄。

0999
北海道では、どんな作物が育ちますか。
▶ 北海道產什麼樣的農作物？

1000
事件の原因を探る。
▶ 探究事件的原因。

さ

1001 □	ささえる 【支える】	他下一 支撐；維持，支持；阻止，防止 類 支持する
1002 □	ささやく 【囁く】	自五 低聲自語，小聲說話，耳語 類 呟く（つぶやく）
1003 □	さじ 【匙】	名 匙子，小杓子 類 スプーン
1004 □	ざしき 【座敷】	名 日本式客廳；酒席，宴會，應酬；宴客的時間；接待客人 類 客間
1005 □	さしつかえ 【差し支え】	名 不方便，障礙，妨礙 類 支障（ししょう）
1006 □	さしひく 【差し引く】	他五 扣除，減去；抵補，相抵(的餘額)；(潮水的)漲落，(體溫的)升降 類 引き去る（ひきさる）
1007 □	さしみ 【刺身】	名 生魚片
1008 □	さす 【差す】	他五・助動・五型 指，指示；使，叫，令，命令做… 類 指さす
1009 □	さすが 【流石】	副・形動 真不愧是，果然名不虛傳；雖然…，不過還是；就連…也都，甚至 類 確かに
1010 □	ざせき 【座席】	名 座位，座席，乘坐，席位 類 席
1011 □	さつ 【札】	名・漢造 紙幣，鈔票；(寫有字的)木牌，紙片；信件；門票，車票 類 紙幣
1012 □	さつえい 【撮影】	名・他サ 攝影，拍照；拍電影 類 写す
1013 □	ざつおん 【雑音】	名 雜音，噪音

1001	私は、資金において彼を支えようと思う。
	▶ 在資金方面，我想支援他。

1002	陰では悪口をささやきつつも、本人には絶対言わない。
	▶ 儘管在背後說壞話，也絕不跟本人說。

1003	子どもが勉強しないので、もうさじを投げました。
	▶ 我小孩不想讀書，所以我已經死心了。

1004	座敷でゆっくりお茶を飲んだ。
	▶ 我在日式客廳，悠哉地喝茶。

1005	質問しても、差し支えはあるまい。
	▶ 就算你問我問題，也不會打擾到我。

1006	給与から税金が差し引かれるとか。
	▶ 聽說會從薪水裡扣除稅金。

1007	刺身は苦手だ。
	▶ 不敢吃生魚片。

1008	物を食べさした。
	▶ 叫吃東西。

1009	壊れた時計を簡単に直してしまうなんて、さすがプロですね。
	▶ 竟然一下子就修好壞掉的時鐘，不愧是專家啊！

1010	劇場の座席で会いましょう。
	▶ 我們就在劇院的席位上見吧！

1011	財布にお札が1枚も入っていません。
	▶ 錢包裡，連一張紙鈔也沒有。

1012	この写真は、ハワイで撮影されたに違いない。
	▶ 這張照片，一定是在夏威夷拍的。

1013	雑音の多い録音ですが、聞き取れないこともないです。
	▶ 雖說錄音裡有很多雜音，但也不是完全聽不到。

さ

1014 □	さっきょく 【作曲】	(名・他サ) 作曲，譜曲，配曲
1015 □	さっさと	(副) (毫不猶豫、毫不耽擱時間地)趕緊地，痛快地，迅速地 (類) 急いで
1016 □	さっそく 【早速】	(副) 立刻，馬上，火速，趕緊 (類) 直ちに（ただちに）
1017 □	ざっと	(副) 粗略地，簡略地，大體上的；(估計)大概，大略；潑水狀 (類) 一通り
1018 □	さっぱり	(名・他サ) 整潔，俐落，瀟灑；(個性)直爽，坦率；(感覺)爽快，病癒；(味道)清淡 (類) すっきり
1019 □	さて	(副・接・感) 一旦，果真；那麼，卻說，於是；(自言自語，表猶豫)到底，那可… (類) ところで
1020 □	さばく 【砂漠】	(名) 沙漠
1021 □	さび 【錆】	(名) (金屬表面因氧化而生的)鏽；(轉)惡果
1022 □	さびる 【錆びる】	(自上一) 生鏽，長鏽；(聲音)蒼老
1023 □	ざぶとん 【座布団】	(名) (舖在席子上的)棉坐墊
1024 □	さべつ 【差別】	(名・他サ) 輕視，區別
1025 □	さほう 【作法】	(名) 禮法，禮節，禮貌，規矩；(詩、小說等文藝作品的)作法 (類) 仕来り
1026 □	さま 【様】	(名・代・接尾) 樣子，狀態 ；姿態；表示尊敬

1014	彼女が作曲したにしては、暗い曲ですね。
	▶ 就她所作的曲子而言，算是首陰鬱的歌曲。

1015	さっさと仕事を片付ける。
	▶ 迅速地處理工作。

1016	手紙をもらったので、早速返事を書きました。
	▶ 我收到了信，所以馬上就回了封信。

1017	書類に、ざっと目を通しました。
	▶ 我大略地瀏覽過這份文件了。

1018	シャワーを浴びてきたから、さっぱりしているわけだ。
	▶ 因為淋了浴，所以才感到那麼爽快。

1019	さて、これからどこへ行きましょうか。
	▶ 那現在要到哪裡去？

さ

1020	開発が進めば進むほど、砂漠が増える。
	▶ 愈開發沙漠就愈多。

1021	錆の発生を防ぐにはどうすればいいですか。
	▶ 要如何預防生鏽呢？

1022	鉄棒が赤く錆びてしまった。
	▶ 鐵棒生鏽變紅了。

1023	座布団を敷いて座った。
	▶ 我鋪了坐墊坐下來。

1024	女性の給料が低いのは、差別にほかならない。
	▶ 女性的薪資低，不外乎是有男女差別待遇。

1025	食卓での作法を守る。
	▶ 遵守用餐的禮節。

1026	様になる。
	▶ 像樣。

1027 ☐	さまたげる 【妨げる】	他下一 阻礙，防礙，阻攔，阻撓 類 妨害する（ぼうがい）
1028 ☐	さむさ 【寒さ】	名 寒冷
1029 ☐	さゆう 【左右】	名・他サ 左右方；身邊，旁邊；左右其詞，支支 吾吾；(年齡)大約，上下；掌握，支配，操縱 類 そば
1030 ☐	さら 【皿】	名 盤子；盤形物；（助數詞）一碟等
1031 ☐ T34	さらに 【更に】	副 更加，更進一步；並且，還；再，重新；(下 接否定)一點也不，絲毫不 類 一層
1032 ☐	さる 【去る】	自五・他五・連體 離開；經過，結束；(空間、時 間)距離；消除，去掉 反 来る
1033 ☐	さる 【猿】	名 猴子，猿猴 類 猿猴（えんこう）
1034 ☐	さわがしい 【騒がしい】	形 吵鬧的，吵雜的，喧鬧的；(社會輿論)議論 紛紛的，動盪不安的 類 喧しい（やかましい）
1035 ☐	さわやか 【爽やか】	形動 (心情、天氣)爽朗的，清爽的；(聲音、口 齒)鮮明的，清楚的，巧妙的 類 快い
1036 ☐	さん 【産】	名 生產，分娩；（某地方）出生；財產
1037 ☐	さんこう 【参考】	名・他サ 參考，借鑑 類 参照（さんしょう）
1038 ☐	さんせい 【酸性】	名 (化)酸性 反 アルカリ性
1039 ☐	さんそ 【酸素】	名 (理)氧氣

1027
あなたが留学するのを妨げる理由はない。
▶ 我沒有理由阻止你去留學。

1028
寒さで震える。
▶ 冷得發抖。

1029
首相の左右には、大臣たちが立っています。
▶ 首相的左右兩旁，站著大臣們。

1030
目を皿のようにする。
▶ 睜大雙眼。

1031
今月から、更に値段を安くしました。
▶ 這個月起，我又把價錢再調低了一些。

1032
彼らは、黙って去っていきました。
▶ 他們默默地離去了。

さ

1033
猿を見に、動物園へ行った。
▶ 為了看猴子，去了一趟動物園。

1034
小学校の教室は、騒がしいものです。
▶ 小學的教室是個吵鬧的地方。

1035
これは、とても爽やかな飲み物です。
▶ 這是很清爽的飲料。

1036
お産をする。
▶ 生產。

1037
合格した人の意見を参考にすることですね。
▶ 要參考及格的人的意見。

1038
この液体は酸性だ。
▶ 這液體是酸性的。

1039
山の上は、苦しいほど酸素が薄かった。
▶ 山上的氧氣，稀薄到令人難受。

し

1040 ☐	さんち 【産地】	名 產地；出生地 類 生産地
1041 ☐	さんにゅう 【参入】	名・自サ 進入；進宮
1042 ☐	さんりん 【山林】	名 山上的樹林；山和樹林
1043 ☐	し 【氏】	代・接尾・漢造 (做代詞用)這位，他；(接人姓名表示敬稱)先生；氏，姓氏；家族，氏族 類 姓
1044 ☐	しあがる 【仕上がる】	自五 做完，完成；做成的情形 類 出来上がる
1045 ☐	しあさって	名 大後天 類 明明後日（みょうみょうごにち）
1046 ☐	シーツ 【sheet】	名 床單 類 敷布（しきふ）
1047 ☐	じいん 【寺院】	名 寺院 類 寺
1048 ☐	しいんと	副・自サ 安靜，肅靜，平靜，寂靜
1049 ☐	じえい 【自衛】	名・他サ 自衛
1050 ☐	しおからい 【塩辛い】	形 鹹的 類 しょっぱい
1051 ☐	しかい 【司会】	名・自他サ 司儀，主持會議(的人)
1052 ☐	しかくい 【四角い】	形 四角的，四方的

1040
この果物は、産地から直接輸送した。
▶ 這水果，是從產地直接運送來的。

1041
市場に参入する。
▶ 投入市場。

1042
山林の破壊にしたがって、自然の災害が増えている。
▶ 隨著山中的森林受到了破壞，自然的災害也增加了許多。

1043
田中氏は、大阪の出身だ。
▶ 田中先生是大阪人。

1044
作品が仕上がったら、展示場に運びます。
▶ 作品一完成，就馬上送到展覽場。

1045
明日はともかく、明後日としあさっては必ず来ます。
▶ 明天先不提，後天和大後天一定會到。

1046
シーツをとりかえましょう。
▶ 我來為您換被單。

1047
京都には、寺院やら庭やら、見るところがいろいろあります。
▶ 在京都，有寺院啦，庭院啦，各式各樣可以參觀的地方。

1048
場内はしいんと静まりかえった。
▶ 會場內鴉雀無聲。

1049
悪い商売に騙されないように、自衛しなければならない。
▶ 為了避免被惡質的交易所騙，要好好自我保衛才行。

1050
塩辛いものは、あまり食べたくありません。
▶ 我不大想吃鹹的東西。

1051
パーティーの司会はだれだっけ。
▶ 派對的司儀是哪位來著？

1052
四角いスイカを作るのに成功しました。
▶ 我成功地培育出四角形的西瓜了。

1053 ☐	しかたがない 【仕方がない】	連語 沒有辦法；沒有用處，無濟於事，迫不得已；受不了，…得不得了；不像話 類 しようがない
1054 ☐	じかに 【直に】	副 直接地，親自地；貼身 類 直接
1055 ☐	しかも	接 而且，並且；而，但，卻；反而，竟然，儘管如此還… 類 その上
1056 ☐ T35	じかんわり 【時間割】	名 時間表 類 時間表
1057 ☐	しき 【四季】	名 四季 類 季節
1058 ☐	しき 【式】	名・漢造 儀式，典禮，(特指)婚禮；方式；樣式，類型，風格；做法；算式，公式 類 儀式（ぎしき）
1059 ☐	じき 【直】	名・副 直接；(距離)很近，就在眼前；(時間)立即，馬上 類 すぐ
1060 ☐	じき 【時期】	名 時期，時候；期間；季節 類 期間
1061 ☐	しきたり	名 慣例，常規，成規，老規矩 類 慣わし（ならわし）
1062 ☐	しきち 【敷地】	名 建築用地，地皮；房屋地基 類 土地
1063 ☐	しきゅう 【支給】	名・他サ 支付，發給
1064 ☐	しきゅう 【至急】	名・副 火速，緊急；急速，加速 類 大急ぎ
1065 ☐	しきりに 【頻りに】	副 頻繁地，再三地，屢次；不斷地，一直地；熱心，強烈 類 しばしば

1053	彼は怠け者で仕方がないやつだ。 ▶ 他是個懶人真叫人束手無策。
1054	社長は偉い人だから、直に話せっこない。 ▶ 社長是位地位崇高的人，所以不可能直接跟他說話。
1055	私が聞いたかぎりでは、彼は頭がよくて、しかもハンサムだそうです。 ▶ 就我所聽到的，據說他不但頭腦好，而且還很英俊。
1056	授業は、時間割どおりに行われます。 ▶ 課程按照課程時間表進行。
1057	日本は、四季の変化がはっきりしています。 ▶ 日本四季的變化分明。
1058	式の途中で、帰るわけにもいかない。 ▶ 典禮進行中，不能就這樣跑回去。
1059	みんな直に戻ってくると思います。 ▶ 我想大家應該會馬上回來的。
1060	時期が来たら、あなたにも訳を説明します。 ▶ 等時候一到，我也會向你說明的。
1061	しきたりを守る。 ▶ 遵守成規。
1062	隣の家の敷地内に、新しい建物が建った。 ▶ 隔壁鄰居的那塊地裡，蓋了一棟新的建築物。
1063	残業手当は、ちゃんと支給されるということだ。 ▶ 聽說加班津貼會確實支付下來。
1064	至急電話してください。 ▶ 請趕快打通電話給我。
1065	お客様が、しきりに催促の電話をかけてくる。 ▶ 客人再三地打電話過來催促。

し

1066 ☐	しく 【敷く】	自五・他五 撲上一層，(作接尾詞用)舖滿，遍佈，落滿鋪墊，鋪設；布置，發佈 反 被せる　類 延べる
1067 ☐	しくじる	他五 失敗，失策；(俗)被解雇 類 失敗する
1068 ☐	しげき 【刺激】	名・他サ (物理的，生理的)刺激；(心理的)刺激，使興奮
1069 ☐	しげる 【茂る】	自五 (草木)繁茂，茂密 反 枯れる　類 繁茂（はんも）
1070 ☐	じこく 【時刻】	名 時刻，時候，時間 類 時点
1071 ☐	じさつ 【自殺】	名・自サ 自殺，尋死 反 他殺　類 自害（じがい）
1072 ☐	じさん 【持参】	名・他サ 帶來(去)，自備
1073 ☐	しじ 【指示】	名・他サ 指示，指點 類 命令
1074 ☐	じじつ 【事実】	名 事實；(作副詞用)實際上 類 真相
1075 ☐	ししゃ 【死者】	名 死者，死人
1076 ☐	じしゃく 【磁石】	名 磁鐵；指南針 類 マグネット；コンパス
1077 ☐	しじゅう 【始終】	名・副 開頭和結尾；自始至終；經常，不斷，總是 類 いつも
1078 ☐	じしゅう 【自習】	名・他サ 自習，自學 類 自学

1066
どうぞ座布団を敷いてください。
▶ 煩請鋪一下坐墊。

1067
試験をしくじる。
▶ 考試失敗了。

1068
刺激が欲しくて、怖い映画を見た。
▶ 為了追求刺激，去看了恐怖片。

1069
桜の葉が茂る。
▶ 櫻花樹的葉子開得很茂盛。

1070
その時刻には、私はもう寝ていました。
▶ 那個時候，我已經睡著了。

1071
彼が自殺するわけがない。
▶ 他不可能會自殺的。

1072
当日は、お弁当を持参してください。
▶ 請當天自行帶便當。

1073
隊長の指示を聞かないで、勝手に行動してはいけない。
▶ 不可以不聽從隊長的指示，隨意行動。

1074
私は、事実をそのまま話したにすぎません。
▶ 我只不過是照事實講而已。

1075
災害で死者が出る。
▶ 災害導致有人死亡。

1076
磁石で方角を調べた。
▶ 我用指南針找了方位。

1077
彼は、始終歌ばかり歌っている。
▶ 他老是唱著歌。

1078
彼は英語を自習した。
▶ 他自習了英語。

1079 ☐	じじょう 【事情】	名 狀況，內情，情形；(局外人所不知的)原因，緣故，理由 類 理由
1080 ☐	じしん 【自身】	名・接尾 自己，本人；本身 類 自分
1081 ☐	しずまる 【静まる】	自五 變平靜；平靜，平息；減弱；平靜的(存在) 類 落ち着く
1082 ☐	しずむ 【沈む】	自五 沉沒，沈入；西沈，下山；消沈，落魄，氣餒；沈淪 反 浮く 類 沈下する（ちんかする）
1083 ☐	しせい 【姿勢】	名 (身體)姿勢；態度 類 姿
1084 ☐	しぜんかがく 【自然科学】	名 自然科學
1085 ☐	しそう 【思想】	名 思想 類 見解
1086 ☐	じそく 【時速】	名 時速
1087 ☐	しそん 【子孫】	名 子孫；後代 類 後裔
1088 ☐	したい 【死体】	名 屍體 反 生体 類 死骸
1089 ☐	しだい 【次第】	名・接尾 順序，次序；依序，依次；經過，緣由；任憑，取決於
1090 ☐	じたい 【事態】	名 事態，情形，局勢 類 成り行き（なりゆき）
1091 ☐	したがう 【従う】	自五 跟隨；服從，遵從；按照；順著，沿著；隨著，伴隨 類 服従

1079	私の事情を、先生に説明している最中です。 ▶ 我正在向老師說明我的情況。
1080	自分自身のことも、よくわからない。 ▶ 我也不大懂我自己。
1081	先生が大きな声を出したものだから、みんなびっくりして静まった。 ▶ 因為老師突然大聲講話，所以大家都嚇得鴉雀無聲。
1082	夕日が沈むのを、ずっと見ていた。 ▶ 我一直看著夕陽西沈。
1083	姿勢を正しくすればするほど、健康になりますよ。 ▶ 越矯正姿勢，身體就會越健康。
1084	英語や国語に比べて、自然科学のほうが得意です。 ▶ 比起英語和國語，自然科學我比較拿手。
1085	彼は、文学思想において業績を上げた。 ▶ 他在文學思想上，取得了成就。
1086	制限時速は、時速100キロである。 ▶ 時速限制是時速100公里。
1087	あの人は、王家の子孫だけのことはあって、とても堂々としている。 ▶ 那位不愧是王室的子孫，真是威風凜凜的。
1088	警察官が、死体を調べている。 ▶ 檢察官正在調查屍體。
1089	条件次第では、契約しないこともないですよ。 ▶ 視條件而定，並不是不能簽約的呀！
1090	事態は、回復しつつあります。 ▶ 情勢有漸漸好轉了。
1091	先生が言えば、みんな従うにきまっています。 ▶ 只要老師一說話，大家就肯定會服從的。

し

1092 ☐	したがき 【下書き】	(名・他サ) 試寫;草稿,底稿;打草稿;試畫,畫輪廓 (反) 清書（せいしょ）　(類) 草稿
1093 ☐ T36	したがって 【従って】	(他五) 因此,從而,因而,所以 (類) それゆえ
1094 ☐	じたく 【自宅】	(名) 自己家,自己的住宅 (類) 私宅
1095 ☐	したじき 【下敷き】	(名) 墊子;樣本
1096 ☐	したまち 【下町】	(名) (普通百姓居住的)小工商業區;(都市中)低窪地區 (反) 山の手
1097 ☐	じち 【自治】	(名) 自治,地方自治 (反) 官治
1098 ☐	しつ 【室】	(名・漢造) 房屋,房間;(文)夫人,妻室;家族;窖,洞;鞘 (類) 部屋
1099 ☐	じっかん 【実感】	(名・他サ) 真實感,確實感覺到;真實的感情
1100 ☐	じつぎ 【実技】	(名) 實際操作
1101 ☐	じっけん 【実験】	(名・他サ) 實驗,實地試驗;經驗 (類) 施行（しこう）
1102 ☐	じつげん 【実現】	(名・自他サ) 實現 (類) 叶える（かなえる）
1103 ☐	しつこい	(形) (色香味等)過於濃的,油膩;執拗,糾纏不休 (類) くどい
1104 ☐	じっさい 【実際】	(名・副) 實際;事實,真面目;確實,真的,實際上

| 1092 | いい文章を書くには、下書きするよりほかない。 |
| | ▶ 想要寫好文章，就只有先打草稿了。 |

| 1093 | この学校の進学率は高い。したがって志望者が多い。 |
| | ▶ 這所學校的升學率高，所以有很多人想進來唸。 |

| 1094 | 映画に行くかわりに、自宅でテレビを見た。 |
| | ▶ 不去電影院，換成在家裡看電視。 |

| 1095 | 体験を下敷きにして書く。 |
| | ▶ 根據經驗撰寫。 |

| 1096 | 下町は賑やかなので好きです。 |
| | ▶ 庶民住宅區很熱鬧，所以我很喜歡。 |

| 1097 | 私は、自治会の仕事を手伝っている。 |
| | ▶ 我在地方自治團體裡幫忙。 |

| 1098 | 室内の情景を描いた絵画。 |
| | ▶ 描繪室內的畫。 |

| 1099 | まだ実感なんか湧きませんよ。 |
| | ▶ 還沒有真實感受呀！ |

| 1100 | 実技試験で不合格になる。 |
| | ▶ 實際操作測驗不合格。 |

| 1101 | どんな実験をするにせよ、安全に気をつけてください。 |
| | ▶ 不管做哪種實驗，都請注意安全！ |

| 1102 | あなたのことだから、きっと夢を実現させるでしょう。 |
| | ▶ 要是你的話，一定可以讓夢想成真吧！ |

| 1103 | 何度も電話かけてくるのは、しつこいというものだ。 |
| | ▶ 他一直跟我打電話，真是糾纏不清。 |

| 1104 | やり方がわかったら、実際にやってみましょう。 |
| | ▶ 既然知道了作法，就來實際操作看看吧！ |

し

1105 ☐	じっし 【実施】	名・他サ (法律、計畫、制度的)實施，實行 類 実行
1106 ☐	じっしゅう 【実習】	名・他サ 實習
1107 ☐	じっせき 【実績】	名 實績，實際成績 類 成績
1108 ☐	じつに 【実に】	副 確實，實在，的確；(驚訝或感慨時)實在 是，非常，很 類 本当に
1109 ☐	しっぴつ 【執筆】	名・他サ 執筆，書寫，撰稿 類 書く
1110 ☐	じつぶつ 【実物】	名 實物，實在的東西，原物；(經)現貨 類 現物（げんぶつ）
1111 ☐	しっぽ 【尻尾】	名 尾巴；末端，末尾；尾狀物 類 尾
1112 ☐	しつぼう 【失望】	名・他サ 失望 類 がっかり
1113 ☐	じつよう 【実用】	名・他サ 實用
1114 ☐	じつれい 【実例】	名 實例 類 事例
1115 ☐	しつれん 【失恋】	名・自サ 失戀
1116 ☐	してい 【指定】	名・他サ 指定
1117 ☐	してつ 【私鉄】	名 私營鐵路 類 私営鉄道

1105
この制度を実施するとすれば、まずすべての人に知らせなければならない。 ▶ 假如要實施這個制度，就得先告知所有的人。

1106
理論を勉強する一方で、実習も行います。
▶ 我一邊研讀理論，也一邊從事實習。

1107
社員として採用するにあたって、今までの実績を調べた。
▶ 在採用員工時，要調查當事人至今的成果表現。

1108
医者にとって、これは実に珍しい病気です。
▶ 對醫生來說，這真是個罕見的疾病。

1109
若い女性向きの小説を執筆しています。
▶ 我在寫給年輕女子看的小說。

1110
先生は、実物を見たことがあるかのように話します。
▶ 老師有如見過實物一般述著著。

し

1111
犬のしっぽを触ったら、ほえられた。
▶ 摸了狗尾巴，結果被吠了一下。

1112
この話を聞いたら、父は失望するに相違ない。
▶ 如果聽到這件事，父親一定會很失望的。

1113
この服は、実用的である反面、あまり美しくない。
▶ 這件衣服很實用，但卻不怎麼好看。

1114
説明するかわりに、実例を見せましょう。
▶ 讓我來示範實例，取代說明吧！

1115
彼は、失恋したばかりか、会社も首になってしまいました。
▶ 他不僅失戀，連工作也用丟了。

1116
待ち合わせの場所を指定してください。
▶ 請指定集合的地點。

1117
私鉄に乗って、職場に通っている。
▶ 我都搭乘私營鐵路去上班。

1118 ☐	してん 【支店】	名 分店 反 本店　類 分店
1119 ☐	しどう 【指導】	名・他サ 指導；領導，教導 類 導き
1120 ☐	じどう 【児童】	名 兒童 類 子供
1121 ☐	しな 【品】	名・接尾 物品，東西；商品，貨物；(物品的)質量，品質；品種，種類；情況，情形 類 品物
1122 ☐	しなやか	形動 柔軟，和軟；巍巍顫顫，有彈性；優美，柔和，溫柔 反 強い　類 柔軟（じゅうなん）
1123 ☐ T37	しはい 【支配】	名・他サ 指使，支配；統治，控制，管轄；決定，左右 類 統治
1124 ☐	しばい 【芝居】	名 戲劇，話劇；假裝，花招；劇場 類 劇
1125 ☐	しばしば	副 常常，每每，屢次，再三 類 度々
1126 ☐	しばふ 【芝生】	名 草皮，草地
1127 ☐	しはらい 【支払い】	名・他サ 付款，支付(金錢) 反 受け取り　類 払い出し（はらいだし）
1128 ☐	しはらう 【支払う】	他五 支付，付款
1129 ☐	しばる 【縛る】	他五 綁，捆，縛；拘束，限制；逮捕 類 結ぶ
1130 ☐	じばん 【地盤】	名 地基，地面；地盤，勢力範圍

1118
新しい支店を作るとすれば、どこがいいでしょう。
▶ 如果要開新的分店，開在哪裡好呢？

1119
彼の指導を受ければ上手になるというものではないと思います。
▶ 我認為，並非接受他的指導就會變厲害。

1120
児童用のプールは、とても浅い。
▶ 兒童游泳池很淺。

1121
これは、お礼の品です。
▶ 這是作為答謝的一點小禮物。

1122
しなやかな動作。
▶ 柔美的動作。

1123
こうして、王による支配が終わった。
▶ 就這樣，國王統治時期結束了。

し

1124
その芝居は、面白くてたまらなかったよ。
▶ 那場演出實在是有趣極了。

1125
孫たちが、しばしば遊びに来てくれます。
▶ 孫子們經常會來這裡玩。

1126
庭に、芝生なんかあるといいですね。
▶ 如果院子裡有草坪之類的東西就好了。

1127
請求書をいただきしだい、支払いをします。
▶ 收到帳單之後，我就付款。

1128
請求書が来たので、支払うほかない。
▶ 繳款通知單寄來了，所以只好乖乖付款。

1129
ひもをきつく縛ってあったものだから、靴がすぐ脱げない。
▶ 因為鞋帶綁太緊了，所以沒辦法馬上脫掉鞋子。

1130
地盤を固める。
▶ 堅固地基。

1131 ☐	しびれる【痺れる】	自下一 麻木；(俗)因強烈刺激而興奮 類 麻痺する（まひする）
1132 ☐	じぶんかって【自分勝手】	形動 任性，恣意妄為
1133 ☐	しへい【紙幣】	名 紙幣
1134 ☐	しぼむ【萎む・凋む】	自五 枯萎，凋謝；扁掉 類 枯れる
1135 ☐	しぼる【絞る】	他五 扭，擰；引人(流淚)；拼命發出(高聲)，絞盡(腦汁)；剝削，勒索；拉開(幕) 類 捻る（ねじる）
1136 ☐	しほん【資本】	名 資本 類 元手
1137 ☐	しまい【仕舞い】	名 終了，末尾；停止，休止；閉店；賣光；化妝，打扮 類 最後
1138 ☐	しまい【姉妹】	名 姊妹
1139 ☐	しまう【仕舞う】	自五・他五・補動 結束，完了，收拾；收拾起來；關閉；表不能恢復原狀 類 片付ける
1140 ☐	しまった	連語・感 糟糕，完了
1141 ☐	しみ【染み】	名 汙垢；玷汙
1142 ☐	しみじみ	副 痛切，深切地；親密，懇切；仔細，認真的 類 つくづく
1143 ☐	じむ【事務】	名 事務(多為處理文件、行政等庶務工作) 類 庶務（しょむ）

1131
足が痺れたものだから、立てませんでした。
▶ 因為腳麻所以沒辦法站起來。

1132
あの人は自分勝手だ。
▶ 那個人很任性。

1133
紙幣が不足ぎみです。
▶ 紙鈔似乎不夠。

1134
花は、しぼんでしまったのやら、開き始めたのやら、いろいろです。
▶ 花會凋謝啦、綻放啦，有多種面貌。

1135
雑巾をしっかり絞りましょう。
▶ 抹布要用力扭乾。

1136
資本に関しては、問題ないと思います。
▶ 關於資本，我認為沒什麼問題。

し

1137
彼は話を聞いていて、しまいに怒りだした。
▶ 他聽過事情的來龍去脈後，最後生起氣來了。

1138
隣の家には、美しい姉妹がいる。
▶ 隔壁住著一對美麗的姊妹花。

1139
通帳は金庫にしまっている。
▶ 存摺收在金庫裡。

1140
しまった、財布を家に忘れた。
▶ 糟了！我把錢包忘在家裡了。

1141
服に醤油の染みが付く。
▶ 衣服沾上醬油。

1142
しみじみと、昔のことを思い出した。
▶ 我一一想起了以前的種種。

1143
会社で、事務の仕事をしています。
▶ 我在公司做行政的工作。

1144 ☐	しめきる 【締切る】	他五 (期限)屆滿，截止，結束
1145 ☐	しめす 【示す】	他五 出示，拿出來給對方看；表示，表明；指示，指點，開導；呈現，顯示 類 指し示す
1146 ☐	しめた 【占めた】	連語・感 (俗)太好了，好極了，正中下懷 類 しめしめ
1147 ☐	しめる 【占める】	他下一 占有，佔據，佔領；(只用於特殊形)表得到(重要的位置) 類 占有する（せんゆうする）
1148 ☐	しめる 【湿る】	自五 濕，受潮，濡濕；(火)熄滅，(勢頭)漸消 類 濡れる
1149 ☐	じめん 【地面】	名 地面，地表；土地，地皮，地段 類 地表
1150 ☐	しも 【霜】	名 霜；白髮
1151 ☐	ジャーナリスト 【journalist】	名 記者
1152 ☐	シャープペンシル 【(和)sharp + pencil】	名 自動鉛筆
1153 ☐	しゃかいかがく 【社会科学】	名 社會科學
1154 ☐	じゃがいも 【じゃが芋】	名 馬鈴薯
1155 ☐	しゃがむ	自五 蹲下 類 屈む（かがむ）
1156 ☐	じゃぐち 【蛇口】	名 水龍頭

1144
申し込みは5時で締め切られるとか。
▶ 聽說報名是到五點。

1145
実例によって、やりかたを示す。
▶ 以實際的例子來示範做法。

1146
しめた、これでたくさん儲けられるぞ。
▶ 太好了,這樣就可以賺很多錢了。

1147
公園は町の中心部を占めている。
▶ 公園據於小鎮的中心。

1148
さっき干したばかりだから、洗濯物が湿っているわけだ。
▶ 因為衣服才剛曬的,所以還是濕的。

1149
子どもが、チョークで地面に絵を描いている。
▶ 小朋友拿粉筆在地上畫畫。

1150
昨日は霜がおりるほどで、寒くてならなかった。
▶ 昨天好像下霜般地,冷得叫人難以忍受。

1151
ジャーナリスト志望。
▶ 想當記者。

し

1152
シャープペンシルで書く。
▶ 用自動鉛筆寫。

1153
社会科学とともに、自然科学も学ぶことができる。
▶ 在學習社會科學的同時,也能學到自然科學。

1154
じゃが芋を茹でる。
▶ 用水煮馬鈴薯。

1155
疲れたので、道端にしゃがんで休んだ。
▶ 因為累了,所以在路邊蹲下來休息。

1156
蛇口をひねると、水が勢いよく出てきた。
▶ 一轉動水龍頭,水就嘩啦嘩啦地流了出來。

1157 ☐	じゃくてん 【弱点】	名 弱點，痛處；缺點 類 弱み
1158 ☐	しゃこ 【車庫】	名 車庫
1159 ☐	しゃせい 【写生】	名·他サ 寫生，速寫；短篇作品，散記 類 スケッチ
1160 ☐	しゃせつ 【社説】	名 社論
1161 ☐	しゃっきん 【借金】	名·自サ 借款，欠款，舉債 類 借財（しゃくざい）
1162 ☐ T38	シャッター 【shutter】	名 鐵捲門；照相機快門 類 よろい戸（よろいど）
1163 ☐	しゃどう 【車道】	名 車道
1164 ☐	しゃぶる	他五 (放入口中)含，吸吮 類 舐める（なめる）
1165 ☐	しゃりん 【車輪】	名 車輪；(演員)拼命，努力表現；拼命於，盡力於
1166 ☐	しゃれ 【洒落】	名 俏皮話，雙關語；(服裝)亮麗，華麗，好打扮 類 駄洒落（だじゃれ）
1167 ☐	じゃんけん 【じゃん拳】	名 猜拳，划拳 類 じゃんけんぽん
1168 ☐	しゅう 【週】	名·漢造 星期；一圈
1169 ☐	しゅう 【州】	漢造 大陸，州

| 1157 | 相手の弱点を知れば勝てるというものではない。 |
| | ▶ 知道對方的弱點並非就可以獲勝！ |

| 1158 | 車を車庫に入れた。 |
| | ▶ 將車停進了車庫裡。 |

| 1159 | 山に、写生に行きました。 |
| | ▶ 我去山裡寫生。 |

| 1160 | 今日の新聞の社説は、教育問題を取り上げている。 |
| | ▶ 今天報紙的社會評論裡，談到了教育問題。 |

| 1161 | 借金は、ふくらむ一方ですよ。 |
| | ▶ 借款越來越多了。 |

| 1162 | シャッターを押していただけますか。 |
| | ▶ 可以請你幫我按下快門嗎？ |

し

| 1163 | 車道に飛び出す。 |
| | ▶ 衝到車道上。 |

| 1164 | 赤ちゃんは、指もしゃぶれば、玩具もしゃぶる。 |
| | ▶ 小嬰兒會吸手指頭，也會用嘴含玩具。 |

| 1165 | 自転車の車輪が汚れたので、布で拭いた。 |
| | ▶ 因為腳踏車的輪胎髒了，所以拿了塊布來擦。 |

| 1166 | 会社の上司は、つまらないしゃれを言うのが好きだ。 |
| | ▶ 公司的上司，很喜歡說些無聊的笑話。 |

| 1167 | じゃんけんによって、順番を決めよう。 |
| | ▶ 我們就用猜拳來決定順序吧！ |

| 1168 | 先週から腰痛が酷い。 |
| | ▶ 上禮拜開始腰疼痛不已。 |

| 1169 | 世界は五大州に分かれている。 |
| | ▶ 世界分五大洲。 |

1170 ☐	しゅう 【集】	(漢造) （詩歌等的）集；聚集
1171 ☐	じゅう 【銃】	(名・漢造) 槍，槍形物；有槍作用的物品 (類) 銃器
1172 ☐	じゅう 【重】	(接尾) (助數詞用法)層，重
1173 ☐	じゅう 【中】	(名・接尾) (舊)期間；表示整個期間或區域
1174 ☐	しゅうい 【周囲】	(名) 周圍，四周；周圍的人，環境 (類) 周辺
1175 ☐	しゅうかい 【集会】	(名・自サ) 集會 (類) 集まり
1176 ☐	しゅうかく 【収穫】	(名・他サ) 收穫(農作物)；成果，收種；獵獲物 (類) 取り入れ
1177 ☐	じゅうきょ 【住居】	(名) 住所，住宅 (類) 住処
1178 ☐	しゅうきん 【集金】	(名・自他サ) (水電、瓦斯等)收款，催收的錢 (類) 取り立てる
1179 ☐	しゅうごう 【集合】	(名・自他サ) 集合；群體，集群；(數)集合 (反) 解散　(類) 集う
1180 ☐	しゅうじ 【習字】	(名) 習字，練毛筆字
1181 ☐	じゅうし 【重視】	(名・他サ) 重視，認為重要 (反) 軽視（けいし）　(類) 重要視
1182 ☐	じゅうしょう 【重傷】	(名) 重傷

1170
文学全集。
▶ 文學全集。

1171
その銃は、本物ですか。
▶ 那把槍是真的嗎？

1172
この容器には二重のふたが付いている。
▶ 這容器附有兩層的蓋子。

1173
それを今日中にやらないと間に合わないです。
▶ 那個今天不做的話就來不及了。

1174
彼は、周囲の人々に愛されている。
▶ 他被大家所喜愛。

1175
いずれにせよ、集会には出席しなければなりません。
▶ 無論如何，務必都要出席集會。

し

1176
収穫量に応じて、値段を決めた。
▶ 按照收成量，來決定了價格。

1177
まだ住居が決まらないので、ホテルに泊まっている。
▶ 由於還沒決定好住的地方，所以就先住在飯店裡。

1178
毎月月末に集金に来ます。
▶ 每個月的月底，我會來收錢。

1179
朝8時に集合してください。
▶ 請在早上八點集合。

1180
あの子は、習字を習っているだけのことはあって、字がうまい。
▶ 那孩子不愧是學過書法，字寫得還真是漂亮！

1181
能力に加えて、人柄も重視されます。
▶ 除了能力之外，也重視人品。

1182
重傷を負う。
▶ 受重傷。

1183 □	しゅうせい 【修正】	名・他サ 修改，修正，改正 類 直す
1184 □	しゅうぜん 【修繕】	名・他サ 修繕，修理 類 修理
1185 □	じゅうたい 【重体】	名 病危，病篤 類 瀕死（ひんし）
1186 □	じゅうだい 【重大】	形動 重要的，嚴重的，重大的 類 重要
1187 □	じゅうたく 【住宅】	名 住宅 類 住居
1188 □	じゅうたくち 【住宅地】	名 住宅區
1189 □	しゅうだん 【集団】	名 集體，集團 類 集まり
1190 □	しゅうちゅう 【集中】	名・自他サ 集中；作品集
1191 □	しゅうてん 【終点】	名 終點 反 起点
1192 □	じゅうてん 【重点】	名 重點(物)作用點 類 ポイント
1193 □	しゅうにゅう 【収入】	名 收入，所得 反 支出　類 所得
1194 □	しゅうにん 【就任】	名・自サ 就職，就任 類 就職
1195 □	しゅうのう 【収納】	名・他サ 收納，收藏

1183
レポートを修正の上、提出してください。
▶ 請修改過報告後再交出來。

1184
古い家だが、修繕すれば住めないこともない。
▶ 雖說是老舊的房子，但修補後，也不是不能住的。

1185
重体に陥る。
▶ 病情危急。

1186
最近は、重大な問題が増える一方だ。
▶ 近來，重大案件不斷地增加。

1187
このへんの住宅は、家族向きだ。
▶ 這一帶的住宅，適合全家居住。

1188
閑静な住宅地。
▶ 安靜的住宅區。

1189
私は集団行動が苦手だ。
▶ 我不大習慣集體行動。

1190
集中力にかけては、彼にかなう者はいない。
▶ 就集中力這一點，沒有人可以贏過他。

1191
終点までいくつ駅がありますか。
▶ 到終點一共有幾站？

1192
この研修は、英会話に重点が置かれている。
▶ 這門研修的重點，是擺在英語會話上。

1193
彼は収入がないにもかかわらず、ぜいたくな生活をしている。
▶ 儘管他沒收入，還是過著奢侈的生活。

1194
彼の理事長への就任をめぐって、問題が起こった。
▶ 因為他就任理事長，而產生了一些問題。

1195
収納スペースが足りない。
▶ 收納空間不夠用。

1196 ☐	しゅうへん 【周辺】	名 周邊，四周，外圍 類 周り
1197 ☐	じゅうみん 【住民】	名 居民 類 住人
1198 ☐	じゅうやく 【重役】	名 擔任重要職務的人；重要職位，重任者；(公司的)董事與監事的通稱 類 大役
1199 ☐	しゅうりょう 【終了】	名・自他サ 終了，結束；作完；期滿，屆滿 反 開始　類 終わる
1200 ☐	じゅうりょう 【重量】	名 重量，分量；沈重，有份量 類 目方（めかた）
1201 ☐	じゅうりょく 【重力】	名 (理)重力
1202 ☐	しゅぎ 【主義】	名 主義，信條；作風，行動方針 類 主張
1203 ☐ T39	じゅくご 【熟語】	名 成語，慣用語；(由兩個以上單詞組成)複合詞；(由兩個以上漢字構成的)漢語詞 類 慣用語（かんようご）
1204 ☐	しゅくじつ 【祝日】	名 (政府規定的)節日 類 記念日
1205 ☐	しゅくしょう 【縮小】	名・他サ 縮小 反 拡大
1206 ☐	しゅくはく 【宿泊】	名・自サ 投宿，住宿 類 泊まる
1207 ☐	じゅけん 【受験】	名・他サ 參加考試，應試，投考
1208 ☐	しゅご 【主語】	名 主語；(邏)主詞 反 述語

1196	駅の周辺というと、にぎやかなイメージがあります。 ▶ 說到車站周邊，讓人就有熱鬧的印象。
1197	ビルの建設を計画する一方、近所の住民の意見も聞かなければならない。 ▶ 在一心策劃蓋大廈的同時，也得聽聽附近居民的意見才行。
1198	彼はおそらく、重役になれるまい。 ▶ 他恐怕無法成為公司的要員吧！
1199	パーティーは終了したものの、まだ後片付けが残っている。 ▶ 雖然派對結束了，但卻還沒有整理。
1200	持って行く荷物には、重量制限があります。 ▶ 攜帶過去的行李有重量限制。
1201	りんごが木から落ちるのは、重力があるからです。 ▶ 蘋果之所以會從樹上掉下來，是因為有重力的關係。
1202	自分の主義を変えるわけにはいかない。 ▶ 我不可能改變自己的主張。
1203	「山」という字を使って、熟語を作ってみましょう。 ▶ 請試著用「山」這個字，來造句成語。
1204	国民の祝日。 ▶ 國定假日。
1205	経営を縮小しないことには、会社がつぶれてしまう。 ▶ 如不縮小經營範圍，公司就會倒閉。
1206	京都で宿泊するとしたら、日本旅館に泊まりたいです。 ▶ 如果要在京都投宿，我想住日式飯店。
1207	試験が難しいかどうかにかかわらず、私は受験します。 ▶ 無論考試困難與否，我都要去考。
1208	日本語は、主語を省略することが多い。 ▶ 日語常常省略掉主語。

し

1209 ☐	しゅしょう 【首相】	名 首相，內閣總理大臣 類 内閣総理大臣（ないかくそうりだいじん）
1210 ☐	しゅちょう 【主張】	名・他サ 主張，主見，論點
1211 ☐	しゅっきん 【出勤】	名・自サ 上班，出勤 反 退勤
1212 ☐	じゅつご 【述語】	名 謂語 反 主語　類 賓辞
1213 ☐	しゅっちょう 【出張】	名・自サ 因公前往，出差
1214 ☐	しゅっぱん 【出版】	名・他サ 出版 類 発行
1215 ☐	しゅと 【首都】	名 首都 類 首府（しゅふ）
1216 ☐	しゅとけん 【首都圏】	名 首都圈
1217 ☐	しゅふ 【主婦】	名 主婦，女主人
1218 ☐	じゅみょう 【寿命】	名 壽命；(物)耐用期限 類 命数（めいすう）
1219 ☐	しゅやく 【主役】	名 (戲劇)主角；(事件或工作的)中心人物 反 脇役（わきやく）　類 主人公
1220 ☐	しゅよう 【主要】	名・形動 主要的
1221 ☐	じゅよう 【需要】	名 需要，要求；需求 反 供給　類 求め

1209
首相に対して、意見を提出した。
▶ 我向首相提出了意見。

1210
あなたの主張は、理解しかねます。
▶ 我實在是難以理解你的主張。

1211
君の朝のようすからして、今日の出勤は無理だと思ったよ。
▶ 從你早上的樣子來看，我以為你今天沒辦法去上班了。

1212
この文の述語はどれだかわかりますか。
▶ 你能分辨這個句子的謂語是哪個嗎？

1213
私のかわりに、出張に行ってもらえませんか。
▶ 你可不可以代我去出公差？

1214
本を出版するかわりに、インターネットで発表した。
▶ 取代出版書籍，我在網路上發表文章。

し

1215
フランスの首都。
▶ 法國的首都。

1216
首都圏の人口。
▶ 首都圈人口。

1217
主婦向きの仕事はありませんか。
▶ 請問有沒有適合主婦做的工作？

1218
平均寿命が大きく伸びた。
▶ 平均壽命大幅地上升。

1219
主役も主役なら、脇役も脇役で、みんなへたくそだ。
▶ 不論是主角還是配角實在都不像樣，全都演得很糟。

1220
世界の主要な都市の名前を覚えました。
▶ 我記下了世界主要都市的名字。

1221
まず需要のある商品が何かを調べることだ。
▶ 首先要做的，應該是先查出哪些是需要的商品。

1222 ☐	じゅわき 【受話器】	⑧ 聽筒 ㊎ 送話器　㊝ レシーバー
1223 ☐	じゅん 【順】	⑧·漢造 順序，次序；輪班，輪到；正當，必 然，理所當然；順利 ㊝ 順番
1224 ☐	じゅん 【準】	接頭 準，次
1225 ☐	しゅんかん 【瞬間】	⑧ 瞬間，剎那間，剎那；當時，…的同時 ㊝ 一瞬
1226 ☐	じゅんかん 【循環】	⑧·自サ 循環
1227 ☐	じゅんじゅん 【順々】	副 按順序，依次；一點點，漸漸地，逐漸 ㊝ 順次
1228 ☐	じゅんじょ 【順序】	⑧ 順序，次序，先後；手續，過程，經過 ㊝ 順番
1229 ☐	じゅんじょう 【純情】	⑧·形動 純真，天真 ㊝ 純朴
1230 ☐	じゅんすい 【純粋】	⑧·形動 純粹的，道地；純真，純潔，無雜念的 ㊎ 不純
1231 ☐	じゅんちょう 【順調】	⑧·形動 順利，順暢；(天氣、病情等)良好 ㊎ 不順　㊝ 快調（かいちょう）
1232 ☐	しよう 【使用】	⑧·他サ 使用，利用，用(人) ㊝ 利用
1233 ☐	しょう 【小】	⑧ 小(型)，(尺寸，體積)小的；小月；謙稱 ㊎ 大　㊝ 小さい
1234 ☐	しょう 【章】	⑧ (文章，樂章的)章節；紀念章，徽章

1222
電話が鳴ったので、急いで受話器を取った。
▶ 電話響了，於是急忙接起了聽筒。

1223
順に呼びますから、そこに並んでください。
▶ 我會依序叫名，所以請到那邊排隊。

1224
準優勝。
▶ 亞軍。

1225
振り返った瞬間、誰かに殴られた。
▶ 就在我回頭的那一剎那，不知道被誰打了一拳。

1226
運動をして、血液の循環をよくする。
▶ 多運動來促進血液循環。

1227
順々に部屋の中に入ってください。
▶ 請依序進入房內。

1228
順序を守らないわけにはいかない。
▶ 不能不遵守順序。

1229
彼は、女性に声をかけられると真っ赤になるほど純情だ。
▶ 他純情到只要女生跟他說話，就會滿臉通紅。

1230
これは、純粋な水ですか。
▶ 這是純淨的水嗎？

1231
仕事が順調だったのは、1年きりだった。
▶ 只有一年工作上比較順利。

1232
トイレが使用中だと思ったら、なんと誰も入っていなかった。
▶ 我本以為廁所有人，想不到裡面沒有人。

1233
大小二つの種類があります。
▶ 有大小兩種。

1234
第1章の内容には、感動させられるものがある。
▶ 第一章的內容，有令人感動的地方。

T40

1235	しょう 【賞】	(名・漢造) 獎賞，獎品，獎金；欣賞 (反) 罰　(類) 賞品
1236	じょう 【上】	(名・漢造) 上等；(書籍的)上卷，上部，上面；上好的，上等的 (反) 下
1237	しょうか 【消化】	(名・他サ) 消化(食物)；掌握，理解，記牢(知識等)；容納，吸收，處理 (類) 吸収
1238	しょうがい 【障害】	(名) 障礙，妨礙；(醫)損害，毛病；(障礙賽中的)欄，障礙物 (類) 邪魔
1239	しょうがくきん 【奨学金】	(名) 獎學金，助學金
1240	しようがない 【仕様がない】	(慣) 沒辦法
1241	しょうぎ 【将棋】	(名) 日本象棋，將棋
1242	じょうき 【蒸気】	(名) 蒸汽
1243	じょうきゃく 【乗客】	(名) 乘客，旅客
1244	じょうきゅう 【上級】	(名)(層次、水平高的)上級，高級
1245	しょうぎょう 【商業】	(名) 商業 (類) 商売
1246	じょうきょう 【上京】	(名・自サ) 進京，到東京去
1247	じょうきょう 【状況】	(名) 狀況，情況 (類) シチュエーション

1235
コンクールというと、賞を取った時のことを思い出します。
▶ 說到比賽，就會想起過去的得獎經驗。

1236
私の成績は、中の上です。
▶ 我的成績，是在中上程度。

1237
麺類は、肉に比べて消化がいいです。
▶ 麵類比肉類更容易消化。

1238
障害を乗り越える。
▶ 突破障礙。

1239
奨学金をもらってからでないと、本が買えない。
▶ 如果還沒拿到獎學金，就沒辦法買書。

1240
負けても仕様がない。
▶ 輸了也沒輒。

1241
退職したのを契機に、将棋を習い始めた。
▶ 自從我退休後，就開始學習下日本象棋。

1242
やかんから蒸気が出ている。
▶ 茶壺冒出了蒸氣。

1243
事故が起こったが、乗客は全員無事だった。
▶ 雖然發生了事故，但是幸好乘客全都平安無事。

1244
試験にパスして、上級クラスに入れた。
▶ 我通過考試，晉級到了高級班。

1245
このへんは、商業地域だけあって、とてもにぎやかだ。
▶ 這附近不愧是商業區，非常的熱鬧。

1246
彼は上京して絵を習っている。
▶ 他到東京去學畫。

1247
責任者として、状況を説明してください。
▶ 身為負責人，請您說明一下現今的狀況。

し

1248	じょうげ 【上下】	名・自他サ (身分、地位的)高低，上下，低賤
1249	しょうじ 【障子】	名 日本式紙拉門，隔扇
1250	しょうしか 【少子化】	名 少子化
1251	じょうしき 【常識】	名 常識 類 コモンセンス
1252	しょうしゃ 【商社】	名 商社，貿易商行，貿易公司
1253	じょうしゃ 【乗車】	名・自サ 乘車，上車；乘坐的車 反 下車
1254	じょうしゃけん 【乗車券】	名 車票 類 乗車切符
1255	しょうしょう 【少々】	名・副 少許，一點，稍稍，片刻 類 ちょっと
1256	しょうじる 【生じる】	自他サ 生，長；出生，產生；發生；出現 類 発生する
1257	じょうたつ 【上達】	名・自他サ (學術、技藝等)進步，長進；上呈，向上傳達 類 進歩
1258	しょうち 【承知】	名・他サ 同意，贊成，答應；知道；許可，允許 類 承諾（しょうだく）
1259	しょうてん 【商店】	名 商店 類 店（みせ）
1260	しょうてん 【焦点】	名 焦點；(問題的)中心，目標 類 中心

1248
社員はみな若いから、上下関係を気にすることはないですよ。
▶ 員工大家都很年輕，不太在意上司下屬之分啦。

1249
猫が障子を破いてしまった。
▶ 貓抓破了拉門。

1250
少子化が進んでいる。
▶ 少子化日趨嚴重。

1251
常識からすれば、そんなことはできません。
▶ 從常識來看，那是不能發生的事。

1252
商社は、給料がいい反面、仕事がきつい。
▶ 貿易公司薪資雖高，但另一面工作卻很吃力。

1253
乗車するときに、料金を払ってください。
▶ 上車時請付費。

1254
乗車券を拝見します。
▶ 請給我看您的車票。

し

1255
この機械は、少々古いといってもまだ使えます。
▶ 這機器，雖說有些老舊，但還是可以用。

1256
危険な事態が生じた。
▶ 發生了危險的狀況。

1257
英語が上達するにしたがって、仕事が楽しくなった。
▶ 隨著英語的進步，工作也變得更有趣了。

1258
君の言うことなど百も承知だ。
▶ 你說的我全都知道。

1259
彼は、小さな商店を経営している。
▶ 他經營一家小商店。

1260
この議題こそ、会議の焦点にほかならない。
▶ 這個議題，無非正是這個會議的焦點。

1261 □	じょうとう 【上等】	(名・形動) 上等，優質；很好，令人滿意 (反) 下等（かとう）
1262 □	しょうどく 【消毒】	(名・他サ) 消毒，殺菌 (類) 殺菌（さっきん）
1263 □	しょうにん 【承認】	(名・他サ) 批准，認可，通過；同意；承認 (類) 認める
1264 □	しょうにん 【商人】	(名) 商人 (類) 商売人
1265 □ T41	しょうはい 【勝敗】	(名) 勝負，勝敗 (類) 勝負
1266 □	じょうはつ 【蒸発】	(名・自サ) 蒸發，汽化；(俗)失蹤，出走，去向不明，逃之夭夭
1267 □	しょうひん 【賞品】	(名) 獎品 (類) 売品（ばいひん）
1268 □	じょうひん 【上品】	(名・形動) 高級品，上等貨；莊重，高雅，優雅
1269 □	しょうぶ 【勝負】	(名・自サ) 勝敗，輸贏；比賽，競賽 (類) 勝敗
1270 □	しょうべん 【小便】	(名・自サ) 小便，尿；(俗)終止合同，食言，毀約 (反) 大便（だいべん） (類) 尿（にょう）
1271 □	しょうぼう 【消防】	(名) 消防；消防隊員，消防車
1272 □	しょうみ 【正味】	(名) 實質，內容，淨剩部分；淨重；實數；實價，不折不扣的價格，批發價
1273 □	しょうめい 【照明】	(名・他サ) 照明，照亮，光亮，燈光；舞台燈光

1261
デザインはともかくとして、生地は上等です。
▶ 姑且不論設計如何，這布料可是上等貨。

1262
消毒すれば大丈夫というものでもない。
▶ 並非消毒後，就沒有問題了。

1263
社長が承認した以上は、誰も反対できないよ。
▶ 既然社長已批准了，任誰也沒辦法反對啊！

1264
彼は、商人向きの性格をしている。
▶ 他的個性適合當商人。

1265
勝敗なんか、気にするものか。
▶ 我哪會去在意輸贏呀！

1266
加熱して、水を蒸発させます。
▶ 加熱水使它蒸發。

1267
一等の賞品は何ですか。
▶ 頭獎的獎品是什麼？

1268
あの人は、とても上品な人ですね。
▶ 那個人真是個端莊高雅的人呀！

1269
勝負するにあたって、ルールを確認しておこう。
▶ 比賽時，先確認規則！

1270
ここで立ち小便をしてはいけません。
▶ 禁止在這裡隨地小便。

1271
連絡すると、すぐに消防車がやってきた。
▶ 我才通報不久，消防車就馬上來了。

1272
昼休みを除いて、正味8時間働いた。
▶ 扣掉午休時間，實際工作了八個小時。

1273
商品がよく見えるように、照明を明るくしました。
▶ 為了讓商品可以看得更清楚，把燈光弄亮。

し

1274 □	しょうもう 【消耗】	名·自他サ 消費，消耗；(體力)耗盡，疲勞；磨損
1275 □	じょうようしゃ 【乗用車】	名 自小客車
1276 □	しょうらい 【将来】	名·副·他サ 將來，未來，前途；(從外國)傳入；帶來，拿來；招致，引起 類 未来
1277 □	じょおう 【女王】	名 女王，王后；皇女，王女
1278 □	しょきゅう 【初級】	名 初級 類 初等
1279 □	じょきょうじゅ 【助教授】	名 (大學的)副教授
1280 □	しょく 【職】	名·漢造 職業，工作；職務；手藝，技能；官署名 類 職務
1281 □	しょくえん 【食塩】	名 食鹽
1282 □	しょくぎょう 【職業】	名 職業 類 仕事
1283 □	しょくせいかつ 【食生活】	名 飲食生活
1284 □	しょくたく 【食卓】	名 餐桌 類 食台（しょくだい）
1285 □	しょくば 【職場】	名 工作岡位，工作單位
1286 □	しょくひん 【食品】	名 食品 類 飲食品

| 1274 | ボクサーは、体力を消耗しているくせに、まだ戦おうとしている。 |
| | ▶ 拳擊手明明已耗盡了體力，卻還是想奮鬥下去。 |

| 1275 | 乗用車を買う。 |
| | ▶ 買汽車。 |

| 1276 | 今、将来のことを考えつつあります。 |
| | ▶ 現在正在考慮將來的事。 |

| 1277 | あんな女王様のような態度をとるべきではない。 |
| | ▶ 妳不該擺出那種像女王般的態度。 |

| 1278 | 初級を終わってからでなければ、中級に進めない。 |
| | ▶ 如果沒上完初級，就沒辦法進階到中級。 |

| 1279 | 彼は助教授のくせに、教授になったと嘘をついた。 |
| | ▶ 他明明就只是副教授，卻謊稱自己已當上了教授。 |

し

| 1280 | 職に貴賤なし。 |
| | ▶ 職業不分貴賤。 |

| 1281 | 食塩と砂糖で味付けする。 |
| | ▶ 以鹽巴和砂糖調味。 |

| 1282 | 用紙に名前と職業を書いた上で、持ってきてください。 |
| | ▶ 請在紙上寫下姓名和職業，然後再拿到這裡來。 |

| 1283 | 食生活が豊かになった。 |
| | ▶ 飲食生活變得豐富。 |

| 1284 | 早く食卓についてください。 |
| | ▶ 快點來餐桌旁坐下。 |

| 1285 | 働くからには、職場の雰囲気を大切にしようと思います。 |
| | ▶ 既然要工作，我認為就得注重職場的氣氛。 |

| 1286 | 油っぽい食品はきらいです。 |
| | ▶ 我不喜歡油膩膩的食品。 |

1287 □	しょくぶつ 【植物】	名 植物 類 草木
1288 □	しょくもつ 【食物】	名 食物 類 食べ物
1289 □	しょくよく 【食欲】	名 食慾
1290 □	しょこく 【諸国】	名 各國
1291 □	しょさい 【書斎】	名 (個人家中的)書房，書齋 類 書室（しょしつ）
1292 □	じょし 【女子】	名 女孩子，女子，女人 類 女性
1293 □	じょしゅ 【助手】	名 助手，幫手；(大學)助教 類 アシスタント
1294 □	しょじゅん 【初旬】	名 初旬，上旬 類 上旬（じょうじゅん）
1295 □	じょじょに 【徐々に】	副 徐徐地；慢慢地，一點點；逐漸，漸漸 類 少しずつ
1296 □	しょせき 【書籍】	名 書籍 類 図書
1297 □	しょっき 【食器】	名 餐具
1298 □ T42	ショップ 【shop】	接尾 (一般不單獨使用)店舖，商店 類 商店（しょうてん）
1299 □	しょてん 【書店】	名 書店；出版社，書局 類 本屋

1287	壁にそって植物を植えた。
	▶ 我沿著牆壁種了些植物。

1288	私は、食物アレルギーがあります。
	▶ 我對食物會過敏。

1289	食欲がないときは、少しお酒を飲むといいです。
	▶ 沒食慾時，喝點酒是不錯的。

1290	アフリカ諸国。
	▶ 非洲各國。

1291	先生は、書斎で本を読んでいます。
	▶ 老師正在書房看書。

1292	これから、女子バレーボールの試合が始まります。
	▶ 女子排球比賽現在開始進行。

し

1293	研究室の助手をしています。
	▶ 我在當研究室的助手。

1294	4月の初旬に、アメリカへ出張に行きます。
	▶ 四月初我要到美國出差。

1295	彼女は、薬による治療で徐々によくなってきました。
	▶ 她因藥物治療，而病情漸漸好轉。

1296	書籍を販売する会社に勤めている。
	▶ 我在書籍銷售公司上班。

1297	結婚したのを契機にして、新しい食器を買った。
	▶ 趁新婚時，買了新的餐具。

1298	恵比寿から代官山にかけては、おしゃれなショップが多いです。
	▶ 從惠比壽到代官山這一帶，有許多時髦的商店。

1299	図書券は、書店で買うことができます。
	▶ 圖書卷可以在書店買到。

1300	しょどう 【書道】	名 書法
1301	しょほ 【初歩】	名 初學，初步，入門 類 初学（しょがく）
1302	しょめい 【署名】	名・自サ 署名，簽名；簽的名字 類 サイン
1303	しょり 【処理】	名・他サ 處理，處置，辦理 類 処分
1304	しらが 【白髪】	名 白頭髮
1305	シリーズ 【series】	名 (書籍等的)彙編，叢書，套；(影片、電影等)系列；(棒球)聯賽 類 系列（けいれつ）
1306	じりき 【自力】	名 憑自己的力量
1307	しりつ 【私立】	名 私立，私營
1308	しりょう 【資料】	名 資料，材料 類 データ
1309	しる 【汁】	名 汁液，漿；湯；味噌湯 類 つゆ
1310	しろ 【城】	名 城，城堡；(自己的)權力範圍，勢力範圍
1311	しろうと 【素人】	名 外行，門外漢；業餘愛好者，非專業人員；良家婦女 反 玄人　類 初心者
1312	しわ	名 (皮膚的)皺紋；(紙或布的)縐折，摺子

1300
書道に加えて、華道も習っている。
▶ 學習書法之外，也有學插花。

1301
初歩から勉強すれば必ずできるというものでもない。
▶ 並非從基礎學習起就一定能融會貫通。

1302
住所を書くとともに、ここに署名してください。
▶ 在寫下地址的同時，請在這裡簽下大名。

1303
今ちょうどデータの処理をやりかけたところです。
▶ 現在正好處理資料到一半。

1304
苦労が多くて、白髪が増えた。
▶ 由於辛勞過度，白髮變多了。

1305
このシリーズは、以前の番組をもとに改編したものだ。
▶ 這一系列的影片是從以前的節目改編而成的。

1306
自力で逃げ出す。
▶ 自行逃脫。

1307
私立大学というと、授業料が高そうな気がします。
▶ 說到私立大學，就有種學費似乎很貴的感覺。

1308
資料をもらわないことには、詳細がわからない。
▶ 要是不拿資料的話，就沒辦法知道詳細的情況。

1309
お母さんの作る味噌汁がいちばん好きです。
▶ 我最喜歡媽媽煮的味噌湯了。

1310
お城には、美しいお姫様が住んでいます。
▶ 城堡裡，住著美麗的公主。

1311
素人のくせに、口を出さないでください。
▶ 明明就是外行人，請不要插嘴。

1312
苦労すればするほど、しわが増えるそうです。
▶ 聽說越操勞皺紋就會越多。

1313 ☐	しん 【芯】	名 蕊；核；枝條的頂芽 類 中央
1314 ☐	しんくう 【真空】	名 真空；(作用、勢力達不到的)空白，真空狀態
1315 ☐	しんけい 【神経】	名 神經；察覺力，感覺，神經作用 類 感覚
1316 ☐	しんけん 【真剣】	名・形動 真刀，真劍；認真，正經 類 本気
1317 ☐	しんこう 【信仰】	名・他サ 信仰，信奉 類 信教
1318 ☐	じんこう 【人工】	名 人工，人造 反 自然 類 人造
1319 ☐	しんこく 【深刻】	形動 嚴重的，重大的，莊重的；意味深長的，發人省思的，尖銳的 類 大変
1320 ☐	しんさつ 【診察】	名・他サ (醫)診察，診斷 類 検診（けんしん）
1321 ☐	じんじ 【人事】	名 人事，人力能做的事；人事(工作)；世間的事，人情世故 類 人選
1322 ☐	じんしゅ 【人種】	名 人種，種族；(某)一類人；(俗)(生活環境、愛好等不同的)階層 類 種族
1323 ☐	しんじゅう 【心中】	名・自サ (古)守信義；(相愛男女因不能在一起而感到悲哀)一同自殺，殉情；(轉)兩人以上同時自殺 類 情死
1324 ☐	しんしん 【心身】	名 身和心；精神和肉體
1325 ☐	じんせい 【人生】	名 人的一生；生涯，人的生活 類 生涯（しょうがい）

1313
シャープペンシルの芯を買ってきてください。
▶ 請幫我買筆芯回來。

1314
この箱の中は、真空状態になっているということだ。
▶ 據說這箱子，是呈現真空狀態的。

1315
彼は神経が太くて、いつも堂々としている。
▶ 他的神經大條，總是擺出一付大無畏的姿態。

1316
私は真剣です。
▶ 我是認真的。

1317
彼は、仏教を信仰している。
▶ 他信奉佛教。

1318
人工的な骨を作る研究をしている。
▶ 我在研究人造骨頭的製作方法。

1319
状況はかなり深刻だとか。
▶ 聽說情況相當的嚴重。

1320
先生は今診察中です。
▶ 醫師正在診斷病情。

1321
部長の人事が決まりかけたときに、社長が反対した。
▶ 就要決定部長的去留時，受到了社長的反對。

1322
人種からいうと、私はアジア系です。
▶ 從人種來講，我是屬於亞洲人。

1323
無理心中。
▶ 殉情。

1324
この薬は、心身の疲労に効きます。
▶ 這藥對身心上的疲累都很有效。

1325
病気になったのをきっかけに、人生を振り返った。
▶ 趁著生了一場大病為契機，回顧了自己過去的人生。

1326 ☐	しんせき 【親戚】	名 親戚，親屬 類 親類
1327 ☐	しんぞう 【心臓】	名 心臟；厚臉皮，勇氣
1328 ☐	じんぞう 【人造】	名 人造，人工合成
1329 ☐ T43	しんたい 【身体】	名 身體，人體 類 体躯（たいく）
1330 ☐	しんだい 【寝台】	名 床，床鋪，(火車)臥鋪 類 ベッド
1331 ☐	しんだん 【診断】	名・他サ (醫)診斷；判斷
1332 ☐	しんちょう 【慎重】	名・形動 慎重，穩重，小心謹慎 反 軽率（けいそつ）
1333 ☐	しんにゅう 【侵入】	名・自サ 浸入，侵略；(非法)闖入
1334 ☐	しんねん 【新年】	名 新年
1335 ☐	しんぱん 【審判】	名・他サ 審判，審理，判決；(體育比賽等的)裁判；(上帝的)審判
1336 ☐	じんぶつ 【人物】	名 人物；人品，為人；人材；人物(繪畫的)，人物(畫) 類 人間
1337 ☐	じんぶんかがく 【人文科学】	名 人文科學，文化科學(哲學、語言學、文藝學、歷史學領域) 類 文学化学
1338 ☐	じんめい 【人命】	名 人命 類 命（いのち）

1326
親戚に挨拶に行かないわけにもいかない。
▶ 不能不去向親戚寒暄問好。

1327
びっくりして、心臓が止まりそうだった。
▶ 我嚇到心臟差點停了下來。

1328
この服は、人造繊維で作られている。
▶ 這套衣服，是由人造纖維製成的。

1329
1年に1回、身体検査を受ける。
▶ 一年接受一次身體的健康檢查。

1330
寝台特急で旅行に行った。
▶ 我搭了特快臥舖火車去旅行。

1331
月曜から水曜にかけて、健康診断が行われます。
▶ 禮拜一到禮拜三要實施健康檢查。

1332
社長を説得するにあたって、慎重に言葉を選んだ。
▶ 說服社長時，用字遣詞要非常的慎重。

1333
犯人は、窓から侵入したに相違ありません。
▶ 犯人肯定是從窗戶闖入的。

1334
新年を迎える。
▶ 迎接新年。

1335
審判は、公平でなければならない。
▶ 審判時得要公正才行。

1336
会いたくない人物に限って、向こうから訪ねてくる。
▶ 偏偏就是不想見面的人，會前來拜訪。

1337
文学や芸術は人文科学に含まれます。
▶ 文學和藝術，都包含在人文科學裡面。

1338
事故で多くの人命が失われた。
▶ 因為意外事故，而奪走了多條人命。

1339 ☐	しんゆう 【親友】	名 知心朋友
1340 ☐	しんよう 【信用】	名·他サ 堅信，確信；信任，相信；信用，信譽；信用交易，非現款交易 類 信任
1341 ☐	しんらい 【信頼】	名·他サ 信賴，相信
1342 ☐	しんり 【心理】	名 心理
1343 ☐	しんりん 【森林】	名 森林
1344 ☐	しんるい 【親類】	名 親戚，親屬；同類，類似 類 親戚
1345 ☐	じんるい 【人類】	名 人類 類 人間
1346 ☐	しんろ 【進路】	名 前進的道路 反 退路（たいろ）
1347 ☐	しんわ 【神話】	名 神話
1348 ☐	す 【巣】	名 巢，窩，穴；賊窩，老巢；家庭；蜘蛛網 類 棲家（すみか）
1349 ☐	ず 【図】	名 圖，圖表；地圖；設計圖；圖畫 類 図形（ずけい）
1350 ☐	すいか 【西瓜】	名 西瓜
1351 ☐	すいさん 【水産】	名 水產(品)，漁業

す

1339
親友の忠告もかまわず、会社を辞めてしまった。
▶ 不顧好友的勸告，辭去了公司職務。

1340
信用するかどうかはともかくとして、話だけは聞いてみよう。
▶ 不管你相不相信，至少先聽他怎麼說吧！

1341
私の知るかぎりでは、彼は最も信頼できる人間です。
▶ 他是我所認識裡面最值得信賴的人。

1342
失恋したのを契機にして、心理学の勉強を始めた。
▶ 自從失戀以後，就開始研究起心理學。

1343
朝早く、森林を散歩するのは気持ちがいい。
▶ 一大早到森林散步，是件很舒服的事。

1344
親類だから信用できるというものでもないでしょう。
▶ 並非因為是親戚就可以信任吧！

1345
人類の発展のために、研究を続けます。
▶ 為了人類今後的發展，我要繼續研究下去。

1346
卒業というと、進路のことが気になります。
▶ 說到畢業，就會在意將來的出路。

1347
おもしろいことに、この話は日本の神話によく似ている。
▶ 有趣的是，這個故事和日本神話很像。

1348
鳥の雛が成長して、巣から飛び立っていった。
▶ 幼鳥長大後，就飛離了鳥巢。

1349
図を見ながら説明します。
▶ 邊看圖，邊解說。

1350
西瓜を冷やす。
▶ 冰鎮西瓜。

1351
わが社では、水産品の販売をしています。
▶ 我們公司在銷售漁業產品。

し

1352 ☐	すいじ 【炊事】	名·自サ 烹調，煮飯 類 煮炊き（にたき）
1353 ☐	すいしゃ 【水車】	名 水車
1354 ☐	すいじゅん 【水準】	名 水準，水平面；水平器；(地位、質量、價值等的)水平；(標示)高度 類 レベル
1355 ☐	すいじょうき 【水蒸気】	名 水蒸氣；霧氣，水霧 類 蒸気
1356 ☐	すいせん 【推薦】	名·他サ 推薦，舉薦，介紹 類 推挙（すいきょ）
1357 ☐	すいそ 【水素】	名 氫
1358 ☐	すいちょく 【垂直】	名·形動 (數)垂直；(與地心)垂直 反 水平
1359 ☐	スイッチ 【switch】	名·他サ 開關；接通電路；(喻)轉換(為另一種事物或方法) 類 点滅器（てんめつき）
1360 ☐	すいてい 【推定】	名·他サ 推斷，判定；(法)(無反證之前的)推定，假定 類 推し量る
1361 ☐	すいぶん 【水分】	名 物體中的含水量；(蔬菜水果中的)液體，含水量，汁 類 水気
1362 ☐	すいへい 【水平】	名·形動 水平；平衡，穩定，不升也不降 反 垂直　類 横
1363 ☐	すいへいせん 【水平線】	名 水平線；地平線
1364 ☐	すいみん 【睡眠】	名·自サ 睡眠，休眠，停止活動 類 眠り

1352 彼は、掃除ばかりでなく、炊事も手伝ってくれる。
▶ 他不光只是打掃，也幫我煮飯。

1353 水車が回る。
▶ 水車轉動。

1354 選手の水準に応じて、トレーニングをやらせる。
▶ 依選手的個人水準，讓他們做適當的訓練。

1355 ここから水蒸気が出ているので、触ると危ないよ。
▶ 因為水蒸氣會從這裡跑出來，所以很危險別碰唷！

1356 あなたの推薦があったからこそ、採用されたのです。
▶ 因為有你的推薦，我才能被錄用。

1357 水素と酸素を化合させて水を作ってみましょう。
▶ 試著將氫和氧結合在一起，來製水。

1358 点Ｃから、直線ABに対して垂直な線を引いてください。
▶ 請從點Ｃ畫出一條垂直於直線AB的線。

1359 ラジオのスイッチを切る。
▶ 關掉收音機的開關。

1360 写真に基づいて、年齢を推定しました。
▶ 根據照片來判斷年齡。

1361 果物を食べると、ビタミンばかりでなく水分も摂取できる。
▶ 吃水果後，不光是維他命，也可以攝取到水分。

1362 飛行機は、間もなく水平飛行に入ります。
▶ 飛機即將進入水平飛行模式。

1363 水平線の向こうから、太陽が昇ってきた。
▶ 太陽從水平線的彼方升起。

1364 健康のためには、睡眠を８時間以上とることだ。
▶ 要健康就要睡8個小時以上。

す

1365 ☐	すいめん 【水面】	⑧ 水面
1366 ☐ T44	すう 【数】	⑧・接頭 數，數目，數量；定數，天命；(數學中泛指的)數；數量 ⑩ 数（かず）
1367 ☐	ずうずうしい 【図々しい】	⑪ 厚顏，厚皮臉，無恥 ⑩ 厚かましい（あつかましい）
1368 ☐	すえ 【末】	⑧ 結尾，末了；末端，盡頭；將來，未來，前途；不重要的，瑣事；(排行)最小 ⑩ 末端
1369 ☐	すえっこ 【末っ子】	⑧ 最小的孩子 ⑩ すえこ
1370 ☐	すがた 【姿】	⑧・接尾 身姿，身段；裝束，風采；形跡，身影；面貌，狀態；姿勢，形象 ⑩ 格好
1371 ☐	ずかん 【図鑑】	⑧ 圖鑑
1372 ☐	すき 【隙】	⑧ 空隙，縫；空暇，功夫，餘地；漏洞，可乘之機 ⑩ 隙間
1373 ☐	すぎ 【杉】	⑧ 杉樹，杉木
1374 ☐	すききらい 【好き嫌い】	⑧ 好惡，喜好和厭惡；挑肥揀瘦，挑剔 ⑩ 好き好き（すきずき）
1375 ☐	すきずき 【好き好き】	⑧・副・自サ (各人)喜好不同，不同的喜好 ⑩ いろいろ
1376 ☐	すきとおる 【透き通る】	⑪ 通明，透亮，透過去；清澈；清脆(的聲音) ⑩ 透ける（すける）
1377 ☐	すきま 【隙間】	⑧ 空隙，隙縫；空閒，閒暇 ⑩ 隙

1365
池の水面を蛙が泳いでいる。
▶ 有隻青蛙在池子的水面上游泳。

1366
展覧会の来場者数は、少なかった。
▶ 展覽會的到場人數很少。

1367
彼の図々しさにはあきれた。
▶ 對他的厚顏無恥，感到錯愕。

1368
来月末に日本へ行きます。
▶ 下個月底我要去日本。

1369
彼は末っ子だけあって、甘えん坊だね。
▶ 他果真是老么，真是愛撒嬌呀！

1370
寝間着姿では、外に出られない。
▶ 我實在沒辦法穿睡衣出門。

す

1371
子どもたちは、図鑑を見て動物について調べたということです。
▶ 聽說小孩子們看圖鑑來查閱了動物。

1372
敵に隙を見せるわけにはいかない。
▶ 絕不能讓敵人看出破綻。

1373
道に沿って杉の並木が続いている。
▶ 沿著道路兩旁，一棵棵的杉樹並排著。

1374
好き嫌いの激しい人だ。
▶ 他是個人好惡極端分明的人。

1375
メールと電話とどちらを使うかは、好き好きです。
▶ 喜歡用簡訊或電話，每個人喜好都不同。

1376
この魚は透き通っていますね。
▶ 這條魚的色澤真透亮。

1377
隙間から客間をのぞくものではありません。
▶ 不可以從縫隙去偷看客廳。

1378	すくう 【救う】	(他五) 拯救，搭救，救援，解救；救濟，賑災； 挽救
1379	スクール 【school】	(名・造) 學校；學派；花式滑冰規定動作 (類) 学校
1380	すぐれる 【優れる】	(自下一) (才能、價值等)出色，優越，傑出，精 湛；(身體、精神、天氣)好，爽朗，舒暢 (反) 劣る (類) 優る
1381	ずけい 【図形】	(名) 圖形，圖樣；(數)圖形 (類) 図
1382	スケート 【skate】	(名) 冰鞋，冰刀；溜冰，滑冰 (類) アイススケート
1383	すじ 【筋】	(名・接尾) 筋；血管；線，條；紋絡，條紋；素 質，血統；條理，道理 (類) 筋肉
1384	すず 【鈴】	(名) 鈴鐺，鈴 (類) 鈴（りん）
1385	すずむ 【涼む】	(自五) 乘涼，納涼
1386	スタート 【start】	(名・自サ) 起動，出發，開端；開始(新事業等) (類) 出発
1387	スタイル 【style】	(名) 文體；(服裝、美術、工藝、建築等)樣式； 風格，姿態，體態 (類) 体つき
1388	スタンド 【stand】	(結尾・名) 站立；台，托，架；檯燈，桌燈；看 台，觀眾席；(攤販式的)小酒吧 (類) 観覧席
1389	ずつう 【頭痛】	(名) 頭痛 (類) 頭痛（とうつう）
1390	すっきり	(副・自サ) 舒暢，暢快，輕鬆；流暢，通暢；乾淨 整潔，俐落 (類) ことごとく

1378
政府の援助なくして、災害に遭った人々を救うことはできない。
▶ 要是沒有政府的援助，就沒有辦法幫助那些受災的人們。

1379
英会話スクールで勉強したにしては、英語がへただね。
▶ 以他曾在英文會話課補習過這一點來看，英文還真差呀！

1380
彼女は美人であるとともに、スタイルも優れている。
▶ 她人既美，身材又好。

1381
コンピュータでいろいろな図形を描いてみた。
▶ 我試著用電腦畫各式各樣的圖形。

1382
学生時代にスケート部だったから、スケートが上手なわけだ。
▶ 學生時期是溜冰社，怪不得溜冰那麼拿手。

1383
読んだ人の話によると、その小説の筋は複雑らしい。
▶ 據看過的人說，那本小說的情節好像很複雜。

1384
猫の首に大きな鈴がついている。
▶ 貓咪的脖子上，繫著很大的鈴鐺。

1385
ちょっと外に出て涼んできます。
▶ 我到外面去乘涼一下。

1386
1年のスタートにあたって、今年の計画を述べてください。
▶ 在這一年之初，請說說你今年度的計畫。

1387
どうして、スタイルなんか気にするの。
▶ 為什麼要在意身材呢？

1388
スタンドで大声で応援した。
▶ 我在球場的看台上，大聲替他們加油。

1389
昨日から今日にかけて、頭痛がひどい。
▶ 從昨天開始，頭就一直很痛。

1390
片付けたら、なんとすっきりしたことか。
▶ 整理過後，是多麼乾淨清爽呀！

す

1391 □	すっと	(副・自サ) 動作迅速地，飛快，輕快；(心中)輕鬆，痛快，輕鬆
1392 □	ステージ【stage】	(名) 舞台，講台；階段，等級，步驟 (類) 舞台
1393 □	すてき【素敵】	(形動) 絕妙的，極好的，極漂亮；很多 (類) 立派
1394 □	すでに【既に】	(副) 已經，業已；即將，正值，恰好 (反) 未だ (類) とっくに
1395 □	ストップ【stop】	(名・自他サ) 停止，中止；停止信號；(口令)站住，不得前進，止住；停車站 (類) 停止
1396 □	すなお【素直】	(形動) 純真，天真的，誠摯的，坦率的；大方，工整，不矯飾的；(沒有毛病)完美的，無暇的 (類) 大人しい
1397 □	すなわち【即ち】	(接) 即，換言之；即是，正是；則，彼時；乃，於是 (類) つまり
1398 □	ずのう【頭脳】	(名) 頭腦，判斷力，智力；(團體的)決策部門，首腦機構，領導人 (類) 知力
1399 □	スピーカー【speaker】	(名) 談話者，發言人；揚聲器；喇叭；散播流言的人 (類) 拡声器（かくせいき）
1400 □	スピーチ【speech】	(名・自サ) (正式場合的)簡短演說，致詞，講話 (類) 演説（えんぜつ）
1401 □	すべて【全て】	(名・副) 全部，一切，通通；總計，共計 (類) 一切
1402 □	スマート【smart】	(形動) 瀟灑，時髦，漂亮；苗條
1403 □	すまい【住まい】	(名) 居住；住處，寓所；地址 (類) 住所（じゅうしょ）

T45

1391	言いたいことを全部言って、胸がすっとしました。
	▶ 把想講的話都講出來以後，心裡就爽快多了。

1392	歌手がステージに出てきたとたんに、みんな拍手を始めた。
	▶ 歌手才剛走出舞台，大家就拍起手來了。

1393	あの素敵な人に、声をかけられるものなら、かけてみろよ。
	▶ 你要是有膽跟那位美女講話，你就試看看啊！

1394	田中さんに電話したところ、彼はすでに出かけていた。
	▶ 打電話給田中先生，才發現他早就出門了。

1395	販売は、減少しているというより、ほとんどストップしています。
	▶ 銷售與其說是減少，倒不如說是幾乎停擺了。

1396	素直に謝らないと、けんかになるおそれがある。
	▶ 你如果不趕快道歉，又有可能會起爭執。

す

1397	1ポンド，すなわち100ペンス。
	▶ 一磅也就是100便士。

1398	頭脳は優秀ながら、性格に問題がある。
	▶ 頭腦雖優秀，但個性上卻有問題。

1399	スピーカーから音楽が流れてきます。
	▶ 從廣播器裡聽得到音樂聲。

1400	開会にあたって、スピーチをお願いします。
	▶ 開會的時候，致詞就拜託你了。

1401	すべての仕事を今日中には、やりきれません。
	▶ 我無法在今天內做完所有工作。

1402	前よりスマートになりましたね。
	▶ 妳比之前更加苗條了耶！

1403	電話番号どころか、住まいもまだ決まっていません。
	▶ 別說是電話號碼，就連住的地方都還沒決定。

1404	すみ 【墨】	名 墨；墨汁，墨水；墨狀物；(章魚、烏賊體內的)墨狀物
1405	ずみ 【済み】	名 完了，完結；付清，付訖 類 終了
1406	すむ 【澄む】	自五 清澈；澄清；晶瑩，光亮；(聲音)清脆悅耳；清靜，寧靜 反 汚れる　類 清澄（せいちょう）
1407	すもう 【相撲】	名 相撲 類 角技（かくぎ）
1408	スライド 【slide】	名・自サ 滑動；幻燈機，放映裝置；(棒球)滑進(壘)；按物價指數調整工資 類 幻灯（げんとう）
1409	ずらす	他五 挪開，錯開，差開
1410	ずらり	副 (高矮胖瘦適中)身材曲條；順利的，無阻礙的 類 ずらっと
1411	する 【刷る】	他五 印刷 類 印刷する
1412	ずるい	形 狡猾，奸詐，耍滑頭，花言巧語 類 狡い（こすい）
1413	するどい 【鋭い】	形 尖的；(刀子)鋒利的；(視線)尖銳的；激烈，強烈；(頭腦)敏銳，聰明 反 鈍い（にぶい）　類 犀利（さいり）
1414	ずれる	自下一 (從原來或正確的位置)錯位，移動；離題，背離(主題、正路等) 類 外れる（はずれる）
1415	すんぽう 【寸法】	名 長短，尺寸；(預定的)計畫，順序，步驟；情況 類 長さ
1416	せい 【正】	名・漢造 正直；(數)正號；正確，正當；更正，糾正；主要的，正的 反 負　類 プラス

せ

1404
習字の練習をするので、墨をすります。
▶ 為了練習寫毛筆字而磨墨。

1405
検査済みのラベルが張ってあった。
▶ 已檢查完畢有貼上標籤。

1406
川の水は澄んでいて、底までよく見える。
▶ 由於河水非常清澈，河底清晰可見。

1407
相撲の力士は、体が大きいですね。
▶ 相撲的力士，塊頭都很大。

1408
スライドを使って、美術品の説明をする。
▶ 我利用幻燈片，來解說美術品。

1409
この文字を右にずらすには、どうしたらいいですか。
▶ 請問要怎樣把這個字挪到右邊？

す

1410
工場の中に、輸出向けの商品がずらりと並んでいます。
▶ 工廠內擺著一排排要出口的商品。

1411
招待のはがきを100枚刷りました。
▶ 我印了100張邀請用的明信片。

1412
勝負するときには、絶対ずるいことをしないことだ。
▶ 決勝負時，千萬不可以耍詐。

1413
彼の見方はとても鋭い。
▶ 他見解真是一針見血。

1414
紙がずれているので、うまく印刷できない。
▶ 因為紙張歪了，所以沒印好。

1415
定規によって、寸法を測る。
▶ 用尺來量尺寸。

1416
正の数と負の数について勉強しましょう。
▶ 我們一起來學正負數吧！

1417 ☐	せい 【生】	(名・漢造) 生命，生活；生業，營生；出生，生長；活著，生存 (反) 死
1418 ☐	せい 【姓】	(名・漢造) 姓氏；族，血族；(日本古代的)氏族姓，稱號 (類) 名字
1419 ☐	せい 【精】	(名) 精，精靈；精力
1420 ☐	せい	(名) 原因，緣故，由於；歸咎 (類) 原因
1421 ☐	ぜい 【税】	(名・漢造) 税，税金 (類) 税金
1422 ☐	せいかい 【政界】	(名) 政界，政治舞台
1423 ☐	せいかつしゅうかんびょう 【生活習慣病】	(名) 文明病
1424 ☐	ぜいかん 【税関】	(名) 海關
1425 ☐	せいきゅう 【請求】	(名・他サ) 請求，要求，索取 (類) 求める
1426 ☐	せいけい 【整形】	(名) 整形
1427 ☐ T46	せいげん 【制限】	(名・他サ) 限制，限度，極限 (類) 制約
1428 ☐	せいさく 【制作】	(名・他サ) 創作(藝術品等)，製作；作品 (類) 創作
1429 ☐	せいさく 【製作】	(名・他サ) (物品等)製造，製作，生產 (類) 制作

1417
教授と、生と死について語り合った。
▶ 我和教授一起談論了有關生與死的問題。

1418
先生は、学生の姓のみならず、名前まで全部覚えている。
▶ 老師不只記住了學生的姓，連名字也全都背起來了。

1419
森の精。
▶ 森林的精靈。

1420
自分の失敗を、他人のせいにするべきではありません。
▶ 不應該將自己的失敗，歸咎於他人。

1421
税金が高すぎるので、文句を言わないではいられない。
▶ 稅實在是太高了，所以令人忍不住抱怨幾句。

1422
政界の大物。
▶ 政界的大人物。

1423
糖尿病は生活習慣病の一つだ。
▶ 糖尿病是文明病之一。

1424
税関で申告するものはありますか。
▶ 你有東西要在海關申報嗎？

1425
かかった費用を、会社に請求しようではないか。
▶ 支出的費用，就跟公司申請吧！

1426
整形外科で診てもらう。
▶ 看整形外科。

1427
太りすぎたので、食べ物について制限を受けた。
▶ 因為太胖，所以受到了飲食的控制。

1428
この映画は、実際にあった話をもとにして制作された。
▶ 這部電影，是以真實故事改編而成的。

1429
私はデザインしただけで、商品の製作は他の人が担当した。
▶ 我只是負責設計，至於商品製作部份是其他人負責的。

1430 ☐	せいしき 【正式】	（名・形動）正式的，正規的 （類）本式
1431 ☐	せいしょ 【清書】	（名・他サ）謄寫清楚，抄寫清楚 （類）浄写（じょうしゃ）
1432 ☐	せいしょうねん 【青少年】	（名）青少年 （類）青年
1433 ☐	せいしん 【精神】	（名）（人的）精神，心；心神，精力，意志；思想，心意；（事物的）根本精神
1434 ☐	せいぜい 【精々】	（副）盡量，盡可能；最大限度，充其量 （類）精一杯
1435 ☐	せいせき 【成績】	（名）成績，效果，成果 （類）効果
1436 ☐	せいそう 【清掃】	（名・他サ）清掃，打掃 （類）掃除
1437 ☐	せいぞう 【製造】	（名・他サ）製造，加工 （類）造る
1438 ☐	せいぞん 【生存】	（名・自サ）生存 （類）生きる
1439 ☐	ぜいたく 【贅沢】	（名・形動）奢侈，奢華，浪費，鋪張；過份要求，奢望 （類）奢侈（しゃし）
1440 ☐	せいちょう 【生長】	（名・自サ）（植物、草木等）生長，發育
1441 ☐	せいど 【制度】	（名）制度；規定 （類）制
1442 ☐	せいとう 【政党】	（名）政黨 （類）党派

1430	ここに名前（なまえ）を書（か）かないかぎり、正式（せいしき）なメンバーになれません。
	▶ 不在這裡寫下姓名，就沒有辦法成為正式的會員。

1431	この手紙（てがみ）を清書（せいしょ）してください。
	▶ 請重新謄寫這封信。

1432	青少年（せいしょうねん）向（む）きの映画（えいが）を作（つく）るつもりだ。
	▶ 我打算拍一部適合青少年觀賞的電影。

1433	苦（くる）しみに耐（た）えられたことから、彼女（かのじょ）の精神的（せいしんてき）強（つよ）さを知（し）りました。
	▶ 就吃苦耐勞這一點來看，可得知她的意志力很強。

1434	遅（おそ）くても精々（せいぜい）2、3日（にち）で届（とど）くだろう。
	▶ 最晚頂多兩、三天送到吧！

1435	私（わたし）はともかく、他（ほか）の学生（がくせい）はみんな成績（せいせき）がいいです。
	▶ 先不提我，其他的學生大家成績都很好。

1436	罰（ばつ）に、1週間（いっしゅうかん）トイレの清掃（せいそう）をしなさい。
	▶ 罰你掃一個禮拜的廁所，當作處罰。

1437	わが社（しゃ）では、一般（いっぱん）向（む）けの製品（せいひん）も製造（せいぞう）しています。
	▶ 我們公司，也有製造給一般大眾用的商品。

1438	その環境（かんきょう）では、生物（せいぶつ）は生存（せいぞん）し得（え）ない。
	▶ 在那種環境下，生物是無法生存的。

1439	生活（せいかつ）が豊（ゆた）かなせいか、最近（さいきん）の子（こ）どもは贅沢（ぜいたく）です。
	▶ 不知道是不是因為生活富裕的關係，最近的小孩都很浪費。

1440	植物（しょくぶつ）が生長（せいちょう）する過程（かてい）には興味深（きょうみぶか）いものがある。
	▶ 植物的成長，確實有耐人尋味的過程。

1441	制度（せいど）は作（つく）ったものの、まだ問題点（もんだいてん）が多（おお）い。
	▶ 雖說訂出了制度，但還是存留著許多問題點。

1442	この政党（せいとう）は、支持（しじ）するまいと決（き）めた。
	▶ 我決定不支持這個政黨了。

1443 ☐	せいび 【整備】	名・自他サ 配備，整備；整理，修配；擴充，加強；組裝；保養 類 用意
1444 ☐	せいふ 【政府】	名 政府；內閣，中央政府 類 政庁（せいちょう）
1445 ☐	せいぶん 【成分】	名 (物質)成分，元素；(句子)成分；(數)成分 類 要素（ようそ）
1446 ☐	せいべつ 【性別】	名 性別
1447 ☐	せいほうけい 【正方形】	名 正方形 類 四角形
1448 ☐	せいめい 【生命】	名 生命，壽命；重要的東西，關鍵，命根子 類 命
1449 ☐	せいもん 【正門】	名 大門，正門 類 表門（おもてもん）
1450 ☐	せいりつ 【成立】	名・自サ 產生，完成，實現；成立，組成；達成 類 出来上がる
1451 ☐	せいれき 【西暦】	名 西曆，西元 類 西紀
1452 ☐ T47	せおう 【背負う】	他五 背；擔負，承擔，肩負 類 担ぐ（かつぐ）
1453 ☐	せき 【隻】	接尾 (助數詞用法)計算船，箭，鳥的單位
1454 ☐	せきたん 【石炭】	名 煤炭
1455 ☐	せきどう 【赤道】	名 赤道

1443	自動車の整備ばかりか、洗車までしてくれた。 ▶ 不但幫我保養汽車，就連車子也幫我洗好了。
1444	政府も政府なら、国民も国民だ。 ▶ 政府有政府的問題，國民也有國民的不對。
1445	成分のわからない薬には、手を出しかねる。 ▶ 我無法出手去碰成分不明的藥品。
1446	名前と住所のほかに、性別も書いてください。 ▶ 除了姓名和地址以外，也請寫上性別。
1447	正方形の紙を用意してください。 ▶ 請準備正方形的紙張。
1448	私は、何度も生命の危機を経験している。 ▶ 我經歷過好幾次的攸關生命的關鍵時刻。
1449	学校の正門の前で待っています。 ▶ 我在學校正門等你。
1450	新しい法律が成立したとか。 ▶ 聽說新的法條出來了。
1451	昭和55年は、西暦では1980年です。 ▶ 昭和55年，是西元的1980年。
1452	この重い荷物を、背負えるものなら背負ってみろよ。 ▶ 你要能背這個沈重的行李，你就背看看啊！
1453	駆逐艦2隻。 ▶ 兩艘驅逐艦。
1454	このストーブは、石炭を燃焼します。 ▶ 這暖爐可燃燒煤炭。
1455	赤道直下の国は、とても暑い。 ▶ 赤道正下方的國家，非常的炎熱。

せ

1456 ☐	せきにんかん 【責任感】	名 責任感
1457 ☐	せきゆ 【石油】	名 石油 類 ガソリン
1458 ☐	せつ 【説】	名・漢造 意見，論點，見解；學說；述說 類 学説
1459 ☐	せっかく 【折角】	名・副 特意地；好不容易；盡力，努力，拼命的 類 わざわざ
1460 ☐	せっきん 【接近】	名・自サ 接近，靠近；親密，親近，密切 類 近づく
1461 ☐	せっけい 【設計】	名・他サ (機械、建築、工程的)設計；計畫，規則 類 企てる（くわだてる）
1462 ☐	せっする 【接する】	自他サ 接觸；連接，靠近；接待，應酬；連結，接上；遇上，碰上 類 応対する
1463 ☐	せっせと	副 拼命地，不停的，一個勁兒地，孜孜不倦的 類 こつこつ
1464 ☐	せつぞく 【接続】	名・自他サ 連續，連接；(交通工具)連軌，接運 類 繋がる
1465 ☐	せつび 【設備】	名・他サ 設備，裝設，裝設 類 施設
1466 ☐	ぜつめつ 【絶滅】	名・自他サ 滅絕，消滅，根除 類 滅びる（ほろびる）
1467 ☐	せともの 【瀬戸物】	名 陶瓷品
1468 ☐	ぜひとも 【是非とも】	副 (是非的強調說法)一定，無論如何，務必 類 ぜひぜひ

1456
責任感が強い。
▶ 責任感很強。

1457
石油が値上がりしそうだ。
▶ 油價好像要上漲了。

1458
このことについては、いろいろな説がある。
▶ 針對這件事，有很多不同的見解。

1459
せっかく来たのに、先生に会えなくてどんなに残念だったことか。
▶ 特地來卻沒見到老師，真是可惜呀！

1460
台風が接近していて、旅行どころではない。
▶ 颱風來了，哪能去旅行呀！

1461
いい家を建てたければ、彼に設計させることです。
▶ 如果你想蓋個好房子，就應該要讓他來設計。

1462
お年寄りには、優しく接するものだ。
▶ 對上了年紀的人，應當要友善對待。

1463
早く帰りたいので、せっせと仕事をした。
▶ 我想趕快回家所以才拼命工作。

1464
コンピューターの接続を間違えたに違いありません。
▶ 一定是電腦的連線出了問題。

1465
古い設備だらけだから、機械を買い替えなければなりません。
▶ 淨是些老舊的設備，所以得買新的機器來替換了。

1466
保護しないことには、この動物は絶滅してしまいます。
▶ 如果不加以保護，這動物就會絕種。

1467
瀬戸物を紹介する。
▶ 介紹瓷器。

1468
今日は是非ともおごらせてください。
▶ 今天無論如何，請務必讓我請客。

せ

1469 ☐	せまる 【迫る】	(自五・他五) 強迫，逼迫；臨近，迫近；變狹窄，縮短；陷於困境，窘困 (類) 押し付ける
1470 ☐	ゼミ 【seminar】	(名)(跟著大學裡教授的指導)課堂討論；研究小組，研究班 (類) ゼミナール
1471 ☐	せめて	(副)(雖然不夠滿意，但)那怕是，至少也，最少 (類) 少なくとも
1472 ☐	せめる 【攻める】	(他下一) 攻，攻打 (類) 攻撃する
1473 ☐	せめる 【責める】	(他下一) 責備，責問；苛責，折磨，摧殘；嚴加催討；馴服馬匹 (類) 咎める（とがめる）
1474 ☐	セメント 【cement】	(名) 水泥 (類) セメン
1475 ☐	せりふ	(名) 台詞，念白；(貶)使人不快的說法，說辭
1476 ☐	せろん 【世論】	(名) 世間一般人的意見，民意，輿論 (類) 輿論
1477 ☐	せん 【栓】	(名) 栓，塞子；閥門，龍頭，開關；阻塞物 (類) 詰め（つめ）
1478 ☐	せん 【船】	(漢造) 船 (類) 舟（ふね）
1479 ☐	ぜん 【善】	(名・漢造) 好事，善行；善良，優秀，卓越；妥善，擅長；關係良好 (反) 悪
1480 ☐	ぜんいん 【全員】	(名) 全體人員 (類) 総員
1481 ☐	せんご 【戦後】	(名) 戰後

| 1469 | 彼女に結婚しろと迫られた。 |
| | ▶ 她強迫我要結婚。 |

| 1470 | 今日はゼミで、論文の発表をする。 |
| | ▶ 今天要在課堂討論上發表論文。 |

| 1471 | せめて今日だけは雨が降りませんように。 |
| | ▶ 希望至少今天不要下雨。 |

| 1472 | 城を攻める。 |
| | ▶ 攻打城堡。 |

| 1473 | そんなに自分を責めるべきではない。 |
| | ▶ 你不應該那麼的自責。 |

| 1474 | 今セメントを流し込んだところです。 |
| | ▶ 現在正在注入水泥。 |

| 1475 | せりふは全部覚えたものの、演技がうまくできない。 |
| | ▶ 雖然台詞都背起來了，但還是無法將角色表演的很好。 |

| 1476 | 世論には、無視できないものがある。 |
| | ▶ 輿論這東西，確實有不可忽視的一面。; |

| 1477 | ワインの栓を抜いてください。 |
| | ▶ 請拔開葡萄酒的栓子。 |

| 1478 | 汽船で行く。 |
| | ▶ 坐汽船去。 |

| 1479 | 君は、善悪の区別もつかないのかい。 |
| | ▶ 你連善惡都無法分辨嗎？ |

| 1480 | 全員集まってからでないと、話ができません。 |
| | ▶ 大家沒全到齊的話，就沒辦法開始討論。 |

| 1481 | 戦後の発展。 |
| | ▶ 戰後的發展。 |

1482 ☐	ぜんご 【前後】	名・自サ・接尾 (空間與時間)前和後，前後；相繼，先後；前因後果
1483 ☐	せんこう 【専攻】	名・他サ 專門研究，專修，專門 類 専修
1484 ☐	ぜんこく 【全国的】	名 全國 反 地方　類 全土
1485 ☐ T48	ぜんしゃ 【前者】	名 前者 反 後者
1486 ☐	せんしゅ 【選手】	名 選拔出來的人；選手，運動員 類 アスリート
1487 ☐	ぜんしゅう 【全集】	名 全集
1488 ☐	ぜんしん 【全身】	名 全身 類 総身（そうしん）
1489 ☐	ぜんしん 【前進】	名・他サ 前進 反 後退　類 進む
1490 ☐	せんす 【扇子】	名 扇子 類 おうぎ
1491 ☐	せんすい 【潜水】	名・自サ 潛水
1492 ☐	せんせい 【専制】	名 專制，獨裁；獨斷，專斷獨行
1493 ☐	せんせんげつ 【先々月】	接頭 上上個月，前兩個月
1494 ☐	せんせんしゅう 【先々週】	接頭 上上週

1482
要人の車の前後には、パトカーがついている。
▶ 重要人物的座車前後，都有警車跟隨著。

1483
彼の専攻はなんだっけ。
▶ 他是專攻什麼來著？

1484
このラーメン屋は、全国でいちばんおいしいと言われている。
▶ 這家拉麵店，號稱全國第一美味。

1485
製品Ａと製品Ｂでは、前者のほうが優れている。
▶ 拿產品Ａ和Ｂ來比較的話，前者比較好。

1486
有名な野球選手。
▶ 有名的棒球選手。

1487
この全集には、読むべきものがある。
▶ 這套全集確實值得一讀。

せ

1488
疲れたので、全身をマッサージしてもらった。
▶ 因為很疲憊，所以請人替我全身按摩過一次。

1489
困難があっても、前進するほかはない。
▶ 即使遇到困難，也只有往前走了。

1490
暑いので、ずっと扇子で扇いでいた。
▶ 因為很熱，所以一直用扇子搧風。

1491
潜水して船底を修理する。
▶ 潛到水裡修理船底。

1492
この国では、専制君主の時代が長く続いた。
▶ 這個國家，持續了很長的君主專制時期。

1493
彼女とは、先々月会ったきりです。
▶ 我自從前兩個月遇到她後，就沒碰過面了。

1494
先々週は風邪を引いて、勉強どころではなかった。
▶ 上上禮拜感冒，哪裡還能讀書呀！

1495	せんぞ 【先祖】	名 始祖；祖先，先人 反 子孫　類 祖先
1496	センター 【center】	名 中心機構；中心地，中心區；(棒球)中場 類 中央
1497	ぜんたい 【全体】	名・副 全身，整個身體；全體，總體；根本， 本來；究竟，到底 類 全身
1498	せんたく 【選択】	名・他サ 選擇，挑選 類 選び出す
1499	せんたん 【先端】	名 頂端，尖端；時代的尖端，時髦，流行，前衛 類 先駆（せんく）
1500	せんとう 【先頭】	名 前頭，排頭，最前列 類 真っ先
1501	ぜんぱん 【全般】	名 全面，全盤，通盤 類 総体
1502	せんめん 【洗面】	名・他サ 洗臉 類 洗顔
1503	ぜんりょく 【全力】	名 全部力量，全力；(機器等)最大出力，全力 類 総力
1504	せんれん 【洗練】	名・他サ 精錬，講究
1505	せんろ 【線路】	名 (火車、電車、公車等)線路；(火車、有軌電 車的)軌道
1506	そい 【沿い】	造語 順，延
1507	ぞう 【象】	名 大象

そ

| 1495 | 誰でも、自分の先祖のことが知りたくてならないものだ。 |
| | ▶ 不論是誰，都會很想知道自己祖先的事。 |

| 1496 | 私は、大学入試センターで働いています。 |
| | ▶ 我在大學的大考中心上班。 |

| 1497 | 工場全体で、何平方メートルありますか。 |
| | ▶ 工廠全部共有多少平方公尺？ |

| 1498 | この中から一つ選択するとすれば、私は赤いのを選びます。 |
| | ▶ 如果要我從中選一，我會選紅色的。 |

| 1499 | あなたは、先端的な研究をしていますね。 |
| | ▶ 你從事的事走在時代尖端的研究呢！ |

| 1500 | 社長が、先頭に立ってがんばるべきだ。 |
| | ▶ 社長應當走在最前面帶頭努力才是。 |

せ

| 1501 | 全般からいうと、Ａ社の製品が優れている。 |
| | ▶ 從全體上來講，Ａ公司的產品比較優秀。 |

| 1502 | 洗面所は洗面の設備をした場所である。 |
| | ▶ 所謂的化妝室是指有設置洗臉器具的地方。 |

| 1503 | 日本代表選手として、全力でがんばります。 |
| | ▶ 身為日本選手代表，我會全力以赴。 |

| 1504 | あの人の服装は洗練されている。 |
| | ▶ 那個人的衣著很講究。 |

| 1505 | 線路を渡ったところに、おいしいレストランがあります。 |
| | ▶ 過了鐵軌的地方，有家好吃的餐館。 |

| 1506 | 川沿いに歩く。 |
| | ▶ 沿著河川走路。 |

| 1507 | 動物園には、象やら虎やら、たくさんの動物がいます。 |
| | ▶ 動物園裡有大象啦，老虎啦，有很多動物。 |

1508 □	そうい 【相違】	(名・自サ) 不同，懸殊，互不相符 (類) 差異
1509 □	そういえば 【そう言えば】	(他五) 這麼說來，這樣一說
1510 □	そうおん 【騒音】	(名) 噪音；吵雜的聲音，吵鬧聲
1511 □	ぞうか 【増加】	(名・自他サ) 增加，增多，增進 (反) 減少　(類) 増える
1512 □	ぞうきん 【雑巾】	(名) 抹布
1513 □	ぞうげん 【増減】	(名・自他サ) 增減，增加
1514 □	そうこ 【倉庫】	(名) 倉庫，貨棧 (類) 倉
1515 □	そうご 【相互】	(名) 相互，彼此；輪流，輪班；交替，交互 (類) かわるがわる
1516 □	そうさ 【操作】	(名・他サ) 操作(機器等)，駕駛；(設法)安排，(背後)操縱 (類) 操る（あやつる）
1517 □	そうさく 【創作】	(名・他サ) (文學作品)創作；捏造(謊言)；創新，創造 (類) 作る
1518 □	ぞうさつ 【増刷】	(名・他サ) 加印，增印
1519 □	そうしき 【葬式】	(名) 葬禮 (類) 葬儀
1520 □	ぞうすい 【増水】	(名・自サ) 氾濫，漲水

1508
両者の相違について説明してください。
▶ 請解說兩者的差異。

1509
そう言えば、最近山田さんを見ませんね。
▶ 這樣說來，最近都沒見到山田小姐呢。

1510
眠ることさえできないほど、ひどい騒音だった。
▶ 那噪音嚴重到睡都睡不著的地步！

1511
人口は、増加する一方だそうです。
▶ 聽說人口不斷地在增加。

1512
水をこぼしてしまいましたが、雑巾はありますか。
▶ 水灑出來了，請問有抹布嗎？

1513
最近の在庫の増減を調べてください。
▶ 請查一下最近庫存量的增減。

1514
倉庫には、どんな商品が入っていますか。
▶ 倉庫裡儲存有哪些商品呢？

1515
交換留学が盛んになるに伴って、相互の理解が深まった。
▶ 伴隨著交換留學的盛行，兩國對彼此的文化也更加了解。

1516
パソコンの操作にかけては、誰にも負けない。
▶ 就電腦操作這一點，我絕不輸給任何人。

1517
彼の創作には、驚くべきものがある。
▶ 他的創作，有令人嘆為觀止之處。

1518
本が増刷になった。
▶ 書籍加印。

1519
葬式で、悲しみのあまり、わあわあ泣いてしまった。
▶ 喪禮時，由於過於傷心而哇哇大哭了起來。

1520
川が増水して危ない。
▶ 河川暴漲十分危險。

そ

1521 ☐	ぞうせん 【造船】	名・自サ 造船
1522 ☐ T49	そうぞう 【創造】	名・他サ 創造 類 クリエート
1523 ☐	そうぞうしい 【騒々しい】	形 吵鬧的，喧囂的，宣嚷的；(社會上)動盪不安的 類 騒がしい
1524 ☐	そうぞく 【相続】	名・他サ 承繼(財產等) 類 受け継ぐ（うけつぐ）
1525 ☐	ぞうだい 【増大】	名・自他サ 增多，增大 類 増える
1526 ☐	そうち 【装置】	名・他サ 裝置，配備，安裝；舞台裝置 類 装備
1527 ☐	そうっと	副 悄悄地(同「そっと」) 類 こそり
1528 ☐	そうとう 【相当】	名・自サ・形動 相當，適合，相稱；相當於，相等於；值得，應該；過得去，相當好；很，頗 類 かなり
1529 ☐	そうべつ 【送別】	名・自サ 送行，送別 類 見送る
1530 ☐	そうりだいじん 【総理大臣】	名 總理大臣，首相 類 内閣総理大臣
1531 ☐	ぞくする 【属する】	自サ 屬於，歸於，從屬於；隷屬，附屬 類 所属する
1532 ☐	ぞくぞく 【続々】	副 連續，紛紛，連續不斷地 類 次々に
1533 ☐	そくてい 【測定】	名・他サ 測定，測量

1521
造船会社に勤めています。
▶ 我在造船公司上班。

1522
芸術の創造には、何か刺激が必要だ。
▶ 從事藝術的創作，需要有些刺激才行。

1523
隣の部屋が、騒々しくてしようがない。
▶ 隔壁的房間，實在是吵到不行。

1524
相続に関して、兄弟で話し合った。
▶ 兄弟姊妹一起商量了繼承的相關事宜。

1525
費用は、増大するにきまっています。
▶ 費用肯定是會增加的。

1526
半導体製造装置を開発した。
▶ 研發了半導體的配備。

1527
障子をそうっと閉める。
▶ 悄悄地關上拉門。

1528
この問題は、学生たちにとって相当難しかったようです。
▶ 這個問題對學生們來說，似乎是很困難。

1529
田中さんの送別会のとき、悲しくてならなかった。
▶ 在歡送田中先生的餞別會上，我傷心不已。

1530
総理大臣やら、有名スターやら、いろいろな人が来ています。
▶ 又是內閣大臣，又是明星，來了各式各樣的人。

1531
彼は、演劇部のみならず、美術部にもコーラス部にも属している。
▶ 他不但是戲劇社，同時也隸屬於美術社和合唱團。

1532
新しいスターが、続々と出てくる。
▶ 新人接二連三地出現。

1533
身体検査で、体重を測定した。
▶ 我在健康檢查時，量了體重。

そ

1534 ☐	そくりょう 【測量】	(名・他サ) 測量，測繪 (類) 測る（はかる）
1535 ☐	そくりょく 【速力】	(名) 速率，速度 (類) スピード
1536 ☐	そしき 【組織】	(名・他サ) 組織，組成；構造，構成；(生)組織；系統，體系 (類) 体系
1537 ☐	そしつ 【素質】	(名) 素質，本質，天分，天資 (類) 生まれつき
1538 ☐	そせん 【祖先】	(名) 祖先 (類) 先祖
1539 ☐	そそぐ 【注ぐ】	(自五・他五) (水不斷地)注入，流入；(雨、雪等)落下；(把液體等)注入，倒入；澆，灑
1540 ☐	そそっかしい	(形) 冒失的，輕率的，毛手毛腳的，粗心大意的 (類) 軽率（けいそつ）
1541 ☐	そつぎょうしょうしょ 【卒業証書】	(名) 畢業證書
1542 ☐ T50	そっちょく 【率直】	(形動) 坦率，直率 (類) 明白（めいはく）
1543 ☐	そなえる 【備える】	(他下一) 準備，防備；配置，裝置；天生具備 (類) 支度する
1544 ☐	そのころ	(接) 當時，那時 (類) 当時
1545 ☐	そのため	(接) (表原因)正是因為這樣… (類) それゆえ
1546 ☐	そのまま	(副) 照樣的，按照原樣；(不經過一般順序、步驟)就那樣，馬上，立刻；非常相像 (類) そっくり

1534
家を建てるのに先立ち、土地を測量した。
▶ 在蓋房屋之前，先測量了土地的大小。

1535
速力を上げる。
▶ 加快速度。

1536
一つの組織に入る上は、真面目に努力をするべきです。
▶ 既然加入組織，就得認真努力才行。

1537
彼には、音楽の素質があるに違いない。
▶ 他一定有音樂的天資。

1538
日本人の祖先はどこから来たか研究している。
▶ 我在研究日本人的祖先來自於何方。

1539
カップにコーヒーを注ぎました。
▶ 我將咖啡倒進了杯中。

そ

1540
そそっかしいことに、彼はまた財布を家に忘れてきた。
▶ 冒失的是，他又將錢包忘在家裡了。

1541
卒業証書を受け取る。
▶ 領取畢業證書。

1542
社長に、率直に意見を言いたくてならない。
▶ 我想跟社長坦率地說出意見想得不得了。

1543
災害に対して、備えなければならない。
▶ 要預防災害。

1544
そのころあなたはどこにいましたか。
▶ 那時你人在什麼地方？

1545
彼は寝坊して、そのために遅刻したに相違ない。
▶ 他肯定是因為睡懶覺才遲到的。

1546
その本は、そのままにしておいてください。
▶ 請就那樣將那本書放下。

1547	そばや【蕎麦屋】	名 蕎麥麵店
1548	そまつ【粗末】	名・形動 粗糙，不精緻；疏忽，簡慢；糟蹋 反 精密　類 粗雑（そざつ）
1549	そる【剃る】	他五 剃(頭)，刮(臉) 類 剃り落とす（そりおとす）
1550	それでも	接続 儘管如此，雖然如此，即使這樣 類 関係なく
1551	それなのに	他五 雖然那樣，儘管如此
1552	それなら	他五 要是那樣，那樣的話，如果那樣 類 それでは
1553	それなり	名・副 恰如其分；就那樣
1554	それる【逸れる】	自下一 偏離正軌，歪向一旁；不合調，走調；走向一邊，轉過去 類 外れる（はずれる）
1555	そろばん	名 算盤，珠算
1556	そん【損】	名・自サ・形動・漢造 虧損，賠錢；吃虧，不划算；減少；損失 反 得　類 不利益
1557	そんがい【損害】	名・他サ 損失，損害，損耗 類 損失
1558	そんざい【存在】	名・自サ 存在，有；人物，存在的事物；存在的理由，存在的意義 類 存する
1559	そんしつ【損失】	名・自サ 損害，損失 反 利益　類 欠損（けっそん）

1547
蕎麦屋で昼食を取る。
▶ 在蕎麥麵店吃中餐。

1548
食べ物を粗末にするなど、私には考えられない。
▶ 我沒有辦法想像浪費食物這種事。

1549
ひげを剃ってからでかけます。
▶ 我刮了鬍子之後便出門。

1550
それでも、やっぱりこの仕事は私がやらざるをえないのです。
▶ 雖然如此，這工作果然還是要我來做才行。

1551
一生懸命がんばりました。それなのに、どうして失敗したのでしょう。
▶ 我拼命努力過了。但是，為什麼到頭來還是失敗了呢？

1552
それなら、私が手伝ってあげましょう。
▶ 那麼，我來助你一臂之力吧！

1553
良い物はそれなりに高い。
▶ 一分錢一分貨。

1554
ピストルの弾が、目標から逸れました。
▶ 手槍的子彈，偏離了目標。

1555
子どもの頃、そろばんを習っていた。
▶ 小時候有學過珠算。

1556
その株を買っても、損はするまい。
▶ 即使買那個股票，也不會有什麼損失吧！

1557
損害を受けたのに、黙っているわけにはいかない。
▶ 既然遭受了損害，就不可能這樣悶不吭聲。

1558
宇宙人は、存在し得ると思いますか。
▶ 你認為外星人有存在的可能嗎？

1559
火災は会社に 2 千万円の損失をもたらした。
▶ 火災造成公司兩千萬元的損失。

そ

1560 □	ぞんずる・ぞんじる 【存ずる・存じる】	(自他サ) 有，存，生存；在於 (類) 承知する
1561 □	そんぞく 【存続】	(名・自他サ) 繼續存在，永存，長存
1562 □	そんちょう 【尊重】	(名・他サ) 尊重，重視 (類) 尊ぶ（とうとぶ）
1563 □	そんとく 【損得】	(名) 損益，得失，利害 (類) 損益
1564 □ T51	た 【他】	(名・漢造) 其他，他人，別處，別的事物；他心二意；另外 (類) ほか
1565 □	た 【田】	(名) 田地；水稻，水田 (反) 畑 (類) 田んぼ
1566 □	だい 【大】	(名・漢造) (事物、體積)大的；量多的；優越，好；宏大，大量；宏偉，超群 (反) 小
1567 □	だい 【題】	(名・自サ・漢造) 題目，標題；問題；題辭
1568 □	だい 【第】	(漢造) 順序；考試及格，錄取；住宅，宅邸
1569 □	だい 【代】	(名・漢造) 代，輩；一生，一世；代價
1570 □	たいいく 【体育】	(名) 體育；體育課
1571 □	だいいち 【第一】	(名・副) 第一，第一位，首先；首屈一指的，首要，最重要
1572 □	たいおん 【体温】	(名) 體溫

1560
ご存じの通り。
▶ 如您所知的。

1561
存続を図る。
▶ 謀求永存。

1562
彼らの意見も、尊重しようじゃないか。
▶ 我們也要尊重他們的意見吧！

1563
損得抜きの商売。
▶ 不計得失的生意。

1564
何をするにせよ、他の人のことも考えなければなりません。
▶ 不管做任何事，都不能不考慮到他人的感受。

1565
家族みんなで田に出て働いている。
▶ 家裡所有人都到田中工作去了。

そ

1566
ジュースには大と小がありますが、どちらにしますか。
▶ 果汁有大有小，你要哪一個？

1567
題が決まる。
▶ 訂題。

1568
第五回大会。
▶ 第五次大會。

1569
代が変わる。
▶ 換代。

1570
体育の授業で一番だったとしても、スポーツ選手になれるわけではない。
▶ 就算體育成績拿第一，並不代表就能當上運動選手。

1571
早寝早起きします。健康第一だもの。
▶ 人家要早睡早起，因為健康第一嘛！

1572
体温が上がるにつれて、気分が悪くなってきた。
▶ 隨著體溫的上升，身體就越來越不舒服。

1573 ☐	たいかい 【大会】	名 大會；全體會議
1574 ☐	たいかくせん 【対角線】	名 對角線
1575 ☐	たいき 【大気】	名 大氣；空氣
1576 ☐	たいきん 【大金】	名 巨額金錢，巨款
1577 ☐	だいきん 【代金】	名 貸款，借款 類 代価
1578 ☐	たいけい 【体系】	名 體系，系統 類 システム
1579 ☐	たいこ 【太鼓】	名 (大)鼓 類 ドラム
1580 ☐	たいざい 【滞在】	名・自サ 旅居，逗留，停留 類 逗留（とうりゅう）
1581 ☐	たいさく 【対策】	名 對策，應付方法 類 方策
1582 ☐	たいし 【大使】	名 大使
1583 ☐	たいした 【大した】	連體 非常的，了不起的；(下接否定詞)沒什麼 了不起，不怎麼樣 類 偉い
1584 ☐	たいして 【大して】	副 (一般下接否定語)並不太…，並不怎麼 類 それほど
1585 ☐	たいしょう 【対象】	名 對象 類 目当て（めあて）

1573
大会に出たければ、がんばって練習することだ。
▶ 如想要出賽，就得好好練習。

1574
対角線を引く。
▶ 畫對角線。

1575
大気が地球を包んでいる。
▶ 大氣將地球包圍。

1576
株で大金をもうける。
▶ 在股票上賺了大錢。

1577
店の人によれば、代金は後で払えばいいそうだ。
▶ 店裡的人說，也可以借款之後再付。

1578
私の理論は、学問として体系化し得る。
▶ 我的理論，可作為一門有系統的學問。

た

1579
太鼓をたたくのは、体力が要る。
▶ 打鼓需要體力。

1580
日本に長く滞在しただけに、日本語がとてもお上手ですね。
▶ 不愧是長期居留在日本，日語講得真好。

1581
犯罪の増加に伴って、対策をとる必要がある。
▶ 隨著犯罪的增加，有必要開始採取對策了。

1582
彼は在フランス大使に任命された。
▶ 他被任命為駐法的大使。

1583
ジャズピアノにかけては、彼は大したものですよ。
▶ 他在爵士鋼琴這方面，還真是了不得啊。

1584
この本は大して面白くない。
▶ 這本書不怎麼有趣。

1585
番組の対象として、40歳ぐらいを考えています。
▶ 節目的收視對象，我預設為40歲左右的年齡層。

1586 ☐	たいしょう【対照】	(名・他サ) 對照，對比 (類) 見比べる（みくらべる）
1587 ☐	だいしょう【大小】	(名)（尺寸）大小；大和小
1588 ☐	だいじん【大臣】	(名)（政府）部長，大臣 (類) 国務大臣
1589 ☐	たいする【対する】	(自サ) 面對，面向；對於，關於；對立，相對，對比；對待，招待 (類) 対応する
1590 ☐	たいせい【体制】	(名) 體制，結構；（統治者行使權力的）方式
1591 ☐	たいせき【体積】	(名)（數）體積，容積
1592 ☐	たいせん【大戦】	(名・自サ) 大戰，大規模戰爭；世界大戰
1593 ☐	たいそう【大層】	(形動・副) 很，非常，了不起；過份的，誇張的 (類) 大変
1594 ☐	たいそう【体操】	(名) 體操；體育課
1595 ☐	だいとうりょう【大統領】	(名) 總統
1596 ☐	たいはん【大半】	(名) 大半，多半，大部分 (類) 大部分
1597 ☐	だいぶぶん【大部分】	(名・副) 大部分，多半 (類) 大半
1598 ☐	タイプライター【typewriter】	(名) 打字機 (類) 印字機（いんじき）

| 1586 | 日中対照の辞典がほしいです。 |
| | ▶ 我想要一本中日對照的辭典。 |

| 1587 | 大小さまざまな家が並んでいます。 |
| | ▶ 各種大小的房屋並排在一起。 |

| 1588 | 大臣のくせに、真面目に仕事をしていない。 |
| | ▶ 明明是大臣卻沒有認真在工作。 |

| 1589 | 自分の部下に対しては、厳しくなりがちだ。 |
| | ▶ 對自己的部下，總是比較嚴格。 |

| 1590 | 社長が交替して、新しい体制で出発する。 |
| | ▶ 社長交棒後，公司以新的體制重新出發。 |

| 1591 | この容器の体積は２立方メートルある。 |
| | ▶ 這容器的體積有二立方公尺。 |

た

| 1592 | 伯父は大戦のときに戦死した。 |
| | ▶ 伯父在大戰中戰死了。 |

| 1593 | コーチによれば、選手たちは練習で大層がんばったということだ。 |
| | ▶ 據教練所言，選手們已經非常努力練習了。 |

| 1594 | 毎朝公園で体操をしている。 |
| | ▶ 每天早上在公園裡做體操。 |

| 1595 | 大統領とお会いした上で、詳しくお話しします。 |
| | ▶ 與總統會面之後，我再詳細說明。 |

| 1596 | 大半の人が、このニュースを知らないに違いない。 |
| | ▶ 大部分的人，肯定不知道這個消息。 |

| 1597 | 私は行かない。だって、大部分の人は行かないもの。 |
| | ▶ 我不去。因為大部分的人都不去呀。 |

| 1598 | 昔は、みんなタイプライターを使っていたとか。 |
| | ▶ 聽說大家以前是用打字機。 |

1599 ☐	たいほ 【逮捕】	(名・他サ) 逮捕，拘捕，捉拿 (類) 捕らえる（とらえる）
1600 ☐	たいぼく 【大木】	(名) 大樹，巨樹 (類) 巨木
1601 ☐	だいめいし 【代名詞】	(名) 代名詞，代詞；(以某詞指某物、某事)代名詞
1602 ☐	タイヤ 【tire】	(名) 輪胎
1603 ☐	ダイヤモンド 【diamond】	(名) 鑽石 (類) ダイヤ
1604 ☐	たいら 【平ら】	(名・形動) 平，平坦；(山區的)平原，平地；(非正坐的)隨意坐，盤腿作；平靜，坦然 (類) 平らか（たいらか）
1605 ☐	だいり 【代理】	(名・他サ) 代理，代替；代理人，代表 (類) 代わり
1606 ☐	たいりく 【大陸】	(名) 大陸，大洲；(日本指)中國；(英國指)歐洲大陸
1607 ☐	たいりつ 【対立】	(名・他サ) 對立，對峙 (反) 協力　(類) 対抗
1608 ☐	たうえ 【田植え】	(名・他サ) (農)插秧 (類) 植えつける
1609 ☐	だえん 【楕円】	(名) 橢圓 (類) 長円（ちょうえん）
1610 ☐	だが	(接) 但是，可是，然而 (類) けれど
1611 ☐	たがやす 【耕す】	(他五) 耕作，耕田 (類) 耕作（こうさく）

T52

| 1599 | 犯人が逮捕されないかぎり、私たちは安心できない。 |
| | ▶ 只要一天沒抓到犯人，我們就無安寧的一天。 |

| 1600 | 雨が降ってきたので、大木の下に逃げ込んだ。 |
| | ▶ 由於下起了雨來，所以我跑到大樹下躲雨。 |

| 1601 | 動詞やら代名詞やら、文法は難しい。 |
| | ▶ 動詞啦、代名詞啦，文法還真是難。 |

| 1602 | タイヤがパンクしたので、取り替えました。 |
| | ▶ 因為爆胎所以換了輪胎。 |

| 1603 | このダイヤモンドは高いに違いない。 |
| | ▶ 這顆鑽石一定很昂貴。 |

| 1604 | 道が平らでさえあれば、どこまでも走っていけます。 |
| | ▶ 只要道路平坦，不管到什麼地方我都可以跑。 |

た

| 1605 | 社長の代理にしては、頼りない人ですね。 |
| | ▶ 以做為社長的代理人來看，這人還真是不可靠啊！ |

| 1606 | その当時、ヨーロッパ大陸では疫病が流行した。 |
| | ▶ 在當時，歐洲大陸那裡流行傳染病。 |

| 1607 | あの二人は仲が悪くて、何度対立したことか。 |
| | ▶ 那兩人感情很差，不知道針鋒相對過幾次了。 |

| 1608 | 農家は、田植えやら草取りやらで、いつも忙しい。 |
| | ▶ 農民要種田又要拔草，總是很忙碌。 |

| 1609 | 楕円形のテーブルを囲んで会議をした。 |
| | ▶ 大家圍著橢圓桌舉行會議。 |

| 1610 | 失敗した。だがいい経験だった。 |
| | ▶ 失敗了。但是很好的經驗。 |

| 1611 | 我が家は畑を耕して生活しています。 |
| | ▶ 我家靠耕田過生活。 |

1612 ☐	たから 【宝】	名 財寶，珍寶；寶貝，金錢 類 宝物
1613 ☐	たき 【滝】	名 瀑布 類 瀑布（ばくふ）
1614 ☐	たく 【宅】	名・漢造 住所，自己家，宅邸；（加接頭詞「お」成為敬稱）尊處 類 住居
1615 ☐	たくわえる 【蓄える】	他下一 儲蓄，積蓄；保存，儲備；留，留存 類 貯金（ちょきん）
1616 ☐	たけ 【竹】	名 竹子
1617 ☐	だけど	接續 然而，可是，但是 類 しかし
1618 ☐	たしょう 【多少】	名・副 多少，多寡；一點，稍微 類 若干
1619 ☐	ただ	名・副・接 免費；普通，平凡；只是，僅僅；（對前面的話做出否定）但是，不過 類 無料
1620 ☐	たたかい 【戦い】	名 戰鬥，戰鬥；鬥爭；競賽，比賽 類 競争
1621 ☐	たたかう 【戦う/闘う】	自五 （進行）作戰，戰爭；鬥爭；競賽 類 競争する
1622 ☐	ただし 【但し】	接續 但是，可是 類 しかし
1623 ☐	ただちに 【直ちに】	副 立即，立刻；直接，親自 類 すぐ
1624 ☐	たちあがる 【立ち上がる】	自五 站起，起來；升起，冒起；重振，恢復；著手，開始行動 類 起立する

1612
親からすれば、子どもはみんな宝です。
▶ 對父母而言，小孩個個都是寶貝。

1613
このへんには、小川やら滝やら、自然の風景が広がっています。
▶ 這一帶，有小河川啦，瀑布啦，一片自然景觀。

1614
明るいうちに、田中さん宅に集まってください。
▶ 請趁天還是亮的時候，到田中小姐家集合。

1615
給料が安くて、お金を貯えるどころではない。
▶ 薪水太少了，哪能存錢啊！

1616
この箱は、竹でできている。
▶ 這個箱子是用竹子做的。

1617
だけど、その考えはおかしいと思います。
▶ 可是，我覺得那想法很奇怪。

た

1618
金額の多少を問わず、私はお金を貸さない。
▶ 不論金額多少，我都不會借錢給你的。

1619
ただでもらっていいんですか。
▶ 可以免費索取嗎？

1620
こうして、両チームの戦いは開始された。
▶ 就這樣，兩隊的競爭開始了。

1621
勝敗はともかく、私は最後まで戦います。
▶ 姑且不論勝敗，我會奮戰到底。

1622
料金は1万円です。ただし手数料が100円かかります。
▶ 費用為一萬日圓。但是，手續費要100日圓。

1623
電話をもらいしだい、直ちにうかがいます。
▶ 只要你一通電話過來，我就會立刻趕過去。

1624
急に立ち上がったものだから、コーヒーをこぼしてしまった。
▶ 因為突然站了起來，所以弄翻了咖啡。

1625 □	たちどまる 【立ち止まる】	自五 站住，停步，停下
1626 □	たちば 【立場】	名 立腳點，站立的場所；處境；立場，觀點 類 観点
1627 □	たちまち	副 轉眼間，一瞬間，很快，立刻；忽然，突然 類 即刻（そっこく）
1628 □	たつ 【絶つ】	他五 切，斷；絕，斷絕；斷絕，消滅；斷，切斷 類 切断する（せつだんする）
1629 □ T53	たっする 【達する】	他サ・自サ 到達；精通，通過；完成，達成；實現；下達(指示、通知等) 類 及ぶ
1630 □	だっせん 【脱線】	名・他サ (火車、電車等)脫軌，出軌；(言語、行動)脫離常規，偏離本題 類 外れる
1631 □	たったいま 【たった今】	副 剛才；馬上
1632 □	だって	接・提助 可是，但是，因為；即使是，就算是 類 なぜなら
1633 □	たっぷり	副・自サ 足夠，充份，多；寬綽，綽綽有餘；(接名詞後)充滿(某表情、語氣等) 類 十分
1634 □	たてがき 【縦書き】	名 直寫
1635 □	だとう 【妥当】	名・形動・自サ 妥當，穩當，妥善 類 適当
1636 □	たとえ	副 縱然，即使，那怕
1637 □	たとえる 【例える】	他下一 比喻，比方 類 擬える（なぞらえる）

1625
立ち止まることなく、未来に向かって歩いていこう。
▶ 不要停下來，向未來邁進吧！

1626
お互い立場は違うにしても、助け合うことはできます。
▶ 即使彼此立場不同，也還是可以互相幫忙。

1627
初心者向けのパソコンは、たちまち売れてしまった。
▶ 以電腦初學者為對象的電腦才上市，轉眼就銷售一空。

1628
登山に行った男性が消息を絶っているということです。
▶ 聽說那位登山的男性已音信全無了。

1629
売上げが１億円に達した。
▶ 營業額高達了一億日圓。

1630
列車が脱線して、けが人が出た。
▶ 因火車出軌而有人受傷。

た

1631
たった今。
▶ 剛才；馬上。

1632
行きませんでした。だって、雨が降っていたんだもの。
▶ 我那時沒去。因為，當時在下雨嘛。

1633
食事をたっぷり食べても、必ず太るというわけではない。
▶ 吃很多，不代表一定會胖。

1634
縦書きのほうが読みやすい。
▶ 直寫較好閱讀。

1635
予算に応じて、妥当な商品を買います。
▶ 購買合於預算的商品。

1636
たとえお金があっても、株は買いません。
▶ 就算有錢，我也不會買股票。

1637
この物語は、例えようがないほど面白い。
▶ 這個故事，有趣到無法形容。

1638	たに【谷】	名 山谷，山澗，山洞
1639	たにぞこ【谷底】	名 谷底
1640	たにん【他人】	名 別人，他人；(無血緣的)陌生人，外人；局外人 反 自己　類 余人（よじん）
1641	たね【種】	名 (植物的)種子，果核；(動物的)品種；原因，起因；素材，原料 類 種子
1642	たのもしい【頼もしい】	形 靠得住的；前途有為的，有出息的 類 立派
1643	たば【束】	名 把，捆 類 括り
1644	たび【足袋】	名 日式白布襪
1645	たび【度】	名・接尾 次，回，度；(反覆)每當，每次；(接數詞後)回，次 類 都度（つど）
1646	たび【旅】	名・他サ 旅行，遠行 類 旅行
1647	たびたび【度々】	副 屢次，常常，再三 反 偶に　類 しばしば
1648	ダブる	自五 重複；撞期
1649	たま【玉】	名 玉，寶石，珍珠；球，珠；眼鏡鏡片；燈泡；子彈
1650	たま【偶】	名 偶爾，偶然；難得，少有 類 めったに

1638	深い谷が続いている。
	▶ 深谷綿延不斷。

1639	谷底に転落する。
	▶ 跌到谷底。

1640	他人のことなど、考えている暇はない。
	▶ 我沒那閒暇時間去管別人的事。

1641	庭に花の種をまきました。
	▶ 我在庭院裡灑下了花的種子。

1642	息子さんは、しっかりしていて頼もしいですね。
	▶ 貴公子真是穩重可靠啊。

1643	花束をたくさんもらいました。
	▶ 我收到了很多花束。

1644	着物を着て、足袋をはいた。
	▶ 我穿上了和服與日式白布襪。

1645	彼に会うたびに、昔のことを思い出す。
	▶ 每次見到他,就會想起種種的往事。

1646	旅が趣味だと言うだけあって、あの人は外国に詳しい。
	▶ 不愧是以旅遊為興趣,那個人對外國真清楚。

1647	彼には、電車の中で度々会います。
	▶ 我常常在電車裡碰到他。

1648	おもかげがダブる。
	▶ 雙影。

1649	パチンコの玉が落ちていた。
	▶ 柏青哥的彈珠掉在地上。

1650	偶に一緒に食事をするが、親友というわけではない。
	▶ 雖然說偶爾會一起吃頓飯,但並不代表就是摯友。

1651	たま 【弾】	名 子彈
1652	たまたま 【偶々】	副 偶然，碰巧，無意間；偶爾，有時 類 偶然に
1653	たまらない 【堪らない】	連語・形 難堪，忍受不了；難以形容，…的不得了；按耐不住 類 堪えない
1654	ダム 【dam】	名 水壩，水庫，攔河壩，堰堤 類 堰堤（えんてい）
1655	ためいき 【ため息】	名 嘆氣，長吁短嘆 類 吐息（といき）
1656	ためし 【試し】	名 嘗試，試驗；驗算 類 試み（こころみ）
1657	ためす 【試す】	他五 試，試驗，試試 類 試みる
1658	ためらう 【躊躇う】	自五 猶豫，躊躇，遲疑，踟躕不前 類 躊躇する（ちゅうちょする）
1659	たより 【便り】	名 音信，消息，信 類 手紙
1660	たよる 【頼る】	自他五 依靠，依賴，仰仗；拄著；投靠，找門路 類 依存する
1661	だらけ	接尾 (接名詞後)滿，淨，全；多，很多
1662	だらしない	形 散慢的，邋遢的，不檢點的；不爭氣的，沒出息的，沒志氣 類 ルーズ
1663	たらす 【垂らす】	名 滴；垂

1651	拳銃の弾に当たって怪我をした。
	▶ 中了手槍的子彈而受了傷。

1652	たまたま駅で旧友にあった。
	▶ 無意間在車站碰見老友。

1653	外国に行きたくてたまらないです。
	▶ 我想出國想到不行。

1654	ダムの建設が、始まりつつある。
	▶ 正要著手建造水壩。

1655	ため息など、つかないでください。
	▶ 請不要嘆氣啦！

1656	試しに使ってみた上で、買うかどうか決めます。
	▶ 試用過後，再決定要不要買。

た

1657	体力の限界を試す。
	▶ 考驗體能的極限。

1658	ちょっと躊躇ったばかりに、シュートを失敗してしまった。
	▶ 就因為猶豫了一下，結果球沒投進。

1659	息子さんから、便りはありますか。
	▶ 有收到貴公子寄來的信嗎？

1660	あなたなら、誰にも頼ることなく仕事をやっていくでしょう。
	▶ 如果是你的話，工作不靠任何人也能進行吧！

1661	間違いだらけ。
	▶ 錯誤連篇。

1662	あの人は服装がだらしないから嫌いです。
	▶ 那個人的穿著邋遢，所以我不喜歡他。

1663	よだれを垂らす。
	▶ 流口水。

1664 ☐	たらず 【足らず】	(接尾) 不足…
1665 ☐	だらり（と）	(副) 無力地（下垂著）
1666 ☐	たりょう 【多量】	(名・形動) 大量
1667 ☐	たる 【足る】	(自五) 足夠，充足；值得，滿足 (類) 值する（あたいする）
1668 ☐	たれさがる 【垂れ下がる】	(自五) 下垂
1669 ☐	たん 【短】	(名・漢造) 短；不足，缺點
1670 ☐	だん 【段】	(名・形名) 層，格，節；(印刷品的)排，段；樓梯；文章的段落 (類) 階段
1671 ☐	たんい 【単位】	(名) 學分；單位 (類) 習得単位
1672 ☐	だんかい 【段階】	(名) 梯子，台階，樓梯；階段，時期，步驟；等級，級別 (類) 等級
1673 ☐	たんき 【短期】	(名) 短期 (反) 長期　(類) 短時間
1674 ☐	たんご 【単語】	(名) 單詞
1675 ☐	たんこう 【炭鉱】	(名) 煤礦，煤井
1676 ☐	だんし 【男子】	(名) 男子，男孩，男人，男子漢 (反) 女子　(類) 男児

| 1664 | 五歳足らずの子供。 |
| | ▶ 不足五歲的小孩。 |

| 1665 | だらりとぶら下がる。 |
| | ▶ 無力地垂吊。 |

| 1666 | 多量の出血。 |
| | ▶ 大量出血。 |

| 1667 | 彼は、信じるに足る人だ。 |
| | ▶ 他是個值得信賴的人。 |

| 1668 | ひもが垂れ下がる。 |
| | ▶ 帶子垂下。 |

| 1669 | 長をのばし、短を補う。 |
| | ▶ 取長補短。 |

| 1670 | 入口が段になっているので、気をつけてください。 |
| | ▶ 入口處有階梯，請小心。 |

| 1671 | 卒業するのに必要な単位はとりました。 |
| | ▶ 我修完畢業所需的學分了。 |

| 1672 | プロジェクトは、新しい段階に入りつつあります。 |
| | ▶ 企劃正一步步朝新的階段發展。 |

| 1673 | 短期的なプランを作る一方で、長期的な計画も考えるべきだ。 |
| | ▶ 在做短期企畫的同時，也應該要考慮到長期的計畫。 |

| 1674 | 英語を勉強するにつれて、単語が増えてきた。 |
| | ▶ 隨著英語的學習愈久，單字的量也愈多了。 |

| 1675 | この村は、昔炭鉱で栄えました。 |
| | ▶ 這個村子，過去因為產煤而繁榮。 |

| 1676 | 子どもたちが、男子と女子に分かれて並んでいる。 |
| | ▶ 小孩子們分男女兩列排隊。 |

た

1677 □	たんじゅん 【単純】	⟨名・形動⟩ 單純，簡單；無條件 ⟨反⟩ 複雑　⟨類⟩ 純粋
1678 □ T54	たんしょ 【短所】	⟨名⟩ 缺點，短處 ⟨反⟩ 長所　⟨類⟩ 欠点
1679 □	ダンス 【dance】	⟨名・自サ⟩ 跳舞，交際舞 ⟨類⟩ 踊り
1680 □	たんすい 【淡水】	⟨名⟩ 淡水 ⟨類⟩ 真水（まみず）
1681 □	だんすい 【断水】	⟨名・他サ・自サ⟩ 斷水，停水
1682 □	たんすう 【単数】	⟨名⟩ (數)單數，(語)單數 ⟨反⟩ 複数
1683 □	だんち 【団地】	⟨名⟩ (為發展產業而成片劃出的)工業區；(有計畫的集中建立住房的)住宅區
1684 □	だんてい 【断定】	⟨名・他サ⟩ 斷定，判斷 ⟨類⟩ 言い切る（いいきる）
1685 □	たんとう 【担当】	⟨名・他サ⟩ 擔任，擔當，擔負 ⟨類⟩ 受け持ち
1686 □	たんなる 【単なる】	⟨連體⟩ 僅僅，只不過 ⟨類⟩ ただの
1687 □	たんに 【単に】	⟨副⟩ 單，只，僅 ⟨類⟩ 唯（ただ）
1688 □	たんぺん 【短編】	⟨名⟩ 短篇，短篇小說 ⟨反⟩ 長編
1689 □	たんぼ 【田んぼ】	⟨名⟩ 田地

1677
単純な物語ながら、深い意味が含まれているのです。
▶ 雖然是個單純的故事，但卻蘊含深遠的意義。

1678
彼には短所はあるにしても、長所も見てあげましょう。
▶ 就算他有缺點，但也請看看他的優點吧。

1679
ダンスなんか、習いたくありません。
▶ 我才不想學什麼舞蹈呢！

1680
この魚は、淡水でなければ生きられません。
▶ 這魚類只能在淡水區域生存。

1681
私の住んでいる地域で、三日間にわたって断水がありました。
▶ 我住的地區，曾停水長達三天過。

1682
3人称単数の動詞にはsをつけます。
▶ 在第三人稱單數動詞後面要加上S。

た

1683
私は大きな団地に住んでいます。
▶ 我住在很大的住宅區裡。

1684
その男が犯人だとは、断定しかねます。
▶ 很難判定那個男人就是兇手。

1685
この件は、来週から私が担当することになっている。
▶ 這個案子，預定下週起由我來負責。

1686
私など、単なるアルバイトに過ぎません。
▶ 像我只不過就是個打工的而已。

1687
私がテニスをしたことがないのは、単に機会がないだけです。
▶ 我之所以沒打過網球，純粹是因為沒有機會而已。

1688
彼女の短編を読むにつけ、この人は天才だなあと思う。
▶ 每次閱讀她所寫的短篇小說，就會覺得這個人真是個天才。

1689
田んぼに水を張る。
▶ 放水至田。

ち

1690	ち 【地】	名 大地，地球，地面；土壌，土地；地表；場所；立場，地位 類 地面
1691	ちい 【地位】	名 地位，職位，身份，級別 類 身分
1692	ちいき 【地域】	名 地區 類 地方
1693	ちえ 【知恵】	名 智慧，智能；腦筋，主意 類 知性
1694	ちがいない 【違いない】	形 一定是，肯定，沒錯，的確是 類 確かに
1695	ちかう 【誓う】	他五 發誓，起誓，宣誓 類 約する
1696	ちかごろ 【近頃】	名・副 最近，近來，這些日子來；萬分，非常 類 今頃（いまごろ）
1697	ちかすい 【地下水】	名 地下水
1698	ちかぢか 【近々】	副 不久，近日，過幾天；靠的很近 類 間もなく
1699	ちかよる 【近寄る】	自五 走進，靠近，接近 反 離れる　類 近づく
1700	ちからづよい 【力強い】	形 強而有力的；有信心的，有依仗的 類 安心
1701	ちぎる	他五・接尾 撕碎(成小段)；摘取，揪下；(接動詞連用形後加強語氣)非常，極力 類 小さく千切る
1702	ちじ 【知事】	名 日本都、道、府、縣的首長

1690
この地に再び来ることはないだろう。
▶ 我想我再也不會再到這裡來了。

1691
地位に応じて、ふさわしい態度をとらなければならない。
▶ 應當要根據自己的地位，來取適當的態度。

1692
この地域が発展するように祈っています。
▶ 祈禱這地區能順利發展。

1693
犯罪防止の方法を考えている最中ですが、何かいい知恵はありませんか。 ▶ 我正在思考防範犯罪的方法，你有沒有什麼好主意？

1694
この事件は、彼女にとってショックだったに違いない。
▶ 這事件對她而言，一定很震驚。

1695
正月になるたびに、今年はがんばるぞと誓う。
▶ 一到元旦，我就會許諾今年要更加努力。

1696
近頃、映画さえ見ない。
▶ 最近，連電影都不看。

1697
地下水が漏れて、ぬれていますね。
▶ 地下水溢出，地板都濕濕的。

1698
近々、総理大臣を訪ねることになっています。
▶ 再過幾天，我預定前去拜訪內閣總理大臣。

1699
あんなに危ない場所には、近寄れっこない。
▶ 那麼危險的地方不可能靠近的。

1700
この絵は構成がすばらしいとともに、色も力強いです。
▶ 這幅畫整體構造實在是出色，同時用色也充滿張力。

1701
紙をちぎってゴミ箱に捨てる。
▶ 將紙張撕碎丟進垃圾桶。

1702
将来は、東京都知事になりたいです。
▶ 我將來想當東京都的首長。

ち

1703 ☐	ちしきじん 【知識人】	名 知識份子
1704 ☐	ちしつ 【地質】	名 (地)地質 類 地盤
1705 ☐	ちじん 【知人】	名 熟人，認識的人 類 知り合い
1706 ☐	ちたい 【地帯】	名 地帶，地區
1707 ☐	ちちおや 【父親】	名 父親
1708 ☐	ちぢむ 【縮む】	自五 縮，縮小，抽縮；起皺紋，出摺；畏縮，退縮，惶恐；縮回去，縮進去 反 伸びる　類 短縮
1709 ☐	ちぢめる 【縮める】	他下一 縮小，縮短，縮減；縮回，捲縮，起皺紋 類 圧縮
1710 ☐	ちぢれる 【縮れる】	自下一 捲曲；起皺，出摺 類 皺が寄る
1711 ☐	チップ 【chip】	名 （削木所留下的）片削；洋芋片
1712 ☐	ちてん 【地点】	名 地點 類 場所
1713 ☐	ちのう 【知能】	名 智能，智力，智慧
1714 ☐	ちへいせん 【地平線】	名 (地)地平線

1703
知識人の意見。
▶ 知識分子的意見。

1704
この辺の地質はたいへん複雑です。
▶ 這地帶的地質非常的錯綜複雜。

1705
知人を訪ねて京都に行ったついでに、観光をしました。
▶ 前往京都拜訪友人的同時，也順便觀光了一下。

1706
このあたりは、工業地帯になりつつあります。
▶ 這一帶正在漸漸轉型為工業地帶。

1707
まだ若いせいか、父親としての自覚がない。
▶ 不知道是不是還年輕的關係，他本人還沒有身為父親的自覺。

1708
これは洗っても縮まない。
▶ 這個洗了也不會縮水的。

ち

1709
この亀はいきなり首を縮めます。
▶ 這隻烏龜突然縮回脖子。

1710
彼女は髪が縮れている。
▶ 她的頭髮是捲曲的。

1711
ポテト・チップ。
▶ 洋芋片。

1712
現在いる地点について報告してください。
▶ 請你報告一下你現在的所在地。

1713
知能指数を測るテストを受けた。
▶ 我接受了測量智力程度的測驗。

1714
はるか遠くに、地平線が望める。
▶ 在遙遠的那一方，可以看到地平線。

1715 T55	ちめい 【地名】	名 地名
1716	ちゃ 【茶】	名・漢造 茶；茶樹；茶葉；茶水
1717	ちゃくちゃく 【着々】	副 逐步地，一步步地 類 どんどん
1718	チャンス 【chance】	名 機會，時機，良機 類 好機（こうき）
1719	ちゃんと	副 端正地，規矩地；按期，如期；整潔，整齊；完全，老早；的確，確鑿 類 きちんと
1720	ちゅう 【中】	名・接尾・漢造 中央，當中；中間；中等；…之中；正在…當中
1721	ちゅう 【注】	名・漢造 註解，注釋；注入；注目；註釋 類 注釈（ちゅうしゃく）
1722	ちゅうおう 【中央】	名 中心，正中；中心，中樞；中央，首都 類 真ん中
1723	ちゅうかん 【中間】	名 中間，兩者之間；(事物進行的)中途，半路
1724	ちゅうこ 【中古】	名 (歷史)中古(日本一般是指平安時代，或包含鎌倉時代)；半新不舊 反 新品 類 古物（ふるもの）
1725	ちゅうしゃ 【駐車】	名・自サ 停車
1726	ちゅうしょう 【抽象】	名・他サ 抽象 反 具体 類 概念
1727	ちゅうしょく 【昼食】	名 午飯，午餐，中飯，中餐 類 昼飯（ちゅうしょく）

1715	地名の変更に伴って、表示も変えなければならない。
	▶ 隨著地名的變更，也就有必要改變道路指標。

1716	茶を入れる。
	▶ 泡茶。

1717	嬉しいことに、仕事は着々と進められました。
	▶ 令人高興的是，工作逐步進行得相當順利。

1718	チャンスが来た以上、挑戦してみたほうがいい。
	▶ 既然機會送上門來，就該挑戰看看才是。

1719	目上の人には、ちゃんと挨拶するものだ。
	▶ 對長輩應當要確實問好。

1720	仕事中にしろ、電話ぐらい取りなさいよ。
	▶ 即使在工作，至少也接一下電話呀！

1721	難しい言葉に、注をつけた。
	▶ 我在較難的單字上加上了註解。

1722	部屋の中央に花を飾った。
	▶ 我在房間的中間擺飾了花。

1723	駅と家の中間あたりで、友だちに会った。
	▶ 我在車站到家的中間這一段路上，遇見了朋友。

1724	お金がないので、中古を買うしかない。
	▶ 因為沒錢，所以只好買中古貨。

1725	家の前に駐車するよりほかない。
	▶ 只好把車停在家的前面了。

1726	彼は抽象的な話が得意で、哲学科出身だけのことはある。
	▶ 他擅長述說抽象的事物，不愧是哲學系的。

1727	みんなと昼食を食べられるのは、嬉しい。
	▶ 能和大家一同共用午餐，令人非常的高興。

1728 ☐	ちゅうせい 【中世】	名 (歷史)中世，古代與近代之間(在日本指鐮倉、室町時代)
1729 ☐	ちゅうせい 【中性】	名 (化學)非鹼非酸，中性；(特徵)不男不女，中性；(語法)中性詞
1730 ☐	ちゅうたい 【中退】	名・自サ 中途退學
1731 ☐	ちゅうと 【中途】	名 中途，半路 類 途中（とちゅう）
1732 ☐	ちゅうにくちゅうぜい 【中肉中背】	名 中等身材
1733 ☐	ちょう 【長】	名・漢造 長，首領；長輩；長處
1734 ☐	ちょうか 【超過】	名・自サ 超過
1735 ☐	ちょうき 【長期】	名 長期，長時間 類 超える
1736 ☐	ちょうこく 【彫刻】	名・他サ 雕刻 類 彫る
1737 ☐	ちょうしょ 【長所】	名 長處，優點 反 短所　類 特長
1738 ☐	ちょうじょう 【頂上】	名 山頂，峰頂；極點，頂點 反 麓（ふもと）　類 頂（いただき）
1739 ☐	ちょうしょく 【朝食】	名 早餐
1740 ☐	ちょうせい 【調整】	名・他サ 調整，調節 類 調える

1728	この村では、中世に戻ったかのような生活をしています。
☐	▶ 這個村落中，過著如同回到中世世紀般的生活。

1729	酸性でもアルカリ性でもなく、中性です。
☐	▶ 不是酸性也不是鹼性，它是中性。

1730	大学を中退する。
☐	▶ 大學中輟。

1731	仕事をやりかけているので、中途でやめることはできない。
☐	▶ 因為工作到一半，所以不能中途不做。

1732	中肉中背の男。
☐	▶ 體型中等的男人。

1733	長幼の別をわきまえる。
☐	▶ 懂得長幼有序。

1734	時間を超過すると、お金を取られる。
☐	▶ 一超過時間，就要罰錢。

1735	長期短期を問わず、働けるところを探しています。
☐	▶ 不管是長期還是短期都好，我在找能工作的地方。

1736	彼は、絵も描けば、彫刻も作る。
☐	▶ 他既會畫畫，也會雕刻。

1737	だれにでも、長所があるものだ。
☐	▶ 不論是誰，都會有優點的。

1738	山の頂上まで行ってみましょう。
☐	▶ 一起爬上山頂看看吧！

1739	朝食はパンとコーヒーで済ませる。
☐	▶ 早餐吃麵包和咖啡解決。

1740	パソコンの調整にかけては、自信があります。
☐	▶ 我對修理電腦這方面相當有自信。

1741 ☐	ちょうせつ 【調節】	(名・他サ) 調節，調整
1742 ☐	ちょうだい 【頂戴】	(名・他サ)（「もらう、食べる」的謙虛說法)領受，得到，吃;（女性、兒童請求別人做事)請 (類) もらう
1743 ☐	ちょうたん 【長短】	(名) 長和短;長度;優缺點，長處和短處;多和不足 (類) 良し悪し（よしあし）
1744 ☐	ちょうてん 【頂点】	(名) (數)頂點;頂峰，最高處;極點，絕頂 (類) 最高
1745 ☐	ちょうほうけい 【長方形】	(名) 長方形，矩形
1746 ☐	ちょうみりょう 【調味料】	(名) 調味料，佐料 (類) 香辛料
1747 ☐	ちょうめ 【丁目】	(結尾) (街巷區劃單位)段，巷，條
1748 ☐	ちょくせん 【直線】	(名) 直線 (類) 真っ直ぐ
1749 ☐	ちょくつう 【直通】	(名・自サ) 直達(中途不停);直通
1750 ☐	ちょくりゅう 【直流】	(名・自サ) 直流電;(河水)直流，沒有彎曲的河流;嫡系
1751 ☐	ちょしゃ 【著者】	(名) 作者 (類) 作家
1752 ☐	ちょぞう 【貯蔵】	(名・他サ) 儲藏
1753 ☐	ちょちく 【貯蓄】	(名・他サ) 儲蓄 (類) 蓄積（ちくせき）

1741
時計の電池を換えたついでに、ねじも調節しましょう。
▶ 換了時鐘的電池之後，也順便調一下螺絲吧!

1742
すばらしいプレゼントを頂戴しました。
▶ 我收到了很棒的禮物。

1743
二つの音の長短を調べてください。
▶ 請查一下這兩個音的長短。

1744
技術面からいうと、彼は世界の頂点に立っています。
▶ 從技術面來看，他正處在世界的最高峰。

1745
長方形のテーブルがほしいと思う。
▶ 我想我要一張長方形的桌子。

1746
調味料など、ぜんぜん入れていませんよ。
▶ 這完全添加調味料呢！

1747
銀座4丁目に住んでいる。
▶ 我住在銀座四段。

1748
直線によって、二つの点を結ぶ。
▶ 用直線將兩點連接起來。

1749
ホテルから日本へ直通電話がかけられる。。
▶ 從飯店可以直撥電話到日本。

1750
いつも同じ方向に同じ大きさの電流が流れるのが直流です。
▶ 都以相同的強度，朝相同方向流的電流，稱為直流。

1751
本の著者として、内容について話してください。
▶ 請以本書作者的身份，談一下這本書的內容。

1752
地下室に貯蔵する。
▶ 儲放在地下室。

1753
余ったお金は、貯蓄にまわそう。
▶ 剩餘的錢，就存下來吧！

ち

1754 ☐ T56	ちょっかく 【直角】	名・形動 (數)直角
1755 ☐	ちょっけい 【直径】	名 (數)直徑 類 半径
1756 ☐	ちらかす 【散らかす】	他五 弄得亂七八糟；到處亂放，亂扔 反 整える（ととのえる） 類 乱す（みだす）
1757 ☐	ちらかる 【散らかる】	自五 凌亂，亂七八糟，到處都是 反 集まる　類 散る
1758 ☐	ちらばる 【散らばる】	自五 分散；散亂
1759 ☐	ちりがみ 【ちり紙】	名 衛生紙；粗草紙
1760 ☐	ついか 【追加】	名・他サ 追加，添付，補上 類 追補（ついほ）
1761 ☐	ついで	名 順便，就便；順序，次序
1762 ☐	つうか 【通貨】	名 通貨，(法定)貨幣 類 貨幣
1763 ☐	つうか 【通過】	名・自サ 通過，經過；(電車等)駛過；(議案、考試等)通過，過關，合格 類 通り過ぎる
1764 ☐	つうがく 【通学】	名・自サ 上學 類 通う
1765 ☐	つうこう 【通行】	名・自サ 通行，交通，往來；廣泛使用，一般通用 類 往来

1754
この針金は、直角に曲がっている。
▶ 這銅線彎成了直角。

1755
このタイヤは直径何センチぐらいですか。
▶ 這輪胎的直徑大約是多少公分呢？

1756
部屋を散らかしたきりで、片付けてくれません。
▶ 他將房間弄得亂七八糟後，就沒幫我整理。

1757
部屋が散らかっていたので、片付けざるをえなかった。
▶ 因為房間內很凌亂，所以不得不整理。

1758
花びらが散らばる。
▶ 花瓣散落。

1759
鼻をかみたいので、ちり紙をください。
▶ 我想擤鼻涕，請給我張衛生紙。

ち

1760
定食を食べた上に、ラーメンを追加した。
▶ 吃了簡餐外，又追加了一碗拉麵。

1761
出かけるなら、ついでに卵を買ってきて。
▶ 你如果要出門，就順便幫我買蛋回來吧。

1762
この国の通貨は、ユーロです。
▶ 這個國家的貨幣是歐元。

1763
特急電車が通過します。
▶ 特快車即將過站。

1764
通学のたびに、この道を通ります。
▶ 每次要去上學時，都會走這條路。

1765
この道は、今日は通行できないことになっています。
▶ 這條路今天是無法通行的。

1766 ☐	つうしん 【通信】	名·自サ 通信，通音信；通訊，聯絡；報導消息的稿件，通訊稿 類 連絡
1767 ☐	つうち 【通知】	名·他サ 通知，告知 類 知らせ
1768 ☐	つうちょう 【通帳】	名 (存款、賒帳等的)折子，帳簿 類 通い帳（かよいちょう）
1769 ☐	つうよう 【通用】	名·自サ 通用，通行；兼用，兩用；(在一定期間內)通用，有效；通常使用
1770 ☐	つうろ 【通路】	名 (人們通行的)通路，人行道；(出入通行的)空間，通道 類 通り道
1771 ☐	つかい 【使い】	名 使用；派去的人；派人出去(買東西、辦事)，跑腿；(迷)(神仙的)侍者；(前接某些名詞)使用的方法，使用的人 類 召使い
1772 ☐	つき 【付き】	接尾 （前接某些名詞）樣子；附屬
1773 ☐	つきあい 【付き合い】	名·自サ 交際，交往，打交道；應酬，作陪 類 交際
1774 ☐	つきあたる 【突き当たる】	自五 撞上，碰上；走到道路的盡頭；(轉)遇上，碰到(問題) 類 衝突する
1775 ☐	つきひ 【月日】	名 日與月；歲月，時光；日月，日期 類 時日（じじつ）
1776 ☐	つく 【突く】	他五 扎，刺，戳；撞，頂；支撐；冒著，不顧；沖，撲(鼻)；攻擊，打中 類 打つ
1777 ☐	つく 【就く】	自五 就位；登上；就職；跟…學習；起程 類 即位する
1778 ☐	つぐ 【次ぐ】	自五 緊接著，繼…之後；次於，並於 類 接着する

1766
何か通信の方法があるに相違ありません。
▶ 一定會有聯絡方法的。

1767
事件が起きたら、通知が来るはずだ。
▶ 一旦發生案件，應該馬上就會有通知。

1768
通帳と印鑑を持ってきてください。
▶ 請帶存摺和印章過來。

1769
プロの世界では、私の力など通用しない。
▶ 在專業的領域裡，像我這種能力是派不上用場的。

1770
通路を通って隣のビルまで行く。
▶ 過馬路到隔壁的大樓去。

1771
母親の使いで出かける。
▶ 出門幫媽媽辦事。

1772
顔つきが変わる。
▶ 神情變了。

1773
君こそ、最近付き合いが悪いじゃないか。
▶ 你最近才是很難打交道呢！

1774
突き当たって左に曲がる。
▶ 在盡頭左轉。

1775
この音楽を聞くにつけて、楽しかった月日を思い出します。
▶ 每當聽到這音樂，就會想起過去美好的時光。

1776
試合で、相手は私の弱点を突いてきた。
▶ 對方在比賽中攻擊了我的弱點。

1777
王座に就く。
▶ 登上王位。

1778
彼の実力は、世界チャンピオンに次ぐほどだ。
▶ 他的實力，幾乎好到僅次於世界冠軍的程度。

1779 ☐	つぐ 【注ぐ】	他五 注入，斟，倒入(茶、酒等) 類 酌む（くむ）
1780 ☐	つけくわえる 【付け加える】	他下一 添加，附帶 類 補足する
1781 ☐	つける 【着ける】	他下一 佩帶，穿上
1782 ☐	つち 【土】	名 土地，大地；土壤，土質；地面，地表；地面土，泥土 類 泥
1783 ☐ T57	つっこむ 【突っ込む】	他五・自五 衝入，闖入；深入；塞進，插入；沒入；深入追究 類 入れる
1784 ☐	つつみ 【包み】	名 包袱，包裹 類 荷物
1785 ☐	つとめ 【務め】	名 本分，義務，責任 類 役目、義務
1786 ☐	つとめ 【勤め】	名 工作，職務，差事 類 勤務
1787 ☐	つとめる 【努める】	他下一 努力，為…奮鬥，盡力；勉強忍住 反 怠る（おこたる）　類 励む（はげむ）
1788 ☐	つとめる 【務める】	他下一 任職，工作；擔任(職務)；扮演(角色) 類 奉公（ほうこう）
1789 ☐	つな 【綱】	名 粗繩，繩索，纜繩；命脈，依靠，保障 類 ロープ
1790 ☐	つながり 【繋がり】	名 相連，相關；系列；關係，聯繫 類 関係
1791 ☐	つねに 【常に】	副 時常，經常，總是 類 何時も

1779
ついでに、もう１杯お酒を注いでください。
▶ 請順便再幫我倒一杯酒。

1780
説明を付け加える。
▶ 附帶說明。

1781
服を身につける。
▶ 穿上衣服。

1782
子どもたちが土を掘って遊んでいる。
▶ 小朋友們在挖土玩。

1783
事故で、車がコンビニに突っ込んだ。
▶ 由於事故，車子撞進了超商。

1784
プレゼントの包みを開けてみた。
▶ 我打開了禮物的包裝。

1785
私のやるべき務めですから、たいへんではありません。
▶ 這是我應盡的本分，所以一點都不辛苦。

1786
勤めが辛くてやめたくなる。
▶ 工作太勞累了所以有想辭職的念頭。

1787
看護に努める。
▶ 盡心看護病患。

1788
主役を務める。
▶ 扮演主角。

1789
船に綱をつけてみんなで引っ張った。
▶ 將繩子套到船上大家一起拉。

1790
友だちとのつながりは大切にするものだ。
▶ 要好好地珍惜與朋友間的聯繫。

1791
社長が常にオフィスにいるとは、言いきれない。
▶ 無法斷定社長平時都會在辦公室裡。

つ

1792 ☐	つばさ 【翼】	(名) 翼，翅膀；(飛機)機翼；(風車)翼板；使者，使節 (類) 羽翼（うよく）
1793 ☐	つぶ 【粒】	(名・接尾) (穀物的)穀粒；粒，丸，珠；(數小而圓的東西)粒，滴，丸 (類) 小粒（こつぶ）
1794 ☐	つぶす 【潰す】	(他五) 毀壞，弄碎；熔毀，熔化；消磨，消耗；宰殺；堵死，填滿 (類) 壊す
1795 ☐	つぶれる 【潰れる】	(自下一) 壓壞，壓碎；坍塌，倒塌；倒產，破產；磨損，磨鈍；(耳)聾，(眼)瞎 (類) 破産
1796 ☐	つまずく 【躓く】	(自五) 跌倒，絆倒；(中途遇障礙而)失敗，受挫 (類) 転ぶ
1797 ☐	つみ 【罪】	(名・形動) (法律上的)犯罪；(宗教上的)罪惡，罪孽；(道德上的)罪責，罪過 (類) 罪悪
1798 ☐	つや 【艶】	(名) 光澤，潤澤；興趣，精彩；豔事，風流事 (類) 光沢
1799 ☐	つよき 【強気】	(名・形動) (態度)強硬，(意志)堅決；(行情)看漲 (類) 逞しい（たくましい）
1800 ☐	つらい 【辛い】	(形・接尾) 痛苦的，難受的，吃不消；刻薄的，殘酷的；難…，不便… (反) 楽しい　(類) 苦しい
1801 ☐	つり 【釣り】	(名) 釣，釣魚；找錢，找的錢 (類) 一本釣り（いっぽんづり）
1802 ☐	つりあう 【釣り合う】	(自五) 平衡，均衡；勻稱，相稱 (類) 似合う
1803 ☐	つりばし 【釣り橋・吊り橋】	(名) 吊橋
1804 ☐	つる 【吊る】	(他五) 吊，懸掛，佩帶 (類) 下げる

1792
白鳥が大きな翼を広げている。
▶ 白鳥展開地那寬大的翅膀。

1793
大粒の雨が降ってきた。
▶ 下起了大滴的雨。

1794
会社を潰さないように、一生懸命がんばっている。
▶ 為了不讓公司倒閉而拼命努力。

1795
あの会社が、潰れるわけがない。
▶ 那間公司，不可能會倒閉的。

1796
石に躓いて転んだ。
▶ 絆到石頭而跌了一跤。

1797
そんなことをしたら、罪になりかねない。
▶ 如果你做了那種事，很可能會變成犯罪。

1798
靴は、磨けば磨くほど艶が出ます。
▶ 鞋子越擦越有光澤。

1799
ゲームに負けているくせに、あの選手は強気ですね。
▶ 明明就輸了比賽，那選手還真是強硬呢。

1800
勉強が辛くてたまらない。
▶ 書念得痛苦不堪。

1801
主人のことだから、また釣りに行っているのだと思います。
▶ 我家那口子的話，我想一定是又跑去釣魚了吧！

1802
あの二人は釣り合わないから、結婚しないだろう。
▶ 那兩人不相配，應該不會結婚吧！

1803
吊り橋を渡る。
▶ 過吊橋。

1804
クレーンで吊って、ピアノを2階に運んだ。
▶ 用起重機吊起鋼琴搬到二樓去。

つ

1805 ☐	つるす 【吊るす】	他五 懸起，吊起，掛著 反 上げる　類 下げる
1806 ☐	つれ 【連れ】	名・接尾 同伴，伙伴；（能劇，狂言的）配角 類 仲間
1807 ☐	で	接續 那麼；（表示原因）所以
1808 ☐	であい 【出会い】	名 相遇，不期而遇，會合；幽會；河流會合處 類 巡り会い（めぐりあい）
1809 ☐	てあらい 【手洗い】	名 洗手；洗手盆，洗手用的水；洗手間 類 便所
1810 ☐	ていいん 【定員】	名（機關，團體的）編制的名額；（車輛的）定員，規定的人數
1811 ☐	ていか 【低下】	名・自サ 降低，低落；（力量、技術等）下降 類 落ちる
1812 ☐	ていか 【定価】	名 定價 類 値段
1813 ☐	ていきてき 【定期的】	形動 定期，一定的期間
1814 ☐	ていきゅうび 【定休日】	名（商店、機關等）定期公休日 類 休暇
1815 ☐	ていこう 【抵抗】	名・自サ 抵抗，抗拒，反抗；（物理）電阻，阻力；（產生）抗拒心理，不願接受 類 手向かう（てむかう）
1816 ☐	ていし 【停止】	名・他サ・自サ 禁止，停止；停住，停下；（事物、動作等）停頓 類 止まる
1817 ☐	ていしゃ 【停車】	名・他サ・自サ 停車，剎車

1805
スーツは、そこに吊るしてあります。
▶ 西裝掛在那邊。

1806
連れがもうじき来ます。
▶ 我同伴馬上就到。

1807
で、結果はどうだった。
▶ 那麼，結果如何。

1808
我々は、人との出会いをもっと大切にするべきだ。
▶ 我們應該要珍惜人與人之間相遇的緣分。

1809
ちょっとお手洗いに行ってきます。
▶ 我去一下洗手間。

1810
このエレベーターの定員は10人です。
▶ 這電梯的限乘人數是10人。

つ

1811
生徒の学力が低下している。
▶ 學生的學力（學習能力）下降。

1812
定価から10パーセント引きます。
▶ 從定價裡扣除10%。

1813
定期的に送る。
▶ 定期運送。

1814
定休日は店に電話して聞いてください。
▶ 請你打電話到店裡，打聽有關定期公休日的時間。

1815
社長に対して抵抗しても、無駄だよ。
▶ 即使反抗社長，也無濟於事。

1816
車が停止するかしないかのうちに、彼はドアを開けて飛び出した。
▶ 車子才剛一停下來，他就打開門衝了出來。

1817
急行は、この駅に停車するっけ。
▶ 快車有停這站嗎？

1818 ☐	ていしゅつ 【提出】	名・他サ 提出，交出，提供 類 持ち出す
1819 ☐	ていど 【程度】	名・接尾 (高低大小)程度，水平；(適當的)程度，適度，限度 類 具合
1820 ☐	でいり 【出入り】	名・自サ 出入，進出；(因有買賣關係而)常往來；收支；(數量的)出入；糾紛，爭吵 類 出没（しゅつぼつ）
1821 ☐	でいりぐち 【出入り口】	名 出入口 類 玄関
1822 ☐	ていれ 【手入れ】	名・他サ 收拾，修整；檢舉，搜捕 類 修繕（しゅうぜん）
1823 ☐	でかける 【出かける】	自下一 出門，出去，到…去；剛要走，要出去；剛要… 類 行く
1824 ☐	てき 【的】	造語 …的
1825 ☐	てき 【敵】	名・漢造 敵人，仇敵；(競爭的)對手；障礙，大敵；敵對，敵方 反 味方 類 仇（あだ）
1826 ☐	できあがり 【出来上がり】	名 做好，做完；完成的結果(手藝，質量)
1827 ☐	できあがる 【出来上がる】	自五 完成，做好；天性，生來就… 類 できる
1828 ☐	てきかく 【的確】	形動 正確，準確，恰當 類 正確
1829 ☐	てきする 【適する】	自サ (天氣、飲食、水土等)適宜，適合；適當，適宜於(某情況)；具有做某事的資格與能力 類 適当
1830 ☐	てきせつ 【適切】	名・形動 適當，恰當，妥切 類 妥当（だとう）

1818
テストを受けるかわりに、レポートを提出した。
▶ 以交報告來代替考試。

1819
どの程度お金を持っていったらいいですか。
▶ 我大概帶多少錢比較好呢？

1820
研究会に出入りしているが、正式な会員というわけではない。
▶ 雖有在研討會走動，但我不是正式的會員。

1821
出入り口はどこにありますか。
▶ 請問出入口在哪裡？

1822
靴は、手入れすればするほど、長持ちします。
▶ 鞋子越保養就可以越耐久。

1823
兄は、出かけたきり戻ってこない。
▶ 自從哥哥出去後，就再也沒回來過。

1824
科学的に実証される。
▶ 在科學上得到證實。

1825
彼女は私を、敵ででもあるかのような自で見た。
▶ 她用像是注視敵人般的眼神看著我。

1826
出来上がりまで、どのぐらいかかりますか。
▶ 到完成大概需要多少時間？

1827
作品は、もう出来上がっているにきまっている。
▶ 作品一定已經完成了。

1828
上司が的確に指示してくれたおかげで、すべてうまくいきました。
▶ 多虧上司準確的給予指示，所以一切都進行的很順利。

1829
自分に適した仕事を見つけたい。
▶ 我想找適合自己的工作。

1830
アドバイスするにしても、もっと適切な言葉があるでしょう。
▶ 即使要給建議，也應該有更恰當的用詞吧？

て

1831	てきど 【適度】	(名・形動) 適度，適當的程度
1832	てきよう 【適用】	(名・他サ) 適用，應用 (類) 応用
1833	できれば	(連語) 可以的話，可能的話
1834	でこぼこ 【凸凹】	(名・自サ) 凹凸不平，坑坑窪窪；不平衡，不均勻 (反) 平ら（たいら）　(類) ぼつぼつ
1835	てごろ 【手頃】	(名・形動) (大小輕重)合手，合適，相當；適合(自己的經濟能力、身份) (類) 適当
1836	でし 【弟子】	(名) 弟子，徒弟，門生，學徒 (反) 師匠（ししょう）　(類) 教え子
1837	てじな 【手品】	(名) 戲法，魔術；騙術，奸計 (類) 魔法
1838	ですから	(接續) 所以 (類) だから
1839	でたらめ	(名・形動) 荒唐，胡扯，胡說八道，信口開河 (類) 寝言（ねごと）
1840	てつ 【鉄】	(名) 鐵 (類) 金物
1841	てつがく 【哲学】	(名) 哲學；人生觀，世界觀 (類) 医学
1842	てっきょう 【鉄橋】	(名) 鐵橋，鐵路橋 (類) 橋
1843	てっきり	(副) 一定，必然；果然 (類) 確かに

1831
医者の指導のもとで、適度な運動をしている。
▶ 我在醫生的指導之下，從事適當的運動。

1832
全国に適用するのに先立ち、まず東京で適用してみた。
▶ 在運用於全國各地前，先在東京用看看。

1833
できればその仕事はしたくない。
▶ 可能的話我不想做那個工作。

1834
でこぼこだらけの道を運転した。
▶ 我開在凹凸不平的道路上。

1835
値段が手頃なせいか、この商品はよく売れます。
▶ 大概是價錢平易近人的緣故，這個商品賣得相當好。

1836
弟子のくせに、先生に逆らうのか。
▶ 明明就只是個學徒，難道你要頂撞老師嗎？

1837
手品を見せてあげましょう。
▶ 讓你們看看魔術大開眼界。

1838
9時に出社いたします。ですから9時以降なら何時でも結構です。
▶ 我九點進公司。所以九點以後任何時間都可以。

1839
あいつなら、そのようなでたらめも言いかねない。
▶ 如果是那傢伙，就有可能會說出那種荒唐的話。

1840
「鉄は熱いうちに打て」とよく言います。
▶ 常言道：「打鐵要趁熱。」

1841
哲学の本は読みません。難しすぎるもの。
▶ 人家不看哲學的書，因為實在是太難了嘛。

1842
列車は鉄橋を渡っていった。
▶ 列車通過了鐵橋。

1843
今日はてっきり晴れると思ったのに。
▶ 我以為今天一定會是個大晴天的。

て

1844 ☐	てっこう 【鉄鋼】	名 鋼鐵
1845 ☐	てっする 【徹する】	自サ 貫徹，貫穿；通宵，徹夜；徹底，貫徹始終 類 貫く（つらぬく）
1846 ☐	てつづき 【手続き】	名 手續，程序 類 手順
1847 ☐	てつどう 【鉄道】	名 鐵道，鐵路 類 高架（こうか）
1848 ☐	てっぽう 【鉄砲】	名 槍，步槍 類 銃
1849 ☐	てぬぐい 【手ぬぐい】	名 布手巾 類 タオル
1850 ☐	てま 【手間】	名 (工作所需的)勞力、時間與功夫；(手藝人的)計件工作，工錢 類 労力
1851 ☐	でむかえ 【出迎え】	名 迎接；迎接的人 類 迎える
1852 ☐	でむかえる 【出迎える】	他下一 迎接
1853 ☐ T59	デモ 【demonstration】	名 抗議行動 類 抗議
1854 ☐	てらす 【照らす】	他五 照耀，曬，晴天
1855 ☐	てる 【照る】	自五 照耀，曬，晴天 類 照明
1856 ☐	てん 【店】	名 店家，店 類 〈酒・魚〉屋

1844
鉄鋼製品を販売する。
▶ 販賣鋼鐵製品。

1845
夜を徹して語り合う。
▶ 徹夜交談。

1846
手続きさえすれば、誰でも入学できます。
▶ 只要辦好手續，任誰都可以入學。

1847
この村には、鉄道の駅はありますか。
▶ 這村子裡，有火車的車站嗎？

1848
鉄砲を持って、狩りに行った。
▶ 我持著手槍前去打獵。

1849
汗を手ぬぐいで拭いた。
▶ 用手帕擦了汗。

1850
この仕事には手間がかかるにしても、三日もかかるのはおかしいよ。
▶ 就算這工作需要花較多時間，但是竟然要花上3天實在太可疑了。

1851
電話さえしてくれれば、出迎えに行きます。
▶ 只要你給我一通電話，我就出去迎接你。

1852
客を駅で出迎える。
▶ 在火車站迎接客人。

1853
彼らもデモに参加したということです。
▶ 聽說他們也參加了示威遊行。

1854
足元を照らすライトを取り付けましょう。
▶ 安裝照亮腳邊的照明用燈吧！

1855
今日は太陽が照って暑いね。
▶ 今天太陽高照真是熱啊！

1856
小さな売店。
▶ 小小的賣店。

て

1857 ☐	てんかい 【展開】	(名・他サ・自サ) 開展，打開；展現；進展；(隊形)散開 類 展示（てんじ）
1858 ☐	てんけい 【典型】	名 典型，模範 類 手本（てほん）
1859 ☐	てんこう 【天候】	名 天氣，天候 類 気候
1860 ☐	でんし 【電子】	名 (理)電子
1861 ☐	てんじかい 【展示会】	名 展示會
1862 ☐	でんせん 【伝染】	(名・自サ) (病菌的)傳染；(惡習的)傳染，感染 類 感染る（うつる）
1863 ☐	でんせん 【電線】	名 電線，電纜 類 金属線
1864 ☐	でんちゅう 【電柱】	名 電線桿
1865 ☐	てんてん 【点々】	副 點點，分散在；(液體)點點地，滴滴地往下落 類 各地
1866 ☐	てんてん 【転々】	(副・自サ) 轉來轉去，輾轉，不斷移動；滾轉貌，嘰哩咕嚕 類 あちこち
1867 ☐	でんとう 【伝統】	名 傳統
1868 ☐	てんねん 【天然】	名 天然，自然 類 自然
1869 ☐	てんのう 【天皇】	名 日本天皇 反 皇后　類 皇帝

1857
話は、予測どおりに展開した。
▶ 事情就如預期一般地發展下去。

1858
日本においては、こうした犯罪は典型的です。
▶ 在日本，這是種很典型的犯罪。

1859
北海道から東北にかけて、天候が不安定になります。
▶ 北海道到東北地區，接下來的天氣，會變得很不穩定。

1860
電子辞書を買おうと思います。
▶ 我打算買台電子辭典。

1861
着物の展示会。
▶ 和服展示會。

1862
病気が、国中に伝染するおそれがある。
▶ 這疾病恐怕會散佈到全國各地。

1863
電線に雀がたくさん止まっている。
▶ 電線上停著許多麻雀。

1864
電柱に車がぶつかった。
▶ 車子撞上了電線桿。

1865
広い草原に、羊が点々と散らばっている。
▶ 廣大的草原上，羊兒們零星散佈各地。

1866
今までにいろいろな仕事を転々とした。
▶ 到現在為止換過許多工作。

1867
日本の伝統からすれば、この行事には深い意味があるのです。
▶ 就日本的傳統來看，這個活動有很深遠的意義。

1868
このお菓子はおいしいですね。さすが天然の材料だけを使っているだけのことはあります。 ▶ 這糕點實在好吃，不愧是只採用天然的材料。

1869
天皇ご夫妻は今ヨーロッパご訪問中です。
▶ 天皇夫婦現在正在造訪歐洲。

て

1870 ☐	でんぱ 【電波】	名 (理)電波 類 電磁（でんじ）
1871 ☐	テンポ 【tempo】	名 (樂曲的)速度，拍子；(局勢、對話或動作的)速度 類 リズム
1872 ☐	てんぼうだい 【展望台】	名 瞭望台
1873 ☐	でんりゅう 【電流】	名 (理)電流 類 電気量
1874 ☐	でんりょく 【電力】	名 電力 類 電圧
1875 ☐	と 【都】	名・漢造 首都；「都道府縣」之一的行政單位，都市；東京都 類 首都
1876 ☐	とい 【問い】	名 問，詢問，提問；問題 反 答え 類 質問
1877 ☐	といあわせ 【問い合わせ】	名 詢問，打聽，查詢 類 お尋ね
1878 ☐	トイレットペーパー 【toilet paper】	名 衛生紙
1879 ☐	とう 【党】	名・漢造 鄉里；黨羽，同夥；黨，政黨 類 党派（とうは）
1880 ☐	とう 【塔】	名・漢造 塔 類 タワー
1881 ☐	とう 【島】	名 島嶼 類 諸島（しょとう）、アイランド
1882 ☐	どう 【銅】	名 銅 類 金

と

1870
そこまで電波が届くでしょうか。
▶ 電波有辦法傳到那麼遠的地方嗎？

1871
東京の生活はテンポが速すぎる。
▶ 東京的生活步調太過急促。

1872
展望台からの眺め。
▶ 從瞭望台看到的風景。

1873
回路に電流を流してみた。
▶ 我打開電源讓電流流通電路看看。

1874
電力不足につき、しばらく停電します。
▶ 基於電力不足，要暫時停電。

1875
都の規則で、ごみを分別しなければならない。
▶ 依東京都規定，要做垃圾分類才行。

1876
先生の問いに、答えないわけにはいかない。
▶ 不能不回答老師的問題。

1877
内容をお問い合わせの上、お申し込みください。
▶ 請詢問過內容之後再報名。

1878
トイレットペーパーがない。
▶ 沒有衛生紙。

1879
どの党を支持していますか。
▶ 你支持哪一黨？

1880
塔に上ると、町の全景が見える。
▶ 爬到塔上可以看到街道的全景。

1881
バリ島に着きしだい、電話をします。
▶ 一到了峇里島，我就馬上打電話。

1882
この像は銅でできていると思ったら、なんと木でできていた。
▶ 本以為這座雕像是銅製的，誰知竟然是木製的！

て

1883 ☐	とうあん 【答案】	名 試卷，卷子 類 答え
1884 ☐	どういたしまして 【どう致しまして】	寒暄 不客氣，不敢當
1885 ☐	とういつ 【統一】	名・他サ 統一，一致，一律 類 纏める（まとめる）
1886 ☐	どういつ 【同一】	名・形動 同樣，相同；相等，同等 類 同樣
1887 ☐	どうか	副 (請求他人時)請；設法，想辦法；(情況)和平時不一樣，不正常；(表示不確定的疑問，多用かどうか)是…還是怎麼樣 類 何分（なにぶん）
1888 ☐	どうかく 【同格】	名 同級，同等資格，等級相同；同級的(品牌)；(語法)同格語 類 同一
1889 ☐	とうげ 【峠】	名・日造漢字 山頂，山巔；頂部，危險期，關頭 類 坂
1890 ☐	とうけい 【統計】	名・他サ 統計 類 総計
1891 ☐	どうさ 【動作】	名・自サ 動作 類 挙止（きょし）
1892 ☐	とうざい 【東西】	名 (方向)東和西；(國家)東方和西方；方向；事理，道理 反 南北　類 東洋と西洋
1893 ☐	とうじ 【当時】	名・副 現在，目前；當時，那時 類 その時
1894 ☐	どうし 【動詞】	名 動詞 類 名詞
1895 ☐	どうじ 【同時】	名・副・接 同時，時間相同；同時代；同時，立刻；也，又，並且 類 同年

1883
答案を出したとたんに、間違いに気がついた。
▶ 一將答案卷交出去，馬上就發現了錯誤。

1884
「ありがとう。」「どういたしまして。」
▶ 「謝謝。」「不客氣。」

1885
字体の統一さえしてあれば、文体はどうでもいいです。
▶ 只要字體統一就好，什麼文體都行。

1886
これとそれは、全く同一の商品です。
▶ 這個和那個是完全一樣的商品。

1887
頼むからどうか見逃してくれ。
▶ 拜託啦！請放我一馬。

1888
私と彼の地位は、ほぼ同格です。
▶ 我跟他的地位是差不多等級的。

1889
彼の病気は、もう峠を越えました。
▶ 他病情已經度過了危險期。

1890
統計から見ると、子どもの数は急速に減っています。
▶ 從統計數字來看，兒童人口正快速減少中。

1891
私の動作には特徴があると言われます。
▶ 別人說我的動作很有特色。

1892
古今東西の演劇資料を集めた。
▶ 我蒐集了古今中外的戲劇資料。

1893
当時はまだ新幹線がなかったとか。
▶ 聽說當時好像還沒有新幹線。

1894
動詞を規則どおりに活用させる。
▶ 依規則來變化活用動詞。

1895
同時にたくさんのことはできない。
▶ 無法在同時處理很多事情。

と

1896 ☐	とうじつ 【当日】	名・副 當天，當日，那一天
1897 ☐	とうしょ 【投書】	名・他サ・自サ 投書，信訪，匿名投書；(向報紙、雜誌)投稿 類 寄稿（きこう）
1898 T60 ☐	とうじょう 【登場】	名・自サ (劇)出場，登台，上場演出；(新的作品、人物、產品)登場，出現 反 退場　類 デビュー
1899 ☐	どうせ	副 (表示沒有選擇餘地)反正，總歸就是，無論如何 類 やっても
1900 ☐	とうだい 【灯台】	名 燈塔
1901 ☐	とうちゃく 【到着】	名・自サ 到達，抵達 類 着く
1902 ☐	どうとく 【道徳】	名 道德 類 倫理
1903 ☐	とうなん 【盗難】	名 失竊，被盜 類 盗む
1904 ☐	とうばん 【当番】	名・自サ 值班(的人) 類 受け持ち
1905 ☐	とうひょう 【投票】	名・自サ 投票 類 選挙
1906 ☐	とうふ 【豆腐】	名 豆腐
1907 ☐	とうぶん 【等分】	名・他サ 等分，均分；相等的份量 類 さしあたり
1908 ☐	とうめい 【透明】	名・形動 透明；純潔，單純 類 透き通る

1896
たとえ当日雨が降っても、試合は行われます。
▶ 就算當天下雨，比賽也還是照常進行。

1897
公害問題について、投書しようではないか。
▶ 我們來投稿有關公害問題的文章吧！

1898
主人公が登場するかしないかのうちに、話の結末がわかってしまった。
▶ 主角オ一登場，我就知道這齣戲的結局了。

1899
どうせ私は下っ端ですよ。
▶ 反正我只不過是個小員工而已。

1900
船は、灯台の光を頼りにしている。
▶ 船隻倚賴著燈塔的光線。

1901
スターが到着するかしないかのうちに、ファンが大騒ぎを始めた。
▶ 明星オ一到場，粉絲們便喧嘩了起來。

と

1902
人々の道徳心が低下している。
▶ 人們道德心正在下降中。

1903
警察ですが、盗難について、質問させてください。
▶ 我是警察，就失竊一案，請容我問幾個問題。

1904
私は今日の掃除当番です。
▶ 我是今天的打掃值日生。

1905
雨が降らないうちに、投票に行きましょう。
▶ 趁還沒下雨時，快投票去吧！

1906
豆腐は安い。
▶ 豆腐很便宜。

1907
線にそって、等分に切ってください。
▶ 請沿著線對等剪下來。

1908
この薬は、透明なカプセルに入っています。
▶ 這藥裝在透明的膠囊裡。

1909 ☐	どうも	副 (後接否定詞)怎麼也…；總覺得，似乎；實在是，真是 類 どうしても
1910 ☐	とうゆ 【灯油】	名 燈油；煤油
1911 ☐	どうよう 【同様】	形動 同樣的，一樣的 類 同類
1912 ☐	どうよう 【童謡】	名 童謠；兒童詩歌 類 歌謡
1913 ☐	どうりょう 【同僚】	名 同事，同僚 類 仲間
1914 ☐	どうわ 【童話】	名 童話 類 昔話（むかしばなし）
1915 ☐	とおり 【通り】	接尾 種類；套，組
1916 ☐	とおりかかる 【通りかかる】	自五 碰巧路過 類 通り過ぎる
1917 ☐	とおりすぎる 【通り過ぎる】	自上一 走過，越過 類 通過
1918 ☐	とかい 【都会】	名 都會，城市，都市 反 田舎　類 都市
1919 ☐	とがる 【尖る】	自五 尖；發怒；神經過敏，神經緊張 類 角張る（かくばる）
1920 ☐	とき 【時】	名 時間；(某個)時候；時期，時節，季節；情況，時候；時機，機會 類 偶に
1921 ☐	どく 【退く】	自五 讓開，離開，躲開 類 離れる

1909
先日は、どうもありがとうございました。
▶ 前日真是多謝關照。

1910
我が家は、灯油のストーブを使っています。
▶ 我家裡使用燈油型的暖爐。

1911
女性社員も、男性社員と同様に扱うべきだ。
▶ 女職員應受和男職員一樣的平等待遇。

1912
子どもの頃というと、どんな童謡が懐かしいですか。
▶ 講到小時候，會想念起哪首童謠呢？

1913
同僚の忠告を無視するものではない。
▶ 你不應當對同事的勸告聽而不聞。

1914
私は童話作家になりたいです。
▶ 我想當個童話作家。

1915
方法は二通りある。
▶ 辦法有兩種。

1916
通りかかった船に救助される。
▶ 被碰巧路過的船隻救了上來。

1917
手を上げたのに、タクシーは通り過ぎてしまった。
▶ 我明明招了手，計程車卻開了過去。

1918
都会に出てきた頃は、寂しくて泣きたいくらいだった。
▶ 剛開始來到大都市時，感覺寂寞的想哭。

1919
教会の塔の先が尖っている。
▶ 教堂的塔的頂端是尖的。

1920
時には、仕事を休んでゆっくりしたほうがいいと思う。
▶ 我認為偶爾要放下工作，好好休息才對。

1921
車が通るから、退かないと危ないよ。
▶ 車子要通行，不讓開是很危險唷！

と

1922 ☐	どく 【毒】	(名・自サ・漢造) 毒，毒藥；毒害，有害；惡毒，毒辣 (類) 損なう
1923 ☐	とくしゅ 【特殊】	(名・形動) 特殊，特別 (類) 特別
1924 ☐	とくしょく 【特色】	(名) 特色，特徵，特點，特長 (類) 特徵
1925 ☐	どくしん 【独身】	(名) 單身
1926 ☐	とくちょう 【特長】	(名) 專長
1927 ☐	とくてい 【特定】	(名・他サ) 特定；明確指定，特別指定 (類) 特色
1928 ☐	どくとく 【独特】	(名・形動) 獨特 (類) 独自
1929 ☐	とくばい 【特売】	(名・他サ) 特賣；(公家機關不經標投)賣給特定的人 (類) 小売
1930 ☐	どくりつ 【独立】	(名・自サ) 孤立，單獨存在；自立，獨立，不受他人援助 (反) 従属（じゅうぞく） (類) 自立
1931 ☐	とけこむ 【溶け込む】	(自五) (理、化)融化，溶解，熔化；融合，融 (類) 混ざる（まざる）
1932 ☐	どける 【退ける】	(他下一) 移開 (類) 下がらせる
1933 ☐	どこか	(連語) 某處，某個地方
1934 ☐	とこのま 【床の間】	(名) 壁龕

1922
お酒を飲みすぎると体に毒ですよ。
▶ 飲酒過多對身體有害。

1923
特殊な素材につき、扱いに気をつけてください。
▶ 由於這是特殊的材質，所以處理時請務必小心在意。

1924
美しいかどうかはともかくとして、特色のある作品です。
▶ 姑且先不論美或不美，這是個有特色的作品。

1925
独身で暮らしている。
▶ 獨自一人過生活。

1926
特長を生かす。
▶ 活用專長。

1927
殺人の状況を見ると、犯人を特定するのは難しそうだ。
▶ 從兇殺的現場來看，要鎖定犯人似乎很困難。

1928
この絵は、色にしろ構成にしろ、独特です。
▶ 這幅畫不論是用色或是架構，都非常獨特。

1929
特売が始まると、買い物に行かないではいられない。
▶ 一旦特賣活動開始，就不禁想去購物一下。

1930
両親から独立した以上は、仕事を探さなければならない。
▶ 既然離開父母自力更生了，就得要找個工作才行。

1931
だんだんクラスの雰囲気に溶け込んできた。
▶ 越來越能融入班上的氣氛。

1932
ドアを開けるために、前にある荷物を退けるほかない。
▶ 為了開門，不得不移開面前的東西。

1933
どこか遠くへ行きたい。
▶ 想要去某個遙遠的地方。

1934
床の間に生け花を飾りました。
▶ 我在壁龕擺設了鮮花來裝飾。

と

1935 □	どころ	(接尾)（前接動詞連用形）值得…的地方，應該…的地方；生產…的地方；們 (類) 場所
1936 □	ところが	(接・接助) 然而，可是，不過；一…，剛要 (類) しかし
1937 □ T61	ところで	(接續・接助)（用於轉變話題）可是，不過；即使，縱使，無論 (類) さて
1938 □	とざん 【登山】	(名・自サ) 登山；到山上寺廟修行 (類) ハイキング
1939 □	としした 【年下】	(名) 年幼，年紀小
1940 □	としつき 【年月】	(名) 年和月，歲月，光陰；長期，長年累月；多年來 (類) 月日
1941 □	どしゃくずれ 【土砂崩れ】	(名) 土石流
1942 □	としょしつ 【図書室】	(名) 閱覽室
1943 □	としん 【都心】	(名) 市中心 (類) 大都会
1944 □	とだな 【戸棚】	(名) 壁櫥，櫃櫥 (類) 棚
1945 □	とたん 【途端】	(名・他サ・自サ) 正當…的時候；剛…的時候，一…就… (類) すぐ
1946 □	とち 【土地】	(名) 土地，耕地；土壤，土質；某地區，當地；地面；地區 (類) 大地
1947 □	とっくに	(他サ・自サ) 早就，好久以前

1935
置き所がない。
▶ 沒有擺放的地方。

1936
新聞はかるく扱っていたようだ。ところが、これは大事件なんだ。
▶ 新聞似乎只是輕描淡寫一下而已，不過，這可是一個大事件。

1937
ところで、あなたは誰でしたっけ。
▶ 對了，你是哪位來著？

1938
おじいちゃんは、元気なうちに登山に行きたいそうです。
▶ 爺爺說想趁著身體還健康時去爬爬山。

1939
年下なのに生意気だ。
▶ 明明年紀小還那麼囂張。

1940
この年月、ずっとあなたのことを考えていました。
▶ 這麼多年來，我一直掛念著你。

1941
土砂崩れで通行止めだ。
▶ 因土石流而禁止通行。

1942
図書室で宿題をする。
▶ 在閱覽室做功課。

1943
都心は家賃が高いです。
▶ 東京都中心地帶的房租很貴。

1944
戸棚からコップを出しました。
▶ 我從壁櫥裡拿出了玻璃杯。

1945
会社に入った途端に、すごく真面目になった。
▶ 一進公司，就變得很認真。

1946
土地を買った上で、建てる家を設計しましょう。
▶ 等買了土地，再來設計房子吧。

1947
鈴木君は、とっくにうちに帰りました。
▶ 鈴木先生早就回家了。

と

1948 ☐	どっと	副 (許多人)一齊(突然發聲)，哄堂；(人、物)湧來，雲集；(突然)病重，病倒
1949 ☐	とつぷう【突風】	名 突然颳起的暴風
1950 ☐	ととのう【整う】	自五 齊備，完整；整齊端正，協調；(協議等)達成，談妥 反 乱れる 類 片付く
1951 ☐	とどまる【留まる】	自五 停留，停頓；留下，停留；止於，限於 反 進む 類 停止
1952 ☐	どなる【怒鳴る】	自五 大聲喊叫，大聲申訴 類 叱る（しかる）
1953 ☐	とにかく	副 總之，無論如何，反正 類 何しろ
1954 ☐	とびこむ【飛び込む】	自五 跳進；飛入；突然闖入；(主動)投入，加入 類 入る
1955 ☐	とびだす【飛び出す】	自五 飛出，飛起來，起飛；跑出；(猛然)跳出；突然出現 類 抜け出す（ぬけだす）
1956 ☐	とびはねる【飛び跳ねる】	自下一 跳躍
1957 ☐	とめる【泊める】	他下一 (讓…)住，過夜；(讓旅客)投宿；(讓船隻)停泊 類 宿す（やどす）
1958 ☐	とも【友】	名 友人，朋友；良師益友 類 友達
1959 ☐	ともかく	副・接 暫且不論，姑且不談；總之，反正；不管怎樣 類 まずは
1960 ☐	ともに【共に】	副 共同，一起，都；隨著，隨同；全，都，均 類 一緒

1948	それを聞いて、みんなどっと笑った。
	▶ 聽了那句話後，大家哄堂大笑。

1949	突風に帽子を飛ばされる。
	▶ 帽子被突然颳起的風給吹走了。

1950	準備が整いさえすれば、すぐに出発できる。
	▶ 只要全都準備好了，就可以馬上出發。

1951	隊長が来るまで、ここに留まることになっています。
	▶ 在隊長來到之前，要一直留在這裡待命。

1952	そんなに怒鳴ることはないでしょう。
	▶ 不需要這麼大聲吼叫吧！

1953	とにかく、彼などと会いたくないんです。
	▶ 總而言之，就是不想跟他見面。

1954	みんなの話によると、窓からボールが飛び込んできたのだそうだ。
	▶ 據大家所言，球好像是從窗戶飛進來的。

1955	角から子どもが飛び出してきたので、びっくりした。
	▶ 小朋友從轉角跑出來，嚇了我一跳。

1956	飛び跳ねて喜ぶ。
	▶ 欣喜而跳躍。

1957	ひと晩泊めてもらう。
	▶ 讓我投宿一晚。

1958	このおかずは、お酒の友にもいいですよ。
	▶ 這小菜也很適合當下酒菜呢。

1959	ともかく、今は忙しくてそれどころじゃないんだ。
	▶ 暫且先不談這個了，現在很忙，根本就不是做這種事情的時候。

1960	家族と共に、合格を喜び合った。
	▶ 家人全都為我榜上有名而高興。

と

1963 ☐	とら 【虎】	名 老虎 類 タイガー
1964 ☐	とらえる 【捕らえる】	他下一 捕捉，逮捕；緊緊抓住；捕捉，掌握；令陷入…狀態 反 釈放する（しゃくほうする）　類 逮捕
1965 ☐	トラック 【track】	名 （操場、運動場、賽馬場的）跑道
1966 ☐	とりあげる 【取り上げる】	他下一 拿起，舉起；採納，受理；奪取，剝奪；沒收(財產)，徵收(稅金) 類 奪う
1967 ☐	とりいれる 【取り入れる】	他下一 收穫，收割；收進，拿入；採用，引進，採納 反 取り出す　類 取る
1968 ☐	とりけす 【取り消す】	他五 取消，撤銷，作廢 類 打ち消す
1969 ☐	とりこわす 【取り壊す】	他五 拆除
1970 ☐	とりだす 【取り出す】	他五 （用手從裡面)取出，拿出；(從許多東西中)挑出，抽出 反 取り入れる　類 抜き出す
1971 ☐	とる 【捕る】	他五 抓，捕捉，逮捕 類 とらえる
1972 ☐	とる 【採る】	他五 採取，採用，錄取；採集；採光 類 採用
1973 ☐	ドレス 【dress】	名 女西服，洋裝，女禮服 類 洋服
1974 ☐	とれる 【取れる】	自下一 （附著物)脫落，掉下；需要，花費(時間等)；去掉，刪除；協調，均衡 類 離れる
1975 ☐	どろ 【泥】	名・造語 泥土；小偷 類 土

1963
動物園には、虎が3匹いる。
▶ 動物園裡有三隻老虎。

1964
犯人を捕らえられるものなら捕らえてみろよ。
▶ 你要能抓到那犯人，你就抓抓看啊！

1965
トラックを一周する。
▶ 繞跑道一圈。

1966
環境問題を取り上げて、みんなで話し合いました。
▶ 提出環境問題來和大家討論一下。

1967
新しい意見を取り入れなければ、改善は行えない。
▶ 要是不採用新的意見，就無法改善。

1968
責任者の協議のすえ、許可証を取り消すことにしました。
▶ 和負責人進行協議，最後決定撤銷證照。

1969
古い家を取り壊す。
▶ 拆除舊屋。

1970
彼は、ポケットから財布を取り出した。
▶ 他從口袋裡取出錢包。

1971
鼠を捕る。
▶ 抓老鼠。

1972
この企画を採ることにした。
▶ 已決定採用這個企畫案。

1973
結婚式といえば、真っ白なウエディングドレスを思い浮かべる。
▶ 一講到結婚典禮，腦中就會浮現純白的結婚禮服。

1974
ボタンが取れてしまいました。
▶ 鈕釦掉了。

1975
泥だらけになりつつも、懸命に救助を続けた。
▶ 儘管滿身爛泥，也還是拼命地幫忙搶救。

と

1976 □	**とんでもない**	⦅連語・形⦆ 出乎意料，不合情理；豈有此理，不可想像；(用在堅決的反駁或表示客套)哪裡的話 ⦿ 大変
1977 □	**トンネル** 【tunnel】	⑧ 隧道 ⦿ 穴
1978 □ T62	**な** 【名】	⑧ 名字，姓名；名稱；名分；名譽，名聲；名義，藉口 ⦿ 名前
1979 □	**ないか** 【内科】	⑧ (醫)內科 ⦅反⦆ 外科　⦿ 小児科
1980 □	**ないせん** 【内線】	⑧ 內線；(電話)內線分機 ⦅反⦆ 外線　⦿ 電線
1981 □	**なお**	⦅副・接⦆ 仍然，還，尚；更，還，再；猶如，如；尚且，而且，再者 ⦿ いっそう
1982 □	**ながい** 【永い】	⑱ (時間)長，長久 ⦿ ひさしい
1983 □	**ながそで** 【長袖】	⑧ 長袖
1984 □	**なかなおり** 【仲直り】	⦅名・自サ⦆ 和好，言歸於好
1985 □	**なかば** 【半ば】	⦅名・副⦆ 一半，半數；中間，中央；半途；(大約)一半，一半(左右) ⦿ 最中
1986 □	**ながびく** 【長引く】	⦅自五⦆ 拖長，延長 ⦿ 遅延する
1987 □	**なかま** 【仲間】	⑧ 伙伴，同事，朋友；同類 ⦿ グループ
1988 □	**ながめ** 【眺め】	⑧ 眺望，瞭望；(眺望的)視野，景致，景色 ⦿ 景色

1976
とんでもないところで彼に出会った。
▶ 在意想不到的地方遇見了他。

1977
トンネルを抜けたら、緑の山が広がっていた。
▶ 穿越隧道後，綠色的山脈開展在眼前。

1978
その人の名はなんと言いますか。
▶ 那個人的名字叫什麼？

1979
内科のお医者様に見てもらいました。
▶ 我去給內科的醫生看過。

1980
内線12番をお願いします。
▶ 請轉接內線12號。

1981
なお、会議の後で食事会がありますので、残ってください。
▶ 還有，會議之後有餐會，請留下來參加。

1982
末永くお幸せに。
▶ 祝你永遠快樂。

1983
長袖の服を着る。
▶ 穿長袖衣物。

1984
あなたと仲直りした以上は、もう以前のことは言いません。
▶ 既然跟你和好了，就不會再去提往事了。

1985
私はもう50代半ばです。
▶ 我已經五十五歲左右了。

1986
社長の話は、いつも長引きがちです。
▶ 社長講話總是會拖得很長。

1987
仲間になるにあたって、みんなで酒を飲んだ。
▶ 大家結交為同伴之際，一同喝了酒。

1988
この部屋は、眺めがいい上に清潔です。
▶ 這房子不僅視野好，屋內也很乾淨。

と

1989 ☐	**ながめる** 【眺める】	他下一 眺望；凝視，注意看；(商)觀望 類 見渡す
1990 ☐	**なかよし** 【仲良し】	名 好朋友；友好，相好 類 友達
1991 ☐	**ながれ** 【流れ】	名 水流，流動；河流，流水；潮流，趨勢；血統；派系，(藝術的)風格 類 川
1992 ☐	**なぐさめる** 【慰める】	他下一 安慰，慰問；使舒暢；慰勞，撫慰 類 慰安
1993 ☐	**なし** 【無し】	名 無，沒有 類 なにもない
1994 ☐	**なす** 【為す】	他五 (文)做，為 類 行う
1995 ☐	**なぞ** 【謎】	名 謎語；暗示，口風；神秘，詭異，莫名其妙 類 疑問
1996 ☐	**なぞなぞ** 【謎々】	名 謎語 類 謎
1997 ☐	**なだらか**	形動 平緩，坡度小，平滑；平穩，順利；順利，流暢 反 険しい　類 緩い（ゆるい）
1998 ☐	**なつかしい** 【懐かしい】	形 懷念的，思慕的，令人懷念的；眷戀，親近的 類 恋しい
1999 ☐	**なでる** 【撫でる】	他下一 摸，撫摸；梳理(頭髮)；撫慰，安撫 類 さする
2000 ☐	**なにしろ** 【何しろ】	副 不管怎樣，總之，到底；因為，由於 類 とにかく
2001 ☐	**なになに** 【何々】	代・感 什麼什麼，某某 類 何

1989
窓から、美しい景色を眺めていた。
▶ 我從窗戶眺望美麗的景色。

1990
彼らは、みんな仲良しだとか。
▶ 聽說他們好像感情很好。

1991
月日の流れは速い。
▶ 時間的流逝甚快。

1992
私には、慰める言葉にもありません。
▶ 我找不到安慰的言語。

1993
勉強するにしろ、事業をするにしろ、資金無しでは無理です。
▶ 不論是讀書求學，或是開創事業，沒有資金都就是不可能的事。

1994
無益の事を為す。
▶ 做無義的事。

な

1995
彼にガールフレンドがいないのはなぞだ。
▶ 他有沒有女朋友，還真是個謎。

1996
そのなぞなぞは難しくてわからない。
▶ 這個腦筋急轉彎真是非常困難，完全想不出來。

1997
なだらかな丘が続いている。
▶ 緩坡的山丘連綿。

1998
ふるさとは、涙が出るほどなつかしい。
▶ 家鄉令我懷念到想哭。

1999
彼は、白髪だらけの髪をなでながらつぶやいた。
▶ 他邊摸著滿頭白髮，邊喃喃自語。

2000
何しろ忙しくて、食事をする時間もないほどだ。
▶ 總之就是很忙，忙到連吃飯的時間都沒有的程度。

2001
何々をくださいと言うとき、英語でなんと言いますか。
▶ 在要說請給我某東西的時候，用英文該怎麼說？

2002 ☐	なにぶん【何分】	(名・副) 多少；無奈…
2003 ☐	なにも	(連語・副) (後面常接否定)什麼也…，全都…；並(不)，(不)必 ⑱ どれも
2004 ☐	なまいき【生意気】	(名・形動) 驕傲，狂妄；自大，逞能，臭美，神氣活現 ⑱ 小憎らしい
2005 ☐	なまける【怠ける】	(自他下一) 懶惰，怠惰 ⑩ 励む ⑱ 緩む
2006 ☐	なみ【波】	(名) 波浪，波濤；波瀾，風波；聲波；電波；潮流，浪潮；起伏，波動 ⑱ 波浪（はろう）
2007 ☐	なみき【並木】	(名) 街樹，路樹；並排的樹木 ⑱ 木
2008 ☐	ならう【倣う】	(自五) 仿效，學
2009 ☐ T63	なる【生る】	(自五) (植物)結果；生，產出 ⑱ 実る（みのる）
2010 ☐	なる【成る】	(自五) 成功，完成；組成，構成；允許，能忍受 ⑱ 成立
2011 ☐	なれる【馴れる】	(自下一) 馴熟
2012 ☐	なわ【縄】	(名) 繩子，繩索 ⑱ 綱
2013 ☐	なんきょく【南極】	(名) (地)南極；(理)南極(磁針指南的一端) ⑩ 北極 ⑱ 南極点
2014 ☐	なんて	(副助) 什麼的，…之類的話；說是…；(輕視)叫什麼…來的；等等，之類；表示意外，輕視或不以為然 ⑱ なんと

2002
何分経験不足なのでできない。
なにぶんけいけん ふ そく
▶ 無奈經驗不足故辦不到。

2003
彼は肉類はなにも食べない。
かれ にくるい た
▶ 他所有的肉類都不吃。

2004
あいつがあまり生意気なので、腹を立てずにはいられない。
なま い き はら た
▶ 那傢伙實在是太狂妄了，所以不得不生起氣來。

2005
仕事を怠ける。
し ごと なま
▶ 他不認真工作。

2006
サーフィンのときは、波は高ければ高いほどいい。
なみ たか たか
▶ 衝浪時，浪越高越好。

2007
銀杏並木が続いています。
い ちょうなみ き つづ
▶ 銀杏的街道樹延續不斷。

2008
先例に倣う。
せんれい なら
▶ 仿照前例。

2009
今年はミカンがよく生るね。
こ とし な
▶ 今年的橘子結實纍纍。

2010
ノーベル賞受賞者に、なれるものならなってみろよ。
しょうじゅしょうしゃ
▶ 你要能拿諾貝爾獎，你就拿看看啊！

2011
この馬は人に馴れている。
うま ひと な
▶ 這匹馬很親人。

2012
漁村では、冬の間みんなで縄を作ります。
ぎょそん ふゆ あいだ なわ つく
▶ 在漁村裡，冬季大家會一起製繩。

2013
南極なんか、行ってみたいですね。
なんきょく い
▶ 我想去看看南極之類的地方呀！

2014
本気にするなんてばかね。
ほん き
▶ 你真笨耶！竟然當真了。

な

2015 ☐	**なんで** 【何で】	副 為什麼，何故 類 どうして
2016 ☐	**なんでも** 【何でも】	副 什麼都，不管什麼；不管怎樣，無論怎樣； 據說是，多半是 類 すべて
2017 ☐	**なんとか** 【何とか】	副 設法，想盡辦法；好不容易，勉強；(不明確 的事情、模糊概念)什麼，某事 類 どうやら
2018 ☐	**なんとなく** 【何となく】	副 (不知為何)總覺得，不由得；無意中 類 どうも
2019 ☐	**なんとも**	副・連 真的，實在；(下接否定，表無關緊要)沒 關係，沒什麼；(下接否定)怎麼也不… 類 どうとも
2020 ☐	**なんびゃく** 【何百】	名 (數量)上百 類 何万
2021 ☐	**なんべい** 【南米】	名 南美洲 類 南アメリカ
2022 ☐	**なんぼく** 【南北】	名 (方向)南與北；南北 反 東西　類 南と北
に	2023 ☐	**におう** 【匂う】	自五 散發香味，有香味；(顏色)鮮豔美麗；隱 約發出，使人感到似乎… 類 薫じる（くんずる）
	2024 ☐	**にがす** 【逃がす】	他五 放掉，放跑；使跑掉，沒抓住；錯過，丟失 類 放す（はなす）
	2025 ☐	**にくい** 【憎い】	形 可憎，可惡；(說反話)漂亮，令人佩服 類 憎らしい
	2026 ☐	**にくむ** 【憎む】	他五 憎恨，厭惡；嫉妒 反 愛する　類 嫉む（ねたむ）
	2027 ☐	**にげきる** 【逃げ切る】	自五 (成功地)逃跑

2015
□

何で、最近こんなに雨がちなんだろう。
▶ 為什麼最近這麼容易下雨呢？

2016
□

この仕事については、何でも聞いてください。
▶ 關於這份工作，有任何問題就請發問。

2017
□

誰も助けてくれないので、自分で何とかするほかない。
▶ 沒有人肯幫忙，所以只好自己想辦法了。

2018
□

何となく、その日はお酒を飲まずにはいられなかった。
▶ 不知道為什麼，總覺得那一天不能不喝酒。

2019
□

その件については、なんとも説明しがたい。
▶ 關於那件事，實在是難以說明。

2020
□

何百何千という人々がやってきた。
▶ 上千上百的人群來到。

な

2021
□

南米のダンスを習いたい。
▶ 我想學南美洲的舞蹈。

2022
□

日本は南北に長い国です。
▶ 日本是南北細長的國家。

2023
□

何か匂いますが、何の匂いでしょうか。
▶ 好像有什麼味道，到底是什麼味道呢？

2024
□

犯人を追っていたのに、逃がしてしまった。
▶ 我在追犯人，卻讓他跑了。

2025
□

冷酷な犯人が憎い。
▶ 憎恨冷酷無情的犯人。

2026
□

今でも彼を憎んでいますか。
▶ 你現在還恨他嗎？

2027
□

危なかったが、逃げ切った。
▶ 雖然危險但脫逃成功。

2028 ☐	にこにこ	副・自サ 笑嘻嘻，笑容滿面 類 莞爾（かんじ）
2029 ☐	にごる 【濁る】	自五 混濁，不清晰；(聲音)嘶啞；(顏色)不鮮明；(心靈)污濁，起邪念 反 澄む　類 汚れる（けがれる）
2030 ☐	にじ 【虹】	名 虹，彩虹 類 彩虹（さいこう）
2031 ☐	にち 【日】	名・漢造 日本；星期天；日子，天，晝間；太陽 類 日曜日
2032 ☐	にちじ 【日時】	名 (集會和出發的)日期時間 類 日付と時刻
2033 ☐	にちじょう 【日常】	名 日常，平常 類 普段
2034 ☐	にちや 【日夜】	名・副 日夜；總是，經常不斷地 類 いつも
2035 ☐	にちようひん 【日用品】	名 日用品 類 品物
2036 ☐	にっか 【日課】	名 (規定好)每天要做的事情，每天習慣的活動；日課 類 勤め
2037 ☐	にっこう 【日光】	名 日光，陽光；日光市 類 太陽
2038 ☐	にっこり	副・自サ 微笑貌，莞爾，嫣然一笑，微微一笑 類 にこにこ
2039 ☐	にっちゅう 【日中】	名 白天，晝間(指上午十點到下午三、四點間)；日本與中國 類 昼間
2040 ☐	にってい 【日程】	名 (旅行、會議的)日程；每天的計畫(安排) 類 日どり

2028
嬉しくてにこにこした。
▶ 高興得笑容滿面。

2029
工場の排水で、川の水が濁ってしまうおそれがある。
▶ 工廠排出的廢水，有可能讓河川變混濁。

2030
雨が止んだら虹が出た。
▶ 雨停了之後，出現一道彩虹。

2031
何日ぐらい旅行に行きますか。
▶ 你打算去旅行幾天左右？

2032
パーティーに行けるかどうかは、日時しだいです。
▶ 是否能去參加派對，就要看時間的安排。

2033
日常生活に困らないにしても、貯金はあったほうがいいですよ。
▶ 就算日常生活上沒有經濟問題，也還是要有儲蓄比較好。

2034
彼は日夜勉強している。
▶ 他日以繼夜地用功讀書。

2035
うちの店では、日用品ばかりでなく、高級品も扱っている。
▶ 不單是日常用品，本店也另有出售高級商品。

2036
散歩が日課になりつつある。
▶ 散步快要變成我每天例行的功課了。

2037
日光を浴びる。
▶ 曬太陽。

2038
彼女がにっこりしさえすれば、男性はみんな優しくなる。
▶ 只要她嫣然一笑，每個男性都會變得很親切。

2039
雲のようすから見ると、日中は雨が降りそうです。
▶ 從雲朵的樣子來看，白天好像會下雨的樣子。

2040
旅行の日程がわかりしだい、連絡します。
▶ 一得知旅行的行程之後，將馬上連絡您。

に

2041 ☐	にぶい 【鈍い】	形 (刀劍等)鈍，不鋒利；(理解、反應)慢，遲鈍，動作緩慢；(光)朦朧，(聲音)渾濁 反 鋭い 類 鈍感（さいこう）
2042 ☐	にほん 【日本】	名 日本 類 日本国
2043 ☐	にゅうしゃ 【入社】	名・自サ 進公司工作，入社 反 退社 類 社員
2044 ☐	にゅうじょう 【入場】	名・自サ 入場 反 退場 類 式場
2045 ☐	にゅうじょうけん 【入場券】	名 門票，入場券
2046 ☐ T64	にょうぼう 【女房】	名 (自己的)太太，老婆 類 つま
2047 ☐	にらむ 【睨む】	他五 瞪著眼看，怒目而視；盯著，注視，仔細觀察；估計，揣測，意料；盯上 類 瞠目（どうもく）
2048 ☐	にわか	名・形動 突然，驟然；立刻，馬上；一陣子，臨時，暫時 類 雨
2049 ☐	にわとり 【鶏】	名 雞
2050 ☐	にんげん 【人間】	名 人，人類；人品，為人；(文)人間，社會，世上 類 人
ぬ 2051 ☐	ぬの 【布】	名 布匹；棉布；麻布 類 織物
ね 2052 ☐	ね 【根】	名 (植物的)根；根底；根源，根據；天性，根本 類 根っこ（ねっこ）
2053 ☐	ね 【値】	名 價錢，價格，價值 類 値段

2041
私は勘が鈍いので、クイズは苦手です。
▶ 因為我的直覺很遲鈍，所以不擅於猜謎。

2042
学校を通して、日本への留学を申請しました。
▶ 透過學校，申請到日本留學。

2043
出世は、入社してからの努力しだいです。
▶ 是否能出人頭地，就要看進公司後的努力。

2044
入場する人は、一列に並んでください。
▶ 要進場的人，請排成一排。

2045
入場券売場。
▶ 門票販售處。

2046
女房と一緒になったときは、嬉しくて涙が出るくらいでした。
▶ 跟老婆步入禮堂時，高興得眼淚都要掉了下來。

に

2047
隣のおじさんは、私が通るたびに睨む。
▶ 我每次經過隔壁的伯伯就會瞪我一眼。

2048
にわかに空が曇ってきた。
▶ 天空頓時暗了下來。

2049
鶏を飼う。
▶ 養雞。

2050
人間の歴史。
▶ 人類的歷史。

2051
どんな布にせよ、丈夫なものならかまいません。
▶ 不管是哪種布料，只要耐用就好。

2052
この問題は根が深い。
▶ 這個問題的根源很深遠。

2053
値が上がらないうちに、マンションを買った。
▶ 在房價還未上漲前買下了公寓。

2054 ☐	ねがい 【願い】	㊔ 願望，心願；請求，請願；申請書，請願書 ㊫ 願望（がんぼう）
2055 ☐	ねがう 【願う】	㊟ 請求，請願，懇求；願望，希望；祈禱，許願 ㊫ 念願（ねんがん）
2056 ☐	ねじ	㊔ 螺絲，螺釘　㊫ 釘
2057 ☐	ねじる【捩る】	㊟ 扭，扭傷，扭轉；不斷翻來覆去的責備 ㊫ 捻る
2058 ☐	ねずみ	㊔ 老鼠　㊫ マウス
2059 ☐	ねっする【熱する】	㊐ 加熱，變熱，發熱；熱中於，興奮，激動 ㊫ 沸かす（わかす）
2060 ☐	ねったい【熱帯】	㊔ (地)熱帯 ㊐ 寒帯　㊫ 熱帯雨林（ねったいうりん）
2061 ☐	ねまき【寝間着】	㊔ 睡衣　㊫ パジャマ
2062 ☐	ねらう 【狙う】	㊟ 看準，把…當做目標；把…弄到手；伺機而動 ㊫ 目指す
2063 ☐	ねんがじょう 【年賀状】	㊔ 賀年卡
2064 ☐	ねんかん 【年間】	㊔・漢造 一年間；(年號使用)期間，年間 ㊫ 年代
2065 ☐	ねんげつ 【年月】	㊔ 年月，光陰，時間 ㊫ 歳月
2066 ☐	ねんじゅう 【年中】	㊔・副 全年，整年；一年到頭，總是，始終 ㊫ いつも
2067 ☐	ねんだい 【年代】	㊔ 年代；年齢層；時代

2054 みんなの願いにもかかわらず、先生は来てくれなかった。
▶ 不理會眾人的期望，老師還是沒來。

2055 二人の幸せを願わないではいられません。
▶ 不得不為他兩人的幸福祈禱呀！

2056 ねじが緩くなったので直してください。
▶ 螺絲鬆了，請將它轉緊。

2057 足を捻ったばかりか、ひざの骨にひびまで入った。
▶ 不僅扭傷了腳，連膝蓋骨也裂開了。

2058 こんなところに、ねずみなんかいませんよ。
▶ 這種地方，才不會有老鼠那種東西啦。

2059 鉄をよく熱してから加工します。
▶ 將鐵徹底加熱過後再加工。

2060 この国は、熱帯のわりには過ごしやすい。
▶ 這國家雖處熱帶，但卻很舒適宜人。

ね

2061 寝間着のまま、うろうろするものではない。
▶ 不要穿著睡衣到處走動。

2062 狙った以上、彼女を絶対ガールフレンドにします。
▶ 既然看中了她，就絕對要讓她成為自己的女友。

2063 年賀状を書く。
▶ 寫賀年卡。

2064 年間の収入は500万円です。
▶ 一年中的收入是五百萬日圓。

2065 年月をかけた準備のあげく、失敗してしまいました。
▶ 花費多年所做的準備，最後卻失敗了。

2066 京都には、季節を問わず、年中観光客がいっぱいいます。
▶ 在京都，不論任何季節，全年都有很多觀光客聚集。

2067 若い年代の需要にこたえて、商品を開発する。
▶ 回應年輕一代的需求來開發商品。

2068 ☐	ねんど 【年度】	名 (工作或學業)年度 類 時代
2069 ☐	ねんれい 【年齢】	名 年齢，歲數 類 年歳
2070 ☐ T65	の 【野】	名・漢造 原野；田地，田野；野生的 類 原
2071 ☐	のう 【能】	名・漢造 能力，才能，本領；功效；(日本古典戲劇)能樂 類 才能
2072 ☐	のうさんぶつ 【農産物】	名 農產品 類 作物
2073 ☐	のうそん 【農村】	名 農村，鄉村 類 農園
2074 ☐	のうみん 【農民】	名 農民 類 百姓
2075 ☐	のうやく 【農薬】	名 農藥 類 薬
2076 ☐	のうりつ 【能率】	名 效率 類 効率（こうりつ）
2077 ☐	ノー 【no】	名・感・造 表否定；沒有，不；(表示禁止)不必要，禁止 類 いいえ
2078 ☐	のき 【軒】	名 屋簷 類 屋根（やね）
2079 ☐	のこらず 【残らず】	副 全部，通通，一個不剩 類 すべて
2080 ☐	のこり 【残り】	名 剩餘，殘留 類 あまり

2068
年度の終わりに、みんなで飲みに行きましょう。
▶ 本年度結束時，大家一起去喝一杯吧。

2069
先生の年齢からして、たぶんこの歌手を知らないでしょう。
▶ 從老師的歲數來推斷，他大概不知道這位歌手吧！

2070
家にばかりいないで、野や山に遊びに行こう。
▶ 不要一直窩在家裡，一起到原野或山裡玩耍吧！

2071
私は小説を書くしか能がない。
▶ 我只有寫小說的才能。

2072
このあたりの代表的農産物といえば、ぶどうです。
▶ 說到這一帶的代表性農作物，就是葡萄。

2073
彼は、農村の人々の期待にこたえて、選挙に出馬した。
▶ 他回應了農村裡的鄉親們的期待，站出來參選。

ね

2074
農民の生活は、天候に左右される。
▶ 農民的生活受天氣左右。

2075
虫の害がひどいので、農薬を使わずにはいられない。
▶ 因為蟲害很嚴重，所以不得不使用農藥。

2076
能率が悪いにしても、この方法で作ったお菓子のほうがおいしいです。
▶ 就算效率很差，但用這方法所作成的點心比較好吃。

2077
いやなのにもかかわらず、ノーと言えない。
▶ 儘管是不喜歡的東西，也無法開口說不。

2078
雨が降ってきたので、家の軒下に逃げ込んだ。
▶ 下起了雨，所以躲到了房屋的屋簷下。

2079
知っていることを残らず話す。
▶ 知道的事情全部講出。

2080
お菓子の残りは、あなたにあげます。
▶ 剩下來的甜點給你吃。

2081 ☐	のせる【載せる】	他下一 刊登；載運；放到高處；和著音樂拍子
2082 ☐	のぞく【除く】	他五 消除，刪除，除外，剷除；除了…，…除外；殺死 類 消す
2083 ☐	のぞく【覗く】	自五・他五 露出(物體的一部份)；窺視，探視；往下看；晃一眼；窺探他人秘密 類 窺う（うかがう）
2084 ☐	のぞみ【望み】	名 希望，願望，期望；抱負，志向；眾望 類 希望
2085 ☐	のちほど【後程】	副 過一會兒
2086 ☐	のはら【野原】	名 原野
2087 ☐	のびのび【延び延び】	名 拖延，延緩
2088 ☐	のびのび（と）【伸び伸び（と）】	副・自サ 生長茂盛；輕鬆愉快
2089 ☐	のべる【述べる】	他下一 敘述，陳述，說明，談論
2090 ☐	のみかい【飲み会】	名 喝酒的聚會
2091 ☐	のり【糊】	名 膠水，漿糊
2092 ☐	のる【載る】	他五 登上，放上；乘，坐，騎；參與；上當，受騙；刊載，刊登 類 積載（せきさい）
2093 ☐	のろい【鈍い】	形 (行動)緩慢的，慢吞吞的；(頭腦)遲鈍的，笨的；對女人軟弱，唯命是從的人 類 遅い

2081
雑誌に記事を載せる。
▶ 在雜誌上刊登報導。

2082
私を除いて、家族は全員乙女座です。
▶ 除了我之外，我們家全都是處女座。

2083
家の中を覗いているのは誰だ。
▶ 是誰在那裡偷看屋內？

2084
お礼は、あなたの望み次第で、なんでも差し上げます。
▶ 回禮的話，看你想要什麼，我都會送給你。

2085
後程またご相談しましょう。
▶ 回頭再來和你談談。

2086
野原で遊ぶ。
▶ 在原野玩耍。

の

2087
運動会が雨で延び延びになる。
▶ 運動會因雨勢而拖延。

2088
子供が伸び伸びと育つ。
▶ 讓小孩在自由開放的環境下成長。

2089
この問題に対して、意見を述べてください。
▶ 請針對這個問題，發表一下意見。

2090
飲み会に誘われる。
▶ 被邀去參加聚會。

2091
糊をつける。
▶ 塗上膠水。

2092
その記事は、何ページに載っていましたっけ。
▶ 這個報導，記得是刊在第幾頁來著？

2093
亀は、歩くのがとても鈍い。
▶ 烏龜走路非常緩慢。

2094 ☐	のろのろ	副·自サ 遲緩，慢吞吞地 類 遲鈍（ちどん）
2095 ☐	のんき 【呑気】	名·形動 悠閑，無憂無慮；不拘小節，不慌不忙；蠻不在乎，漫不經心 類 気楽（きらく）
2096 ☐	ば 【場】	名 場所，地方；座位；(戲劇)場次；場合 類 所
2097 ☐	はあ	感 （應答聲）是，唉；（驚訝聲）嘿
2098 ☐	ばいう 【梅雨】	名 梅雨 反 乾期（かんき）　類 雨季
2099 ☐	バイキング 【Viking】	名 自助式吃到飽
2100 ☐	はいく 【俳句】	名 俳句 類 歌
2101 ☐	はいけん 【拝見】	名·他サ (「みる」的自謙語)看，瞻仰
2102 ☐	はいたつ 【配達】	名·他サ 送，投遞 類 配る
2103 ☐	ばいばい 【売買】	名·他サ 買賣，交易 類 売り買い
2104 ☐	パイプ 【pipe】	名 管，導管；煙斗；煙嘴；管樂器 類 筒（つつ）
2105 ☐	はう 【這う】	自五 爬，爬行；(植物)攀纏，緊貼；(趴)下 類 腹這う
2106 ☐	はか 【墓】	名 墓地，墳墓 類 墓場

は T66

2094
のろのろやっていると、間に合わないおそれがありますよ。
▶ 你這樣慢吞吞的話，會趕不上的唷！

2095
生まれつき吞気なせいか、あまり悩みはありません。
▶ 不知是不是生來性格就無憂無慮的關係，幾乎沒什麼煩惱。

2096
その場では、お金を払わなかった。
▶ 在當時我沒有付錢。

2097
はあ、かしこまりました。
▶ 是，我知道了。

2098
梅雨の季節にしては、雨が少ないです。
▶ 就梅雨季節來說，這雨量很少。

2099
朝食のバイキング。
▶ 自助式吃到飽的早餐。

の

2100
この作家の俳句を読むにつけ、日本へ行きたくなります。
▶ 每當唸起這位作家的俳句時，就會想去日本。

2101
お手紙拝見しました。
▶ 拜讀了您的信。

2102
1日2回郵便が配達される。
▶ 一天投遞兩次郵件。

2103
株の売買によって、お金をもうけました。
▶ 因為股票交易而賺了錢。

2104
これは、石油を運ぶパイプラインです。
▶ 這是輸送石油的輸油管。

2105
赤ちゃんが、一生懸命這ってきた。
▶ 小嬰兒努力地爬到了這裡。

2106
郊外に墓を買いました。
▶ 在郊外買了墳墓。

2107 ☐	ばか 【馬鹿】	名・形動 愚蠢，糊塗
2108 ☐	はがす 【剥がす】	他五 剥下 類 取り除ける（とりのぞける）
2109 ☐	はかせ 【博士】	名 博士；博學之人
2110 ☐	ばからしい 【馬鹿らしい】	形 愚蠢的，無聊的；划不來，不值得 反 面白い 類 馬鹿馬鹿しい
2111 ☐	はかり 【計り】	名 秤，量，計量；份量；限度 類 計器
2112 ☐	はかり 【秤】	名 秤，天平
2113 ☐	はかる 【計る】	他五 計，秤，測量；計量；推測，揣測；徵詢，諮詢 類 数える
2114 ☐	はきけ 【吐き気】	名 噁心，作嘔 類 むかつき
2115 ☐	はきはき	副・自サ 活潑伶俐的樣子；乾脆，爽快；（動作）俐落 類 しっかり
2116 ☐	はく 【吐く】	他五 吐，吐出；說出，吐露出；冒出，噴出 類 言う
2117 ☐	はく 【掃く】	他五 掃，打掃；（拿刷子）輕塗 類 掃除
2118 ☐	ばくだい 【莫大】	名・形動 莫大，無尚，龐大 反 少ない 類 多い
2119 ☐	ばくはつ 【爆発】	名・自サ 爆炸，爆發 類 炸裂（さくれつ）

2107
馬鹿にする。
▶ 輕視，瞧不起。

2108
ペンキを塗る前に、古い塗料を剥がしましょう。
▶ 在塗上油漆之前，先將舊的漆剝下來吧！

2109
彼は工学博士になりました。
▶ 他當上了工學博士。

2110
あなたにとっては馬鹿らしくても、私にとっては重要なんです。
▶ 就算對你來講很愚蠢，但對我來說卻是很重要的。

2111
はかりで重さを量ってみましょう。
▶ 用體重機量量體重吧。

2112
秤で量る。
▶ 秤重。

は

2113
何分ぐらいかかるか、時間を計った。
▶ 我量了大概要花多少時間。

2114
上司のやり方が嫌いで、吐き気がするぐらいだ。
▶ 上司的做事方法令人討厭到想作嘔的程度。

2115
質問にはきはき答える。
▶ 俐落地回答問題。

2116
寒くて、吐く息が白く見える。
▶ 天氣寒冷，吐出來的氣都是白的。

2117
部屋を掃く。
▶ 打掃房屋。

2118
貿易を通して、莫大な財産を築きました。
▶ 透過貿易，累積了龐大的財富。

2119
長い間の我慢のあげく、とうとう気持ちが爆発してしまった。
▶ 長久忍下來的怨氣，終於爆發了。

2120	はぐるま 【歯車】	⑧ 齒輪
2121	バケツ 【bucket】	⑧ 木桶 ⑳ 桶（おけ）
2122	はさまる 【挟まる】	⑤ 夾，(物體)夾在中間；夾在(對立雙方中間) ⑳ 嵌まる（はまる）
2123	はさむ 【挟む】	⑩ 夾，夾住；隔；夾進，夾入；插 ⑳ 摘む
2124	はさん 【破産】	⑧・⑤ 破產 ⑳ 潰れる
2125	はしご	⑧ 梯子；挨家挨戶 ⑳ 梯子（ていし）
2126	はじめまして 【初めまして】	⑧ 初次見面
2127	はしら 【柱】	⑧・接尾 （建）柱子；支柱；（轉）靠山
2128	はす 【斜】	⑧ (方向)斜的，歪斜 ⑳ 斜め（ななめ）
2129	パス 【pass】	⑧・⑤ 免票，免費；定期票，月票；合格，通過 ⑳ 切符
2130	はだ 【肌】	⑧ 肌膚，皮膚；物體表面；氣質，風度；木紋 ⑳ 皮膚
2131	パターン 【pattern】	⑧ 形式，樣式，模型；紙樣；圖案，花樣 ⑳ 型
2132	はだか 【裸】	⑧ 裸體；沒有外皮的東西；精光，身無分文； 不存先入之見，不裝飾門面 ⑳ ヌード

2120
歯車がかみ合う。
▶ 齒輪咬合；協調。

2121
掃除をするので、バケツに水を汲んできてください。
▶ 要打掃了，請你用水桶裝水過來。

2122
歯の間に食べ物が挟まってしまった。
▶ 食物塞在牙縫裡了。

2123
ドアに手を挟んで、大声を出さないではいられないぐらい痛かった。
▶ 門夾到手，痛得我禁不住放聲大叫。

2124
うちの会社は借金だらけで、結局破産しました。
▶ 我們公司欠了一屁股債，最後破產了。

2125
屋根に上るので、はしごを貸してください。
▶ 我要爬上屋頂，所以請借我梯子。

は

2126
初めまして、山田太郎と申します。
▶ 初次見面，我叫山田太郎。

2127
柱が倒れる。
▶ 柱子倒下。

2128
ねぎは斜に切ってください。
▶ 請將蔥斜切。

2129
試験にパスしないことには、資格はもらえない。
▶ 要是不通過考試，就沒辦法取得資格。

2130
肌が美しくて、まぶしいぐらいだ。
▶ 肌膚美得炫目耀眼。

2131
彼がお酒を飲んで歌い出すのは、いつものパターンです。
▶ 喝了酒之後就會開始唱歌，是他的固定模式。

2132
風呂に入るため裸になったら、電話が鳴って困った。
▶ 脫光了衣服要洗澡時，電話卻剛好響起，真是傷腦筋。

2133 T67	はだぎ【肌着】	名 (貼身)襯衣，汗衫 反 上着　類 下着
2134	はたけ【畑】	名 田地，旱田；專業的領域
2135	はたして【果たして】	副 果然，果真 反 図らずも（はからずも）　類 やはり
2136	はち【鉢】	名 鉢盆；大碗；花盆；頭蓋骨 類 応器
2137	はちうえ【鉢植え】	名 盆栽
2138	はつ【発】	名・接尾 (交通工具等)開出，出發；(信、電報等)發出；(助數詞用法)(計算子彈數量)發，顆 類 出発する
2139	ばつ	名 (表否定的)叉號
2140	ばつ【罰】	名・漢造 懲罰，處罰 反 賞　類 罰（ばち）
2141	はついく【発育】	名・自サ 發育，成長 類 育つ
2142	はっき【発揮】	名・他サ 發揮，施展
2143	バック【back】	名・自サ 後面，背後；背景；後退，倒車；金錢的後備，援助；靠山 反 表（おもて）　類 裏（うら）
2144	はっこう【発行】	名・自サ (圖書、報紙、紙幣等)發行；發放，發售
2145	はっしゃ【発車】	名・自サ 發車，開車 類 出発

は

2133 肌着をたくさん買ってきた。
▶ 我買了許多汗衫。

2134 畑で働いている。
▶ 在田地工作。

2135 ベストセラーといっても、果たして面白いかどうかわかりませんよ。
▶ 雖說是暢銷書，但不知是否果真那麼好看唷。

2136 鉢にラベンダーを植えました。
▶ 我在花盆中種了薰衣草。

2137 鉢植えの手入れをする。
▶ 照顧盆栽。

2138 上野発の列車。
▶ 上野開出的火車。

2139 間違った答えにはばつをつけた。
▶ 在錯的答案上畫上了叉號。

2140 遅刻した罰として、反省文を書きました。
▶ 當作遲到的處罰，寫了反省書。

2141 発育のよい子。
▶ 發育良好的孩子。

2142 今年は、自分の能力を発揮することなく終わってしまった。
▶ 今年都沒好好發揮實力就結束了。

2143 車をバックさせたところ、塀にぶつかってしまった。
▶ 倒車，結果撞上了圍牆。

2144 新しい雑誌を発行したところ、とてもよく売れました。
▶ 發行新雜誌，結果銷路很好。

2145 定時に発車する。
▶ 定時發車。

2146 ☐	はっしゃ 【発射】	名・他サ 發射(火箭、子彈等) 類 撃つ（うつ）
2147 ☐	ばっする 【罰する】	他サ 處罰，處分，責罰；(法)定罪，判罪 類 懲らしめる（こらしめる）
2148 ☐	はっそう 【発想】	名・自他サ 構想，主意；表達，表現；(音樂)表現
2149 ☐	ばったり	副 物體突然倒下(跌落)貌；突然相遇貌；突然終止貌 類 偶々
2150 ☐	ぱっちり	副・自サ 眼大而水汪汪；睜大眼睛
2151 ☐	はってん 【発展】	名・自サ 擴展，發展；活躍，活動 類 発達
2152 ☐	はつでん 【発電】	名・他サ 發電
2153 ☐	はつばい 【発売】	名・他サ 賣，出售 類 売り出す
2154 ☐	はっぴょう 【発表】	名・他サ 發表，宣布，聲明；揭曉 類 公表
2155 ☐	はなしあう 【話し合う】	自五 對話，談話；商量，協商，談判
2156 ☐	はなしかける 【話しかける】	自下一 (主動)跟人說話，攀談；開始談，開始說 類 話し始める
2157 ☐	はなしちゅう 【話し中】	名 通話中 類 通話中
2158 ☐	はなはだしい 【甚だしい】	形 (不好的狀態)非常，很，甚 類 激しい

2146
ロケットが発射した。
▶ 火箭發射了。

2147
あなたが罪を認めた以上、罰しなければなりません。
▶ 既然你認了罪，就得接受懲罰。

2148
彼の発想をぬきにしては、この製品は完成しなかった。
▶ 如果沒有他的構想，就沒有辦法做出這個產品。

2149
友人たちにばったり会ったばかりに、飲みにいくことになってしまった。
▶ 因為與朋友們不期而遇，所以就決定去喝酒了。

2150
目がぱっちりとしている。
▶ 眼兒水汪汪。

2151
驚いたことに、町はたいへん発展していました。
▶ 令人驚訝的是，小鎮蓬勃發展起來了。

2152
この国では、風力による発電が行なわれています。
▶ 這個國家，以風力來發電。

2153
新商品発売の際には、大いに宣伝しましょう。
▶ 銷售新商品時，我們來大力宣傳吧！

2154
こんなに面白い意見は、発表せずにはいられません。
▶ 這麼有趣的意見，實在無法不提出來。

2155
楽しく話し合う。
▶ 相談甚歡。

2156
英語で話しかける。
▶ 用英語跟他人交談。

2157
急ぎの用事で電話したときに限って、話し中である。
▶ 偏偏在有急事打電話過去時，就是在通話中。

2158
あなたは甚だしい勘違いをしています。
▶ 你誤會得非常深。

2159 ☐	はなばなしい 【華々しい】	形 華麗，豪華；輝煌；壯烈 類 立派
2160 ☐	はなび 【花火】	名 煙火 類 火花
2161 ☐	はなやか 【華やか】	形動 華麗；輝煌；活躍；引人注目 類 派手やか
2162 ☐	はなよめ 【花嫁】	名 新娘 反 婿　類 嫁
2163 ☐	はね 【羽】	名 羽毛；(鳥與昆蟲等的)翅膀；(機器等)翼，葉片；箭翎 類 つばさ
2164 ☐	ばね	名 彈簧，發條；(腰、腿的)彈力，彈跳力 類 弾き金（はじきがね）
2165 ☐	はねる 【跳ねる】	自下一 跳，蹦起；飛濺；散開，散場；爆，裂開 類 跳ぶ
2166 ☐	ははおや 【母親】	名 母親 反 父親　類 母
2167 ☐	はぶく 【省く】	他五 省，省略，精簡，簡化；節省 類 略す（りゃくす）
2168 ☐	はへん 【破片】	名 破片，碎片 類 かけら
2169 ☐	ハム 【ham】	名 火腿
2170 ☐ T68	はめる 【嵌める】	他下一 嵌上，鑲上；使陷入，欺騙；擲入，使沈入 反 外す　類 挟む（はさむ）
2171 ☐	はやおき 【早起き】	名 早起

2159	華々しい結婚式。 ▶ 豪華的婚禮。
2160	花火を見に行きたいわ。とてもきれいだもの。 ▶ 人家要去看煙火，因為真的是很漂亮嘛。
2161	華やかな都会での生活。 ▶ 在繁華的都市生活。
2162	きれいだなあ。さすが花嫁さんだけのことはある。 ▶ 好美唷！果然不愧是新娘子。
2163	羽のついた帽子がほしい。 ▶ 我想要頂有羽毛的帽子。
2164	ベッドの中のばねはたいへん丈夫です。 ▶ 床鋪的彈簧實在是牢固啊。
2165	子犬は、飛んだり跳ねたりして喜んでいる。 ▶ 小狗高興得又蹦又跳的。
2166	息子が勉強しないので、母親として嘆かずにはいられない。 ▶ 因為兒子不讀書，所以身為母親的就不得不嘆起氣來。
2167	大事な言葉を省いたばかりに、意味が通じなくなりました。 ▶ 正因為省略了關鍵的詞彙，所以意思才會不通。
2168	ガラスの破片が落ちていた。 ▶ 玻璃的碎片掉落在地上。
2169	ハムサンドをください。 ▶ 請給我火腿三明治。
2170	金属の枠にガラスを嵌めました。 ▶ 在金屬框裡，嵌上了玻璃。
2171	早起きは苦手だ。 ▶ 不擅長早起。

は

2172 ☐	はやくち 【早口】	名 說話快
2173 ☐	はら 【原】	名 平原，平地；荒原，荒地 類 野
2174 ☐	はらいこむ 【払い込む】	他五 繳納 類 収める
2175 ☐	はらいもどす 【払い戻す】	他五 退還(多餘的錢)，退費；(銀行)付還(存戶存款) 類 払い渡す
2176 ☐	はり 【針】	名 縫衣針；針狀物；(動植物的)針，刺 類 ピン
2177 ☐	はりがね 【針金】	名 金屬絲，(鉛、銅、鋼)線；電線 類 鉄線
2178 ☐	はりきる 【張り切る】	自五 拉緊；緊張，幹勁十足，精神百倍 類 頑張る
2179 ☐	はれ 【晴れ】	名 晴天；隆重；消除嫌疑
2180 ☐	はん 【反】	名・漢造 反，反對；(哲)反對命題；犯規；反覆 類 対立する
2181 ☐	はんえい 【反映】	名・自サ・他サ (光)反射；反映 類 反影
2182 ☐	パンク 【puncture】	名・自サ 爆胎；脹破，爆破 類 破れる（やぶれる）
2183 ☐	はんけい 【半径】	名 半徑
2184 ☐	はんこ	名 印章，印鑑 類 判

2172
早口でしゃべる。
▶ 說話速度快。

2173
野原でおべんとうを食べました。
▶ 我在原野上吃了便當。

2174
税金を払い込む。
▶ 繳納稅金。

2175
不良品だったので、抗議のすえ、料金を払い戻してもらいました。
▶ 因為是瑕疵品，經過抗議之後，最後費用就退給我了。

2176
針と糸で雑巾を縫った。
▶ 我用針和線縫補了抹布。

2177
針金で玩具を作った。
▶ 我用銅線做了玩具。

は

2178
主役をやるからには、はりきってやります。
▶ 既然要當主角，就要打起精神好好做。

2179
さわやかな晴れの日。
▶ 舒爽的晴天。

2180
隣家と反目し合う。
▶ 跟隔壁反目成仇。

2181
この事件は、当時の状況を反映しているに相違ありません。
▶ 這個事件，肯定是反映了當下的情勢。

2182
大きな音がしたことから、パンクしたのに気がつきました。
▶ 因為聽到了巨響，所以發現原來是爆胎了。

2183
彼は、行動半径が広い。
▶ 他的行動範圍很廣。

2184
ここにはんこを押してください。
▶ 請在這裡蓋下印章。

2185 ☐	はんこう 【反抗】	名・自サ 反抗，違抗，反擊 類 手向かう（てむかう）
2186 ☐	はんざい 【犯罪】	名 犯罪 類 犯行
2187 ☐	ばんざい 【万歳】	名・感 萬歲；(表示高興)太好了，好極了 類 ばんせい
2188 ☐	ハンサム 【handsome】	名・形動 帥，英俊，美男子 類 美男（びなん）
2189 ☐	はんじ 【判事】	名 審判員，法官 類 裁判官
2190 ☐	はんだん 【判断】	名・他サ 判斷；推斷，推測；占卜 類 判じる（はんじる）
2191 ☐	ばんち 【番地】	名 門牌號；住址 類 アドレス
2192 ☐	はんつき 【半月】	名 半個月；半月形；上（下）弦月
2193 ☐	バンド 【band】	名 帶狀物；皮帶，腰帶；樂團 類 ベルト
2194 ☐	はんとう 【半島】	名 半島 類 岬
2195 ☐	ハンドル 【handle】	名 (門等)把手；(汽車、輪船)方向盤 類 柄
2196 ☐	はんにち 【半日】	名 半天
2197 ☐	はんばい 【販売】	名・他サ 販賣，出售 類 売り出す

2185
彼は、親に対して反抗している。
▶ 他反抗父母。

2186
犯罪を通して、社会の傾向を研究する。
▶ 透過犯罪來研究社會的動向。

2187
万歳を三唱する。
▶ 三呼萬歲。

2188
ハンサムでさえあれば、どんな男性でもいいそうです。
▶ 聽說她只要對方英俊，怎樣的男人都行。

2189
将来は判事になりたいと思っている。
▶ 我將來想當法官。

2190
上司の判断が間違っていると知りつつ、意見を言わなかった。
▶ 明明知道上司的判斷是錯的，但還是沒講出自己的意見。

は

2191
お宅は何番地ですか。
▶ 您府上門牌號碼幾號？

2102
半月かかる。
▶ 花上半個月。

2193
太ったら、バンドがきつくなった。
▶ 胖起來後皮帶變得很緊。

2194
三浦半島に泳ぎに行った。
▶ 我到三浦半島游了泳。

2195
久しぶりにハンドルを握った。
▶ 久違地握著了方向盤。

2196
半日で終わる。
▶ 半天就結束。

2197
商品の販売にかけては、彼の右に出る者はいない。
▶ 在銷售商品上，沒有人可以跟他比。

2198	はんぱつ【反発】	(名・他サ・自サ) 回彈，排斥；拒絕，不接受；反攻，反抗 類 否定する
2199	ばんめ【番目】	(接尾)(助數詞用法，計算事物順序的單位)第 類 番
2200	ひ【非】	(名・漢造) 非，不是
2201	ひ【灯】	(名) 燈光，燈火 類 灯り
2202	ひあたり【日当たり】	(名) 採光，向陽處 類 日向（ひなた）
2203	ひがえり【日帰り】	(名・自サ) 當天回來
2204	ひかく【比較】	(名・他サ) 比，比較 類 比べる
2205	ひかくてき【比較的】	(副・形動) 比較地 類 割りに
2206	ひかげ【日陰】	(名) 陰涼處，背陽處；埋沒人間；見不得人 類 陰
2207	ぴかぴか	(副・自サ) 雪亮地；閃閃發亮的 類 きらきら
2208	ひきかえす【引き返す】	(自五) 返回，折回 類 戻る
2209	ひきだす【引き出す】	(他五) 抽出，拉出；引誘出，誘騙；(從銀行)提取，提出 類 連れ出す
2210	ひきとめる【引き止める】	(他下一) 留，挽留；制止，拉住

ひ

T69

2198
親に対して、反発を感じないではいられなかった。
▶ 小孩很難不反抗父母。

2199
前から3番目の人。
▶ 從前面算起第三個人。

2200
非を認める。
▶ 認錯。

2201
山の上から見ると、街の灯がきれいだ。
▶ 從山上往下眺望，街道上的燈火真是美啊。

2202
日当たりから見れば、この部屋は悪くない。
▶ 就採光這一點來看，這房間還算不錯。

2203
課長は、日帰りで出張に行ってきたということだ。
▶ 聽說社長出差一天，當天就回來了。

2204
周囲と比較してみて、自分の実力がわかった。
▶ 和周遭的人比較過之後，認清了自己的實力在哪裡。

2205
会社が比較的うまくいっているところに、急に問題がおこった。
▶ 在公司營運比從前上軌道時，突然發生了問題。

2206
日陰で休む。
▶ 在陰涼處休息。

2207
机はほこりだらけでしたが、拭いたらぴかぴかになりました。
▶ 桌上滿是灰塵，但擦過後便很雪亮。

2208
橋が壊れていたので、引き返さざるをえなかった。
▶ 因為橋壞了，所以不得不掉頭回去。

2209
部長は、部下のやる気を引き出すのが上手だ。
▶ 部長對激發部下的工作幹勁，很有一套。

2210
一生懸命引き止めたが、彼は会社を辞めてしまった。
▶ 我努力挽留但他還是辭職了。

は

2211	ひきょう 【卑怯】	名・形動 怯懦，卑怯；卑鄙，無恥 類 卑劣（ひれつ）
2212	ひきわけ 【引き分け】	名 (比賽)平局，不分勝負 類 相子
2213	ひく 【轢く】	他五 (車)壓，軋(人等) 類 轢き殺す（ひきころす）
2214	ひげき 【悲劇】	名 悲劇 反 喜劇　類 悲しい
2215	ひこう 【飛行】	名・自サ 飛行，航空 類 飛ぶ
2216	ひざし 【日差し】	名 陽光照射，光線
2217	ピストル 【pistol】	名 手槍 類 銃
2218	ビタミン 【vitamin】	名 (醫)維他命，維生素
2219	ぴたり	副 突然停止；緊貼地，緊緊地；正好，正合適，正對 類 ぴったり
2220	ひだりがわ 【左側】	名 左邊，左側
2221	ひっかかる 【引っ掛かる】	自五 掛起來，掛上，卡住；連累，牽累；受騙，上當；心裡不痛快 類 囚われる（とらわれる）
2222	ひっき 【筆記】	名・他サ 筆記；記筆記 反 口述　類 筆写
2223	びっくり	副・自サ 吃驚，嚇一跳 類 驚く

2211
彼は卑怯な男だから、そんなこともしかねないね。
▶ 因為他是個卑鄙的男人，所以有可能會做出那種事唷。

2212
試合は、引き分けに終わった。
▶ 比賽以平手收局。

2213
人を轢きそうになって、びっくりした。
▶ 差一點就壓傷了人，嚇死我了。

2214
このような悲劇が二度と起こらないようにしよう。
▶ 讓我們努力不要讓這樣的悲劇再度發生。

2215
飛行時間は約5時間です。
▶ 飛行時間約五個小時。

2216
まぶしいほど、日差しが強い。
▶ 日光強到令人感到炫目刺眼。

ひ

2217
銀行強盗は、ピストルを持っていた。
▶ 銀行搶匪當時持有手槍。

2218
栄養からいうと、その食事はビタミンが足りません。
▶ 就營養這一點來看，那一餐所含的維他命是不夠的。

2219
その占い師の占いは、ぴたりと当たった。
▶ 那位占卜師的占卜，完全命中。

2220
左側に並ぶ。
▶ 排在左側。

2221
凧が木に引っ掛かってしまった。
▶ 風箏纏到樹上去了。

2222
筆記試験はともかく、実技と面接の点数はよかった。
▶ 先不說筆試結果如何，術科和面試的成績都很不錯。

2223
田中さんは美人になって、本当にびっくりするくらいでした。
▶ 田中小姐變成大美人，叫人真是大吃一驚。

2224 ☐	ひっきしけん 【筆記試験】	名 筆試
2225 ☐	ひっくりかえす 【引っくり返す】	他五 推倒，弄倒，碰倒；顛倒過來；推翻，否決 類 覆す
2226 ☐	ひっくりかえる 【引っくり返る】	自五 翻倒，顛倒，翻過來；逆轉，顛倒過來 類 覆る（くつがえる）
2227 ☐	ひづけ 【日付】	名 (報紙、新聞上的)日期 類 日取り（ひどり）
2228 ☐	ひっこむ 【引っ込む】	自五・他五 引退，隱居；縮進，縮入；拉入，拉 進；拉攏 類 退く（しりぞく）
2229 ☐	ひっし 【必死】	名・形動 必死；拼命，殊死 類 命懸け（いのちがけ）
2230 ☐	ひっしゃ 【筆者】	名 作者，筆者 類 書き手
2231 ☐	ひつじゅひん 【必需品】	名 必需品，日常必須用品
2232 ☐	ひっぱる 【引っ張る】	他五 (用力)拉；拉上，拉緊；強拉走；引誘； 拖長；拖延；拉(電線等)；(棒球向左面或右面) 打球　類 引く
2233 ☐	ひてい 【否定】	名・他サ 否定，否認 反 肯定　類 打ち消す
2234 ☐	ビデオ 【video】	名 影像，錄影；錄影機；錄影帶
2235 ☐	ひと 【一】	接頭 一個；一回；稍微；以前
2236 ☐	ひとこと 【一言】	名 一句話；三言兩語 類 少し

2224
筆記試験を受ける。
▶ 參加筆試。

2225
箱を引っくり返して、中のものを調べた。
▶ 把箱子翻出來，查看了裡面的東西。

2226
ニュースを聞いて、ショックのあまり引っくり返ってしまった。
▶ 聽到這消息，由於太過吃驚，結果翻了一跤。

2227
日付が変わらないうちに、この仕事を完成するつもりです。
▶ 我打算在今天之內完成這份工作。

2228
あなたは関係ないんだから、引っ込んでいてください。
▶ 這跟你沒關係，請你走開！

2229
必死になりさえすれば、きっと合格できます。
▶ 只要你肯拼命的話，一定會考上。

ひ

2230
筆者のことだから、面白い結末を用意してくれているだろう。
▶ 如果是那位作者的話，一定會為我們準備個有趣的結局吧。

2231
いつも口紅は持っているわ。必需品だもの。
▶ 我總是都帶著口紅呢！因為它是必需品嘛！

2232
人の耳を引っ張る。
▶ 拉人的耳朵。

2233
方法に問題があったことは、否定しがたい。
▶ 難以否認方法上出了問題。

2234
ビデオ化する。
▶ 影像化。

2235
ひと風呂浴びる。
▶ 沖個澡。

2236
最近の社会に対して、ひとこと言わずにはいられない。
▶ 我無法忍受不去對最近的社會，說幾句抱怨的話。

2237	ひとごみ 【人混み】	⑧ 人潮擁擠(的地方)，人山人海 ⑲ 込み合い
2238	ひとしい 【等しい】	⑱ (性質、數量、狀態、條件等)相等的，一樣的；相似的 ⑲ 同じ
2239	ひとすじ 【一筋】	⑧ 一條，一根；(常用「一筋に」)一心一意，一個勁兒 ⑲ 一条（いちじょう）
2240	ひととおり 【一通り】	⑩ 大概，大略；(下接否定)普通，一般；一套；全部 ⑲ 一応
2241	ひとどおり 【人通り】	⑧ 人來人往，通行；來往行人 ⑲ 行き来
2242 T70	ひとまず 【一先ず】	⑩ (不管怎樣)暫且，姑且 ⑲ とりあえず
2243	ひとみ 【瞳】	⑧ 瞳孔，眼睛 ⑲ 目
2244	ひとめ 【人目】	⑧ 世人的眼光；旁人看見；一眼望盡，一眼看穿 ⑲ 傍目（はため）
2245	ひとやすみ 【一休み】	⑧・自サ 休息一會兒 ⑲ 休み
2246	ひとりごと 【独り言】	⑧ 自言自語(的話) ⑲ 独白
2247	ひとりでに 【独りでに】	⑩ 自行地，自動地，自然而然也 ⑲ 自ずから
2248	ひとりひとり 【一人一人】	⑧ 逐個地，依次的；人人，每個人，各自 ⑲ 一人ずつ
2249	ひにく 【皮肉】	⑧・形動 皮和肉；挖苦，諷刺，冷嘲熱諷；令人啼笑皆非 ⑲ 風刺（ふうし）

2237
人込みでは、すりに気をつけてください。
▶ 在人群中，請小心扒手。

2238
ＡプラスＢはＣプラスＤに等しい。
▶ Ａ加Ｂ等於Ｃ加Ｄ。

2239
一筋の道。
▶ 一條道路。

2240
看護婦として、一通りの勉強はしました。
▶ 大略地學過了護士課程。

2241
デパートに近づくにつれて、人通りが多くなった。
▶ 離百貨公司越近，來往的人潮也越多。

2242
細かいことはぬきにして、一先ず大体の計画を立てましょう。
▶ 先跳過細部，暫且先做一個大概的計畫吧。

ひ

2243
少年は、涼しげな瞳をしていた。
▶ 這個少年他有著清澈的瞳孔。

2244
人目を避ける。
▶ 避人耳目。

2245
疲れないうちに、一休みしましょうか。
▶ 在疲勞之前，先休息一下吧！

2246
彼はいつも独り言ばかり言っている。
▶ 他時常自言自語。

2247
人形が独りでに動くわけがない。
▶ 人偶不可能會自己動起來的。

2248
教師になったからには、生徒一人一人をしっかり育てたい。
▶ 既然當了老師，就想把學生一個個都確實教好。

2249
あいつは、会うたびに皮肉を言う。
▶ 每次見到他，他就會說些諷刺的話。

2250 ☐	ひにち 【日にち】	名 日子，時日；日期 類 日
2251 ☐	ひねる 【捻る】	他五 (用手)扭，擰；(俗)打敗，擊敗；別有風趣 類 回す
2252 ☐	ひのいり 【日の入り】	名 日暮時分，日落，黃昏 反 日の出 　類 夕日
2253 ☐	ひので 【日の出】	名 日出(時分) 反 日の入り 　類 朝日
2254 ☐	ひはん 【批判】	名・他サ 批評，批判，評論 類 批評
2255 ☐	ひび 【罅】	名 (陶器、玻璃等)裂紋，裂痕；(人和人之間)發 生裂痕；(身體、精神)發生毛病 類 出来物
2256 ☐	ひびき 【響き】	名 聲響，餘音；回音，迴響，震動；傳播振 動；影響，波及 類 影響
2257 ☐	ひびく 【響く】	自五 響，發出聲音；發出回音，震響；傳播震 動；波及；出名 類 鳴り渡る（なりわたる）
2258 ☐	ひひょう 【批評】	名・他サ 批評，批論 類 批判
2259 ☐	びみょう 【微妙】	形動 微妙的 類 玄妙
2260 ☐	ひも 【紐】	名 （布、皮革等的）細繩，帶
2261 ☐	ひゃっかじてん 【百科辞典】	名 百科全書
2262 ☐	ひよう 【費用】	名 費用，開銷 類 経費

2250 会議の時間ばかりか、日にちも忘れてしまった。
▶ 不僅是開會的時間，就連日期也都忘了。

2251 頭を捻って考えたが、答えはわかりません。
▶ 絞盡腦汁想卻還是想不出答案。

2252 日の入りは何時ごろですか。
▶ 黃昏大約是幾點？

2253 明日は、山の上で日の出を見る予定です。
▶ 明天計畫要到山上看日出。

2254 そんなことを言うと、批判されるおそれがある。
▶ 你說那種話，有可能會被批評的。

2255 茶碗にひびが入った。
▶ 碗裂開了。

2256 音楽の響きがすばらしく、震えるくらいでした。
▶ 音樂的迴響實在出色，有如全身就要震動般的感覺。

2257 銃声が響いた。
▶ 槍聲響起。

2258 先生の批評は、厳しくてしようがない。
▶ 老師給的評論，實在有夠嚴厲。

2259 社長の交代に伴って、会社の雰囲気も微妙に変わった。
▶ 伴隨著社長的交接，公司裡的氣氛也變得很微妙。

2260 紐がつく。
▶ 帶附加條件。

2261 百科辞典というだけあって、何でも載っている。
▶ 到底是本百科全書，真的是裡面什麼都有。

2262 たとえ費用が高くてもかまいません。
▶ 即使費用在怎麼貴也沒關係。

2263 ☐	ひょう 【表】	(名・漢造) 表，表格；奏章；表面，外表；表現；代表；表率
2264 ☐	びよう 【美容】	(名) 美容 (類) 理容
2265 ☐	びょう 【病】	(漢造) 病，患病；毛病，缺點 (類) 病む（やむ）
2266 ☐	びよういん 【美容院】	(名) 美容院，美髮沙龍
2267 ☐	ひょうか 【評価】	(名・他サ) 定價，估價；評價 (類) 批評
2268 ☐	ひょうげん 【表現】	(名・他サ) 表現，表達，表示 (反) 理解　(類) 描写
2269 ☐	ひょうし 【表紙】	(名) 封面，封皮，書皮
2270 ☐	ひょうしき 【標識】	(名) 標誌，標記，記號，信號 (類) 目印
2271 ☐	ひょうじゅん 【標準】	(名) 標準，水準，基準 (類) 目安（めやす）
2272 ☐	びょうどう 【平等】	(名・形動) 平等，同等 (類) 公平
2273 ☐	ひょうばん 【評判】	(名) (社會上的)評價，評論；名聲，名譽；受到注目，聞名；傳說，風聞 (類) 噂（うわさ）
2274 ☐	ひよけ 【日除け】	(名) 遮日；遮陽光的遮棚
2275 ☐	ひるすぎ 【昼過ぎ】	(名) 過午

2263
仕事でよく表を作成します。
▶ 工作上經常製作表格。

2264
肌がきれいになったのは、化粧品の美容効果にほかならない。
▶ 肌膚會變好，全都是靠化妝品的美容成效。

2265
彼は難病にかかった。
▶ 他罹患了難治之症。

2266
美容院に行く。
▶ 去美容院。

2267
部長の評価なんて、気にすることはありません。
▶ 你用不著去在意部長給的評價。

2268
意味は表現できたとしても、雰囲気はうまく表現できません。
▶ 就算有辦法將意思表達出來，氣氛還是無法傳達的很好。

2269
本の表紙がとれてしまった。
▶ 書皮掉了。

2270
この標識は、どんな意味ですか。
▶ 這個標誌代表著什麼意思？

2271
日本の標準的な教育について教えてください。
▶ 請告訴我標準的日本教育是怎樣的教育。

2272
人間はみな平等であるべきだ。
▶ 人人須平等。

2273
みんなの評判からすれば、彼はすばらしい歌手のようです。
▶ 就大家的評價來看，他好像是位出色的歌手。

2274
日除けに帽子をかぶる。
▶ 戴上帽子遮陽。

2275
もう昼過ぎなの。
▶ 已經過中午了。

ひ

2276	ビルディング【building】	名 建築物 類 建物（たてもの）
2277	ひるね【昼寝】	名・自サ 午睡 類 人柄
2278	ひるまえ【昼前】	名 上午；接近中午時分
2279	ひろば【広場】	名 廣場；場所 類 空き地（あきち）
2280	ひろびろ【広々】	副・自サ 寛闊的，遼闊的
2281	ひをとおす【火を通す】	慣 加熱；烹煮
2282	ひん【品】 T71	名・漢造 (東西的)品味，風度；辨別好壞；品質；種類 類 人柄
2283	びん【便】	名・漢造 書信；郵寄，郵遞；(交通設施等)班機，班車；機會，方便
2284	びん【瓶】	名 瓶，瓶子
2285	ピン【pin】	名 大頭針，別針；(機)拴，樞 類 針（はり）
2286	びんづめ【瓶詰】	名 瓶裝；瓶裝罐頭
2287	ふ【不】	漢造 不；壞；醜；笨
2288	ぶ【分】	名・接尾 (優劣的)形勢，(有利的)程度；厚度；十分之一；百分之一

ふ

2276
ずいぶん高いビルディングが建ちましたね。
▶ 真是蓋了棟高大建築物啊。

2277
公園で昼寝をする。
▶ 在公園午睡。

2278
昼前なのにもうお腹がすいた。
▶ 還不到中午肚子已經餓了。

2279
集会は、広場で行われるに相違ない。
▶ 集會一定是在廣場舉行的。

2280
この公園は広々としていて、子どもたちが走りまわれるほどです。
▶ 這個公園很寬闊，寬到小孩子可以到處跑的程度。

2281
さっと火を通す。
▶ 很快地加熱一下。

ひ

2282
彼の話し方は品がなくて、あきれるくらいでした。
▶ 他講話沒風度到令人錯愕的程度。

2283
次の便で台湾に帰ります。
▶ 我搭下一班飛機回台灣。

2284
花瓶に花を挿す。
▶ 把花插入花瓶。

2285
ピンで髪を留めた。
▶ 我用髮夾夾住了頭髮。

2286
瓶詰めのビールをください。
▶ 給我瓶裝的啤酒。

2287
飲食不可。
▶ 不可食用。

2288
分が悪い試合と知りつつも、一生懸命戦いました。
▶ 即使知道這是個沒有勝算的比賽，還是拼命地去奮鬥。

2289 ☐	ぶ 【部】	(名・漢造) 部分；部門；冊
2290 ☐	ぶ 【無】	(漢造) 無，沒有，缺乏
2291 ☐	ふう 【風】	(名・漢造) 樣子，態度；風度；習慣；情況；傾向；打扮；風；風教；風景；因風得病；諷刺
2292 ☐	ふうけい 【風景】	(名) 風景，景致；情景，光景，狀況；(美術)風景 (類) 景色
2293 ☐	ふうせん 【風船】	(名) 氣球，氫氣球 (類) 気球（ききゅう）
2294 ☐	ふうん 【不運】	(名・形動) 運氣不好的，倒楣的，不幸的 (類) 不幸せ
2295 ☐	ふえ 【笛】	(名) 橫笛；哨子 (類) フルート
2296 ☐	ふか 【不可】	(名) 不可，不行；(成績評定等級)不及格 (類) 駄目
2297 ☐	ぶき 【武器】	(名) 武器，兵器；(有利的)手段，武器 (類) 兵器
2298 ☐	ふきそく 【不規則】	(名・形動) 不規則，無規律；不整齊，凌亂 (類) でたらめ
2299 ☐	ふきとばす 【吹き飛ばす】	(他五) 吹跑；吹牛；趕走
2300 ☐	ふきん 【付近】	(名) 附近，一帶 (類) 辺り
2301 ☐	ふく 【吹く】	(他五・自五) (風)刮，吹；(用嘴)吹；吹(笛等)；吹牛，說大話 (類) 動く

2289	五つの部に分ける。 ▶ 分成五個部門。
2290	無愛想な返事をする。 ▶ 冷淡的回應。
2291	今風のスタイル。 ▶ 時尚的樣式。
2292	すばらしい風景を見ると、写真に撮らずにはいられません。 ▶ 只要一看到優美的風景，就會忍不住拍起照來。
2293	子どもが風船をほしがった。 ▶ 小孩想要氣球。
2294	不運を嘆かないではいられない。 ▶ 倒楣到令人不由得嘆起氣來。
2295	笛による合図で、ゲームを始める。 ▶ 以笛聲作為信號開始了比賽。
2296	鉛筆で書いた書類は不可です。 ▶ 用鉛筆寫的文件是不行的。
2297	中世ヨーロッパの武器について調べている。 ▶ 我調查了有關中世代的歐洲武器。
2298	生活が不規則になりがちだから、健康に気をつけて。 ▶ 你的生活型態有不規律的傾向，要好好注意健康。
2299	迷いを吹き飛ばす。 ▶ 拋開迷惘。
2300	駅の付近はともかく、他の場所には全然店がない。 ▶ 姑且不論車站附近，別的地方完全沒商店。
2301	強い風が吹いてきましたね。 ▶ 吹起了強風呢。

ふ

2302	ふくし 【副詞】	名 副詞
2303	ふくしゃ 【複写】	名・他サ 複印，複制；抄寫，繕寫 類 コピー
2304	ふくすう 【複数】	名 複數 反 単数
2305	ふくそう 【服装】	名 服裝，服飾 類 身なり（みなり）
2306	ふくらます 【膨らます】	他五 (使)弄鼓，吹鼓
2307	ふくらむ 【膨らむ】	自五 鼓起，膨脹；(因為不開心而)噘嘴 類 膨れる（ふくれる）
2308	ふけつ 【不潔】	名・形動 不乾淨，骯髒；(思想)不純潔 類 汚い
2309	ふける 【老ける】	自下一 上年紀，老 類 年取る
2310	ふさい 【夫妻】	名 夫妻 類 夫婦
2311	ふさがる 【塞がる】	自五 阻塞；關閉；佔用，佔滿 類 つまる
2312	ふさぐ 【塞ぐ】	他五・自五 塞閉；阻塞，堵；佔用；不舒服，鬱悶 類 閉じる
2313	ふざける 【巫山戯る】	自下一 開玩笑，戲謔；愚弄人，戲弄人；(男女)調情，調戲；(小孩)吵鬧 類 騒ぐ
2314	ぶさた 【無沙汰】	名・自サ 久未通信，久違，久疏問候 類 ご無沙汰

2302
副詞は動詞などを修飾します。
▶ 副詞修飾動詞等詞類。

2303
書類は一部しかないので、複写するほかはない。
▶ 因為資料只有一份，所以只好拿去影印。

2304
犯人は、複数いるのではないでしょうか。
▶ 是不是有多個犯人呢？

2305
面接では、服装に気をつけるばかりでなく、言葉も丁寧にしましょう。
▶ 面試時，不單要注意服裝儀容，講話也要恭恭敬敬的！

2306
風船を膨らまして、子どもたちに配った。
▶ 吹鼓氣球分給了小朋友們。

2307
このままでは、赤字が膨らむおそれがあります。
▶ 照這樣下去，赤字恐怕會越來越多。

2308
不潔にしていると病気になりますよ。
▶ 不保持清潔會染上疾病唷。

2309
彼女はなかなか老けない。
▶ 她都不會老。

2310
田中夫妻はもちろん、息子さんたちも出席します。
▶ 田中夫妻就不用說了，他們的小孩子也都會出席。

2311
トイレは今塞がっているので、後で行きます。
▶ 現在廁所擠滿了人，待會我再去。

2312
大きな荷物で道を塞がないでください。
▶ 請不要將龐大貨物堵在路上。

2313
ちょっとふざけただけだから、怒らないで。
▶ 只是開個小玩笑，別生氣。

2314
ご無沙汰して、申し訳ありません。
▶ 久疏問候，真是抱歉。

2315 ☐	ふし 【節】	名 (竹、葦的)節；關節，骨節；(線、繩的)繩結；曲調 類 時
2316 ☐	ぶし 【武士】	名 武士 類 武人
2317 ☐	ぶじ 【無事】	名・形動 平安無事，無變故；健康；最好，沒毛病；沒有過失 類 安らか
2318 ☐	ぶしゅ 【部首】	名 (漢字的)部首
2319 ☐	ふじん 【夫人】	名 夫人 類 妻
2320 ☐	ふじん 【婦人】	名 婦女，女子 類 女
2321 ☐	ふすま 【襖】	名 隔扇，拉門 類 建具
2322 ☐ T72	ふせい 【不正】	名・形動 不正當，不正派，非法；壞行為，壞事 類 悪
2323 ☐	ふせぐ 【防ぐ】	他五 防禦，防守，防止；預防，防備 類 抑える（おさえる）
2324 ☐	ふぞく 【付属】	名・自サ 附屬 類 従属（じゅうぞく）
2325 ☐	ふたご 【双子】	名 雙胞胎，孿生；雙 類 双生児
2326 ☐	ふだん 【普段】	名・副 平常，平日 類 日常
2327 ☐	ふち 【縁】	名 邊緣，框，檐，旁側 類 縁（へり）

2315
竹にはたくさんの節がある。
▶ 竹子上有許多枝節。

2316
うちは武士の家系です。
▶ 我是武士世家。

2317
息子の無事を知ったとたんに、母親は気を失った。
▶ 一得知兒子平安無事，母親便昏了過去。

2318
この漢字の部首はわかりますか。
▶ 你知道這漢字的部首嗎？

2319
田中夫人は、とても美人です。
▶ 田中夫人真是個美人啊。

2320
婦人用トイレは２階です。
▶ 女性用的廁所位於二樓。

ふ

2321
襖をあける。
▶ 拉開隔扇。

2322
不正を見つけた際には、すぐに報告してください。
▶ 找到違法的行為時，請馬上向我報告。

2323
窓を二重にして寒さを防ぐ。
▶ 安裝兩層的窗戶，以禦寒。

2324
大学の付属中学に入った。
▶ 我進了大學附屬的國中部。

2325
顔がそっくりなことから、双子であることを知った。
▶ 因為長得很像，所以知道他倆是雙胞胎。

2326
ふだんからよく勉強しているだけに、テストの時も慌てない。
▶ 到底是平常就有在好好讀書，考試時也都不會慌。

2327
机の縁に腰をぶつけた。
▶ 我的腰撞倒了桌子的邊緣。

2328 ☐	ぶつ 【打つ】	(他五)(「うつ」的強調說法)打，敲 (類) たたく
2329 ☐	ふつう 【不通】	(名)(聯絡、交通等)不通，斷絕；沒有音信
2330 ☐	ぶつかる 【ぶつかる】	(自五) 碰，撞；偶然遇上；起衝突
2331 ☐	ぶっしつ 【物質】	(名) 物質；(哲)物體，實體 (反) 精神　(類) 物体
2332 ☐	ぶっそう 【物騒】	(名・形動) 騷亂不安，不安定；危險 (類) 不穏
2333 ☐	ぶつぶつ	(名・副) 嘮叨，抱怨，嘟囔；煮沸貌；粒狀物， 小疙瘩 (類) 不満
2334 ☐	ふで 【筆】	(名・接尾) 毛筆；(用毛筆)寫的字，畫的畫；(接數 詞)表蘸筆次數 (類) 毛筆（もうひつ）
2335 ☐	ふと	(副) 忽然，偶然，突然；立即，馬上 (類) 不意
2336 ☐	ふとい 【太い】	(形) 粗的；肥胖；膽子大；無恥，不要臉；聲音粗 (反) 細い　(類) 太め
2337 ☐	ふとう 【不当】	(形動) 不正當，非法，無理 (類) 不適当
2338 ☐	ぶひん 【部品】	(名)(機械等)零件
2339 ☐	ふぶき 【吹雪】	(名) 暴風雪 (類) 雪
2340 ☐	ぶぶん 【部分】	(名) 部分 (反) 全体　(類) 局部

2328	後頭部を強く打つ。 ▶ 重擊後腦杓。

2328
後頭部を強く打つ。
▶ 重擊後腦杓。

2329
地下鉄が不通になっている。
▶ 地下鐵現在不通。

2330
自転車にぶつかる。
▶ 撞上腳踏車。

2331
この物質は、温度の変化に伴って色が変わります。
▶ 這物質的顏色，會隨著溫度的變化而有所改變。

2332
都会は、物騒でしようがないですね。
▶ 都會裡騷然不安到不行。

2333
一度「やる。」と言った以上は、ぶつぶつ言わないでやりなさい。
▶ 既然你曾答應要做，就不要在那裡抱怨快做。

2334
書道を習うため、筆を買いました。
▶ 為了學書法而去買了毛筆。

2335
ふと見ると、庭に猫が来ていた。
▶ 不經意地一看，庭院跑來了一隻貓。

2336
太いのやら、細いのやら、さまざまな木が生えている。
▶ 既有粗的也有細的，長出了各種樹木。

2337
不当解雇。
▶ 非自願解雇。

2338
修理のためには、部品が必要です。
▶ 修理需要零件才行。

2339
吹雪は激しくなる一方だから、外に出ない方がいいですよ。
▶ 暴風雪不斷地變強，不要外出較好。

2340
この部分は、とてもよく書けています。
▶ 這部分寫得真好。

ふ

2341 ☐	ふへい 【不平】	名・形動 不平，不滿意，牢騷 類 不満
2342 ☐	ふぼ 【父母】	名 父母，雙親 類 親
2343 ☐	ふみきり 【踏切】	名 （鐵路的）平交道，道口；（轉）決心
2344 ☐	ふゆやすみ 【冬休み】	名 寒假
2345 ☐	ぶらさげる 【ぶら下げる】	他下一 佩帶，懸掛；手提，拎 類 下げる
2346 ☐	ブラシ 【brush】	名 刷子 類 刷毛（はけ）
2347 ☐	プラン 【plan】	名 計畫，方案；設計圖，平面圖；方式 類 企画（きかく）
2348 ☐	ふり 【不利】	名・形動 不利 反 有利　　類 不利益
2349 ☐	フリー 【free】	名・形動 自由，無拘束，不受限制；免費；無所屬 反 不自由　　類 自由
2350 ☐	ふりがな 【振り仮名】	名 （在漢字旁邊）標註假名 類 ルビ
2351 ☐	ふりむく 【振り向く】	自五 （向後）回頭過去看；回顧，理睬 類 顧みる
2352 ☐	ふりょう 【不良】	名・形動 壞，不良；(道德、品質)敗壞；流氓，小混混 反 善良　　類 悪行
2353 ☐	プリント 【print】	名・他サ 印刷(品)；油印(講義)；印花，印染 類 印刷

2341
不平があるなら、はっきり言うことだ。
▶ 如有不滿，就要說清楚。

2342
父母の要求にこたえて、授業時間を増やした。
▶ 響應父母的要求，增加了上課時間。

2343
踏切を渡る。
▶ 過平交道。

2344
冬休みは短い。
▶ 寒假很短。

2345
腰に何をぶら下げているの。
▶ 你腰那裡佩帶著什麼東西啊？

2346
洋服にブラシをかければかけるほど、きれいになります。
▶ 多用刷子清西裝，就會越乾淨。

2347
旅行のプランを一生懸命考えた末に、旅行自体が中止になった。
▶ 絞盡腦汁地策劃了旅行計畫，最後，去旅行的計畫中止不去了。

2348
その契約は、彼らにとって不利です。
▶ 那份契約，對他們而言是不利的。

2349
私は、会社を辞めてフリーになりました。
▶ 我辭去工作後變自由了。

2350
子どもでも読めるわ。振り仮名がついているもの。
▶ 小孩子也看得懂的。因為有註假名嘛！

2351
後ろを振り向いてごらんなさい。
▶ 請轉頭看一下後面。

2352
栄養不良。
▶ 營養不良。

2353
説明に先立ち、まずプリントを配ります。
▶ 在說明之前，我先發印的講義。

ふ

2354	ふる 【古】	名・漢造 舊東西；舊，舊的
2355 T73	ふるえる 【震える】	自下一 顫抖，發抖，震動 類 震動（しんどう）
2356	ふるさと 【故郷】	名 老家，故鄉 類 故鄉（こきょう）
2357	ふるまう 【振舞う】	自五・他五 （在人面前的）行為，動作；請客，招待，款待
2358	ふれる 【触れる】	他下一・自下一 接觸，觸摸（身體）；涉及，提到；感觸到；抵觸，觸犯；通知 類 触る（さわる）
2359	ブローチ 【brooch】	名 胸針 類 アクセサリー
2360	プログラム 【program】	名 節目(單)，說明書；計畫(表)，程序(表)；編制(電腦)程式 類 番組（ばんぐみ）
2361	ふろしき 【風呂敷】	名 包巾 類 荷物
2362	ふわっと	副 輕軟蓬鬆貌；輕飄貌
2363	ふわふわ	副・自サ 輕飄飄地；浮躁，不沉著；軟綿綿的 類 柔らかい
2364	ぶん 【文】	名・漢造 文學，文章；花紋；修飾外表，華麗；文字，字體；學問和藝術 類 文章
2365	ぶん 【分】	名・漢造 部分；份；本分；地位
2366	ふんいき 【雰囲気】	名 氣氛，空氣 類 空気

2354
古新聞をリサイクルする。
▶ 舊報紙資源回收。

2355
地震で窓ガラスが震える。
▶ 窗戶玻璃因地震而震動。

2356
わたしのふるさとは、熊本です。
▶ 我的老家在熊本。

2357
彼女は、映画女優のように振る舞った。
▶ 她的舉止有如電影女星。

2358
触れることなく、箱の中にあるものが何かを知ることができます。
▶ 用不著碰觸，我就可以知道箱子裡面裝的是什麼。

2359
感謝をこめて、ブローチを贈りました。
▶ 以真摯的感謝之意，贈上別針。

2360
売店に行くなら、ついでにプログラムを買ってきてよ。
▶ 如果你要去報攤的話，就順便幫我買個節目表吧。

2361
風呂敷によって、荷物を包む。
▶ 用包袱巾包行李。

2362
ふわっとしたセーター。
▶ 蓬鬆的毛衣。

2363
お酒を飲みすぎて、ふわふわした気分になってきた。
▶ 喝太多酒，感覺變得飄飄然的。

2364
長い文は読みにくい。
▶ 冗長的句子很難看下去。

2365
これはあなたの分です。
▶ 這是你的份。

2366
「いやだ。」とは言いがたい雰囲気だった。
▶ 當時真是個令人難以說「不。」的氣氛。

2367 ☐	ふんか 【噴火】	名・自サ 噴火
2368 ☐	ぶんかい 【分解】	名・他サ・自サ 拆開，拆卸；(化)分解；解剖；分析(事物) 類 分離（ぶんり）
2369 ☐	ぶんげい 【文芸】	名 文藝，學術和藝術；(詩、小說、戲劇等)語言藝術
2370 ☐	ぶんけん 【文献】	名 文獻，參考資料 類 本
2371 ☐	ふんすい 【噴水】	名 噴水；(人工)噴泉
2372 ☐	ぶんせき 【分析】	名・他サ (化)分解，化驗；分析，解剖 反 総合
2373 ☐	ぶんたい 【文体】	名 （某時代特有的）文體；（某作家特有的）風格
2374 ☐	ぶんたん 【分担】	名・他サ 分擔 類 受け持ち（うけもち）
2375 ☐	ぶんぷ 【分布】	名・自サ 分布，散布
2376 ☐	ぶんみゃく 【文脈】	名 文章的脈絡，上下文的一貫性，前後文的邏輯；(句子、文章的)表現手法
2377 ☐	ぶんめい 【文明】	名 文明；物質文化 類 文化
2378 ☐	ぶんや 【分野】	名 範圍，領域，崗位，戰線
2379 ☐	ぶんりょう 【分量】	名 分量，重量，數量

2367
あの山が噴火したとしても、ここは被害に遭わないだろう。
▶ 就算那座火山噴火，這裡也不會遭殃吧。

2368
時計を分解したところ、元に戻らなくなってしまいました。
▶ 分解了時鐘，結果沒辦法裝回去。

2369
文芸雑誌を通じて、作品を発表した。
▶ 透過文藝雜誌發表了作品。

2370
アメリカの文献によると、この薬は心臓病に効くそうだ。
▶ 從美國的文獻來看，這藥物對心臟病有效。

2371
広場の真ん中に、噴水があります。
▶ 廣場中間有座噴水池。

2372
データを分析したら、失業が増えるおそれがあることがわかった。
▶ 分析過資料後，發現失業率有可能會上升。

2373
夏目漱石の文体。
▶ 夏目漱石的文體。

2374
役割を分担する。
▶ 分擔任務。

2375
この風習は、東京を中心に関東全体に分布しています。
▶ 這種習慣，以東京為中心，散佈在關東各地。

2376
作品の文脈を通じて、作家の思想を知る。
▶ 藉由文章的文脈，探究作者的思想。

2377
古代文明の遺跡を見るのが好きです。
▶ 我喜歡探究古代文明的遺跡。

2378
その分野については、詳しくありません。
▶ 我不大清楚這領域。

2379
塩辛いのは、醤油の分量を間違えたからに違いない。
▶ 會鹹肯定是因為加錯醬油份量的關係。

ふ

2380 □	ぶんるい 【分類】	名·他サ 分類，分門別類 類 類別
2381 □	へい 【塀】	名 圍牆，牆院，柵欄 類 囲い（かこい）
2382 □	へいかい 【閉会】	名·自サ·他サ 閉幕，會議結束 反 開会
2383 □	へいこう 【平行】	名·自サ (數)平行；並行 類 並列
2384 □	へいせい 【平成】	名 平成（日本年號）
2385 □	へいてん 【閉店】	名·自サ （商店）關門；倒閉
2386 □	へいぼん 【平凡】	名·形動 平凡的 類 普通
2387 □	へいや 【平野】	名 平原 類 平地
2388 □	へこむ 【凹む】	自五 凹下，潰下；屈服，認輸；虧空，赤字 反 出る　類 凹む（くぼむ）
2389 □	へだてる 【隔てる】	他下一 隔開，分開；(時間)相隔；遮擋；離間； 不同，有差別 類 挟む
2390 □	べつ 【別】	名·形動·漢造 分別，區分；分別
2391 □	べっそう 【別荘】	名 別墅 類 家（いえ）
2392 □	ペラペラ	副·自サ 說話流利貌（特指外語）；單薄不結實 貌；連續翻紙頁貌

2380	方言を分類するのに先立ち、まずいろいろな言葉を集めた。
☐	▶ 在分類方言前，首先先蒐集了各式各樣的字彙。

2381	塀の向こうをのぞいてみたい。
☐	▶ 我想窺視一下圍牆的那一頭看看。

2382	もうシンポジウムは閉会したということです。
☐	▶ 聽說座談會已經結束了。

2383	この道は、大通りに平行に走っている。
☐	▶ 這條路和主幹道是平行的。

2384	今年は平成何年ですか。
☐	▶ 今年是平成幾年？

ふ

2385	あの店は7時閉店だ。
☐	▶ 那間店七點打烊。

2386	平凡な人生だからといって、つまらないとはかぎらない。
☐	▶ 雖說是平凡的人生，但是並不代表就無趣。

2387	関東平野はたいへん広い。
☐	▶ 關東平原實在寬廣。

2388	表面が凹んだことから、この箱は安物だと知った。
☐	▶ 從表面凹陷來看，知道這箱子是便宜貨。

2389	道を隔てて向こう側は隣の国です。
☐	▶ 以這條道路為分界，另一邊是鄰國。

2390	正邪の別を明らかにする。
☐	▶ 明白的區分正邪。

2391	夏休みは、別荘で過ごします。
☐	▶ 暑假要在別墅度過。

2392	英語がペラペラだ。
☐	▶ 英語流利。

2393 ☐	ヘリコプター 【helicopter】	名 直昇機 類 飛行機
2394 ☐	へる 【経る】	自下一 （時間、空間、事物）經過、通過
2395 ☐	へん 【偏】	名・漢造 漢字的（左）偏旁；偏，偏頗
2396 ☐ T74	べん 【便】	名・形動・漢造 便利，方便；大小便；信息，音信；郵遞；隨便，平常 類 便利
2397 ☐	へんしゅう 【編集】	名・他サ 編集；（電腦)編輯 類 まとめる
2398 ☐	べんじょ 【便所】	名 廁所，便所 類 洗面所
2399 ☐	ペンチ 【pinchers】	名 鉗子
2400 ☐	ほ 【歩】	名・漢造 步，步行；（距離單位）步
2401 ☐	ぽい	接尾・形型 （前接名詞、動詞連用形，構成形容詞)表示有某種成分或傾向
2402 ☐	ほう 【法】	名・漢造 法律；佛法；方法，作法；禮節；道理 類 法律
2403 ☐	ぼう 【棒】	名・漢造 棒，棍子；（音樂)指揮；（畫的)直線，粗線 類 桿（かん）
2404 ☐	ぼうえんきょう 【望遠鏡】	名 望遠鏡 類 眼鏡（がんきょう）
2405 ☐	ほうがく 【方角】	名 方向，方位 類 方位

ほ

2393
事件の取材で、ヘリコプターに乗りました。
▶ 為了採訪案件的來龍去脈而搭上了直昇機。

2394
手を経る。
▶ 經手。

2395
偏見を持っている。
▶ 有偏見。

2396
この辺りは、交通の便がいい反面、空気が悪い。
▶ 這一地帶，交通雖便利，空氣卻不好。

2397
今ちょうど、新しい本を編集している最中です。
▶ 現在正好在編輯新書。

2398
便所はどこでしょうか。
▶ 廁所在哪裡？

2399
ペンチで針金を切断する。
▶ 我用鉗子剪斷了銅線。

2400
歩を進める。
▶ 邁步向前。

2401
彼は男っぽい。
▶ 他很有男子氣概。

2402
法の改正に伴って、必要な書類が増えた。
▶ 隨著法案的修正，需要的文件也越多。

2403
疲れて、足が棒のようになりました。
▶ 太過疲累，兩腳都僵硬掉了。

2404
望遠鏡で遠くの山を見た。
▶ 我用望遠鏡觀看遠處的山峰。

2405
西の方角に歩きかけたら、林さんにばったり会った。
▶ 往西的方向走了之後，碰巧地遇上了林先生。

2406 ☐	ほうき 【箒】	名 掃帚 類 草箒（くさほうき）
2407 ☐	ほうげん 【方言】	名 方言，地方話，土話 反 標準語　類 俚語（りご）
2408 ☐	ぼうけん 【冒険】	名・自サ 冒險 類 探検（たんけん）
2409 ☐	ほうこう 【方向】	名 方向；方針 類 方針
2410 ☐	ぼうさん 【坊さん】	名 和尚
2411 ☐	ぼうし 【防止】	名・他サ 防止 類 防ぐ
2412 ☐	ほうしん 【方針】	名 方針；(羅盤的)磁針 類 目当て
2413 ☐	ほうせき 【宝石】	名 寶石 類 ジュエリー
2414 ☐	ほうそう 【包装】	名・他サ 包装，包捆 類 荷造り（にづくり）
2415 ☐	ほうそう 【放送】	名・他サ 廣播；(用擴音器)傳播，散佈(小道消息、流言蜚語等)
2416 ☐	ほうそく 【法則】	名 規律，定律；規定，規則 類 規則
2417 ☐	ぼうだい 【膨大】	名・形動 龐大的，臃腫的，膨脹 類 膨らむ
2418 ☐	ほうていしき 【方程式】	名 (數學)方程式

2406
掃除をしたいので、ほうきを貸してください。
▶ 我要打掃，所以想跟你借支掃把。

2407
日本の方言というと、どんなのがありますか。
▶ 說到日本的方言有哪些呢？

2408
冒険小説が好きです。
▶ 我喜歡冒險的小說。

2409
泥棒は、あっちの方向に走っていきました。
▶ 小偷往那個方向跑去。

2410
あのお坊さんの話には、聞くべきものがある。
▶ 那和尚說的話，確實有一聽的價值。

2411
水漏れを防止できるばかりか、機械も長持ちします。
▶ 不僅能防漏水，機器也耐久。

ほ

2412
政府の方針は、決まったかと思うとすぐに変更になる。
▶ 政府的施政方針，以為要定案，卻馬上又更改掉。

2413
きれいな宝石なので、買わずにはいられなかった。
▶ 因為是美麗的寶石，所以不由自主地就買了下去。

2414
きれいな紙で包装した。
▶ 我用漂亮的包裝紙包裝。

2415
放送の最中ですから、静かにしてください。
▶ 現在是廣播中，請安靜。

2416
実験を通して、法則を考察した。
▶ 藉由實驗來審核定律。

2417
こんなに膨大な本は、読みきれない。
▶ 這麼龐大的書看也看不完。

2418
子どもが、そんな難しい方程式をわかりっこないです。
▶ 這麼難的方程式，小孩子絕不可能會懂得。

2419 ☐	ぼうはん 【防犯】	㊅ 防止犯罪
2420 ☐	ほうふ 【豊富】	㊧ 豐富 ㊘ 一杯
2421 ☐	ほうぼう 【方々】	㊅·㊟ 各處，到處 ㊘ 至る所
2422 ☐	ほうめん 【方面】	㊅ 方面，方向；領域 ㊘ 地域
2423 ☐	ほうもん 【訪問】	㊅·㊤ 訪問，拜訪 ㊘ 訪ねる
2424 ☐	ぼうや 【坊や】	㊅ 對男孩的親切稱呼；未見過世面的男青年；對別人男孩的敬稱 ㊘ 子供
2425 ☐	ほうる 【放る】	㊤ 拋，扔；中途放棄，棄置不顧，不加理睬 ㊘ うっちゃらかす
2426 ☐	ほえる 【吠える】	㊛ (狗、犬獸等)吠，吼；(人)大聲哭喊，喊叫 ㊘ 哮る（たける）
2427 ☐	ボーイ 【boy】	㊅ 少年，男孩；男服務員 ㊘ 執事（しつじ）
2428 ☐	ボーイフレンド 【boy friend】	㊅ 男朋友
2429 ☐	ボート 【boat】	㊅ 小船，小艇
2430 ☐ T75	ほかく 【捕獲】	㊅·㊤ (文)捕獲 ㊘ 捕まえる
2431 ☐	ほがらか 【朗らか】	㊧ (天氣)晴朗，萬里無雲；明朗，開朗；(聲音)嘹亮；(心情)快活 ㊘ にこやか

2419
住民の防犯意識にこたえて、パトロールを強化した。
▶ 響應居民的防犯意識而加強了巡邏隊。

2420
商品が豊富で、目が回るくらいでした。
▶ 商品很豐富，有種快眼花的感覺。

2421
方々探したが、見つかりません。
▶ 四處都找過了，但還是找不到。

2422
新宿方面の列車はどこですか。
▶ 往新宿方向的列車在哪邊？

2423
彼の家を訪問するにつけ、昔のことを思い出す。
▶ 每次去拜訪他家，就會想起以往的種種。

2424
お宅のぼうやはお元気ですか。
▶ 你家的小寶貝是否健康？

2425
ボールを放ったら、隣の塀の中に入ってしまった。
▶ 我將球扔了出去，結果掉進隔壁的圍牆裡。

2426
小さな犬が大きな犬に出会って、恐怖のあまりワンワン吠えている。
▶ 小狗碰上了大狗，嚇得汪汪叫。

2427
ボーイを呼んで、ビールを注文しよう。
▶ 請男服務生來，叫杯啤酒喝吧。

2428
ボーイフレンドと映画を見る。
▶ 和男朋友看電影。

2429
ボートに乗る。
▶ 搭乘小船。

2430
鹿を捕獲する。
▶ 捕獲鹿。

2431
うちの父は、いつも朗らかです。
▶ 我爸爸總是很開朗。

2432 ☐	ぼくじょう 【牧場】	名 牧場 類 牧畜
2433 ☐	ぼくちく 【牧畜】	名 畜牧 類 畜産
2434 ☐	ほけん 【保健】	名 保健，保護健康
2435 ☐	ほけん 【保険】	名 保険；(對於損害的)保證 類 損害保険
2436 ☐	ほこり 【埃】	名 灰塵，塵埃 類 塵(ちり)
2437 ☐	ほこり 【誇り】	名 自豪，自尊心；驕傲，引以為榮 類 誉れ
2438 ☐	ほこる 【誇る】	自五 誇耀，自豪 反 恥じる　類 勝ち誇る
2439 ☐	ほころびる 【綻びる】	自下一 脫線；使微微地張開，綻放 類 破れる
2440 ☐	ぼしゅう 【募集】	名・他サ 募集，征募 類 募る（つのる）
2441 ☐	ほしょう 【保証】	名・他サ 保証，擔保 類 請け合う（うけあう）
2442 ☐	ほす 【干す】	他五 曬乾；把（池）水弄乾；乾杯
2443 ☐	ポスター 【poster】	名 海報 類 看板
2444 ☐	ほそう 【舗装】	名・他サ (用柏油等)鋪路

2432
牧場には、牛もいれば羊もいる。
▶ 牧場裡既有牛又有羊。

2433
牧畜業が盛んになるに伴って、村は豊かになった。
▶ 伴隨著畜牧業的興盛，村落也繁榮了起來。

2434
保健体育。
▶ 保健體育。

2435
会社を通じて、保険に入った。
▶ 透過公司投了保險。

2436
ほこりがたまらないように、毎日そうじをしましょう。
▶ 為了不要讓灰塵堆積，我們來每天打掃吧。

2437
何があっても、誇りを失うものか。
▶ 無論發生什麼事，我絕不捨棄我的自尊心。

2438
成功を誇る。
▶ 以成功自豪。

2439
桜が綻びる。
▶ 櫻花綻放。

2440
工場において、工員を募集しています。
▶ 工廠在招募員工。

2441
保証期間が切れないうちに、修理しましょう。
▶ 在保固期間還沒到期前，快拿去修理吧。

2442
洗濯物を干す。
▶ 曬衣服。

2443
周囲の人目もかまわず、スターのポスターをはがしてきた。
▶ 我不管周遭的人的眼光，將明星的海報撕了下來。

2444
舗装のしていない道。
▶ 沒有鋪柏油的道路。

2445	ほっきょく 【北極】	名 北極
2446	ほっそり	副・自サ 纖細，苗條
2447	ぽっちゃり	副・自サ 豐滿，胖
2448	ぼっちゃん 【坊ちゃん】	名 (對別人男孩的稱呼)公子，令郎；少爺，不通事故的人，少爺作風的人 類 息子さん
2449	ほどう 【歩道】	名 人行道
2450	ほどく 【解く】	他五 解開(繩結等)；拆解(縫的東西) 反 結ぶ 類 解く（とく）
2451	ほとけ 【仏】	名 佛，佛像；(佛一般)溫厚，仁慈的人；死者，亡魂 類 釈迦(しゃか)
2452	ほのお 【炎】	名 火焰，火苗 類 火
2453	ほぼ 【略・粗】	副 大約，大致，大概
2454	ほほえむ 【微笑む】	自五 微笑，含笑；(花)微開，乍開 類 笑う
2455	ほり 【堀】	名 溝渠，壕溝；護城河 類 運河
2456	ほり 【彫り】	名 雕刻
2457	ほる 【掘る】	他五 掘，挖，刨；挖出，掘出 類 掘り出す（ほりだす）

ほ

2445
北極を探検してみたいです。
▶ 我想要去北極探險。

2446
体つきがほっそりしている。
▶ 身材苗條。

2447
ぽっちゃりしてかわいい。
▶ 胖嘟嘟的很可愛。

2448
坊ちゃんは、頭がいいですね。
▶ 公子真是頭腦聰明啊。

2449
歩道を歩く。
▶ 走人行道。

2450
この紐を解いてもらえますか。
▶ 我可以請你幫我解開這個繩子嗎？

2451
地獄で仏に会ったような気分だ。
▶ 心情有如在地獄裡遇見了佛祖一般。

2452
ろうそくの炎を見つめていた。
▶ 我注視著蠟燭的火焰。

2453
私と彼女は、ほぼ同じ頃に生まれました。
▶ 我和她幾乎是在同時出生的。

2454
彼女は、何もなかったかのように微笑んでいた。
▶ 她微笑著，就好像什麼事都沒發生過一樣。

2455
城は、堀に囲まれています。
▶ 圍牆圍繞著城堡。

2456
彫りの深い顔立ち。
▶ 五官深邃。

2457
土を掘ったら、昔の遺跡が出てきた。
▶ 挖土的時候，出現了古代的遺跡。

2458	ほる 【彫る】	他五 雕刻；紋身 類 刻む（きざむ）
2459	ぼろ 【襤褸】	名 破布，破爛衣服；破爛的狀態；破綻，缺點 類 ぼろ布
2460	ぼん 【盆】	名・漢造 拖盤，盆子；中元節略語
2461	ぼんち 【盆地】	名 (地)盆地
2462	ほんと 【本当】	名・形動 真實，真心；實在，的確；真正；本 來，正常
2463	ほんばこ 【本箱】	名 書箱
2464	ほんぶ 【本部】	名 本部，總部
2465	ほんもの 【本物】	名 真貨，真的東西 反 偽物　類 実物
2466	ぼんやり	名・副・自サ 模糊，不清楚；迷糊，傻楞楞；心 不在焉；笨蛋，呆子 反 はっきり　類 うつらうつら
2467	ほんらい 【本来】	名 本來，天生，原本；按道理，本應 類 元々（もともと）
2468	ま 【間】	名・接尾 間隔，空隙；間歇；機會，時機；(音 樂)節拍間歇；房間；(數量)間 類 距離
2469	まあ	副・感 (安撫、勸阻)暫且先，一會；躊躇貌；還 算，勉強；制止貌；(女性表示驚訝)哎唷，哎呀 類 多分
2470	マーケット 【market】	名 商場，市場；(商品)銷售地區 類 市場

ま

T76

2458
寺院の壁に、いろいろな模様が彫ってあります。
▶ 寺院裡，刻著各式各樣的圖騰。

2459
そんなぼろは汚いから捨てなさい。
▶ 那種破布太髒快拿去丟了。

2460
お盆には実家に帰ろうと思う。
▶ 我打算在盂蘭盆節回娘家一趟。

2461
平野に比べて、盆地は夏暑いです。
▶ 跟平原比起來，盆地更加酷熱。

2462
それがほんとな話だとは、信じがたいです。
▶ 我很難相信那件事是真的。

2463
本箱がもういっぱいだ。
▶ 書箱已滿了。

ほ

2464
本部を通して、各支部に連絡してもらいます。
▶ 我透過本部，請他們幫我連絡各個分部。

2465
これが本物の宝石だとしても、私は買いません。
▶ 就算這是貨真價實的寶石，我也不會買的。

2466
ぼんやりしていたにせよ、ミスが多すぎますよ。
▶ 就算你當時是在發呆，也錯得太離譜了吧！

2467
私の本来の仕事は営業です。
▶ 我原本的工作是業務。

2468
いつの間にか暗くなってしまった。
▶ 不知不覺天黑了。

2469
話はあとにして、まあ1杯どうぞ。
▶ 話等一下再說，先喝一杯吧！。

2470
アジア全域にわたって、この商品のマーケットが広がっている。
▶ 這商品的市場散佈於亞洲這一帶。

2471 □	まあまあ	(副・感) (催促、撫慰)得了，好了好了，哎哎；(表示程度中等)還算，還過得去；(女性表示驚訝)哎唷，哎呀
2472 □	まいご【迷子】	㊂ 迷路的孩子，走失的孩子 ㊟ 逸れ子（はぐれこ）
2473 □	まいすう【枚数】	㊂ (紙、衣、版等薄物)張數，件數
2474 □	まいど【毎度】	㊂ 曾經，常常，屢次；每次 ㊟ 毎回
2475 □	まいる【参る】	(自五・他五) (敬)去，來；參拜(神佛)；認輸；受不了，吃不消；(俗)死；(文)(從前婦女寫信，在收件人的名字右下方寫的敬語)鈞啟；(古)獻上；吃，喝；做
2476 □	まう【舞う】	(自五) 飛舞；舞蹈 ㊟ 踊る
2477 □	まえがみ【前髪】	㊂ 瀏海
2478 □	まかなう【賄う】	(他五) 供給飯食；供給，供應；維持 ㊟ 処理
2479 □	まがりかど【曲がり角】	㊂ 街角；轉折點
2480 □	まく【蒔く】	(他五) 播種；(在漆器上)畫泥金畫
2481 □	まく【幕】	(名・漢造) 幕，布幕；(戲劇)幕；場合，場面；營幕 ㊟ カーテン
2482 □	まごまご	(名・自サ) 不知如何是好，惶張失措，手忙腳亂；閒蕩，遊蕩，懶散 ㊟ 間誤つく（まごつく）
2483 □	まさつ【摩擦】	(名・自他サ) 摩擦；不和睦，意見紛歧，不合

2471
その映画はまあまあだ。
▶ 那部電影還算過得去。

2472
迷子にならないようにね。
▶ 不要迷路了唷！

2473
お札の枚数を数えた。
▶ 我點算了鈔票的張數。

2474
毎度ありがとうございます。
▶ 謝謝您的再度光臨。

2475
はい、ただいま参ります。
▶ 好的，我馬上到。

2476
花びらが風に舞っていた。
▶ 花瓣在風中飛舞著。

2477
前髪を切る。
▶ 剪瀏海。

2478
夕食を賄う。
▶ 提供晚餐。

2479
曲がり角で別れる。
▶ 在街角道別。

2480
寒くならないうちに、種をまいた。
▶ 趁氣候未轉冷之前播了種。

2481
イベントは、成功のうちに幕を閉じた。
▶ 活動在成功的氣氛下閉幕。

2482
渋谷に行くたびに、道がわからなくてまごまごしてしまう。
▶ 每次去澀谷，都會迷路而不知如何是好。

2483
気をつけないと、相手国との間で経済摩擦になりかねない。
▶ 如果不多注意，難講不會和對方國家，產生經濟摩擦。

ま

2484 ☐	まさに	副 真的，的確，確實 類 確かに
2485 ☐	まし	名・形動 增，增加；勝過，強
2486 ☐	ましかく 【真四角】	名 正方形
2487 ☐	ます 【増す】	自五・他五 (數量)增加，增長，增多；(程度)增進，增高；勝過，變的更甚 反 減る　類 増える
2488 ☐	マスク 【mask】	名 面罩，假面；防護面具；口罩；防毒面具；面相，面貌 類 防毒面（ぼうどくめん）
2489 ☐	まずしい 【貧しい】	形 (生活)貧窮的，窮困的；(經驗、才能的)貧乏，淺薄 反 富んだ　類 貧乏
2490 ☐	またぐ 【跨ぐ】	他五 跨立，叉開腿站立；跨過，跨越 類 越える
2491 ☐	まちあいしつ 【待合室】	名 候車室，候診室，等候室 類 控室
2492 ☐	まちあわせる 【待ち合わせる】	自他下一 (事先約定的時間、地點)等候，會面，碰頭 類 集まる
2493 ☐	まちかど 【街角】	名 街角，街口，拐角 類 街
2494 ☐	まつ 【松】	名 松樹，松木；新年裝飾正門的松枝，裝飾松枝的期間
2495 ☐	まっか 【真っ赤】	名・形 鮮紅；完全
2496 ☐	まっさき 【真っ先】	名 最前面，首先，最先 類 最初

2484
料理にかけては、彼女はまさにプロです。
▶ 就做菜這一點，她的確夠專業。

2485
賃金を1割ましではどうですか。
▶ 工資加一成如何？

2486
真四角の机。
▶ 正方形的桌子。

2487
あの歌手の人気は、勢いを増している。
▶ 那位歌手的支持度節節上升。

2488
風邪の予防といえば、やっぱりマスクですよ。
▶ 一說到預防感冒，還是想到口罩啊。

2489
貧しい人々を助けようじゃないか。
▶ 我們一起來救助貧困人家吧！

2490
本の上をまたいではいけないと母に言われた。
▶ 媽媽叫我不要跨過書本。

2491
患者の要望にこたえて、待合室に花を飾りました。
▶ 為了響應患者的要求，在候診室裡擺設了花。

2492
渋谷のハチ公のところで待ち合わせている。
▶ 我約在澀谷的八公犬銅像前碰面。

2493
たとえ街角で会ったとしても、彼だとはわからないだろう。
▶ 就算在街口遇見了他，我也認不出來吧。

2494
裏山に松の木がたくさんある。
▶ 後山那有許多松樹。

2495
西の空が真っ赤だ。
▶ 西邊的天空一片通紅。

2496
真っ先に手を上げた。
▶ 我最先舉起了手。

2497 ☐	まつる 【祭る】	(他五) 祭祀，祭奠；供奉 (類) 祀る（まつる）
2498 ☐	まどぐち 【窓口】	(名) (銀行，郵局，機關等)窗口；(與外界交涉的)管道，窗口 (類) 受付
2499 ☐	まなぶ 【学ぶ】	(他五) 學習；掌握，體會 (反) 教える　(類) 習う
2500 ☐	まね 【真似】	(名・他サ・自サ) 模仿，裝，仿效；(愚蠢糊塗的)舉止，動作 (類) 模倣
2501 ☐	まねく 【招く】	(他五) (搖手、點頭)招呼；招待，宴請；招聘，聘請；招惹，招致 (類) 迎える
2502 ☐ T77	まふゆ 【真冬】	(名) 隆冬，正冬天
2503 ☐	ママ 【mama】	(名) (兒童對母親的愛稱)媽媽；(酒店的)老闆娘 (類) お母さん
2504 ☐	まめ 【豆】	(名・接頭) (總稱)豆；大豆；小的，小型；(手腳上磨出的)水泡
2505 ☐	まもなく 【間も無く】	(副) 馬上，一會兒，不久
2506 ☐	マラソン 【marathon】	(名) 馬拉松長跑 (類) 競走
2507 ☐	まる 【丸】	(名・接尾) 圓形，球狀；句點；完
2508 ☐	まれ 【稀】	(形動) 稀少，稀奇，希罕
2509 ☐	まわす 【回す】	(他五・接尾) 轉，轉動；(依次)傳遞；傳送；調職；各處活動奔走；想辦法；運用；投資；(前接某些動詞連用形)表示遍布四周　(類) 捻る

| 2497 | この神社では、どんな神様を祭っていますか。 |
| | ▶ 這神社祭拜哪種神明？ |

| 2498 | 窓口は、いやになるほどに込んでいた。 |
| | ▶ 櫃檯那裡的人潮多到令人厭的程度。 |

| 2499 | 大学の先生を中心にして、漢詩を学ぶ会を作った。 |
| | ▶ 以大學的教師為主，成立了一個研讀漢詩的讀書會。 |

| 2500 | 彼の真似など、とてもできません。 |
| | ▶ 我實在無法模仿他。 |

| 2501 | 大使館のパーティーに招かれた。 |
| | ▶ 我受邀到大使館的派對。 |

| 2502 | 真冬の料理といえば、やはり鍋ですね。 |
| | ▶ 說到嚴冬的菜餚，還是火鍋吧。 |

| 2503 | この話をママに言えるものなら、言ってみろよ。 |
| | ▶ 你敢跟媽媽說這件事的話，你就去說看看啊！ |

| 2504 | 私は豆料理が好きです。 |
| | ▶ 我喜歡豆類菜餚。 |

| 2505 | まもなく映画が始まります。 |
| | ▶ 電影馬上就要開始了。 |

| 2506 | マラソンのコースを全部走りきりました。 |
| | ▶ 馬拉松全程都跑完了。 |

| 2507 | 丸を書く。 |
| | ▶ 畫圈圈。 |

| 2508 | まれに、副作用が起こることがあります。 |
| | ▶ 鮮有引發副作用的案例。 |

| 2509 | こまを回す。 |
| | ▶ 轉動陀螺（打陀螺）。 |

2510 ☐	まわりみち 【回り道】	名 繞道，繞遠路 類 遠回り
2511 ☐	まんいち 【万一】	名・副 萬一 類 若し（もし）
2512 ☐	まんいん 【満員】	名 (規定的名額)額滿；(車、船等)擠滿乘客，滿座；(會場等)塞滿觀眾 類 一杯
2513 ☐	まんてん 【満点】	名 滿分；最好，完美無缺，登峰造極 反 不満　類 満悦（まんえつ）
2514 ☐	まんまえ 【真ん前】	名 正前方
2515 ☐	まんまるい 【真ん丸い】	形 溜圓，圓溜溜
2516 ☐	み 【身】	名 身體；自身，自己；身份，處境；心，精神；肉；力量，能力 類 体
2517 ☐	み 【実】	名 (植物的)果實；(植物的)種子；成功，成果；內容，實質 類 果実
2518 ☐	み 【未】	漢造 未，沒；(地支的第八位)未
2519 ☐	みあげる 【見上げる】	他下一 仰視，仰望；欽佩，尊敬，景仰 類 仰ぎ見る
2520 ☐	みおくる 【見送る】	他五 目送；送別；(把人)送到(某的地方)；觀望，擱置，暫緩考慮；送葬 類 送別
2521 ☐	みおろす 【見下ろす】	他五 俯視，往下看；輕視，藐視，看不起；視線從上往下移動 反 見上げる　類 俯く（うつむく）
2522 ☐	みかけ 【見掛け】	名 外貌，外觀，外表 類 外見

2510	たとえ回り道だったとしても、私はこちらの道から帰りたいです。
	▶ 就算是繞遠路，我還是想從這條路回去。

2511	万一のときのために、貯金をしている。
	▶ 為了以防萬一，我都有在存錢。

2512	このバスは満員だから、次のに乗ろう。
	▶ 這班巴士人已經爆滿了，我們搭下一班吧。

2513	テストで満点を取りました。
	▶ 我在考試考了滿分。

2514	車は家の真ん前に止まった。
	▶ 車子停在家的正前方。

2515	真ん丸い月が出た。
	▶ 圓溜的月亮出來了。

2516	身の安全を第一に考える。
	▶ 以人身安全為第一考量。

2517	りんごの木にたくさんの実がなった。
	▶ 蘋果樹上結了許多果實。

2518	未婚の母。
	▶ 未婚媽媽。

2519	彼は、見上げるほどに背が高い。
	▶ 他個子高到需要抬頭看的程度。

2520	門の前で客を見送った。
	▶ 在門前送客。

2521	山の上から見下ろすと、村が小さく見える。
	▶ 從山上俯視下方，村子顯得很渺小。

2522	見かけからして、すごく派手な人なのがわかりました。
	▶ 從外表來看，可知他是個打扮很華麗的人。

ま

2523	みかた 【味方】	名・自サ 我方，自己的這一方；夥伴
2524	みかた 【見方】	名 看法，看的方法；見解，想法 類 見解
2525	みかづき 【三日月】	名 新月，月牙；新月形 類 三日月形（みっかづきがた）
2526	みぎがわ 【右側】	名 右側，右方
2527	みごと 【見事】	形動 漂亮，好看；卓越，出色，巧妙；整個，完全 類 立派
2528	みさき 【岬】	名 (地)海角，岬 類 岬角
2529	みじめ 【惨め】	形動 悽慘，慘痛 類 痛ましい
2530	みずから 【自ら】	代・名・副 我；自己，自身；親身，親自 類 自分
2531	みずぎ 【水着】	名 泳裝 類 海水着
2532	みせや 【店屋】	名 店鋪，商店 類 店
2533	みぜん 【未然】	名 尚未發生
2534	みぞ 【溝】	名 水溝；(拉門門框上的)溝槽，切口；(感情的)隔閡 類 泥溝（どぶ）
2535	みたい	助動・形動型 (表示和其他事物相像)像…一樣；(表示具體的例子)像…這樣；表示推斷或委婉的斷定

2523	味方に引き込む。 ▶ 拉入自己一夥。
2524	彼と私とでは見方が異なる。 ▶ 他跟我有不同的見解。
2525	今日はきれいな三日月ですね。 ▶ 今天真是個美麗的上弦月呀。
2526	右側に郵便局が見える。 ▶ 右手邊能看到郵局。
2527	サッカーにかけては、彼らのチームは見事なものです。 ▶ 他們的球隊在足球方面很厲害。
2528	岬の灯台。 ▶ 海角上的燈塔。
2529	惨めな思いをする。 ▶ 感到很悽慘。
2530	顧客の希望にこたえて、社長自ら商品の説明をしました。 ▶ 回應顧客的希望，社長親自為商品做了說明。
2531	水着姿で写真を撮った。 ▶ 穿泳裝拍了照。
2532	少し行くとおいしい店屋がある。 ▶ 稍往前走，就有好吃的商店了。
2533	未然に防ぐ。 ▶ 防患未然。
2534	二人の間の溝は深い。 ▶ 兩人之間的隔閡甚深。
2535	外は雪が降っているみたいだ。 ▶ 外面好像在下雪。

み

2536 ☐	みだし 【見出し】	名 (報紙等的)標題；目錄，索引；選拔，拔擢；(字典的)詞目，條目 類 タイトル
2537 ☐	みちじゅん 【道順】	名 順路，路線；步驟，程序 類 順路（じゅんろ）
2538 ☐	みちる 【満ちる】	自上一 充滿；月盈，月圓；(期限)滿，到期；潮漲 反 欠ける　類 あふれる
2539 ☐	みつ 【蜜】	名 蜂蜜 類 ハニー
2540 ☐	みっともない 【見っとも無い】	形 難看的，不像樣的，不體面的，不成體統；醜 類 見苦しい（みぐるしい）
2541 ☐	みつめる 【見詰める】	他下一 凝視，注視，盯著 類 凝視する（ぎょうしする）
2542 ☐	みとめる 【認める】	他下一 看出，看到；認識，賞識，器重；承認；斷定，認為；許可，同意 類 承認する
2543 ☐	みなおす 【見直す】	自他五 (見)起色，(病情)轉好；重看，重新看；重新評估，重新認識 類 見返す
2544 ☐	みなれる 【見慣れる】	自下一 看慣，眼熟，熟識
2545 ☐	みにくい 【醜い】	形 難看的，醜的；醜陋，醜惡 反 美しい　類 見苦しい
2546 ☐	みにつく 【身に付く】	慣 學到手，掌握
2547 ☐	みにつける 【身に付ける】	慣 (知識、技術等)學到，掌握到
2548 ☐	みのる 【実る】	自五 (植物)成熟，結果；取得成績，獲得成果，結果實 類 熟れる

2536
この記事の見出しは何にしようか。
▶ 這篇報導的標題命名為什麼好？

2537
道順が合っていると思ったら、実は間違っていました。
▶ 以為路走對了，才發現原來是錯的。

2538
潮がだんだん満ちてきた。
▶ 潮水逐漸漲了起來。

2539
パンに蜂蜜を塗った。
▶ 我在麵包上塗了蜂蜜。

2510
泥だらけでみっともないから、着替えたらどうですか。
▶ 滿身泥巴真不像樣，你換個衣服如何啊？

2541
少年は少女を、優しげに見つめている。
▶ 少年溫柔地凝視著少女。

2542
これだけ証拠があっては、罪を認めざるをえません。
▶ 有這麼多的證據，不認罪也不行。

2543
今会社の方針を見直している最中です。
▶ 現在正在重新檢討公司的方針中。

2544
この国には、見慣れない習慣が多い。
▶ 這個國家有許多不常見的習慣。

2545
醜いアヒルの子は、やがて美しい白鳥になりました。
▶ 難看的鴨子，終於變成了美麗的白鳥。

2546
技術が身に付く。
▶ 學技術。

2547
一芸を身に付ける。
▶ 學得一技之長。

2548
農民たちの努力のすえに、すばらしい作物が実りました。
▶ 經過農民的努力後，最後長出了優良的農作物。

み

2549 ☐	みぶん 【身分】	名 身份，社會地位；(諷刺)生活狀況，境遇 類 地位
2550 ☐	みほん 【見本】	名 樣品，貨樣；榜樣，典型 類 サンプル
2551 ☐	みまい 【見舞い】	名 探望，慰問；蒙受，挨(打)，遭受(不幸)
2552 ☐ T78	みまう 【見舞う】	他五 訪問，看望；問候，探望；遭受，蒙受(災害等) 類 慰問（いもん）
2553 ☐	みまん 【未満】	接尾 未滿，不足
2554 ☐	みやげ 【土産】	名 (贈送他人的)禮品，禮物；(出門帶回的)土產 類 土産物
2555 ☐	みやこ 【都】	名 京城，首都；大都市，繁華的都市 類 京
2556 ☐	みょう 【妙】	名・形動・漢造 奇怪的，異常的，不可思議；格外，分外；妙處，奧妙；巧妙 類 珍妙（ちんみょう）
2557 ☐	みりょく 【魅力】	名 魅力，吸引力 類 チャーミング
2558 ☐	みんよう 【民謡】	名 民謠，民歌
む 2559 ☐	む 【無】	名・接頭・漢造 無，沒有；徒勞，白費；無…，不…；欠缺，無 反 有
2560 ☐	むかう 【向かう】	自五 向著，朝著；面向；往…去，向…去；趨向，轉向 類 面する（めんする）
2561 ☐	むき 【向き】	名 方向；適合，合乎；認真，慎重其事；傾向，趨向；(該方面的)人，人們 類 適する（てきする）

2549	身分が違うと知りつつも、好きになってしまいました。 ▶ 儘管知道門不當戶不對，還是迷上了她。
2550	商品の見本を持ってきました。 ▶ 我帶來了商品的樣品。
2551	先生の見舞いのついでに、デパートで買い物をした。 ▶ 去老師那裡探病的同時，順便去百貨公司買了東西。
2552	友達が入院したので、見舞いに行きました。 ▶ 因朋友住院了，所以前往探病。
2553	男女を問わず、10歳未満の子どもは誰でも入れます。 ▶ 不論男女，只要是未滿10歲的小朋友都能進去。
2554	神社から駅にかけて、お土産の店が並んでいます。 ▶ 神社到車站這一帶，並列著賣土產的店。
2555	当時、京都は都として栄えました。 ▶ 當時，京都是首都很繁榮。
2556	彼が来ないとは、妙ですね。 ▶ 他會沒來，真是怪啊。
2557	老若を問わず、魅力のある人と付き合いたい。 ▶ 不分老幼，我想和有魅力的人交往。
2558	日本の民謡をもとに、新しい曲を作った。 ▶ 依日本的民謠做了新曲子。
2559	無から始めて会社を作った。 ▶ 從零做起事業。
2560	向かって右側が郵便局です。 ▶ 面對它的右手邊就是郵局。
2561	この雑誌は若い女性向きです。 ▶ 這本雜誌是以年輕女性為取向。

み

2562 ☐	むけ【向け】	造語 向，對
2563 ☐	むげん【無限】	名・形動 無限，無止境 反 有限　類 限りない
2564 ☐	むこうがわ【向こう側】	名 對面；對方
2565 ☐	むし【無視】	名・他サ 忽視，無視，不顧 類 見過ごす（みすごす）
2566 ☐	むしば【虫歯】	名 齲齒，蛀牙 類 虫食い歯
2567 ☐	むじゅん【矛盾】	名・自サ 矛盾 類 行き違い
2568 ☐	むしろ【寧ろ】	副 與其說…倒不如，寧可，莫如，索性 類 却て（かえって）
2569 ☐	むりょう【無料】	名 免費；無須報酬 反 有料　類 ただ
2570 ☐	むれ【群れ】	名 群，伙，幫；伙伴 類 群がり
め 2571 ☐	め【芽】	名 (植)芽 類 若芽（わかめ）
2572 ☐	めいかく【明確】	名・形動 明確，準確 類 確か
2573 ☐	めいさく【名作】	名 名作，傑作 類 秀作（しゅうさく）
2574 ☐	めいし【名詞】	名 (語法)名詞

2562	少年向けの漫画。 ▶ 以少年為對象畫的漫畫。
2563	人には、無限の可能性があるものだ。 ▶ 人有無限的可能性。
2564	川の向こう側。 ▶ 河川的另一側。
2565	彼が私を無視するわけがない。 ▶ 他不可能會不理我的。
2566	歯が痛くて、なんだか虫歯っぽい。 ▶ 牙齒很痛，感覺上有很多蛀牙似的。
2567	彼の話が矛盾していることから、嘘をついているのがはっきりした。 ▶ 從他講話有矛盾這點看來，明顯地可看出他在說謊。
2568	彼は、教師として寧ろ厳しいほうだ。 ▶ 他當老師可說是嚴格的那一邊。
2569	有料か無料かにかかわらず、私は参加します。 ▶ 無論是免費與否，我都要參加。
2570	象の群れを見つけた。 ▶ 我看見了象群。
2571	春になって、木々が芽をつけています。 ▶ 春天來到，樹木們發出了嫩芽。
2572	明確な予定は、まだ発表しがたい。 ▶ 還沒辦法公佈明確的行程。
2573	名作だと言うから読んでみたら、退屈でたまらなかった。 ▶ 因被稱為名作，所以看了一下，誰知真是無聊透頂了。
2574	この文の名詞はどれですか。 ▶ 這句子的名詞是哪一個？

む

2575 ☐	めいしょ 【名所】	㊂ 名勝地，古蹟 ㊣ 名勝
2576 ☐	めいじる・めいずる 【命じる・命ずる】	(他上一・他サ) 命令，吩咐；任命，委派；命名 ㊣ 命令する
2577 ☐	めいしん 【迷信】	㊂ 迷信 ㊣ 盲信（もうしん）
2578 ☐	めいじん 【名人】	㊂ 名人，名家，大師，專家 ㊣ 名手
2579 ☐	めいぶつ 【名物】	㊂ 名產，特產；(因形動奇特而)有名的人 ㊣ 名産
2580 ☐	めいめい 【銘々】	(名・副) 各自，每個人 ㊣ おのおの
2581 ☐	メーター 【meter】	㊂ 米，公尺；儀表，測量器 ㊣ 計器（けいき）
2582 ☐	めぐまれる 【恵まれる】	(自下一) 得天獨厚，被賦予，受益，受到恩惠 ㊨ 見放される ㊣ 時めく
2583 ☐	めぐる 【巡る】	(自五) 循環，轉回，旋轉；巡遊；環繞，圍繞 ㊣ 巡回する（じゅんかいする）
2584 ☐	めざす 【目指す】	(他五) 指向，以…為努力目標，瞄準 ㊣ 狙う
2585 ☐	めざまし 【目覚まし】	㊂ 叫醒，喚醒；小孩睡醒後的點心；醒後為打起精神吃東西；鬧鐘 ㊣ 目覚まし時計
2586 ☐	めざましどけい 【目覚まし時計】	㊂ 鬧鐘
2587 ☐	めし 【飯】	㊂ 米飯；吃飯，用餐；生活，生計 ㊣ 食事

2575
京都の名所といえば、金閣寺と銀閣寺でしょう。
▶ 一提到京都古蹟，首當其選的就是金閣寺和銀閣寺了吧。

2576
上司は彼にすぐ出発するように命じた。
▶ 上司命令他立刻出發。

2577
迷信とわかっていても、信じずにはいられない。
▶ 雖知是迷信，卻無法不去信它。

2578
彼は、魚釣りの名人です。
▶ 他是釣魚的名人。

2579
名物といっても、大しておいしくないですよ。
▶ 雖說是名產，但也沒多好吃呀。

2580
銘々で食事を注文してください。
▶ 請各自點餐。

め

2581
このプールの長さは、何メーターありますか。
▶ 這座泳池的長度有幾公尺？

2582
環境に恵まれるか恵まれないかにかかわらず、努力すれば成功できる。
▶ 無論環境的好壞，只要努力就能成功。

2583
東ヨーロッパを巡る旅に出かけました。
▶ 我到東歐去環遊了。

2584
もしも試験に落ちたら、弁護士を目指すどころではなくなる。
▶ 要是落榜了，就不是在那裡妄想當律師的時候了。

2585
目覚ましなど使わなくても、起きられますよ。
▶ 就算不用鬧鐘也能起床呀。

2586
目覚まし時計を掛ける。
▶ 設定鬧鐘。

2587
みんなもう飯は食ったかい。
▶ 大家吃飯了嗎？

2588	めした 【目下】	名 部下，下屬，晚輩 反 目上　類 後輩
2589	めじるし 【目印】	名 目標，標記，記號 類 印
2590	めだつ 【目立つ】	自五 顯眼，引人注目，明顯 類 際立つ（きわだつ）
2591	めちゃくちゃ	名・形動 亂七八糟，胡亂，荒謬絕倫 類 めちゃめちゃ
2592	めっきり	副 變化明顯，顯著的，突然，劇烈 類 著しい（いちじるしい）
2593	めったに 【滅多に】	副（後接否定語）不常，很少 類 ほとんど
2594	めでたい 【目出度い】	形 可喜可賀，喜慶的；順利，幸運，圓滿；頭腦簡單，傻氣；表恭喜慶祝 類 喜ばしい
2595	めまい 【目眩・眩暈】	名 頭暈眼花
2596	メモ 【memo】	名・他サ 筆記；備忘錄，便條；紀錄 類 備忘録（びぼうろく）
2597	めやす 【目安】	名（大致的）目標，大致的推測，基準；標示 類 見当（けんとう）
2598	めん 【面】	名・接尾・漢造 臉，面；面具，假面；防護面具；用以計算平面的東西；會面 類 方面
2599	めんきょしょう 【免許証】	名（政府機關）批准；許可證，執照
2600	めんぜい 【免税】	名・他サ・自サ 免稅 類 免租（めんそ）

2588
部長は、目下の者には威張る。
▶ 部長會在部屬前擺架子。

2589
自分の荷物に、目印をつけておきました。
▶ 我在自己的行李上做了記號。

2590
彼女は華やかなので、とても目立つ。
▶ 她打扮華麗，所以很引人側目。

2591
部屋が片付いたかと思ったら、子どもがすぐにめちゃくちゃにしてしまった。 ▶ 我才剛把房間整理好，就發現小孩馬上就把它用得亂七八糟的。

2592
最近めっきり体力がなくなりました。
▶ 最近體力明顯地降下。

2593
めったにないチャンスだ。
▶ 難得的機會。

め

2594
赤ちゃんが生まれたとは、めでたいですね。
▶ 聽說小寶貝生誕生了，那真是可喜可賀。

2595
めまいがする。
▶ 頭暈眼花。

2596
メモをとる。
▶ 記筆記。

2597
目安として、1000円ぐらいのものを買ってきてください。
▶ 請你去買約1000日圓的東西回來。

2598
お金の面においては、問題ありません。
▶ 在金錢方面沒有問題。

2599
運転免許証。
▶ 駕照。

2600
免税店で買い物をしました。
▶ 我在免税店裡買了東西。

も

2601 ☐	めんせき 【面積】	名 面積 類 広さ
2602 ☐	めんどうくさい 【面倒臭い】	形 非常麻煩，極其費事的 類 煩わしい（わずらわしい）
2603 ☐	メンバー 【member】	名 成員，一份子；(體育)隊員 類 成員
2604 ☐	もうかる 【儲かる】	自五 賺到，得利；賺得到便宜，撿便宜
2605 ☐	もうける 【設ける】	他下一 預備，準備；設立，制定；生，得(子女) 類 備える（そなえる）
2606 ☐	もうける 【儲ける】	他下一 賺錢，得利；(轉)撿便宜，賺到 反 損する 類 得する
2607 ☐	もうしわけ 【申し訳】	名・他サ 申辯，辯解；道歉；敷衍塞責，有名無實 類 弁解（べんかい）
2608 ☐	モーター 【motor】	名 發動機；電動機；馬達 類 電動機
2609 ☐	もくざい 【木材】	名 木材，木料 類 材木
2610 ☐	もくじ 【目次】	名 (書籍)目錄，目次；(條目、項目)目次 類 見出し（みだし）
2611 ☐	もくひょう 【目標】	名 目標，指標 類 目当て（めあて）
2612 ☐	もぐる 【潜る】	自五 潛入(水中)；鑽進，藏入，躲入；潛伏活動，違法從事活動 類 潜伏する（せんぷくする）
2613 ☐	もじ 【文字】	名 字跡，文字，漢字；文章，學問 類 字

2601
面積が広いわりに、人口が少ない。
▶ 面積雖然大，但相對地人口卻很少。

2602
面倒臭いからといって、掃除もしないのですか。
▶ 嫌麻煩就不用打掃了嗎？

2603
チームのメンバーにとって、今度の試合は重要です。
▶ 這次的比賽，對隊上的隊員而言相當地重要。

2604
儲かるからといって、そんな危ない仕事はしない方がいい。
▶ 雖說會賺大錢，那種危險的工作還是不做的好。

2605
スポーツ大会に先立ち、簡易トイレを設けた。
▶ 在運動會之前，事先設置了臨時公廁。

2606
彼はその取り引きで大金をもうけた。
▶ 他在那次交易上賺了大錢。

2607
感激のあまり、大きな声を出してしまって申し訳ありません。
▶ 太過於感動而不禁大聲了起來。

2608
機械のモーターが動かなくなってしまいました。
▶ 機器的馬達停了。

2609
海外から、木材を調達する予定です。
▶ 我計畫要從海外調木材過來。

2610
目次はどこにありますか。
▶ 目錄在什麼地方？

2611
目標ができたからには、計画を立ててがんばるつもりです。
▶ 既然有了目標，就打算立下計畫好好加油。

2612
海に潜ることにかけては、彼はなかなかすごいですよ。
▶ 在潛海這方面，他相當厲害唷。

2613
ひらがなは、漢字をもとにして作られた文字だ。
▶ 平假名是根據漢字而成的文字。

2614 □	もしも	副 (強調)如果，萬一，倘若 類 若し
2615 □	もたれる 【凭れる・靠れる】	自下一 依靠，憑靠；消化不良 類 寄りかかる（よりかかる）
2616 □ T80	モダン 【modern】	名・形動 現代的，流行的，時髦的 類 今様（いまよう）
2617 □	もち 【餅】	名 年糕
2618 □	もちあげる 【持ち上げる】	他下一 (用手)舉起，抬起；阿諛奉承，吹捧；抬頭 類 上げる
2619 □	もちいる 【用いる】	自五 使用；採用，採納；任用，錄用 類 使用する
2620 □	もって 【以って】	連語・接續 (…をもって形式，格助詞用法)以，用，拿；因為；根據；(時間或數量)到；(加強を的語感)把；而且；因此；對此
2621 □	もっとも 【最も】	副 最，頂 類 一番
2622 □	もっとも 【尤も】	連語・接續 合理，正當，理所當有的；話雖如此，不過 類 当然
2623 □	モデル 【model】	名 模型；榜樣，典型，模範；(文學作品中)典型人物，原型；模特兒 類 手本（てほん）
2624 □	もと 【元・旧・故】	名・接尾 原，從前；原來
2625 □	もと 【元・基】	名 起源，本源；基礎，根源；原料；原因；本店；出身；成本 類 基礎
2626 □	もどす 【戻す】	自五・他五 退還，歸還；送回，退回；使倒退；(經)市場價格急遽回升 類 返す

2614
もしも会社をくびになったら、結婚どころではなくなる。
▶ 要是被公司革職，就不是結婚的時候了。

2615
相手の迷惑もかまわず、電車の中で隣の人にもたれて寝ている。
▶ 也不管會不會造成對方的困擾。

2616
外観はモダンながら、ビルの中は老朽化しています。
▶ 雖然外觀很時髦，但是大廈裡已經老舊了。

2617
日本では、正月に餅を食べます。
▶ 在日本，過新年要吃麻糬。

2618
こんな重いものが、持ち上げられるわけはない。
▶ 這麼重的東西，怎麼可能抬得起來。

2619
これは、DVDの製造に用いる機械です。
▶ 這台是製作DVD時會用到的機器。

2620
書面をもって通知する。
▶ 以書面通知。

2621
思案のすえに、最も優秀な学生を選んだ。
▶ 再三考慮後才選出最優秀的學生。

2622
合格して、嬉しさのあまり大騒ぎしたのももっともです。
▶ 因上榜太過歡喜而大吵大鬧也是正常的呀。

2623
彼女は、歌も歌えば、モデルもやる。
▶ 她既唱歌也當模特兒。

2624
私は、元スチュワーデスでした。
▶ 我原本是空中小姐。

2625
彼のアイデアを基に、商品を開発した。
▶ 以他的構想為基礎來開發商品。

2626
本を読み終わったら、棚に戻してください。
▶ 書如果看完了，就請放回書架。

も

2627 ☐	もとづく 【基づく】	(自五) 根據，按照；由…而來，因為，起因 (類) 依る（よる）
2628 ☐	もとめる 【求める】	(他下一) 想要，渴望，需要；謀求，探求；征求，要求；購買 (類) 要求する
2629 ☐	もともと	(名・副) 與原來一樣，不增不減；從來，本來，根本 (類) 本来（ほんらい）
2630 ☐	もの 【者】	(名) (特定情況之下的)人，者 (類) 人
2631 ☐	ものおき 【物置】	(名) 庫房，倉房 (類) 倉庫
2632 ☐	ものおと 【物音】	(名) 響聲，響動，聲音
2633 ☐	ものがたり 【物語】	(名) 談話，事件；傳說；故事，傳奇；(平安時代後散文式的文學作品)物語 (類) ストーリー
2634 ☐	ものがたる 【物語る】	(他五) 談，講述；說明，表明
2635 ☐	ものごと 【物事】	(名) 事情，事物；一切事情，凡事 (類) 事柄（ことがら）
2636 ☐	ものさし 【物差し】	(名) 尺；尺度，基準
2637 ☐	ものすごい 【物凄い】	(形) 可怕的，恐怖的，令人恐懼的；猛烈的，驚人的 (類) 甚だしい（はなはだしい）
2638 ☐	モノレール 【monorail】	(名) 單軌電車，單軌鐵路 (類) 単軌鉄道（たんきてつどう）
2639 ☐	もみじ 【紅葉】	(名) 紅葉；楓樹 (類) 紅葉（こうよう）

2627
去年の支出に基づいて、今年の予算を決めます。
▶ 根據去年的支出，來決定今年度的預算。

2628
私たちは株主として、経営者に誠実な答えを求めます。
▶ 作為股東的我們，要求經營者要給真誠的答覆。

2629
彼はもともと、学校の先生だったということだ。
▶ 據說他原本是學校的老師。

2630
泥棒の姿を見た者はいません。
▶ 沒有人看到小偷的蹤影

2631
はしごは物置に入っています。
▶ 梯子放在倉庫裡。

2632
何か物音がしませんでしたか。
▶ 剛剛是不是有東西發出聲音？

2633
江戸時代の商人についての物語を書きました。
▶ 撰寫了一篇有關江戶時期商人的故事。

2634
血だらけの服が、事件のすごさを物語っている。
▶ 滿是血跡的衣服，述說著案件的嚴重性。

2635
物事をきちんとするのが好きです。
▶ 我喜歡將事物規劃地井然有序。

2636
物差しで長さを測った。
▶ 我用尺測量了長度。

2637
試験の最中なので、ものすごくがんばっています。
▶ 因為是考試期間，所以非常的努力。

2638
モノレールに乗って、羽田空港まで行きます。
▶ 我搭單軌電車要到羽田機場。

2639
紅葉がとてもきれいで、歓声を上げないではいられなかった。
▶ 因為楓葉實在太漂亮了，所以就不由得地歡呼了起來。

2640 ☐	もむ【揉む】	(他五) 搓，揉；捏，按摩；(很多人)互相推擠；爭辯；(被動式型態)錘鍊，受磨練 (類) 按摩する
2641 ☐	もも【桃】	(名) 桃子
2642 ☐	もよう【模様】	(名) 花紋，圖案；情形，狀況；徵兆，趨勢 (類) 綾（あや）
2643 ☐	もよおし【催し】	(名) 舉辦，主辦；集會，文化娛樂活動；預兆，兆頭 (類) 催し物
2644 ☐	もる【盛る】	(他五) 盛滿，裝滿，堆滿，堆高；配藥，下毒；刻劃，標刻度 (類) 積み上げる（つみあげる）
2645 ☐	もんどう【問答】	(名・自サ) 問答；商量，交談，爭論 (類) 議論
2646 ☐ T81	や【屋】	(接尾) (前接名詞，表示經營某家店或從事某種工作的人)店，舖；(前接表示個性、特質)帶點輕蔑的稱呼；(寫作「舍」)表示堂號，房舍的雅號 (類) 店
2647 ☐	やがて	(副) 不久，馬上；幾乎，大約；歸根就底，亦即，就是 (類) まもなく
2648 ☐	やかましい【喧しい】	(形) (聲音)吵鬧的，喧擾的；囉唆的，嘮叨的；難以取悅，嚴格的，嚴厲的 (類) うるさい
2649 ☐	やかん【薬缶】	(名) (銅、鋁製的)壺，水壺 (類) 湯沸かし（ゆわかし）
2650 ☐	やく【役】	(名・漢造) 職務，官職；責任，任務，(負責的)職位；角色；使用，作用 (類) 役目
2651 ☐	やく【約】	(名・副・漢造) 約定，商定；縮寫，略語；大約，大概；簡約，節約 (類) 大体
2652 ☐	やく【訳】	(名・他サ・漢造) 譯，翻譯；漢字的訓讀 (類) 翻訳

2640	肩をもんであげる。 ▶ 我幫你按摩肩膀。
2641	桃のおいしい季節。 ▶ 桃子盛產期。
2642	模様のあるのやら、ないのやら、いろいろな服があります。 ▶ 有花樣的啦、沒花樣的啦，這裡有各式各樣的衣服。
2643	その催しは、九月九日から始まることになっています。 ▶ 那個活動預定從9月9日開始。
2644	果物が皿に盛ってあります。 ▶ 盤子上堆滿了水果。
2645	教授との問答に基づいて、新聞記事を書いた。 ▶ 根據我和教授間的爭論，寫了篇報導。
2646	魚屋。 ▶ 魚店，賣魚的。
2647	やがて上海行きの船が出港します。 ▶ 不久後前往上海的船就要出港了。
2648	隣のテレビがやかましかったものだから、抗議に行った。 ▶ 因為隔壁的電視聲太吵了，所以跑去抗議。
2649	やかんで湯を沸かす。 ▶ 用水壺燒開水。
2650	この役を、引き受けないわけにはいかない。 ▶ 不可能不接下這個職位。
2651	資料によれば、この町の人口は約100万人だそうだ。 ▶ 根據資料所顯示，這城鎮的人口約有100萬人。
2652	その本は、日本語訳で読みました。 ▶ 那本書我是看日文翻譯版的。

も

2653 ☐	やくしゃ 【役者】	名 演員；善於做戲的人，手段高明的人，人才 類 俳優
2654 ☐	やくしょ 【役所】	名 官署，政府機關 類 官公庁（かんこうちょう）
2655 ☐	やくにん 【役人】	名 官員，公務員 類 公務員
2656 ☐	やくひん 【薬品】	名 藥品；化學試劑 類 薬物
2657 ☐	やくめ 【役目】	名 責任，任務，使命，職務 類 役割
2658 ☐	やくわり 【役割】	名 分配任務(的人)；(分配的)任務，角色，作用 類 受け持ち
2659 ☐	やけど 【火傷】	名・自サ 燙傷，燒傷；(轉)遭殃，吃虧
2660 ☐	やこう 【夜行】	名・接頭 夜行；夜間列車；夜間活動 類 夜行列車
2661 ☐	やじるし 【矢印】	名 (標示去向、方向的)箭頭，箭形符號
2662 ☐	やたらに	形動・副 胡亂的，隨便的，任意的，馬虎的；過 份，非常，大膽 類 むやみに
2663 ☐	やっかい 【厄介】	名・形動 麻煩，難為，難應付的；照料，照顧， 幫助；寄食，寄宿(的人) 類 面倒臭い（めんどうくさい）
2664 ☐	やっきょく 【薬局】	名 (醫院的)藥局；藥鋪，藥店
2665 ☐	やっつける 【遣っ付ける】	他下一 (俗)幹完(工作等，「やる」的強調表 現)；教訓一頓；幹掉；打敗，擊敗 類 打ち負かす（うちまかす）

2653
役者としての経験が長いだけに、演技がとてもうまい。
▶ 到底是長久當演員的緣故，演技實在是精湛。

2654
手続きはここでできますから、役所までいくことはないよ。
▶ 這裡就可以辦手續，沒必要跑到區公所哪裡。

2655
役人にはなりたくない。
▶ 我不想當公務員。

2656
この薬品は、植物をもとにして製造された。
▶ 這個藥品，是以植物為底製造而成的。

2657
責任感の強い彼のことだから、役目をしっかり果たすだろう。
▶ 因為是責任感很強的他，所以一定能完成使命的！

2658
それぞれの役割に基づいて、仕事をする。
▶ 按照各自的職務工作。

や

2659
熱湯で手にやけどをした。
▶ 熱水燙傷了手。

2660
彼らは、今夜の夜行で旅行に行くということです。
▶ 聽說他們要搭今晚的夜車去旅行。

2661
矢印により、方向を表した。
▶ 透過箭頭來表示方向。

2662
重要書類をやたらに他人に見せるべきではない。
▶ 不應當將重要的文件，隨隨便便地給其他人看。

2663
やっかいな問題が片付いたかと思うと、また難しい問題が出てきた。
▶ 才正解決了麻煩事，就馬上又出現了難題。

2664
薬局で薬を買うついでに、洗剤も買った。
▶ 到藥局買藥的同時，順便買了洗潔精。

2665
手ひどくやっつけられる。
▶ 被修理得很慘。

2666 □	やど 【宿】	名 家,住處,房屋;旅館,旅店;下榻處,過夜 類 旅館
2667 □	やとう 【雇う】	他五 雇用 類 雇用する
2668 □	やぶく 【破く】	他五 撕破,弄破 類 破る
2669 □	やむ 【病む】	自他五 得病,患病;煩惱,憂慮 類 患う(わずらい)
2670 □	やむをえない 【やむを得ない】	形 不得已的,沒辦法的 類 しかたがない
ゆ 2671 □	ゆいいつ 【唯一】	名 唯一,獨一
2672 □	ゆうえんち 【遊園地】	名 遊樂場
2673 □	ゆうこう 【友好】	名 友好
2674 □	ゆうこう 【有効】	形動 有效的
2675 □	ゆうじゅうふだん 【優柔不断】	名・形動 優柔寡斷
2676 □	ゆうしょう 【優勝】	名・自サ 優勝,取得冠軍 類 勝利
2677 □ T82	ゆうじょう 【友情】	名 友情 反 敵意　類 友誼
2678 □	ゆうしょく 【夕食】	名 晚餐

| 2666 | 宿の予約をしていないばかりか、電車の切符も買っていないそうです。 |
| | ▶ 不僅沒有預約住宿的地方，聽說就連電車的車票也沒買的樣子。 |

| 2667 | 大きなプロジェクトに先立ち、アルバイトをたくさん雇いました。 |
| | ▶ 進行盛大的企劃前，事先雇用了很多打工的人。 |

| 2668 | ズボンを破いてしまった。 |
| | ▶ 弄破褲子了。 |

| 2669 | 胃を病んでいた。 |
| | ▶ 得胃病。 |

| 2670 | 仕事が期日どおりに終わらなくても、やむを得ない。 |
| | ▶ 就算工作不能如期完成也是沒辦法的事。 |

| 2671 | 彼女は、わが社で唯一の女性です。 |
| | ▶ 她是我們公司唯一的女性。 |

や

| 2672 | 子どもと一緒に、遊園地なんか行くものか。 |
| | ▶ 我哪可能跟小朋友一起去遊樂園呀！ |

| 2673 | 友好を深める。 |
| | ▶ 加深友好關係。 |

| 2674 | 有効に使う。 |
| | ▶ 有效地使用。 |

| 2675 | 優柔不断な性格。 |
| | ▶ 優柔寡斷的個性。 |

| 2676 | しっかり練習しないかぎり、優勝はできません。 |
| | ▶ 要是沒紮實地做練習，就沒辦法得冠軍。 |

| 2677 | 友情を裏切るわけにはいかない。 |
| | ▶ 友情是不能背叛的。 |

| 2678 | 夕食はハンバーグだ。 |
| | ▶ 晚餐吃漢堡排。 |

2679 ☐	ゆうだち 【夕立】	名 雷陣雨 類 にわか雨
2680 ☐	ゆうのう 【有能】	名・形動 有才能的，能幹的 反 無能（むのう）
2681 ☐	ゆうひ 【夕日】	名 夕陽 類 夕陽
2682 ☐	ゆうゆう 【悠々】	副・形動 悠然，不慌不忙；綽綽有餘，充分； (時間)悠久，久遠；(空間)浩瀚無垠 類 ゆったり
2683 ☐	ゆうらんせん 【遊覧船】	名 渡輪
2684 ☐	ゆうりょう 【有料】	名 收費 反 無料
2685 ☐	ゆかた 【浴衣】	名 夏季穿的單衣，浴衣
2686 ☐	ゆくえ 【行方】	名 去向，目的地；下落，行蹤；前途，將來 類 行く先
2687 ☐	ゆくえふめい 【行方不明】	名 下落不明
2688 ☐	ゆげ 【湯気】	名 蒸氣，熱氣；(蒸汽凝結的)水珠，水滴 類 水蒸気（すいじょうき）
2689 ☐	ゆけつ 【輸血】	名・自サ (醫)輸血
2690 ☐	ゆそう 【輸送】	名・他サ 輸送，傳送 反 輸入
2691 ☐	ゆだん 【油断】	名・自サ 缺乏警惕，疏忽大意 類 不覚

2679	雨が降ってきたといっても、夕立だからすぐやみます。
	▶ 雖說下雨了，但因是驟雨很快就會停。

2680	わが社においては、有能な社員はどんどん出世します。
	▶ 在本公司，有能力的職員都會一一地順利升遷。

2681	夕日が沈むのを見に行った。
	▶ 我去看了夕陽西下的景色。

2682	彼は毎日悠々と暮らしている。
	▶ 他每天都悠哉悠哉地過生活。

2683	遊覧船に乗る。
	▶ 搭乘渡輪。

2684	ここの駐車場は、どうも有料っぽいね。
	▶ 這裡的停車場，好像是要收費的耶。

ゆ

2685	君は、浴衣を着ていると女っぽいね。
	▶ 妳一穿上浴衣，就真有女人味啊！

2686	犯人のみならず、犯人の家族の行方もわからない。
	▶ 不單只是犯人，就連犯人的家人也去向不明。

2687	行方不明になる。
	▶ 下落不明。

2688	やかんから湯気が出ている。
	▶ 不久後蒸汽冒出來了。

2689	輸血をしてもらった。
	▶ 幫我輸血。

2690	自動車の輸送にかけては、うちは一流です。
	▶ 在搬運汽車這方面，本公司可是一流的。

2691	仕事がうまくいっているときは、誰でも油断しがちです。
	▶ 當工作進行順利時，任誰都容易大意。

よ

2692 ☐	ゆっくり	副・自サ 慢慢地，不著急的，從容地；安適的，舒適的；充分的，充裕的 類 徐々に（じょじょに）
2693 ☐	ゆったり	副・自サ 寛敞舒適
2694 ☐	ゆるい 【緩い】	形 鬆，不緊；徐緩，不陡；不急；不嚴格；稀薄 反 きつい　類 緩々
2695 ☐	よ 【夜】	名 夜，晚上，夜間 反 昼　類 晩
2696 ☐	よあけ 【夜明け】	名 拂曉，黎明 類 明け方
2697 ☐	よう 【様】	名・形動 樣子，方式；風格；形狀
2698 ☐	よう 【酔う】	自五 醉，酒醉；暈(車、船)；(吃魚等)中毒；陶醉 類 酔っ払う（よっぱらい）
2699 ☐	ようい 【容易】	形動 容易，簡單 類 簡単
2701 ☐	ようがん 【溶岩】	名 (地)溶岩
2702 ☐	ようき 【容器】	名 容器 類 入れ物
2703 ☐	ようき 【陽気】	名・形動 季節，氣候；陽氣(萬物發育之氣)；爽朗，快活；熱鬧，活躍 反 陰気　類 気候
2704 ☐	ようきゅう 【要求】	名・他サ 要求，需求 類 請求
2705 ☐	ようご 【用語】	名 用語，措辭；術語，專業用語 類 術語（じゅつご）

2692	ゆっくり考えたすえに、結論を出しました。 ▶ 仔細思考後，有了結論。
2693	ゆったりした服。 ▶ 寬鬆的服裝。
2694	ねじが緩くなる。 ▶ 螺絲鬆了。
2695	夜が明けたら出かけます。 ▶ 天一亮就啟程。
2696	夜明けに、鶏が鳴いた。 ▶ 天亮雞鳴。
2697	話し様が悪い。 ▶ 說的方式不好。
2698	彼は酔っても乱れない。 ▶ 他喝醉了也不會亂來。
2699	私にとって、彼を説得するのは容易なことではない。 ▶ 對我而言，要說服他不是件容易的事。
2701	火山が噴火して、溶岩が流れてきた。 ▶ 火山爆發，有熔岩流出。
2702	容器におかずを入れて持ってきた。 ▶ 我將配菜裝入容器內帶了過來。
2703	天気予報の予測に反して、春のような陽気でした。 ▶ 和天氣預報背道而馳，是個像春天的天氣。
2704	社員の要求を受け入れざるをえない。 ▶ 不得不接受員工的要求。
2705	これは、法律用語っぽいですね。 ▶ 這個感覺像是法律用語啊。

ゆ

2706 ☐	ようし 【要旨】	名 大意，要旨，要點 類 要点
2707 ☐	ようじ 【用事】	名 (應辦的)事情，工作 類 用件
2708 ☐	ようじん 【用心】	名・自サ 注意，留神，警惕，小心 類 配慮（はいりょ）
2709 ☐	ようす 【様子】	名 情況，狀態；容貌，樣子；緣故；光景，徵兆 類 状況
2710 ☐	ようするに 【要するに】	副・連 總而言之，總之 類 つまり
2711 ☐	ようせき 【容積】	名 容積，容量，體積 類 容量
2712 ☐	ようそ 【要素】	名 要素，因素；(理、化)要素，因子 類 成分
2713 ☐ T83	ようち 【幼稚】	名・形動 年幼的；不成熟的，幼稚的 類 未熟（みじゅく）
2714 ☐	ようちえん 【幼稚園】	名 幼稚園
2715 ☐	ようてん 【要点】	名 要點，要領 類 要所（ようしょ）
2716 ☐	ようと 【用途】	名 用途，用處 類 使い道
2717 ☐	ようひんてん 【洋品店】	名 舶來品店，精品店，西裝店
2718 ☐	ようぶん 【養分】	名 養分 類 滋養分（じようぶん）

| 2706 | 論文の要旨を書いて提出してください。 |
| | ▶ 請寫出論文的主旨並交出來。 |

| 2707 | 用事で出かけたところ、大家さんにばったり会った。 |
| | ▶ 因為有事出門，而和房東不期而遇。 |

| 2708 | 治安がいいか悪いかにかかわらず、泥棒には用心しなさい。 |
| | ▶ 無論治安是好是壞，請注意小偷。 |

| 2709 | あの様子から見れば、ずいぶんお酒を飲んだのに違いない。 |
| | ▶ 從他那樣子來看，一定是喝了很多酒。 |

| 2710 | 要するに、あの人は大人げがないんです。 |
| | ▶ 總而言之，那個人就是沒個大人樣。 |

| 2711 | 三角錐の容積はどのように計算しますか。 |
| | ▶ 要怎麼算三角錐的容量？ |

よ

| 2712 | 会社を作るには、いくつかの要素が必要だ。 |
| | ▶ 要創立公司，有幾個必要要素。 |

| 2713 | 大学生にしては、幼稚な文章ですね。 |
| | ▶ 作為一個大學生，真是個幼稚的文章啊。 |

| 2714 | 幼稚園に入る。 |
| | ▶ 上幼稚園。 |

| 2715 | 要点をまとめておいたせいか、上手に発表できた。 |
| | ▶ 可能是有將重點歸納過的關係，我上台報告得很順利。 |

| 2716 | この製品は、用途が広いばかりでなく、値段も安いです。 |
| | ▶ 這個產品，不僅用途廣闊，價錢也很便宜。 |

| 2717 | 洋品店の仕事が、うまくいきつつあります。 |
| | ▶ 西裝店的工作正開始上軌道。 |

| 2718 | 植物を育てるのに必要な養分は何ですか。 |
| | ▶ 培育植物所需的養分是什麼？ |

2719 ☐	ようもう 【羊毛】	名 羊毛 類 ウール
2720 ☐	ようやく 【要約】	名・他サ 摘要，歸納
2721 ☐	ようやく 【漸く】	副 好不容易，勉勉強強，終於；漸漸 類 やっと
2722 ☐	ようりょう 【要領】	名 要領，要點；訣竅，竅門 類 要点
2723 ☐	ヨーロッパ 【Europe】	名 歐洲 類 欧州
2724 ☐	よき 【予期】	名・自サ 預期，預料，料想 類 予想
2725 ☐	よくばり 【欲張り】	名・形動 貪婪，貪得無厭(的人)
2726 ☐	よくばる 【欲張る】	自五 貪婪，貪心，貪得無厭 類 貪る（むさぼる）
2727 ☐	よけい 【余計】	形動・副 多餘的，無用的，用不著的；過多的； 更多，格外，更加，越發 類 余分（よぶん）
2728 ☐	よこがき 【横書き】	名 橫寫
2729 ☐	よこぎる 【横切る】	他五 橫越，橫跨 類 横断する（おうだんする）
2730 ☐	よこなが 【横長】	名・形動 長方形的，橫寬的
2731 ☐	よさん 【予算】	名 預算 反 決算

2719
このじゅうたんは、羊毛でできています。
▶ 這地毯是由羊毛所製。

2720
論文を要約する。
▶ 做論文摘要。

2721
あちこちの店を探したあげく、ようやくほしいものを見つけた。
▶ 四處找了很多店家，最後終於找到要的東西。

2722
彼は要領が悪いのみならず、やる気もない。
▶ 他做事不僅不得要領，也沒有什麼幹勁。

2723
ヨーロッパの映画を見るにつけて、現地に行ってみたくなります。
▶ 每看歐洲的電影，就會想到當地去走一遭。

2724
予期した以上の成果。
▶ 達到預期的成果。

よ

2725
彼はきっと欲張りに違いありません。
▶ 他一定是個貪得無厭的人。

2726
彼が失敗したのは、欲張ったせいにほかならない。
▶ 他之所以會失敗，無非是他太過貪心了。

2727
私こそ、余計なことを言って申し訳ありません。
▶ 我才是，說些多事的話真是抱歉。

2728
横書きの雑誌。
▶ 橫寫編排的雜誌。

2729
道路を横切る。
▶ 橫越馬路。

2730
横長の鞄。
▶ 橫長的包包。

2731
予算については、社長と相談します。
▶ 就預算相關一案，我會跟社長商量的。

2732 ☐	よす 【止す】	他五 停止，做罷；戒掉；辭掉 類 やめる
2733 ☐	よそ 【他所】	名 別處，他處；遠方；別的，他的；不顧，無視，漠不關心 類 他所（たしょ）
2734 ☐	よそく 【予測】	名・他サ 預測，預料 類 予想
2735 ☐	よつかど 【四つ角】	名 十字路口；四個犄角 類 十字路（じゅうじろ）
2736 ☐	ヨット 【yacht】	名 遊艇，快艇 類 帆走船（はんそうせん）
2737 ☐	よっぱらい 【酔っ払い】	名 醉鬼，喝醉酒的人 類 酔漢（すいかん）
2738 ☐	よなか 【夜中】	名 半夜，深夜，午夜 類 夜ふけ
2739 ☐	よび 【予備】	名 預備，準備 類 用意
2740 ☐	よびかける 【呼び掛ける】	他下一 招呼，呼喚；號召，呼籲 類 勧誘（かんゆう）
2741 ☐	よびだす 【呼び出す】	他五 喚出，叫出；叫來，喚來，邀請；傳訊
2742 ☐	よぶん 【余分】	名・形動 剩餘，多餘的；超量的，額外的 類 残り
2743 ☐	よほう 【予報】	名・他サ 預報 類 知らせ
2744 ☐	よみ 【読み】	名 唸，讀；訓讀；判斷，盤算；理解

2732
そんなことをするのは止しなさい。
▶ 不要做那種蠢事。

2733
彼は、よそでは愛想がいい。
▶ 他在外頭待人很和藹。

2734
来年の景気は予測しがたい。
▶ 很難去預測明年的景氣。

2735
四つ角のところで友達に会った。
▶ 我在十字路口遇到朋友。

2736
夏になったら、海にヨットに乗りに行こう。
▶ 到了夏天，一起到海邊搭快艇吧。

2737
酔っ払い運転。
▶ 酒醉駕駛。

2738
夜中に電話が鳴った。
▶ 深夜裡電話響起。

2739
彼は、予備の靴を持ってきているとか。
▶ 聽說他有帶預備的鞋子。

2740
ここにゴミを捨てないように、呼びかけようじゃないか。
▶ 我們來呼籲大眾，不要在這裡亂丟垃圾吧！

2741
こんな夜遅くに呼び出して、何の用ですか。
▶ 那麼晚了還叫我出來，到底是有什麼事？

2742
余分なお金があるわけがない。
▶ 不可能會有多餘的金錢。

2743
天気予報によると、明日は曇りがちだそうです。
▶ 根據氣象報告，明天好像是多雲的天氣。

2744
この字の読みがわからない。
▶ 不知道這個字的讀法。

よ

2745 ☐	よみがえる 【蘇る】	(自五) 甦醒，復活；復興，復甦，回復；重新想起 (類) 生き返る
2746 ☐	よめ 【嫁】	(名) 兒媳婦，妻，新娘 (反) 婿　(類) 花嫁
2747 ☐	よゆう 【余裕】	(名) 富餘，剩餘；寬裕，充裕 (類) 裕り（ゆとり）
2748 ☐	より	(副) 更，更加 (類) 更に
2749 ☐	よる 【因る】	(自五) 由於，因為；任憑，取決於；依靠，依賴；按照，根據 (類) 従う（したがう）
ら 2750 ☐ T84	らい 【来】	(連體) （時間）下個，下一個
2751 ☐	らいにち 【来日】	(名・自サ) (外國人)來日本，到日本來 (類) 訪日（ほうにち）
2752 ☐	らくてんてき 【楽天的】	(形動) 樂觀的
2753 ☐	らくらい 【落雷】	(名・自サ) 打雷，雷擊
2754 ☐	らせん 【螺旋】	(名) 螺旋狀物；螺旋
2755 ☐	らん 【欄】	(名・漢造) (表格等)欄目；欄杆；(書籍、刊物、版報等的)專欄 (類) てすり
2756 ☐	ランニング 【running】	(名) 賽跑，跑步 (類) 競走
リ 2757 ☐	リード 【lead】	(名・自他サ) 領導，帶領；(比賽)領先，贏；(新聞報導文章的)內容提要

2745	しばらくしたら、昔の記憶が蘇るに相違ない。 ▶ 過一陣子後，以前的記憶一定會想起來的。
2746	彼女は嫁に来て以来、一度も実家に帰っていない。 ▶ 自從她嫁過來之後，就沒回過娘家。
2747	忙しくて、余裕なんかぜんぜんない。 ▶ 太過繁忙，根本就沒有喘氣的時間。
2748	他の者に比べて、彼はより勤勉だ。 ▶ 他比任何人都勤勉。
2749	理由によっては、許可することができる。 ▶ 因理由而定，來看是否批准。
2750	来年 3 月に卒業する。 ▶ 明年三月畢業。
2751	トム・ハンクスは来日したことがありましたっけ。 ▶ 湯姆漢克有來過日本來著？
2752	楽天的な性格。 ▶ 樂天派。
2753	落雷で火事になる。 ▶ 打雷引起火災。
2754	螺旋階段。 ▶ 螺旋梯。
2755	テレビ欄を見たかぎりでは、今日はおもしろい番組はありません。 ▶ 就電視節目表來看，今天沒有有趣的節目。
2756	雨が降らないかぎり、毎日ランニングをします。 ▶ 只要不下雨，我就會每天跑步。
2757	5点リードしているからといって、油断しちゃだめだよ。 ▶ 不能因為領先五分，就因此大意唷。

よ

2758 ☐	りえき 【利益】	名 利益，好處；利潤，盈利 反 損失　類 利潤（りじゅん）
2759 ☐	りがい 【利害】	名 利害，得失，利弊，損益 類 損得（そんとく）
2760 ☐	りく 【陸】	名・漢造 陸地，旱地；陸軍的通稱 反 海　類 陸地
2761 ☐	りこう 【利口】	名・形動 聰明，伶利機靈；巧妙，周到，能言善道 反 馬鹿　類 賢い
2762 ☐	りこしゅぎ 【利己主義】	名 利己主義
2763 ☐	リズム 【rhythm】	名 節奏，旋律，格調，格律 類 テンポ
2764 ☐	りそう 【理想】	名 理想 反 現実　類 理念
2765 ☐	りつ 【率】	名 率，比率，成數；有力或報酬等的程度 類 割合
2766 ☐	リットル 【liter】	名 升，公升 類 リッター
2767 ☐	りゃくする 【略する】	他サ 簡略；省略，略去；攻佔，奪取 類 省略する
2768 ☐	りゅう 【流】	名・接尾 （表特有的方式、派系）流，流派
2769 ☐	りゅういき 【流域】	名 流域
2770 ☐	りょう 【両】	漢造 雙，兩

2758
たとえ利益が上がらなくても、私は仕事をやめません。
▶ 就算紅利不增，我也不會辭掉工作。

2759
彼らには利害関係があるとしても、そんなにひどいことはしないと思う。
▶ 就算和他們有利害關係，我猜他們也不會做出那麼過份的事吧。

2760
長い航海の後、陸が見えてきた。
▶ 在長期的航海之後，見到了陸地。

2761
彼らは、もっと利口に行動するべきだった。
▶ 他們那時應該要更機伶些行動才是。

2762
利己主義はよくない。
▶ 利己主義是不好的。

2763
ジャズダンスは、リズム感が大切だ。
▶ 跳爵士舞節奏感很重要。

2764
理想の社会について、話し合おうではないか。
▶ 大家一起來談談理想中的社會吧！

2765
消費税率の変更に伴って、値上げをする店が増えた。
▶ 隨著稅率的變動，漲價的店家也增加了許多。

2766
女性雑誌によると、毎日1リットルの水を飲むと美容にいいそうだ。
▶ 據女性雜誌上所說，每天喝一公升的水有助於養顏美容。

2767
国際連合は、略して国連と言います。
▶ 國際聯合簡稱國連。

2768
一流企業に就職する。
▶ 在一流企業上班。

2769
この川の流域で洪水が起こって以来、地形がすっかり変わってしまった。
▶ 這條河域自從山洪爆發之後，地形就完全變了個樣。

2770
両者の合意が必要だ。
▶ 需要雙方的同意。

り

2771 ☐	りょう 【量】	名・漢造 數量，份量，重量；推量；器量 反 質　類 数量
2772 ☐	りょう 【寮】	名・漢造 宿舍(狹指學生、公司宿舍)；茶室；別墅 類 寄宿（きしゅく）
2773 ☐	りょうきん 【料金】	名 費用，使用費，手續費 類 料
2774 ☐	りょうじ 【領事】	名 領事 類 領事官（りょうじかん）
2775 ☐	りょうしゅう 【領収】	名・他サ 收到
2776 ☐	りょうたん 【両端】	名 兩端
2777 ☐	りょうめん 【両面】	名 （表裡或內外）兩面；兩個方面
2778 ☐	りょくおうしょく 【緑黄色】	名 黃綠色
2779 ☐ T85	りんじ 【臨時】	名 臨時，暫時，特別 反 通常
2780 ☐	れいせい 【冷静】	名・形動 冷靜，鎮靜，沉著，清醒 類 落ち着き
2781 ☐	れいてん 【零点】	名 零分；毫無價值，不夠格：零度，冰點 類 氷点
2782 ☐	れいとう 【冷凍】	名・他サ 冷凍 類 凍る（こおる）
2783 ☐	れいとうしょくひん 【冷凍食品】	名 冷凍食品

れ

2771
期待に反して、収穫量は少なかった。
▶ 與預期相反，收成量是少之又少。

2772
学生寮はにぎやかで、動物園かと思うほどだ。
▶ 學生宿舍熱鬧到讓人誤以為是動物園的程度。

2773
料金を払ってからでないと、会場に入ることができない。
▶ 如尚未付款，就不能進會場。

2774
領事館の協力をぬきにしては、この調査は行えない。
▶ 如果沒有領事館的協助，就沒有辦法進行這項調查。

2775
会社向けに、領収書を発行する。
▶ 發行公司用的收據。

2776
ケーブルの両端。
▶ 電線兩端。

2777
物事を両面から見る。
▶ 從正反兩面來看事情。

2778
緑黄色野菜。
▶ 黃綠色蔬菜。

2779
彼はまじめな人だけに、臨時の仕事でもきちんとやってくれました。
▶ 到底他是個認真的人，就算是臨時進來的工作，也都做得好好的。

2780
彼は、どんなことにも慌てることなく冷静に対処した。
▶ 不管任何事，他都不慌不忙地冷靜處理。

2781
零点取って、母にしかられた。
▶ 考個鴨蛋，被媽媽罵了一頓。

2782
うちで食べてみたかぎりでは、冷凍食品は割においしいです。
▶ 就在我們家試吃的結果來看，冷凍食品其實挺好吃的。

2783
冷凍食品は便利だ。
▶ 冷凍食品很方便。

2784 ☐	レクリエーション【recreation】	名 (身心)休養；娛樂，消遣 類 楽しみ
2785 ☐	レジャー【leisure】	名 空閒，閒暇，休閒時間；休閒時間的娛樂 類 余暇（よか）
2786 ☐	れっとう【列島】	名 (地)列島，群島
2787 ☐	れんが【煉瓦】	名 磚，紅磚
2788 ☐	れんごう【連合】	名・他サ・自サ 聯合，團結；(心)聯想 類 協同（きょうどう）
2789 ☐	レンズ【（荷）lens】	名 (理)透鏡，凹凸鏡片；照相機的鏡頭
2790 ☐	れんそう【連想】	名・他サ 聯想 類 想像
2791 ☐	ろうそく【蝋燭】	名 蠟燭 類 キャンドル
2792 ☐	ろうどう【労働】	名・自サ 勞動，體力勞動，工作；(經)勞動力 類 労務（ろうむ）
2793 ☐	ロビー【lobby】	名 (飯店、電影院等人潮出入頻繁的建築物的)大廳，門廳；接待室，休息室，走廊 類 客間
2794 ☐	ろんそう【論争】	名・自サ 爭論，爭辯，論戰 類 論争する
2795 ☐	ろんぶん【論文】	名 論文；學術論文
2796 ☐ T86	わ【和】	名 和，人和；停止戰爭，和好

ろ

わ

2784 ☐	遠足では、いろいろなレクリエーションを準備しています。 ▶ 遠足時準備了許多娛興節目。
2785 ☐	レジャーに出かける人で、海も山もたいへんな人出です。 ▶ 無論海邊或是山上，都湧入了非常多的出遊人潮。
2786 ☐	日本列島が、雨雲に覆われています。 ▶ 烏雲滿罩日本群島。
2787 ☐	煉瓦で壁を作りました。 ▶ 我用紅磚築成了一道牆。
2788 ☐	いくつかの会社で連合して対策を練った。 ▶ 幾家公司聯合起來一起想了對策。
2789 ☐	眼鏡のレンズが割れてしまった。 ▶ 眼鏡的鏡片破掉了。
2790 ☐	チューリップを見るにつけ、オランダを連想します。 ▶ 每當看到鬱金香，就會聯想到荷蘭。
2791 ☐	停電したので、ろうそくをつけた。 ▶ 因為停電，所以點了蠟燭。
2792 ☐	労働したせいか、体が痛い。 ▶ 不知道是不是工作勞動的關係，身體很酸痛。
2793 ☐	ホテルのロビーで待っていてください。 ▶ 請到飯店的大廳等候。
2794 ☐	女性の地位についての論争は、激しくなる一方です。 ▶ 針對女性地位的爭論，是越來越激烈。
2795 ☐	論文を提出して以来、毎日寝てばかりいる。 ▶ 自從交出論文以來，每天就是一直睡。
2796 ☐	和を保つ。 ▶ 保持和協。

れ

2797 ☐	わ 【輪】	名 圈，環，箍；環節；車輪 類 円形（えんけい）
2798 ☐	わえい 【和英】	名 日本和英國；日語和英語；日英辭典的簡稱 類 和英辞典
2799 ☐	わかば 【若葉】	名 嫩葉、新葉
2800 ☐	わかわかしい 【若々しい】	形 年輕有朝氣的，年輕輕的，富有朝氣的 類 若い
2801 ☐	わき 【脇】	名 腋下，夾肢窩；(衣服的)旁側；旁邊，附近，身旁；旁處，別的地方；(演員)配角 類 横
2802 ☐	わく 【湧く】	自五 湧出；產生（某種感情）；大量湧現
2803 ☐	わざと 【態と】	副 故意，有意，存心；特意地，有意識地 類 故意に
2804 ☐	わずか 【僅か】	副・形動 (數量、程度、價值、時間等)很少，僅僅；一點也(後加否定) 類 微か（かすか）
2805 ☐	わた 【綿】	名 (植)棉；棉花；柳絮；絲棉 類 木綿
2806 ☐	わだい 【話題】	名 話題，談話的主題、材料；引起爭論的人事物 類 話柄
2807 ☐	わびる 【詫びる】	自五 道歉，賠不是，謝罪 類 謝る
2808 ☐	わふく 【和服】	名 日本和服，和服 類 洋服
2809 ☐	わりと・わりに 【割と・割に】	副 比較；分外，格外，出乎意料 類 比較的

2797	輪になってお酒を飲んだ。 ▶ 大家圍成一圈喝起了酒來。
2798	適切な英単語がわからないときは、和英辞典を引くものだ。 ▶ 找不到適當的英文單字時，就該查看看日英辭典。
2799	若葉が萌える。 ▶ 長出新葉。
2800	華子さんは、あんなに若々しかったっけ。 ▶ 華子小姐有那麼年輕嗎？
2801	本を脇に抱えて歩いている。 ▶ 將書本夾在腋下行走。
2802	清水が湧く。 ▶ 清水泉湧。
2803	彼女は、わざと意地悪をしているにきまっている。 ▶ 她一定是故意刁難人的。
2804	貯金があるといっても、わずか20万円にすぎない。 ▶ 雖說有存款，但也只不過是僅僅的20萬日幣而已。
2805	布団の中には、綿が入っています。 ▶ 棉被裡裝有棉花。
2806	彼らは、結婚して以来、いろいろな話題を提供してくれる。 ▶ 自從他們結婚以來，總會分享很多不同的話題。
2807	みなさんに対して、詫びなければならない。 ▶ 我得向大家道歉才行。
2808	彼女は、洋服に比べて、和服の方がよく似合います。 ▶ 比起穿洋裝，她比較適合穿和服。
2809	病み上がりにしてはわりと元気だ。 ▶ 雖然病才剛好，但精神卻顯得相當好。

わ

2810 ☐	わりびき 【割引】	(名・他サ) (價錢)打折扣，減價；(對說話內容)打折；票據兌現 (反) 割増し　(類) 値引き
2811 ☐	わる 【割る】	(他五) 打，劈開；用除法計算
2812 ☐	わるくち 【悪口】	(名) 壞話，誹謗人的話；罵人 (類) 悪言（あくげん）
2813 ☐	われわれ 【我々】	(代) (人稱代名詞)我們；(謙卑說法的)我；每個人 (類) われら
2814 ☐	ワンピース 【one-piece】	(名) 連身裙，洋裝

2810
割引をするのは、三日きりです。
▶ 折扣只有三天而已。

2811
六を二で割る。
▶ 六除以二。

2812
人の悪口を言うべきではありません。
▶ 不該說別人壞話。

2813
われわれは、コンピュータに関してはあまり詳しくない。
▶ 我們對電腦不大了解。

2814
ワンピースを着る。
▶ 穿洋裝。

わ

MEMO

日語單字自學

單字

高階版 Step 4

第一回　新制日檢模擬考題
第二回　新制日檢模擬考題
第三回　新制日檢模擬考題

＊以「國際交流基金日本國際教育支援協會」的「新しい『日本語能
力試驗』ガイドブック」為基準的三回「文字・語彙　模擬考題」

問題 1　漢字讀音問題 應試訣竅

　　這道題型要考的是漢字讀音問題，出題形式改變了一些，但考點是一樣的。問題預估為5題。

　　漢字讀音分音讀跟訓讀，預估音讀跟訓讀將各佔一半的分數。音讀中要注意的有濁音、長短音、促音、撥音…等問題。而日語固有讀法的訓讀中，也要注意特殊的讀音單字。當然，發音上有特殊變化的單字，出現比率也不低。我們歸納分析一下：

1. 音讀：接近國語發音的音讀方法。如，「花」唸成「か」、「犬」唸成「けん」。

2. 訓讀：日本原來就有的發音。如，「花」唸成「はな」、「犬」唸成「いぬ」。

3. 熟語：由兩個以上的漢字組成的單字。如：練習、切手、每朝、見本等。

　　其中還包括日本特殊的固定讀法，就是所謂的「熟字訓読み」。如，「小豆」（あずき）、「土産」（みやげ）、「海苔」（のり）等。

4. 發音上的變化：字跟字結合時，產生發音上變化的單字。如：春雨（はるさめ）、反応（はんのう）、酒屋（さかや）等。

問題1 _____の言葉の読み方として最もよいものを1・2・3・4か
ら一つ選びなさい。

1 審判をめぐって問答を繰り返したものの、納得できる結論は得られなかっ
た。
　1　といどう　　　　　2　もんどう　　　　3　もんとう　　　　4　とうどう

2 圧縮処理をすると、3倍の分量の布団を入れることができますよ。
　1　ぶんりょう　　　2　ふんりょう　　　3　ぶんりょ　　　　4　ふんりょ

3 添付ファイルを開こうと思ったら、開けない。
　1　てんぷ　　　　　2　てんぶ　　　　　3　てんぷく　　　　4　てんふく

4 ここの部分が長い時間にわたって摩擦され続けた結果、爆発が起きました。
　1　ばくは　　　　　2　ぼうは　　　　　3　ばくはつ　　　　4　ぼうはつ

5 火山が噴火した後、やまは溶岩に覆われてしまい、何十年も植物が育ちませ
ん。
　1　おわれて　　　　2　おうわれて　　　3　おおわれて　　　4　おっわれて

　　這道題型要考的是漢字書寫問題，出題形式改變了一些，但考點是一樣的。問題預估為5題。

　　這道題要考的是音讀漢字跟訓讀漢字，預估將各佔一半的分數。音讀漢字考點在識別詞的同音異字上，訓讀漢字考點在掌握詞的意義，及該詞的表記漢字上。

　　解答方式，首先要仔細閱讀全句，從句意上判斷出是哪個詞，浮想出這個詞的表記漢字，確定該詞的漢字寫法。也就是根據句意確定詞，根據詞意來確定字。如果只看畫線部分，很容易張冠李戴，要小心喔。

問題2　＿＿＿＿の言葉を漢字で書くとき、最もよいものを１・２・３・４から一つ選びなさい。

6　神話に出てくる<u>あくま</u>のように怖い顔をしていますが、実際はとても優しいです。

1　悪魔　　　　　2　鬼魔　　　　　3　魔物　　　　　4　悪摩

7　絶滅の可能性がある動物を保護するための法律が<u>かけつ</u>されました。

1　可採　　　　　2　可択　　　　　3　可決　　　　　4　過決

8　<u>まちあいしつ</u>においてある書籍を借りることができますか。

1　待会室　　　　2　待合室　　　　3　待会屋　　　　4　待合屋

9　機能全般からすれば、わが社の製品が、<u>おとって</u>いるということはありません。

1　落って　　　　2　劣って　　　　3　陥って　　　　4　堕って

10　テレビやパソコンの普及によって、活字に<u>ふれる</u>機会が減少しました。

1　擦れる　　　　2　触れる　　　　3　掠る　　　　　4　接れる

這道題型要考的是衍生語和複合語的問題。問題預估為5題。

　預測衍生語和複合語的配分大概各佔一半，衍生語的接頭語跟接尾語將各出一題，複合語則以動詞為主要的配分重點。

　既然是接頭、接尾詞，那麼原來在句型中的「名、ごと、次第」等，也將會在這裡出現。相同的，既然是複合語，那麼外來語的「スポーツ・カー（sports car）、キー・マン（keyman）」也要留意喔！

衍生語：指的是如「お+茶→お茶」、「春+めく→春めく」一般，原本是單獨的
　　　　詞彙，有接頭語或接尾語接在前面或後面的詞彙。

複合語：指的是如「見る+送る→見送る」、「薄い+暗い→薄暗い」一般，由兩
　　　　個詞彙組合而成的詞彙。

問題3 （　　　）に入れるのに最もよいものを、1・2・3・4から一つ選びなさい。

11 テスト用紙は裏（　　　）提出しなさい。

1　返して　　　　　2　返って　　　　3　返て　　　　4　下して

12 伊藤さんと鈴木さんは高校時代からの（　　　）合いです。

1　慣れ　　　　　　2　知り　　　　　3　組み　　　　4　仲

13 昨日バス停で昔の友人を（　　　）。

1　出逢った　　　　2　見つけた　　　3　見かけた　　4　見られた

14 日本の工業（　　　）は、山間部よりも、交通の便が良い海沿いに多いです。

1　地帯　　　　　　2　地方　　　　　3　地質　　　　4　地面

15 （　　　）半端な気持ちでやっても、いいものはできないですよ。

1　中途　　　　　　2　中間　　　　　3　途中　　　　4　最中

問題 4　選擇符合文脈的詞彙問題 應試訣竅

　　這道題型要考的是選擇符合文脈的詞彙問題。這是延續舊制的出題方式，問題預估為7題。

　　這道題主要測試考生是否能正確把握詞義，如類義詞的區別運用能力，及能否掌握日語的獨特用法或固定搭配等等。預測名詞、動詞、形容詞、副詞的出題數都有一定的配分。另外，外來語也估計會出一題，要多注意。

　　由於我們的國字跟日本的漢字之間，同形同義字占有相當的比率，這是我們得天獨厚的地方。但相對的也存在不少的同形不同義的字，這時候就要注意，不要太拘泥於國字的含義，而混淆詞義。應該多從像「自覚が足りない」（覺悟不夠）、「絶対安静」（得多靜養）、「口が堅い」（口風很緊）等日語固定的搭配，或獨特的用法來做練習才是。這樣才能加深對詞義的理解、並達到豐富詞彙量的目的。

問題4 （　　　）に入れるのに最もよいものを、1・2・3・4から一つ
選びなさい。

16 彼女とは幼稚園以来の付き合いですから、（　　　）姉妹のようなもので
す。

1 いよいよ　　　　2 せめて　　　　3 言わば　　　　4 あるいは

17 体を壊して入院してから、二度とお酒を飲まないと固く（　　　）しまし
た。

1 決定　　　　　　2 警告　　　　　3 決心　　　　　4 決行

18 一人暮らしをしている若者の多くは、食事に偏りがあり、（　　　）が足り
ていません。

1 リットル　　　　2 パンク　　　　3 クリーニング 4 ビタミン

19 統計によると、漁業に関心を抱く人が増加する（　　　）にあるそうだ。

1 計画　　　　　　2 見解　　　　　3 傾向　　　　　4 方向

20 暑い日が何日も続いて、庭の花や木がほとんど（　　　）しまった。

1 乾いて　　　　　2 乾かして　　　　3 枯れて　　　　4 欠けて

21 会社に100万円出せと（　　　）電話がかかってきたそうです。

1 脅かす　　　　　2 恐れる　　　　3 恐怖する　　　4 攻撃する

22 電車が止まったせいで遅刻したのなら、まあ（　　　）ですね。

1 やむを得ない　　2 許せない　　　3 なんともない 4 だらしない

　　這道題型要考的是替換同義詞的問題，這是延續舊制的出題方式，問題預估為5題。

　　這道題的題目會給一個較難的詞彙，請考生從四個選項中，選出意思相近的詞彙來。選項中的詞彙一般比較簡單。也就是把難度較高的詞彙，改成較簡單的詞彙。

　　預測名詞、動詞、形容詞、副詞的出題數都有一定的配分。另外，外來語估計也會出一題，要多注意。

　　針對這道題，準備的方式是，將詞義相近的字一起記起來。這樣，透過聯想記憶來豐富詞彙量，並提高答題速度。

問題 5　　　＿＿＿＿の言葉に最も近いものを、1・2・3・4から一つ選びなさい。

23 期待通りの成果を上げられなかったことを、この場を借りてお詫びします。
　1　褒めます　　　　2　喜びます　　　3　謝ります　　　4　許します

24 20歳なのに、彼女はずいぶん幼い顔をしていますね。
　1　子どもっぽい　　2　大人っぽい　　3　頼もしい　　　4　末っ子らしい

25 もしチャンスがあれば、自分であの女優さんにインタビューしてみたいです。
　1　場合　　　　　　2　計画　　　　　3　機会　　　　　4　能

26 再三訴えたにもかかわらず、我々の要望は全く聞き入れてもらえなかった。
　1　一度　　　　　　2　終始　　　　　3　再び　　　　　4　何度も

27 どうしても直接話がしたかった。そこで思い切って家を訪ねてみました。
　1　よって　　　　　2　すると　　　　3　そのうち　　　4　さきほど

這道題型要考的是判斷詞彙正確用法的問題，這是延續舊制的出題方式，問題預估為6題。

詞彙在句子中怎樣使用才是正確的，是這道題主要的考點。預測名詞、動詞、形容詞、副詞的出題數都有一定的配分。名詞以2個漢字組成的詞彙為主，動詞有漢字跟純粹假名的，副詞就舊制的出題形式來看，也有一定的比重。

針對這一題型，該怎麼準備呢？方法是，平常背詞彙的時候，多看例句，多唸幾遍例句，最好是把單字跟例句一起背起來。這樣，透過仔細觀察單字在句中的用法與搭配的形容詞、動詞、副詞…等，可以有效增加自己的「日語語感」。而該詞彙是否適合在該句子出現，很容易就能感覺出來了。

問題6 次の言葉の使い方として最もよいものを、1・2・3・4から一つ選びなさい。

28 うんと

1 うんと健康に気をつけているのに、どうしてこんな病気になったんだろう。

2 手術は2時間余りでうんと終了したものの、回復には時間がかかる。

3 気に入らないことがあるからと言って、うんと怒らないの。

4 何か新たな情報を得たら、うんと通知してください。

29 はめる

1 太ったせいで、結婚指輪がはめられなくなってしまいました。

2 可哀そうなことに、子犬が溝にはめっています。

3 この仕事の条件は、私にぴったりはめります。

4 娘は新しいカバンをはめて、嬉しそうに登校しました。

30 相続

1 時速80キロを相続すると、東京まで何時間で行けるか計算しなさい。

2 仕事を始めても、サッカーやテニスを相続して楽しむつもりです。

3 二国間の良好な関係は20世紀の後半まで相続されました。

4 この土地は長男である私が相続することになりました。

31 しきりに

1 こちらが明日みんなに配布する予定の書類です。しきりに目を通して下さいませんか。

2 たまにイタリア料理が食べたくなると、しきりにあのレストランに行きます。

3 試合に参加する選手たちがしきりに会場に入ってきた。

4 早く終わってほしいと思うとき、しきりに時計を見てしまいます。

32 欲張る

1 平凡な生活を欲張る権利は、世界中の誰にでもあります。

2 問題が平和的に解決されることを、誰もが心から欲張っています。

3 欲張ってケーキを5つも食べたせいで、おなかが痛くなってきました。

4 みんながチームの活躍を欲張っているので、頑張らないわけにはいきません。

問題1 ＿＿＿＿＿の言葉の読み方として最もよいものを1・2・3・4から
一つ選びなさい。

1 時間がないので、見た作品の粗筋だけ教えてください。大雑把な説明でいい
ですよ。
1 だいざっぱ　　　　2 おおざっぱ　　　3 だいざっば　　4 おおざっば

2 彼のエッセーは抽象的な表現が多いので、話の重点が掴みにくい。
1 ちゅうしょうてき　　　　　　　2 しょうちょうてき
3 ちゅうしゅうてき　　　　　　　4 じょうちょてき

3 彼の文章に登場する人物や会社はすべて架空のものですから、実在しませ
ん。
1 かそら　　　　　2 かくう　　　　3 きそら　　　　4 きくう

4 和服を着ていくつもりなら、扇子や帯、下駄もそろえなければなりません。
1 せんこ　　　　2 さんす　　　　3 せんす　　　4 さんこ

5 鉄橋を越えたところの駅で下車すると、すぐ大きな家屋が見えますよ。
1 いえや　　　　2 おたく　　　　3 かおく　　　4 おくじょう

問題2 ＿＿＿＿の言葉を漢字で書くとき、最もよいものを１・２・３・４から一つ選びなさい。

6 敷地内の<u>ものおき</u>には、使わなくなった物がたくさん入っています。
　1　物奥　　　　　2　物箱　　　　　3　物置　　　　　4　物於

7 機械を分解して、壊れた部品を<u>ふぞく</u>の部品と取り換えます。
　1　附属　　　　　2　付属　　　　　3　符属　　　　　4　府属

8 社長から<u>ちょうだい</u>したお土産のケーキを、社員で等分して頂きました。
　1　頂載　　　　　2　頂截　　　　　3　頂戴　　　　　4　頂裁

9 スチュワーデスに<u>あこがれ</u>ていますので、航空会社に就職したいです。
　1　仰れて　　　　2　懐れて　　　　3　憧れて　　　　4　思れて

10 元々生まれ持ったものが違うのだから、他人を<u>うらやん</u>でばかりいても、どうにもならない。
　1　羨んで　　　　2　妬んで　　　　3　恨んで　　　　4　望んで

問題3 （　　　）に入れるのに最もよいものを、1・2・3・4から一つ
　　　　選びなさい。

11 この辺の道は子供が飛び（　　　）くる可能性がありますから、気をつけて
運転して下さい。
　1　上がって　　　　　2　入って　　　　　3　出して　　　　4　去って

12 予定より早くお客さんがいらっしゃることになったので、あわただしく打ち
（　　　）しています。
　1　切り　　　　　　　2　込み　　　　　　3　入り　　　　　4　合わせ

13 オーブンからいい香りがしてきたので、ケーキの（　　　）が楽しみです。
　1　出来合い　　　　　2　出来物　　　　　3　出来高　　　　4　出来上がり

14 飛行機は、警報システムの（　　　）作動で、緊急着陸した。
　1　乱　　　　　　　　2　違　　　　　　　3　誤　　　　　　4　錯

15 大学入試の小論文の採点（　　　）は、公表されていないそうです。
　1　水準　　　　　　　2　標準　　　　　　3　準用　　　　　4基準

問題4 （　　　　）に入れるのに最もよいものを、1・2・3・4から一つ
　　　選びなさい。

16 借金したお金は、いずれ（　　　　）なければなりません。
　1　返さ　　　　　　2　貸さ　　　　　　3　回復し　　　4　返ら

17 遠くから（　　　　　）の音が聞こえてきます。どこかで火事が発生したんで
しょうね。
　1　サイレン　　　　2　シーンズ　　　　3　レンズ　　　4　パンク

18 お時間があるときに、（　　　　）お越しくだされればと存じます。
　1　どうも　　　　　2　是非とも　　　　3　ばったり　　4　やがて

19 誰にでも（　　　　）はあるし、完璧な人なんていないよ。
　1　けっかん　　　　2　けってん　　　　3　くじょう　　4　げひん

20 「日本」と聞いて、（　　　　）するものを一つ挙げなさい。
　1　構想　　　　　　2　連想　　　　　　3　予想　　　　4　思想

21 スケジュールが合わないので、残念ながら旅行は（　　　　）ことになりまし
た。
　1　消す　　　　　　2　取り消す　　　　3　消える　　　4　消耗する

22 母の日に娘から（　　　　）プレゼントをもらい、思わず涙がこぼれました。
　1　かわいそうな　　2　当たり前の　　　3　惜しい　　　4　思いがけない

問題5 _____の言葉に最も近いものを、1・2・3・4から一つ選びなさい。

23 あまりにしつこく誘われると、うんざりしてしまいます。
 1 たまらなく 　　　2 みっともなく 　3 くどく 　　　　4 ずるく

24 何かきっかけがあれば、忘れていた記憶が蘇るかもしれません。
 1 回復する 　　　　2 実現する 　　　3 更新する 　　4 活動する

25 話が長く、上手くまとめて話せないことが私の短所です。
 1 下品 　　　　　　2 欠点 　　　　　3 欠陥 　　　　4 不足

26 間もなく本日の主役が登場しますので、みなさん大きな拍手でお迎えください。
 1 いつの間にか 　2 しばらく 　　　3 もうすぐ 　4 久しく

27 地方放送のコマーシャルっておもしろいですよね。
 1 広告 　　　　　　2 番組 　　　　　3 求人情報 　4 新聞

問題6　次の言葉の使い方として最もよいものを、1・2・3・4から一つ
　　　　選びなさい。

28　目下
　1　彼は目下の者に対して、どうも冷たい態度を取りがちです。
　2　小さくて着れなくなった服は、たいてい親戚の弟ら目下にあげています。
　3　自分の方が目下だからと言って、威張ってばかりいると嫌われるよ。
　4　入社20年目の目下から、いろいろな仕事を教えてもらっています。

29　とっくに
　1　彼は早く借金を返すために、朝から夜までとっくに働いています。
　2　夏休みの宿題はとっくに終わらせました。
　3　社長がとっくに事務所に入ってきたので、なんだか緊張しました。
　4　お風呂に入ってホッとすると、1日の疲れがとっくに出る気がします。

30　好き好き
　1　横に書くか、縦に書くか決まりはありませんので、皆さんの好き好きにして
　　　ください。
　2　彼はまったく好き好きな性格で、周囲の人を思いやることもありません。
　3　幼いころから動物が好き好きなので、いろいろ飼いました。
　4　妹とは好き好きな俳優が違うので、見たいテレビも違います。

31 ボーナス

1 ボーナスを申請したところ、幸いにも月20万円もらえることになりました。

2 中学生の息子には1週間1000円のボーナスをあげています。

3 夏のボーナスが出たら、家族で海外旅行に行くつもりです。

4 20年間、毎月少しずつ貯めたボーナスで、ついに家を買うことになりました。

32 雑じる

1 バターが溶けて柔らかくなってきたら、砂糖を加えて雑じってください。

2 この中に一つだけものすごく酸っぱい飴が雑じっています。

3 白い服と色のついている服を雑じらないように洗濯します

4 この製品の原料には、体に悪いものを一切雑じっていません。

問題1　＿＿＿＿＿の言葉の読み方として最もよいものを１・２・３・４から一つ選びなさい。

１　電柱にデパートから飛んできた風船が引っ掛かっています。
1　ひっかかって　　　　　　　　　　2　ひっくかって
3　ひっかけかって　　　　　　　　　4　ひっがかって

２　あのおじいさんは地元の工芸品を作る名人です。今ではすっかり職人さんですね。
1　こうげい　　　　2　くげい　　　　3　こうげえ　　　4　くげえ

３　あんまり悪口ばかり言っていると、友達に嫌われちゃうから、もうそろそろ止めなさい。
1　わるくち　　　　2　わるぐち　　　3　あくくち　　　4　あくぐち

４　トンネルのてまえで機関車が脱線して、先頭の車両が木にぶつかったそうです。
1　だせん　　　　2　たせん　　　　3　だっせん　　　4　たっせん

５　明日は屋外での活動がありますから、私にとってはこのクリームが必需品です。
1　ひつじゅしな　　2　ひつじゅぴん　3　ひつじゅひん　4　ひっじゅひん

問題2 _____の言葉を漢字で書くとき、最もよいものを1・2・3・4から一つ選びなさい。

6 総理大臣になるには、どのような<u>そしつ</u>を具えていなければなりませんか。
1 素質　　　　　2 気質　　　　　3 性質　　　　　4 体質

7 <u>なみき</u>道をまっすぐ行ったところに、全面に芝生が植えられたきれいな公園があります。
1 波木　　　　　2 並木　　　　　3 並樹　　　　　4 波樹

8 会社に到着したら、まず机の周りを<u>せいそう</u>するようにしています。
1 清掃　　　　　2 掃除　　　　　3 清除　　　　　4 清衛

9 寮では一月に一回、窓拭きの当番が<u>まわって</u>きます。
1 廻って　　　　2 回って　　　　3 周って　　　　4 転って

10 ものすごい物音に驚いて、外に飛び出すと、大きな<u>ほのお</u>が上がっていました。
1 炎　　　　　　2 火　　　　　　3 災　　　　　　4 灰

問題3 （　　　）に入れるのに最もよいものを、1・2・3・4から一つ
　　　　選びなさい。

11 私の学校では1年生から3年生まで、同じ先生がクラスを受け（　　　）こと
になっています。
　1　持つ　　　　　　2　付けする　　　3　入る　　　　　　4　取る

12 （　　　）のつもりで書いたものですが、案外いい出来なので、このまま提
出します。
　1　下書き　　　　　2　書き損じ　　　3　習字　　　　　　4　清書

13 彼がどうしてそんなに勝ち（　　　）に執着するのか理解できません。
　1　下ろし　　　　　2　落ち　　　　　3　破り　　　　　　4　負け

14 あの感動の（　　　）シーンをもう一度見たいですね。
　1　御　　　　　　　2　高　　　　　　3　名　　　　　　　4　大

15 あれだけの温泉と一流ホテル（　　　）のサービスで、一人1万円かからない
のは驚きです。
　1　並　　　　　　　2　級　　　　　　3　風　　　　　　　4　味

問題4 （　　　）に入れるのに最もよいものを、1・2・3・4から一つ
　　　選びなさい。

16 壁にはったシールをきれいに（　　　）にはどうしたらいいですか。
　1　省く　　　　　　2　減らす　　　　　3　外す　　　　　4　剥がす

17 イベントが近づくと、街は（　　　）で飾られ、にぎやかな雰囲気になります。
　1　アクセント　　　　　　　　　　2　オーケストラ
　3　オートメーション　　　　　　　4　イメージ

18 仕事なら、（　　　）思い通りにいかないことがあって当然です。
　1　左右　　　　　　2　加減　　　　　3　上下　　　　　4　多少

19 事情をよく知らないなら、（　　　）口をはさまない方がいいんじゃないですか。
　1　ついでに　　　　2　いたずらに　　　3　ほぼ　　　　4　何とも

20 年明けから株が上がるだろうという（　　　）が、見事に当たって大儲けしました。
　1　勘　　　　　　2　心当たり　　　　3　物語　　　　4　でたらめ

21 一時間も畳に座っていたので足が（　　　）。
　1　縛れた　　　　2　凋んだ　　　　3　絞れた　　　　4　痺れた

22 この写真が事態の深刻さを（　　　）います。
　1　基づいて　　　2　計って　　　　3　物語って　　　4　例えて

問題5 ＿＿＿の言葉に最も近いものを、1・2・3・4から一つ選びなさい。

23 お隣さんの犬はとても利口で、ご主人の言うことをよく聞きます。
1 かしこくて　　2 謙虚で　　3 上品で　　4 親しくて

24 皆さんもそろそろ疲れてきたでしょうから、どこか腰掛けるところを探しましょうよ。
1 食べる　　2 泊まる　　3 座る　　4 休憩する

25 係りの者が席をはずしておりますので、もう少々お待ちいただけますでしょうか。
1 各々　　2 会員　　3 組合　　4 担当

26 お陰様で、団地の人たちとも徐々に親しくなってきました。
1 しだいに　　2 せっせと　　3 さっと　　4 しみじみと

27 六角形はコンパスを使えばきれいに作ることができます。
1 羅針盤　　2 地球儀　　3 円規　　4 物差し

問題6　次の言葉の使い方として最もよいものを、1・2・3・4から一つ
　　　　選びなさい。

28 もたれる
　1　スーツのボタンがいつのまにかもたれてしまったようです。
　2　農業関係の処理は、すべて伊藤さんにもたれることに決まりました。
　3　会場には、無料でインターネットができる場所をもたれてあります。
　4　危ないですから、電車やバスのドアにもたれてはいけません。

29 思いつく
　1　初めて会った時から、ずっと君のことを思いついています。
　2　週末のバスは30分おきにしか来ないということを今思いつきました。
　3　その小説の作者は村上春樹さんだとすっかり思いついていました。
　4　これが日記というよりも思いついたことをメモしているノートです。

30 何しろ
　1　徹夜したおかげで、何しろ締切までに完成できました。
　2　息子は何しろ文句を言っては、おじいちゃんやおばあちゃんを困らせます。
　3　何しろ急なことなので、まだ心の準備ができていません。
　4　今さらやり直したいと言われても、もう何しろ思っていないので、無理です。

31 献立

1 すみません。デザートやドリンクがのっている献立を見せて下さい。

2 今日は買い物に行かず、冷蔵庫に残っているもので、夕食の献立を考えます。

3 道路建設の献立は予定通りに進んでいますか。

4 両親は50万円寄付したいと以前から献立しています。

32 粗末

1 この野菜はまだ粗末なので、もう少し小さく切ってください。

2 もうずいぶん粗末になったので、新しいソファーに買い替えるつもりです。

3 食べ物を粗末に扱ってはいけません。

4 警備員の男性は背が高い上に、体が非常に粗末です。

新制日檢模擬考試解答

第一回

問題1	1 2	2 1	3 1	4 3	5 3

問題2	6 1	7 3	8 2	9 2	10 2

問題3	11 1	12 2	13 3	14 1	15 1
問題4	16 3	17 3	18 4	19 3	20 3
	21 1	22 1			

問題5	23 3	24 1	25 3	26 4	27 1

問題6	28 1	29 1	30 4	31 4	32 3

第二回

問題1　　1 2　　　2 1　　　3 2　　　4 3　　　5 3

問題2　　6 3　　　7 2　　　8 3　　　9 3　　　10 1

問題3　　11 3　　12 4　　13 4　　14 3　　15 4

問題4　　16 1　　17 1　　18 2　　19 2　　20 2
　　　　21 2　　22 4

問題5　　23 3　　24 1　　25 2　　26 3　　27 1

問題6　　28 1　　29 2　　30 1　　31 3　　32 2

第三回

問題1　　1 1　　　2 1　　　3 2　　　4 3　　　5 3

問題2　　6 1　　　7 2　　　8 1　　　9 2　　　10 1

問題3　　11 1　　12 1　　13 4　　14 3　　15 1

問題4　　16 4　　17 3　　18 4　　19 2　　20 1
　　　　21 4　　22 3

問題5　　23 1　　24 3　　25 4　　26 1　　27 3

問題6　　28 4　　29 4　　30 3　　31 2　　32 3

山田社日檢題庫小組

超高命中率
絕對合格

日檢 閱讀

捷進日檢
GOAL

START

N2
新制對應！

前言
preface

> 開啟日檢閱讀心法,日檢實力大爆發!
> 只要找對方法,就能改變結果!
> 即使閱讀成績老是差強人意,也能一舉過關斬將,得高分!

★ 日籍金牌教師編著,百萬考生推薦,應考秘訣一本達陣!!

★ 被國內多所學校列為指定教材!

★ N2 閱讀考題 × 日檢必勝單字、文法 × 精準突破解題攻略!

★ 左右頁中日文對照,啟動最有效的解題節奏!

★ 魔法般的三合一學習法,讓您樂勝考場!

★ 百萬年薪跳板必備書!

★ 目標!升格達人級日文!成為魔人級考證大師!

☞　為什麼每次日檢閱讀測驗都像水蛭一樣,不知不覺把考試時間吞噬殆盡!

☞　為什麼背了單字、文法,閱讀測驗還是看不懂?

☞　為什麼總是找不到一本適合自己的閱讀教材?

您有以上疑問嗎?

　　放心! 不管是考前半年或是考前一個月,《精修版 新制對應絕對合格! 日檢必背閱讀 N2》帶您揮別過去所有資訊不完整的閱讀教材,磨亮您的日檢實力,不再擔心不知道怎麼準備閱讀考試,更不用煩惱來不及完成測驗!

1. 名師傳授，輕鬆開啟日語閱讀大門！

由多位長年在日本、持續追蹤新日檢的日籍金牌教師執筆編寫。無論是閱讀題型、文章內容、設問方式都完全符合現今日語閱讀書的趨勢。讓您徹底抓住文章重點，從此閱讀日文文章好輕鬆！

2. 精闢分析解題，就像貼身家教，幫您一掃所有閱讀盲點！

閱讀文章總是看得一頭霧水、頭昏眼花？本書中每道試題都附上詳盡的分析解說，說明完整詳細，確實掌握問題點、難點及易錯點，所有盲點一掃而空！搭配中日文對照編排，訂正時再也不用東翻西找，讓您學的方便又快速！有了清楚的解題思路和技巧，絕對百分百掌握日語閱讀！

3. 掌握相關單字、摸透所有文法！

　　每篇文章後都收錄了文中的同級單字和文法，單字、文法、閱讀同步掌握，就是要用最短的時間達到最好的學習效果！有了本書，就等於擁有一部小型單字書及文法辭典，絕對如虎添翼！

4. 小知識萬花筒，讓您解題更輕鬆，成效卻更好！

閱讀文章後附上的「小知識大補帖」，除了傳授解題訣竅及相關單字，另外更精選相關時事、生活及文化相關知識，內容豐富多元。絕對讓您更貼近日本文化、更熟悉道地日語，破解閱讀日語文章，實力迅速倍增！

5. 萬用句小專欄，給您一天 24 小時都用得到的句子，閱讀理解力百倍提升！

本書收錄了日本人生活中的常用句子，無論是生活、學校、職場都能派上用場！敞開您的閱讀眼界，以後無論遇到什麼主題的文章，都能舉一反三，甚至能舉一反五反十，閱讀理解力百倍提升！

目錄
contents

挑戦篇

チャレンジ編

STEP

1

次の（1）から（5）の文章を読んで、後の問いに対する答えとして最も良いものを1・2・3・4から一つ選びなさい。

（1）

　日本では、　伝統的に「謙譲 (注1) の美徳」が重視される。たとえば、人に何か贈るのに「つまらないものですが」と言う。客に料理を出すに際しては「何もありませんが」と言う。しかし、こう言ったからといって謙虚な人だとは限らない。むしろ、「こういうときはこう言うものだ」という知識による言葉にすぎないことが多い。

　このごろ、これらの言葉が聞かれなくなってきたのは、人々が表面的な謙譲を空虚 (注2) だと感じるようになってきたからだろう。本心から出てこそ、こういう言葉は価値があるのだ。

（注1）謙譲：「謙虚」とほぼ同じ意味
（注2）空虚：中身がないこと

55　筆者は、「謙譲の美徳」をどのように考えているか。

1　「つまらないものですが」や「何もありませんが」といった言葉は空虚でくだらない。

2　このごろ、「謙譲の美徳」のある人が減りつつある。

3　日本人は「謙譲の美徳」を前ほど重視しなくなってきた。

4　謙虚な言葉は、謙虚な心から発せられたときにこそ意味がある。

(2)

以下は、黄さんが仕事で出したメールの内容である。

本社　営業部
鈴木様

いつもお世話になっております。
このたびの台湾ご出張スケジュールは、以下のように考えて
おります。

15日　午後３時　ご到着（私が空港までお迎えに参りま
　　　　　　　　す）台湾支店へ

16日　午前10時　工場見学

　　　　午後　　　会議

　　　　夜　　　　歓迎会

17日　　午前　　台北市内観光（ご希望の場所がありま
　　　　　　　　したらご連絡ください）

　　　　午後２時　ご帰国（私が空港までお送りいたします）

お気づきの点がありましたら、どうぞご指摘ください。
私ども一同、心よりお待ち申し上げております。

台湾支店　総務部
黄永輝

56　このメールの内容について、正しいものはどれか。

1　鈴木さんは生産現場へは行かない。

2　黄さんは空港まで２往復する。

3　鈴木さんと黄さんは違う会社の人である。

4　スケジュールは黄さんが決める。

(3)

　説教 (注1) を効果的にしようと思うなら、短くすることを工夫しなくてはならない。自分が絶対に言いたいことに焦点を絞る、繰り返し同じことを言わない、と心に決めておく。そうすると、説教をされる側としては、また始まるぞ、どうせ長くなるのだろう、と思っているときに、ぱっと終わってしまうのでよい印象を受け、焦点の絞られた話にインパクト (注2) を受ける。もっとも、こうなると「説教」というものではなくなっている、と言うべきかもしれない。

（河合隼雄『こころの処方箋』新潮文庫による）

（注1）説教：教育、指導のために話して聞かせること
（注2）インパクト：印象

57　筆者がここで最も言いたいことは何か。

1　説教は、本当に相手に伝えたい要点だけを話すほうがよい。

2　説教は、話の長さに関係なく、相手にインパクトを与えることが重要である。

3　説教は、説教をされる側に、また始まるぞ、と思わせなければいけない。

4　説教は、よい印象を与えるためにするものであり、工夫が求められる。

（4）

　最近では、めっきり手書きで書く機会が少なくなってきました。プライベート（注1）の約束や仕事の打ち合わせでも、もっぱら（注2）メールが使用されています。

　しかし、逆に考えれば、手紙の価値は上がっているといえます。メール全盛時代にあえて（注3）手紙を利用することによって、他人と差をつける（注4）ことが可能なのです。とくにお礼状などは手紙を出すのが自然であり、非常に効果的なツール（注5）になります。

（川辺秀美『22歳からの国語力』講談社現代新書による）

（注1）プライベート：個人的な
（注2）もっぱら：ある一つのことに集中するようす
（注3）あえて：やりにくいことを特別にやるようす
（注4）差をつける：違いを生み出す
（注5）ツール：道具

58 筆者は、手紙を書くことをどのように考えているか。

1　手紙の価値が上がっているので、何でも手紙で出すべきだ。

2　メールを使うことができない人というマイナスの印象を与えることになる。

3　他人と差をつけるために、お礼状なども手紙ではなく、メールで出すほうがよい。

4　時と場合に応じて手紙を効果的に活用するべきだ。

(5)

　私たちが生きているのは「今、ここ」以外のなにものでもない。オーケストラの人たちも聴衆も、同じ時間と空間で息をしている。そこで起こることはいつも未知 (注1) であり、起こったことは瞬く間 (注2) に過ぎ去る。再び帰ってはこないし、戻ることはできない。ただ一度きり。それがライブ (注3) だ。

　コンサートは、消えていく。その事実に呆然とする (注4)。どうしようもないと分かっていてもなお、悲しい。だが、その儚さ (注5) もまた音楽の本質の一つではないだろうか。それはＣＤが発明された後も変わらない。

　　　　　（茂木健一郎『全ては音楽から生まれる』ＰＨＰ新書による）

（注1）　未知：まだ知らないことや知られていないこと
（注2）　瞬く間：一瞬
（注3）　ライブ：音楽や劇などをその場でやること
（注4）　呆然とする：ショックで何もできなくなる
（注5）　儚さ：短い時間で消えて無くなること

59　筆者がここで最も言いたいことは何か。

1　ＣＤが発明されてから、誰でも好きなときに音楽を聴けるようになった。

2　オーケストラで演奏された音楽は再び聴くことはできない。

3　ライブの音楽は一度きりのものだが、それもまた音楽の本質である。

4　二度と聴くことができないライブには、悲しい思いだけが残る。

STEP 1
チャレンジ編

STEP 2

STEP 3

STEP 4

応用編

翻譯與解題 ①

次の（1）から（5）の文章を読んで、後の問いに対する答えとして最も良いものを1・2・3・4から一つ選びなさい。

（1）

　　日本では、伝統的に「謙譲（注1）の美徳」が重視される。たとえば、人に何か贈るのに「つまらないものですが」と言う。客に料理を出すに際しては「何もありませんが」と言う。しかし、こう言ったからといって謙虚な人だとは限らない。むしろ、「こういうときはこう言うものだ」という知識による言葉にすぎないことが多い。

　　このごろ、これらの言葉が聞かれなくなってきたのは、人々が表面的な謙譲を空虚（注2）だと感じるようになってきたからだろう。**本心** ← 關鍵句
から出てこそ、こういう言葉は価値があるのだ。

（注1）謙譲：「謙虚」とほぼ同じ意味
（注2）空虚：中身がないこと

55　筆者は、「謙譲の美徳」をどのように考えているか。

1　「つまらないものですが」や「何もありませんが」といった言葉は空虚でくだらない。

2　このごろ、「謙譲の美徳」のある人が減りつつある。

3　日本人は「謙譲の美徳」を前ほど重視しなくなってきた。

4　謙虚な言葉は、謙虚な心から発せられたときにこそ意味がある。

請閱讀下列（１）～（５）的文章並回答問題。請從選項１・２・３・４當中選出一個最恰當的答案。

（1）

在日本，傳統上很重視「謙讓（注1）的美德」。比如說，送東西給別人時會說「一點小禮不成敬意」。端菜給客人吃時會說「沒什麼好招待的」。不過，即使嘴巴上這麼說，也不能代表他就是謙虛的人。絕大部分的時候，這些話甚至只是從「這種時候就該這麼說」的知識而來的。

近來之所以越來越少聽到這些話，是因為人們逐漸覺得表面上的謙讓很空虛（注2）吧？唯有發自內心，這些言語才真正具有價值。

（注１）謙讓：意思幾乎等同於「謙虛」
（注２）空虛：沒有實際內容

> 像這種詢問看法、意見的題目，為了節省時間，建議用刪去法解題。

> 選項４對應「本心から出てこそ、こういう言葉は価値があるのだ」。因此正確答案是選項４。

Answer **4**

55 作者如何看待「謙讓的美德」呢？

1 「一點小禮不成敬意」和「沒什麼好招待的」，這些話既空虛又沒意義。

2 近來，擁有「謙讓的美德」的人正在減少當中。

3 日本人越來越不像之前那樣重視「謙讓的美德」。

4 謙虛的言語只有當發自謙虛的心時才具有意義。

> 選項１不正確。文中提到「空虛」的部分是表示人們說這些話只是做表面，這種行為很空虛，並不是說這些話本身既空虛又沒意義。

> 選項２的「このごろ」是陷阱，對應「このごろ、これらの言葉が聞かれなくなってきた」，逐漸減少的是聽到這些謙讓話的次數，不是具有謙讓美德的人。所以選項２不正確。

> 選項３不正確。文章唯一提到的改變只有「これらの言葉が聞かれなくなってきた」，大家現在比較少講謙虛話了，因為人們逐漸覺得表面上的謙讓很空虛，並不是大家越來越不重視謙讓的美德。

🅐 重要文法

【名詞；動詞辭書形】＋に際し（て／ては／ての）。表示以某事為契機，也就是動作的時間或場合。

❶ に際して 在…之際、當…的時候

例句 試験に際して、携帯電話の電源は切ってください。

考試的時候，請把手機電源關掉。

【[名詞・形容動詞詞幹]だ；[形容詞・動詞]普通形】＋からといって。表示不能僅僅因為前面這一點理由，就做後面的動作。後面接否定的説法。

❷ からといって

（不能）僅因…就…、即使…、也不能…；説是（因為）

例句 誰も見ていないからといって、勝手に持っていってはだめですよ。

即使沒人看到，也不能想拿就拿走啊！

【[名詞・形容詞・形容動詞・動詞]普通形】＋とは限らない。表示事情不是絶對如此，也是有例外或是其他可能性。

❸ とは限らない 也不一定…、未必…

例句 アメリカに住んでいたからといって、英語がうまいとは限らない。

雖説是曾住在美國，但英文也不一定流利。

【形容動詞詞幹な；[形容詞・動詞]辭書形】＋ものだ。表示理所當然，一般社會習慣、風俗、常識、規範等理應如此。

❹ ものだ

以前…；…就是…；本來就該…、應該…

例句 自分のことは自分でするものだ。

自己的事情應該自己做。

❺ にすぎない

只是…、只不過…、不過是…而已、僅僅是…

> 【名詞；形容動詞詞幹である；[形容詞・動詞]普通形】＋にすぎない。表示程度有限，有這並不重要的消極評價語氣。

例句 答えを知っていたのではなく、勘で言ったにすぎません。

我不是知道答案，只不過是憑直覺回答而已。

❻ つつある　正在…

> 【動詞ます形】＋つつある。接繼續動詞後面，表示某一動作或作用正向著某一方向持續發展。

例句 プロジェクトは、新しい段階に入りつつあります。

企劃正往新的階段進行中。

❼ 小知識大補帖

▶ 對義詞

增減

增　加	減　少
増大（增大）	減少（減少）
増加（增加）	減少（減少）
激増（激增）	激減（銳減）
急増（突然增加）	急減（突然減少）
倍増（倍增）	半減（減半）
増量（增量）	減量（減量）
増税（增稅）	減税（減稅）
増額（增額）	減額（減額）
加速（加速）	減速（減速）

其他「增減」動詞的介紹

增　加	減　少
足す（加上、增加）	引く（減去）
付け加える（添加）	削る（削減）
付け足す（追加）	削減（削去、減去）
増やす（增加）	減らす（減去）
追加（追加）	削除（消除）
	除く（刪除）
	取り除く（除去）

「增減」相關的「自動詞 vs 他動詞」

（が）自動詞	（を）他動詞
増える（增加）	増やす（使…增加）
加わる（加…）	加える（添加）
減る（減少）	減らす（使…減少）

(2)

以下は、黄さんが仕事で出したメールの内容である。

本社 営業部
鈴木様
いつもお世話になっております。
このたびの台湾ご出張スケジュールは、以下の
ように考えております。

15日	午後3時	ご到着 （私が空港までお迎えに参ります）台湾支店へ ◄關鍵句
16日	午前10時	工場見学
	午後	会議
	夜	歓迎会
17日	午前	台北市内観光 （ご希望の場所がありましたらご連絡ください）
	午後2時	ご帰国 （私が空港までお送りいたします）◄關鍵句

お気づきの点がありましたら、どうぞご指摘ください。
私ども一同、心よりお待ち申し上げております。

台湾支店 総務部
黄永輝

□ このたび 這次‧這回
□ 台北 ＮＨＫ發音為
「たいほく」，但一
般大眾唸法傾向於
「タイペイ」
□ お気づき （向對方
表示禮貌恭敬）察覺
□ 指摘 指正；揭示
□ ども （接於第一人
稱後）表示自謙
□ 一同 全體，大家
□ 心より 衷心地
□ 総務 總務
□ 現場 現場

---

56 このメールの内容について、正しいものはどれか。

1 鈴木さんは生産現場へは行かない。

2 黄さんは空港まで2往復する。

3 鈴木さんと黄さんは違う会社の人である。

4 スケジュールは黄さんが決める。

チャレンジ編

STEP 1

STEP 2

STEP 3

STEP 4

応用編

(2)

以下是黃先生在工作上發送出去的電子郵件內文。

總公司　營業部
鈴木先生

一直以來都承蒙您的照顧了。
這次您到台灣出差的行程規劃如下。

5日	下午 3 點	抵達（我會到機場接您） 前往台灣分店
6日	上午10點	參觀工廠
	下午	會議
	晚上	歡迎會
17日	上午	台北市內觀光（若您有 想去的地點請聯絡我）
	下午2點	回國（我會送您到機場）

若您有發現不妥之處，敬請指正。
我們全體衷心地歡迎您的到來。

總公司　總務部
黃永輝

遇到「正しいものはどれか」或是「正しくないものはどれか」這種題型，建議用刪去法作答。先抓出四個選項的重點，再回到原文一一對照。

從電子郵件的開頭稱謂可知鈴木先生是「本社　營業部」的人，而黃先生最後的署名可以看出他隸屬於「台湾支店　総務部」。「支店」隸屬於「本社」，可見這兩個人是同一間公司的員工，只是地區、層級和部門不同而已。所以選項3不正確。

Answer **2**

56 關於這封電子郵件的內容，下列何者正確？

1 鈴木先生不會去生產現場。

2 黃先生要來回機場兩次。

3 鈴木先生和黃先生是不同公司的人。

4 行程是由黃先生決定的。

「お気づきの点がありましたら、どうぞご指摘ください」暗示鈴木先生有權對行程表示意見，日程不是黃先生說了算，選項4不正確。

選項1「生產現場」對應「工場見学」（參觀工廠）。鈴木先生當天會去生產現場參觀，所以選項1不正確。

選項2正確。接機再加上送機，所以「2往復」（來回兩次）是對的。「往復」前面加上數字，表示往返的次數。

✎ 重要文法

> 【動詞て形】＋おる。是「ている」的鄭重語或自謙語。

❶ ておる　　正在……著

例句 またあなたにお会いできるのを楽しみにしております。

盼望著能見到你。

✎ 小知識大補帖

▸ 電子郵件通知信常用表達句

開頭與結束	常　用　表　達
通知 的表達	～の件で、お知らせします。 （關於…事宜，謹此通知。）
	～の件で、ご連絡いたします。 （關於…事宜，謹此聯絡。）
	～の件は、次のように決まりました。 （關於…事宜，謹做出以下決定。）
	～のお知らせです。 （…事宜通知。）
	～することになりました。 （謹訂為…。）
諮詢處	ご不明な点は、山田まで。 （如有不明之處，請與山田聯繫。）
	何かありましたら、山田まで。 （如需幫忙之處，請與山田聯繫。）
	本件に関するお問い合わせは山田まで。 （洽詢本案相關事宜，請與山田聯繫。）
	何かご質問がありましたら、山田までメールでお願いします。 （如有任何疑問，請以郵件與山田聯繫。）
	この件についてのお問い合わせは山田まで。 （諮詢本案相關事宜，請與山田聯繫。）

チャレンジ編

STEP 1

STEP 2

STEP 3

STEP 4

応用編

	まずは、お知らせまで。 （暫先敬知如上。）
	取り急ぎ、ご連絡まで。 （草率書此，聯絡如上。）
通知的結束語	それでは当日お会いできることを楽しみにしております。 （那麼，期待當天與您會面。）
	では、25日に。 （那麼，25日見。）
	では、また。 （那麼，再會。）
	以上、よろしくお願い申し上げます。 （以上，敬請惠賜指教。）

（3）

　説教（注1）を効果的にしようと思うなら、短くすることを工夫しなくてはならない。**自分が絶対に言いたいことに焦点を絞る、繰り返し同じことを言わない、と心に決めておく。**そうすると、説教をされる側としては、また始まるぞ、どうせ長くなるのだろう、と思っているときに、ぱっと終わってしまうのでよい印象を受け、焦点の絞られた話にインパクト（注2）を受ける。もっとも、こうなると「説教」というものではなくなっている、と言うべきかもしれない。

└ 文法詳見 P24

關鍵句

（河合隼雄『こころの処方箋』新潮文庫による）

（注1）説教：教育、指導のために話して聞かせること
（注2）インパクト：印象

□ 説教　説教；教誨
□ 焦点　焦點；中心
□ 絞る　集中；擰擠
□ 繰り返し　重覆，反覆
□ どうせ　反正，終歸
□ インパクト【impact】
　衝擊，強烈影響
□ もっとも　不過；話雖如此
□ 指導　指導，教導
□ 要点　重點，要點

57 筆者がここで最も言いたいことは何か。

1　説教は、本当に相手に伝えたい要点だけを話すほうがよい。

2　説教は、話の長さに関係なく、相手にインパクトを与えることが重要である。

3　説教は、説教をされる側に、また始まるぞ、と思わせなければいけない。

4　説教は、よい印象を与えるためにするものであり、工夫が求められる。

チャレンジ編

STEP 1

STEP 2

STEP 3

STEP 4

応用編

(3)

　若想要説教（注1）具有效果，就不得不設法説得短一點。把焦點放在自己很想説的事物，下定決心不重複説一樣的東西。這樣的話，被説教的人正想説：「又開始了，肯定又會講很久」時，突然一下子就結束，因此有了好印象，並從抓到重點的一番話中受到衝擊影響（注2）。不過，我們或許應該説，如此一來「説教」就不是説教了。

（選自河合隼雄『心靈處方籤』新潮文庫）

（注1）説教：為了教育、指導而説話給人聽
（注2）衝擊影響：印象

文章主旨是説明最有效的説教方法，也就是「自分が絶対に言いたいことに焦点を絞る、繰り返し同じことを言わない、と心に決めておく」。最接近這點的是選項1，「本当に相手に伝えたい要点だけを話す」對應原文的「自分が絶対に言いたいことに焦点を絞る」。

Answer **1**

57 作者在此最想表達的是什麼呢？

1 説教最好是只説出想傳達給對方的重點。

2 説教無關內容長短，重的是要帶給對方衝擊影響。

3 説教必須讓被説教的人想説「又開始了」。

4 説教是為了帶給對方好印象的行為，力求竅門。

選項4錯在「よい印象を与えるためにする」。文章中提到「よい印象」的地方只有「ぱっと終わってしまうのでよい印象を受け」，指的是説教如果簡短地結束會帶來好印象，這只是一種結果而已，並不是為了得到好印象才要説教。

選項2不正確。文章提到説教要有效果，就必須長話短説，所以內容長短必須控制。文章中也提到，抓到重點的一番話可以為聽者帶來衝擊，並不是要以「帶來衝擊」為説教的重點。

選項3是指被訓話的人一開始通常都會有「又要開始了」這種不耐煩的感覺，並非要讀者在説教時帶給對方這種感覺。選項3不正確。

翻譯與解題 ①

❷ 重要文法

【動詞辭書形】＋べき。表示那樣做是應該的、正確的。常用在勸告、禁止及命令的場合。

❶ べき 必須…、應當…

例句 女性社員も、男性社員と同様に扱うべきだ。

女職員跟男職員應該平等對待。

❷ 小知識大補帖

▶ 和心有關的慣用句

慣　用　句	意思、意義
心が乱れる	心亂如麻
心に浮かぶ	想起
心に描く	描繪在心；想像
心に刻む	銘記在心
心に留める	記在心上
心に残る	難以忘懷
心にもない	不是真心的
心行くまで	盡情地
心を痛める	痛心
心を入れ替える	洗心革面
心を動かす	使…感動
心を打つ	打動人心
心を移す	變心
心を躍らせる	心情雀躍
心を鬼にする	狠著心
心を傾ける	全神貫注

チャレンジ編

STEP 1

STEP 2

STEP 3

STEP 4

応用編

心を砕く	十分擔心；嘔心瀝血
心を込める	誠心
心を騒がす	擾亂心靈
心を澄ます	心無雑念；冷靜思考
心を尽くす	盡心
心を残す	留戀
心を引かれる	引人入迷
心を乱す	心煩意亂
心を許す	由衷地信賴
心を寄せる	寄予愛慕

(4)

　最近では、めっきり手書きで書く機会が少なくなってきました。プライベート（注1）の約束や仕事の打ち合わせでも、もっぱら（注2）メールが使用されています。

　しかし、逆に考えれば、手紙の価値は上がっているといえます。メール全盛時代にあえて（注3）手紙を利用することによって、他人と差をつける（注4）ことが可能なのです。とくにお礼状などは手紙を出すのが自然であり、非常に効果的なツール（注5）になります。 ◁ 關鍵句

（川辺秀美『22歳からの国語力』講談社現代新書による）

（注1）プライベート：個人的な
（注2）もっぱら：ある一つのことに集中するようす
（注3）あえて：やりにくいことを特別にやるようす
（注4）差をつける：違いを生み出す
（注5）ツール：道具

□ めっきり 明顯地，顯著地
□ 手書き 手寫
□ プライベート【private】
　私人的，非公開的
□ 打ち合わせ 事先商量
□ もっぱら 主要
□ 全盛 全盛・極盛
□ あえて 反倒
□ 礼状 謝函
□ ツール【tool】工具
□ マイナス【minus】負面

58 筆者は、手紙を書くことをどのように考えているか。

1 手紙の価値が上がっているので、何でも手紙で出すべきだ。

2 メールを使うことができない人というマイナスの印象を与えることになる。

3 他人と差をつけるために、お礼状なども手紙ではなく、メールで出すほうがよい。

4 時と場合に応じて手紙を効果的に活用するべきだ。
文法詳見 P28

チャレンジ編

STEP 1

STEP 2

STEP 3

STEP 4

応用編

(4)

　　最近手寫的機會明顯地減少。不管是在私人（注1）邀約還是洽公，主要（注2）都是使用電子郵件。

　　然而，換個角度想，我們可以說書信的價值提高了。在電子郵件的全盛期當中反倒（注3）使用書信，藉此可以和他人分出高下（注4）。特別是謝函等等，用書信寄出才顯得自然，也成為非常有效果的工具（注5）。

（選自川邊秀美『從22歲開始的國語能力』講談社現代新書）

文中的「とくに」暗示還有其他的情況，只是從其中舉出一個最具代表性的例子。由此可知還有很多場合可以用書信。這點呼應選項4，表示書信要應時應地活用。正確答案是選項4。

（注1）私人：個人的
（注2）主要：集中於某件事物的樣子
（注3）反倒：特別去處理難做事物的樣子
（注4）分出高下：產生差別
（注5）工具：道具

Answer **4**

58 作者如何看待寫信這件事呢？

1 書信的價值提高，所以任何信件應該都要用書信寄出。

2 會給人「不會使用電子郵件的人」這種負面印象。

3 為了和他人分出高下，謝函等也最好不要用書信，而是用電子郵件寄出。

4 應該要順應情況和場合來有效地活用書信。

選項1不正確。「何でも」的意思是「不管什麼都要」，也就是說樣樣都一定要親筆寫信，不過作者沒有這麼建議大家。

從文中可知在這個以電子郵件為主的時代，如果親筆寫信反而與眾不同。所以書信具有正面的印象，選項2不正確。

選項3不正確，文中提到親筆寫信才能和他人有所區隔，而且親筆寫的謝函才顯得自然，也能達到表示謝意的效果。所以選項3說要用電子郵件才能和他人分出高下是不正確的。

重要文法

> 【名詞】＋に応じて。表示按照、根據。前項作為依據，後項根據前項的情況而發生變化。

❶ に応じて 根據…、按照…、隨著…

例句 選手の水準に応じて、トレーニングをやらせる。

根據選手的程度，做適當的訓練。

小知識大補帖

▶ 電子郵件的寫法

主　題	各　種　說　法
主旨	商品Ｂの企画案について。 （關於商品Ｂ之企畫案。）
	忘年会のご案内。 （尾牙內容說明。）
	人事異動のお知らせ。 （人事異動通知。）
	本日より出社いたしました。 （從今天開始上班。）
	納品が遅れて申し訳ございません。 （延遲出貨，萬分抱歉。）
致送單位	株式会社○○　○○部　御中 （○○股份有限公司　○○部　鈞鑒）
	株式会社○○　○○部　○○課　○○　○○様 （敬致　○○股份有限公司　○○部　○○課　○○　○○先生 / 小姐）

チャレンジ編

STEP 1
STEP 2
STEP 3
STEP 4

応用編

開頭語	お忙しいところ、失礼いたします。 （正值忙碌之時，非常抱歉。）
	初めてご連絡させていただきます。 （初次與　台端聯繫。）
	突然のメールで恐れ入ります。 （冒昧致信，尚乞海涵。）
	いつもお世話になっております。 （平素惠蒙多方關照。）
	平素より弊社商品をご愛顧いただきありがとうございます。 （平素惠蒙愛顧敝公司商品，敬表衷心感謝。）
結束語之一般 性商務寒暄	では、失礼いたします。 （恕不多寫。）
	まずは納期遅延の承諾まで。 （予以同意延遲交貨。）
	では、よろしくお願いいたします。 （萬事拜託。）
	長文メールにて、失礼いたします。 （函文冗長，十分抱歉。）
	最後に、貴社の一層のご発展を祈念いたしております。 （最後，衷心盼望　貴公司日益興隆。）
要求對方回覆 及立即回覆	お返事をお待ちしております。 （靜待佳音。）
	取り急ぎ、お返事まで。 （速急回覆如上。）
	取り急ぎ、ご報告のみにて失礼いたします。 （速急稟告，恕略縟節。）
	まずは取り急ぎお詫びまで。 （臨書倉促，竭誠致歉。）

(5)

　私たちが生きているのは「今、ここ」以外のなにものでもない。オーケストラの人たちも聴衆も、同じ時間と空間で息をしている。そこで起こることはいつも未知（注1）であり、起こったことは瞬く間（注2）に過ぎ去る。再び帰ってはこないし、戻ることはできない。**ただ一度きり。それがライブ**（注3）**だ。**
└文法詳見 P32　　　　　　　　＜關鍵句

　コンサートは、消えていく。その事実に呆然とする（注4）。どうしようもないと分かっていてもなお、悲しい。**だが、その儚さ**（注5）**もまた音楽の本質の一つではないだろうか。** それはＣＤが発明された後も変わらない。　　　　　　　　　　　　　　　　　　　　＜關鍵句

　　　　　　（茂木健一郎『全ては音楽から生まれる』ＰＨＰ新書による）

（注1）　未知：まだ知らないことや知られていないこと
（注2）　瞬く間：一瞬
（注3）　ライブ：音楽や劇などをその場でやること
（注4）　呆然とする：ショックで何もできなくなる
（注5）　儚さ：短い時間で消えて無くなること

□ オーケストラ【orchestra】
　交響樂團
□ 聴衆　聽眾，聽者
□ 息をしている　呼吸
□ 未知　未知，尚未知道
□ 瞬く間　轉眼間，瞬間
□ 過ぎ去る　過去，消逝
□ 再び　再度，再次
□ 呆然と　呆然，茫然
□ なお　還，仍然
□ 儚さ　虛幻無常
□ 本質　本質
□ ショック【shock】打擊

59 筆者がここで最も言いたいことは何か。

1　ＣＤが発明されてから、誰でも好きなときに音楽を聴けるようになった。
　　└文法詳見 P32

2　オーケストラで演奏された音楽は再び聴くことはできない。

3　ライブの音楽は一度きりのものだが、それもまた音楽の本質である。

4　二度と聴くことができないライブには、悲しい思いだけが残る。

チャレンジ編

STEP 1

STEP 2

STEP 3

STEP 4

応用編

(5)

　我們活在「此時此刻、此處」，除此之外無他。交響樂團的人們和聽眾都在同一個時間和空間中呼吸。在那裡會發生的總是未知（注1），而已發生的事在轉眼間（注2）就已成過往。不會再回來，也無法回去。僅有一次。這就是現場演出（注3）。

　音樂會會消失而去。我對於這個事實感到呆然（注4）。就算知道束手無策，也只是徒增傷悲。不過，這種虛幻無常（注5）不也是音樂的本質之一嗎？這點在CD發明後也沒有改變。

（選自茂木健一郎『全都由音樂而生』PHP 新書）

（注1）未知：尚未知道或是不被人知道的事物
（注2）轉眼間：瞬間
（注3）現場演出：音樂或戲劇當場表演
（注4）呆然：受到打擊什麼也做不了
（注5）虛幻無常：短時間就消失殆盡

在抓取文章重點時，除了看首尾兩段，「找出反覆出現的字詞」也是很重要的技巧。正是因為它很重要，所以作者才會一直提起。尤其是解釋事物、表達己見的論説文。重點的用詞會再三地出現。

這篇文章通篇貫穿「過ぎ去る」、「再び帰ってはこない」、「戻ることはできない」、「一度きり」等字眼，都是針對現場演奏音樂的敘述。由此可知音樂的本質是一次性的。選項3剛好對應這點，所以正確答案是3。

Answer **3**

59 作者在此最想表達的是什麼呢？

　1 自從CD發明後，誰都變得可以在喜歡的時間聽音樂。
　2 交響樂團所演奏的音樂無法再次聽到。
　3 現場演奏的音樂雖然是僅有一次的東西，但這也是音樂的本質。
　4 再也不能聽到的現場演出，只留下悲傷的感受。

選項1錯在這不是作者的意見。文章中作者提到即使有了CD，虛幻無常仍是音樂的本質之一，但這和選項1並無關聯。

選項2和選項4雖然文中都有提及，但問題是「筆者がここで最も言いたいこと」，所以選項2、4比較不適合。

重要文法

> 【名詞】＋きり。接在名詞後面，表示限定。也就是只有這些的範圍，除此之外沒有其它。

❶ きり　只有…

例句 今度は二人きりで、会いましょう。

下次就我們兩人出來見面吧！

> 【動詞辭書形；動詞可能形】＋ようになる。表示是能力、狀態、行為的變化。即事物的發展趨勢或轉變的結果。

❷ ようになる　（變得）…了

例句 注意したら、文句を言わないようになった。

警告他後，他現在不再抱怨了。

小知識大補帖

▶和「聞く」相關的單字

慣用語詞	意思、意義
聞き入る （傾聽，專心聽）	耳を澄ましてじっと聞く （專注地傾聽）
聞きかじる （學得毛皮）	物事の一部分や表面だけを、聞いて知る （只聽懂事物的一小部分或皮毛）
聞きつける （得知）	聞いて、そのことを知る （聽到而得知某事）
聞き届ける （批准）	要求や願いなどを聞いて承知する （答應請求或希望）
聞きほれる （聽得入迷）	うっとりとして聞く （陶醉地聽）
小耳にはさむ （偶然聽到）	ほんの少し聞く （只聽到一些）

チャレンジ編

STEP 1

STEP 2

STEP 3

STEP 4

応用編

地獄耳 （善於聽他人隱私）	人の噂などを、何でも知っていること （對於他人的八卦瞭若指掌）
空耳 （聽錯）	実際には声や物音がしないのに、聞こえたように感じること （實際上明明沒有聲音或聲響，卻覺得好像聽到聲音）
初耳 （前所未聞）	初めて聞くこと （第一次聽到）
耳が痛い （刺耳）	自分のまちがいや弱点を指摘されて、聞くのがつらい （聽別人指出自己的錯誤或弱點，而覺得不舒服）
耳が早い （耳朵靈）	世間の噂などを、人より早く聞いて知っている （比別人還要早一步聽到謠傳等）
耳にする （聽到）	聞くつもりもなく、耳に入ってくる （無意中聽到什麼）
耳にたこができる （聽膩了）	同じことを何度も聞かされ、嫌になる （多次聽到同樣的話，感到厭煩）
耳を疑う （懷疑自己的耳朵）	思いがけないことを聞いて、聞き間違いかと思う （聽到意想不到的事，以為自己是不是聽錯了）
耳を貸す （聽取）	人の話を聞く （聽別人説話）
耳を傾ける （傾聽）	熱心に話を聞く （熱心傾聽對方的話）
耳を澄ます （靜聽）	神経を集中して聞く （全神貫注地注意聽）

次の（1）から（5）の文章を読んで、後の問いに対する答えとして最もよいものを、1・2・3・4から一つ選びなさい。

（1）

　私の父は、この地域で最後の一つになってしまった古いアパートを今でも経営している。数年前、近くに新しい駅ができたのを契機として、土地の値段が急激に上がった。周りのアパートは皆、高層マンションになった。しかし父は、家族が勧めたにもかかわらずマンションに建て替えなかった。欲張って、今借りてくれている人を困らせるものではないというのである。

　その後、景気が悪くなり、近所のマンションは空き室ばかりになったが、父のアパートは違う。あのとき建て替えていたら、借金だけが残っていたに違いない。<u>そうならなかった</u>のは、父のおかげである。

55　筆者は、<u>そうならなかった</u>のはなぜだと考えているか。

1　父がマンションを持っていないおかげ。

2　父が人を困らせることができないおかげ。

3　父が利益を第一に考える人ではないおかげ。

4　父が家族の勧めを聞いたおかげ。

(2)

以下は、あるレストランが出したメールの内容である。

お客様各位

　いつもご利用いただきましてありがとうございます。

　さて、当店では日頃のご愛顧に感謝いたしまして、今月末まで下記の通りキャンペーンを実施いたします。

　　１）ご夕食のお客様、毎日先着50名様に、特製デザート（500円相当）を無料サービスいたします。
　　２）お支払いがお一人で3,000円以上のお客様全員に、次回からお使いいただける「10％割引券」をプレゼントいたします（6か月間有効）。

　※上記の3,000円には、無料サービスの特製デザートの金額は含みません。

　ご来店をお待ちしております。

56　このレストランのキャンペーンについて正しいものはどれか。

1　「10％割引券」は今月末までしか使えない。

2　夕ご飯を食べれば必ず特製デザートがもらえるとは限らない。

3　二人で飲食した合計金額がちょうど3,000円だったので、二人とも一枚ずつ「10％割引券」をもらえる。

4　一人で2,500円のステーキを注文して特製デザートをもらえば、必ず「10％割引券」を一枚もらえる。

チャレンジ編

STEP 1

STEP 2

STEP 3

STEP 4

応用編

(3)

　「正しい」日本語とは、アナウンサーが話すようなきれいな日本語を言うのではありません。現実に言葉を使って何かを伝えようとするとき、むしろうまく伝わらないことのほうが多いのではないでしょうか。語学の教科書に出てくる会話のようにスムーズ（注1）に流れるほうが珍しいと思います。とすると、豊かな表現やコミュニケーションをするためには、多少文章や発音がギクシャク（注2）しても、誠意を持って相手に伝えようという気持ちのこもった日本語が「正しい」日本語ではないでしょうか。

（浅倉美波他『日本語教師必携ハート＆テクニック』アルクによる）

（注1）スムーズ：物事が順調に進むようす
（注2）ギクシャク：物事が順調に進まないようす

57 「正しい」日本語とは、アナウンサーが話すようなきれいな日本語を言うのではありませんとあるが、なぜか。

1　きれいな日本語では、本当に言いたいことが伝わらないから。

2　自分の考えを相手に分かってほしいというまっすぐな心が大事だから。

3　表現を豊かにするためには、ギクシャクした話し方をする必要があるから。

4　教科書のようなスムーズな会話では、誠意が伝わらないから。

(4)

　コロッケというものはつくづくエライ！と思うのだ。といっても、気取った蟹クリームコロッケなんかじゃなくて、例の、お肉屋さんで売っている、あの小判形 (注1) のイモコロッケのほうである。（中略）すなわち三十年前にはコロッケは五円と相場 (注2) が決まっていたのだ。それが今日でもおおむね (注3) 一個五、六十円、安いものだ。しかもコロッケは昔から今までちっとも風味が変わらない。（中略）それにまた、肉屋さんたちが申し合わせ (注4) をしてるんじゃないかと思うくらい、これはどの店でも味にさしたる違いがない (注5)。だから、どこでも安心して食べられるというところもまたまたエライ。

（林望『音の晩餐』集英社文庫による）

（注1）小判形：江戸時代の金貨の形。楕円形
（注2）相場：値段、価格
（注3）おおむね：だいたい
（注4）申し合わせ：話し合って決めること
（注5）さしたる…ない：それほど…ない

58 筆者が、コロッケというものはつくづくエライ！と思う理由として、正しいものはどれか。

1　今でも三十年前と同じ値段で売っているから。
2　食べたときの感じが、今でも昔と同じだから。
3　肉屋さんたちが、どの店でも同じ味になるように決めているから。
4　店によって味に特色があっておいしいから。

STEP 1
STEP 2
STEP 3
STEP 4
チャレンジ編
応用編

(5)

　そもそも、「ことばの乱れ（注1）」という発想が言語学にはない。あるのは変化だけである。ことばはいつの時代でも変わっていく。それを現象として注目はするが、正しいとか正しくないとか評価して、人を啓蒙（注2）したり、批判することは考えていない。心情的に新しい語や表現を嫌う言語学者もいるだろうが、立場としては中立でなければならない。正しいか正しくないかなんて、どんな基準をもとにきめたらいいのかわからない。

（黒田龍之助『はじめての言語学』講談社現代新書による）

（注1）乱れ：整っていないこと。混乱
（注2）啓蒙：人々に正しい知識を与え、指導すること

59　筆者の考える言語学者の立場とはどのようなものか。

1　言葉の変化に常に関心を持ち、人々に正しい言葉を使うよう指導する。

2　正しい言葉を守るために、時代に則した新しい基準を作っていく。

3　新しい語や表現は、全て正しいものとして受け入れる。

4　時代につれて変わっていく言葉を、批判することなく、ただ関心を持って見守る。

STEP 1

チャレンジ編

STEP 2

STEP 3

STEP 4

応用編

次の(1)から(5)の文章を読んで、後の問いに対する答えとして最もよいものを、1・2・3・4から一つ選びなさい。

(1)

　私の父は、この地域で最後の一つになってしまった古いアパートを今でも経営している。数年前、近くに新しい駅ができたのを契機として、土地の値段が急激に上がった。周りのアパートは皆、高層マンションになった。**しかし父は、家族が勧めたにもかかわらずマンションに建て替えなかった。欲張って、今借りてくれている人を困らせるものではないというのである。**　← 關鍵句

文法詳見 P42

　その後、景気が悪くなり、近所のマンションは空き室ばかりになったが、父のアパートは違う。あのとき建て替えていたら、借金だけが残っていたに違いない。そうならなかったのは、父のおかげである。

□ 地域　地區，地域
□ 急激　突然
□ 建て替える　改建
□ 欲張る　貪心，貪得無厭
□ 空き室　空屋，空房
□ 借金　欠款，負債
□ 利益　利益，好處
□ 第一　第一，首要的

[55] 筆者は、そうならなかったのはなぜだと考えているか。

1　父がマンションを持っていないおかげ。

2　父が人を困らせることができないおかげ。

3　父が利益を第一に考える人ではないおかげ。

4　父が家族の勧めを聞いたおかげ。

チャレンジ編

STEP 1

STEP 2

STEP 3

STEP 4

応用編

請閱讀下列（1）～（5）的文章並回答問題。請從選項1・2・3・4當中選出一個最恰當的答案。

（1）

我的父親至今仍在出租這個區域最後一間的老舊公寓。幾年前，公寓附近蓋了新車站，因此土地突然增值。周圍的公寓也都變成高樓層的大廈了。不過，父親不顧家人的勸告，堅持不改建成大廈。他説，不可以因為貪心而造成現在租戶的困擾。

之後景氣衰退，鄰近的大廈都租不出去，但父親的公寓卻不同。如果那時改建的話，肯定只會留下滿屁股債。事態沒有變成那樣，全是託父親之福。

解題關鍵在「しかし父は、家族が勧めたにもかかわらずマンションに建て替えなかった。欲張って、今借りてくれている人を困らせるものではないというのである」。父親不貪心、為他人著想的想法符合「利益を第一に考える人ではない」，因此選項3正確。

劃線部分的「そう」指的是上一句「借金だけが残っていた」，所以「そうならなかった」指的是「不用背債」。和欠債有關的是「あのとき建て替えていたら」，所以可以推知沒有欠錢是因為當初沒有改建。

Answer　3

55　作者認為事態沒有變成那樣，是什麼原因呢？

1　幸虧父親沒有大廈。

2　幸虧父親無法造成別人的困擾。

3　幸虧父親不是以利益為第一優先的人。

4　幸虧父親有聽家人的勸告。

選項1不正確。能避免背債是因為那時沒有把公寓改建成大廈，並不是因為父親沒有大廈。

選項4不正確，文中「家族が勧めたにもかかわらず」可以得知父親沒有聽家人的勸告。

選項2不正確。父親是説不能帶給別人困擾，而不是説他無法造成別人的困擾。

❷ 重要文法

【名詞；[動詞辭書形・動詞た形] の 】＋を契機として、を契機に（して）。表示某事產生或發生的原因、動機、機會、轉折點。

❶ を契機として

趁著…、自從…之後、以…為動機

例句 退職を契機として、もっとゆとりのある生活を送ろうと思います。

我打算在退休以後，過更為悠閒的生活。

【名詞；形容動詞詞幹；[形容詞・動詞] 普通形 】＋にもかかわらず。表示逆接。後項事情常是跟前項相反或相矛盾的事態。

❷ にもかかわらず

雖然…、但是…、儘管…、卻…、雖然…、卻…

例句 努力したにもかかわらず、ぜんぜん効果が上がらない。

儘管努力了，效果還是完全沒有提升。

【形容動詞詞幹な；[形容詞・動詞] 辭書形 】＋ものではない。用在勸告別人的時候，表示勸阻、禁止。

❸ ものではない 　不要…、就該…、應該…。

例句 人の悪口を言うものではない。

不要説別人的壞話。

❷ 小知識大補帖

▶ **兩個動詞複合為一的動詞**

〜替える：（動詞の連用形に付いて）古いものを新しいものにする。

（…換：〈接在動詞連用形後面〉把舊的東西變成新的。）

■ **入れ替える**（更換）

中のものを出して、別のものを入れる。中身をとりかえる。

（把裡面的東西拿出來，放入別的東西。更換內容物。）

- 寒くなってきたから、夏物を冬物に入れ替えよう。

（天氣轉冷了，收起夏季衣物，換上冬服吧。）

チャレンジ編

STEP 1

STEP 2

STEP 3

STEP 4

応用編

■ **取り替える**（互換；更換）

1.互いに替える。2.新しいものと交換する。（1.互相交換。2.與新的東西交換。）

- 友達と本を取り替える。（跟朋友交換書籍。）

■ **張り替える**（重新糊上（紙、布等）；重新換上（罩、套等））

張ってあった古いものを取り除いて、新しいものを張る。

（取下覆蓋的舊物，貼上、套上新的東西。）

- もうすぐお正月だから、障子を張り替えて気分を一新したい。

（由於快要過年了，所以想把拉門重新糊過，讓心情煥然一新。）

▶ **近義詞**

困る、苦しむ、窮する、困り果てる

■ **困る**（煩惱，困擾）

自分にとって都合のよくないことに直面して、どうしてよいか分からなくなる。（對於自己感到不便的事物，不知該如何是好。）

- 息子は怠け者で困る。（因為兒子好吃懶作而苦惱。）

■ **苦しむ**（苦惱；痛苦，受…折磨）

どうしてよいか分からず悩んだり、精神的・肉体的につらいと思ったりする状態が続く様子を表す。

（表示持續因不知所措而煩惱，或是感受到精神上、身體上之煎熬的樣子。）

- 歯の痛みに苦しむ。（受牙痛所苦。）

■ **窮する**（困窘，苦於）

どうしてよいかわからない状態にあって、追い詰められている様子を表す。また、金や物がはなはだしく不足する。文語的。（用以表示處於不知該如何是好的狀態，被逼到死路的樣子。或是金錢或物質十分不足。文章用語。）

- 金に窮して盗みを働く。（受貧窮所苦而以盜為業。）

■ **困り果てる**（束手無策）

これ以上困ることはあり得ないというほどに困る。

（苦惱到再也沒有比現況還更一籌莫展的地步。）

- 赤ん坊が泣いて困り果てる。（嬰兒哭鬧不休，真叫人束手無策。）

(2)

以下は、あるレストランが出したメールの内容である。

お客様各位

　いつもご利用いただきましてありがとうございます。

　さて、当店では日頃のご愛顧に感謝いたしまして、今月末まで下記の通りキャンペーンを実施いたします。

　1）ご夕食のお客様、毎日先着50名様に、特製デザート（500円相当）を無料サービスいたします。

　2）お支払いがお一人で3,000円以上のお客様全員に、次回からお使いいただける「10％割引券」をプレゼントいたします（6か月間有効）。

※上記の3,000円には、無料サービスの特製デザートの金額は含みません。

　ご来店をお待ちしております。

□ 各位 各位，諸位
□ 日頃 平日，平常
□ 愛顧 光顧，惠顧
□ キャンペーン【campaign】活動
□ 実施 實施，實行
□ 先着 先來，先到達
□ デザート【dessert】甜點
□ 相当 相當於，同等於
□ 割引券 折價券
□ 有効 有效

56 このレストランのキャンペーンについて正しいものはどれか。

1 「10％割引券」は今月末までしか使えない。

2 夕ご飯を食べれば必ず特製デザートがもらえるとは限らない。

3 二人で飲食した合計金額がちょうど3,000円だったので、二人とも一枚ずつ「10％割引券」をもらえる。

4 一人で2,500円のステーキを注文して特製デザートをもらえば、必ず「10％割引券」を一枚もらえる。

(2)

以下是某餐廳發送的電子郵件內文。

各位親愛的顧客

　一直以來都承蒙您的光顧蒞臨。

　本店為感謝各位平日的光顧，至本月月底將實施以下的優惠活動。

　　１）享用晚餐者，每日前50名顧客，將免費致贈特製甜點（價值500圓）。

　　２）消費金額為一人3,000圓以上的顧客，將致贈每人一張下回開始能使用的「９折優惠券」（使用期限為６個月）。

※上述的3,000圓不包含免費提供的特製甜點金額。

期待您的大駕光臨。

遇到「正しいものはどれか」、「正しくないものはどれか」這種題型就要用刪去法作答。先從選項中抓出關鍵字，再回到題目中找出對應的項目。

特製甜點只有每天前50位客人才能免費享用，並不是每個客人都能得到，因此選項２正確。

Answer **2**

56 關於這家餐廳的優惠活動，下列何者正確？

1 「９折優待券」的使用只到這個月月底。

2 享用晚餐不一定就能得到特製甜點。

3 兩人用餐的合計金額剛好是 3,000 圓，兩個人各可以拿到一張「９折優待券」。

4 一個人點 2,500 圓的牛排，得到特製甜點，就一定可以拿到一張「９折優待券」。

優惠券的有效期限是6個月內，選項１不正確。

信件第２點提到拿到優惠券的條件是一個人的消費金額達3,000圓。選項３說兩人合計3,000圓，所以不正確。

選項４不正確。消費金額達3,000圓才能拿到優惠券。且3,000圓的消費金額不含免費贈送的特製甜點（500圓）。這個人的實際消費金額只有2,500圓，未達獲贈優惠券的門檻。

小知識大補帖

▶ 線上購物的詢問

件名	「らんらん」2012 年 10 月号ありますか。 （有 RANRANN 雜誌 2012 年 10 月號嗎？） 注文のキャンセル（取消訂單） 品物がまだ届きません。（還沒有收到東西。） 返品希望（要求退貨）
稱呼對方	かとうブックセンター御中（加藤書店中心收） ネット・青山御中（青山網路收）
自我介紹	王志明と申します。（我叫王志明。） 『日本語の発音表記』を注文したマリアと申します。 （我是訂購『日本語發音表記』的瑪麗亞。） 先週、そちらのホームページでかばんを購入した小松由佳と申します。 （我是上禮拜在貴網站購買包包的小松由佳。）
內容	『らんらん』2012 年 10 月号を探しています。御社の在庫にありますか。 （我想要找 RANRANN 雜誌 2012 年 10 月號，貴公司有庫存嗎？） 2 月 3 日に注文した『おいしい京都料理』につきまして、キャンセルしたいのですが、よろしいでしょうか。 （我在 2 月 3 號訂購了『美味的京都料理』，但我想要取消訂單，請問方便嗎？） 2 月 3 日に注文した商品が、2 週間経ったのにまだ届きません。 （2 月 3 號訂購的商品過了兩個禮拜都還沒有收到。） 色がホームページで見た印象と違っていましたので、返品したいと思います。 （因為顏色跟網頁上看到的感覺不一樣，所以我想退貨。） 返品手順をお知らせいただけますか。 （請問可以告訴我退貨程序嗎？） 注文番号は B 123-4567 です。 （訂單號碼為 B123-4567。）

結束語	ご回答いただければ幸いです。よろしくお願いいたします。
	（希望能收到您的答覆。那就麻煩您了。）
	すみませんが、よろしくお願いします。
	（不好意思，麻煩您了。）
	ご返答をよろしくお願いします。
	（麻煩您答覆了。）
署名	王志明 e-mail:abc@mas.hinet.net
	マリア・ミュラー 電話番号：090-1234-5678
	（瑪麗亞・穆拉 電話號碼：090-1234-5678）

(3)

　「正しい」日本語とは、アナウンサーが話すようなきれいな日本語を言うのではありません。現実に言葉を使って何かを伝えようとするとき、むしろうまく伝わらないことのほうが多いのではないでしょうか。語学の教科書に出てくる会話のようにスムーズ（注1）に流れるほうが珍しいと思います。とすると、豊かな表現やコミュニケーションをするためには、多少文章や発音がギクシャク（注2）しても、**誠意を持って相手に伝えようという気持ちのこもった日本語が「正しい」日本語ではないでしょうか。**

> 文法詳見 P50

> 關鍵句

（浅倉美波他『日本語教師必携ハート＆テクニック』アルクによる）

（注1）スムーズ：物事が順調に進むようす
（注2）ギクシャク：物事が順調に進まないようす

□ むしろ 反而

□ スムーズ【smooth】
流暢・流利

□ コミュニケーション
【communication】溝通

□ ギクシャク 不順・生硬

57　「正しい」日本語とは、アナウンサーが話すようなきれいな日本語を言うのではありませんとあるが、なぜか。

1　きれいな日本語では、本当に言いたいことが伝わらないから。

2　自分の考えを相手に分かってほしいというまっすぐな心が大事だから。

3　表現を豊かにするためには、ギクシャクした話し方をする必要があるから。

4　教科書のようなスムーズな会話では、誠意が伝わらないから。

チャレンジ編

STEP 1

STEP 2

STEP 3

STEP 4

応用編

(3)

　　所謂「正確的」日語，並不是指主播所説的那種漂亮的日語。在現實生活當中，想用言語來表達什麼的時候，比較常無法順利表達出來吧？我想，像語言教科書裡面的會話那般流暢（注1）的情況反而比較稀奇。這樣一來，為了能有豐富的表達方式或溝通，即使多少有些句子或發音上的不順（注2），只要能秉持誠意傳達給對方知道，這樣的日語不就是「正確的」日語嗎？

（選自淺倉美波等『日語教師必備的心＆技巧』ＡＬＣ）

（注1）流暢：事物順利進行的樣子
（注2）不順：事物無法順利進行的樣子

劃線部份的「とは」用來解釋事物，這裡用「とは」帶出整篇文章的重點「『正しい』日本語」。

這句話是解題關鍵。作者認為正確的日語應該要能秉持誠意傳達給對方知道，只要有這份誠意，就算有些許出錯也沒關係。

Answer **2**

57　文章提到所謂「正確的」日語，並不是指主播所説的那種漂亮的日語，這是為什麼呢？

　1　因為用漂亮的日語不能傳達出真正想説的事情。

　2　因為想讓對方明白自己的想法這種直率的心情才是重要的。

　3　因為為了讓表達方式更為豐富，用不順的説法是必要的。

　4　因為像教科書般的流暢會話無法傳達誠意。

文章提到漂亮、流暢的日語在現實生活中反而少見，並沒有説它不能表達説話者真正的想法。因此選項1不正確。

選項2對應文章的「相手に伝えよう」、「誠意を持って」。正確答案是2。

文中提到「多少文章や発音がギクシャクしても、誠意を持って相手に伝えようという気持ちのこもった日本語が『正しい』日本語ではないでしょうか」。這個「ても」是讓步句型，意思是「即使」。表示講話順不順都可以，而不是必須不順。所以選項3不正確。

作者認為像教科書那樣流暢的會話很少見，並沒有説這樣的會話無法表達誠意。因此選項4不正確。

翻譯與解題 ②

✐ 重要文法

【名詞】＋とは。提出主題，後項對這一主題進行定義或評論，或提出疑問。

❶ とは 所謂…

例句 週刊誌とは、毎週一回出る雑誌のことです。

所謂週刊就是每週發行一次的雜誌。

✐ 小知識大補帖

▶ 近義詞

■ スムーズ（順利；流暢）

物事が支障なく運ぶさま

（事情不受阻礙進展的樣子）

- 仕事はスムーズに運んだ。

（工作進行得很順利。）

■ なめらか（順利；流暢）

表面が平らで手ざわりのよいさま。また、つかえないで進むさま

（表面平順，觸感很好的樣子。又指事情順暢無阻地進行的樣子）

- このカップルのダンスは動きの滑らかさに欠けている。

（這對夫妻的舞步欠缺流暢感。）

■ 円滑（順利；圓滿）

物事に邪魔が入らず、すらすら運ぶこと

（事情無阻礙，順暢進行的樣子）

- 今回の改革が円滑に進んでいる。

（這次的改革順利地進行中。）

■ 表現誠意的各種說法

- 山田さんの会議での発表ですが、堂々としていらして、同僚として鼻が高かったです。

（山田先生在會議的發表充滿自信，身為同事的我很引以為傲。）

チャレンジ編

STEP 1

STEP 2

STEP 3

STEP 4

応用編

- みんな、部長が戻ってこられる日を心待ちにしています。（お見舞いのとき）

（大家誠心等待部長早日康復歸來的日子。）（探病時）

- 君が作成した企画書は簡潔・明解でとてもよくかけているね。

（你製作的企劃書既簡潔又明瞭，寫得很好呢！）

- 君のいれてくれたお茶本当においしいね。茶道でもやっていたの。

（你替我泡的茶真是好喝啊。是不是學過茶道啊？）

- こんにちは、Ａさん。風邪はもういいんですか。

（妳好，Ａ小姐。感冒好了嗎？）

（4）

　　コロッケというものはつくづくエライ！と思うのだ。といっても、気取った蟹クリームコロッケなんかじゃなくて、例の、お肉屋さんで売っている、あの小判形（注1）のイモコロッケのほうである。（中略）すなわち三十年前にはコロッケは五円と相場（注2）が決まっていたのだ。それが今日でもおおむね（注3）一個五、六十円、安いものだ。**しかも** ←關鍵句
コロッケは昔から今までちっとも風味が変わらない。（中略）それにまた、肉屋さんたちが申し合わせ（注4）をしてる*んじゃないかと思う*くらい、これはどの店でも味にさしたる違いがない（注5）。だから、どこでも安心して食べられるというところもまたまたエライ。

（林望『音の晩餐』集英社文庫による）

（注1）小判形：江戸時代の金貨の形。楕円形
（注2）相場：値段、価格
（注3）おおむね：だいたい
（注4）申し合わせ：話し合って決めること
（注5）さしたる…ない：それほど…ない

□ つくづく　深感・痛切地
□ 気取る　裝模作樣
□ 蟹　螃蟹
□ イモ　芋頭、馬鈴薯、地瓜等根莖類的總稱，此指馬鈴薯
□ すなわち　也就是説，換而言之
□ 相場　市價
□ おおむね　大概，大致上
□ 風味　風味，滋味
□ 申し合わせ　協定
□ さしたる　那般的

58 筆者が、コロッケというものはつくづくエライ！と思う理由として、正しいものはどれか。

1　今でも三十年前と同じ値段で売っているから。

2　食べたときの感じが、今でも昔と同じだから。

3　肉屋さんたちが、どの店でも同じ味になるように決めているから。

4　店によって味に特色があっておいしいから。

(4)

　　可樂餅這東西真的是很了不起！我如此認為。話雖如此，我指的不是那種裝模作樣的蟹肉奶油可樂餅，而是傳統的，肉店會賣的那種小判形狀（注1）的薯泥可樂餅。（中略）也就是三十年前可樂餅市價（注2）為五圓。而現在一個也大概（注3）是五、六十圓，實為便宜。而且可樂餅從以前到現在風味一點也沒改變。（中略）除此之外，幾乎是到了一種懷疑肉店老闆們不知是不是有什麼協定（注4）的地步，不管是哪家店鋪，味道絕對都沒有那般的（注5）不同。所以，不管在哪裡都可以放心享用這點更是了不起。

（選自林望『音之晚餐』集英社文庫）

（注1）小判形狀：江戶時代的金幣形狀。橢圓形
（注2）市價：價錢、價格
（注3）大概：大致上
（注4）協定：商量後決定
（注5）沒有那般的：不到那樣程度的

為了節省時間可以用刪去法作答。先從選項抓出關鍵字，再回到原文對照、判斷對錯。

文中提到「しかもコロッケは昔から今までちっとも風味が変わらない」，表示以前的可樂餅和現在的風味一樣。因此選項2正確。

從注5可知「さしたる…ない」意思是「それほど…ない」。「さしたる」在這裡相當於「大した」。後面如果接否定語，可以翻譯成「沒有到那樣的…」，表示程度不足。所以文中的意思是每間店的可樂餅味道都差不多。選項4不正確。

Answer **2**

58 作者認為可樂餅這東西真的是很了不起！的理由，下列何者正確？

1 因為現在的售價還是和三十年前一樣。

2 因為吃的時候的感覺，不管是現在還是過去都是一樣的。

3 因為肉店老闆們有講好不管哪家店的味道都要一樣。

4 因為依據店家的不同，味道也會有各有特色又美味。

選項1提到「値段」，文中提到30年前可樂餅的價格是5圓，現在則是5、60圓。可樂餅過去和現在的售價不同，所以選項1不正確。

選項3不正確。「くらい」表示極端的程度，只是一種誇張的比喻而已，並不是説這些老闆真的有説好大家的味道都要一樣。

翻譯與解題 ②

🖊 重要文法

【名詞】＋なんか。表示從各種事物中例舉其一。

❶ なんか　…等等、…那一類的、…什麼的

例句 食品なんか近くの店で買えばいいじゃない。

食品之類的，在附近的商店買就好了不是嗎？

【名詞；形容動詞詞幹；[形容詞・動詞]普通形]＋んじゃないかと思う。是「のではないだろうか」的口語形。表示意見跟主張。

❷ んじゃないかと思う

不…嗎、莫非是…

例句 それぐらいするんじゃないかと思う。

我想差不多要那個價錢吧！

🖊 小知識大補帖

▶和「吃」相關的單字

單字・慣用句等	意　思	例　句
つまみ食い （偷吃）	人に隠れてこっそりものを食べること （背著他人偷吃東西）	来客用の菓子をつまみ食いする。 （偷吃招待客人用的零食。）
味見 （試吃）	少し食べてみて、味の具合を確かめること （試吃一點點東西來確認味道）	ちょっとスープの味見をしてくれませんか。 （你能不能幫我喝喝看湯的味道呢？）
毒味・毒見 （試毒）	毒が入っていないかを調べるために食べること （為了調查是否有毒而吃）	毒味してからお膳を出す。 （試毒之後再上菜。）

間食 （かんしょく） （正餐之間吃點心）	決まった食事と食事の 間に物を食べること （在正餐與正餐之間吃東西）	やせたければ間食をやめることだ。 （如果想要減肥的話，就得戒掉吃點心的習慣。）
がつがつ （拚命地吃）	むやみにたくさん食べる様子 （肆無忌憚大吃的樣子）	弟はおなかをすかせて帰ってきたらしく、夕飯をがつがつ食べている。 （弟弟好像餓著肚子回家的樣子，現在正狼吞虎嚥地吃著晚餐。）
ぺろりと （很快地吃完）	あっという間に食べつくしてしまう様子 （一下子便吃個精光的樣子）	特大のケーキをぺろりと平らげてしまった。 （居然一下子就把特大的蛋糕給吃完了。）
暴飲暴食 （ぼういんぼうしょく） （暴飲暴食）	むやみに飲み食いをすること （肆無忌憚地吃喝）	暴飲暴食して体をこわした。 （暴飲暴食把身體搞壞了。）
箸が進む （はし が すすむ） （食慾旺盛）	おいしくて、どんどん食べられる （覺得美味而不停地吃）	炭焼きの香りに食欲をそそられ、ついつい箸が進む。 （炭烤的香味讓我食慾大增，不禁一口接著一口。）

(5)

　そもそも、「ことばの乱れ（注1）」という発想が言語学にはない。あるのは変化だけである。ことばはいつの時代でも変わっていく。そ <關鍵句> れを現象として注目はするが、正しいとか正しくないとか評価して、人を啓蒙（注2）したり、批判することは考えていない。心情的に新しい語や表現を嫌う言語学者もいるだろうが、立場としては中立でなければならない。正しいか正しくないかなんて、どんな基準をもとにきめたらいいのかわからない。

└文法詳見 P58

（黒田龍之助『はじめての言語学』講談社現代新書による）

（注1）乱れ：整っていないこと。混乱
（注2）啓蒙：人々に正しい知識を与え、指導すること

59　筆者の考える言語学者の立場とはどのようなものか。

1　言葉の変化に常に関心を持ち、人々に正しい言葉を使うよう指導する。

2　正しい言葉を守るために、時代に則した新しい基準を作っていく。

3　新しい語や表現は、全て正しいものとして受け入れる。

4　時代につれて変わっていく言葉を、批判することなく、ただ関心を持って見守る。

(5)

　話説回來，語言學裡面本來就沒有「語言的紊亂（注1）」這種想法。有的只有變化。語言不管在哪個時代都會有所改變。我們會把這視為是一種現象而關注，但不會去評論對錯是非，也不會想啟蒙（注2）眾人，或是進行批判。雖然也有一些學者會在心裡討厭新的語詞或説法，不過還是必須保持中立的立場。正確或不正確什麼的，我們不知要用什麼基準來判斷才好。

（選自黑田龍之助『第一次的語言學』講談社現代新書）

（注1）紊亂：不整齊的樣子。混亂
（注2）啟蒙：給予人們正確的知識並進行指導

題目問「言語学者の立場」，文章中的「立場」在「心情的に新しい語や表現を嫌う言語学者もいるだろうが、立場としては中立でなければならない」。這句話表達語言學家必須抱持中立的立場。

這句話用了「～たり～たりする」這個句型。一般的寫法是「人を啓蒙したり、批判したりする」。雖然就像文章中説的「語言沒有所謂的對錯」，不過在考試時還是請用「～たり～たりする」這種寫法。

 Answer 4

59 作者認為的語言學家立場是什麼樣的立場呢？

1 對語言變化總是抱持關心，教導人們使用正確的語言。

2 為了保護正確的語言，不斷訂定因應時代的新基準。

3 將所有新語詞或説法都視為是正確的並接納。

4 不批評隨著時代變遷的語言，只是抱持關心並關注。

選項1和文章的旨意正好相反，所以不正確。

選項2不正確。文章最後一句説明沒有基準去評斷語言的正確與否。

既然中立的立場是不去評論對錯，那就沒有所謂「正確的語言表現」，所以選項3不正確。

選項4對應文中「それを現象として注目はする」，「それ」指的是「（ことばの）変化」。「批判することなく」對應「批判することは考えていない」。選項4正確。

重要文法

> 【名詞】＋をもとに。表示將某事物為啟示、根據、材料、基礎等。後項的行為、動作是根據或參考前項來進行的。

❶ をもとに 以…為根據

例句 この映画（えいが）は、実際（じっさい）にあった話（はなし）をもとに制作（せいさく）された。

這齣電影是根據真實的故事而拍的。

小知識大補帖

▶ 敬語的誤用

1. 敬語只用在人身上

   看到上司養的金魚：

   (1) ×きれいな金魚（きんぎょ）でいらっしゃいますね。

   （好漂亮的金魚喔！）

   ○ きれいな金魚（きんぎょ）ですね。

   （好漂亮的金魚喔！）

   (2) ×どんなえさを召（め）し上（あ）がっているのですか。

   （牠都享用什麼魚飼料呢？）

   ○ どんなえさを与（あた）えていらっしゃるのですか。

   （您都給牠吃什麼魚飼料呢？）

   → 用在金魚身上不需用敬語，上司的動作才需要用敬語。

2. 「になります」的誤用

   (1) ×アイスティーになります。

   （變成冰紅茶。）

   ○ アイスティーでございます。

   （這是冰紅茶。）

   (2) ×こちらは禁煙席（きんえんせき）になります。

   （此處變為禁菸座位。）

   ○ こちらは禁煙席（きんえんせき）でございます。

   （此處為禁菸座位。）

チャレンジ編

STEP 1

STEP 2

STEP 3

STEP 4

応用編

→「になります」表示變化。譬如「さなぎ→蝶」從「蛹」，變成「蝴蝶」；「係長→課長」表示身份的變化；「一文無しになる」從原來的狀態，變成別的狀態。

→ 因此，「アイスティー」原本就是「アイスティー」，所以不用「になります」，而是用「でございます」；另外「禁煙席」這句話，如果要表示平常是「喫煙席」，只有那個時候變成「禁煙席」，就可以用「になります」。比方説「こちらは 11：30 ～ 14：30 禁煙席になります」（這裡 11：30 到 14：30 改為禁煙區）。但是前面的例句並沒有說到什麼變化，就不太適合。如果平常都是「禁煙席」用「でございます」才對。

3.「（の）ほう」的誤用

(1) ×お弁当のほう、温めますか。

（便當這邊要加熱嗎？）

○ お弁当は温めますか。

（便當要加熱嗎？）

(2) ×お箸のほう、おつけしますか。

（需要這個筷子嗎？）

○ お箸はおつけしますか。

（需要筷子嗎？）

→「（の）ほう」表示比較，例如「AとB、どちらの方がいい？」用在比較兩者的時候；又例如「私はあきらめが悪いほうだ。」表示比較偏向某一性質的時候；還有「鳥が東のほうへ飛んで行った。」表示方向跟方位。

→ 如果有兩項「お弁当」跟「サンドイッチ」，要問「お弁当のほうを温めるかどうか」，就可以用「お弁当のほう」。如果只問單項的「お弁当」，就不需要用「のほう」。只要簡單的説「お弁当は温めますか」。「お箸」這句話也是。

▸ 寄信

この手紙を郵便局に出してきてくれない？
可以幫我把這封信拿去郵局投遞嗎？

時々母に手紙を書いてこちらの様子を知らせています。
我時常寫信告知家母這邊的狀況。

小学校で習った先生から手紙が来た。
小學時期的老師寄了信來。

彼に手紙を送ったのになぜか返事がない。
都已經寄信給他了，卻不曉得為什麼沒有收到回信。

この手紙を送りたいんだけど郵便局まで行ってくれない。
我想要寄出這封信，幫我跑一趟郵局好嗎？

手紙の代わりにメールを送ります。
寄送電子郵件代替傳統書信。

住所が間違っていて手紙が届かなかった。
寫錯地址導致信件無法送達。

ポストにこの手紙を出してきてくれない。
幫我把這封信投到郵筒裡好嗎？

この手紙を受け取ったらすぐに返事をください。
收到這封信後請立刻回覆。

この手紙、台湾へ送りたいんですがいくらですか。
我想要把這封信寄到台灣，請問郵資是多少錢呢？

絶対に人の手紙を開けてはいけない。
絕對不可以擅自拆閱他人信件。

手紙に切手を貼るのを忘れて出しちゃった。
忘了貼郵票就把信寄出去了。

今は手紙よりメールの方が便利です。
這年頭與其寄信，不如寄電子郵件來得方便。

最近手紙を書くことが少なくなりました。
最近已經很少提筆寫信了。

お礼を書くならはがきよりも手紙にした方が丁寧です。
假如要寄謝函，與其寄明信片，不如寄書信來得有禮貌。

はがき10枚と80円切手を5枚ください。
麻煩給我十張明信片以及五張80元的郵票。

東京に着いたことをはがきで知らせた。
寄了明信片告知已經抵達東京。

封筒に住所と名前を書いて切手を貼らなくてはなりません。
一定要在信封上書寫姓名與地址，並貼妥郵票。

封筒は重さや国によって料金が変わります。
信件根據其重量以及寄送國家，而有不同郵資。

はさみで封筒を開けた。
拿剪刀剪開了信封。

挑戦篇
チャレンジ編

STEP
2

次の（1）から（3）の文章を読んで、後の問いに対する答えとして最も良いものを、1・2・3・4から一つ選びなさい。

(1)

　現代人の忙しさは尋常ではない。睡眠時間を削ってでもやらなくてはならない仕事もあるし、つきあいもある。睡眠時間が不足すると、翌朝からだはだるいし、頭もボーッとしてしまう。なんとかうまく忙しさに合わせて睡眠時間を振り分け（注1）られないものか。そうした忙しい社会人の中には「休日の寝だめ（注2）」でしのぐ（注3）人がいる。

　明日からの忙しい日々に備えて、しっかりと寝だめをして睡眠時間を貯金し、忙しい平日をやり抜くための活力を養っておこうというのだ。（中略）

　休日に睡眠不足を補うとはいっても、平日の睡眠時間よりもプラス2時間が上限と考えたほうがいい。

　では、平日の睡眠不足はどうしたら解消できるのか。ベストは平均してきちんと睡眠時間を確保することだが、それができなければ、電車の中で仮眠したり、昼休みに仮眠したりするなどして補うことだ。細切れ（注4）の睡眠では眠った気がしないかもしれないが、休息にはしっかり役立っている。また、夜勤の場合は昼寝が有効だ。

　要は、睡眠時間は一日単位で考えるべきだ。夜にしっかりと睡眠がとれなかった場合は、なるべく仮眠などで不足を補

うようにして、翌日に持ちこさ（注5）ないこと。これが忙しい現代人の健康の秘訣である。

（日本博学倶楽部『世の中の「常識」ウソ・ホント「寝る子は育つ」は本当に育つ?!』 ＰＨＰ文庫による）

（注1）振り分ける：いくつかに分ける
（注2）寝だめ：寝ることをためる、つまり、時間のあるときにたくさん寝ること
（注3）しのぐ：乗り越えて進む、なんとか切り抜ける、我慢する
（注4）細切れ：細かく切られたもの
（注5）持ちこす：そのままの状態で次へ送る

60 「休日の寝だめ」でしのぐ人は、なぜそうしているのか。
1 前の週に睡眠時間が不足したから。
2 睡眠時間を削るために仕事をしているから。
3 体調が悪くて眠れないから。
4 睡眠時間の不足が予期されるから。

61 休日に「寝だめ」をする場合、どのようにする方がよいと言っているか。
1 多くても平日より2時間長く寝る程度にした方がよい。
2 休日には寝られるだけ寝ておいた方がよい。
3 平日は2時間ぐらい少なく寝る方がよい。
4 寝るための活力をしっかりと養っておいた方がよい。

62 筆者がここで勧めている睡眠不足の解消のしかたは、どのようなものか。

1 寝られなくても、できるだけ眠った気になるようにする。

2 寝られなかった場合、翌日の夜にしっかり睡眠をとるようにする。

3 短時間ずつでも、寝られるときに寝て、その日のうちに睡眠時間を補うようにする。

4 睡眠は一日単位で考えるべきなので、一日中寝る日と、一日中寝ない日を作る。

(2)

　誰でも逃げだしたくなるときがある。

　ぎっしり詰まったスケジュールに、かわり映えのしない仕事。見慣れて背景の一部になってしまった家族や恋人。そして自分の周りを取り巻く都市の日ざしや風といった環境のすべて。何もかもうんざりし（注1）て、リセットし（注2）たくなるのだ。

　ぼくの場合、それに一番いいのは旅行だった。もちろん観光はしない。けれど何もしない旅というのも退屈だ。そこで、いつか読もうと思って積んでおいた本の山から、何冊かを選んで旅の友にすることになる。

　冬も終わりのその夜、僕は三泊四日の本を読む旅のために書籍を選別していた。くつろぎ（注3）にでかけるのだ。あまり硬派なものは望ましくない。かといって、内容のない薄っぺらな本は嫌だ。文章だって最低限ひっかからずに読めるくらいの洗練度がほしい。そうなると必然的にいろいろな種類の小説を残すことになる。

　恋愛小説、時代小説、推理小説にＳＦ。翻訳もののミステリーにファンタジー。ぼくは旅先で旅について書かれたエッセイを読むのが好きなので、その手（注4）の本をさらに何冊か加えておく。（中略）ぼくは思うのだが、実際に読書をしている最中よりも、こうして本を選んでいるときのほうが、

ずっと胸躍る（注5）のではないだろうか。それは旅行でも同じなのだ。旅の計画を立てているときの方が、旅の空のしたよりも幸福なのだ。

（石田衣良「あなたと、どこかへ。」文春文庫による）

（注1）　うんざりする：物事に飽きていやになる

（注2）　リセットする：元に戻す、始めからやり直す

（注3）　くつろぐ：気持ちが落ち着いてゆったりする

（注4）　その手：そのような種類

（注5）　胸躍る：期待や喜びで興奮する、わくわくする

63　筆者はどんなときに旅行したくなるのか。

1　仕事が多すぎて、誰かに代わりにやってほしいとき。

2　普段の生活や周囲の事物に飽きて、リセットしたくなったとき。

3　仕事に疲れて、何もしたくなくなったとき。

4　読みたいのに読んでいない本がたまってしまったとき。

64　筆者の旅行のしかたについて、最も近いものはどれか。

1　観光に飽きれば、読書を楽しむ。

2　何もせず、退屈になれば読書を楽しむ。

3　たまった本を読み終われば、観光する。

4　日常生活から離れるために旅に出るのであり、観光はしない。

65 著者は何をしているときに幸福を感じると述べているか。

1 本を読んでいるときや、旅行に出ているとき。

2 恋愛小説、時代小説、推理小説、ＳＦなど、硬派でない本を読んでいるとき。

3 本を選んだり、旅行の計画を立てたりしているとき。

4 日々の様々なことを忘れて、読書をしているとき。

チャレンジ編

STEP 1

STEP 2

STEP 3

STEP 4

応用編

(3)

　仕事の関係上、ロケ先で昼食をとることがある。ファミリーレストランなどでも、ランチタイムになると会社員や営業ドライバーが、昼食をとるため、限られた休み時間に長い列を作る。

　そんな時間によく目にする（注1）のが食事を終えても熱心に、しかも楽しそうに話し込む子供連れ同士の主婦とおぼしき（注2）一団だ。私たちが席に着く前から座っていたのに、食事を済ませて店の外に出るまで席を離れる気配すらなかったりする。子供が飽きても、自分たちが飽きるまでは席を立つつもりがないのだろう。いろいろと語り合いたいこともあるのかもしれない。旦那（注3）や姑（注4）の愚痴（注5）を言ったりしてストレスを発散（注6）させたいのも分からないでもない。しかし、彼女たちがストレスを発散させている間、待たされ続ける人たちのストレスがたまっていく。

　他のテーブルは次から次へと入れ替わっているのに、何も感じない、あるいは感じていても無視できる人が、子供を育てているとしたら。子供は間違いなく親のそんな姿を見て育つだろう。それでよいのか。親は、子供を良識を持った大人として社会に送り出す責任がある。

　　　（『ランチタイムの心遣い』2009年2月7日付　産経新聞による）

（注1）目にする：実際に見る
（注2）とおぼしき：と思われる。のように見える

（注3）旦那：夫

（注4）姑：夫の母

（注5）愚痴：言ってもしかたがないことを言って悲しむこと

（注6）発散：外へ発して散らすこと。外部に散らばって出ること

66 <u>そんな姿</u>とは、どんな姿を指しているか。

1　レストランで食事を楽しむ姿。

2　子育てをしている姿。

3　周囲の状況に無関心な姿。

4　ストレスを発散させている姿。

67 筆者は何に対して、不満を述べているか。

1　食事が終わったにもかかわらず、席を立たずに話し込んでいる主婦。

2　昼食を取るために長い列を作らなければならない状況。

3　主婦が家の外でストレスを発散させること。

4　親が話しているのに、すぐに飽きて待っていられない子供たち。

68 筆者は子どもを育てる親には何が必要だと考えているか。

1　レストランで子供が飽きたら、食事の途中でも席を離れること。

2　愚痴を言ってストレスを発散できる友だちを持つこと。

3　子どもの見本となる行動をとること。

4　旦那や姑に不満があっても、外では言わずに我慢すること。

次の（1）から（3）の文章を読んで、後の問いに対する答えとして最も良いものを、
1・2・3・4から一つ選びなさい。

（1）

　　現代人の忙しさは尋常ではない。睡眠時間を削ってでもやらなくては
ならない仕事もあるし、つきあいもある。睡眠時間が不足すると、翌朝
からだはだるいし、頭もボーッとしてしまう。なんとかうまく忙しさに
合わせて睡眠時間を振り分け（注1）られないものか。そうした忙しい社
会人の中には「休日の寝だめ（注2）」でしのぐ（注3）人がいる。

　　明日からの忙しい日々に備えて、しっかりと寝だめをして睡眠時間
を貯金し、忙しい平日をやり抜くための活力を養っておこうというの
だ。（中略）

　　休日に睡眠不足を補うとはいっても、平日の睡眠時間よりもプラス
2時間が上限と考えたほうがいい。

　　では、平日の睡眠不足はどうしたら解消できるのか。ベストは平均
してきちんと睡眠時間を確保することだが、それができなければ、電
車の中で仮眠したり、昼休みに仮眠したりするなどして補うことだ。
細切れ（注4）の睡眠では眠った気がしないかもしれないが、休息には
しっかり役立っている。また、夜勤の場合は昼寝が有効だ。

　　要は、睡眠時間は一日単位で考えるべきだ。夜にしっかりと睡眠がと
れなかった場合は、なるべく仮眠などで不足を補うようにして、翌日に
持ちこさ（注5）ないこと。これが忙しい現代人の健康の秘訣である。

　　　　　（日本博学倶楽部『世の中の「常識」ウソ・ホント「寝る子は育つ」
　　　　　　　　　　　　　　　　は本当に育つ?!』 ＰＨＰ文庫による）

（注1）振り分ける：いくつかに分ける
（注2）寝だめ：寝ることをためる、つまり、時間のあるときにたくさん寝る
　　　　こと
（注3）しのぐ：乗り越えて進む、なんとか切り抜ける、我慢する
（注4）細切れ：細かく切られたもの
（注5）持ちこす：そのままの状態で次へ送る

**60題
關鍵句**

**61題
關鍵句**

**62題
關鍵句**

文法詳見 P78

文法詳見 P78

文法詳見 P78

文法詳見 P78

チャレンジ編

STEP 1

STEP 2

STEP 3

STEP 4

応用編

請閱讀下列（1）～（3）的文章並回答問題。請從選項1‧2‧3‧4當中選出一個最恰當的答案。

（1）

　　現代人異常的忙。有必須削減睡眠時間也要做的工作，也有交際應酬。睡眠時間要是不足，隔天早上身體就會無力，腦子也會不太清楚。有沒有什麼辦法能夠巧妙地配合忙碌，分割（注1）睡眠時間呢？像這樣忙碌的社會人士當中，就有為「假日補眠（注2）」而忍（注3）的人。

> 點出現代人因忙碌而睡眠不足的問題，並提到有些人的解決方法是在假日補眠。

　　也就是説，為了應付明天開始的忙碌日子，好好地補眠，先儲存睡眠時間，培養能撐過忙碌平日的活力。（中略）

> 解釋假日補眠的意思，就是預先儲存睡眠時間來應付平日的忙碌。

　　雖説假日要彌補睡眠不足，但上限最好是比平日睡眠時間再多個2小時。

> 提醒讀者假日補眠最多比平時多睡兩個鐘頭即可。

　　那麼，平日的睡眠不足應該如何解除呢？最好的做法是確保平均且充足的睡眠時間，不過要是辦不到，也可以在電車中小睡，或是午休小睡片刻來彌補。細分（注4）的睡眠雖然可能會覺得沒什麼睡，但對於休息而言可是幫了大忙。此外，大夜班的話午睡是有效的。

> 提供讀者小睡片刻的方法來應付平日的睡眠不足。

　　總之，睡眠時間應以一日為單位來思考。晚上如果不能好好睡上一覺，那就要盡量透過小睡片刻來彌補不足，不要拖（注5）到隔天。這就是忙碌現代人的健康秘訣。

> 以「睡眠時間應以一日為單位來思考」來總結全文。

（選自日本博學俱樂部『世上的「常識」真的假的「睡覺的孩子長得大」是真的長得大？！』ＰＨＰ文庫）

（注1）分割：分配成好幾份
（注2）補眠：累積睡眠，也就是有空就大睡特睡
（注3）忍：度過難關向前進、設法擺脫、忍耐
（注4）細分：瑣碎分割的東西
（注5）拖：保持狀態留待下次

翻譯與解題 ①

Answer **4**

60　「休日の寝だめ」でしのぐ人は、なぜそうしているのか。

1 前の週に睡眠時間が不足したから。
2 睡眠時間を削るために仕事をしているから。
3 体調が悪くて眠れないから。
4 睡眠時間の不足が予期されるから。

60　為「假日補眠」而忍的人，為什麼要這麼做呢？

1 因為上週睡眠時間不足。
2 因為為了削減睡眠時間而工作。
3 因為身體狀況不好睡不著。
4 因為預想到睡眠時間會不足。

Answer **1**

61　休日に「寝だめ」をする場合、どのようにする方がよいと言っているか。

1 多くても平日より2時間長く寝る程度にした方がよい。
2 休日には寝られるだけ寝ておいた方がよい。
3 平日は2時間ぐらい少なく寝る方がよい。
4 寝るための活力をしっかりと養っておいた方がよい。

61　在假日「補眠」時，文章當中說應該怎麼做才好呢？

1 最多應該比平日多睡2小時就好了。
2 假日能睡多久就睡多久。
3 平日應該要少睡大概2個鐘頭比較好。
4 應該要好好地培養為了睡覺的活力。

　　解題關鍵在第二段：「明日からの忙しい日々に備えて、しっかりと寝だめをして睡眠時間を貯金し、忙しい平日をやり抜くための活力を養っておこうというのだ」（為了應付明天開始的忙碌日子，好好地補眠，先儲存睡眠時間，培養能撐過忙碌平日的活力）。這句話的主題雖然不明確，但依照文脈可以推測話題還是圍繞在之前提過的人事物上面，也就是上一段段尾提到的「『休日の寝だめ』でしのぐ人」（為「假日補眠」而忍的人）。這句話的重點就在「のだ」，「のだ」的功能之一是解釋說明，對應提問中的「なぜ」。由此可知補眠是為了要應付明天開始的忙碌日子，培養能撐過忙碌平日的活力。可見這個補眠是預先行為，正確答案是4。

> 「養っておこう」運用了「ておく」的句型，表示為了某種目的事先採取某個行為，所以補眠不是忙完才來大睡一場，而是在忙碌前就先睡飽。

　　文章當中提到假日補眠的情報在第三段：「休日に睡眠不足を補うとはいっても、平日の睡眠時間よりもプラス2時間が上限と考えたほうがいい」（雖說假日要彌補睡眠不足，但上限最好是比平日睡眠時間再多個2小時）。這邊使用「ほうがいい」這個句型，給讀者建議或忠告，表示假日補眠的時間上限是多於平日兩個鐘頭，也就是選項1說的：「多くても平日より2時間長く寝る程度にした方がよい」（最多應該比平日多睡2小時就好了）。

> 這一題問的是「休日に寝だめをする」（在假日補眠）的理想方法。

62 筆者がここで勧めている睡眠不足の解消のしかたは、どのようなものか。

1 寝られなくても、できるだけ眠った気になるようにする。

2 寝られなかった場合、翌日の夜にしっかり睡眠をとるようにする。

3 短時間ずつでも、寝られるときに寝て、その日のうちに睡眠時間を補うようにする。

4 睡眠は一日単位で考えるべきなので、一日中寝る日と、一日中寝ない日を作る。

62 作者在此建議大家解除睡眠不足的方法，是什麼樣的方法呢？

1 即使睡不著，也要盡可能讓自己有睏意。

2 睡不著時，要在隔天晚上好好地睡上一覺。

3 即使每次都是短時間，也要在能睡的時候睡覺，在當天就補足睡眠時間。

4 睡眠應以一日為單位來思考，所以要有睡一整天和一整天都不睡的時候。

□ 尋常 普通，尋常

□ 削る 削減，去除

□ だるい 無力的，懶倦的

□ ボーッとする 模糊不清

□ なんとか 想辦法，設法

□ 振り分ける 分割，分配

□ 寝だめ 補眠

□ しのぐ 忍耐；克服

□ 備える 為應付，對應某事而事先準備

□ やり抜く 撐過

□ 養う 培養

□ 補う 彌補，填補

□ 解消 解除

□ ベスト【best】 最好，最佳

□ 仮眠 小睡片刻

選項1錯誤之處在於「できるだけ眠った気になるようにする」（盡可能讓自己有睏意），作者沒有建議讀者要讓自己有睏意，所以選項1錯誤。

選項2的「寝られなかった場合」（睡不著時）應到文中「夜にしっかりと睡眠がとれなかった場合は、なるべく仮眠などで不足を補うようにして、翌日に持ちこさないこと」（晚上如果不能好好睡上一覺，那就要盡量透過小睡片刻來彌補不足，不要拖到隔天）。所以選項2錯誤。

選項4的陷阱在「睡眠は一日単位で考えるべき」（睡眠應以一日為單位來思考）。雖然和最後一段的開頭「睡眠時間は一日単位で考えるべきだ」（睡眠應以一日為單位來思考）相同，不過選項後面提到「一日中寝る日と、一日中寝ない日を作る」（要有睡一整天和一整天都不睡的時候）是錯的。原文當中並沒有要讀者睡上一整天，甚至是一整天都不睡。

作者在第四段提到：「ベストは平均してきちんと睡眠時間を確保することだが、それができなければ、電車の中で仮眠したり、昼休みに仮眠したりするなどして補うことだ」（最好的做法是確保平均且充足的睡眠時間，不過要是辦不到，也可以在電車中小睡，或是午休小睡片刻來彌補）。另外第五段也提到「夜にしっかりと睡眠がとれなかった場合は、なるべく仮眠などで不足を補うようにして、翌日に持ちこさないこと」（晚上如果不能好好睡上一覺，那就要盡量透過小睡片刻來彌補不足，不要拖到隔天），這兩句都對應選項3，即使時間很短，也要在當天能睡的時候補眠。因此正確答案是3。

- □ 細切れ　細分
- □ 夜勤　夜班
- □ 要は　總之，簡單而言
- □ 持ちこす　拖，遺留待完成
- □ 秘訣　秘訣，訣竅
- □ 勧める　建議

翻譯與解題 ①

🖊 重要文法

【形容動詞詞幹な；[形容詞・動詞]辭書形】＋ものか。後接否定表示願望，一般為現實上難以實現的願望。後面常接「かなあ」。

❶ ものか　真希望…

例句 何とかできないものかなあ。
能否想想辦法呢。

表示承認前項的說法，但同時在後項做部分的修正，或限制的內容，說明實際上程度沒有那麼嚴重。

❷ とはいっても　雖説…、但…

例句 貯金があるとはいっても、10万円ほどですよ。
雖説有存款，但也只有 10 萬日圓而已。

【動詞辭書形；動詞否定形】＋ことだ。表示一種間接的忠告或命令。

❸ ことだ　就得…、要…、應當…、最好…

例句 成功するためには、懸命に努力することだ。
要成功，就應當竭盡全力。

【動詞辭書形；動詞否定形】＋ようにする。表示說話人自己將前項的行為，或狀況當作目標而努力。

❹ ようにする　爭取做到…、設法使…

例句 人の悪口を言わないようにしましょう。
努力做到不去説別人的壞話吧！

⚡ 小知識大補帖

▶ 各式各樣的副詞、副詞句

	副詞、副詞句
價值判斷	運悪（うんわる）く（運氣不好地）、あいにく（不湊巧）、幸（さいわ）いにも（幸運地）、不幸（ふこう）にして（不幸地）
	うれしいことに（好消息是…）、妙（みょう）なことに（奇妙的是…）、驚（おどろ）いたことに（驚訝的是…）
	不思議（ふしぎ）なもので（不可思議的是…）、残念（ざんねん）ながら（很可惜…）、当然（とうぜん）のことながら（理所當然地）
	お気（き）の毒（どく）ですが（真遺憾…）、信（しん）じがたいことだが（雖然難以置信，但…）
真假判斷	おそらく（恐怕）、たぶん（大概）、もちろん（當然）、むろん（當然）、きっと（一定）、必（かなら）ず（一定）
	さぞ（想必）、確（たし）か（也許）、確（たし）かに（的確）、明（あき）らかに（顯然）、思（おも）うに（在我看來…）、考（かんが）えるに（這樣看來…）
	疑（うたが）いもなく（無疑地）、ひょっとして（萬一）、もしかすると（也許）、一見（いっけん）（乍看之下）
	私（わたし）の見（み）るところ（據我推測）、私（わたし）の知（し）る限（かぎ）り（就我所知）
發話行為	ついでながら（順道一提）、ちなみに（順道一提）、要（よう）するに（總而言之）、例（たと）えば（比方說）
	率直（そっちょく）に言（い）って（坦白說）、本当（ほんとう）のところ（事實上）、つまりは（也就是說）、いわば（可以說是）
	言（い）ってみれば（換句話說）、どちらかと言（い）えば（如果真的要說…）、話（はなし）は違（ちが）いますが（是說）
	ちょっとおうかがいしますが（請教一下…）、恐（おそ）れ入（い）りますが（不好意思…）
	ものは相談（そうだん）だが（我有事想跟你商量…）、改（あらた）めて言（い）うまでもなく（無須再三重複…）
範圍指定	建（た）て前（まえ）としては（理論上）、表向（おもてむ）きは（表面上）、名目上（めいもくじょう）は（名義上）、根本的（こんぽんてき）には（徹底地）
	基本的（きほんてき）には（基本上）、理想（りそう）を言（い）えば（就理想而言）、理屈（りくつ）を言（い）えば（就道理而言）、原理上（げんりじょう）（原理上）
	定義上（ていぎじょう）（定義上）

(2)

誰でも逃げだしたくなるときがある。

ぎっしり詰まったスケジュールに、かわり映えのしない仕事。見慣れて背景の一部になってしまった家族や恋人。そして自分の周りを取り巻く都市の日ざしや風といった環境のすべて。何もかもうんざりし(注1)て、リセットし(注2)たくなるのだ。 ◁ **63題 關鍵句**

ぼくの場合、それに一番いいのは旅行だった。もちろん観光はしない。 ◁ **64題 關鍵句** けれど何もしない旅というのも退屈だ。そこで、いつか読もうと思って積んでおいた本の山から、何冊かを選んで旅の友にすることになる。

冬も終わりのその夜、僕は三泊四日の本を読む旅のために書籍を選別していた。くつろぎ(注3)にでかけるのだ。あまり硬派なものは望ましくない。かといって、内容のない薄っぺらな本は嫌だ。文章だって最低限ひっかからずに読めるくらいの洗練度がほしい。そうなると必然的にいろいろな種類の小説を残すことになる。

恋愛小説、時代小説、推理小説にＳＦ。翻訳もののミステリーにファンタジー。ぼくは旅先で旅について書かれたエッセイを読むのが好きなので、その手(注4)の本をさらに何冊か加えておく。（中略）ぼくは思うのだが、実際に読書をしている最中よりも、こうして本を選んでいるときのほうが、ずっと胸躍る(注5)のではないだろうか。それは旅行でも同じなのだ。旅の計画を立てているときの方が、旅の空 文法詳見 P86 したよりも幸福なのだ。 ◁ **65題 關鍵句**

（石田衣良「あなたと、どこかへ。」文春文庫による）

（注1）うんざりする：物事に飽きていやになる
（注2）リセットする：元に戻す、始めからやり直す
（注3）くつろぐ：気持ちが落ち着いてゆったりする
（注4）その手：そのような種類
（注5）胸躍る：期待や喜びで興奮する、わくわくする

(2)

誰都有想要逃跑的時候。

擠得滿滿的行程，再加上一成不變的工作。看慣了、儼然成為背景的家人或情人，以及包圍自己的都市陽光、風這些環境的全部。所有的一切都讓人心煩（注１），想要重置（注２）。

如果是我，最好的辦法是旅行。當然不是去觀光的。不過什麼也不做的旅遊也很無聊。因此，我會從想說改天再看而堆積如山的書堆當中，選出幾本當我的旅伴。

冬季將結束的那個晚上，我為了四天三夜的讀書之旅而挑選書籍。我是為了放鬆（注３）才出門的，最好不要帶很生硬的書。雖說如此，我也不想看沒有內容的膚淺書籍。文章也是，希望至少有讀來流暢的洗鍊。如此一來，勢必會留下許多種類的小説。

戀愛小説、時代小説、推理小説和科幻小説。翻譯的懸疑小説再加上奇幻小説。我在旅途中喜歡閱讀關於旅行的散文，這種（注４）書再多帶個幾本。（中略）我覺得，比起實際在讀書的當中，像這樣選書的時候反而更讓人情緒高漲（注５）吧？而旅行也是一樣的。計劃旅行的時候，比身處旅途的天空下還更為幸福。

（選自石田衣良「和你，去某處。」文春文庫）

（注１）心煩：對事物感到厭煩
（注２）重置：回到原本，重新從頭開始
（注３）放鬆：心情沉澱閒適
（注４）這種：這樣的種類
（注５）情緒高漲：因期待或喜悦而激動、興奮

破題點出每個人都有想逃跑的時候。

承接上段舉出各種心煩的人事物。

話題轉到作者身上。作者在心煩時會選擇旅行，並提到自己的旅行方式是帶幾本書。

承接上段，説明作者選書的條件。

結論。作者認為行前準備比旅行當中還更令人興奮。

Answer **2**

63 筆者はどんなときに旅行したくなるのか。

1 仕事が多すぎて、誰かに代わりにやってほしいとき。

2 普段の生活や周囲の事物に飽きて、リセットしたくなったとき。

3 仕事に疲れて、何もしたくなくなったとき。

4 読みたいのに読んでいない本がたまってしまったとき。
└ 文法詳見 P86

63 作者在什麼時候會想要旅行呢？

1 工作過多，希望有人可以接手幫自己做的時候。

2 對於平常的生活或周邊事物感到厭倦的時候。

3 疲於工作，什麼也不想做的時候。

4 累積一堆想讀卻還沒讀的書的時候。

Answer **4**

64 筆者の旅行のしかたについて、最も近いものはどれか。

1 観光に飽きれば、読書を楽しむ。

2 何もせず、退屈になれば読書を楽しむ。
└ 文法詳見 P86

3 たまった本を読み終われば、観光する。

4 日常生活から離れるために旅に出るのであり、観光はしない。

64 關於作者的旅行方式，最接近的選項是哪一個？

1 厭倦觀光的話就享受閱讀。

2 什麼也不做，如果感到無聊就享受閱讀。

3 把累積的書看完後就進行觀光。

4 旅行是為了離開日常生活，所以不觀光。

　文章裡面如果出現「そ」開頭的指示詞，指的就是前面提到的人事物，「それ」就藏在第二段當中。第二段最後一句提到「何もかもうんざりして、リセットしたくなるのだ」（所有的一切都讓人心煩，想要重置），表示「ぎっしり詰まったスケジュール」（擠得滿滿的行程）、「かわり映えのしない仕事」（再加上一成不變的工作）、「見慣れて背景の一部になってしまった家族や恋人」（看慣了，儼然成為背景的家人或情人）、「自分の周りを取り巻く都市の日ざしや風といった環境」（以及包圍自己的都市陽光、風這些環境），這些全都讓人厭煩，想要重頭來過。由此可知第三段開頭的「それ」指的正是「リセットする」（重置），也就是説，當他對於週遭的事物感到厭煩、想要重置時，他就會選擇旅行這個方式。正確答案是 2。

　　解題關鍵就在第三段開頭：「ぼくの場合、それに一番いいのは旅行だった」（如果是我，最好的辦法是旅行），表示作者在面對「それ」這個情況時覺得旅行是最好的方式。

　　「うんざりする」和「飽きる」是類義字，都有「厭倦」的意思，不過前者還帶有「生厭」的語意。

　作者在第三段提到：「もちろん観光はしない」（當然不是去觀光的）。而選項 1 提到「観光に飽きれば」（厭倦觀光的話），選項 3 提到「観光する」（進行觀光），兩個行程都有包含觀光這部分，所以選項 1、3 都是錯的。

　接著作者又提到「何もしない旅というのも退屈だ」（什麼也不做的旅遊也很無聊），所以選項 2「何もせず」（什麼也不做）是錯的。

　正確答案是 4。選項 4 除了「観光はしない」（不觀光）可以呼應第三段「もちろん観光はしない」（當然不是去觀光的），「日常生活から離れるために旅に出る」（旅行是為了離開日常生活）也可以呼應第一段～第三段的主旨「作者藉由旅行來逃離過慣的生活和看膩的事物」。

65 著者は何をしているときに幸福を感じると述べているか。

1 本を読んでいるときや、旅行に出ているとき。

2 恋愛小説、時代小説、推理小説、SFなど、硬派でない本を読んでいるとき。

3 本を選んだり、旅行の計画を立てたりしているとき。

4 日々の様々なことを忘れて、読書をしているとき。

65 作者表示自己在做什麼的時候能感到幸福呢？

1 看書的時候，或是旅行的時候。

2 看戀愛小説、時代小説、推理小説、科幻小説等不生硬的書的時候。

3 選書或是計劃旅行的時候。

4 忘掉每天各種事情，閱讀的時候。

□ ぎっしり （擠得）滿滿的

□ かわり映え （後面多接否定）改變，替換

□ 見慣れる 看慣

□ 取り巻く 包圍

□ 日ざし 陽光

□ 何もかも 所有，一切

□ うんざりする 心煩，厭煩

□ リセット【reset】 重置，重排

□ 退屈 無聊，無趣

□ 選別 挑選

□ くつろぎ 放鬆

□ 硬派 （內容）生硬嚴肅

□ 望ましい 想要，希望

□ かといって 雖說如此，即便如此

□ 薄っぺら 膚淺

□ 洗練 精煉，簡練俐落

□ 必然的 勢必

□ ミステリー【mystery】 懸疑小説，神祕小説

文章中提到旅の計画を立てているときの方が、旅の空のしたよりも幸福なのだ」（計劃旅行的時候，比身處旅途的天空下還更為幸福）、「実際に読書をしている最中よりも、こうして本を選んでいるときのほうが、ずっと胸躍るのではないだろうか。それは旅行でも同じなのだ」（我覺得，比起實際在讀書的當中，像這樣選書的時候反而更讓人情緒高漲吧？而旅行也是一樣的）。由此可知作者在「本を選ぶ」（挑書）、「旅行の計画を立てる」（計劃旅行）這些時候會有幸福的感覺，因此正確答案是 3。

選項 1 和選項 3 正好是相對的，所以從上面的敘述來看，選項 1 是錯的。

這一題問目的是「著者は何をしているときに幸福を感じる」（作者在做什麼的時候能感到幸福）。文章中，「幸福」兩字出現在全文最後。

雖然在第五段的開頭，作者有表明自己在旅行中會看「恋愛小説」、「時代小説」、「推理小説」、「ＳＦ」等書籍，但他沒有特別提到在看這些書時會感到幸福，而且就像先前說的，選書的過程比看書的過程還要情緒高漲，所以選項 2 也是不正確的。同理可證，將重點放在「読書をしているとき」的選項 4 也是不正確的。

□ ファンタジー【fantasy】　奇幻小説

□ エッセイ【essay】　散文，隨筆

□ 幸福（こうふく）　幸福

□ 周囲（しゅうい）　周邊，周圍

❷ 重要文法

【名詞；[形容詞・動詞]普通形】＋（の）ではないだろうか。表示意見跟主張。是對某事能否發生的一種預測，有一定的肯定意味。

❶ （の）ではないだろうか

我認為不是…嗎、我想…吧

例句 もしかして、知らなかったのは私だけではないだろうか。

該不會是只有我一個人不知道吧？

【[名詞・形容動詞]な；[動詞・形容詞]普通形】＋のに。表示後項結果違反前項的期待，含有說話者驚訝、懷疑、不滿、惋惜等語氣。

❷ のに 明明…、卻…、但是…

例句 その服、まだ着られるのに捨てるの。

那件衣服明明就還能穿，你要扔了嗎？

【動詞否定形（去ない）】＋ず（に）。表示以否定的狀態或方式來做後項的動作，或產生後項的結果。

❸ ず（に） 不…地、沒…地

例句 何にも食べずに寝ました。

什麼都沒吃就睡了。

❶ 小知識大補帖

▶ 助數詞

事　物	助　數　詞
映画（電影） <small>えい が</small>	一本（一部） <small>いっぽん</small>
絵画（繪畫） <small>かい が</small>	一点（一件）、一枚（一幅） <small>いってん　　　　いちまい</small>
紙（紙） <small>かみ</small>	一枚（一張）、一葉（一頁） <small>いちまい　　　　いちよう</small>
小説（小説） <small>しょうせつ</small>	一編（一篇） <small>いっぺん</small>
書物（書籍） <small>しょもつ</small>	一冊（一冊）、一巻（一卷）、一部（一部） <small>いっさつ　　　　いっかん　　　　いち ぶ</small>
書類（文件） <small>しょるい</small>	一通（一封）、一部（一份）、一枚（一張） <small>いっつう　　　　いち ぶ　　　　いちまい</small>
新聞（報紙） <small>しんぶん</small>	一部（一份）、一紙（一份） <small>いち ぶ　　　　いっ し</small>
イカ、タコ、カニ （烏賊、章魚、螃蟹）	一杯【死んで食用になったもの】（一隻） <small>いっぱい　　し　　しょくよう</small> 一匹【生きているもの】（一隻） <small>いっぴき　い</small>
遺体（遺體） <small>い たい</small>	一体（一具） <small>いったい</small>
エレベーター（電梯）	一基（一部）、一台（一台） <small>いっ き　　　　いちだい</small>
寄付（捐款） <small>き ふ</small>	一口（一筆） <small>ひとくち</small>
キャベツ（高麗菜）	一玉（一粒）、一株（一顆）、一個（一個） <small>ひとたま　　　　ひとかぶ　　　　いっ こ</small>
薬（藥） <small>くすり</small>	飲み薬一回分・・・一服（一份） <small>の　　ぐすりいっかいぶん　　　いっぷく</small> 粉薬・・・一包（一包） <small>こなぐすり　　いっぽう</small> 錠剤・・・一錠（一顆）、一粒（一粒） <small>じょうざい　　いちじょう　　　　ひとつぶ</small>
碁（対局） <small>ご　たいきょく</small> （圍棋〈對局〉）	一局（一局）、一番（一局） <small>いっきょく　　　　いちばん</small>
口座（戶頭） <small>こう ざ</small>	一口（一個） <small>ひとくち</small>
ざるそば（竹籠蕎麥麵）	一枚（一份） <small>いちまい</small>

事件、事故 （事件、事故）	一件（一起）
銃（槍）	一挺（一把）、一丁（一把）
相撲の取組 （相撲的對賽組合）	一番（一組）
膳（吃飯時放飯菜的方盤）	一客（一個）
倉庫（倉庫）	一棟（一間）
大砲（大砲）	一門（一座）
電車（電車）	一両（一輛）
豆腐（豆腐）	一丁（一塊）
トンネル（隧道）	一本（一條）
涙（眼淚）	一滴（一滴）、一筋（一行）
人形（人偶）	一体（一隻）
海苔（海苔）	一枚（一片）
バイオリン（小提琴）	一挺（一把）
履物（鞋類的總稱）	一足【左右一組で】（一雙）
箸（筷子）	一膳（一雙）
花（花）	一輪（一株）、一本（一朵）
干物（魚乾）	一枚（一條）
船（船）	大きな船…一隻（一艘） 小さな船…一艘（一條）

チャレンジ編

STEP 1

STEP 2

STEP 3

STEP 4

応用編

めん（うどん、そばなど） （麺〈烏龍麺、蕎麥麺〉）	ゆでめん … 一玉（一團） 乾麺 … 一束（一束）、一把（一捆）
料理（料理）	一品（一道） 一皿（一盤）、一人分（一人份）、一人前（一人份）
和歌（和歌）	一首（一首）

(3)

　仕事の関係上、ロケ先で昼食をとることがある。ファミリーレストランなどでも、ランチタイムになると会社員や営業ドライバーが、昼食をとるため、限られた休み時間に長い列を作る。

　そんな時間によく目にする（注1）のが食事を終えても熱心に、しかも楽しそうに話し込む子供連れ同士の主婦とおぼしき（注2）一団だ。**私たちが席に着く前から座っていたのに、食事を済ませて店の外に出るまで席を離れる気配すらなかったりする。**子供が飽きても、自分たちが飽きるまでは席を立つつもりがないのだろう。いろいろと語り合いたいこともあるのかもしれない。旦那（注3）や姑（注4）の愚痴（注5）を言ったりしてストレスを発散（注6）させたいのも分からないでもない。しかし、**彼女たちがストレスを発散させている間、待たされ続ける人たちのストレスがたまっていく。**

　他のテーブルは次から次へと入れ替わっているのに、何も感じない、あるいは感じていても無視できる人が、子供を育てているとしたら。子供は間違いなく親のそんな姿を見て育つだろう。それでよいのか。親は、子供を良識を持った大人として社会に送り出す責任がある。

　　　　（『ランチタイムの心遣い』2009年2月7日付　産経新聞による）

（注1）目にする：実際に見る
（注2）とおぼしき：と思われる。のように見える
（注3）旦那：夫
（注4）姑：夫の母
（注5）愚痴：言ってもしかたがないことを言って悲しむこと
（注6）発散：外へ発して散らすこと。外部に散らばって出ること

右欄外：
67題　關鍵句
67題　關鍵句
66,68題　關鍵句

チャレンジ編

STEP 1

STEP 2

STEP 3

STEP 4

応用編

(3)

　因為工作的關係，我有時會在外景地點吃中餐。即使是在家庭式餐廳，一到午餐時間，上班族或司機為了吃中餐，會在有限的午休時間排長長的隊伍。

作者提到自己在外吃中餐時，常常看到大排長龍的景象。

　在這種時候，經常可以看到（注1）一群帶著小孩、疑似（注2）主婦的人，用完餐還很熱絡，甚至是愉快地只顧著聊天。她們雖然在我們入座前就已經坐在那邊了，但一直到我們用完餐要離開店家時她們都沒有要離席的意思。即使小孩厭煩了，但只要自己不厭煩的話就沒有要離席的打算吧？也許有很多想要聊天的話題。我不是不知道她們想針對丈夫（注3）或是婆婆（注4）發發牢騷（注5），發洩（注6）一下壓力。可是在她們發洩壓力的同時，那些等待已久的人們壓力也正節節升高。

承接上一段。有些帶小孩出來的主婦用完餐還繼續佔著位子聊天。

　其他桌的客人一組換過一組，卻沒有任何感覺，或者是有了感覺卻無視於此，像這樣的人如果要養育小孩呢？小孩肯定會看著父母這種樣子而成長吧？這樣好嗎？父母有責任將小孩培養成有常識的大人送入社會。

結論。作者懷疑這種不顧他人感受的家長無法教育小孩。

　　　（選自『午餐時間的體貼』2009 年 2 月 7 日產經新聞）

（注 1）看到：實際見到

（注 2）疑似：被認為是。看起來像是

（注 3）丈夫：先生

（注 4）婆婆：先生的母親

（注 5）牢騷：説些講了也無濟於事的話而傷心

（注 6）發洩：朝外面發散出去。分散到外部

Answer 3

66 そんな姿とは、どんな姿を指しているか。

1 レストランで食事を楽しむ姿。
2 子育てをしている姿。
3 周囲の状況に無関心な姿。
4 ストレスを発散させている姿。

66 這種樣子指的是什麼樣子呢？

1 在餐廳快樂用餐的樣子。
2 養育小孩的樣子。
3 對於周圍狀況漠不關心的樣子。
4 發洩壓力的樣子。

Answer 1

67 筆者は何に対して、不満を述べているか。

1 食事が終わったにもかかわらず、席を立たずに話し込んでいる主婦。 └文法詳見 P96
2 昼食を取るために長い列を作らなければならない状況。
3 主婦が家の外でストレスを発散させること。
4 親が話しているのに、すぐに飽きて待っていられない子供たち。

67 作者對於什麼表示不滿呢？

1 用完餐卻不離開座位，只顧著聊天的主婦。
2 為了吃中餐而不得不大排長龍的情況。
3 主婦在外面發洩壓力一事。
4 父母在講話，卻一下子就不耐煩的小孩們。

　劃線部份在第三段，原句是「子供は間違いなく親のそんな姿を見て育つだろう」（小孩肯定會看著父母這種樣子而成長吧）。如果文章當中出現「そ」開頭的指示詞，指的通常就是前面幾句所提過的人事物。所以要從前面找出針對父母描述的姿態或行為。

　解題關鍵在第三段開頭：「他のテーブルは次から次へと入れ替わっているのに、何も感じない、あるいは感じていても無視できる人」（其他桌的客人一組換過一組，卻沒有任何感覺，或者是有了感覺卻無視於此），「そんな姿」就是指這種人的樣子：明明看到其他客人吃完東西就離開，自己卻無所謂，或是假裝沒看到。四個選項當中，只有選項3最接近這個敘述。所以正確答案是3。

　　這一題考的是劃線部分的具體內容，不妨回到文章中找出劃線部分，解題線索通常就藏在上下文當中。

　　「に無関心」意思是「對⋯漠不關心」、「對⋯沒興趣」，對應到「何も感じない」、「無視」。

　　選項3，「周囲の状況」（周圍狀況）對應「他のテーブルは次から次へと入れ替わっている」（其他桌的客人一組換過一組）。

　選項1對應文中「私たちが席に着く前から座っていたのに、食事を済ませて店の外に出るまで席を離れる気配すらなかったりする」（她們雖然在我們入座前就已經坐在那邊了，但一直到我們用完餐要離開店家時她們都沒有要離席的意思），由此可知作者對於主婦們的行為反感。這個「のに」帶出了意外、不服的語感。

　第二段最後「彼女たちがストレスを発散させている間、待たされ続ける人たちのストレスがたまっていく」（可是在她們發洩壓力的同時，那些等待已久的人們壓力也正節節升高），帶有諷刺的感覺。所以作者很明顯地對於這些主婦感到不滿，正確答案是1。

　　建議先從四個選項抓出關鍵字，再回到原文對照作者是否有負面的看法。

　　「旦那や姑の愚痴を言ったりしてストレスを発散させたいのも分からないでもない」（我不是不知道她們想針對丈夫或是婆婆發發牢騷，發洩一下壓力）表示作者可以理解主婦們抒發壓力的行為，所以作者不滿的理由不是「抒發壓力」，而是「佔位」。所以正確答案是1，不是3。

　　作者對於排隊這件事只是單純敘述，並沒有添加個人的觀感。所以選項2錯誤。

　　並沒有批評小朋友，選項4也錯誤。

Answer **3**

68 筆者は子どもを育てる親には
何が必要だと考えているか。

1　レストランで子供が飽きたら、
食事の途中でも席を離れるこ
と。

2　愚痴を言ってストレスを発散
できる友だちを持つこと。

3　子どもの見本となる行動をと
ること。

4　旦那や姑に不満があっても、
外では言わずに我慢すること。

68 作者認為對養育小孩的父母而
言什麼是必須的呢？

1　在餐廳如果小孩厭煩了，即使
是用餐到一半也要離席。

2　要有能發牢騷發洩壓力的朋友。

3　行為要能當孩子的榜樣。

4　即使對丈夫或婆婆不滿，在外
面也要噤口忍耐。

□ ロケ【location】　外景拍攝

□ 先　地點，場所

□ ファミリーレストラン【family restaurant】　家庭式餐廳

□ ランチタイム【lunchtime】　午餐時間

□ 営業ドライバー【営業driver】　為了業務而開車的人

□ 目にする　看到，看見

□ 話し込む　只顧聊天，談得入神

□ ～連れ　（前接表示人的名詞）帶著，協同

□ 同士　（表性質相同的人）們

□ おぼしい　疑似是，好像是（常用文語「…とおぼしき」形式）

□ 一団　一群，一批

□ 済ませる　結束，完成

□ 気配　情形，樣子

□ 飽きる　厭煩，厭倦

□ 語り合う　相談，對話

□ 旦那　丈夫，先生

□ 姑　婆婆，先生的母親

這一題問的是作者對於子女教育的看法，答案就在第三段。

　　解題關鍵在「他のテーブルは次から次へと入れ替わっているのに、何も感じない、あるいは感じていても無視できる人が、子供を育てているとしたら。子供は間違いなく親のそんな姿を見て育つだろう。それでよいのか」（其他桌的客人一組換過一組，卻沒有任何感覺，或者是有了感覺卻無視於此，像這樣的人如果要養育小孩呢？小孩肯定會看著父母這種樣子而成長吧？這樣好嗎？）。作者認為小孩會看著父母的樣子長大，如果父母是對週遭事物毫不在乎的人，那對小孩來說是不好的。也就是說父母要以身作則，才能給小孩正面的影響。和這個想法最為接近的是選項3，父母的行為要能當小孩的榜樣。

選項1、2、4的敘述都是文章中沒提到的觀點，所以都不正確。

□ 愚痴（ぐち）牢騷，抱怨
□ 発散（はっさん）發洩（怒氣等）
□ 無視（むし）無視，忽視
□ 良識（りょうしき）健全的思考，健全的判斷力
□ 散らばる（ち）分散
□ 見本（みほん）榜樣，範本

翻譯與解題 ①

⚠ 重要文法

> 【名詞】＋上。表示「從這一觀點來看」的意思。相當於「…の方面では」。

❶ 上(じょう)　　從…來看、出於…、鑑於…上

例句 煙草(たばこ)は、健康上(けんこうじょう)の害(がい)が大(おお)きいです。

香菸對健康會造成很大的傷害。

> 【動詞否定形】＋ないでもない。表示某種行為或認識有可能成立。語氣上不是很積極。

❷ ないでもない　　也不是不…

例句 安(やす)くしてくれれば、買(か)わないでもない。

如果能算便宜一點，也不是不買。

> 【名詞だ；形容動詞詞幹だ；[形容詞・動詞]普通形】＋としたら。表示順接的假定條件。在認清現況或得來的信息的前提條件下，據此條件進行判斷。

❸ としたら　　如果…的話

例句 この制度(せいど)を実施(じっし)するとしたら、まずすべての人(ひと)に知(し)らせなければならない。

如果要實施這個制度，首先一定要通知大家。

> 【名詞；形容動詞詞幹；[形容詞・動詞]普通形】＋にもかかわらず。表示逆接。後項事情常是跟前項相反或相矛盾的事態。

❹ にもかかわらず　　雖然…、但是…

例句 良(よ)い商品(しょうひん)を揃(そろ)えているにもかかわらず、売上(うりあげ)が上(あ)がらない。

儘管備齊了各種優良產品，銷售依然沒有提升。

小知識大補帖

▶ 情緒相關的單字

單　字	意　思
うきうき （樂不可支）	楽しそうなことを期待して、うれしさのあまり落ち着いていられない様子 （盼望愉快的事情到來，高興得平靜不下來的樣子）
わくわく （興奮）	期待または心配などで、心が落ち着かず胸が騒ぐ様子 （因為期待或擔憂的事情，興奮得無法平靜下來的樣子）
楽しい （愉快）	満ち足りていて、愉快な気持ちである （很滿足，心情很愉快）
嬉しい （高興）	物事がうまくいって、満足できるようになり、明るく快い気持ちである （由於事情進展順利而感到滿意，快活愉悅的心理狀態）
有頂天 （得意忘形）	うれしくなって、何もかも忘れてしまい、じっとしていられない様子。冷静でないという否定的な意味でも使う。 （高興得忘了一切，欣喜若狂的樣子；也用在不夠冷靜的負面意思）
退屈（な） （無聊）	何もすることがなかったり、興味のあることがなくて、つまらない （無事可做，或是什麼都覺得沒意思，很無趣）
わびしい （寂寞）	ひっそりとして寂しかったり、見た感じがとても貧しかったりする様子 （幽靜寂寞的感覺，或是看起來顯得十分寒酸的樣子）
不機嫌（な） （不高興）	「機嫌がいい」の反対の意味で、楽しいことやいいことがなくて愉快でない様子 （跟「高興」的意思相反，因為沒有什麼高興的事或喜事，而心情不好的樣子）
むしゃくしゃ（と） （心情煩躁）	何か嫌なことや、腹の立つこととがあって、静かな気持ちでいられない様子 （遇到討厭或叫人生氣的事，致使心情無法平靜的樣子）
かっと （突然發怒）	激しい怒りの気持ちが急に起こる様子 （突然大發脾氣的樣子）

次の（1）から（3）の文章を読んで、後の問いに対する答えとして最もよい
ものを、1・2・3・4から一つ選びなさい。

（1）

　仕事がら私は、たくさんの論文を読まなくてはならない。
いろいろ読むと、こりゃわかりやすくてすごくうれしい論
文だ！というものと、これは難しいとイライラする論文が
ある。たしかに、難しい言葉が連発される（注1）とたいへん
だ。とくに、外国語の論文だと辞書をひかなくてはならない
から、もっとたいへん。

　Comestiblesという単語に出くわす。わからんぞと辞書を引
くと「食料品」とある。Foodと言わんかいオンドリャー！と
思わず言いたくなる。

　でも、こういうのは①本当の「難しい論文」ではない。
私にとって、本当に難しくて読みにくい論文というのは、構
成がはっきりしない論文のことだ。こういう論文は高名な学
者の書いたものの中にもある。ということは、彼らはわざと
やっているのだろうか？②構成がなかなかつかめないとどう
なるか。いま読んでいる箇所は筆者の主張なのだろうか、そ
れとも筆者が叩こう（注2）としている相手の主張なのだろう
か。そもそも筆者は、いくつの見解を検討しているんだろう
か。ここで出てきた問題は、さっきの問題と同じ問題なのか
違うのか。あああ、だんだん頭が混乱してきた。ムキー……
と、こういうことになる。

チャレンジ編

STEP 1

STEP 2

STEP 3

STEP 4

応用編

　読みづらいということは、難しい言葉で書かれていることではない。構成を見通すことができないということなのだ。キミたちや私が、その分野をリードする (注3) 最高峰の学者だったら、どんなに読みづらい論文を書いても、みんな我慢して読んでくれるだろう。③でも、それは少数者の特権 (注4) としておこう。

（戸田山和久『論文の教室　レポートから卒論まで』日本放送出版協会による）

（注1）連発される：連続して発される

（注2）叩く：打つ、ぶつということだが、ここでは批判するという意味

（注3）リードする：集団の先頭に立って進むこと

（注4）特権：特別な権利

60　筆者の考える①本当の「難しい論文」とは、どういうものか。

1　難しい外国語をたくさん使っているもの。

2　多くの学者の考えを並べて比較しているもの。

3　筆者の主張と、他の学者の主張に似ているところがあるもの。

4　筆者の主張しようとしていることが何かを理解するのが困難なもの。

61　②構成がなかなかつかめないとあるが、その例として筆者が挙げていないのはどれか。

1　今読んでいる部分とさっき読んだ部分は、テーマが違うのかどうか分からない。

2　検討している見解が多すぎるために、筆者の見解がどれなのか分からない。

3　筆者がいくつの説を比べているのか分からない。

4　今読んでいる箇所に書かれているのが誰の意見なのか分からない。

62　③でも、それは少数者の特権としておこうとあるが、ここで筆者が言いたいことは何か。

1　彼らは高名な学者だから、読みづらい論文を書くのは当然だ。

2　論文を書くのが苦手な学者は、早く有名になって特権を手に入れればよい。

3　自分たちは多くの人に読んでもらえるよう、読みやすい論文を書こう。

4　大部分の学者には、読みづらい論文を書いてもいい特権を与える必要はない。

(2)

　テレビでよく目撃 (注1) する光景ですが、犯罪で捕まった人について、「どんな人でした？」とインタビューすると、必ずといっていいほど、「そんなふうにはみえなかった」とか「よく挨拶してくれて真面目でいい人だった」などといった返事がかえってきますよね。あるいは、「まさか、わが子が……」みたいな話も、よく聞かれるわけです。

　これはまさに、この人間はこういう人なんだゾーというように、たったひとつの人格で他人のことをとらえている証拠 (注2) です。固定化された先入観 (注3) です。

　でも、①それはまったくちがうんですよ。

　実際には、どんな人間でもたくさんの人格、つまり②「役割」を演じて (注4) いるのです。だから役割理論と呼ぶんです。「演じる」というと少し違和感があるかもしれませんが、だれでもごく自然に、日常生活でいろんな人格を演じています。

　たとえば、会社にいきますよね。そうすると、××係長とか〇〇責任者とかいった肩書きがあって、名刺があります。自分専用の椅子があって、机があって、期待されている役割というものがあります。

　社会人として、その肩書きや役割に応じた人格というものがあるわけです。

　だから、どんなに陽気な人でも、会社でいきなり裸踊りをはじめたりはしないですよね。

　ところが、その人が自宅に帰って「ただいま」といった瞬間に、子供が「パパお帰りなちゃーい」とくるわけです。

　すると今度は、会社における人格とはまったくべつで、パパとしての自分を演じはじめるんです。

（竹内薫『９９．９％は仮説　思いこみで判断しないための考え方』光文社
新書による）

（注１）目撃：（その場で）実際にはっきり見ること
（注２）証拠：事実はこうだというための理由となるもの
（注３）先入観：思い込み
（注４）演じる：劇などの役を務める

63　①それとは何か。

1　ふだん目にしている姿や様子だけが、その人のすべてだと思うこと。

2　罪を犯す人は、表面上はみんな真面目に見えること。

3　親に信用されている子どもほど、悪いことをしやすいこと。

4　犯罪で捕まった人についてインタビューされた人は、必ず驚くこと。

チャレンジ編

STEP 1

STEP 2

STEP 3

STEP 4

応用編

64 ②「役割」を演じているの例として正しいものはどれ
か。

1　自分も今日から課長になるのだから、これからはもう少
し落ち着いて行動しなければいけないな。

2　自分でできるといって引き受けた仕事だから、絶対に完
成させます。

3　はじめて主役を務めるのだから、今度の舞台は必ず成功
させたい。

4　ゆうべの飲み会では、だんだん楽しくなってとうとう裸
踊りをしてしまった。

65 この文章で筆者がいちばん言いたいことは何か。

1　犯罪者でもいい人の部分があるのは、驚くべきことでは
ない。

2　私達は、この人はこういう人と思い込みがちだ。

3　人にはたくさんの面があり、その場に応じて使い分けて
いる。

4　他人について、先入観を持つのはいけないことだ。

(3)

　私が小・中学生の頃（三十年ほど前の話です）、理科の授業では、観察ということが特に強調されていたように思います（あるいは今でもそうかも知れません）。事実をありのまま（注1）に見て記述せよ。先入観を捨てて観察すれば、自然の中にひそむ（注2）法則を見出す（注3）事ができるに違いない。観察を強調する背景には、このような思想があったように思われます。観察される出来事は、すべてある特定の時と場所で起こる一回起性（注4）の出来事です。このような一回起性の出来事をいくつも観察して、そこから共通の事実を見出す事を①「帰納」と呼びます。また共通の事実は通常、「法則」と呼ばれます。帰納により正しい法則を見出す事こそ、科学者のとるべき方法であると主張する思想的立場が帰納主義です。これはまた、観察、すなわち経験を重視する立場でもありますから、②そちらにウェートを置く（注5）ときは、経験主義とも呼ばれます。

　あなたが、ある時、家の前を飛んでいるカラスをみたら黒かった、という経験をしたとします。また別のある時、お寺の屋根にとまっているカラスも黒かった、畑で悪さをしていたカラスも黒かった、というようないくつもの経験を重ねて、「カラスは黒い」という言明（注6）をしたとします。おおげさに言えば、あなたは③帰納主義的方法により法則を見出した事になります。

（池田清彦『構造主義科学論の冒険』講談社学術文庫による）

（注１）ありのまま：実際にあるとおり

（注２）ひそむ：隠れている

（注３）見出す：発見する

（注４）一回起性：一回だけ起こること

（注５）ウェートを置く：重視する

（注６）言明：言葉に出してはっきりと言うこと

66　①「帰納」の説明として、正しいものはどれか。

1　いくつかの法則を比較して、どれが最も事実に近いかを見出すこと。

2　いくつかの出来事を見比べて、どれにも当てはまる事実を見出すこと。

3　特定の場所と時間で起こる出来事を一回だけ観察して、法則を見出すこと。

4　自分が実際に見た出来事を、そのまま書き記すこと。

67　②そちらとは何か。

1　観察した結果から法則を見出すこと。

2　科学者のとるべき方法を主張すること。

3　科学者がいろいろなことを経験すること。

4　繰り返し見たり、聞いたり、やってみたりすること。

68 ③帰納主義的方法により法則を見出した例として近いも
のはどれか。

1　象は陸上で一番大きい動物だと図鑑に書いてあった。だ
から、今、動物園で見ている象も一番大きいに違いな
い。

2　日本人の平均寿命は約80歳だから、自分も80歳まで生き
られるに違いない。

3　あるレストランについて100人にアンケートしたところ、
全員がおいしいと答えたので、その店はおいしいに違い
ない。

4　「絶対おいしいご飯が炊ける方法」という本に書いてある
通りにご飯を炊いてみたから、このご飯はおいしいに違
いない。

STEP 1

STEP 2

STEP 3

STEP 4

チャレンジ編

応用編

次の（1）から（3）の文章を読んで、後の問いに対する答えとして最もよいものを、
1・2・3・4から一つ選びなさい。

（1）

　仕事がら私は、たくさんの論文を読まなくてはならない。いろいろ読むと、こりゃわかりやすくてすごくうれしい論文だ！というものと、これは難しいとイライラする論文がある。たしかに、難しい言葉が連発される（注1）とたいへんだ。とくに、外国語の論文だと辞書をひかなくてはならないから、もっとたいへん。

　Comestiblesという単語に出くわす。わからんぞと辞書を引くと「食料品」とある。Foodと言わんかいオンドリャー！と思わず言いたくなる。

　でも、こういうのは①本当の「難しい論文」ではない。**私にとって、本当に難しくて読みにくい論文というのは、構成がはっきりしない論文のことだ。**こういう論文は高名な学者の書いたものの中にもある。ということは、彼らはわざとやっているのだろうか？②構成がなかなかつかめないとどうなるか。**いま読んでいる箇所は筆者の主張なのだろうか、それとも筆者が叩こう（注2）としている相手の主張なのだろうか。そもそも筆者は、いくつの見解を検討しているんだろうか。ここで出てきた問題は、さっきの問題と同じ問題なのか違うのか。**あああ、だんだん頭が混乱してきた。ムキー……と、こういうことになる。

　読みづらいということは、難しい言葉で書かれていることではない。構成を見通すことができないということなのだ。**キミたちや私が、その分野をリードする（注3）最高峰の学者だったら、どんなに読みづらい論文を書いても、みんな我慢して読んでくれるだろう。**③でも、それは少数者の特権（注4）としておこう。

（戸田山和久『論文の教室　レポートから卒論まで』日本放送出版協会による）

（注1）連発される：連続して発される
（注2）叩く：打つ、ぶつけることだが、ここでは批判するという意味
（注3）リードする：集団の先頭に立って進むこと
（注4）特権：特別な権利

60題
關鍵句

61題
關鍵句

62題
關鍵句

請閱讀下列（1）～（3）的文章並回答問題。請從選項1・2・3・4當中選出一個最恰當的答案。

（1）

　　由於工作關係，我必須要看各式各樣的論文。看了許多下來，我發現有的論文會讓人覺得這淺顯易懂，是篇讓人開心的論文，也有論文讓人覺得這個好難，讀起來不耐煩。如果艱深用語不斷連發（注1），的確會讓人讀來辛苦。特別是讀外語論文一定要查字典，所以更加辛苦。

　　我偶然看到 Comestibles 這個單字。不曉得意思，翻了字典才發現是「食品」。這讓我不自覺想吐出「為什麼不說 Food 呢你這傢伙！」。

　　可是，這種不是①真正的「困難的論文」。對我而言，真正艱深難懂的論文是架構不明顯的論文。這種論文也會出現在著名的學者作品當中。這麼說起來，是他們刻意這樣寫的嗎？②不太能掌握架構會怎樣呢？現在在讀的地方是作者的主張？還是作者想針對對手的看法進行敲擊（注2）呢？話說回來作者到底是在探討幾個見解呢？這裡出現的問題，和剛剛的問題是一樣的還是不同的呢？啊啊啊，腦子漸漸地混亂起來。真火大…就會造成這樣的結果。

　　所謂的「不好讀」不是指用很難的字眼撰寫，而是指無法看透架構。如果你們和我都是引領（注3）該領域的頂尖學者，就算寫出來的論文再怎麼難讀，大家都還是會忍耐拜讀吧？③但要把它當成是少數人的特權（注4）喔。

（選自戶田山和久『論文教室　從報告到畢業論文』日本放送出版協會）

（注1）連發：接連發出
（注2）敲擊：原意是打、敲，在這裡指的是攻擊
（注3）引領：身處集團的前列而前進
（注4）特權：特別的權利

（側欄註解）

論文可以分成好讀的論文和難讀的論文。特別是用語艱深的外語論文讀來更辛苦。

承接上段，作者舉出用語艱深的外語論文的例子。

話題一轉，作者指出真正難懂的其實是架構不清的論文。

結論。作者以打趣的方式暗示讀者要寫好懂的論文。

IIII

翻譯與解題 ②

60 筆者の考える①本当の「難しい論文」とは、どういうものか。

1 難しい外国語をたくさん使っているもの。
2 多くの学者の考えを並べて比較しているもの。
3 筆者の主張と、他の学者の主張に似ているところがあるもの。
4 筆者の主張しようとしていることが何かを理解するのが困難なもの。
└文法詳見 P114

60 作者認為的①真正的「困難的論文」是什麼論文呢？

1 使用很多困難外語的論文。
2 並列並比較許多學者想法的論文。
3 作者的主張和其他學者的主張有相似之處的論文。
4 難以理解作者想主張的事物為何的論文。

---

61 ②構成がなかなかつかめないとあるが、その例として筆者が挙げていないのはどれか。

1 今読んでいる部分とさっき読んだ部分は、テーマが違うのかどうか分からない。
2 検討している見解が多すぎるために、筆者の見解がどれなのか分からない。
3 筆者がいくつの説を比べているのか分からない。
4 今読んでいる箇所に書かれているのが誰の意見なのか分からない。

61 文中提到②不太能掌握架構，作者沒有舉出的例子為何？

1 不知道現在讀到的部分和剛剛讀過的部分，主題有沒有一樣。
2 因為探討的見解太多了，不知道作者的見解到底是哪一個。
3 不知道作者正在比較幾個學說。
4 不知道現在讀到的地方所寫的究竟是誰的意見。

　　解題關鍵就在「私にとって、本当に難しくて読みにくい論文というのは、構成がはっきりしない論文のことだ」（對我而言，真正艱深難懂的論文是架構不明顯的論文）。接著舉出了幾個架構掌握不好的例子，說明這樣的論文只會讓讀者越讀越混亂。所以 4 是正確答案。

　　選項 2 雖然可以對應「そもそも筆者は、いくつの見解を検討しているんだろうか」（話説回來作者到底是在探討幾個見解呢），但這只是架構不明顯的論文帶來的其中一個壞處而已，作者並沒有説論文中如果出現許多學者想法就會很難懂。所以選項 2 是錯的。

　　選項 3 也是錯的。困難的論文是因為架構不明顯，讓人不懂哪個主張是哪個人的，並不是因為作者的主張很像其他學者的主張。

　　選項 4 對應文中「いま読んでいる箇所は筆者の主張なのだろうか、それとも筆者が叩こうとしている相手の主張なのだろうか」（現在在讀的地方是作者的主張？還是作者想針對對手的看法進行敲擊呢），這是文中有舉出的例子。

　　選項 3 對應「そもそも筆者は、いくつの見解を検討しているんだろうか」（話説回來作者到底是在探討幾個見解呢），這是文中有舉出的例子。

　　選項 1 對應「ここで出てきた問題は、さっきの問題と同じ問題なのか違うのか」（這裡出現的問題，和剛剛的問題是一樣的還是不同的呢），容易讓人搞不清楚問題究竟有沒有重複出現，這是文中有舉出的例子。

　　唯一沒有對應到本文的是選項 2。文章中沒有提到「検討している見解が多すぎる」（探討的見解太多了），所以答案是選項 2。

　　劃線部分在「でも、こういうのは本当の『難しい論文』ではない」（可是，這種不是真正的「困難的論文」）。這邊用「でも」和「ではない」否定「こういうの」，表示前面所説的都不是真正的困難論文。從「難しい言葉が連発される」（艱深用語不斷連發）、「とくに、外国語の論文」（特別是外語論文）可知「こういうの」是指使用很多艱深字眼，特別是用外語寫成的論文，而這樣的論文不是真正的困難論文。所以選項 1 是不正確的。

　　這一題考的是劃線部分，問的是劃線部分的舉例，並要小心題目問的是「作者沒有舉出的例子」。

---

62 ③でも、それは少数者の特権としておこうとあるが、ここで筆者が言いたいことは何か。

1 彼らは高名な学者だから、読みづらい論文を書くのは当然だ。

2 論文を書くのが苦手な学者は、早く有名になって特権を手に入れればよい。

3 自分たちは多くの人に読んでもらえるよう、読みやすい論文を書こう。

4 大部分の学者には、読みづらい論文を書いてもいい特権を与える必要はない。

62 文中提到③但要把它當成是少數人的特權喔，作者的這句話是想表示什麼呢？

1 他們是知名學者，所以寫難讀的論文也是理所當然的。

2 不擅長寫論文的學者只要盡快成名就能得到特權。

3 為了讓很多人讀我們的論文，來寫好讀的論文吧。

4 沒必要給大多數的學者可以寫難讀論文的特權。

□ こりゃ 「これは」的口語形式，表驚訝語氣

□ 連発 連發，接連發出

□ 出くわす 偶然遇見，碰到

□ 構成 架構

□ 高名 著名

□ 箇所 （特定的）地方，部分

□ 叩く 敲擊；批判

□ 見解 見解，看法

□ 混乱 混亂，雜亂

□ ムキー 擬聲擬態語，表憤怒之意

首先來看看「それ」，也就是「少数者の特権」是什麼。文章中如果出現「そ」開頭的指示詞，指的通常是前不久提到的人事物。「それ」就藏在劃線部分的上一句：「キミたちや私が、その分野をリードする最高峰の学者だったら、どんなに読みづらい論文を書いても、みんな我慢して読んでくれるだろう」（如果你們和我都是引領該領域的頂尖學者，就算寫出來的論文再怎麼難讀，大家都還是會忍耐拜讀吧）。「それ」就是指「読みづらい論文を書く」（寫難讀的論文）這個行為。而「少数者」指的就是「最高峰の学者」（頂尖學者）。

> ! 這一題考的是劃線部分的內容。劃線部分在文章最後一句：「でも、それは少数者の特権としておこう」（但要把它當成是少數人的特權喔）。不妨從這個段落找出答案。

> 至於其他選項，作者在文章當中都沒有提到這些論點，所以都是錯的。

寫難讀論文是頂尖學者的特權，這句話暗示「如果不是頂尖學者，寫出難懂的論文是沒有人要看的」。其實作者是想表示，如果想要大家看自己的論文，就要寫出好懂的論文，也就是架構要分明，不要讓讀者搞不清楚這篇論文的架構。選項 3 呼應了這點，正確答案是選項 3。

□ 見通す　看透

□ リード【lead】　引領，領導

□ 特権　特權

□ 説　學說；說法

翻譯與解題 ②

✏ 重要文法

> 【動詞意向形】＋ようとする。表示動作主體的意志、意圖。

❶ ようとする 　想…、打算…

例句 そのことを忘れようとしましたが、忘れられません。

我想把那件事給忘了，但卻無法忘記。

✏ 小知識大補帖

▶ 各種副詞

疑問	いったい（到底）、はたして（究竟）
否定	決して（絕不…）、必ずしも（未必）、とうてい（怎麼也（不）…）
依賴、命令、願望	ぜひ（務必）、なんとか（想辦法）、どうか（設法）、どうぞ（設法）
推測	たぶん（大概）、おそらく（恐怕）、さぞ（想必…）、まず（大體上）、どうも（似乎）、どうやら（彷彿）
傳聞	何でも（據説是…）
比喻	まるで（簡直像是）、あたかも（宛如）
感嘆	なんと（何等）、なんて（多麼）
條件、讓步	もし（如果）、万一（萬一）、かりに（假設）、たとえ（即使）、いくら（即使是…）、いかに（怎麼也）
評價	当然（當然）、あいにく（不湊巧）、さいわい（幸虧）、むろん（當然）、たまたま（碰巧）
發言	実は（其實）、いわば（可以説是…）、例えば（舉例來説）、概して（一般而言）
限定	特に（特別是…）、ことに（格外）、単に（只不過是…）

Memo

STEP 1

チャレンジ編

STEP 2

STEP 3

STEP 4

応用編

(2)

　テレビでよく目撃（注1）する光景ですが、犯罪で捕まった人について、「どんな人でした？」とインタビューすると、必ずといっていいほど、「そんなふうにはみえなかった」とか「よく挨拶してくれて真面目でいい人だった」などといった返事がかえってきますよね。あるいは、「まさか、わが子が……」みたいな話も、よく聞かれるわけです。

└文法詳見 P122

63題 關鍵句

　これはまさに、この人間はこういう人なんだゾーというように、**たったひとつの人格で他人のことをとらえている証拠**（注2）**です。固定化された先入観**（注3）**です。**

　でも、①それはまったくちがうんですよ。

64題 關鍵句

　実際には、どんな人間でもたくさんの人格、つまり②「役割」を演じて（注4）**いるのです。だから役割理論と呼ぶんです。**「演じる」というと少し違和感があるかもしれませんが、**だれでもごく自然に、日常生活でいろんな人格を演じています。**

65題 關鍵句

　たとえば、会社にいきますよね。そうすると、××係長とか○○責任者とかいった肩書きがあって、名刺があります。自分専用の椅子があって、机があって、期待されている役割というものがあります。

　社会人として、その肩書きや役割に応じた人格というものがあるわけです。

└文法詳見 P122

　だから、どんなに陽気な人でも、会社でいきなり裸踊りをはじめたりはしないですよね。

　ところが、その人が自宅に帰って「ただいま」といった瞬間に、子供が「パパお帰りなちゃーい」とくるわけです。

　すると今度は、会社における人格とはまったくべつで、パパとしての自分を演じはじめるんです。

（竹内薫『99．9％は仮説　思いこみで判断しないための考え方』光文社新書による）

（注1）目撃：(その場で) 実際にはっきり見ること
（注2）証拠：事実はこうだというための理由となるもの
（注3）先入観：思い込み
（注4）演じる：劇などの役を務める

(2)

電視上常常可以目睹（注1）這種畫面吧？針對被捕的罪犯，訪問人們「他是怎樣的人呢」的時候，幾乎是每個人都一定會這麼回答：「看不出來他會做這種事」、「他常常跟我們打招呼，是個老實的好人」，或是「我們家的孩子怎麼可能會…」，這樣的發言也經常可以聽到。

> 作者以採訪罪犯週遭的人為例，帶出整篇文章的話題。

這簡直就像是在說「這個人就是這樣的人喔」，是只以一個人格就來評斷他人的證據（注2）。是僵化的先入為主的觀念（注3）。

> 承接上段，作者認為單憑一個人格就對整個人下定論，是種僵化的先入為主的觀念。

然而，事情並非①如此。

> 話題轉折。

事實上，不管是什麼樣的人都在扮演（注4）許多的人格，也就是②扮演「角色」。所以我們才稱之為角色理論。用「扮演」這個詞或許會覺得有點怪怪的，不過，不管是誰都非常自然地，在日常生活當中扮演各式各樣的人格。

> 作者指出每個人在日常生活中都扮演許多角色。

比如說，我們會去公司上班吧？如此一來，就會有××股長、○○負責人這些頭銜，以及名片。有自己專用的椅子、辦公桌，有被寄予厚望的角色。

> 承接上段，舉例說明。

做為一個社會人士，當然就有符合該頭銜或角色的人格。

> 承接上段，說明社會人士在工作時有其相應的人格。

因此，再怎麼開朗的人，也不會在公司突然就脫光光跳起舞來對吧？

不過，這種人回到自家，一說「我回來了」，他的小孩就會回應「爸爸你肥來囉」。

> 再度舉例，有孩子的社會人士下班回家後的情形。

如此一來，這回就和在公司的人格有著天壤之別，開始扮演身為爸爸的自己。

> 承接上段，此人的身份又從社會人士轉換成孩子的父親。

（選自竹內薫『99.9%是假説 不靠固執念頭來下判斷的思考方式』光文社新書）

（注1）目睹：（在現場）實際清楚地看見
（注2）證據：說明事情就是如此，可以成為理由的東西
（注3）先入為主的觀念：固執念頭
（注4）扮演：擔任戲劇等的角色

63 ①それとは何か。

1 ふだん目にしている姿や様子だけが、その人のすべてだと思うこと。

2 罪を犯す人は、表面上はみんな真面目に見えること。

3 親に信用されている子どもほど、悪いことをしやすいこと。

4 犯罪で捕まった人についてインタビューされた人は、必ず驚くこと。

63 ①如此指的是什麼呢？

1 認為平時看到的姿態或樣子，就是這個人的全貌。

2 犯罪的人表面上看起來都是老實人。

3 越是被父母信賴的小孩，越容易做壞事。

4 針對犯罪被捕的人進行採訪，受訪者都一定會吃驚。

64 ②「役割」を演じているの例として正しいものはどれか。

1 自分も今日から課長になるのだから、これからはもう少し落ち着いて行動しなければいけないな。

2 自分でできるといって引き受けた仕事だから、絶対に完成させます。

3 はじめて主役を務めるのだから、今度の舞台は必ず成功させたい。

4 ゆうべの飲み会では、だんだん楽しくなってとうとう裸踊りをしてしまった。

64 下列哪一個是②扮演「角色」的正確舉例呢？

1 我也是從今天開始當上課長，所以今後必須較為冷靜地採取行動了啊。

2 這是我表示自己可以辦得到而接下的工作，所以一定會完成它。

3 這是我第一次擔任主角，所以一定要讓這次的演出成功。

4 昨晚的飲酒聚會上玩得越來越開心，終於裸體跳舞了。

解題關鍵就在第二段。這個「それ」指的是「たったひとつの人格で他人のことをとらえている」（只以一個人格就來評斷他人的證據），也就是「固定化された先入観」（僵化的先入為主的觀念）。

正確答案是1。只看到一個人平時的樣子，就認為這就是他的全部，這個敘述可以對應到「たったひとつの人格で他人のことをとらえている」（只以一個人格就來評斷他人的證據）。

選項4錯誤，因為這個敘述是「固定化された先入観」（僵化的先入為主的觀念），只是「それ」的一個例子而已。

① 這一題問的是劃線部分的內容。劃線部分在第三段：「でも、それはまったくちがうんですよ」（然而，事情並非如此）。「そ」開頭的指示詞指的就是不久前提到的人事物，可以回到前文去找出「それ」的實際內容。

選項2不正確。文章裡面雖然有提到常有人覺得罪犯看起來是個老實人，但並沒有說每個罪犯看起來都很老實。

選項3不正確。文章通篇都沒有提到越是被父母信任的小孩就越會做壞事。

選項1是正確答案。考量到自己晉升為課長，應該要冷靜行事才有主管的樣子。

選項2和「扮演角色」沒什麼關係，所以不是正確的例子。

選項3的「主角」是指舞台上的主角，不是指日常生活中的角色、人格，所以也不是一個很適合的例子。

選項4是錯的。這個選項敘述和所謂的「角色」、「人格」並無關聯。出題者只是想用在文章中出現過的「裸踊り」（裸體跳舞）這個單字來設陷阱。

① 這一題問的是劃線部分。必須先弄清楚劃線部分的意思，才能正確地選出適當的例子。

劃線部分「実際には、どんな人間でもたくさんの人格、つまり『役割』を演じているのです」（事實上，不管是什麼樣的人都在扮演許多的人格，也就是扮演「角色」）。作者提出了「扮演角色」的論點，接著舉例說明。由此可見，「『役割』を演じている」（扮演「角色」）就是指人們會順應不同的時間、場合、對象，去表現出他在當下應該有的樣子。

65 この文章で筆者がいちばん言いたいことは何か。

1 犯罪者でもいい人の部分があるのは、驚くべきことではない。

2 私達は、この人はこういう人と思い込みがちだ。

3 人にはたくさんの面があり、その場に応じて使い分けている。

4 他人について、先入観を持つのはいけないことだ。

65 這篇文章當中作者最想表達的是什麼呢？

1 即使是罪犯也有好人的一面，不必驚訝。

2 我們容易有「這個人就是這樣的人」的先入為主的觀念。

3 人有很多面相，且順應場合分別使用。

4 對於他人不應該有著先入為主的觀念。

□ 目撃 目睹

□ あるいは 或是

□ まさか 怎能，怎會

□ まさに 就像是，簡直

□ 人格 人格；人品

□ とらえる 抓住，捕捉

□ 証拠 證據

□ 固定化 僵化；固定

□ 先入観 先入為主的觀念；成見

□ 役割 角色

□ 演じる 扮演

□ 理論 理論

□ 違和感 不對勁的感覺

□ 係長 股長

□ 肩書き 頭銜；地位

□ 専用 專用，專屬

□ 陽気 活潑；熱鬧

　這篇文章以「役割理論」（角色理論）貫穿全文。開頭提出受訪者對於罪犯的印象，只是一個引言，用來帶出主題「角色理論」而已。所以和「犯罪者」有關的敘述不可能是這篇文章的整體重點，選項1是錯的。

　選項2也是錯的。它對應到「これはまさに、この人間はこういう人なんだゾーというように、たったひとつの人格で他人のことをとらえている証拠です」（這簡直就像是在説「這個人就是這樣的人喔」，是只以一個人格就來評斷他人的證據）。這是作者為了引出本文重點「役割理論」，才提到「固定化された先入観」（僵化的先入為主的觀念），而這並不是全文的重點所在。

　選項4錯誤的地方在「先入観を持つのはいけない」（不應該有著先入為主的觀念）。作者提到「先入観」的時候並沒有加入個人的是非評論，也沒有要讀者不要抱持這種先入為主的觀念。

　這一題問的是作者最想表達的內容，也就是文章的主旨。可以用刪去法來作答。

　正確答案是選項3。這對應「だれでもごく自然に、日常生活でいろんな人格を演じています」（不過，不管是誰都非常自然地，在日常生活當中扮演各式各樣的人格），表示我們會在日常生活中扮演各式各樣的人格。

□ いきなり　突然
□ 瞬間（しゅんかん）　瞬間，剎那
□ 落ち着く（おちつく）　冷靜，沉著
□ 行動（こうどう）　行動；行為
□ 引き受ける（ひきうける）　接下；承擔
□ 主役（しゅやく）　主角，中心人物
□ 思い込む（おもいこむ）　認定，確信
□ 面（めん）　面相，樣子

翻譯與解題 ②

✓ 重要文法

【形容動詞詞幹な；[形容詞・動詞]普通形】＋わけだ。表示按事物的發展，事實、狀況合乎邏輯地必然導致這樣的結果。

❶ **わけだ** 當然…、怪不得…

例句 学生時代にスケート部だったから、スケートが上手なわけだ。

學生時代是溜冰社團團員，難怪溜冰這麼拿手。

【名詞】＋に応じて。表示按照、根據。前項作為依據，後項根據前項的情況而發生變化。

❷ **に応じて／に応じた**

根據…、按照…

例句 選手の水準に応じて、トレーニングをやらせる。

根據選手的程度，做適當的訓練。

✓ 小知識大補帖

▶ **各種性格的說法**

【あ行】		
明るい（開朗的）	いい加減な（隨便的，敷衍的）	落ち着きがない（不穩重的）
温かい（溫暖的，熱情的）	怒りっぽい（易怒的）	おとなしい（老實的，乖巧的）
甘えん坊（愛撒嬌的）	おしゃべりな（健談的；長舌的；大嘴巴）	
【か行】		
かたくるしい（拘謹的，古板的）	頑固な（頑固的）	きつい（苛薄的；難相處的）
勝ち気な（好強的）	気が強い（好強的）	きまじめな（一本正經的）
変わった（古怪的）	気が弱い（懦弱的）	暗い（陰沉的）
けちな（吝嗇的）		

チャレンジ編

STEP 1

STEP 2

STEP 3

STEP 4

応用編

【さ行】

しつこい（固執煩人的）	親切な（親切的）
小心者（膽小的人）	せっかちな（性急的）

【た行】

頼りない（不可靠的）	単純な（單純的）	でしゃばりな （愛管閒事的；愛出風頭的）
だらしない（散漫的）	調子に乗りやすい （容易得意忘形的）	鈍感な（遲鈍的）
短気な（個性急躁的）	冷たい（冷酷的）	

【な行】

泣き虫（愛哭鬼）	涙もろい（愛哭的）	鈍い（遲鈍的）
生意気な（自大狂妄的）	なれなれしい （愛裝熟的）	のんきな （悠哉的，慢郎中）

【は行】

激しい （情緒激動的）	反抗的な （愛唱反調的）	ぼーっとした （反應慢的，不機伶的）
八方美人 （八面玲瓏）	ふざけた （愛開玩笑的，胡鬧的）	

【ま行】

負けず嫌いな （好勝心重的）	無口な（沉默寡言的）	面倒くさがりな （怕事的，怕麻煩的）
真面目な（認真的）	無責任な（沒責任感的）	

【ら行】

ルーズな（不嚴謹的，隨便的）

(3)

　私が小・中学生の頃（三十年ほど前の話です）、理科の授業では、観察ということが特に強調されていたように思います（あるいは今でもそうかも知れません）。事実をありのまま（注1）に見て記述せよ。先入観を捨てて観察すれば、自然の中にひそむ（注2）法則を見出す（注3）事ができるに違いない。観察を強調する背景には、このような思想があったように思われます。観察される出来事は、すべてある特定の時と場所で起こる一回起性（注4）の出来事です。このような一回起性の出来事をいくつも観察して、そこから共通の事実を見出す事を①「帰納」と呼びます。また共通の事実は通常、「法則」と呼ばれます。帰納により正しい法則を見出す事こそ、科学者のとるべき方法であると主張する思想的立場が帰納主義です。これはまた、観察、すなわち経験を重視する立場でもありますから、②そちらにウェートを置く（注5）ときは、経験主義とも呼ばれます。

　あなたが、ある時、家の前を飛んでいるカラスをみたら黒かった、という経験をしたとします。また別のある時、お寺の屋根にとまっているカラスも黒かった、畑で悪さをしていたカラスも黒かった、というようないくつもの経験を重ねて、「カラスは黒い」という言明（注6）をしたとします。おおげさに言えば、あなたは③帰納主義的方法により法則を見出した事になります。

66題
關鍵句

67題
關鍵句

68題
關鍵句

（池田清彦『構造主義科学論の冒険』講談社学術文庫による）

（注1）ありのまま：実際にあるとおり
（注2）ひそむ：隠れている
（注3）見出す：発見する
（注4）一回起性：一回だけ起こること
（注5）ウェートを置く：重視する
（注6）言明：言葉に出してはっきりと言うこと

チャレンジ編

STEP 1

STEP 2

STEP 3

STEP 4

応用編

(3)

　　還記得在我小學、中學時期（大約是三十年前的事了），理科課堂上會特別強調觀察這個動作（或許現在也還是這樣）。把事實據實（注1）地觀看記錄下來！只要拋開成見進行觀察，就一定能將潛藏（注2）在自然當中的定律給找出來（注3）。在強調觀察的背後，總覺得似乎存在著這樣的思想。觀察的事件全是在某個特定時間、地點的一次性（注4）事件。觀察好幾個這樣的一次性事件，從中找出共通的事實，就叫做①「歸納」。此外，共通的事實通常稱為「定律」。主張科學家應該經由歸納找出正確的定律，這種思維的觀點就是歸納主義。由於這也是重視觀察，也就是經驗的觀點，所以，著重（注5）②這點時，也稱為經驗主義。

歸納主義就是藉由觀察幾個一次性事件，然後從中找出規則定律。

　　假設你看過飛過家門前的烏鴉是黑色的。此外，你有一次看到停在寺廟屋簷上的烏鴉也是黑色的，而在田裡作亂的烏鴉也是黑色的。像這樣的經驗重複幾次之後，你斷言（注6）「烏鴉是黑色的」。說得誇張一點，你就是③用歸納主義的方法找出定律。

舉觀察烏鴉顏色的例子解釋歸納主義。

（選自池田清彥『構造主義科學論的冒險』講談社學術文庫）

（注1）據實：如同實際情況
（注2）潛藏：隱藏
（注3）找出來：發現
（注4）一次性：只發生一次
（注5）著重：重視
（注6）斷言：化作言語明確地說出

---

66 ①「帰納」の説明として、正しいものはどれか。

1 いくつかの法則を比較して、どれが最も事実に近いかを見出すこと。

2 いくつかの出来事を見比べて、どれにも当てはまる事実を見出すこと。

3 特定の場所と時間で起こる出来事を一回だけ観察して、法則を見出すこと。

4 自分が実際に見た出来事を、そのまま書き記すこと。

66 關於①「歸納」的説明，下列何者正確？

1 比較幾個定律，找出哪一個是最接近事實的。

2 比較幾個事件，找出一個符合全體的事實。

3 只觀察一次在特定地點、時間發生的事件，找出定律。

4 將自己實際上看到的事件，如實記錄下來。

---

67 ②そちらとは何か。

1 観察した結果から法則を見出すこと。

2 科学者のとるべき方法を主張すること。

3 科学者がいろいろなことを経験すること。

4 繰り返し見たり、聞いたり、やってみたりすること。

67 ②這點指的是什麼呢？

1 從觀察到的結果找出定律。

2 主張科學家應該採取的方法。

3 科學家經歷過各式各樣的事物。

4 反覆看、反覆聽、反覆做。

選項1錯誤的地方在「いくつかの法則を比較して」（比較幾個定律），歸納應該是要觀察事件找出定律，而不是比較定律。

選項2是正確答案。剛好對應「このような一回起性の出来事をいくつも観察して、そこから共通の事実を見出す事を『帰納』と呼びます」（觀察好幾個這樣的一次性事件，從中找出共通的事實，就叫做「歸納」）。

選項3是錯的。錯誤的地方在「一回だけ観察して」（只觀察一次），原文說的是要多觀察幾個一次性事件，而不是說只要觀察一次。

選項4也是錯的。對應「事実をありのままに見て記述せよ」（把事實據實地觀看記錄下來），但這只是在說明觀察的方法而已，並不是「歸納」的說明。

這一題考的是劃線部分的意思。劃線部分「このような一回起性の出来事をいくつも観察して、そこから共通の事実を見出す事を『帰納』と呼びます」（觀察好幾個這樣的一次性事件，從中找出共通的事實，就叫做「歸納」），這句話在解釋劃線部分，也就是「歸納」的意思。

選項1是指歸納主義，而不是經驗主義，所以錯誤。

選項2也是在說明歸納主義，並不是經驗主義，所以也錯誤。

選項3雖然有提到「経験」，不過從原文「観察、すなわち経験を重視する」（重視觀察，也就是經驗的觀點）可以得知，這個「經驗」指的是「觀察」，而不是要經歷過各式各樣的事物。所以選項3也是錯的。

選項4是正確答案。「繰り返し見たり、聞いたり、やってみたりする」（反覆看、反覆聽、反覆做）呼應「観察」。

劃線部分「これはまた、観察、すなわち経験を重視する立場でもありますから、そちらにウェートを置くときは、経験主義とも呼ばれます」（由於這也是重視觀察，也就是經驗的觀點，所以，著重這點時，也稱為經驗主義）。「これ」指的是上一句句尾提到的歸納主義。而這個「そちら」是什麼呢？「そ」開頭的指示詞指的都是不久前才提到的事物，指的就是「観察、すなわち経験を重視する立場」（重視觀察，也就是經驗的觀點）。

68 ③帰納主義的方法により法則を見出した例として近いものはどれか。

1 象は陸上で一番大きい動物だと図鑑に書いてあった。だから、今、動物園で見ている象も一番大きいに違いない。

2 日本人の平均寿命は約80歳だから、自分も80歳まで生きられるに違いない。

3 あるレストランについて100人にアンケートしたところ、全員がおいしいと答えたので、その店はおいしいに違いない。

4 「絶対おいしいご飯が炊ける方法」という本に書いてある通りにご飯を炊いてみたから、このご飯はおいしいに違いない。

68 最接近③用歸納主義的方法找出定律的例子是什麼呢?

1 圖鑑上寫說大象是陸地上最大的動物。所以現在在動物園看到的大象也一定是最大的。

2 日本人的平均壽命大概是 80 歲,所以自己肯定也能活到 80 歲。

3 針對某間餐廳對 100 人進行問卷調查,結果全部的人都回答「很好吃」,這間店一定很美味。

4 試著按照「絕對能煮出好飯的方法」這本書所寫的方式煮飯,所以煮出來的飯肯定很好吃。

□ 観察 觀察,仔細查看

□ 強調 強調,極力主張

□ 事実 事實

□ ありのまま 據實

□ 記述 記錄,記述

□ ひそむ 潛藏,隱藏

□ 法則 定律,規則

□ 見出す 發現,找出來

□ 思想 思想,思維

□ 特定 特定,特別指定

□ 共通 共通

□ 帰納 歸納,歸結

□ 通常 通常,一般

□ 主義 主義,對事物或原理的基本主張

□ ウェート【weight】 重點;重量

選項 1、2、4 都是錯的。三個選項是由定律「象は陸上で一番大きい動物だ」（大象是陸地上最大的動物）、「日本人の平均寿命は約80歳」（日本人的平均壽命大概是80歲）、「『絶対おいしいご飯が炊ける方法』という本に書いてある通り」（按照「絕對能煮出好飯的方法」這本書所寫的方式）來推估「今、動物園で見ている象も一番大きいに違いない」（現在在動物園看到的大象也一定是最大的）、「自分も80歳まで生きられる」（自己也能活到80歲）、「このご飯はおいしい」（煮出來的飯很好吃）。這個順序和歸納主義所說的「觀察好幾件事情，找出通則得到定律」剛好相反。

正確答案是選項 3。透過好幾人的問卷調查，從中得到「おいしい」這個共通的答案，因此可以斷定這家餐廳很好吃。這樣的推論有符合歸納主義。

> 這一題要用刪去法來作答。

> 這一題要先知道劃線部分的意思，才能判斷例子是否恰當。劃線部分在最後一句：「おおげさに言えば、あなたは帰納主義的方法により法則を見出した事になります」（說得誇張一點，你就是用歸納主義的方法找出定律）。這句話的作用是總結前面所說的內容，而前面的內容則是「いくつもの経験を重ねて、『カラスは黒い』という言明をしたとします」（像這樣的經驗重複幾次之後，你斷言「烏鴉是黑色的」），這樣的斷定方式，就是「帰納主義的方法により法則を見出した」（用歸納主義的方法找出定律）。

□ カラス【Corvus】　烏鴉
□ 畑（はたけ）　田地，旱田
□ 悪（わる）さ　惡劣行為
□ 言明（げんめい）　斷言
□ おおげさ　誇張，誇大

翻譯與解題 ②

❷ 重要文法

【名詞の；この／その／あの；形容詞普通形；形容動詞詞幹な；動詞た形；動詞否定形】＋まま。表示原封不動的樣子，或是在某個不變的狀態下進行某件事情。

❶ まま 就這樣…

例句 そのまま、置いといてください。

請這樣放著就可以了。

【名詞；形容動詞詞幹；[形容詞・動詞]普通形】＋に違いない。表示說話人根據經驗或直覺，做出非常肯定的判斷。常用在自言自語的時候。

❷ に違いない 一定是…、准是…

例句 この写真は、ハワイで撮影されたに違いない。

這張照片，肯定是在夏威夷拍的。

【名詞；動詞て形】＋こそ。
(1) 表示特別強調某事物。
(2) 表示強調充分的理由。前面常接「から」或「ば」。

❸ こそ 正是…、正(因為)…才…

例句 誤りを認めてこそ、立派な指導者と言える。

唯有承認自己的錯，才叫了不起的領導者。

---

❷ 小知識大補帖

▶ 和「看」相關的單字

單字・慣用句等	意　思	例　句
一望 （一望）	一目で見渡すこと （一眼望去）	晴れた日にはここから富士山の全景が一望できる。 （晴天時從這裡可以一望富士山全景。）

チャレンジ編

STEP 1

STEP 2

STEP 3

STEP 4

応用編

眺望 （眺望）	遠くを眺めること （瞭望遠處）	頂上からの眺望がすばらしい。 （從山頂眺望出去的景色很美。）
着目 （著眼）	特に注意して見ること （特別留神去看）	以下の点に着目して調査を進める。 （著眼於以下幾點進行調查。）
目撃 （目撃）	その場にいて、実際に目で見ること （在現場親眼看到）	多くの人がその引き逃げ事件を目撃した。 （很多人目撃到那場肇事逃逸事件。）
見詰める （凝視・盯看）	眼を離さないでじっと見続ける （不移開視線，一直盯著）	そんなに見詰めないでください。 （請不要一直盯著我瞧。）
見とれる （看得入迷）	心を奪われて、じっと見る （失了神地一直觀看）	奇麗な夕日に見とれてバスに乗り遅れた。 （看漂亮的夕陽看得入迷，導致沒趕上公車。）
あおぎ見る （仰望）	顔を上のほうに向けて見る （臉朝上而看）	顔を上げて、空を仰ぎ見る。 （抬起臉來仰望天空。）
垣間見る （窺視）	隙間から、ちょっと見る。物事の様子のわずかな面を知る。 （從縫隙間稍微看到；只知道事物一部分的樣貌）	絵本を通じて、子どもの心を垣間見る。 （透過繪本，窺見孩子們的心靈。）
睨み付ける （瞪視）	怖い目で、じっと見る （用恐怖的眼神一直看著）	妻は私をじっと睨み付けた。 （太太一直瞪我。）
食い入るよう （緊盯貌）	視線が深く入り込むように、じっと見る様子 （視線彷彿深入望穿一般，一直注視的樣子）	生徒たちは先生の顔を食い入るように見つめていた。 （學生們緊盯著老師的臉看。）

きょろきょろ（睜大雙眼尋視）	落ち着きなく、周りを見る様子（靜不下心來，環顧四周的樣子）	試験中にきょろきょろするな。（考試中不要四處張望。）
しげしげ（仔細地）	じっと、よく見る様子（一直仔細盯視的樣子）	相手の顔をしげしげと見つめる。（仔細地注視對方的臉。）
目を配る（四處查看）	よく気をつけて、あちこちを見る（仔細留意，查看各處）	細かいところにまで目を配る。（連小地方都注意到了。）
目を注ぐ（留心注視）	気をつけて、じっと見る（小心且不停地觀看）	全局に目を注ぐ。（留心注視整個局勢。）
目を光らせる（嚴密監視）	悪いことができないように、厳しく監視する（嚴加監視慎防作惡）	過激派の動きに監視の目を光らせる。（嚴密監視過激份子的一舉一動。）
目を皿のようにする（睜大雙眼）	目を大きく見開いて、よく見る（睜大眼睛好好地看）	目を皿のようにして探し回る。（睜大雙眼到處尋找。）
高みの見物（作壁上觀）	傍観者、あるいは第三者の立場で、ゆとりを持って物事を眺めること（站在旁觀者或是第三者的立場悠哉地遠眺事物）	少年たちのけんかに高みの見物をきめこんでいた。（對於少年們的打架爭執故意作壁上觀。）

▶ 閱讀

この中に読みたい本はありますか。
這些書裡面有沒有你想看的呢？

これが読みたいです。
我想看這一本。

教授が新しい本を出した。
教授的新書出版了。

役に立つことが書いてあるから。
這裡面記載著對你有所助益的內容。

難しくて何回読んでも分からない。
這本書太難了，即使反覆閱讀還是看不懂。

読んだ本をもとの所においた。
把看完的書歸回了原位。

本は買わないでなるべく図書館から借ります。
不要自己掏錢買書，盡量去圖書館借閱。

この間貸してあげた本、読み終わったら返してね。
上次我借你的那本書，看完後要還我哦！

スペイン語の本を探しているんですが、どこで売っていますか。
我正在找西班牙文的書，你知道哪裡有賣嗎？

子どもが寝る前に本を読んであげます。
在孩子睡覺前唸書給他聽。

本屋でいろいろな雑誌が並んでいます。
書店裡陳列著各種類型的雜誌。

この雑誌は毎週月曜日に売り出されます。
這本雜誌每周一上架販售。

電車の中で新聞や雑誌を読んでいる人が多い。
有很多人都會在電車裡看雜誌或報紙。

最近は雑誌ばかり読んで小説はあまり読まなくなった。
最近淨看些雜誌，幾乎沒有看小説了。

漫画ばかり読んでいてはだめだよ。
不要老是看漫畫哦。

毎朝、新聞を読んでから会社へ行きます。
我每天早上都會先看完報紙再去公司。

時間はなくて新聞も読めない。
時間根本不夠，連報紙也沒辦法看。

新聞を読むのは日本語の勉強のためにとてもいいです。
閱讀報紙對於學習日語是很有幫助的。

挑戦篇

チャレンジ編

STEP

3

次のAとBはそれぞれ、餅について書かれた文章である。二つの文章を読んで、後の問いに対する答えとして最もよいものを、1・2・3・4から一つ選びなさい。

A

　　親戚から餅つき（注1）の機械をもらいました。私は一人暮らしなので、この機械で1回にできる量を全部食べるのには何日もかかります。お餅は長く置いておくとかびが生えたりひび割れたりしてしまうので、最初はいらないと断りました。でも、その親戚がよいお餅の保存方法を教えてくれました。お餅がつけたら、ビニール袋にすみまできちんと詰めて置いておき、さめたら空気が入らないように閉じてすぐ冷凍すると、長持ち（注2）するそうです。解凍してそのまま食べるか、冷凍のまま焼いて食べればよいということでした。それを聞いて、機械をもらうことにしました。早速、今度の休みにこの機械を使ってお餅をつこうと思います。

B

　　日本のお正月といえば、お餅ですね。でも、毎日食べていると飽きてくるものです。長く置いておいて、かびが生えたりひび割れたりしてしまわないうちに、工夫して早く食べきってしまいましょう。お餅の食べ方というと、あんこかきなこか、さもなければ（注3）お雑煮ばかりになっていませんか。お餅は、ほかにもいろいろおいしい食べ方があるのです。たとえば、納豆をからめた納豆餅と、枝豆のあんをからめたずんだ餅は、東北地方では一般的なお餅です。お餅にチーズなどピザの具を載せてピザ風にしたり、大根おろしと醤油で食べたりしてもおいしいですよ。それでも食べきれないときは、小さく切ったものを焼いたり揚げたりすれば、おいしいおやつになります。

（注1）餅つき：餅をつくこと。餅をつくとは、炊いたもち米を強く
　　　　　打って押しつぶし、餅にすること

（注2）長持ち：よい状態を長く保つこと

（注3）さもなければ：そうでなければ

69　AとBのどちらの文章にも触れられている点は何か。

1　お餅の食べ方にはどんなものがあるか。

2　お餅を長持ちさせるにはどうすればよいか。

3　多すぎるお餅をどうすればよいか。

4　おいしいお餅を作るにはどうすればよいか。

70　AとBの文章の最大の違いは何か。

1　Aはお餅の冷凍について述べており、Bはお餅の一般的
　　な食べ方を述べている。

2　Aは餅つきの機械について述べており、Bはお餅の変わっ
　　た食べ方を述べている。

3　Aはお餅の保存方法について述べており、Bはお餅を早
　　く食べ終わる工夫を述べている。

4　Aは餅つきの機械について述べており、Bはお餅の一般
　　的な食べ方を述べている。

次のAとBはそれぞれ、餅について書かれた文章である。二つの文章を読んで、後の問いに対する答えとして最もよいものを、1・2・3・4から一つ選びなさい。

A

　　　親戚から餅つき（注1）の機械をもらいました。私は一人暮らしなので、この機械で1回にできる量を全部食べるのには何日もかかります。お餅は長く置いておくとかびが生えたりひび割れたりしてしまうので、最初はいらないと断りました。でも、その親戚がよいお餅の保存方法を教えてくれました。お餅がつけたら、ビニール袋にすみまできちんと詰めて置いておき、さめたら空気が入らないように閉じてすぐ冷凍すると、長持ち（注2）するそうです。解凍してそのまま食べるか、冷凍のまま焼いて食べればよいということでした。それを聞いて、機械をもらうことにしました。早速、今度の休みにこの機械を使ってお餅をつこうと思います。

69題関鍵句

70題関鍵句

B

　　　日本のお正月といえば、お餅ですね。でも、毎日食べていると飽きてくるものです。長く置いておいて、かびが生えたりひび割れたりしてしまわないうちに、工夫して早く食べきってしまいましょう。お餅の食べ方というと、あんこかきなこか、さもなければ（注3）お雑煮ばかりになっていませんか。お餅は、ほかにもいろいろおいしい食べ方があるのです。たとえば、納豆をからめた納豆餅と、枝豆のあんをからめたずんだ餅は、東北地方では一般的なお餅です。お餅にチーズなどピザの具を載せてピザ風にしたり、大根おろしと醤油で食べたりしてもおいしいですよ。それでも食べきれないときは、小さく切ったものを焼いたり揚げたりすれば、おいしいおやつになります。

69,70題関鍵句

（注1）餅つき：餅をつくこと。餅をつくとは、炊いたもち米を強く打って押しつぶし、餅にすること

（注2）長持ち：よい状態を長く保つこと

（注3）さもなければ：そうでなければ

□ 餅つき　搗年糕

□ 一人暮らし　一個人住，獨居

□ かび　（發）霉

□ ひび　龜裂

□ 断る　拒絕

□ さめる　冷卻

□ 長持ち　保久

□ 解凍　解凍、退冰

□ 早速　馬上、立刻

□ あんこ　紅豆餡；豆沙

□ きなこ　黃豆粉

□ さもなければ　不然，否則

□ 雑煮　年糕什錦湯

□ 納豆　納豆

□ からめる　沾附，沾有

□ 枝豆　毛豆

□ ピザ【pizza】　披薩

□ 具　菜餚料理的料

□ 風　…風（味）

□ 大根おろし　蘿蔔泥

□ 触れる　提到，談到

下列的Ａ和Ｂ分別是針對年糕撰寫的文章。請閱讀這兩篇文章並從選項１．２・３・４當中選出一個最恰當的答案。

Ａ

　　我從親戚那邊拿到搗年糕（注１）的機器。我一個人住，所以要花上好幾天才能把這台機器搗一次的量給吃光。年糕放久了會發霉或是龜裂，起初我本來拒絕對方說我不要，不過那位親戚教我一個保存年糕的好方法。年糕搗好後，確實地塞入塑膠袋的各個角落，等放涼後，再封緊袋子避免空氣跑入，立刻拿去冷凍，聽說這樣一來就能保久（注２）。解凍後就能直接吃，也可以在冰凍的狀態下烤來吃。我聽了之後決定收下這台機器。這次休假我要馬上來用這台機器搗年糕。

Ｂ

　　說到日本的新年，就是年糕了吧？不過每天都吃的話是會膩的。趁著久放還沒發霉或龜裂的時候，花點心思盡早把它吃完吧！說到年糕的吃法，你是否只想到紅豆餡、黃豆粉，不然（注３）就是年糕什錦湯呢？年糕其實還有其他各式各樣的吃法。例如，沾附納豆的納豆年糕，以及沾附毛豆泥的毛豆年糕，在東北地區都是常見的年糕吃法。在年糕上放上乳酪等披薩的料，就能變成披薩風味；或是配著蘿蔔泥和醬油吃，都很美味喔！如果這樣還是吃不完，也可以切成小塊來烤或是炸，就能搖身一變成為好吃的點心。

（注１）搗年糕：舂製年糕。所謂的舂製年糕，就是用　　　　　力地搥打壓碎煮好的糯米，使之變成年糕
（注２）保久：長時間地保持良好的狀態
（注３）不然：否則

這一大題是「綜合理解」。題目當中會有２～３篇同一主題、不同觀點的文章，考驗考生是否能先各別理解再進一步比較。所以最重要的是要掌握每篇文章的主旨，然後找出它們之間的異同。

　　Ａ的大意是作者拿到一台搗年糕的機器，本來怕一個人吃不了那麼多所以不敢收下，但得知年糕保存的方法後他改變了心意。左頁第５～11行都是在針對「よいお餅の保存方法」（保存年糕的好方法）在介紹，佔了整體的一半，可見這個就是它的主旨。

　　Ｂ則是介紹各種年糕的吃法，讓讀者能盡快把新年的年糕吃完。左頁第４～13行都在介紹「お餅の食べ方」（年糕的吃法），佔了整體的２／３，所以這就是它的主旨。

Answer **3**

69 AとBのどちらの文章にも触れられている点は何か。

1 お餅の食べ方にはどんなものがあるか。

2 お餅を長持ちさせるにはどうすればよいか。

3 多すぎるお餅をどうすればよいか。

4 おいしいお餅を作るにはどうすればよいか。

69 A和B兩篇文章都有提到的觀點是什麼？

1 年糕的吃法有哪幾種。

2 如何保久年糕。

3 該如何處理過多的年糕。

4 該如何做出好吃的年糕。

Answer **3**

70 AとBの文章の最大の違いは何か。

1 Aはお餅の冷凍について述べており、Bはお餅の一般的な食べ方を述べている。

2 Aは餅つきの機械について述べており、Bはお餅の変わった食べ方を述べている。

3 Aはお餅の保存方法について述べており、Bはお餅を早く食べ終わる工夫を述べている。

4 Aは餅つきの機械について述べており、Bはお餅の一般的な食べ方を述べている。

70 A和B兩篇文章最大的不同是什麼？

1 A針對年糕的冷凍進行敘述，B是敘述年糕的一般吃法。

2 A針對搗年糕的機器進行敘述，B是敘述年糕的特殊吃法。

3 A針對年糕的保存方法進行敘述，B是敘述盡早吃完年糕的方法。

4 A針對搗年糕的機器進行敘述，B是敘述年糕一般的吃法。

　　Ａ和Ｂ都有提到年糕吃不完，久放會發霉或龜裂的現象，再各自提出解決辦法。Ａ提到：「私は一人暮らしなので、この機械で１回にできる量を全部食べるのには何日もかかります。お餅は長く置いておくとかびが生えたりひび割れたりしてしまう」（我一個人住，所以要花上好幾天才能把這台機器搗一次的量給吃光。年糕放久了會發霉或是龜裂），接著介紹保存年糕的方法。Ｂ則說：「長く置いておいて、かびが生えたりひび割れたりしてしまわないうちに、工夫して早く食べきってしまいましょう」（趁著久放還沒發霉或龜裂的時候，花點心思盡早把它吃完吧），然後介紹一些吃法讓大家快快把年糕吃光。所以，Ａ和Ｂ基本上都是針對吃不完的年糕想出解決辦法。最符合這點的是選項３。

> 這一題要問的是兩篇文章都有提到的觀點。從151頁可以得知這兩篇文章的主旨不一樣，既然是針對不同的事物進行敘述，應該沒有共通點才對。所以不妨從主旨以外的地方來找出它們相同的觀點。

> 選項１由於Ａ沒提到年糕的吃法，所以是不正確的。選項２由於Ｂ的解決方法是盡快吃完，不是長期保存，所以也是錯的。選項４也是錯的，因為兩篇文章都沒有提到年糕的做法。

　　Ａ從「でも、その親戚がよいお餅の保存方法を教えてくれました」（不過那位親戚教我一個保存年糕的好方法）開始，一直到「解凍してそのまま食べるか、冷凍のまま焼いて食べればよいということでした」（解凍後就能直接吃，也可以在冰凍的狀態下烤來吃），話題都圍繞在年糕保久方法，所以「よいお餅の保存方法」（保存年糕的好方法）就是這篇文章的主旨。

　　至於Ｂ，從「お餅の食べ方というと」（說到年糕的吃法）開始介紹了各式各樣的年糕吃法。有一般的吃法：「あんこ」（紅豆餡）、「きなこ」（黃豆粉）、「雑煮」（什錦湯），也有特殊的吃法：「納豆餅」（納豆年糕）、「ずんだ餅」（毛豆年糕）、「ピザ風」（披薩風味）、「大根おろしと醤油で食べる」（配著蘿蔔泥和醬油吃）、「小さく切ったものを焼く」（切成小塊來烤）、「小さく切ったものを揚げる」（切成小塊來炸）等等。所以「お餅の食べ方」（年糕的吃法）就是這篇文章的主旨。正確答案是３。

> 這一題問的是兩篇文章最明顯的相異處。從選項當中可以發現，題目要問的是這兩篇文章的主旨。

> 雖然四個選項當中Ｂ的部分都有提到年糕的吃法，但是從「工夫して早く食べきってしまいましょう」（花點心思盡早把它吃完吧）這一句可以得知，介紹了這麼多吃法是為了能趕快把年糕吃完。

次のAとBはそれぞれ、中学校の教師が自分のしごとについて書いた文章である。二つの文章を読んで、後の問いに対する答えとして最もよいものを、1・2・3・4から一つ選びなさい。

A

　　私は子供のときからずっと教師になりたいと思っていました。願いがかなってこの春、中学校教師となり、担任するクラスで自己紹介をしたときのことです。数人の生徒が「うるさいな！」と怒鳴ったり、消しゴムを投げてきたりしたあげく、教室を出て行ってしまいました。それ以降、私は生徒たちが怖くなりました。半年間、何とか頑張りましたが、このままではストレスのあまり、心の病気になってしまいそうです。病気にならないうちにしごとを変えようかとも思いましたが、嫌な生徒がいるからといって辞めてしまったら子供のときからの夢はどうなると考えなおしました。どうせ、あと半年すればあの子たちは卒業するのです。諦めたくありません。

B

　　私は家の経済状況が悪く、しごとを選ぶ上では何よりも安定を考え、中学校教師になりました。今担任をしているクラスに、態度の悪い生徒が数人います。あんまり嫌なことをするので、何度か教師を辞めたくなったこともありますが、中学生というのは大人に反抗したくなるものだと考えてがまんして、気にしないようにしていました。最近、また腹の立つことを言われ、思わず怒鳴りそうになったとき、別の生徒が態度の悪い生徒を注意してくれました。このとき初めて、中にはわたしのことを気遣ってくれる生徒もいるのだと気付きました。考えてみると、嫌な生徒にも、必ず何らかの事情があるのです。これをきっかけに、教師とは嫌なことばかりではないと思うようになりました。

チャレンジ編

STEP 1

STEP 2

STEP 3

STEP 4

応用編

69 ＡとＢのどちらの文章にも触れられている点は何か。

1　教師というしごとのやりがい。

2　嫌な生徒に対処する方法。

3　教師というしごとのつらさ。

4　嫌なことをされたら怒鳴るとすっきりすること。

70 ＡとＢの筆者は、しごとを今後どうしようと考えているか。

1　ＡもＢも、しごとを辞めたい。

2　Ａはしごとを辞めたいが、Ｂは辞めたくない。

3　Ｂはしごとを辞めたいが、Ａは辞めたくない。

4　ＡもＢも、しごとを辞めたくない。

次のAとBはそれぞれ、中学校の教師が自分のしごとについて書いた文章である。二つの文章を読んで、後の問いに対する答えとして最もよいものを、1・2・3・4から一つ選びなさい。

A

　私は子供のときからずっと教師になりたいと思っていました。願いがかなってこの春、中学校教師となり、担任するクラスで自己紹介をしたときのことです。数人の生徒が「うるさいな！」と怒鳴ったり、消しゴムを投げてきたりしたあげく、教室を出て行ってしまいました。それ以降、私は生徒たちが怖くなりました。半年間、何とか頑張りましたが、このままではストレスのあまり、心の病気になってしまいそうです。病気にならないうちにしごとを変えようかとも思いましたが、嫌な生徒がいるからといって辞めてしまったら子供のときからの夢はどうなると考えなおしました。どうせ、あと半年すればあの子たちは卒業するのです。諦めたくありません。

> 69 題
> 關鍵句

> 文法詳見 P149

> 70 題
> 關鍵句

B

　私は家の経済状況が悪く、しごとを選ぶ上では何よりも安定を考え、中学校教師になりました。今担任をしているクラスに、態度の悪い生徒が数人います。あんまり嫌なことをするので、何度か教師を辞めたくなったこともありますが、中学生というのは大人に反抗したくなるものだと考えてがまんして、気にしないようにしていました。最近、また腹の立つことを言われ、思わず怒鳴りそうになったとき、別の生徒が態度の悪い生徒を注意してくれました。このとき初めて、中にはわたしのことを気遣ってくれる生徒もいるのだと気付きました。考えてみると、嫌な生徒にも、必ず何らかの事情があるのです。これをきっかけに、教師とは嫌なことばかりではないと思うようになりました。

> 文法詳見 P149

> 69 題
> 關鍵句

> 70 題
> 關鍵句

□ 願い　願望

□ かなう　實現

□ 担任　擔任；負責

□ 怒鳴る　怒罵；大吼

□ 以降　之後・以後

□ 何とか　想辦法，設法

□ 考えなおす　重新思考,重新考慮

□ 諦める　放棄

□ 安定　安定・穩定

□ 反抗　反抗・抵抗

□ 腹が立つ　生氣，動怒

□ 気遣う　掛念，擔心

□ 何らか　某些，什麼

□ 事情　理由・緣故

□ やりがい　做（某事）的意義

□ 対処　應對

下列的Ａ和Ｂ分別是兩位中學教師針對自己的工作而撰寫的文章。請閱讀這兩篇文章並從選項１‧２‧３‧４當中選出一個最恰當的答案。

A

我從小就一直想當老師。這個春天我如願當上國中老師，在我帶的班上自我介紹時發生了這樣的事情。幾個學生怒罵「吵死人了！」，還朝著我扔橡皮擦，最後離開了教室。之後我對學生們開始感到害怕。這半年來我想辦法撐了過來，但再這樣下去似乎會壓力過大，造成心理的疾病。雖然我也曾想過要趁著還沒生病的時候換工作，但我重新思考過，只因為有討厭的學生就辭職的話，我從小的夢想又該怎麼辦呢？反正再過半年那些孩子就要畢業了。我不想放棄。

B

我家經濟狀況不好，在選擇工作上我優先考量安定，所以我成為一名國中老師。現在帶的班級，有幾個學生態度很差。他們有時會做些過火的事，所以我有幾次都想辭去教職，但又說國中生本來就是會想反抗大人，便忍了下來，要自己別去在意。最近，又有人對我說了令人生氣的話，我不禁想要大吼的時候，其他同學替我訓斥了那名態度不佳的學生。這時我才第一次發現，其中也有同學會為我著想。仔細想想，討厭的學生應該也有什麼理由會讓他這樣才對。如此一來，我便覺得當老師所遇到的不全是討厭的事情了。

（右側欄）

チャレンジ編

STEP 1
STEP 2
STEP 3
STEP 4

応用編

這一大題是「綜合理解」。題目當中會有２篇同一主題、不同觀點的文章，考驗考生是否能先各別理解再進一步比較。所以最重要的是要掌握每篇文章的主旨，然後找出它們之間的異同。

Ａ文章的大意是作者從小就想當老師，沒想到當上老師後卻遇到態度惡劣的學生，讓他一度壓力過大想換工作；但一方面又不想因為這點理由就放棄自己的夢想。

Ｂ文章的大意是作者因為經濟考量而選擇當老師。遇到了一些態度差的學生讓他數度想辭職，但最近也注意到有一些學生很為他著想。所以作者開始覺得教師這份工作不全是壞事。

[挑戰篇 STEP 3] 145

Answer **3**

69 AとBのどちらの文章にも触れられている点は何か。

1 教師というしごとのやりがい。
2 嫌な生徒に対処する方法。
3 教師というしごとのつらさ。
4 嫌なことをされたら怒鳴るとすっきりすること。

69 A、B兩篇文章都有提到的點是什麼呢？

1 從事教職的意義。
2 應對討厭的學生的方法。
3 從事教職的辛苦。
4 如果有人冒犯自己就怒吼，這樣心情就會舒暢。

Answer **4**

70 AとBの筆者は、しごとを今後どうしようと考えているか。

1 AもBも、しごとを辞めたい。
2 Aはしごとを辞めたいが、Bは辞めたくない。
3 Bはしごとを辞めたいが、Aは辞めたくない。
4 AもBも、しごとを辞めたくない。

70 A、B兩位作者對於今後的工作有什麼想法呢？

1 A和B都想辭掉工作。
2 A想辭掉工作，但B不想辭掉工作。
3 B想辭掉工作，但A不想辭掉工作。
4 A和B都不想辭掉工作。

　　從文章中可知，Ａ和Ｂ碰到的問題都是遇到態度惡劣的學生，但是兩個人都決定不要辭職。

　　四個選項當中，選項３的敘述最符合。「教師というしごとのつらさ」（從事教職的辛苦）正是兩位老師遇到壞學生的寫照。選項１、４在兩篇文章中都沒有被提到，所以都是錯的。至於選項２，雖然兩篇文章都有提到「嫌な生徒」（討厭的學生），但都沒有提到應對這種學生的方式，所以也是錯的。

　　這一題問的是兩篇文章都有提到的部分。這兩篇文章都有提到「當老師的動機」、「碰到的問題」、「面對問題的心態」、「決定」，其中只有「碰到的問題」和「決定」內容是相同的。

　　Ａ提到「どうせ、あと半年すればあの子たちは卒業するのです」，這句的「どうせ」（反正）帶有心死、自暴自棄、絕望的語氣。

　　Ａ表示「病気にならないうちにしごとを変えようかとも思いましたが、嫌な生徒がいるからといって辞めてしまったら子供のときからの夢はどうなると考えなおしました」（雖然我也曾想過要趁著還沒生病的時候換工作，但我重新思考過，只因為有討厭的學生就辭職的話，我從小的夢想又該怎麼辦呢）、「諦めたくありません」（我不想放棄），可知他打消了換工作的念頭。

　　Ｂ表示「教師とは嫌なことばかりではないと思うようになりました」（我便覺得當老師所遇到的不全是討厭的事情了），可知他沒有受不了這份工作，當然也沒有要辭職走人的意思。所以兩人今後都會繼續當老師。正確答案是４。

　　這一題問的是兩位作者今後的打算，答案就在這兩篇文章的段尾。

翻譯與解題

【動詞辭書形】＋のに。「のに」除了陳述事物的用途、目的、有效性等的表達方式之外，還可以表示前後的因果關係。

❶ のに 用於…

例句 このナイフは肉を切るのにいいです。

這個刀子很適合用來切肉。

【簡體句】＋ということだ。表示傳聞，直接引用的語感強。一定要加上「という」。

❷ ということだ 聽説…、據説…

例句 物価が来月はさらに上がるということだ。

據説物價下個月會再往上漲。

【動詞辭書形；動詞否定形】＋ことにする。表示說話人以自己的意志，主觀地對將來的行為做出某種決定、決心。大都用在跟對方報告自己決定的事。

❸ ことにする 決定…；習慣…

例句 警察に連絡することにしました。

決定要報警了。

【名詞】＋といえば。用在承接某個話題，從這個話題引起自己的聯想，或對這個話題進行說明。

❹ といえば 談到…、提到…就…、説起…

例句 京都の名所といえば、金閣寺と銀閣寺でしょう。

提到京都名勝，那就非金閣寺跟銀閣寺莫屬了！

【形容動詞詞幹な；［形容詞・動詞］辭書形】＋ものだ。表示常識性、普遍的事物的必然的結果。

❺ ものだ …就會…

例句 年を取ると目が悪くなるものだ。

年紀大了，視力就變差了。

チャレンジ編

STEP 1

STEP 2

STEP 3

STEP 4

応用編

❻ ないうちに 在未…之前……、趁沒…

例句 雨が降らないうちに、帰りましょう。

趁還沒有下雨，回家吧！

> 【動詞否定形】＋ないうちに。這也是表示在前面的環境、狀態還沒有產生變化的情況下，做後面的動作。

---

❼ きる …完

例句 何時の間にか、お金を使いきってしまった。

不知不覺，錢就花光了。

> 【動詞ます形】＋切る。有接尾詞作用。接意志動詞的後面，表示行為、動作做到完結、竭盡、堅持到最後。

---

❽ あげく (に) …到最後……、結果…

例句 あちこちの店を探したあげく、ようやくほしいものを見つけた。

四處找了很多店家，最後終於找到要的東西。

> 【動詞性名詞の；動詞た形】＋あげく（に）。表示事物最終的結果。也就是經過前面一番波折等達到的最後結果。

---

❾ 上で 在…時

例句 レポートを書く上で注意しなければならないことは何ですか。

寫報告時需要注意什麼呢？

> 【動詞辭書形】＋上で。表示在做某動作時，或做某動作的過程中，該注意的事項或所出現的問題。

▶ 過年相關的動作

過年相關例句	意思、意義
家中をきれいに大掃除する。	把家裡打掃乾淨。
アメ横で正月の食材を購入する。	去「阿美橫町」辦年貨。
お節料理を作る。	準備年菜。
年越し蕎麦を作る。	做跨年蕎麥麵。
門松を立てる。	門口擺放門松。
鏡餅を供える。	將鏡餅供在神前。
歳神様を迎える。	迎接年神。
年賀状を書く。	寫賀年卡。
除夜の鐘をつく。	敲響除夕鐘聲。
初詣に出かける。	元旦參拜。
おみくじを引く。	抽籤。
新年会を開く。	舉辦新年聯歡會。
年越しのカウントダウンをする。	跨年倒數活動。
お正月番組を見る。	看新春電視節目。
紅白を見る。	看紅白歌唱大賽。
お年玉をもらう。	領壓歲錢。
たこ上げをする。	放風箏。
羽根つきをする。	玩羽子板。
お雑煮を食べる。	吃什錦年糕湯。
お屠蘇を飲む。	喝屠蘇酒。
年始挨拶回りに行く	拜訪親朋好友。

成　語	例　句
いしんでんしん 以心伝心 （心有靈犀）	あの人とは以心伝心で、お互いに今何を考えているかが手に取るように分かる。 （我和那個人心有靈犀，可以很清楚地知道對方現在在想什麼。）
いっきいちゆう 一喜一憂 （一喜一憂）	野球の試合は接戦で、逆転したりされたりするたびに一喜一憂しながら見ていた。 （棒球比賽勝負難分，我方一下反轉局面，一下又被對方追回比數，一喜一憂地觀看著。）
いっしんふらん 一心不乱 （專心一致）	入学試験が目前に迫った兄は、苦手な科目を中心に一心不乱に勉強している。 （入學考試迫在眼前，哥哥以他不擅長的科目為主，專心一致地唸書。）
きどあいらく 喜怒哀楽 （喜怒哀樂）	彼は、喜怒哀楽をあまり顔に出さない。 （他不太把喜怒哀樂表現在臉上。）
ごりむちゅう 五里霧中 （五里霧中）	捜査は五里霧中の状態のまま、時間だけが過ぎていった。 （偵查陷入了五里霧中的狀態，只有時間不停地流逝著。）
じがじさん 自画自賛 （自賣自誇）	兄は「どうだ、俺の言った通りだろう」と自画自賛している。 （哥哥自賣自誇地説：「怎麼樣？就跟我說的一樣吧」。）
しくはっく 四苦八苦 （千辛萬苦）	算数の問題が難しくて、四苦八苦の末、やっと解くことができた。 （算數問題太難了，我費了千辛萬苦，總算解出來了。）
しんきいってん 心機一転 （心念一轉）	先生の言葉に感激して、心機一転して、勉学に励んでいます。 （感激老師的一番話，於是心念一轉，努力向學。）
いきしょうちん 意気消沈 （意志消沉）	サッカーの試合で大量リードされ、応援団は意気消沈していた。 （足球比賽被敵隊大幅領先，啦啦隊意志消沉。）

▶ 歲末新年

年の瀬が迫ってきました。
歲暮將近。

お世話になっている方々にお歳暮を贈りました。
致贈歲末禮品給曾照顧過我的人們。

商店街はお正月用品の買い出しでにぎわっている。
商店街上擠滿了出來採購新年用品的人們。

もうしめ縄を飾りました。
已經掛好了祈福繩結。

デパートの入り口に門松が飾ってあります。
百貨公司的入口處擺設著門松作為裝飾。

我が家は毎年餅つきをします。
我家每年都會搗麻糬。

商店街で歳末セールが始まったよ。
商店街已經開始進入歲末大拍賣囉！

毎年、紅白歌合戦を見るのが楽しみです。
每年都很期待觀賞紅白歌唱大賽。

大晦日は家族で過ごします。
除夕夜是和家人共度的。

良いお年をお迎えください。
願您有個好年。

新年明けましておめでとうございます。
元旦開春，恭賀新喜。

昨年はいろいろお世話になりました。
去年承蒙您多方照顧。

今年もよろしくお願いします。
今年還請不吝繼續指教。

12月は正月の準備で忙しい。
為了準備過元旦新年，十二月份時忙得團團轉。

お正月に帰省しますか。
你新年會回家探親嗎？

28日ごろから帰省ラッシュが始まります。
從 28 號左右就開始湧現返鄉人潮。

毎年家族そろって除夜の鐘を突きに行きます。
每年除夕夜，全家人都會一起去寺廟撞鐘祈福。

元日は伊勢神宮へ初詣に行くつもりです。
我打算在元旦那天去伊勢神宮開春祈福。

年越しそばを召し上がりましたか。
您已經吃過跨年蕎麥麵了嗎？

おじいちゃんにお年玉もらったよ。
爺爺給了我壓歲錢。

挑戦篇
チャレンジ編

STEP

4

次の文章を読んで、後の問いに対する答えとして、最も良いものを 1・2・3・4 から一つ選びなさい。

　それから、最も大切な問題は、報道のあり方です。カメラマンは、現場に行けば、いい取材 (注1) をしたいと、多少の無理をしてしまいがちですので、私は、毎晩のミーティングでカメラマンに対し、「被災者の方々には、当然撮って欲しくないところ、撮られたくないところがある。相手を尊重して、人間らしい取材をしてほしい。あとで、きっと自分たちの仕事を振り返ることがあると思う。そのとき、一人の人間として、震災にどのように立ち向かい、どんな役割を果たしたのか、後悔することのないよう、①責任と自覚をもって行動して欲しい」と話しました。

　実際、カメラマンたちは、ただやみくもに (注2) 取材を進めるのではなく、時間さえあれば、被災者の方々と一緒に水や食料を運んだりしているわけです。ですから、「NHKだったら取材に応じてもいい」とおっしゃる方もいました。とにかく、震災で傷ついた被災者の方々の心に、土足で踏み込む (注3) ようなことだけはしないように心掛け (注4) ました。被災者の方々は、最初のうち、われわれマスコミに対して「とにかく撮ってくれ、伝えてくれ」といっていました。ところが日がたつにつれて、マスコミが殺到する (注5) ようになると、無理な取材も行われるようになり、当然「見せ物じゃない、や

チャレンジ編

STEP 1
STEP 2
STEP 3
STEP 4
応用編

めてくれ」という声があがってきました。被災者の方々は、震災に遭われてやり場のない不満を持っていますから、いわば、部外者であるわれわれマスコミに対して、その不満をぶつけるしかない。②その意味もふくめて、私は「相手の気持ちをよく理解して、取材される立場になって取材しよう」といい続けたんです。（中略）

　結局、取材というのは、相手の信頼を得られるかどうかにかかっていると思うのです。その信頼を得る努力はもちろん必要ですが、大前提として、日々のNHKのニュースというものが信頼あるものでなければいけません。信頼される情報と信頼される映像です。我々は、この震災でNHKに対する信頼感と期待、公共放送としての重みをあらためて感じました。もちろん頭の中では理解していましたが、実際に被災地域を取材して歩いて、被災者の方々に接して体の芯まで理解できたような気がするのです。

（片山修『NHKの知力』小学館文庫による）

（注１）取材：ニュースの材料を事件や物事から取って集めること
（注２）やみくもに：先のことをよく考えずに物事を行う様子。やたらに
（注３）土足で踏み込む：強引に入り込む
（注４）心掛ける：気をつける。忘れないようにする
（注５）殺到する：大勢集まる

71　①責任と自覚をもって行動するとは、どのようにすることか。

1　現場に行ったら、多少無理をしてでも取材をすること。

2　一人の人間としてどのように震災に立ち向かったか自身の記録を残すこと。

3　取材される側の人を尊重して、人間らしい取材をすること。

4　被災者の方と一緒に水や食料を運ぶのを忘れないこと。

72　②その意味もふくめてが意味していることは何か。

1　「NHKだったら取材に応じてもいい」と言ってくれる被災者がいること。

2　震災に遭った人々に協力すること。

3　震災に遭った人は、その不満を言う相手が取材に来た人以外にいないこと。

4　「とにかく撮ってくれ、伝えてくれ」と思っている被災者のために、撮って伝えること。

チャレンジ編

STEP 1

STEP 2

STEP 3

STEP 4

応用編

73 著者がこの文章で一番言いたいことはどんなことか。

1 日々、信頼される情報と映像を提供することの大切さ。

2 震災の被害に遭うことの大変さ。

3 取材される側の気持ちを心の芯まで理解することの大切さ。

4 公共放送としてのNHKのすばらしさ。

次の文章を読んで、後の問いに対する答えとして、最も良いものを1・2・3・4から一つ選びなさい。

それから、最も大切な問題は、報道のあり方です。カメラマンは、現場に行けば、いい取材（注1）をしたいと、多少の無理をしてしまいがちですので、私は、毎晩のミーティングでカメラマンに対し、「被災者の方々には、当然撮って欲しくないところ、撮られたくないところがある。**相手を尊重して、人間らしい取材をしてほしい。** あとで、きっと自分たちの仕事を振り返ることがあると思う。そのとき、一人の人間として、震災にどのように立ち向かい、どんな役割を果たしたのか、後悔することのないよう、①責任と自覚をもって行動して欲しい」と話しました。

〔71題 關鍵句〕

実際、カメラマンたちは、ただやみくもに（注2）取材を進めるのではなく、時間さえあれば、被災者の方々と一緒に水や食料を運んだりしているわけです。ですから、「NHKだったら取材に応じてもいい」とおっしゃる方もいました。とにかく、震災で傷ついた被災者の方々の心に、土足で踏み込む（注3）ようなことだけはしないように心掛け（注4）ました。被災者の方々は、最初のうち、われわれマスコミに対して「とにかく撮ってくれ、伝えてくれ」といっていました。ところが日がたつにつれて、マスコミが殺到する（注5）ようになると、無理な取材も行われるようになり、当然「見せ物じゃない、やめてくれ」という声があがってきました。**被災者の方々は、震災に遭われてやり場のない不満を持っていますから、いわば、部外者であるわれわれマスコミに対して、その不満をぶつけるしかない。** ②その意味もふくめて、私は「相手の気持ちをよく理解して、取材される立場になって取材しよう」といい続けたんです。（中略）

〔72題 關鍵句〕

結局、取材というのは、相手の信頼を得られるかどうかにかかっていると思うのです。その信頼を得る努力はもちろん必要ですが、大前提として、日々のNHKのニュースというものが信頼あるものでなければいけません。 信頼される情報と信頼される映像です。我々は、この震災でNHKに対する信頼感と期待、公共放送としての重みをあらためて感じました。もちろん頭の中では理解していましたが、実際に被災地域を取材して歩いて、被災者の方々に接して体の芯まで理解できたような気がするのです。

〔73題 關鍵句〕

（片山修『NHKの知力』小学館文庫による）

（注1）取材：ニュースの材料を事件や物事から取って集めること
（注2）やみくもに：先のことをよく考えずに物事を行う様子。やたらに
（注3）土足で踏み込む：強引に入り込む
（注4）心掛ける：気をつける。忘れないようにする
（注5）殺到する：大勢集まる

請閱讀以下的文章，並從選項１・２・３・４當中選出一個下列問題最恰當的答案。

此外，最重要的問題是，報導應有的姿態。攝影師到了現場，都會想要有好的採訪（注１），多少都會強逼對方。因此，每晚的會議我都會對攝影師說：「受災戶們當然有不希望你們拍的東西，或是不想被拍到的地方。我希望你們能尊重對方，做些人性的採訪。我想之後你們一定都會回過頭來看看自己的工作。到時，作為一個人類，希望你們能①秉持責任和自覺採取行動，對於自己面對震災的方式、所扮演的角色，毫無任何後悔」。

事實上，攝影師們並沒有胡亂地（注２）只顧著採訪，有時間的話，他們也會和受災戶一起搬運水或食物。所以也有人表示：「如果是ＮＨＫ的話，我可以接受採訪」。總之，我們絕不強行進入（注３）受災戶們因震災而受傷的心靈，這點可是謹記在心（注４）。起初受災戶們對我們媒體說：「總之就是給我們拍、讓大家知道」。但是隨著時間的流逝，媒體蜂擁而至（注５）後，也開始會有些強迫性的採訪行為，想當然爾，「不是給人家參觀的東西，不要拍了」這樣的聲音也跟著出現。受災戶們經歷震災，怨氣無處宣洩，所以只能對所謂的外人，也就是我們這些媒體發洩不滿。②同時包含了這層意義，我才會一直強調：「要充分了解對方的心情，站在被採訪的立場來採訪」。（中略）

到頭來，我認為所謂的採訪，和能否取得對方的信賴很有關聯。得到這份信賴固然需要努力，但大前提是，每天播放的ＮＨＫ新聞必須是要值得信賴的東西。是能被信賴的資訊和被信賴的影像。我們在這次震災當中，重新感受到大眾對ＮＨＫ的信賴感和期待，以及公共傳播的重擔。當然，腦袋雖然早就能理解這點，但我覺得我們是實際走訪災區，和受災戶接觸後才連體內深處都能理解的。

（選自片山修『ＮＨＫ的智力』小學館文庫）

（注１）採訪：從事件或事物當中擷取收集新聞的素材
（注２）胡亂地：做事不顧後果的樣子。任意地
（注３）強行進入：強硬地踏入
（注４）謹記在心：留意。不遺忘
（注５）蜂擁而至：很多人聚集

作者希望自家攝影師在採訪震災新聞時能夠多尊重被訪者，做有人性的報導。

承接上一段，作者表示在震災現場，如果不站在受災戶的立場為他們著想，就會引發情緒反彈。

採訪報導最重要的就是得到對方的信賴。

---

71 ①責任と自覚をもって行動するとは、どのようにすることか。

1 現場に行ったら、多少無理をしてでも取材をすること。

2 一人の人間としてどのように震災に立ち向かったか自身の記録を残すこと。

3 取材される側の人を尊重して、人間らしい取材をすること。

4 被災者の方と一緒に水や食料を運ぶのを忘れないこと。

71 所謂的①秉持責任和自覺採取行動，是指怎麼做呢？

1 到了現場，就算有點強迫對方也要採訪。

2 要留下作為一個人類，自己如何面對震災的記錄。

3 尊重被採訪的人，做有人性的採訪。

4 不要忘記和受災戶一起搬運水或食物。

---

72 ②その意味もふくめてが意味していることは何か。

1 「NHKだったら取材に応じてもいい」と言ってくれる被災者がいること。

2 震災に遭った人々に協力すること。

3 震災に遭った人は、その不満を言う相手が取材に来た人以外にいないこと。

4 「とにかく撮ってくれ、伝えてくれ」と思っている被災者のために、撮って伝えること。

72 ②同時包含了這層意義是什麼意思呢？

1 有受災戶說「如果是ＮＨＫ的話，我可以接受採訪」。

2 幫助遭遇震災的人。

3 遭遇震災的人，能表達不滿的對象除了前來取材者並無他人。

4 為了有「總之就是給我們拍、讓大家知道」這種想法的受災戶，要幫他們拍攝並公諸於世。

選項1:「多少無理をしてでも取材をする」，這和原文的用意正好相反。文章是說:「被災者の方々には、当然撮って欲しくないところ、撮られたくないところがある。相手を尊重して、人間らしい取材をしてほしい」(受災戶們當然有不希望你們拍的東西，或是不想被拍到的地方。我希望你們能尊重對方，做些人性的採訪)，所以選項1是錯的。

選項2也是錯的，文章當中作者並沒有要攝影師們留下自己面對震災的記錄。

「被災者の方と一緒に水や食料を運ぶ」出現在文章第二段:「被災者の方々と一緒に水や食料を運んだりしているわけです」(他們也會和受災戶一起搬運水或食物)。這句話只是單純陳述事實，作者並沒有要攝影師們別忘了做這件事。所以選項4是錯的。

! 這一題考的是劃線部份的內容。劃線部份是作者對自家攝影師所說的話，解題線索就藏在這個段落。不妨用刪去法，把四個選項拿回原文去做對照。

チャレンジ編

STEP 1

STEP 2

STEP 3

STEP 4

応用編

這一題考的是劃線部份的內容。劃線部份的原句在第二段:「その意味もふくめて、私は『相手の気持ちをよく理解して、取材される立場になって取材しよう』といい続けたんです」(同時包含了這層意義，我才會一直強調:「要充分了解對方的心情，站在被採訪的立場來採訪」)。如果文章當中出現「そ」開頭的指示詞，指的通常就是前面幾句所提過的人事物。所以要從前面找出「その意味」指的是什麼事情。

受災戶們的心情轉變由一開始看到媒體，受訪態度很積極，到最後被媒體強迫採訪，產生反感，只能把不知道該怎麼宣洩的負面情緒發洩在採訪者這些外人身上。這就是劃線部份「その意味」的具體內容。也正是因為有這樣的情形，作者才要攝影師們在工作時將心比心，體諒受災戶的心情。正確答案是3。

選項3對應文章中「相手を尊重して、人間らしい取材をしてほしい」(我希望你們能尊重對方，做些人性的採訪)。

73 著者がこの文章で一番言いたいことはどんなことか。

1 日々、信頼される情報と映像を提供することの大切さ。

2 震災の被害に遭うことの大変さ。

3 取材される側の気持ちを心の芯まで理解することの大切さ。

4 公共放送としてのNHKのすばらしさ。

73 作者在這篇文章當中最想表達的是什麼呢？

1 每天提供值得信賴的資訊和影像的重要性。

2 遭遇震災的痛苦。

3 徹底了解被採訪者心情的重要性。

4 NHK作為一個公共傳播媒體的好。

□ 報道 報導

□ あり方 應有的姿態，應有的樣子

□ 取材 取材，收集素材

□ ミーティング【meeting】 會議

□ 被災 受災，遇害

□ 振り返る 回過頭看

□ 震災 震災，地震災害

□ 立ち向かう 面對

□ 役割 角色

□ 果たす 實行，實踐

□ 後悔 後悔，懊悔

□ 自覚 自覺

□ やみくもに 胡亂地，任意地

□ 応じる 應答，回應

□ 土足 赤腳；帶泥的腳

□ 踏み込む 擅自進入，闖入

□ 心掛ける 留意，謹記在心

□ マスコミ【mass communication之略】 媒體

□ 殺到 蜂擁而至

□ 見せ物 給人參觀的東西，給人當熱鬧看

□ いわば 也就是

□ 部外者 外人，局外者

□ われわれ 我們

□ 立場 立場

□ 得る 取得，得到

選項 1 是正確的，它呼應到文章的最後一段。表示採訪必須要獲得對方的信賴，而最重要的前提是要從平時就累積這份信賴，提供觀眾值得信賴的資訊和影像。

選項 2 是錯的。文章通篇都沒有提到受到因震災受難的辛苦。

選項 3 對應「相手の気持ちをよく理解して」（要充分了解對方的心情），再加上作者一直強調要採訪者站在受訪者的立場，所以應該有人會覺得這是正確答案吧？不過，就像先前所述，選項 1 因為該段有個「結局」，無視於前面說的內容並帶出整篇文章真正的重點，所以相較之下，選項 3 就沒有選項 1 來得合適。

選項 4 是錯的，關於ＮＨＫ公共傳播媒體，作者只有在最後一段表示作者深感民眾對ＮＨＫ的信賴感、期待，以及身為公共傳播的重擔。並沒有歌頌ＮＨＫ有多美好。

> ！ 這一題問的是作者在這篇文章裡面最想表達的事物。像這種答案不是很明確的問題，刪去法是最理想的作答方式。

> 「結局」（到頭來）的副詞用法是做總結，表示上面雖然說了這麼多，但是接下來的才是重點，文章終於要進入尾聲了。而一篇文章最重要的地方通常就是在結論。所以這一段就是這篇文章的主旨所在，也就是作者最想表達的意見。

□ かかる　有關；關係
□ 前提（ぜんてい）　前提，事物成立條件
□ 映像（えいぞう）　影像
□ 公共放送（こうきょうほうそう）　公共媒體，公廣電視集團
□ 重み（おも）　重擔；重要性
□ あらためる　重新
□ 接する（せっ）　接觸
□ 芯（しん）　深處
□ 強引（ごういん）　強硬，強行
□ 入り込む（はいこ）　踏入，進入

次の文章を読んで、後の問いに対する答えとして最もよいものを、1・2・3・4から一つ選びなさい。

　昔、アメリカの経営コンサルタント（注1）がトップセールスマン（注2）と呼ばれる人たち三〇〇人の言動をつぶさに（注3）観察し、その共通点を探ったことがありました。その結果、「言葉づかいがていねい」「自己主張をしない（いばらない）」「ユーモアに長けている（注4）」「人を笑わせるのがうまい」など、いろいろな要素を探り当てたのですが、なかでも「①相手を立てるのがうまい」という要素がもっとも重要であることを突き止めました（注5）。

　要するに、「人間は、社会生活や人とのつながりにおいて、『自分という人間を認めてもらいたい』『他人から評価してもらいたい』『他人から敬われたい』という欲求に一番の反応を示します。トップセールスマンと呼ばれる人たちは、他人のこの欲求を満たしてあげる術に長けている」というのです。

　心理学においても、人間は衣食住や愛情といった基本的な欲求が満たされると、他者から尊敬されたいという「承認の欲求」、つまり「自己重要感の欲求」にかられる（注6）ようになるということが実証されています。

　あなたも②この人間心理をうまく活用し、他人の自己重要感の欲求を満たしてあげてはいかがでしょう。相手の価値観・

存在感を認めてあげてはいかがでしょう。そうすれば、相手はこのうえない幸福感に満たされるため、あなたに対して好感と親しみを寄せざるを得なくなります。

この芸当（注7）に長けていたのがヒルトン・ホテルの創立者コンラッド・ヒルトンです。彼はホテルで働く従業員一人ひとりの名前を覚え、顔を合わすたびに声をかけたほか、給料を手渡すときも、「今月もご苦労様」「来月も頑張ってください」といいながら深々と一礼したといいます。社長にこうまでされたらどうなるか。誰だって「ああ、社長はいつも私のことを気にかけてくれているのだ」と感激し、この人にずっとついていこうという気になります。

この例にもあるように、人は皆、自分の存在感、価値というものを認めてもらいたがっているのです。そして、その欲求を満たしてくれた相手には、「この人に協力しよう」「この人を応援しよう」という気持ちを抱くのが人の心理というものなのです。

（植西聰『マーフィー言葉の力で人生は変わる』成美文庫より一部改変）

（注1）コンサルタント：企業経営などについて、指導・助言をする専門家
（注2）セールスマン：販売員
（注3）つぶさに：詳しく
（注4）長けている：優れている
（注5）突き止める：不明な点や疑問点などを、よく調べてはっきりさせる
（注6）かられる：激しい感情に動かされる
（注7）芸当：普通の人にはできない行為

チャレンジ編 / STEP 1 / STEP 2 / STEP 3 / STEP 4 / 応用編

71　①相手を立てるの意味として正しいのはどれか。

1　相手を起き上がらせる。

2　相手の立場になって考える。

3　相手を尊重し大切に扱う。

4　相手をこのうえない幸福感で満たしてあげる。

72　②この人間心理とはどのような心理か。

1　他人に自分の価値を認めてもらいたいという心理。

2　衣食住のような基本的な要素が何よりも重要だと思う心
理。

3　相手に親しみを感じたいと思う心理。

4　相手の欲求を満たしてあげたいと思う心理。

73　この文章全体で、筆者がもっとも言いたいことは何か。

1　人に何かをしてもらうときは、自分が重要な人物だとい
うことを相手に分からせると、きちんとやってもらえ
る。

2　相手に自分のことを好きになってもらうためには、相手
の持ち物の価値にお世辞を言うことも必要である。

3　人とうまく付き合うためには、相手のことを大切に思っ
ている気持ちを表現することが重要である。

4　トップセールスマンや大会社の社長は、人に好かれ、親
しみを感じてもらうのがうまい。

次の文章を読んで、後の問いに対する答えとして最もよいものを、1・2・3・4から一つ選びなさい。

　昔、アメリカの経営コンサルタント（注1）がトップセールスマン（注2）と呼ばれる人たち三〇〇人の言動をつぶさに（注3）観察し、その共通点を探ったことがありました。その結果、「言葉づかいがていねい」「自己主張をしない（いばらない）」「ユーモアに長けている（注4）」「人を笑わせるのがうまい」など、いろいろな要素を探り当てたのですが、なかでも「①相手を立てるのがうまい」という要素がもっとも重要であることを突き止めました（注5）。

　要するに、「**人間は、社会生活や人とのつながりにおいて、『自分という人間を認めてもらいたい』『他人から評価してもらいたい』『他人から敬われたい』という欲求に一番の反応を示します。**トップセールスマンと呼ばれる人たちは、他人のこの欲求を満たしてあげる術に長けている」というのです。

> 71題
> 關鍵句

　心理学においても、人間は衣食住や愛情といった基本的な欲求が満たされると、他者から尊敬されたいという「承認の欲求」、つまり「自己重要感の欲求」にかられる（注6）ようになるということが実証されています。

> 72題
> 關鍵句

　あなたも②この人間心理をうまく活用し、他人の自己重要感の欲求を満たしてあげてはいかがでしょう。**相手の価値観・存在感を認めてあげてはいかがでしょう。そうすれば、相手はこのうえない幸福感に満たされるため、あなたに対して好感と親しみを寄せざるを得なくなります。**

> 73題
> 關鍵句

　この芸当（注7）に長けていたのがヒルトン・ホテルの創立者コンラッド・ヒルトンです。彼はホテルで働く従業員一人ひとりの名前を覚え、顔を合わすたびに声をかけたほか、給料を手渡すときも、「今月もご苦労様」「来月も頑張ってください」といいながら深々と一礼したといいます。社長にこうまでされたらどうなるか。誰だって「ああ、社長はいつも私のことを気にかけてくれているのだ」と感激し、この人にずっとついていこうという気になります。

⌐文法詳見 P177

　この例にもあるように、人は皆、自分の存在感、価値というものを認めてもらいたがっているのです。そして、その欲求を満たしてくれた相手には、「この人に協力しよう」「この人を応援しよう」という気持ちを抱くのが人の心理というものなのです。

（植西聰『マーフィー言葉の力で人生は変わる』成美文庫より一部改変）

（注1）コンサルタント：企業経営などについて、指導・助言をする専門家
（注2）セールスマン：販売員
（注3）つぶさに：詳しく
（注4）長けている：優れている
（注5）突き止める：不明な点や疑問点などを、よく調べてはっきりさせる
（注6）かられる：激しい感情に動かされる
（注7）芸当：普通の人にはできない行為

請閱讀以下的文章，並從選項1‧2‧3‧4當中選出一個下列問題最恰當的答案。

　　過去，美國的經營顧問（注1）曾將三百位被稱為頂級業務（注2）的人的言行仔細地（注3）進行觀察，並探求其共通點。結果，他們找出了「遣詞用字客氣」、「不主張自我（不自大）」、「擅長（注4）幽默」、「很會逗人笑」等各種要素，其中還查明（注5）「很會①給對方面子」這個要素是最重要的。

據調查，頂級業務最重要的特質是「很會給對方面子」。

　　簡而言之，這就說明了「人類在社會生活與人之間的連繫上，最能反映出『想要別人認同自己』、『想要別人給自己正面評價』、『想要被別人尊敬』這些需求。被稱為頂級業務的人們，很擅長滿足別人的這項需求。」

承接上段，説明大家都希望能獲得別人的尊敬，而頂級業務正是擅長此道。

　　在心理學方面也證實，人類在食衣住或愛情等基本需求獲得滿足後，會受到驅使（注6），產生希望獲得他人尊敬的「認可的需求」，也就是「自我重要感的需求」。

佐以心理學為證，説明人類在滿足基本需求後，會希望被滿足「認可的需求」。

　　您也充分利用②這個人類心理，滿足他人的自我重要感這份需求如何呢？認同對方的價值觀、存在感如何呢？如此一來，對方就會因為充滿著這份至高無上的幸福感，不由得對你產生好感及親和感。

承接上段，作者建議讀者給予對方認同，讓對方對自己抱持好感。

　　擅長這個絕技（注7）的是希爾頓飯店的創始人康拉德‧希爾頓。聽說他將每位在飯店工作的工作人員姓名都記下來，除了碰面時會向他們打招呼，連當面發薪水時也是，他會邊說「這個月也辛苦你了」、「下個月也請加油」，邊深深地一鞠躬。如果社長做到這個地步會怎麼樣呢？無論是誰，都會心生感激：「啊，社長一直都有把我放在心上」，然後產生想要一直跟隨這個人的念頭。

承上，舉出希爾頓飯店創始人的例子來説明。

　　就像這個例子一樣，每個人都想要別人認同自己的存在感、價值。而人類的心理就是會對滿足自己這份需求的人抱持著「我來幫這個人忙」、「我要支持這個人」這樣的心情。

結論。人類會支持能認同自己的人。

（節選改編自植西聰『莫非語詞的力量能使人生產生改變』成美文庫）

（注1）顧問：針對企業經營等，給予指導、建議的專業人士
（注2）業務：銷售員
（注3）仔細地：詳細地
（注4）擅長：出色
（注5）查明：好好地調查並弄清楚不詳的地方或是疑問點
（注6）受到驅使：被激烈的感情所策動
（注7）絕技：普通人辦不到的行為

---

71 ①相手を立てるの意味として
正しいのはどれか。

1 相手を起き上がらせる。
2 相手の立場になって考える。
3 相手を尊重し大切に扱う。
4 相手をこのうえない幸福感で
満たしてあげる。

71 ①給對方面子的正確意思為下
列何者？

1 讓對方爬起來。
2 站在對方的立場思考。
3 尊重對方並珍視對方。
4 滿足對方至高無上的幸福感。

---

72 ②この人間心理とはどのよう
な心理か。

1 他人に自分の価値を認めても
らいたいという心理。
2 衣食住のような基本的な要
素が何よりも重要だと思う心
理。
3 相手に親しみを感じたいと思
う心理。
4 相手の欲求を満たしてあげた
いと思う心理。

72 ②這個人類心理是什麼樣的心
理呢？

1 希望別人認同自己價值的心理。
2 認為食衣住這樣的基本要素比
什麼都來得重要的心理。
3 希望能從對方身上感受到親近
的心理。
4 想要滿足對方需求的心理。

　「相手を立てる」從字面上看起來是「把對方立起來」，但如果是這意思，這段話實在是說不通，可見「相手を立てる」另有其意，所以選項1是錯的。

　第二段說明頂級業務擅長滿足人類「想要別人認同自己」、「想要別人給自己正面評價」、「想要被別人尊敬」這些需求。換個說法就是頂級業務會認同別人、給別人正面評價、尊敬別人。這也就是「相手を立てる」的內容。

　選項中最接近以上幾點的正是選項3，尊重並珍視對方。

> ① 這一題考的是劃線部分的意思。不妨從劃線部分的上下文來推敲它的意思。

> 解題關鍵在第二段。特別是開頭的「要するに」（簡而言之）這個副詞，它的作用是整理前面所說的事物，做個總結。再加上第二段段尾的「のです」，在這邊是解釋說明的用法。所以從這邊可以得知，第二段就是在針對前面所述進行概要的說明，並濃縮成重點。看懂這一段就知道「相手を立てる」是什麼意思了。

　最接近這個敘述的是選項1，希望別人能認同自己的價值。

　選項2錯在「基本的な要素が何よりも重要だ」（基本要素比什麼都來得重要）。文章中只有提到滿足基本需求後會進一步需要他人認同，並沒有提到食衣住等基本需求是最重要的。

　關於「親しみ」，文章中只有提到：「そうすれば、相手はこのうえない幸福感に満たされるため、あなたに対して好感と親しみを寄せざるを得なくなります」（如此一來，對方就會因為充滿著這份至高無上的幸福感，不由得對你產生好感及親和感）。這和選項3的敘述正好相反，所以選項3是錯的。

　選項4對應到「他人の自己重要感の欲求を満たしてあげてはいかがでしょう」（滿足他人的自我重要感這份需求如何呢），這是作者在建議讀者滿足他人的自我重要感，而不是在說人類有「想要滿足對方需求的心理」，所以選項4也是錯的。

> 解題關鍵就在第三段。第三段是在說明心理學上證實人類在滿足基本需求後，會產生「認可的需求」，也就是「自我重要感的需求」。而「この人間心理」指的就是這點，人類需要獲得認同的心理。

Answer **3**

73 この文章全体で、筆者がもっとも言いたいことは何か。

1　人に何かをしてもらうときは、自分が重要な人物だということを相手に分からせると、きちんとやってもらえる。

2　相手に自分のことを好きになってもらうためには、相手の持ち物の価値にお世辞を言うことも必要である。

3　人とうまく付き合うためには、相手のことを大切に思っている気持ちを表現することが重要である。

4　トップセールスマンや大会社の社長は、人に好かれ、親しみを感じてもらうのがうまい。

73 這篇文章整體而言作者最想表達的是什麼？

1　要別人幫自己做事時，如果能讓對方明白自己是重要人物，對方就會好好地替自己做事。

2　為了讓對方喜歡自己，也必須針對對方的持有物奉承阿諛。

3　為了和人更融洽地相處，表現出自己很重視對方的感覺是很重要的。

4　頂級業務和大公司社長很討人喜愛，擅長給人親和感。

□ セールスマン【salesman】　業務，銷售員
□ 探る　探求
□ 主張　主張
□ いばる　自大；吹牛
□ ユーモア【humor】　幽默
□ 突き止める　查明
□ 要するに　簡而言之
□ つながり　連繫

□ 敬う　尊敬
□ 術　手段，方法
□ 衣食住　食衣住
□ 満たす　滿足
□ 承認　承認，認可
□ このうえない　至高無上
□ 手渡す　親手交付
□ 深々と　深深地

選項 1 和原文旨意恰恰相反，所以錯誤。文章是說滿足對方的「自己重要感の欲求」，也就是說把對方視為是重要人物，對方就會願意替自己做事。

選項 2 也是錯的。作者只有提到要認同對方的價值，而不是要奉承對方持有物品的價值。所以「相手の持ち物の価値にお世辞を言うことも必要である」（也必須針對對方的持有物奉承阿諛）這個敘述是不對的。

選項 3 是正確答案。選項 3 對應文章中「あなたに対して好感と親しみを寄せざるを得なくなります」（不由得對你產生好感及親和感）和「相手の価値観・存在感を認めてあげてはいかがでしょう」（認同對方的價值觀、存在感如何呢）。

雖然文章中有提到頂級業務和希爾頓飯店的創始人都懂得尊重他人，來獲得對方的好感及親和感，不過這只是舉例而已。作者最想表達的還是這些例子背後的道理：滿足對方希望獲得認同的需求，就能讓別人甘願為自己做事。所以選項 4 也是錯的。

這篇文章的主旨非常明確，作者以「人類想獲得他人尊敬、認同的一種心理」來貫穿全文，並提及滿足對方這種心理，就能得到對方的好感。這一題可以用刪去法來作答。

□ 一礼（いちれい） 鞠躬，行禮
□ 気にかける（き） 放在心上，掛念
□ 抱く（いだ） 抱持

🕐 重要文法

【名詞;動詞ます形】＋がちだ。表示即使是無意的，也容易出現某種傾向，或是常會這樣做。一般多用在負面評價的動作。

❶ **がちだ** 容易…、往往會…

例句 おまえは、いつも病気がちだなあ。
你還真容易生病呀。

【名詞】＋さえ＋【[形容詞・形容動詞・動詞]假定形】＋ば。表示只要某事能夠實現就足夠了。其他的都是小問題。強調只需要某個最低，或唯一的條件，後項就可以成立了。

❷ **さえ…ば** 只要…(就)…

例句 道が込みさえしなければ、空港まで30分で着きます。
只要不塞車，30分就能到機場了。

【名詞】＋に対して。表示動作、感情施予的對象。可以置換成「に」。

❸ **に対して** 向…、對(於)…

例句 この問題に対して、意見を述べてください。
請針對這問題提出意見。

【名詞;動詞辭書形】＋につれ(て)。表示隨著前項的進展，同時後項也隨之發生相應的進展。

❹ **につれて** 伴隨…、隨著…、越…越…

例句 物価の上昇につれて、国民の生活は苦しくなりました。
隨著物價的上揚，國民的生活就越來越困苦了。

チャレンジ編

STEP 1

STEP 2

STEP 3

STEP 4

応用編

❺ ざるをえない　不得不…、被迫…

例句 これだけ証拠があっては、罪を認めざるをえません。

都有這麼多證據了，就只能認罪了。

【動詞否定形（去ない）】＋ざるを得ない。表示除此之外，沒有其他的選擇。有時也表示迫於某壓力或情況，而違背良心地做某事。

❻ たびに　每次…、每當…就…

例句 あいつは、会うたびに皮肉を言う。

每次跟那傢伙碰面，他就冷嘲熱諷的。

【名詞の；動詞辭書形】＋たびに。表示前項的動作、行為都伴隨後項。相當於「するときはいつも」。

⚠ 小知識大補帖

▶和「走路」相關的單字

單　　詞	意　　思
足が棒になる（腳痠）	長い間立っていたり歩いたりして、足がひどく疲れる（由於長時間站著或走路，使得腳極度疲乏）
足並み（步伐）	複数の人が一緒に歩くときの、足のそろい具合（複數的人一起走路時，邁步的方式）
さまよう（徘徊）	目的もなく歩き回る（無目的的走來走去）
散歩（散步）	気晴らしや健康のために、気のままに歩くこと（為了散心或健康信步而行）
忍び足（輕聲走路）	人に気づかれないように、足音を立てずに歩くこと（為了不讓別人發現，輕聲走路）
ずかずか（毫不客氣）	遠慮なく、勢いに任せて歩く様子（毫不客氣，盛氣凌人般地走路的樣子）
すたすた（急步走）	わき目もふらず、さっさと歩く様子（不分心，快步走的樣子）

すり足 （躡手躡腳）	足の裏を地面や床にするようにして歩く様子 （腳掌貼著地面或地板，放輕腳步走路的樣子）
そぞろ歩き （信步而行）	目的もなく、ぶらぶらと歩き回ること （沒有目的，漫步走動）
千鳥足 （搖搖晃晃）	酒に酔って、よろよろと歩く様子 （喝酒醉，走路歪歪斜斜，搖搖晃晃的樣子）
つかつか （大模大樣）	ためらいなく進み出る様子 （隨隨便便，毫不客氣走路的樣子）
踏破 （踏破，走過）	長く困難な道を歩き通すこと （走過漫長艱苦的路程）
とぼとぼ （沉重）	元気なく歩く様子 （走路步伐沒有精神的樣子）
練り歩く （緩步前行）	行列がゆっくり歩き回る （結隊漫步行走）
のっしのっし （慢吞吞地走）	体が大きくて重い物が、ゆっくりと歩く様子 （身體龐大的重物，慢騰騰走路的樣子）
ぶらつく （搖晃）	目的もなく、ゆっくりと歩き回る （沒有目的，漫步溜達）
よたよた （步履蹣跚）	足の動きがしっかりしていない様子 （腳步不穩，走路跟跟蹌蹌的樣子）

▶ 和臉有關的慣用句

單字・慣用句等	中　譯
顔を合わす	見面
顔が広い	交友廣闊
顔が利く	有勢力，吃得開
顔をつぶす	丟臉；名譽受損

チャレンジ編

STEP 1

STEP 2

STEP 3

STEP 4

応用編

顔を出す	現身，露面；參加（聚會）
顔が売れる	有名望，出名
顔から火が出る	羞紅了臉
顔に泥を塗る	損害聲譽，丟臉
顔が立つ	有面子
目が高い	眼光高，有慧眼
目が利く	眼尖；有鑑賞力
目がない	著迷；沒眼光
目が回る	頭暈目眩；喻非常忙碌
目に余る	看不下去，忍無可忍
目もくれない	無視，不理會
目と鼻の先	近在咫尺
目に入れても痛くない	（兒孫）可愛得不得了，溺愛（兒孫）
目をつぶる	閉上眼睛；假裝沒看見；過世
目を丸くする	瞪大眼睛，吃驚
鼻が高い	洋洋得意
鼻にかける	炫耀，驕傲自滿
鼻につく	膩煩，討厭
耳が痛い	對批評或忠告感到刺耳，不中聽
耳にたこができる	同樣的事聽太多次而感到厭煩
耳が早い	消息靈通

耳を疑う	懷疑是否聽錯
口が軽い	説話輕率，口風不緊
口がすべる	説溜嘴
口を割る	招供，坦白
口が減らない	話多；強詞奪理
口を切る	先開口説話；打開瓶蓋或封蓋

▶ 天災人禍

地震で多くの家が壊れた。
許多房屋在地震中倒塌。

地震で30人が死んだ。
這場地震奪走了30條人命。

昨日は大変な雪で、電車もバスも動かなかった。
昨天那場暴雪，導致電車和巴士都動彈不得。

テレビが台風のニュースを伝えている。
電視正在播報颱風動態的新聞。

隣のうちが火事になった。
隔壁鄰居家發生了火災。

隣から火が出て、うちも燃えてしまった。
隔壁失火，連我們家也被火燒了。

火事で何もかも焼けてしまった。
所有的家當都被那把火燒成灰燼了。

カーテンにストーブの火がついて火事になった。
火爐裡的火苗竄上窗簾，因而引發火災。

事故のニュースを今朝の新聞で知った。
我從今天早上的晨間新聞聽到了事故的消息。

自動車が増えて交通事故が多くなりました。
由於汽車數量增多，交通事故也跟著與日俱增。

交通事故で毎年1万人以上の人が死んでいます。
交通事故每年會奪走超過一萬條人命。

交通事故に遭ったら、すぐ交番に連絡しなくてはならない。
假如發生了交通事故，一定要立刻聯絡派出所。

事故を起こさないようにゆっくり走りましょう。
我們開慢一點，以免發生交通意外。

夜は明るい道を通ります。
我晚上會挑燈光明亮的道路行走。

戦争で5万人も死にました。
多達五萬人死於這場戰爭之中。

戦争をしたい国はない。
沒有國家會希望發生戰爭。

危ないからこの川で泳ぐな。
不要在這條河裡游泳，太危險了！

泥棒に入られたら大変です。
要是遭小偷就糟糕了。

財布を盗まれました。
錢包被偷了。

泥棒が交番に連れて行かれた。
小偷被帶去派出所了。

應用篇

応用編

次は2つのスピーチコンテストの募集要項である。下の問いに対する答えとして最も良いものを、1・2・3・4から一つ選びなさい。

[74] 中国人の楊さんとアメリカ人のロビンソンさんは、○○県の同じアパートに住んでいる。楊さんは半年前に日本に来て、○○県にある日本語学校で日本語を学んでいる。一方、ロビンソンさんは3年前に来日し、今は○○県立大学に通っている。二人ともスピーチコンテストに出場したいと思っているが、二人が応募できるのは、AとBのどちらのコンテストか。

1 楊さんは両方のコンテストに応募できるが、ロビンソンさんはコンテストBにだけ応募できる。

2 楊さんはコンテストAにだけ応募でき、ロビンソンさんは両方とも応募できない。

3 ロビンソンさんは両方のコンテストに応募できるが、楊さんはコンテストBにだけ応募できる。

4 二人とも両方のコンテストに応募できる。

75　韓国人のキムさんは、5年前に来日して、今は××県立大学の大学院でアジア事情を研究している。日本と韓国の文化交流の歴史をテーマにコンテストBに参加したいと思い、今回新たに自分で書いた原稿と自分のスピーチの録音、パスポートのコピーをEメールに付けて、必要事項を書いて6月30日に送ったが、出場者に選ばれなかった。その理由はなぜだと考えられるか。

1　送った書類に足りないものがあった。

2　スピーチのテーマがコンテストのテーマに合わなかった。

3　キムさんの条件が応募資格に合わなかった。

4　書類の送り方を間違えていた。

コンテストＡ

○○県主催　外国人による日本語スピーチコンテスト

　当県では、下記の通り「外国人による日本語スピーチコンテスト」を開催いたします。

テーマ	「日本に住む外国人として思うこと」 ※日本での日常生活で日頃感じていること、母国との生活習慣の違いなどのテーマで述べていただきます。
日程	応募締切：8月31日 予選：10月1日午前10時から（予選通過者10名が本選に出場できます） 本選：10月2日午後2時から
会場	予選と本選ともに県庁の講堂。参観はどなたでも可。
応募資格	○○県内在住または県内の学校に通学している日本国籍以外の方で、日本での在住期間が1年以内の方。
応募方法	スピーチ内容を日本語で400字以内にまとめたものに、住所・氏名・年齢・国籍・学校名・電話番号を記載の上、下記の応募先へ郵送、ファックス、またはEメールにてお送りください。
応募先	〒・・・　○○県××市1-2-3 ○○県庁　「外国人による日本語スピーチコンテスト」開催事務局 TEL：000-000-0000　FAX：000-000-1111　E-mail：aaa@bbb.jp
応募の決まり	・スピーチは一人3分以内で日本語によること。 ・内容はオリジナルで未発表のものであること。 ・コンテスト当日はパスポートを持参してください。
賞	大賞　　1名：賞金1万円 優秀賞　数名：賞金5千円 参加賞　予選通過者で大賞・優秀賞受賞の方以外全員に、記念品をお贈りします。
審査方法	○○県立大学の日本語教師3名が、内容と日本語の正確さに基づいて審査します。
主催	○○県

コンテストＢ

○○アジア留学生協会主催　日本語スピーチコンテスト

　当協会では、アジアの視点から見た日本とアジア諸国との関係について述べてもらい、今後の国際交流、相互理解を深めるために、日本以外のアジア国籍の方による日本語スピーチコンテストを開催いたします。

テーマ	「日本とほかのアジア諸国との関係」 ※商業的、政治的、宗教的な宣伝内容を含まないものに限る
日程	応募締切：７月１日必着 コンテスト：８月１日14：00（会場：当協会ホール）
応募資格	日本在住の日本以外のアジア国籍の方で、日本の大学または大学院に在学中の方
応募方法	応募用紙に必要事項を記入の上、スピーチ内容全文の原稿及び応募者本人がスピーチしたものを録音したカセットテープまたはＣＤと、パスポートのコピーを添えて当協会に郵送してください。応募用紙は当協会窓口または、当協会のホームページからもダウンロードできます。ファックスまたはＥメールでの応募は受付けておりませんので、ご注意ください。
問い合わせ先	〒・・・　　△△県☆☆市０-０-１　○○アジア留学生協会 TEL：000-111-1111　　　FAX：000-111-2222 ホームページ：http://www.cccddd.jp E-mail：ccc@ddd.jp
出場者の決定	当協会において、応募者の中から10名をスピーチ原稿及び録音内容により選考します。選考結果は７月10日までに全応募者に通知します。
応募規定	・スピーチは一人５分以内。超過は減点します。 ・内容は自作で、公表したことのないものに限る。
賞	金賞　１名：賞金50万円 銀賞　１名：賞金10万円 銅賞　１名：賞金１万円
審査員	当協会の役員５名

次は2つのスピーチコンテストの募集要項である。下の問いに対する答えとして最も良いものを、1・2・3・4から一つ選びなさい。

コンテストA

○○県主催　外国人による日本語スピーチコンテスト

当県では、下記の通り「外国人による日本語スピーチコンテスト」を開催いたします。

テーマ	「日本に住む外国人として思うこと」 ※日本での日常生活で日頃感じていること、母国との生活習慣の違いなどのテーマで述べていただきます。
日程	応募締切：8月31日 予選：10月1日午前10時から（予選通過者10名が本選に出場できます） 本選：10月2日午後2時から
会場	予選と本選ともに県庁の講堂。参観はどなたでも可。
応募資格	○○県内在住または県内の学校に通学している日本国籍以外の方で、日本での在住期間が1年以内の方。
応募方法	スピーチ内容を日本語で400字以内にまとめたものに、住所・氏名・年齢・国籍・学校名・電話番号を記載の上、下記の応募先へ郵送、ファックス、またはEメールにてお送りください。
応募先	〒・・・　○○県××市1‐2‐3 ○○県庁　「外国人による日本語スピーチコンテスト」開催事務局 TEL：000‐000‐0000　FAX：000‐000‐1111　E‐mail：aaa@bbb.jp
応募の決まり	・スピーチは一人3分以内で日本語によること。 ・内容はオリジナルで未発表のものであること。 ・コンテスト当日はパスポートを持参してください。
賞	大賞　　1名：賞金1万円 優秀賞　数名：賞金5千円 参加賞　予選通過者で大賞・優秀賞受賞の方以外全員に、記念品をお贈りします。
審査方法	○○県立大学の日本語教師3名が、内容と日本語の正確さに基づいて審査します。　_{└文法詳見 P204}
主催	○○県

下面是兩則演講比賽的報名辦法。請從選項１・２・３・４當中選出一個下列問題最恰當的答案。

A比賽

○○縣主辦　外籍人士日語演講比賽

本縣依照以下辦法，舉行「外籍人士日語演講比賽」。

主題	「在日外國人所想的事情」 ※請各位以在日本的日常生活平日的感觸，或是和自己國家不同的生活習慣等等為題發表。
日程	報名截止日：８月31日 預賽：10月１日上午10時開始（10位通過預賽者可以晉級決賽） 決賽：10月２日下午２時開始
會場	預賽和決賽均在縣政府講堂。開放自由參觀。
報名資格	住在○○縣內或是在縣內學校上課，非日本國籍，且在日期間為１年以下。
報名方法	將演講內容整理成日語400字以內的文章，並寫下住址、姓名、年齡、國籍、學校名、電話號碼，郵寄到下列的報名地址，或是以傳真或e-mail傳送。
報名地址	〒・・・　○○縣××市１-２-３ ○○縣政府　「外籍人士日語演講比賽」舉辦事務處 TEL：000-000-0000　FAX：000-000-1111　E-mail：aaa@bbb.jp
報名規則	・演講是使用日語，一人限時３分鐘。 ・內容須為原創且未經發表的東西。 ・比賽當天請攜帶護照。
獎項	大獎　　　１名：獎金１萬圓 優秀獎　　數名：獎金５千圓 參加獎　　通過預賽者，除大獎、優秀獎獲獎者之外，將致贈全員紀念品。
評選方法	○○縣立大學的３位日語教師，將根據內容及日語的正確性來進行評選。
主辦	○○縣

コンテストB

○○アジア留学生協会主催　日本語スピーチコンテスト

当協会では、アジアの視点から見た日本とアジア諸国との関係について述べてもらい、今後の国際交流、相互理解を深めるために、日本以外のアジア国籍の方による日本語スピーチコンテストを開催いたします。

テーマ	「日本とほかのアジア諸国との関係」 ※商業的、政治的、宗教的な宣伝内容を含まないものに限る
日程	応募締切：7月1日必着 コンテスト：8月1日14：00（会場：当協会ホール）
応募資格	日本在住の日本以外のアジア国籍の方で、日本の大学または大学院に在学中の方
応募方法	応募用紙に必要事項を記入の上、スピーチ内容全文の原稿及び応募者本人がスピーチしたものを録音したカセットテープまたはCDと、パスポートのコピーを添えて当協会に郵送してください。応募用紙は当協会窓口または、当協会のホームページからもダウンロードできます。ファックスまたはEメールでの応募は受付けておりませんので、ご注意ください。
問い合わせ先	〒・・・　△△県☆☆市0-0-1　○○アジア留学生協会 TEL：000-111-1111　　FAX：000-111-2222 ホームページ：http://www.cccddd.jp E-mail：ccc@ddd.jp
出場者の決定	当協会において、応募者の中から10名をスピーチ原稿及び録音内容により選考します。選考結果は7月10日までに全応募者に通知します。
応募規定	・スピーチは一人5分以内。超過は減点します。 ・内容は自作で、公表したことのないものに限る。
賞	金賞　1名：賞金50万円 銀賞　1名：賞金10万円 銅賞　1名：賞金1万円
審査員	当協会の役員5名

B 比賽

○○亞洲留學生協會主辦　日語演講比賽

　　本協會希望各位能站在亞洲的角度來看日本及其他亞洲各國的關係發表意見。為了加深今後的國際交流及相互理解，將舉辦亞洲籍人士的日語演講比賽。

主題	「日本與其他亞洲各國的關係」 ※僅限不含商業、政治、宗教性質宣傳內容的主題
日程	報名截止日：7月1日必須送達 比賽：8月1日14：00（會場：本協會大廳）
報名資格	住在日本，非日本籍的亞洲國籍人士，正就讀日本的大學或是研究所
報名方法	請在報名表內填入必填項目，並將演講內容全文的原稿以及錄有演講者本人演講內容的錄音帶或CD光碟，附上護照影本郵寄到本協會。報名表可在本協會櫃台領取，或是官網下載。恕不接受傳真或e-mail報名，敬請注意。
聯絡方式	〒‧‧‧　△△縣☆☆市0‧0‧1 ○○亞洲留學生協會 TEL：000-111-1111　　FAX：000-111-2222 官網：http://www.cccddd.jp E-mail：ccc@ddd.jp
參賽者選拔	本協會將依據演講原稿以及錄音內容，從報名參賽者當中挑選出10位。選拔結果在7月10日之前會通知所有報名參賽者。
報名規定	‧演講一人限時5分鐘，超時將扣分。 ‧內容限為自己的作品，且未經公開發表。
獎項	金牌　1名：獎金50萬圓 銀牌　1名：獎金10萬圓 銅牌　1名：獎金1萬圓
評審	5位本協會成員

コンテストA

| 応募
資格 | ○○県内在住または県内の学校に通学している日本国籍以外の方で、日本での在住期間が1年以内の方。 | ◁關鍵句 |

コンテストB

| 応募
資格 | 日本在住の日本以外のアジア国籍の方で、日本の大学または大学院に在学中の方 | ◁關鍵句 |

□ スピーチコンテスト
【speech contest】 演講比賽
□ 主催 主辦
□ 当 本,這個
□ 母国 自己的國家,祖國
□ 応募 報名
□ 締切 截止日,截止時間
□ 予選 預賽
□ 本選 決賽
□ 県庁 縣政府
□ 在住 住在…,居住

74 中国人の楊さんとアメリカ人のロビンソンさんは、○○県の同じアパートに住んでいる。楊さんは半年前に日本に来て、○○県にある日本語学校で日本語を学んでいる。一方、ロビンソンさんは3年前に来日し、今は○○県立大学に通っている。二人ともスピーチコンテストに出場したいと思っているが、二人が応募できるのは、AとBのどちらのコンテストか。

1 楊さんは両方のコンテストに応募できるが、ロビンソンさんはコンテストBにだけ応募できる。

2 楊さんはコンテストAにだけ応募でき、ロビンソンさんは両方とも応募できない。

3 ロビンソンさんは両方のコンテストに応募できるが、楊さんはコンテストBにだけ応募できる。

4 二人とも両方のコンテストに応募できる。

A 比賽

> **報名資格** 住在○○縣內或是在縣內學校上課，非日本國籍，且在日期間為 1 年以下。

B 比賽

> **報名資格** 住在日本，非日本籍的亞洲國籍人士，正就讀日本的大學或是研究所

Answer **2**

74 中國人楊同學和美國人羅賓森同學住在○○縣的同一間公寓。楊同學半年前來到日本，在○○縣的日本語學校學習日語。另一方面，羅賓森同學 3 年前來到日本，現在就讀於○○縣立大學。兩人都想參加演講比賽，他們能報名的是 A 比賽還是 B 比賽呢？

1 楊同學兩場比賽都能報名，羅賓森同學只能報名 B 比賽。
2 楊同學只能報名 A 比賽，羅賓森同學兩場比賽都不能報名。
3 羅賓森同學兩場比賽都能報名，楊同學只能報名 B 比賽。
4 兩人兩場比賽都能報名。

這一題的問的是可以報名的比賽，所以必須先看海報的「応募資格」（報名資格），再檢查兩人符不符合 A 和 B 的參加條件。

報名 A 比賽必須同時符合「○○県内在住または県内の学校に通学している」（住在○○縣或是在○○縣內的學校上課），「日本国籍以外の方」（非日本國籍），「日本での在住期間が 1 年以内の方」（在日期間為 1 年以下）三點。

楊同學三項條件都符合，可以報名 A 比賽。不過羅賓森同學來日本已經 3 年，所以不能報名 A 比賽。

報名 B 比賽必須同時符合「日本在住」（住在日本），「日本以外のアジア国籍の方」（非日本籍的亞洲國籍人士），「日本の大学または大学院に在学中の方」（正就讀日本的大學或是研究所）三點。
楊同學就讀的是語言學校，不是大學或研究所，所以他不能報名 B 比賽。而羅賓森同學是美國人，所以也不能報名 B 比賽。因此正確答案是 2。

コンテストB

テーマ	「日本とほかのアジア諸国との関係」 ※商業的、政治的、宗教的な宣伝内容を含まないものに限る
応募 資格	日本在住の日本以外のアジア国籍の方で、日本の大学または大学院に在学中の方
応募 方法	応募用紙に必要事項を記入の上、スピーチ内容全文の原稿及び応募者本人がスピーチしたものを録音したカセットテープまたはCDと、パスポートのコピーを添えて当協会に郵送してください。 応募用紙は当協会窓口または、当協会のホームページからもダウンロードできます。**ファックスまたはEメールでの応募は受付けておりませんので、ご注意ください。**

＜關鍵句

□ オリジナル【original】
　原創
□ 未発表　未經發表
□ 持参　帶（來）
□ ～名　（人數）…名
□ 数～　數（個），幾
　（個）
□ 諸国　各國
□ 必着　必須到達
□ 大学院　研究所
□ 公表　公開發表
□ 役員　幹部

75 韓国人のキムさんは、5年前に来日して、今は××県立大学の大学院でアジア事情を研究している。日本と韓国の文化交流の歴史をテーマにコンテストBに参加したいと思い、今回新たに自分で書いた原稿と自分のスピーチの録音、パスポートのコピーをEメールに付けて、必要事項を書いて6月30日に送ったが、出場者に選ばれなかった。その理由はなぜだと考えられるか。

1　送った書類に足りないものがあった。

2　スピーチのテーマがコンテストのテーマに合わなかった。

3　キムさんの条件が応募資格に合わなかった。

4　書類の送り方を間違えていた。

B 比賽

主題	「日本與其他亞洲各國的關係」 ※僅限不含商業、政治、宗教性質宣傳內容的主題
報名資格	住在日本，非日本籍的亞洲國籍人士，正就讀日本的大學或是研究所
報名方法	請在報名表內填入必填項目，並將演講內容全文的原稿以及錄有演講者本人演講內容的錄音帶或ＣＤ光碟，附上護照影本郵寄到本協會。報名表可在本協會櫃台領取，或是官網下載。恕不接受傳真或e-mail報名，敬請注意。

題目問的是金同學沒獲選出賽的原因。建議從題目敘述找出關鍵，再對照海報中的項目，檢查哪個環節出錯。

Answer **4**

75 金同學是韓國人，５年前來到日本，現在在××縣立大學研究所研究亞洲情勢。他想以日韓文化交流史為題參加Ｂ比賽。他在６月30日把這次自己新撰寫的原稿和自己的演講錄音檔連同護照影本附加在e-mail裡，並填寫必填項目寄出，不過沒入選為參賽者。我們可以推測理由為何呢？

1 他寄送的資料有缺。

2 演講題目不符合比賽主題。

3 金同學的條件不符合報名資格。

4 弄錯了資料的寄送方式。

金同學是「韓国人」（韓國人），並且「今は××県立大学の大学院でアジア事情を研究している」（現在在××縣立大學研究所研究亞洲情勢），符合報名資格。準備參賽的題目是「日本と韓国の文化交流の歴史」（日韓文化交流史），符合主題要求。

但是海報上面提到報名資料必須用「郵送」（郵寄），「応募方法」（報名方法）最後也提醒「ファックスまたはＥメールでの応募は受付けておりませんので、ご注意ください」（恕不接受傳真或e-mail報名，敬請注意）。因為他的寄送方式錯誤，所以沒有獲選為參賽者。正確答案是４。

次は、ある大学で開かれる公開講座のリストである。下の問いに対する答えとして最もよいものを、1・2・3・4から一つ選びなさい。

74　山本さんは外国語かパソコンが習いたい。外国語はこれまで英語しか勉強したことがなく、今度は何か日本の近くの国の言葉をやってみたい。パソコンに関しては、自分のブログはすでに持っているので、次は会社の仕事で使えるようにホームページの作成の仕方を勉強したいと思っている。土日のうち1日は家族と過ごしたい。水曜日は仕事が遅くなることがあるので都合が悪い。リストの中に、山本さんの条件に合う講座はいくつあるか。

1　1つ　　　　2　2つ　　　　3　3つ　　　　4　4つ

75　ミードさんはアメリカ人留学生で、いろは市にある国際学生会館に住んでいる。日本語は日常会話に全く困らない程度できるようになった。月曜日の夜は、アルバイトで英語を教えている。週末は家にいることが多い。デジタルカメラでたくさんの写真を撮ったので、絵はがきにしてアメリカにいる家族に送りたいと思っている。リストの中に、ミードさんが取るとよい講座はいくつあるか。

1　2つあるが、1つは都合が悪い。

2　2つあるが、2つとも都合が悪い。

3　1つあって、都合もよい。

4　1つもない。

チャレンジ編

STEP 1

STEP 2

STEP 3

STEP 4

応用編

いろは大学　夏休み公開講座

7/17〜8/21（毎週火曜日）19:00-20:30　全6回

【初心者のための中国語】9,000円

　中国語のおもしろさは、目で字を見るとなんとなく内容が想像できるのに、耳で聞くと全く分からないところにあります。まずは発音から！

7/11〜8/15（毎週水曜日）19:00-20:30　全6回

【韓国語入門】9,000円

　韓国語は、文字が規則正しいのみならず、文法も日本語とよく似ており、学びやすいことばです。初めての方、大歓迎！

7/9〜8/17（毎週月・金曜日）19:00-20:30　全12回

【はじめてのにほんご】6,000円

　「五十音」とふだんよく使うあいさつから始め、買い物のときなどに役立つ表現を学んでいきます。

＊　ご家庭の状況次第で無料となる場合があります。

＊　いろは市にお住まいの外国人の方が対象です。

7/19〜8/23（毎週木曜日）19:00-20:30　全6回

【初心者のパソコン】9,000円

　ワープロの打てない方、インターネットには興味あるけれど難しそう……という方、初めはみんな未経験者です。勇気を出して、レッツトライ！

7/8〜8/12（毎週日曜日）10:30-12:00　全6回

【情報処理講座】12,000円

　ワープロ、Eメール、ネットサーフィン以外でパソコンを使ったことがない方、ビジネスですぐに役立つ表計算を中心に学びます。

7/7〜8/11（毎週土曜日）10:30-12:00　全6回

【やさしい画像編集】9,000円

　デジタルカメラで撮った写真の管理、編集を学びます。オリジナルアルバムや写真入り年賀状を作ってみませんか。

7/22〜8/26（毎週日曜日）18:00-21:00　全6回

【ブログを書こう】24,000円

　ワープロが打ててデジタルカメラを持っている方なら誰でもブログを開設できます。あなたもインターネットに日記を書いてみませんか。

次は、ある大学で開かれる公開講座のリストである。下の問いに対する答えとして最もよいものを、1・2・3・4から一つ選びなさい。

いろは大学　夏休み公開講座

7/17〜8/21（毎週火曜日）19:00-20:30　全6回

【初心者のための中国語】9,000円

　中国語のおもしろさは、目で字を見るとなんとなく内容が想像できるのに、耳で聞くと全く分からないところにあります。まずは発音から！

7/11〜8/15（毎週水曜日）19:00-20:30　全6回

【韓国語入門】9,000円 　　　　　　　　　　　　　「文法詳見 P204」

　韓国語は、文字が規則正しいのみならず、文法も日本語とよく似ており、学びやすいことばです。初めての方、大歓迎！

7/9〜8/17（毎週月・金曜日）19:00-20:30　全12回

【はじめてのにほんご】6,000円

　「五十音」とふだんよく使うあいさつから始め、買い物のときなどに役立つ表現を学んでいきます。

＊　ご家庭の状況次第で無料となる場合があります。

＊　いろは市にお住まいの外国人の方が対象です。

7/19〜8/23（毎週木曜日）19:00-20:30　全6回

【初心者のパソコン】9,000円

　ワープロの打てない方、インターネットには興味あるけれど難しそう……という方、初めはみんな未経験者です。勇気を出して、レッツトライ！

7/8〜8/12（毎週日曜日）10:30-12:00　全6回

【情報処理講座】12,000円

　ワープロ、Eメール、ネットサーフィン以外でパソコンを使ったことがない方、ビジネスですぐに役立つ表計算を中心に学びます。

7/7〜8/11（毎週土曜日）10:30-12:00　全6回

【やさしい画像編集】9,000円

　デジタルカメラで撮った写真の管理、編集を学びます。オリジナルアルバムや写真入り年賀状を作ってみませんか。

7/22〜8/26（毎週日曜日）18:00-21:00　全6回

【ブログを書こう】24,000円

　ワープロが打ててデジタルカメラを持っている方なら誰でもブログを開設できます。あなたもインターネットに日記を書いてみませんか。

下面是在某大學舉行的公開講座的列表。請從選項1・2・3・4當中選出一個最恰當的答案。

伊呂波大學　暑期公開講座

7/17～8/21（每週二）19:00-20:30　共6回

【初級中文】9,000圓

中文有趣的地方就在於用眼睛看字多少能想像其內容，但是用耳朵聽的話就完全不知道在説什麼。首先從發音著手！

7/11～8/15（每週三）19:00-20:30　共6回

【韓語入門】9,000圓

韓語不僅是文字規則方正，連文法也和日文極為相似，是很容易學的一種語言。我們十分歡迎初學者！

7/9～8/17（每週一、五）19:00-20:30　共12回

【初級日語】6,000圓

從「五十音」和平時常用的招呼用語開始，學習在購物等場合能派得上用場的説法。

＊　依照家庭經濟狀況可以免除學費。

＊　對象是住在伊呂波市的外國人。

7/19～8/23（每週四）19:00-20:30　共6回

【基礎電腦】9,000圓

不會使用文書處理的人，或是對網路有興趣但覺得似乎很難的人，大家一開始都是沒有經驗的。請拿出勇氣，Let's try！

7/8～8/12（每週日）10:30-12:00　共6回

【資訊處理講座】12,000圓

若您沒有使用過文書處理、e-mail、上網以外的電腦功能，我們將主要學習對商務馬上有幫助的試算表。

7/7～8/11（每週六）10:30-12:00　共6回

【簡易圖像處理】9,000圓

學習數位相機所拍攝的照片的管理、處理。要不要做做看原創的相簿或照片賀年卡呢？

7/22～8/26（每週日）18:00-21:00　共6回

【來寫部落格吧】24,000圓

只要會打字又有數位相機，不管是誰都能開設部落格。你要不要也試試看在網路上寫日記呢？

いろは大学　夏休み公開講座

7/17～8/21（毎週火曜日）19:00-20:30　全6回

【初心者のための中国語】9,000円
　中国語のおもしろさは、目で字を見るとなんとなく内容が想像できるのに、耳で聞くと全く分からないところにあります。まずは発音から！

7/11～8/15（毎週水曜日）19:00-20:30　全6回

【韓国語入門】9,000円
　韓国語は、文字が規則正しいのみならず、文法も日本語とよく似ており、学びやすいことばです。初めての方、大歓迎！

7/9～8/17（毎週月・金曜日）19:00-20:30　全12回

【はじめてのにほんご】6,000円
　「五十音」とふだんよく使うあいさつから始め、買い物のときなどに役立つ表現を学んでいきます。
＊　ご家庭の状況次第で無料となる場合があります。
＊　いろは市にお住まいの外国人の方が対象です。

7/19～8/23（毎週木曜日）19:00-20:30　全6回

【初心者のパソコン】9,000円
　ワープロの打てない方、インターネットには興味あるけれど難しそう……という方、初めはみんな未経験者です。勇気を出して、レッツトライ！

7/8～8/12（毎週日曜日）10:30-12:00　全6回

【情報処理講座】12,000円
　ワープロ、Eメール、ネットサーフィン以外でパソコンを使ったことがない方、ビジネスですぐに役立つ表計算を中心に学びます。

7/7～8/11（毎週土曜日）10:30-12:00　全6回

【やさしい画像編集】9,000円
　デジタルカメラで撮った写真の管理、編集を学びます。オリジナルアルバムや写真入り年賀状を作ってみませんか。

7/22～8/26（毎週日曜日）18:00-21:00　全6回

【ブログを書こう】24,000円
　ワープロが打ててデジタルカメラを持っている方なら誰でもブログを開設できます。あなたもインターネットに日記を書いてみませんか。

□ 公開　公開

□ リスト【list】列表，清單

□ 初心者　初學者

□ なんとなく　（不知為何）總覺得

□ 無料　免費

□ お住まい　住所，住處

□ 未経験者　沒有經驗的人

□ 情報　資訊

[74] 山本さんは外国語かパソコンが習いたい。外国語はこれまで英語しか勉強したことがなく、今度は何か日本の近くの国の言葉をやってみたい。パソコンに関しては、自分のブログはすでに持っているので、次は会社の仕事で使えるようにホームページの作成の仕方を勉強したいと思っている。土日のうち1日は家族と過ごしたい。水曜日は仕事が遅くなることがあるので都合が悪い。リストの中に、山本さんの条件に合う講座はいくつあるか。

1　1つ　　　　2　2つ
3　3つ　　　　4　4つ

山本先生想學外語或電腦，題目提到「今度は何か日本の近くの国の言葉をやってみたい」（這回想試試看日本鄰近國家的語言），再從他的姓氏「山本」推測他是日本人，所以日語課程不適合他。

題目提到山本先生已經有自己的部落格了，所以可以剔除「ブログを書こう」（來寫部落格吧）。接著題目提到他想學網站架設方法，但「初心者のパソコン」（基礎電腦），「情報処理講座」（資訊處理講座），「やさしい画像編集」（簡易圖像處理）這三門課程都和網站架設無關，因此都不適合他。只剩「初心者のための中国語」（初級中文）和「韓国語入門」（韓語入門）這2門課程。

------- Answer **1**

[74] 山本先生想學外語或是電腦。外語的話他至今只學過英語而已，這回想試試看日本鄰近國家的語言。關於電腦，他已經有自己的部落格了，所以接下來想學網站架設方法，好用在公司的工作上。禮拜六、日的其中一天他想和家人一起度過。有時週三會晚下班，所以不太方便。列表當中，符合山本先生條件的講座一共有幾個呢？

1　1個　　　　2　2個
3　3個　　　　4　4個

題目又提到「土日のうち1日は家族と過ごしたい」（禮拜六、日的其中一天他想和家人一起度過），暗示不能選週六和週日都需要上課的課程。此外，題目又說「水曜日は仕事が遅くなることがあるので都合が悪い」（有時週三會晚下班，所以不太方便），因此「韓国語入門」不適合他。

所以山本先生只剩下週二的「初心者のための中国語」可以參加。正確答案是1。

いろは大学　夏休み公開講座

7/17～8/21（毎週火曜日）19:00-20:30　全6回

【初心者のための中国語】9,000円
　中国語のおもしろさは、目で字を見るとなんとなく内容が想像できるのに、耳で聞くと全く分からないところにあります。まずは発音から！

7/11～8/15（毎週水曜日）19:00-20:30　全6回

【韓国語入門】9,000円
　韓国語は、文字が規則正しいのみならず、文法も日本語とよく似ており、学びやすいことばです。初めての方、大歓迎！

7/9～8/17（毎週月・金曜日）19:00-20:30　全12回

【はじめてのにほんご】6,000円
　「五十音」とふだんよく使うあいさつから始め、買い物のときなどに役立つ表現を学んでいきます。
＊　ご家庭の状況次第で無料となる場合があります。
＊　いろは市にお住まいの外国人の方が対象です。

7/19～8/23（毎週木曜日）19:00-20:30　全6回

【初心者のパソコン】9,000円
　ワープロの打てない方、インターネットには興味あるけれど難しそう……という方、初めはみんな未経験者です。勇気を出して、レッツトライ！

7/8～8/12（毎週日曜日）10:30-12:00　全6回

【情報処理講座】12,000円
　ワープロ、Eメール、ネットサーフィン以外でパソコンを使ったことがない方、ビジネスですぐに役立つ表計算を中心に学びます。

7/7～8/11（毎週土曜日）10:30-12:00　全6回

【やさしい画像編集】9,000円
　デジタルカメラで撮った写真の管理、編集を学びます。オリジナルアルバムや写真入り年賀状を作ってみませんか。

7/22～8/26（毎週日曜日）18:00-21:00　全6回

【ブログを書こう】24,000円
　ワープロが打ててデジタルカメラを持っている方なら誰でもブログを開設できます。あなたもインターネットに日記を書いてみませんか。

□ ネットサーフィン【net surfing】上網
□ 表計算　試算表
□ 編集　編輯，處理

□ 開設　開設，開辦
□ ブログ【blog】部落格
□ デジタルカメラ【digital camera】數位相機

□ 絵はがき（印有圖樣或照片的）明信片

75 ミードさんはアメリカ人留学生で、いろは市にある国際学生会館に住んでいる。日本語は日常会話に全く困らない程度できるようになった。月曜日の夜は、アルバイトで英語を教えている。週末は家にいることが多い。デジタルカメラでたくさんの写真を撮ったので、絵はがきにしてアメリカにいる家族に送りたいと思っている。リストの中に、ミードさんが取るとよい講座はいくつあるか。

1 ２つあるが、１つは都合が悪い。
2 ２つあるが、２つとも都合が悪い。
3 １つあって、都合もよい。
4 １つもない。

> これ一題要先掌握密德同學希望參與的課程，然後依照題目給的條件篩選。

> 從「デジタルカメラでたくさんの写真を撮ったので、絵はがきにしてアメリカにいる家族に送りたいと思っている」（因為他用數位相機拍了很多照片，所以想把照片製作成明信片寄給在美國的家人）可知密德同學想學習把數位照片製作成明信片的方法，這跟電腦課程的「やさしい画像編集」（簡易圖像處理）有關。課程介紹提到這門課學的是數位照片的管理，還可以把照片製作成相簿或賀年卡，所以推測也可以製作成明信片。所有課程中只有這項符合他的需求。

-------- Answer **3**

75 密德同學是美國的留學生，他住在伊呂波市的國際學生會館。他的日語已經到達日常會話完全不會感到困擾的程度。星期一晚上他要打工教英文。週末他經常待在家。因為他用數位相機拍了很多照片，所以想把照片製作成明信片寄給在美國的家人。列表當中，適合密德同學的講座有幾個呢？

1 有２個，但其中一個時間不方便。
2 有２個，但這兩個時間都不方便。
3 有１個，時間上也方便。
4 １個也沒有。

接著看其他條件限制。從「月曜日の夜は、アルバイトで英語を教えている」（星期一晚上他要打工教英文）可知密德同學週一晚上沒空。不過「やさしい画像編集」的上課時間是星期六，題目也有提到「週末は家にいることが多い」（週末他經常待在家），表示他週末有空，所以密德同學週六可以去上「やさしい画像編集」這門課。由於密德同學只能報名「やさしい画像編集」、時間也可以配合，所以正確答案是３。

翻譯與解題

❓ 重要文法

【名詞】＋に基づいて。表示以某事物為根據或基礎。相當於「をもとにして」。

❶ に基づいて　根據…、按照…、基於…

例句 学生から寄せられたコメントに基づいて授業改善の試みが始まった。

依照從學生收集來的建議，開始嘗試了教學改進。

【名詞；形容動詞詞幹である；[形容詞・動詞] 普通形】＋のみならず。表示添加。用在不僅限於前接詞的範圍，還有後項進一層的情況。

❷ のみならず　不僅…也…

例句 この薬は、風邪のみならず、肩こりにも効力がある。

這個藥不僅對感冒有效，對肩膀酸痛也很有效。

【名詞】＋次第で。表示行為動作要實現，全憑「次第で」前面的名詞的情況而定。

❸ 次第で　全憑…

例句 気温次第で、作物の生長は全然違う。

在不同的氣溫環境下，作物的生長情況完全不同。

❓ 小知識大補帖

▶「週末」所指的範圍

「週末」指的是星期五，還是六、日呢？我們來看看幾本辭典中的意思：

- 「一週間の末。土曜日、また土曜日から日曜日へかけていう。近年は金曜日を含めてもいう。」

（一星期的尾聲。星期六，或指星期六到星期天的期間。近年來也含星期五在內。）（国語辞書）

- 「一週間の末。土曜日から日曜日にかけてをいう。ウイークエンド。」

  （一星期的尾聲。指星期六到星期天的期間。Weekend。）（『広辞苑』岩波書店）

- 「金曜日を含めていうこともある」

  （有時也指含星期五在內）（『大辞林』三省堂）

- 「一週間の末。一週間の終わり頃。金曜から土曜日、また土曜の午後から日曜日にかけてをいう。…」

  （一星期的尾聲。一星期將要結束的時候。指從星期五到星期六，或稱星期六下午到星期天這段期間。…）（『日本国語大辞典』小学館）

另外，再查一下英文辭典的「weekend」：

- 「（特に金曜[土曜]日の夜から月曜日の朝までの）週末」

  （「特別指星期五或六晚上直到星期一早上的」週末」）（『小学館ランダムハウス英和大辞典』）

- 「週末《土曜日の午後または金曜日の夜から月曜日の朝まで》」

  （週末《星期六下午或星期五晚上到星期一早上為止》）（『研究社新英和大辞典』）

從以上幾本辭典的解釋、說明來看，「週末」所指的範圍，如下：
- （1）土曜日（星期六）
- （2）金曜日と土曜日（星期五和星期六）
- （3）土曜日と日曜日（星期六和星期天）
- （4）金曜日の夜から日曜日の夜（または月曜日の朝）まで（從星期五晚上到星期天晚上（或星期一早上）為止）

　　據 NHK 在 1999 年的調查顯示，日本全國有過半數以上的人認為「週末」指的是「土曜日と日曜日」。而答（1）（2）（4）的人各占一成多。也因此，為了正確傳遞訊息，許多新聞媒體都盡可能具體的加上「星期或日期」。例如「這個週末的星期六」或是「下個星期六、25 日」等等。

▶ 電腦網路

パソコンについて詳<ruby>詳<rt>くわ</rt></ruby>しいです。
我很懂電腦。

パソコンのことはほとんどわかりません。
我對電腦幾乎一竅不通。

<ruby>文<rt>も</rt></ruby><ruby>字<rt>じ</rt></ruby><ruby>入力<rt>にゅうりょく</rt></ruby>しかできません。
我只會鍵入文字。

Eメールのやりとりとインターネットはできます。
我會發電子郵件和上網。

ノートパソコンとデスクトップ、どっちですか。
你想買筆記型電腦還是桌上型電腦呢？

ウィンドウズですか。マックですか。
你用的是 Windows 系統還是 Mac 系統？

このコンピューターの<ruby>使<rt>つか</rt></ruby>い<ruby>方<rt>かた</rt></ruby>を<ruby>知<rt>し</rt></ruby>っていますか。
你知道這種電腦的操作方式嗎？

ファイルが<ruby>開<rt>ひら</rt></ruby>けないんです。
我打不開這個檔案。

パソコンは正しく使わないと動かない。
假如不以正確的方式操作電腦，就無法啟動運轉。

このデータ、CDに焼いてくれませんか。
你可以幫我把這份資料燒錄到光碟片上嗎？

メールはパソコンと携帯、どっちに送ったらいい。
你希望我把電子郵件發送到你的電腦還是手機裡呢？

手で書くよりパソコンを打つ方が速い。
比起用手寫，以電腦輸入比較快。

仕事にコンピューターを使わない会社は少ないです。
現在已經鮮少有公司不用電腦工作了。

ブログってやってますか。
你有在寫部落格嗎？

ネットはつながってますか。
網路有連線嗎？

新しく買ったばかりのパソコンが動かないんですけど。
我剛買的電腦當機了。

私のパソコン、古くてすぐフリーズしちゃうんです。
我的電腦太舊了，動不動就會當機。

すみません。このコンピューター、最近調子が悪くて。
不好意思，這台電腦最近怪怪的。

山田社日檢威題庫小組

超高命中率
絕對合格
日檢 單字、閱讀

N2
新制對應！

單字 QR 免費下載 QR Code線上音檔

單字 MP3 隨書附贈 學習不漏接

【捷進日檢 09】　　（25K+單字附QR Code線上音檔＆實戰MP3）

- 發行人／**林德勝**

- 著者／**吉松由美, 田中陽子, 西村惠子, 大山和佳子**

- 出版發行／**山田社文化事業有限公司**
  - 地址　臺北市大安區安和路一段112巷17號7樓
  - 電話　02-2755-7622　02-2755-7628
  - 傳真　02-2700-1887

- 郵政劃撥／**19867160號　大原文化事業有限公司**

- 總經銷／**聯合發行股份有限公司**
  - 地址　新北市新店區寶橋路235巷6弄6號2樓
  - 電話　02-2917-8022
  - 傳真　02-2915-6275

- 印刷／**上鎰數位科技印刷有限公司**

- 法律顧問／**林長振法律事務所　林長振律師**

- 書+MP3+QR Code／**定價　新台幣 599 元**

- 初版／**2022年 5 月**

© ISBN : 978-986-246-680-3
2022, Shan Tian She Culture Co. , Ltd.

STS

山田社